나는 왜 한국학 · 조선학연구자가 되었나

전후 일본 한국어문학의 집단전기

지은이

오무라 마스오 大村益夫 영문명
전 와세다대학 명예교수.

니시오카 겐지 西岡健治
후쿠오카현립대학 명예교수.

세리카와 데쓰요 芹川正樹
니쇼가쿠샤대학 명예교수.

유타니 유키토시 油谷幸利
도시샤대학 명예교수.

오카야마 젠이치로 岡山善一郎
덴리대학 명예교수.

하타노 세쓰코 波田野節子
니가타현립대학 명예교수.

시라카와 유타카 白川豊
규슈산업대학 명예교수.

오고시 나오키 生越直樹
도쿄대학 명예교수.

노자키 미쓰히코 野崎充彦
오사카시립대학 교수.

기시다 후미타카 岸田文隆
오사카대학 교수.

요시카와 나기 吉川凪
번역가.

요시모토 하지메 吉本一
도카이대학 교수.

구마키 쓰토무 熊木勉
덴리대학 교수.

와타나베 나오키 渡辺直紀
무사시대학 교수.

야마다 교꼬 山田恭子
긴키대학 교수.

오오타케 키요미 大竹聖美
도쿄준신대학 교수.

가와사키 케이고 河崎啓剛
도쿄대학 교수.

다카하시 아즈사 高橋梓
니가타현립대학 교수.

쓰지노 유키 辻野裕紀
규슈대학 교수.

아이카와 다쿠야 相川拓也
도쿄대학 조교(助敎).

최원식 崔元植
인하대학 명예교수.

후지모토 유키오 藤本幸夫
도야마대학 명예교수.

동아시아한국학 연구총서 35
나는 왜 한국학·조선학연구자가 되었나
전후 일본 한국어문학의 집단전기

초판발행 2025년 9월 30일

엮은이 인하대학교 한국학연구소

펴낸이 박성모
펴낸곳 소명출판
출판등록 제1998-000017호
주소 서울시 서초구 사임당로14길 15 서광빌딩 2층
전화 02-585-7840
팩스 02-585-7848
이메일 somyungbooks@daum.net
홈페이지 www.somyong.co.kr

ISBN 979-11-7549-006-2 03810
정가 40,000원

ⓒ 인하대학교 한국학연구소, 2025

이 저서는 2022년 대한민국 교육부와 한국연구재단의 지원을 받아 수행된 연구임(NRF-2022S1A 5C2A02092184).

동아시아한국학 연구총서 35

나는 왜 한국학·조선학연구자가 되었나

전후 일본 한국어문학의 집단전기

Why Did I Become a Scholar of Korean Studies?
: Prosopography of Korean Language and Literature in Japan in the Post-War Period

정종현·윤미란·문현수·칼리나 기획
인하대학교 한국학연구소 엮음

| 간행사 |

  인하대학교 한국학연구소는 2007년부터 10년간 '동아시아 상생과 소통의 한국학'을 주제로 인문한국HK 사업을 수행하였다. 상생과 소통을 위한 동아시아한국학이란, 우선 동아시아 각 지역과 국가의 연구자들이 자국의 고유한 환경 속에서 축적해 온 한국학을 각기 독자적인 한국학으로 재인식하게 하고, 다음으로 그렇게 재인식된 복수의 한국학이 서로 생산적으로 소통할 수 있는 방법을 구성해 내는 한국학으로 정의할 수 있다.

  본 연구소에서는 한국학 연구에 뿌리 깊이 각인된 민족주의 이념과 서구중심적 방법론을 극복하고자 '동아시아한국학'이라는 연구방법론을 창안하고 세계 각지의 한국학 연구가 화성和聲을 창출하는 복수의 한국학 연구를 10년간의 인문한국 사업을 통해 수행하였다. 그러나 연구 대상의 시간적 범위가 전통 및 식민지 시대에 한정되고 공간적 범위도 동아시아를 넘지 못하였으며, 담론 중심의 연구로 인한 추상성과 국외 학술 무대와의 소통 부족이라는 한계점이 발견되었다.

  이러한 문제점을 해결하고 동아시아한국학을 심화 및 확산시키기 위해서 공간적으로는 동아시아 너머의 세계를 포함하고 시간적으로는 냉전시대 전후를 포괄할 필요가 있었다. 이에 본 연구소는 해외 각 지역의 한국학 자료와 연구자 정보를 수집하여 구체성을 확보하고, 나아가 해외 한국학 연구자들과 소통함으로써 동아시아한국학에 대한 학문적 관심을 국외 학술 무대로 확산시키는 일을 향후 과제로 삼았다.

  한국학의 형성 무대와 주체는 한국과 한국인들만이 아니다. 중국과 일본을 포함하여 중앙아시아, 유럽과 미국에서도 다양한 방식으로 한국학 연구가 이루어졌다. 그럼에도 불구하고 해외 한국학은 지금까지 국내 한

간행사

3

국학의 주변부로만 인식되어 연구의 의의와 가치가 평가절하되어 왔다. 해외 각 지역의 한국학은 그 지역의 일정한 문화적, 사상적 배경 아래 형성된 것인 만큼, 그 의의와 가치가 온전히 밝혀지고 그 결과가 각 지역의 한국학과 소통될 필요가 있다. 바로 여기에 상생과 소통을 통한 복수의 한국학을 표방하는 동아시아한국학 연구의 의의가 있다.

그동안 해외 한국학 연구에서는 각 지역 한국학이 지닌 해당 지역에서의 의의와 가치가 분명하게 드러났다고 보기 어렵다. 한국학의 일국주의를 지양하는 동아시아한국학 연구를 통해 각 지역 한국학과 소통하여 상생할 수 있는 복수의 한국학을 연구하고 이들과의 소통을 추구하는 연구가 필요하다. 본 연구소는 이러한 연구의 필요성을 인식하고 해외 한국학에 대하여 집단전기학적 분석을 통해 본격적으로 현지 한국학 연구를 수행하고자, 2019년부터 '동아시아한국학의 심화와 확산을 위한 해외 한국학의 집단전기학'을 의제로 한국연구재단의 지원을 받아 '인문사회연구소지원사업'을 수행해 오고 있다. 이 과제는 지난 10년간 수행해 온 인문한국 사업을 보다 발전시켜 계승한 것이다.

이러한 연구 사업의 일환으로 본 연구소에서는 2020년 5월 국내학술회의 '탐험가, 편집자, 체류자―서구 한국학 형성에 기여한 사람들', 2021년 1월 국제학술회의 '해외 한국학 집단의 형성과 발전', 2021년 7월 국제학술회의 분과 발표 '일제 강점기 재한 서양인들의 활동과 한국 연구'를 개최하였다. 이 책에 수록된 7편의 글은 이 회의들에서 발표된 원고를 정리한 것들이다. 귀한 연구를 수행하고 원고 수록을 승낙해 주신 일곱 분의 연구자들께 감사의 말씀을 드린다.

본 연구소에서는 해외 한국학의 집단전기학 연구를 통해 동아시아한국학의 심화를 이룸과 동시에 그 성과들을 시민들과 공유함으로써 연구 결과의 확산도 도모하고 있다. 본 연구총서의 발행은 이러한 목적하에서 이루어진 것이다. 모쪼록 이 총서가 동아시아한국학의 심화와 확산이라는 큰 목표를 이루는 데 일조할 수 있기를 기대한다.

인하대학교 한국학연구소

이 책이 처음 시작된 것은 10여년 전이었다. 당시 인하대학교 한국학 연구소는 '동아시아 상생과 소통의 한국학'이라는 주제로 인문한국HK 사업을 진행하던 중이었다. 공동연구원이었던 김동식 교수는 동아시아 한국학 사이의 소통을 모색하는 한 방편으로 일본의 한국학 연구자들의 학술적 자서전을 모아 출간하는 기획을 발의하였다. 이후 집필진을 선별하고 원고 청탁서의 구체적인 문안까지 마련했지만, 안팎의 여러 사정으로 좌절되었다. 원고청탁서를 발송하려는 즈음 학내 문제로 선정된 인문한국(HK) 플러스 사업을 반납하는 일이 생겼기 때문이다.

이렇게 무산될 뻔한 기획은 한국학연구소가 '동아시아한국학의 심화와 확산을 위한 해외한국학의 집단전기학'을 주제로 2019년 한국연구재단의 인문사회연구소 사업에 선정되면서 다시 소생했다. 한반도에서의 한국학 연구뿐만 아니라, 일본과 서구 그리고 중국과 동유럽 등 과거 사회주의권에서 이루어진 해외한국학을 조망하고 소통시킴으로써, 새로운 한국학의 수립을 모색하는 것이 인하대 한국학연구소가 수행한 인문사회연구소 사업의 주제이자 목표였다.

일본은 패전 이전은 물론이거니와 전후에도 조선학 / 한국학 지식을 생산해 온 중요한 주체 중의 하나였다. 따라서 일본의 한국학 주체들의 자서전을 모으는 기획이야말로 연구소의 새로운 사업에도 부응하는 것이었다. 곧바로 전후 일본에서 한국학의 다양한 세부 전공을 연구해 온 신 / 구세대들의 학문적 자서전을 모아 출판하는 작업을 재개하기로 결정했다.

이번 책은 한국문학과 한국어학 분야 일본 학자들의 자서전을 중심으로 편집되었다. 처음에는 다양한 전공 분야 모두를 아우르고자 했지만, 역사학 등 구성해야 할 연구사의 수가 많아서 한 권으로는 수습하기가 어려웠다. 역사학 전공 등은 이후의 독립된 기획으로 추진하기로 하고, 우선은 한국어문학 분야의 연구자로 국한하였다. 전후 1세대로부터 최근 박사학위를 받은 신진학자에 이르기까지, 한국문학고전문학, 현대문학, 아동문학과 한국어학 연구자 20명의 학술적 자서전을 모았다.

각 원고들은 연구자 개개인이 한국 / 조선에 관심을 갖게 된 계기와 학문적 정체성을 형성해 간 세부적 과정 및 겪었던 다양한 사건들, 그리고 각자의 학문 세계와 연구의 특성들에 대해서 자유롭게 서술한 에세이로 구성되었다. 에세이인만큼 수록된 모든 글들이 생생하고도 개성적인 문체로 자신의 생애를 되돌아보고 있다. 이 책에서는 각 연구자의 개별 에세이를 저자 생년 순으로 수록하고 책의 말미에는 일본의 한국어문학 연구자들이 참여한 의미 있는 세 편의 좌담을 실었다.

첫 번째 좌담은 오무라 마스오 선생과 최원식 인하대 명예교수의 대담의 기록이다. 얼마 전 세상을 떠난 오무라 마스오 선생은 2022년 용재학술상 수상자로 선정되어 한국을 방문했는데, 이때 과거 연구년을 보냈던 인하대학교를 방문하여 옛 제자들을 만나고, '나는 왜 한국문학연구자가 되려고 하나'라는 주제로 최원식 명예교수와 대담의 자리를 가졌다. 불후의 업적을 남긴 선생이 오히려 여전히 한국문학 연구자가 '되려고' 한다고 하신 겸손의 말씀이 옷깃을 여미게 한다.

그 다음 좌담 기록은 '일본현존조선본연구' 등 일본 서지학과 국어학에서 탁월한 업적을 쌓은 후지모토 유키오 선생의 학문 세계를 후학들이 함께 정리한 대담의 기록이다. 은사원상과 일본학사원상을 수상한 후지모토 선생의 학문적 업적의 상세한 내용이 잘 정리되어 있다. 마지막은 '나에게 있어서 한국·조선의 문학과 문화'라는 주제로 정년을 맞은 하타노 세쓰코, 시라카와 유타카 교수가 나눈 좌담 및 후배 연구자들의 질문과 코멘트가 수록된 좌담의 기록이다. 이상의 좌담들은 개별적인 에세이를 넘어서 그 연구가 이루어진 시대적인 맥락과 다양한 연구자들의 인연들이 등장한다는 점에서 전후 일본 한국어문학의 계보를 파악하는 데 소중한 자료로 활용될 것이라 기대한다.

전후 일본 한국어문학 분야의 훌륭한 연구자들의 글을 한 데 모았다는 데에서 보람을 느끼지만 아쉬움도 남는다. 우선, 사에구사 도시카쓰 교수 등 꼭 실어야 했던 분들의 원고가 누락되었다. 백방으로 노력해 보았지만 결국 연락이 닿지 않거나 건강 등의 상황이 허락지 않아 글을 싣지 못하거나 여러 번 청탁했지만 끝내 고사하신 분들도 있었다는 것을 밝혀둔다. 또한 지면이 제한되었기 때문에 일본에서 활동하고 있는 재일조선인 연구자들의 글도 싣지 못했다. 빠진 분들이 있지만, 이 책이 일본의 한국문학, 한국어학 연구가 축적해 온 경험과 특징을 이해하는 데 도움이 되길 바란다.

기획위원 정종현, 윤미란, 문현수, 칼리나

| 차례 |

조선문학 연구에 뜻을 품고 50년

오무라 마스오大村益夫

1. 조선문학 연구를 하기까지

사실은 이런 강연은 하고 싶지 않았지만, 니시다 마사루西田勝 선생님이
억지로 밀어붙였습니다. 전 그다지 말을 잘 하지 못 해서 거절하고 싶었
습니다. 말을 잘 하지 못 하는데 발표문 타이틀이 「조선문학 연구에 뜻을
품고 50년」이니 우선 제목부터 마음에 들지 않았습니다. (청중 웃음) 제목
에서 '50년'만이라도 빼달라고 했지만 "그러면 박력이 없잖소. 무조건 붙
여야겠소"라고 해 하는 수 없이 받아들였던 겁니다. 그러자 기시 요코岸陽子
씨가 "엄청난 강연을 하신다면서요?" 하고 놀렸습니다. 자랑할 만한 것은
아무것도 없지만 이참에 지금까지 해왔던 연구를 돌아보려 합니다.

우선 조선문학에 왜 관심을 품게 되었나부터 시작하고자 합니다. '조
선'이라는 용어를 지금 사용했는데 그건 일반적인 쓰임과는 다를지도 모
릅니다. 문화적 총체로서의 조선, 요컨대 국가로 말하자면 조선민주주의
인민공화국과 대한민국을 포함한 문화적 범주에서 조선이라는 용어를
씁니다. 그러므로 '한국·조선어'라던가 '한국·조선인'이라는 것은 한쪽
에서는 '한국'이라는 국어를 쓰고 다른 한쪽에서는 문화적 통합 명칭인

11

'조선'을 쓴다는 의미에서 저로서는 이해할 수 없습니다. '한·조선인韓·朝鮮人'이라면 괜찮습니다.

언어명과 국가명을 함께 쓰는 것도 꽤나 이상합니다. 영어를 쓰는 국민은 전 세계에 꽤나 많습니다. 그래도 모두 '영어'라고 하지요. 대체로 무슨무슨 나라의 국어라고 불리는 것은 일본어로 '한국어'나 '중국어' 정도입니다. 하지만 우리 일본인이 말하는 '중국어'라 해도 사실은 '한어漢語'라해서 한족이 말하는 언어입니다. 그 외에도 소수민족이 56민족이나 있으며 각각의 언어와 문자로 생활하고 있습니다. '중국인'이라는 용어는 소수민족을 뭉뚱그린 것입니다. 중국에서는 정식으로 '한어'라고 합니다. 한민족의 언어라는 의미입니다. 우리가 사용하는 '중국어'라는 용어는 소수민족을 무시하는 겁니다. 이에 대해 밝혀두고 편의상 여기서는 '중국어'라고 지칭하겠습니다.

저는 1953년에 와세다대학 정치경제학부에 입학했습니다. 바로 지금 발표 중인 이곳입니다. 원래는 이렇게 깨끗한 건물이 아니고 지하1층, 지상 4층의 낡은 건물이었습니다. 여기서 안도 히코타로安藤彦太郎 교수님과 만났습니다. 마침 그 당시 1949년에 중화인민공화국이 만들어졌는데, 그당시 중국은 바야흐로 "아침 8시 9시의 태양"처럼 아시아의 일각에서 솟아오르는 그런 나라였습니다. 저도 막연한 기대를 품었습니다. 지하 교실에서 제2외국어로 일주일에 두 번 중국어를 배웠습니다. 그것만으로는 부족해서 야간 강습회인 구라이시倉石 중국어강습회에 다녔습니다. 현재의 일중학원日中学院입니다. 그곳에서 주 3회, 야간 학습이지만 초급, 중급 과정을 2기에 걸쳐 배웠습니다. 상급 과정부터 주 1회로 바뀌었고 교토대학에서 도쿄대학으로 이직한 구라이시 다케시로倉石武四郎 선생님에게 배웠습니다.

저는 정치학과에 다녔지만 정치학은 거의 공부하지 않았습니다. 그저 중국어를 배웠습니다. 본래 문학을 지향했기에 중국학과 관련된 것이라 해도 문학을 하고 싶어서 대학원은 문학으로 정했습니다. 대학원은 아무런 주저 없이 다케우치 요시미竹內好 선생님이 계신 노쿄도립대학으로 진학했습니다. 지금은 수도대학도쿄입니다.

그 무렵 저는 일찍부터 청나라 말기 사회소설 연구라는 테마를 끌어안고 있었습니다. 석사 1년부터입니다. 루쉰이 말한 '견책소설譴責小說'인데 단지 '견책'만은 아니라고 생각했습니다. 졸업논문의 중심은 류어劉鶚의 『노잔유기老殘游記』라는 소설이었는데, 그와 관련된 상하이 조계에서 나온 소설 등을 중심으로 다뤘습니다. 그 무렵 무술정변戊戌政變에서 패한 량치차오가 도카이 산시東海散士의 『가인의 기우佳人之奇遇』를 번역했습니다. 그 번역을 보고 깜짝 놀랐습니다. 『가인의 기우』는 그렇다 치고 량치차오의 번역은 충실하지 못 합니다. 어떤 부분은 충실한 번역이지만 그냥 넘어간 부분도 있습니다. 그냥 넘어간 부분은 와카和歌나 한시로 아마도 와카는 번역할 수 없었을 겁니다. 한시도 부분적으로는 생략했습니다. 수준이 낮다고 생각한 것인지도 모릅니다. 그 외의 다른 점은 내용입니다.

『가인의 기우』는 10여 년에 걸쳐 집필된 것으로 시작과 끝을 비교해 보면 꽤나 다릅니다. 청일전쟁이 그 사이에 끼어 들어 정치적 주장도 변합니다. 처음에는 서구 열강의 제국주의에 직면한 약소국이라는 아시아 공통의 위기의식에서 쓴 것이지만, 마지막 16권에 이르면 중간에 량치차오가 번역을 도중에 끝내버립니다.

왜 그랬냐 하면 그 부분은 "淸國膺懲, 朝鮮扶植", 즉 청국을 혼내주고 조선을 돕자는 내용이었습니다. "조선부식"이라는 말은 괜찮았지만 '부식'의 내용이 문제였습니다. 조선에서 일본의 화폐를 통용시키자거나, 우선 조선의 경제권을 박탈하라는 내용입니다. 이어서 "청국의 무례함에 분노한다. 우리 외교의 연약함이 이러함을 탄식한다"고 쓰고 있습니다. 즉 일본 정부는 청나라와 조선에 연약하게 군다는 겁니다. 량치차오는 그 부분에서 번역을 중단하고 설명을 달아 놓았습니다. "우리 중국은 오랫동안 조선의 종주국이었다. 그런데도 저자 도카이 산시는 조선이 일본의 것이라 말하고 있다. 이건 말도 안 된다"고 하며 번역을 끝냈습니다.

그렇다면 도대체 당사자인 조선인은 어떻게 생각하고 있는지 궁금해졌습니다. 조선의 역사는 어떠한지 생각했습니다. 저는 단순해서 그렇다면 조선어부터 시작해야겠다고 생각했지요. 역사를 배운다 해도 문학을 배운다 해도 우선은 어학부터입니다. 바로 이것이 같은 와세다대학 학생 단체인 중국연구회의 멤버였던 미야타 세쓰코宮田節子 씨나 강덕상 씨와 다른 점이었습니다. 이 분들은 일본어 문헌을 섭렵해 차례차례 성과를 냈지만, 저는 "아야어여"부터 시작했습니다. 조선어를 배우려 해도 간토 지역 대학에 조선어 강좌가 없었습니다. 곤란해져 석사 1년 때 시나노마치信濃町에 있는 조선총련 도쿄 본부에 갔습니다. (이후 이다바시飯田橋 쪽에 있는 큰 빌딩으로 옮겨 갔습니다) 당시에는 2층 목조 건물이었습니다. 시나노쵸에 있던 조선총련 건물은 원인 모를 화재로 불타버렸는데 누군가 방화를 한 것인지도 모릅니다. 사실은 알 수 없습니다. 거기 있는 유학생동맹을 찾아갔습니다. 같은 학생이니까 어떻게든 방법이 있을 것이라 생각했는데 바로 거절당했습니다. 연말이니 도중에 배우는 셈이 돼 내년에 다시 오라는 말을 들었습니다. 다음 해 석사 2년 봄에 다시 찾아갔습니다. 다시 거절을 당했는데 그 대신 조선청년동맹을 소개받았습니다. 청년동맹 도쿄도 본부가 개설한 강좌, 이른바 야간 강습회입니다. 강연회라기보다는 민족의식을 고양하기 위한 근로자 학교라고 부르는 편이 맞을 겁니다. 그곳에 들어갔습니다. 주위는 모두 조선인입니다. 이곳이야말로 민족 교육을 위한 곳이니 일본인은 저 혼자였습니다. 선생님들은 꽤나 심한 말을 했습니다.

일주일에 이틀, 4콤마1콤마 = 60분 수업로 2콤마가 어학입니다. 어학은 초급과 중급 교실로 나뉩니다. 나머지는 음악과 역사 수업이었습니다. 역사 선생님이 일본을 호되게 혼내서 과연 그런가 하고 생각하며 안절부절 못하며 반년을 보냈습니다. 그 당시는 공부는 교과서는 있었지만 사전도 교재용 테이프도 없었습니다. 한일사전도 없었고 일한사전도 없었습니다. 제가 사용한 것은 한영사전으로, 한국에서 나온 한영사전을 썼습니다. 잘 모르는 영어는 다시 영일사전을 펼쳐봐야 하는 꼴이었습니다. 조선어소사전이라는 것이 있었지만 단어장을 조금 늘린 정도로 쓸 만한 사전이 아니었습니다. 다케우치 요시미 선생님이 「조선어를 추천함朝鮮語のすすめ」이라는 평론에서 쓰기도 했고, "대학은 학생에게 서양어 하나와 아시아어 하나를 배우게 해야 한다"라고 말씀하셨습니다. 다만 다케우치 선생님의 수업은 무료했지만, (청중 웃음) 때때로 손님이 찾아왔습니다. 홋타 요시에堀田善衛 씨나 오카자키 도시오岡崎俊夫 씨 등이 와서 학생들과 잡담을 했는데 저는 그게 꽤 즐거웠습니다.

조선어를 배우기 시작한 해인 1958년 8월에 고마쓰가와사건小松川事件이 일어납니다. 어제 학술 보고에서도 이진우 이야기가 나왔지만, 이진우라는 청년이 만 19살에 강간살인사건을 일으키고 22살에 때 사형을 받습니다. 고등재판소의 판결이 나왔을 때 하타다 다카시旗田巍 선생님이 "이진우 소년을 돕는 모임"을 만들었습니다. 돕는다 해도 목숨을 구하는 것뿐으로 그의 죄는 죄로 인정하고, 다만 죄를 짓게 되기까지의 환경을 고려해서 하다못해 무기징역을 구형했으면 좋겠다는 것이 이 모임의 취지였습니다. 저도 하타다 선생님의 수업을 듣고 있어서 함께 움직였습니다. (다만 하타다 선생님의 전문 분야는 고려사로 관련된 한문을 읽는 수업을 하셨습니다) 하타다 선생님을 중심으로 운동이 전개됐습니다.

저도 구치소에 몇 번인가 가서 이진우와 면회를 했고 그의 가족과도 만났습니다. 이진우의 집은 에도가와구 시노자키江戸川区篠崎에 있었습니다. 지금이야 지하철이 다니고 있지만 그 당시에는 신코이와新小岩에서 가는 버스밖에 없었습니다. 저는 신코이와에서 살고 있었기에 버스를 타면 바로라서 이진우의 집에 몇 번인가 갔습니다. 서울대학의 김윤식 교수와 함께 이진우의 여동생이 일하는 한국 식당에 가서 밥을 다 먹고 나와서 식당에서 만난 여자가 그녀라고 했더니 꽤나 놀라워했습니다. 김윤식 교수는 그 때 일을 어딘가 에세이에 썼습니다.

그런 모임 가운데 김달수 씨와 만났습니다. 물론 김달수 씨와는 전부터 알고 지냈는데 친해진 것은 그가 "이진우 소년을 돕는 모임"에 나온 후부터입니다. 김달수 씨는 무척 바빠서 2, 3번 밖에 모임에 나오지 못 했을 겁니다. 나올 때마다 "고맙습니다" 하고 저희에게 고개를 숙였습니다. 저는 "고맙습니다"라는 말을 듣기 위해서 구명운동을 하고 있는 것이 아니라고 말하고 싶었습니다만. 모임에서 만난 것을 계기로 그의 서재에 드나들었습니다. 김달수 씨의 집은 그 무렵 에고타江古田에 있었는데 그곳에 가면 흥미로운 책이 가득했습니다.

우선 잡지로는 『문장』이 있었습니다. 단행본으로는 『건설기의 조선문학』이나 혹은 임화의 시집 『너 어느곳에 있느냐』 등 전부 조선어로 쓰인 것이었지만 그런 책이 있어서 저는 그것을 빌려서 집으로 돌아와 사진으로 찍은 후 확대해 복사해서 철했습니다. 복사기가 없던 시대의 이야기입니다. 복사기가 없으니 사진으로 찍을 수밖에 없었습니다.

작가인 이은직 씨는 신주쿠에 있는 조선장학회에서 오랜 세월 일했던 인물입니다. 좀처럼 조선총련으로부터 벗어나지 못했던 사람입니다. 그가 『문장』을 전부 소장하고 있다고 해서 집에 찾아가자 "일본인이 무슨 목적으로 이용할지 알 수 없으니 빌려주지 못 하겠다"고 하며 거절했습니다.

그런 일은 실은 자주 있었습니다. 다른 이야기지만 제게 조선어를 처음 가르쳐준 분은 박정문이라는 분입니다. '문'은 한자로 삼수변에 '文'을 붙인 '汶'자를 씁니다. 이 분은 학식이 있다고 해야 할지 정말로 존경할 만한 분입니다. 전문 분야는 음성학으로 사후에 공화국으로부터 박사학위를 받았습니다. 당시 이타바시板橋 주조十条에 있던 민족학교 중고등학교 선생님이었습니다. 목구멍이나 치아의 구조, 구강 구조를 그리고 이렇게 발음하면 입안이 이렇다라고 설명하는 수업이었습니다. 그러니까 근로청년 등의 일하는 사람이 야간 수업에서 그런 수업을 들으면 대부분이 질려버린다고 할지, 그런 지식은 필요하지 않다고 생각한 것인지 점차 학생이 줄었습니다. 서른 명 정도로 시작해 남은 것은 불과 두세 명입니다. 두세 명 중에 저도 있었습니다.

제가 고등학교 교사를 하고 있을 무렵에 안도 선생님으로부터 적당한 조선어 선생님을 소개해달라는 의뢰를 받고 박정문 선생님을 소개했습니다.

와세다대학에서 교직원을 대상으로 한 조선어 강좌는 1961년에 만들어졌습니다. 학생 대상도 그 다음해부터 시작됐습니다. 그렇지만 둘 다 정규 수업은 아니었습니다. 단위를 딸 수 없습니다. 게다가 둘 다 초급만 개설됐습니다. 애당초 교직원 대상 강좌를 만들었을 때부터 중국어 강사와 국어학 계통 강사가 중심이었습니다. 직무에 쫓긴 것도 있지만 언제까지고 초급반이어서 수강자는 제가 와세다대학에 부임한 1963년이 되자 문학부의 오쓰키 겐大槻建 씨와 저 둘뿐이었습니다. 둘이서 빨치산 회상기인 『연길폭탄』을 번역했는데 출판사가 꽁무니를 빼서 출판은 무산됐습니다. 게릴라 활동을 선동하는 책으로 보일까봐 지레 겁을 먹은 겁니다.

교직원 대상 조선어 강좌의 강사는 박정문 씨와 김호경 씨, 이름은 기억이 나지 않지만 이 모 씨였는데 후일 윤학준 씨 체제로 바뀝니다. 학생은 매년 저 혼자뿐이었습니다. 게다가 계속 초급이 이어졌습니다. 이 강좌에서 윤학준 씨를 중심으로 외부에서 많은 사람들이 모여서 문학작품을 읽게 됐습니다. 당시 도쿄대학 학생이었던 시라카와 유타카白川豊 씨도 참여했습니다. 이렇게 『조선현대문학선』1, 2가 만들어졌습니다.

다시 원래 이야기로 돌아가면 저는 1959년에 박사과정에 입학했습니다. 다케우치 요시미 교수님 연구실에 변함없이 있었지만 1960년 안보투쟁이 벌어지자 상황이 변했습니다. 다케우치 선생님이 "기시 노부스케 아래에서 공무원으로 일하는 것은 부끄러운 일입니다"라고 말하며 교직을 그만두었습니다. 저희는 수업은 듣지 않고 "다케우치 그만두지 말라. 기시 노부스케 그만둬라"라는 플래카드를 들고 국회 주변을 매일같이 돌며 데모를 했습니다. 기시 노부스케는 아베 수상의 조부입니다. 이소령李素玲이라는 여성이 『식민지문화연구』 17호 「시각과 안테나」 코너에 쓴 내용이 있습니다. 이 분이 도쿄대 그룹에 속해 데모를 했다고 합니다. 당시는 대학마다 그룹을 만들어 데모를 했는데, 와세다 쪽으로 와달라고 해서 함께 나란히 데모를 했던 적이 있습니다.

다음해에도 저는 여전히 박사과정 학생이었는데 그 당시에는 과정을 하며 고등학교에서 교사를 할 수 있었습니다. 박사과정 2년 때 고등학교 교사가 됐습니다. 그 후 반년이 지난 6월 14일에 결혼을 했습니다. (웃음) 아내는 재일조선인입니다. 저희 집안에서 반대를 했지만 아내의 집안에서는 일본인과 결혼을 한다고 해서 한층 더 반대가 심했습니다. 그때도 안도 선생님이 양쪽 집안의 부모와 만나 설득을 해주셨지만 반대가 워낙 완강했습니다. 그러자 안도 선생님이 "그러면 자네 아내 될 사람을 내 양녀로 삼아서 오무라 군과 결혼시키겠네"라고 말씀해 주셨습니다. 음, 이런 이야기는 이제 그만 두죠. (청중 웃음)

다음 해인 1962년에 '일본조선 연구회'가 결성됩니다. 일본을 앞에 붙인 것처럼 일본에 서서 조선 연구를 지향한다는 겁니다. 연구회 이사장이 후루야 사다오古屋貞雄라고 하는 중의원의원으로 노동운동가 출신입니다. 데라오 고로寺尾五郎, 안도 히코타로, 하타다 다카시, 후지시마 우다이藤嶋宇内, 가와고에 게조川越敬三, 와타나베 마나부渡部学, 하타다 시게오畑田重夫 등이 중심이었습니다. 하타다는 공산당원으로 도지사 선거에 몇 번이고 입후보 했지만 낙선됐습니다. 그 외에 오자와 유사쿠小沢有作, 가지이 노보루, 가지무라 히데키梶村秀樹, 미야타 세쓰코宮田節子 등의 젊은 연구자도 있었습니다. 운영 실무는 데라오 고로와 사무국의 기모토 겐스케木元賢介가 담당했습니다. 다케우치 선생님도 연구소 설립대회에 출석했는데 그 후에는 연구소에 등을 돌렸습니다. 연구소에는 혈기왕성한 사람이 많았습니다. 한일회담 반대 투쟁을 위해 매일같이 어학강습회를 하러 나갔습니다. 강습회에 가지 않았던 것은 저뿐입니다.

저는 문학서클과 어학서클에 들어갔습니다. 문학서클이라 해도 문학을 하고 있는 사람은 가지이 노보루 씨와 저, 이렇게 둘뿐입니다. 나머지는 모두 일본어로 된 것만 읽었습니다. 결국 재일조선인문학을 하게 됩니다. 그래서 그만뒀습니다. 그리고 어학 쪽은 나중에 도쿄외대 교수가 되는 간노 히로오미菅野裕臣 씨와 둘이서 강사를 하던 시기가 있었습니다. 간노 씨는 한국에서 돌아왔을 때 조선 연구소의 사무국에 있었습니다. 간노 씨와 둘이서 팀을 꾸려서 그는 초급, 저는 중급을 담당했습니다. 회장은 분쿄구文京区 구청에 있는 강의실을 썼습니다. 지금과는 장소와 건물 모두 다릅니다. 일본조선 연구소는 어디에 있었냐 하면 라멘가게 2층이었습니다. 라멘집 2층에서 그런 강연회를 열 수 있는 공간은 없습니다. 그래서 밖에서 공간을 빌렸던 셈입니다. 길가에서 간노 씨와 스쳐지나가는 순간 오른손을 들어서 이렇게 합니다. 이건 V사인이 아니라 오늘 수강생은 두 명뿐이었다는 뜻입니다. (청중 웃음) 운동단체 사람들은 처음에는 기합이 들어서 기세 좋게 오지만 운동 쪽이 바빠지면 발길을 끊습니다.

연구소 시절에 남겨 놓은 일은 『조선문화사』 상, 하 2권의 번역작업입니다. 원본은 공화국 사회과학원 역사연구소에서 편찬한 것으로 미제본 인쇄물입니다. 연구소 사람이 공화국에 갔을 때 현지의 협력을 얻어서 촬영해서 만든 호화로운 책입니다. 두 권을 함께 들 수 없을 정도로 무겁고 호화로운 책입니다. 며칠이고 집에 가지 않고 틀어박혀서 번역을 했습니다. 와타나베 씨, 가지이 씨, 그리고 저까지 셋이서 번역의 중심이 되었습니다. 출판은 아동문화사亞東文化社였습니다. 현재의 아동사는 후신입니다. 아동사는 최근에 『만선일보滿鮮日報』 복각판을 냈습니다.

저는 연구소에서 이단이라고 해야 할지 방계傍系라고 해야 할지 소극적인 편이었습니다. 하지만 밖에서 보면 그렇지도 않았던 것 같습니다. 집에 찾아온 공안 형사가 "연구소에서 이사를 하는 모양인데 매달 얼마씩 받고 있나?" 하고 물어본 적이 있습니다.

와세다대학에 유학생을 위한 일본어 과정이 처음 생긴 것은 1963년입니다. 그때까지는 사무원들이 틈이 나면 가서 가르치는 수준이었습니다.

일본어 강사는 제각각으로 원래 일본어 강사였던 사람이 없어서 국어학의 전문가가 있는가 하면, 국회에서 속기사를 하던 사람도 있었고 전쟁 중에 영어강사를 하다가, 적국의 언어를 가르칠 수 없게 되자 동남아시아에 가서 일본어를 가르친 분이라던가, 혹은 전후 진주군進駐軍 등 영어권에서 온 사람들에게 일본어를 가르치는 일을 하던 분이라던가, 그런 사람들의 집합이었습니다. 저는 그 어디에도 속하지 않았지만 그쪽 나라 말을 조금 알기에 채용됐습니다. 대만을 포함해 중국과 한국에서 온 학생이 전체의 7할 가까이였습니다. 저는 아마추어치고는 정말 열심히 가르쳤습니다.

대학에 개설된 유학생용 일본어는 여하튼 처음이어서 교과서를 하나 만든다고 해도 모두 생각이 달랐습니다. 이야기가 조금도 정리되지 않았고 게다가 처음에는 연구실도 없었습니다. 그런 와중에 다시 중국어 교수로 법학부로 옮기지 않겠냐는 제안이 왔습니다.

법학부는 그때까지 사네토 게이슈実藤恵秀 교수가 전임으로 있다가 교육학부로 옮겨가 그 이후 뒤를 잇는 전임이 한 명도 없었습니다. 그래서 법학부에 갔습니다. 법학부에는 10년 동안 있었습니다. 그 10년 사이에 기시 씨와 만났습니다. 저는 중국어를 가르쳤지만 마음은 조선에 이끌려 가는 상황이 이어져서 꽤나 괴로웠습니다. 그러는 사이에 1974년 무렵부터 법학부에 재직하면서 어학교육연구소어연에서 조선어 교육을 겸임해 담당하게 됐습니다.

어연에서는 1962년부터 학생을 대상으로 조선어 강좌를 열었습니다. 주 1회로 초급반뿐이었습니다. 처음에는 우메다 히로유키梅田博之 씨, 다음으로는 오에 다카오大江孝雄 씨가 맡았습니다. 후에 초급 주 2회, 중급 주 2회, 회화 주 2회로 커리큘럼이 바뀐 후부터는 김유홍 씨도 가세했습니다. 이후 오에 씨가 해외로 연구유학을 떠나서 제가 어연 조선어 수업을 겸임하게 됐습니다.

1978년에는 와세다대학이 개교한 이후 첫 조선어 전임교수로 다시 어연으로 자리를 옮겼습니다. 법학부에서 어연으로 옮기게 된 것은 제 자신이 중국어를 가르칠 에너지가 없는 상황이었기에 학생들에게 미안한 마음이 근저에 있었습니다. 이후에도 중국어나 조선어는 무언가 정치적 사건이 터지면 이수하는 학생이 갑자기 늘거나 줄어드는 상황이 이어졌습니다. 그 해에는 마침 중국어 수강생이 줄어들어서 법학부 중국어 교수가 기시 씨와 저 두 사람이 모두 필요한 상황이 아니기도 했습니다. 하지만 자리를 옮기는 과정은 순조롭지 않았습니다.

1970년, 법학부에 있을 때 동인지 『계간 조선문학－소개와 연구』를 냈습니다. 사상 처음으로 일본인으로만 구성된 조선문학 번역·연구 잡지였습니다. 이 모임은 완전히 아마추어 집단입니다. 저는 중국학 연구자고, 동인인 다나카 아키라田中明 씨는 아시아신문기자, 가지이 노보루 씨는 중학교의 생물 교사, 이시카와 세쓰石川節 씨는 샤미센 선생님, 오쿠라 히사시小倉尚 씨는 『동양경제』지 기자, 창간호 출판 때부터 들어온 조 쇼키치 씨는 한국에서 돌아온 방랑자였습니다. 다만 당시는 아마추어 집단이 될 수밖에 없었습니다. 조선문학을 전문으로 연구하는 인재를 양성하는 기관은 어디에도 없었습니다. 간노 씨는 도쿄외대 몽골어학과를 나왔고, 사에구사 도시카쓰三枝壽勝 씨는 교토대학 물리학과의 조수였으니까요. 조 쇼키치도 도쿄외대 중국어학과 출신입니다.

『조선문학－소개와 연구』 창간호 편집후기에 제가 쓴 내용입니다. "우리 모임에 회칙은 없다. 하지만 최소한 이 모임이 ① 일본인의, 적어도 일본인을 주체로 한 모임일 것, ② 백두산 이남, 현해탄에 이르는 지역에서 태어나 그리고 살아가는 민족이 낳은 문학을 대상으로 할 것을 확인한다"고. 일본인 쪽에서 조선문학을 연구해 가는 것, 한국·북조선의 분단을 넘어서 총체로서의 조선문학을 파악하려는 노력은 이 무렵에 이미 결정 됐습니다.

한편 조선어를 둘러싼 환경도 변해갔습니다. 1974년 고순일 씨가 아사히신문에 투고한 「NHK에 조선어 강좌를 개설하라」를 계기로 76년에 문화인 40명의 호소로 「NHK에 조선강좌 개설을 요망하는 모임」이 발족해 서명운동을 전개했습니다. 이 운동은 조선어어라고 하다니 안 될 말이다, 한국어라고 해야지라고 하는 한국 측의 맹렬한 반대에 부딪쳐 좌초했습니다. 생각지도 못 하게 정치 문제로 발전하고 말았습니다. 이에 대해서는 제가 「NHK '한글강좌'가 시작되기까지」라는 글에 정리해 놓았습니다. (이 글은 한국에 출판된 『오무라 마스오 저작집4 — 한국문학의 동아시아적 지평』에 실려 있다 — 역자 주)

1975년, 당시 나가이 미치오永井道雄 문부대신의 "세계의 변화에 맞춰서 일본인이 국제화 하기 위해서는 영어는 중학교에서부터 공부를 하는데, 이웃나라 말인 조선어는 오사카외대와 텐리대에서밖에 가르치지 않는 모순을 극복해야만 한다"고 발언한 것에 압도된 것처럼 상부 주도로 도쿄외대에 조선어과가 만들어졌습니다. 흐름을 탄 듯 1976년에는 도야마대학 인문학부에 조선코스를 개설하는 움직임이 시작됐습니다. 당시 인문학부장인 데사키 마사오手崎政男 씨와 문부성 간의 교섭이 어떤 것인지는 알 수 없습니다. 다만 데사키 씨가 가장 먼저 제게 도야마대학에 오지 않겠냐고 제안했습니다. 저도 중국어 교수로서는 실격이라고 생각해 마음이 움직였지만, 집을 얼마 전에 새로 지어서 대신에 가지이 노보루 씨를 추천했습니다. 하지만 데사키 씨도 필사적이어서 문부성 회의에서는 오무라 마스오로 할 테니 바로 직전까지 가서 갈 수 없다고 거절해 달라는 것이었습니다. 세상사에 어두운 저는 그렇게 하면 되는 것인가 생각했습니다. 하지만 문부성은 그렇게 무르지 않아서 와세다대학 법학부장의 할애割愛書를 쓰라고 압박해 왔습니다. 이 사람은 내주기 아까운 인재지만 도야마대학에 할애한다는 계약서입니다. 아내에게는 말하지 못 했지만 길바닥에 나앉을 수도 있다는 각오였습니다. 유일한 길은 와세다대학 안에서 조선어담당으로 가는 시도입니다. 그 무렵 조선어는 어연에만 있어서, (졸업 단위로 인정되지 않습니다) 저는 다시 어연으로 돌아가는 것에 모든 것을 걸었습니다. 연구 업적은 꽤 있었고 조선어가 필요하다는 인식도 점차 인정되고 있던 시기여서 어연의 관리위원회교수회의와 유사에서 부서 이동을 허락받았습니다. 1978년의 일입니다. 하지만 그렇게 한 건 안도 선생님의 기대를 저버리는 것이어서 꽤나 마음이 괴로웠습니다. 그 후 정치경제학부에서 중국어를 3, 4년 동안 담당했지만 그것으로는 마음의 부채의식을 다 해소할 수 없었습니다.

문학으로 다시 이야기를 돌리면 1973년 『현대조선문학선』 1, 2를 출판했습니다. 이 책은 750부를 찍었는데 다 팔리지 않아서 재단해서 폐기된 것이 많아서 여러분이 볼 기회가 적을 겁니다. 후일 중국의 김학철 씨가 이 책을 읽은 것을 알고 놀랐습니다. 이 문학선에 실린 작품은 모두 일본인이 번역한 겁니다. 다만 해설은 유학준 씨가 썼습니다. 김달수 씨의 제자격인 분입니다. 하지만 둘은 싸우고 멀어졌습니다. 복잡합니다. 재일조선인사회도. 윤학준 씨는 자신의 역할을 잘 했습니다. 그늘에서 우리를 지탱해줬습니다. 감사하는 마음은 있습니다.

1975년에 『상흔과 극복』아사히신문사이라는 책을 냈습니다. 서울대학의 김윤식 교수가 쓴 책을 번역한 겁니다. 이 책은 『한일문학의 관련양상』에서 발췌한 글과 다른 책 『임화연구』를 합친 겁니다.

『임화연구』에 인용된 임화의 시는 제가 한 일본어 번역을 조선어로 다시 번역한 것이라고 김윤식 교수가 쓰고 있지만 그건 사실과 다릅니다. 김윤식 교수는 원본을 가지고 있었지만 그렇게 밖에 말할 수 없었습니다. 1987년은 1988년 서울올림픽을 앞두고 한국 정부가 조선민주주의인민공화국^{이하, 공화국으로 약칭한다}의 일부 문학자를 인정한 해이기도 합니다. 그 이전은 월북문학자, 북에 간 문학자, 혹은 계속 북에 있는 문학자의 책을 가지고 있는 것만으로 반공법에 걸려 체포됐습니다. 그래서 그런 표현을 한 겁니다.

임종국 씨의 『친일문학론』도 번역했습니다. 임종국은 범상치 않은 인물입니다. 한일회담을 앞두고 쓴 책입니다. 1966년에 나왔습니다. 이 책에는 위기감이 넘칩니다. 자신의 부모나 스승도 비판합니다. 친일행위를 한 사람은 숨기지 않고 밝혔습니다. 그래서 대학에 남지 못했습니다.

그는 생계를 위해 천안에 있는 산속에, 정상에 땅을 사서 과수원을 만들었습니다. 전기가 들어오지 않아 자가발전을 했습니다. 우편물이나 신문은 산에서 내려가 받아와야 했고, 도로도 없고 건축 자재를 경운기로 실어와 집을 지었습니다. 그래서인지 온돌이 약간 상태가 좋지 않아서 연료인 장작 태우는 냄새가 마루에서 아련히 올라왔는데 좋은 냄새였습니다. 임종국 씨는 과수원도 만들었는데 꽤나 손이 많이 갑니다. 복숭아도 포도도 잘 되지 않아 결국 남은 것은 밤뿐입니다. 밤은 생각보다 품이 많이 들지 않습니다. 밤 농장을 하고 있을 무렵 방문했을 때 밤밥이라고 해야 할지 밤밥^{밤이 더 많았고 주인공인 쌀은 별로 없는}을 얻어먹었습니다. 그 후로 가족 간의 교제를 이어갔습니다. 임종국 씨의 취미는 기타로 작은 일로는 기가 죽지 않았습니다.

1984년에 『조선단편소설선』 상, 하 2권을 셋이서 공동 번역해 이와나미문고에서 처음으로 냈습니다. 이와나미문고에서 전전에 낸 김소운의 번역이 있습니다. 『조선시집』이나 『조선동요집』이 있는데 일본인이 번역해서 낸 것으로는 저희가 작업한 것이 최초입니다.

그 후 1988년에는 문고판이 아니라 『한국단편소설선』이라는 책을 냈습니다. 서울올림픽을 기대하고 냈는데 전혀 팔리지 않았습니다.

2. 연변 조선족 자치주를 향한 관심

연변 조선족 자치주를 향한 관심은 전부터 있었습니다. 조선문학을 연구하다 보면 구 '만주'를 체험하지 않은 문학자가 거의 없을 정도로 모두가 어떤 의미에서든 관련돼 있습니다. 특히 제가 번역하고 처음으로 논문다운 것을 썼던 것이 최서해와 관련된 것입니다. 최서해의 작품에는 '만주' 체험이 살아 있습니다. 게다가 1963년에 안도 선생님이 쓴 「연변기행延邊紀行」을 읽고 연변에 가고 싶다고 생각했습니다. 동경대 동양문화연구소 기요紀要에 실린 글입니다.

1985년에 해외유학 기회를 얻어서 연변에 갔습니다. 처음에는 연변 쪽에서는 거절을 당해서 그렇다면 어쩔 수 없으니 장춘으로 가서 여름방학이나 겨울방학 때 연변에 가려고 장춘에 있는 동북사범대학과 계약을 맺었습니다. 전가專家, 국가가 초빙하는 전문가 계약을 맺고서 시수까지 받았는데 취소하고 연변으로 갔습니다. 마지막 순간에서야 연변대학에서 받아주겠다고 하는 겁니다.

다만 연변대학에서는 전가로서가 아니라 외국인연구생 자격입니다. 그러니까 대학원생입니다. 외국인연구생은 수업료가 무척 비쌉니다. 저는 봉사활동이라고 생각해 일본어과 수업을 맡을 생각이었는데 보수를 주고 연구생 수업료를 상쇄하자는 식으로 이야기 됐습니다. 저를 담당한 분은 권철權哲 교수라는 분입니다. 당시는 부교수였는데 "부교수가 어떻게 정교수를 가르치냐"고 해서 한 번도 수업을 들은 적이 없습니다.

하지만 연변에 가길 정말 잘했다고 생각했습니다. 중국·중국어를 헛되이 배운 것이 아니라고 느꼈습니다. 한때는 주눅이 들어서 중국을 대해 왔는데 연변에 이르러 드디어 자신의 안에서 중국과 조선이 유기적으로 결부됐습니다. 뜰에서 닭 열 마리를 키우며 달걀을 팔러오는 아저씨, 매일 아침 '환멘파오換面包'라고 외치며 빵과 양표糧票, 식권을 교환하러 오는 아주머니가 그립습니다. 연길의 서시장西市場도 당시에는 빌딩이 없어서 하남시장河南市場처럼 노점이 늘어서 있었습니다. 시장에서 장을 보고 장바구니를 아내에게 들게 하자, 그건 남자가 들어야 한다고 혼내던 아주머니, 길에서 화장실은 어디냐고 물을 생각으로 "화장실이 어디입니까?" 하고 묻자 상대방이 의아한 표정으로 "큰 병원에 있습니다" 하고 가르쳐줬습니다. 조선어 발음으로 화장실化粧室과 화장실火葬室은 똑같습니다. 그 사실을 후일 알고서 웃음이 나왔습니다. 당시 연변에는 화장실이란 말이 없고 '측소廁所' 혹은 '변소'라고 말해야 했던 겁니다. 연변에서의 생활은 대단히 즐거웠습니다.

하지만 자료 쪽으로는 꽤나 실망스러웠습니다. 조선 관계 문헌이 거의 남아있지 않습니다. 전후 직후에 나온 공화국의 책이나 진귀한 책이 있었던 것과, 윤동주나 김조규의 족적을 꽤 알 수 있게 된 것 외에는 귀중한 발견은 없었던 셈입니다.

윤동주는 한국의 국민 시인으로 불리고 있습니다. 하지만 그는 중국에서 태어나 자랐습니다. 중학교는 세 곳을 다녔는데 평양의 숭실중학를 나온 후 서울의 연희전문학교현재의 연세대학교로 진학했습니다. 이후 일본으로 유학을 떠났는데 그 시기를 다 해도 중국에 있었던 기간이 훨씬 깁니다. 그러므로 중국의 시인이라고도 할 수 있으며, 조선의 시인이라고 할 수 있는 그런 작가였습니다. 용정시 교외에 있는 산에서 전후 40년 동안 방치돼 있던 윤동주의 무덤을 찾았습니다. 한국인에게는 상당히 충격적인 일이었어요. 그 당시 한국과 중국은 국교가 없었습니다. 경제인이나 정치가들이야 연변에 꽤 드나들었지만 대부분은 들어오지 못했습니다. 그러므로 국민시인 윤동주의 무덤이 일본인 손에 다시 발견됐다, 혹은 일본인이 앞서갔다는 생각에서일까요. 일본인이 윤동주를 죽여 놓고서 일본인이 무덤을 찾았다는 것에 한국인은 '역사의 아이러니'『동아일보』를 느꼈던 것 같습니다.

조선학회에서 내는 『조선학보朝鮮學報』에 「윤동주의 사적에 대해서尹東柱の事跡について」라는 '조사 보고'를 썼습니다. (논문으로 인정받지는 못했습니다) 묘비 삼 면에 새겨진 윤동주의 경력과 친척 관계, 다녔던 교회, 병원, 집터 등 1985년 시점에서 확인할 수 있는 것을 쓰고 나니 한국에서 두 편의 번역이 나왔습니다. 하나는 윤인석尹仁石이 『문학사상』에 실은 번역입니다. 윤인석 씨는 윤동주의 친조카친동생의 아들로 그가 직접 번역한 겁니다. 그 글에 붙여서 「나는 왜 윤동주의 고향을 방문했는가」라는 글이 제가 쓴 것처럼 돼 있습니다만, 그것은 편집부가 완전히 날조한 기록입니다. 게다가 그 글을 보면 제가 조선문학을 시작한 동기가 "죄의식에 사로잡혀서"로 돼 있는 게 아닙니까. 저는 절대로 그렇게 생각하지 않으며 그렇게 쓰지도 않았습니다. 게다가 한국인 앞에서 속죄의식을 내세우며 좋은 사람인 척하다니 칼날이 목에 들어와도 하지 않을 소리입니다. 게다가 교묘하게도 윤인석 씨에게 보낸 편지의 제 사인을 전용해서 마치 그 문장을 제가 쓴 것처럼 꾸며놓은 겁니다.

내용증명을 보내서 경우에 따라서는 재판을 할 각오까지 했습니다. 하지만 막상 한국에 가서 사장님과 만나고 나니 마음이 변했습니다. 사장님 말로는 한국 내 일반 독자의 눈으로 보자면 한국인 앞에 넙죽 엎드리는 일본인의 이미지가 아니라면 그런 글은 실을 수 없다는 겁니다. 그 글을 게재하려면 꼭 「나는 왜 윤동주의 고향을 방문했는가」를 함께 실을 필요가 있었다는 난처한 변명을 듣고 있는 사이에 제 각오가 흐지부지 돼서 (웃음) 그 이후 사장님과 꽤 친해졌습니다. 그런데 그 사장님이 암에 걸렸습니다. 당시 한국은 의료 시스템이 충분히 정비돼 있지 않았습니다. 일본에서 수술을 하고 싶다고 해서 제가 신원보증인 역할을 한 적도 있습니다. 이미 30년도 전의 이야기입니다. 그 때문인지 어떤지는 모르지만 월간지 『문학사상』을 매호 보내줍니다. 사장도 이제 바뀌어서 현재는 아들이 사장 자리에 있습니다. 어쩌면 제가 죽을 때까지 잡지를 보내줄 생각인지도 모릅니다. (웃음)

1999년에 『사진판 윤동주 자필 시고전집』심원섭·윤인석·왕신영·오무라 마스오 공편이라는 책을 한국에서 냈습니다. 심원섭 씨가 중심이 돼 만든 책입니다. 민음사에서 낸 책으로 발간까지 3년이 걸렸습니다. 윤동주 연구의 기초 문헌이지만 3쇄를 찍어 겨우 1,500부가 나갔습니다. 윤동주라는 시인이 생전에 발표한 작품은 겨우 5, 6편이고 나머지 대부분은 원고 상태로 남아 있습니다. 이런 예는 좀처럼 없습니다. 그런데도 국민시인이 된 겁니다.

사실 유족은 사진판을 낼 생각이 없었습니다. 제게 공이 있다고 한다면 사진판을 내라고 유족을 설득한 것이겠죠. 자필원고를 사진판으로 내는 것에 큰 의미가 있다고 생각했습니다. 이런 책을 내면 기존의 연구가 크게 바뀔 것이라고 믿었습니다. 시집의 판본은 꽤 많지만 그 중에서도 가장 신뢰할 수 있는 있는 책이 『윤동주전시집—하늘과 바람과 별과 詩』정음사 1판, 2판, 3판입니다. 1948년에 나온 것이 초판으로 31편의 시가 실렸고, 재판이 1955년으로 93편의 시가 실렸습니다. 3판이 1978년으로 116편, 이번에 낸 사진판에는 124편으로 편수만이 아니라 내용도 꽤 다릅니다. 윤동주가 원고에서 삭제한 부분은 대부분의 시집에는 인쇄돼 있지 않습니다. 왜 지웠는가. 그것을 고찰하는 것도 연구라고 할 수 있을 겁니다.

처음에는 윤동주도 한국사회에 받아들여지지 않았습니다. 연세대학에도 기념비 등이 세워지지 않았었습니다. 거절당했습니다. 모든 시인의 비석을 세우면 연세대학 캠퍼스는 시비로 가득찰 것이라고 했습니다. 유족은 몇 번이고 몇 번이고 거절당한 후에야 마침내 그곳에 비석을 세울 수 있었습니다.

그에 이르는 과정에서 윤동주의 동생, 윤일주尹一柱 씨는 윤동주의 시를 모두가 알기 쉽게, 그러니까 부분적으로 변경했습니다. 방언은 표준어로, 철자도 현대풍으로, 윤동주가 같은 작품에 몇 번이고 손을 대서 미완성으로 끝난 경우에는 좋은 부분만을 취합해서 하나의 작품으로 만드는 식으로. 가장 유명한 「서시」라는 시도 원고와 시집을 대비해 보면 7군데나 차이가 납니다.

연변에서 윤동주 관계의 사적조사를 한 덕분에 육필원고를 보고 싶다는 제 청을 유족이 받아들여줬던 것 같습니다. 그 정도로 윤동주가 유명해졌는데도 육필원고를 보고 싶다고 유족에게 말하는 한국인 연구자는 1996년까지 나타나지 않았던 겁니다. 저는 1986년에 육필원고를 처음 봤는데 한국인보다 먼저 봤다고 말하지 말아달라는 유족의 뜻을 존중해서 10년 동안 침묵을 지켰습니다.

연변에 가길 잘했다고 느끼는 것은 제가 조선문학을 연구할 때 조선만으로는 안 된다는 사실을 실감했던 것과 이어집니다. 요컨대 일본과 중국과 남과 북한반도에 이르는 전 동아시아적인 시야를 확보해야 한다는 것을 확인한 겁니다.

연변 관계 책으로는 1987년 연변에서 돌아오고 다음해에『중국의 조선족』『연변조선족자치주개황(延辺朝鮮族自治州概況)』을 번역한 책을 고베에 있는「무궁화 모임むくげの会」에서 낸 겁니다. '무궁화 모임'에서는 제목을「중국의 조선인」으로 하자고 제안했지만 그것만은 양보할 수 없다고 버텨서『중국의 조선족』으로 결정됐습니다. 조선족이라는 말이 당시에는 귀에 익지 않았기에 '무궁화 모임'의 제안도 일리는 있습니다.

그 밖에 1989년『시카고복만－중국 조선족 단편 소설선』에서는 현존하는 13명의 작가를 다뤘습니다. 그리고 1999년, 기시岸 선생님이 주관한『새로운 중국문학』전6권 중에서 조선족인 최홍일崔紅一의 소설『도시의 곤혹』이 들어갔습니다.

3. 맞닥뜨린 곤란함

끝으로 '맞닥뜨린 곤란함'입니다. 이것은 우선 일본 안에서 조선문학을 연구하는 사람이 여전히 소수라는 것을 말합니다.

오카다 히데키岡田英樹 씨가 '우라노미치요浦野美千代'라는 펜네임을 썼다는 이야기를 들었습니다. 우라노미치요는 '裏の道よ뒷길이다'라는 의미인데 그렇다 해도 만주문학은 중국문학이라는 전체 속의 일부입니다. 그에 비해 조선문학은 그 이상의 '뒷길 중의 뒷길'이라고 해야 할까요. 조선문학

이 중국문학의 50분의 1, 100분의 1에 해당하는 위치를 얻고, 연구 면에서도 인재 면에서도 일본 학계에 배치돼야만 합니다. 예전보다 좋아졌다고는 해도 조선학은 극히 소수파입니다. 그러므로 연구자 개인의 부담이 무척 크며 연구 테마를 좁히기 힘듭니다.

현대어학숙現代語學塾, 숙은 민간의 교육기관을 말한다이라는 것이 지금도 있는데 혹시 그곳의 관계자는 없으시겠죠? (웃음) 현대어학숙은 김희로사건 재판 가운데 만들어진 경위가 있습니다. 김희로는 폭력단원을 두 명 사살하고 시즈오카 스마타교寸又峽에서 농성했습니다. 그 사건 재판이 열렸는데 재판 과정에서 오사와 신이치로大沢真一郎라는 분이 "국제적 시야가 꼭 필요하다"고 생각했다고 합니다. 그는 우선은 조선어숙朝鮮語塾부터 만들자고 결의합니다. 하지만 조선어숙만 만들어지고 다른 외국어는 사라졌습니다. 그래서 '현대어학숙'에서 조선어를 한다는 것은 이름과 실체가 다소 맞지 않다고 생각했어요.

그곳을 개교할 때 많은 사람이 밀어닥쳤습니다. 여성이 많았습니다. "우리는 매일매일 싸우고 있는데 너희들은 뭘 그렇게 태평스럽게 어학 따위를 하냐"는 주장이었습니다. 돌아가 달라고 부탁했습니다.

도쿄외대에 조선어과가 생겼을 때도 그런 종류의 반대운동이 있었습니다. 경찰관이 어학연수를 받는 곳이 될 거라는 겁니다. 더 지독했던 것은 현대어학숙에서 제 개인에 대한 비판입니다. 현대어학숙에서 어학 외에 때때로 강연회가 열렸습니다. 어학숙 제1기 강사를 맡은 것도 있어서 그곳에서 강연을 했는데, 제가 그때 조선학은 소수파라는 하타다 다카시旗田巍 선생님의 주장을 옹호했습니다. 하타다 선생님은 일본조선 연구소의 기관지인 『조선 연구』 좌담회에서 "조선학은 일본 안에서 특수 부락"이라는 이야기를 해서 차별발언을 했다며 비판을 받았습니다. 하타다 선생님의 말씀이 심했을지는 몰라도 조선학이 소수파라는 것은 사실입니다. 제가 하타나 선생님을 옹호해서 그곳의 학생들에게 꽤 당했습니다. 그것은 집요했습니다. 저는 귀찮아져서 자기 비판서를 썼습니다. 전시중의 전향자나 중국 문화혁명 당시의 지식인의 기분이 조금은 이해가 됐다고 할 수 있습니다. 그 곤욕스러운 일은 제가 한국 고려대학에 간 것이 1992년 봄이니 약 반년 이상 학생들의 '투쟁'이라는 형태로 계속됐습니다. 그런 급진파와 정면으로 맞닥뜨리는 것도 곤란한 일중의 하나입니다.

조선총련과의 불화도 있었습니다. 「과도기」라는 한설야의 소설이 있습니다. 와세다대학 도서관에는 『조선지광』 1927년 11월 이후 호가 전부 소장돼 있습니다. 「과도기」가 실린 호도 소장돼 있어서 가지이梶井 씨에게 건네주고 번역을 의뢰했습니다. 그런 와중에 항의가 들어왔습니다. 1950년 후반에 한설야는 우리나라공화국에서 부정되고 있다, 더구나 「과도기」는 공화국판도 있는데 어째서 그것을 쓰지 않느냐는 겁니다. 「과도기」는 후일 대폭으로 개고됐습니다. 전후에 북에서 나온 것이 그렇습니다. 조선총련의 항의는 가지이 씨에게 간 것이 아니라 연구소로 왔습니다. 연구소도 '일본조선 연구소'와 '일본'이라는 것을 붙이고 강조하고 있었으니 조금이라도 자기주장을 했으면 좋았을 텐데 적당히 얼버무렸던 것 같습니다.

"남북의 대립에 관한 일본인의 입장"에 대해서는 방금 전에도 말씀드렸듯이 1987년까지는 남과 북의 문학사 서술은 완전히 다릅니다. 남북분단 후 문학사 서술이 남과 북에서 다른 것은 이해가 되지만, 하나였던 해방 전의 근대문학사에서 다뤄지는 문학자가 일치하지 않습니다. 놀라운 것은 거의 일치하지 않는다는 겁니다. 세 명인가 다섯 명 만이 남북에서 함께 다뤄지고 있습니다. 최서해와 김소월, 그리고 또 한 명입니다. 그런 상황이 된 것을 실증적으로 밝히며 김삼규金三奎라는 독자적인 통일론을 지닌 분이 『조선평론』에 글을 쓴 적이 있습니다. 한국 연구자들도 괴로울 것이라 생각합니다. 충분히 알고 있는데 쓸 수 없었으니까요. 영인본조차도 월북작가의 인명을 풀네임으로 넣지 못 해서 이×영이기영이나 임×임화 식으로 넣습니다.

한양사건이 벌어집니다. 1973년 11월, 박정희 대통령 시대에 긴자에서 한양원漢陽苑이라는 야키니쿠숯불구이 고기집 가게가 있었는데 그 사장이 『한양』이라는 한글 잡지를 내고 있었습니다. 거기에 김우종, 임헌영 그리고 어제도 이야기가 나왔던 이호철, 그리고 장백일, 정을병, 이렇게 다섯 명이 공화국의 스파이라는 죄목으로 체포됐습니다. 『한양』지에 초대돼 일본을 방문했던, 혹은 기고했던 한국의 평론가, 문학자는 정말 많습니다. 그 많은 필자들 가운데서 다섯 명만이 『한양』에서 원고료를 받았다면서 반공법으로 체포됐던 겁니다. 표적수사입니다. 반정부 인사라는 이유입니다. 그 재판 증거로 도쿄역에서 저와 함께 찍은 사진도 있습니다. 김우종 씨가 교토 구경을 하고 싶다고 해서 교토에 갈 때 『한양』 사장이 저와 김우종 씨의 기념사진을 찍어줬습니다. 그것이 스파이라는 증거사진으로 제출됐습니다. 스파이가 공공장소에서 사진을 찍다니 말도 안 됩니다. 그리고 라디오카세트 또한 증거로 들었습니다. 라디오카세트는 일본에서라면 단파방송도 들을 수 있습니다. 김우종 씨가 공화국의 방송을 들었던 것이 아닌가 하고 의심을 받았습니다. 한국에서는 공화국의 방송을 듣고 싶어도 들을 수 없습니다. 정부 당국에서 방해 전파를 내보고 있습니다.

다섯 명 중의 한 명, 장백일 씨가 윤동주 세미나에서 이 사람오무라을 원망하면 안 된다고 말했습니다. 저를 옹호하는 의미에서입니다. 원망하면 안 된다는 것은 일반적인 사람은 원망하고 있는 셈이 됩니다. 윤동주의 무덤을 찾아낸 것을 저는 누군가로부터 칭찬받을 일이라고는 생각하지 않지만, 그렇다고 누군가에 원한을 살 일이라고는 생각하지 못 했었기 때문에 그건 꽤나 충격이었습니다.

연세대학에서 세미나가 열렸을 때 심원섭 씨가 사회를 봤고 저는 「윤동주의 독서력」을 다뤘습니다. 윤동주가 어떤 책을 읽었는지 고증을 했던 겁니다. 윤동주가 구입하고 사인을 했던 책 중에 남아 있는 것은 일본어 서적이 많습니다. 일본에 유학을 했으니 일본 책을 많이 샀을 겁니다. 제가 한 고증이 뜻하지 않게 연세대학의 젊은 연구자의 역린을 건드린 모양으로 윤동주는 일본에서 치안유지법에 걸려 체포돼 살해됐는데 일본으로부터 사상적 영향을 받았다는 식으로 말하는 것은 윤동주를 모독하는 것이라고 하더군요. 그런 주장에는 정말이지 손을 들었습니다. 말문이 막히고 말았습니다.

올해²⁰¹⁹ 6월 15일에 한국 소명출판에서 『오무라 마스오 저작집』 전6권이 나왔습니다. 5권까지가 논문, 6권이 문학앨범입니다. 사진은 제가 제공하고 문학앨범의 편집은 편집부에 모두 맡겼습니다. 앨범은 윤동주, 김용제, 임종국, 그리고 중국의 김학철 이렇게 4명이 중심입니다. 잘 팔리지 않는 학술서를 내준 것에 정말 감사하고 있습니다. 더구나 일본인의 저작을 출판해 준 것이니 상당한 결단을 내린 것이죠.

김용제라는 인물은 일본프롤레타리아 시인과 함께 활약했습니다. 전전 일본의 일본공산주의청년동맹이라는 조직, 현대풍으로 말하자면 민청과도 같은 것입니다. 그곳에 들어갔습니다. 김용제는 이토 신키치伊藤新吉의 권유로 조직에 들어갔고 그 후에는 기타야마 마사코北山雅子로 이어지는데 조직 보호상 당사자도 자신의 앞과 뒤에 있는 사람 각각 한 명씩만 알 뿐입니다. 이토 신키치가 자백을 해서 김용제의 이름이 드러나 체포됐는데 그는 끝까지 분투해 기타야마 마사코의 이름을 입 밖에 내지 않았습니다. 치안유지법에 체포됐더라도 문학자는 길어야 1년이나 2년입니다. 김용제는 4년 동안 형무소에 투옥돼 있었습니다.

그는 1939년부터 이른바 전향을 해서 친일문학의 길로 달려갑니다. 친일문학을 해서 양적으로는 이광수에 이어 작품 수가 많을 겁니다. 그러므로 임종국의 『친일문학론』에서 크게 다뤄집니다. 하지만 저는 김용제가 전전에 했던 활동, 1938년까지 했던 활동은 일본의 전위 그룹과 함께 하며 오히려 선두에 서서 싸웠던 인물로 그 공적까지 부정할 수는 없다고 믿습니다. 전향했다고 해서 전 생애를 부정하는 한국인의 합창에 가담할 수는 없다는 식으로 쓴 적이 있습니다.

김용제와 임종국, 두 사람과 만나면서 사이좋게 지낸다는 것은 한국에서는 생각할 수 없는 일입니다. 저 녀석 머리가 어떻게 된 게 아니냐고 할 겁니다. 고려대학에 강만길이라는 역사학자가 있습니다. 강만길은 어느 쪽이냐 하면 좌파로 제가 김용제 이야기를 하자 "아직 살아 있습니까?" 하면서 화를 냈습니다. 김용제는 전향을 변명하지 않고 6년 동안 친일문학 행위를 위해서 전후 50년을 울지 않고 날지 않고 숨죽여서 살다가 한국에서 세상을 떠났습니다. 강만길 씨는 와세다에도 1년 동안 와 있었고 고려대학 교수로 미국에서 열린 학회에서도 함께 가는 등 사이가 좋습니다만 역시 그렇게 생각하더군요.

김학철은 정말 격렬한 사람입니다. 원산 태생으로 중학교를 졸업한 후에 상하이로 넘어가 항일운동에 종사했고, 국민당 계열의 군관학교에 들어갔습니다. 이윽고 신사군新四軍, 그리고 팔로군八路軍의 일부로 조선의용군으로 활동했습니다. 태항산에서 일본군과 교전하던 중에 부상을 당해 포로가 됐습니다. 치안유지법으로 10년 형을 받았습니다. 일본이 패전해서 중도에 출옥했고, 한국에서 문학자로 활동하다 미군정의 좌파탄압으로 생명의 위기를 느끼고 38선을 넘어서 북으로 들어갔습니다. 6·25 전쟁 때 중국에 들어가 딩링丁玲에게 문학 수업을 받고 연변으로 옮겨가 1957년 반우파투쟁 당시 20년여 동안 집필을 금지 당했고, 문화혁명 때는 체포돼 10년 동안 감옥에 갇힌 파란만장한 생애를 보냈습니다.

곧 『김학철선집』 전5권의 번역을 간사이關西 사람들과 함께 낼 예정이지만 아직 확정되지 않았습니다. 제가 담당한 『단편소설선』 번역은 이미 끝났습니다.

또한 제 관심은 제주도에 있습니다. 연구의 중심을 북쪽은 연변으로부터 남쪽은 제주도로부터 시작해 마지막에는 중앙으로 향하면 좋겠다고 생각하고 있습니다. 제주도에 사는 작가 다섯 명과 제주도 출신 현대작가 4명의 소설을 번역해서 『탐라국 이야기耽羅のくにの物語』고려서림, 1996를 낸 후에 『돌과 바람과 유채꽃과─제주도 시인선』신간사, 2009을 일본에서 냈습니다. 19명의 제주도 시인과 만나서 인터뷰를 하고 작품을 번역해 실었습니다. 제주도에는 『제주문학』 그룹과, 그 후에 생긴 『제주작가』 그룹의 대립 갈등이 격렬한 곳으로 저는 중간에 서 있고자 신경을 씁니다. 그렇지 않으면 제주도의 실제 문학상황을 파악할 수 없다고 생각하기 때문입니다.

이제 예정된 시간이 다 지났습니다. 후반부 이야기는 시간에 쫓겨서 부족한 부분이 있었지만 이것으로 마치겠습니다.

곽형덕 역[*]

이 글은 2018년 7월 15일(일요일) 와세다대학 경제학부 건물에서 개최된 식민지문화학회 총회 이튿날 열린 강연 속기록을 니가타대학의 후지이시 다카요(藤石貴代) 교수가 기록한 것을 역자가 한국어로 옮긴 것이다.

오무라 마스오 大村益夫

1933	일본 도쿄 태생.
1957	와세다대학 제1정치경제학부 졸업.
1962	도쿄도립대학 인문과학연구과 석박사과정 수료.
1964~2004	전임강사 및 와세다대학 교수.
2013	일본 서보중수장瑞宝中綬章 수상.
2018	한국문학번역상 수상.
2022	용재학술상 수상.
2023	김우종문학상 수상.

주요저작(출간순)

저서

『愛する大陸よ―詩人金竜済研究』, 大和書房, 1992.

『対訳詩で学ぶ朝鮮の心』, 青丘文化社, 1998.

『윤동주와 한국문학』, 소명출판, 2001.

『오무라 마스오 저작집』, 소명출판, 2018.

역서

『親日文学論』, 林鍾国 著, 高麗書林, 1976.

『韓国短篇小説選』, 岩波書店, 1988.

『人間問題』, 姜敬愛 著, 平凡社, 2006.

『風と石と菜の花と―済州島詩人選』, 新幹社, 2009.

『金学鉄文学選集』1, 金学鉄 著, 新幹社, 2020.

나는 왜 『춘향전』에 매료되었는가

'한국(조선)인'과의 만남을 회상하며

니시오카 겐지 西岡健治

한국 고전문학과의 만남을 회상하기에 앞서 그 전의 사정을 조금 말해 두고 싶다. 왜냐하면 내 인생의 핵심은 아무래도 '한국'과 '문학' 두 가지 에 있다고 생각하기 때문이다.

문학부터 말하자면, 고교 시절에는 문예부에 소속되어 있었고 대학도 문학부 일본문학과에 입학했다. 문학에 흥미를 느끼게 된 것은 중학교 때 경험한 첫사랑 때문이었다. 조금 더 자세히 말하자면, 연애편지를 통 해 인간의 미묘한 감정을 접할 수 있었고 상대방이 보내 온 답장의 말 한 마디 한마디에 천국과 지옥을 맛보았기 때문이다. 이것은 나에게 있어서 '말의 발견'이었다. 또 실연당할 때마다 늘 그 상처를 치유해 준 것도 말소 설이었다. 그 후로부터 나는 문학과의 인연을 끊지 못하고 있다.

조선인을 처음 본 것은 초등학교 5학년 때였다. 옆 반에 조선인이라 다 들 다가가기 꺼리는 아이가 있었다. 쉬는 시간에 교실을 들여다보니 소녀 는 맨 뒷자리에 홀로 우두커니 앉아 있었다. 아무도 말을 걸어주는 사람 이 없어서 왠지 무료해 보였다. 내가 본 것은 이때뿐이지만 소녀의 쓸쓸 해 보이는 얼굴은 아직도 기억에 남아 있다. 그 후 얼마 지나지 않아 그녀 에게 불행이 덮쳤기 때문이다.

이하 조선한국인이하 어느 쪽인지 확실한 경우를 제외하고 총칭을 '조선인'이라고 함과의 만남을 통해 일본인인 내가 어떻게 『춘향전』 공부를 하게 되었는지를 밝힐 수 있으면 합니다.

1. 초등학교 5학년 때의 체험 / 대학교 1학년 무렵까지

1) 초등학교 5학년 때의 체험

학교가 여름방학에 들어가기 조금 전 날씨가 좋은 날이었다. 점심 전 교실에서 수업을 듣고 있는데 갑자기 쾅하는 큰 폭발음이 났다. 휴일이었다면 바로 튀어 나가 볼 텐데 그러지 못했다. 집에 가는 길에 사람들이 모여 있는 곳에 머리를 들이밀고 들여다봤다. 그랬더니 길에 흰 분필로 동그라미가 쳐져 있고 그 안에 '손가락'이 있었는데 구경 온 사람들이 물끄러미 쳐다보며 얼굴을 찌푸리고 있었다. 폭발 현장에서는 족히 100m는 떨어져 있었다. 나는 하늘을 올려다보며 폭발 현장에서부터 날아온 손가락의 비행경로를 상상했던 것을 기억한다.

폭발은 이런 이유에서 일어났다. 소녀의 집은 고철상이었다. 그 허름한 집은 어시장이 있는 해안 가에 덩그러니 홀로 서 있었다. 아버지는 말수가 적은 사람이었지만 아주머니소녀의 어머니는 항상 높은 목소리로 말했다. 말투에는 재일조선인1세의 독특한 사투리가 있었다. 죽은 것은 소녀의 오빠와 불발탄을 팔러 온 어부였다. 나의 고향히로시마현 구레시은 산을 사이에 두고 해군 공창이 있었기 때문에, 미군이 공습했을 당시의 불발탄이 어부의 그물에 가끔 걸리기도 했다. 소녀의 오빠는 당시 대학생으로 여름방학이 되어 서둘러 귀가해 집안일을 도왔던 것으로 보인다. 그런데 잘못

해서 불발탄의 신관을 두드렸다. 당시 아직 대학생이 드문 시절이었기에 가난했던 그 가족은 우수한 아들의 장래를 꿈꾸며 열심히 살았을 것이다. 그 아들이 죽어버린 것이다. 얼마 후 나는 가족들이 그 무렵 성행했던 북한 귀국선을 타고 귀국했다는 소문을 들었다.

그 후 하교 때 나는 가끔 해안을 걸어서 돌아가곤 했다. 소녀가 살던 집 입구에는 널빤지가 두 장 가위표로 겹쳐 박혀 있었다.

그로부터 4~5년이 지났고 나는 또다시 재일조선인과 만날 기회가 있었다. 고등학생 때였다. 구레에서 히로시마까지 기차로 통학했는데, 그 열차에 조선중고급학교 학생도 타고 있었다. 그들과 가끔 짧은 이야기를 나눈 적이 있었는데 별로 어색하지 않았다. 이들이 조선인이라는 것을 알았을 뿐 무엇이 다른지 당시에는 잘 알지 못했다. 그래도 일본학생들 간에는 그들이 대단하다는 소문이 떠돌았다. 그들은 조선어도 할 수 있는 데다가 러시아어도 중학교 때부터 공부하고 있다는 것이었다.

이렇게 해서 나의 소년시절과 청년시절의 전반기는 지났다. 재일조선인과의 관계로 말하자면, 직접 이야기하거나 접촉한 적은 드물었다. 그들은 바람이 불어오듯 내 주위를 지나간 것 같다.

2) '원폭 문헌을 읽는 모임'

고등학교 3학년 때부터 나는 시사 잡지 『세계世界』와 『현대의 눈現代の眼』, 그리고 문예지 『군상群像』과 『문학계文學界』를 읽었다. 새 책을 살 돈은 없었지만 동네 헌책방에 가면 몇 달 전 잡지가 10엔지금의 100엔 정도으로 매장 맨 앞에 진열되어 있었다. 이 헌책방 주인에게는 신세를 많이 졌다. 헌책방은 나에게 세상으로 열린 창문이었다. 이렇게 해서 나는 차츰 사회 문제에 흥미를 갖게 되었다.

대학에 입학한 지 얼마 지나지 않아 선배의 권유로 '실존주의 연구회'라는 동아리에 가입했다. 그 무렵 실존주의와 사르트르가 세간의 화제였다. 나도 유행에 뒤지지 않으려고 사르트르의 『실존주의란 무엇인가』, 『문학이란 무엇인가』를 읽곤 했다. 이 연구회 덕분에 초보적인 이해에 불과했지만 실존주의라는 사상을 접할 수 있었다.

그로부터 얼마 후 대학의 생협生協 서적부에서 팜플렛과 같은 얇은 잡지 — 아마 『리브르』였을 것이다 — 를 보았다. 거기에 나가오카 히로요시長岡弘芳 씨가 '원폭문학사'를 연재하고 있었다. 그것을 읽고 바로 그분에게 편지를 썼다. 나는 히로시마와 가까운 구레에서 태어나 문학에 뜻을 두고 히로시마에도 자주 가서 피폭의 흔적을 찾았었다. 그런 나에게 '원폭문학'이라는 단어는 앞으로 내가 무엇을 해야 하는지 가르쳐 준 것이라고 생각했기 때문이다.

나가오카長岡 씨에게서는 바로 답장이 왔다. 답장에 조만간 '원폭 문헌을 읽는 모임'을 발족할 것인데 와 보지 않겠느냐는 제안이었다. 참가해 보니 여러 사람이 있었다. 회사원, 공무원, 대학교수, 신문기자, 주부, 그리고 나 같은 대학생이 몇 명 있었다. 정례회는 한 달에 한 번 독서회 형식으로 진행되며 원폭에 관한 체험기와 수기, 소설 등 관련 문헌을 읽었다. 또 때로는 원폭에 관한 전문가의 이야기를 듣기도 하고 피폭자단체협의회 관계자의 이야기를 듣기도 했다.

어느 날 원폭 작가 원민희原民喜의 소설 『여름꽃夏の花』을 나와 A씨가 맡게 됐다. A 씨는 법대 학생이었지만 작품의 문학성을 파고들어 분석한 발표를 했다. 나는 문학부 학생이었지만 작품의 사회성에 초점을 맞추고 있었다. 그래서 나가오카 씨가 "예상했던 것과 반대되는 것이 나왔다. 법대가 문학적 발표고 문학부가 사회적 발표네"라고 말했던 기억이 난다. 지

금 생각하면 식은땀이 나지만 당시의 나는 문학에 대한 이해가 얕아서 기껏해야 역사사회적 접근밖에 할 수 없었던 것이라 생각한다.

이렇게 해서 '원폭 문헌을 읽는 모임'은 점차 피폭의 실태에 가까워지고 있었다. 하지만 미묘하게 모임의 성격이 변하고 있는 것을 느꼈다. 그것은 문학적 경향에서 사회적 경향으로, 문헌에서 피폭자로의 전환이었다. 히로시마·나가사키만큼은 아니지만 도쿄에도 많은 피폭자가 있다는 것을 알게된 우리는 차츰 피폭자를 찾아가서 체험담을 듣고 기록하게 되었다. 나도 이런 모임의 흐름에 따라 녹음기를 들고 피폭자를 찾아가 인터뷰한 적이 있다. 피폭자의 생생한 목소리를 직접 듣는 것은 지금까지 머물러 있었던 문헌이라는 세계에서 현실에 한 발짝 더 다가선 듯한 느낌이었다.

그리고 나는 이 연장선상에서 여름방학 귀성길을 이용해 고향인 구례의 피폭자 조사를 실시했다. 십여 명의 피폭자에 불과했지만 만나서 인터뷰를 하고 관공서나 도서관에 가서 조사를 했다. 이것을 기초로 모임이 발행하는 신문 『사람들을 돌려줘』에 「구례의 피폭자」라는 제목으로 발표하였다.

2. 한국인 피폭자 / 고깃집 '아리랑'

1) 한국인 피폭자

이렇게 해서 나는 피폭자를 직접 알게 되었지만 아직 피폭자 속에 조선인·중국인은 포함되어 있지 않았다. 그러므로 단일민족국가 일본이라는 인식에서 각성하지 못한 나에게 피폭자 = 일본인이었다. 나중에 알게

<그림 1> 『회보』 원폭문헌을 읽는 모임

되었지만 이것은 식민지에서의 지배와 억압이라는 역사인식의 부재, 즉 역사 인식의 부족이었다. 단적으로 말하자면 조선인·중국인의 부재, 아시아 태평양의 부재, 이웃의 부재였다. 하지만 그 자각이 당시의 나에게는 결여되어 있었다.

그런데 피폭 한국인에 대해 알게 된 것은 일본에 밀입국하다 체포되어 재판 투쟁을 벌이고 있던 손진두孫振斗 씨를 지원하고 있던 나카지마 타츠미中島龍美 씨 덕분이었다. 그가 원폭문헌을 읽는 모임의 『회보』1971에 '손진두씨의 입국'이라는 글을 썼기 때문에 이 무렵 나도 재일조선인과 한국의 피폭자에 대해 알게 되었다. 그리고 한국원폭피해자협회1967년 결성의 신영수辛泳洙 회장을 나카지마 씨의 집에서 만난 것도 이 무렵이었던 것 같다.

또 이 무렵 히로시마에서는 '한국인 원폭 희생자 위령비' 건립1970이 화제가 되었다. 그런데 화제가 된 것은 위령비가 건립된 사실에 있지 않았다. 건립된 장소에 있었다. 공원 관리자인 히로시마 시가 공원 내에 한국인 위령비 건립을 허용할 수 없다며 거절했기 때문에 어쩔 수 없이 공원 밖에 위령비를 건립할 수밖에 없었다. 일본인의 경우 문제없이 허락했던 것으로 볼 때 이는 분명 민족차별이었다. (그로부터 29년이 지나서야 비로소 공원 안으로 옮겨졌다) 이 '한국인 피폭자'의 존재와 '평화공원 내에 한국인 위령비 건립 불가'문제는 내 인생에 있어 큰 전기가 되었다. 왜냐하면 이 무렵을 기점으로 나는 점차 관심을 '한국조선'에 집중하기 시작했기 때문이다. 그 이유는 대체로 다음과 같다.

첫 번째 '한국인 피폭자'의 존재는 그때까지 내가 막연하게 생각했던 것들을 분명하게 해주었다. 무슨 말이냐 하면, 히로시마의 표어는 '노 모어 히로시마No more Hiroshima'인데, 확실히 '원폭의 사용은 유대인 대학살과 버금가는 인류가 저지른 20세기 최대의 죄'이다.모토시마 히토시(本島等) 나가사끼 시장(長崎市長) 그래서 이 표어에 반대하는 사람은 아무도 없었다. 그러나 히로시마의 이 표어는 언제부터인가 일본인 전체의 표어로 바뀌어 간 것 같은 느낌이 든다. 사람들은 과거의 전쟁이 침략전쟁이었다는 사실에 눈을 감고 전국적으로 겪은 공습의 피해와 군국주의의 피해를 가지고 그 전쟁의 '피해자'가 된 것은 아닐까. 일본에서 전쟁 '피해'의 정점에 선 것은 '히로시마' '나가사끼'이다. 이렇게 해서 원폭피해를 정점으로 해서 미군 공습체험을 거치면 온 국민이 피해자 구조가 완성된다. 말하자면 '일억 총 피해자'구조가 성립되는 것이다.

이때 등장한 것이 '한국인 피폭자'이다. 이들이 왜 피폭을 당했을까. 왜 그들이 히로시마에 있었을까. 그것을 거슬러 올라 가면 원폭 투하 이전의 히로시마를 문제 삼지 않을 수 없다. 히로시마에는 일찍이 육군 제5사단이 있어서 중요 군사시설이 시내의 광대한 부분을 차지하고 있었다. 대륙으로의 군사적 진출이 국책이 된 이후 지리적으로 대륙과의 교통이 편리한 히로시마를 군사상 중요 거점으로 삼았기 때문이었다. 그리고 육군 5사단은 청일淸日전쟁, 중일전쟁, 태평양전쟁에서 항상 앞장서서 싸웠다. 태평양전쟁 이전 일본은 대륙을 침략하여 조선을 식민지배하고, 중국 동북 지구를 점령하여 괴뢰 국가를 만들어 15년 동안 중국을 침략하고 있었던 것이다. 식민지 지배를 받았거나 침략당했던 한국 중국의 '피폭자'를 앞에 둘 때 히로시마의 피해자는 갑자기 '가해자'가 된다. 아니, 피해자이면서도 가해자가 되는 것이다. 그러나 이러한 인식은 쉽게 히로시마에서 공유되지 않았다. 그래서 '평화공원 내에 한국인 위령비 건설 불가'라는 사건이 일어난 것이다. (1994년에 증축된 원폭자료관 동관에서 '피폭까지의 히로시마' 코너가 설치되어 약간 군도軍都에 대해 언급하게 되었다)

또 이 무렵 나는 여름 방학을 틈 타 고향 구레吳 시히로시마시에서 40km에 돌아갔을 때 '조선초급학교'를 방문하게 되었다. 목조로 된 작은 건물로 학생은 20~30명 정도였던 것 같은데, 전후 곧바로 개교해서 한국전쟁 당시 일본 정부의 탄압에도 굴하지 않고 학교民族학교를 지켜낸 것을 자랑스럽게 여기고 있는 것이 느껴졌다. 갑자기 찾아갔음에도 불구하고 교장은 흔쾌히 응대해 주며 여러 가지 이야기를 해주었다.

그런데 말을 하는 도중에 갑자기 전화가 왔다. 교장은 "잠깐 실례합니다"라고 일본말로 하고 수화기를 들었다. 교장은 내가 전혀 모르는 말로 주고받기 시작했다. 이 순간이었다. '나는 지금 어디에 있는 것일까?'라고 자문했다. 그때까지 서로 일본어로 이야기를 나누었고 아무런 의심 없이 일본에 있다고 믿었었다. 그런데 나는 이 전화 한 통으로 이상한 나라의 앨리스처럼 다른 세계의 구멍 속으로 빠져들어 갔다. '조선어'라는 이문화를 몸으로 체험한 것이었다. 그 후 얼마 지나지 않아 내가 조선어를 배우기 시작한 것은 이 경험이 있었기 때문이라 생각한다.

2) 고깃집 '아리랑' = 나의 '대학'

그로부터 얼마 후에 친구가 불러서 시나가와구品川區 오이마치 역大井町驛 근처의 고깃집 '아리랑'에 가게 되었다. 여기에 가면 아는 사람들이 와글와글 논쟁하고 있었다. 또 이 옆에 '도라지'라는 고깃집이 있었다. 둘 다 2층짜리 초라한 건물로 샐러리맨이나 노동자가 퇴근길에 한잔하는 10석 정도의 가게였다. 그래서 '아리랑'이 쉴 때는 '도라지'에 가서 할머니와 이야기를 나누기도 했다.

아리랑의 주인은 '김 아버지'라 해서 평양 출신이었다. 보통 '평양'이라고 하는데 김 아버지는 '팽양'이라는 것이 입버릇으로, 이것이 정식 발음이라고 하였다.

이 아리랑에서 나는 청춘의 한 시절 '육체와 정신'을 기를 수 있었다. 이것은 나에게 있어서 참으로 행복한 일이었다. 우선 '육체'로 말하자면, 당시 아르바이트를 하지 않고는 대학생활을 할 수 없었던 나에게 고기는 좀처럼 먹을 수 없는 음식이었다. 우동이나 라면이나 카레라이스를 먹는 날들이었다. 그런 나에게 영양을 공급해 준 것이 아리랑이었다. 여기서는 싸고 맛있는 곱창을 배불리 먹을 수 있었다. 게다가 신선해서 아버지가 '곱창은 살짝 데쳐서 먹으면 맛있어. 게다가 소화가 잘 된다'고 말하는 것을 믿고 구워 먹으니 정말 맛있었다. 우리가 맛있다, 맛있다고 하며 먹고 있으면, '곰이 동물을 잡아먹을 때는 우선 내장호르몬부터 먹는다고 하더라'라 아버지로부터 듣고, 진위야 어쨌든 바로 납득했다. 또 나는 '생간'을 자주 먹었다. 처음부터 좋아한 것은 아니지만 먹을수록 너무 좋아하게 되었다. 소금과 참기름으로 먹는 신선한 생간은 최고였다.

또 아리랑에서 생각나는 것은 미역국이다. 고기 국물에 미역을 넣고 끓인 심플한 것인데 너무 맛있었다. 비빔밥과 같이 나오기도 하고 불고기 정식 등에도 딸려온다. 양념은 소금과 참기름 뿐이라 간단해 보였다. 나도 할 수 있을 거라 생각해 어느 날 해봤다. 고기국물을 끓이고 여기에 미역을 넣고 끓였다. 그리고 소금을 넣고 참기름을 몇 방울 떨어뜨려 다시 끓였다. 완성이다. 먹어보니까 짰다. 안되겠다 싶어 물을 넣었다. 그러자 이번에는 싱거웠다. 소금을 넣었다. 그러면 또 짰다. 또 물을 넣었다. 어느덧 냄비가 물로 가득 차 버렸다. 결국 그 미역국은 버렸다. 깨달은 것은 단순한 요리일수록 어려운 것 같다는 것이었다.

　정신적인 면에서도 아리랑에서 참으로 많은 것을 배웠다. 김 아버지는 암에 걸려 세상을 떠났지만 생전에 우리를 '동지'라고 부르며 아껴주셨다. 그리고 많은 체험담을 들려주었다. 예를 들어 유년기에 평양에서 체험한 '3·1운동'이야기나, 또 어떨 때 전쟁 전의 도쿄에서 경험한 '관동대지진' 때의 공포에 대해서도 이야기해 주셨다. 이때의 교훈으로 김 아버지는 지금도 상의 뒤쪽에 천을 대고 돈을 꿰매 놓았다고 했다. 과거의 '조선인 대학살'에 대한 두려움이 지금의 한국인들에게 이런 습관을 가지게 했음을 알게 되었다.

　또 이런 일도 있었다. 김 아버지는 우리 일본인 학생이나 노동자에게 상냥하게 대해 주었기 때문에 그것이 아버지가 사람을 대하는 방법이라고 생각했다. 그런데 어느 날 아버지가 우리에게 못 참겠다는 표정으로 불만을 터뜨린 적이 있었다. 어젯밤 젊은 동포가 가게에 찾아와 자신에게 꽤 난폭한 말을 내뱉고 돌아갔다. 우리나라에서는 저런 말을 연장자에게 하면 얻어맞았는데 시대가 바뀌었나 하고 한숨을 쉬었다. 이 말을 듣고 나는 한국사회의 '장유유서長幼有序'의 엄격함을 알고 놀랐다.

　아리랑에는 언제나 다양한 사람들이 모여들었다. 한 번 온 사람이 또 각자의 친구를 데리고 왔기 때문이다. 그러던 중에 '오키나와 탈환 투쟁 데모'1970년경에 참가하기 위해 히로시마에서 도쿄로 왔다가 체포, 기소된 사람이 있었다. 게다가 같은 고향 출신임을 알게 되었다. 그래서 오래 지속된 그의 재판 투쟁 중 나는 숙소를 포함해서 여러 가지 지원을 하게 되었다.

3. 재일조선인 S와의 일

1) 재일조선인 S

아리랑에 모이는 이들 중에 나에게 큰 영향을 준 재일교포 S가 있었다. 그는 소년 시절에 온 가족이 귀화를 했다. 일본 이름은 '도요시마豊島'였지만 그는 이 이름을 스스로 말한 적이 없었다. 우리도 그를 일본 이름으로 부르는 일은 없었다. 왜냐하면 당시 그는 자기 안의 조선인 정체성에 눈을 떠서 그것을 되찾기 위해 필사적으로 발버둥 치고 있었기 때문이다.

옆에서 보고 있으면 그 방법은 극단적으로 보이기도 했다. 예를 들어 구입한지 얼마 안된 거의 새것이나 다름없는『광사원廣辭苑』을 정가의 10분의 1정도 가격에 나에게 팔았다. 그 이유는 자기 주변에서 일본어를 멀리하고 '우리말조선어'의 습득에 전념하고 싶어서였다. 당시 그는 김희로金嬉老 공판대책위원회 어학원 중급을 마치고『동아일보』를 구독하며 열심히 읽고 있었다. 또 그는 '히로 히틀러'라는 말을 썼다. 그 의미는 히틀러가 죽인 사람보다 히로히토쇼와 천황가 죽인 아시아인이 더 많으니, '히틀러 같은 히로히토'가 아니라 '히로히토 같은 히틀러', 즉 '히로 히틀러'라 해야 한다는 것이다.

또 그는 한 잡지에 기고했을 때 히로히토라는 활자를 위아래로 뒤집은 적이 있었다. 이에 모두가 깜짝 놀랐다. 나는 그로 하여금 이렇게까지 하게 만든 분노나 원념이란 어떤 것일까 생각해 보았다. 그러나 일본인인 나에게는 그의 '분노의 마그마'를 느낄 수는 있었지만 구체적인 내용에 대해서는 잘 알 수 없었다. 그 후의 나는 아마도 이러한 S의 원념이나 김 아버지의 생각을 조금이라도 이해하려 하고 있었는지도 모른다.

S가 필사적으로 자신을 되찾으려 하고 있었다고 말했는데, 그 중심에

는 '우리말^{母國語}'의 습득이 있었다. 그 무렵 그는 나와 만나면 조선말 얘기만 했다. 어느 순간 한글 이야기를 시작했다. 'ㄴ^[n]'은 혀의 형태를 나타내는데 'ㄴ'의 왼쪽 위로 솟은 끝부분이 위턱 잇몸에 붙어 있는 형태를 나타낸다고 했다. 그리고 여기에 한 획을 더하면 'ㄷ^[t]', 곧 혀를 위턱 잇몸에 순간적으로 붙이는 소리가 되고, 한 획을 더하면 'ㄹ^[r]', 곧 혀를 위턱 잇몸에 붙여서 진동시키는 소리가 된다. 이것들을 '위턱의 잇몸에 혀를 붙이는 삼형제'라고 설명하였다. 또 한글 'ㅁ^[m]'은 입을 다물고 코로 숨을 내쉴 때 나는 소리이고 가운데 입술이 맞닿는 부분(표현하자면 점선일 것이다)은 생략돼 있다고 하며, 여기에 위로 두 줄을 늘리면 파열음 'ㅂ^[p]'이 된다. 다시 아래로 두 줄을 늘려 눕히면 'ㅍ^[ph]'이라는 격음이 생긴다고 하는데, 이 세 가지는 모두 '입을 한번 닫는 소리'라는 것이었다. 그의 이야기는 계속되었지만, 본론에서 벗어나므로 나머지는 생략하기로 하겠다. 요컨대 한글은 '가획 원리^{加劃原理}'나 발음기관의 형태^{혀 모양, 입 모양, 치열 등}에 의해 발명된 '세상에서 가장 과학적이고 합리적인 문자'라는 것이다.

2) 김희로 공판대책위원회의 어학원

그런데 일본으로 귀화했던 그는 어디서 조선어를 배웠을까? 당시 일본에서 조선어를 배울 수 있는 곳은 간사이의 덴리대^{天理大}와 오사카외대^{大阪外國語大}밖에 없었다. 아직 도쿄에는 조선어를 배울 수 있는 곳이 없었던 것이다. 그러던 중 김희로 사건¹⁹⁶⁸이 일어났다. 재일교포 김씨가 금전대차 문제로 폭력배를 사살하고 여관에서 인질을 잡고 농성을 벌이며 목숨을 걸고 차별과 억압의 주체인 일본사회와 국가를 고발한 사건이다. 이 고발에 공감하며 김희로 공판대책위원회를 결성해 지원에 나선 일본인이 있었다. 그중 한 사람이 근대 조선사 연구자 가지무라 히데키^{梶村秀樹}

씨이며, 그 밖에 현대 조선문학 연구자 장장길張璋吉 씨 등이 있었다. 이들이 일본인 지원자를 위해 시작한 것이 상기 위원회 부속 어학원이다. S는 이곳의 1기생이었다. 나는 S의 권유로 갔는데 3기생이나 4기생이었던 것 같다.

어학원이라고 해도 가르치는 것은 조선어 뿐이었고 의자는 없고 옆으로 긴 탁자가 있는 방 하나뿐인 좁은 건물이었다. 반은 초급·중급·상급으로 나뉘며 초급의 규모는 10명 정도로 분위기는 일본이나 한국의 서당 같은 느낌이었다. 그래도 다들 처음 배우는 조선어에 흥미진진해서 열심히 공부했다. 강사는 카지무라·죠長 두 선생이 주로 담당했다. 내가 초급 때 담당은 장 선생이었고 발음의 기초부터 배웠다. 모음부터 배우고 자음으로 들어갔는데 거센소리가 잘 발음되지 않았다. 나는 '격'이라는 말에 끌려 '거세게' 발음했는데 아무래도 아닌 것 같았다. 몇 번인가 듣고 흉내를 내었지만 역시 아닌 것 같았다. 궁지에 빠져 어떻게 해야 좋을지 몰랐다. 그래서 고통스럽게 이제껏 발음해 본 적이 없는 방식, 즉 불듯이 발음해 보았다. 그러자 장선생님은, "그거야, 그거야!"라고 했고 나는 놀라는 동시에 격음이 무엇인가 감이 오는 것 같았다. (나중에 알게 되었지만, 일본어는 성대가 떨리는가 떨리지 않는가유성음 / 무성음로 의미를 변별하지만, 조선어는 성대의 떨림과는 전혀 관계없이 공기량의 대소유기음 / 무기음로 의미를 변별하는 언어였다)

어학원에서는 두 달에 한 번 정도 조선문화강좌를 개설했다. 재일조선인 작가와 역사가, 일본인 조선문학 연구자와 역사 연구자를 초청해 강연회를 하고 그 후 질의응답을 했다. 방이 좁은 데다 청중이 많았기 때문에 마주 보고 담판 짓는 형태로 강사와 열심히 토론이 이루어졌던 것을 기억한다. 이러한 경험을 통해 나는 조금씩 한국조선문화를 배울 수 있었던 것 같다.

3) 한일민중의 상호우호를 지향하는 '다리タリ 모임'

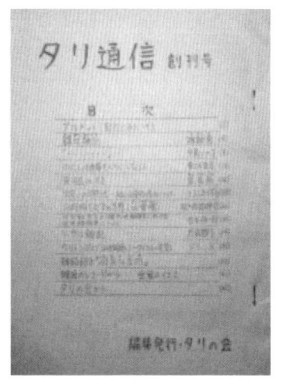

〈그림 2〉 『다리통신』 창간호

그런데 어학원 과정을 마친 1기생들이 이대로 해체하면 아까우니 이어서 더 공부하자고 결성한 것이 '다리 모임'이었다. 나는 그 모임 출범 후 3개월 정도 있다가 참석했다. 모임에는 S를 포함해 2명의 재일교포가 있었다. '다리'는 '일본과 조선 사이에 놓인 우호의 다리'라는 뜻이다. 『다리통신タリ通信』 창간호 권두에는 다음과 같은 S의 글이 있다.

알맹이란 내용이나 의미, 사물의 중심으로 풀이된다. (…중략…) 우리는 그런 사람들의 끄트머리에 설 자격도 없지만, 이것을 목표로 하는 일군의 사람들이라는 의미에서 표제에 사용했다.

신동엽申東曄은 이렇게 주장했다. "껍데기는 가라. / 4월도 알맹이만 남고 / 껍데기는 가라. (이하 생략)" 바로 그 말이다. '껍데기'란 껍질이나 등딱지라는 뜻이다. 즉 열매가 없는 외피라는 뜻이다. 도대체 무엇이 알맹이고 껍데기인지 우리는 배우려고 한다.

좀 기를 쓰는 것 같은 느낌도 있지만 모두의 마음이었던 것 같다. 이 무렵 회원들은 한국의 『씨알의 소리』나 『창작과 비평』 등을 구독하고 있었다. 또 김지하가 사형당할지도 모른다고 해서 모두 반대 시위를 나간 것도 이 무렵이었다.

학습회 텍스트는 장준하의 『돌베개』였다. 일제강점기 학도병으로 동원됐다가 탈영해 항일투쟁을 벌였던 그의 체험기이다. 그런데 나는 한국어

학습 시작 시기가 늦어져서 다른 사람들과 실력 차이가 났다. 내 어학 실력으로는 그날 학습하는 내용을 전부 예습할 수 없었다. 그래서 모두에게 부탁해서 공부하는 날의 첫 부분을 담당하게 되었다. 첫 부분이라면 나도 틀림없이 준비할 수 있었기 때문이다. 그런 방식이 1년은 지속된 것 같다.

학습모임은 회원 T 씨 집에서 첫째와 셋째 토요일 오후 3시부터 7시까지 진행했다. 그리고 학습 후 다 같이 저녁을 만들어 먹었다. 음식은 한국식 잡탕으로 각종 채소와 돼지고기를 넣어 끓인 음식이지만 매운 고추 맛이 좋아 맛있었다. 맥주를 마시며 뜨겁고 매운 잡탕을 먹는 모두의 행복한 얼굴을 나는 지금도 가끔 떠올릴 때가 있다.

4. 『춘향전』을 만날 때까지 / 한국 유학

1) 잡지 『마당^{まだん}』 편집부

'다리 모임'이 언제, 어떻게 끝났는지 분명치 않다. 분명 3년 가까이 이어졌을 텐데 왜 모이지 않게 됐는지에 대해서는 기억이 없다. 그러다가 내가 열심히 조선어를 공부하고 조선^{한국}에 관심을 갖고 있다는 사실을 알고 어떤 사람이 이런 제안을 했다. 1972년 '남북 공동성명' 이후 재일조선인 세계에서도 화해의 기운이 일어나 남북 공동으로 『마당―재일조선인·한국인의 광장^{まだ}

〈그림 3〉 계간 『마당』

이라는 잡지를 내게 되었다. 편집부에서 도와줄 사람을 찾고 있는데 해볼 생각이 없냐는 것이었다. 그동안 조선인과 접촉할 기회가 조금밖에 없었고, 더 많은 조선인을 알고 싶어 승낙했다.

초대 편집장은 도쿄대를 중퇴한 번역가 R 씨로 제주도 출신의 재일교포 2세였다. 그는 대학생이 되어서도 조선말을 몰랐고 조직에서 이름을 불러도 자신인 줄 몰랐다고 웃으며 내게 말해준 적이 있었다. 재학 중 한국전쟁이 일어나 민족의식에 눈을 뜨고 조직에 들어가 정신없이 조선어를 배웠다고 한다. 그리고 한국전쟁이라는 민족의 위기에 대학도 중퇴했다. 대학 졸업보다 당시의 R 씨에게는 조직 활동이 우선이었던 것이다. 그러나 이후 총련을 비판하며 조직에서 쫓겨났고, 대학 중퇴의 학력으로는 회사에 취직하기도 어려워 고생을 한 듯했다.

만난 지 얼마 되지 않아 R 씨와 식사를 한 적이 있었다. 비빔밥을 같이 먹었는데 먹는 방법에 놀랐다. 나는 바라 스시ㅅ시 덮밥를 먹을 때처럼 끝에서부터 조금씩 먹고 있었다. 그러자 그는 그렇게 먹는 게 아니라고 했다. 먼저 고추장을 듬뿍 넣고 국물을 두 숟가락 정도 넣어 크게 전체를 섞은 다음 숟가락의 뒷면을 이용해 전체를 고르게 만든다. 그러면 고추장이 고루 퍼지면서 맛이 스며들어 참으로 맛있었다. 비빔밥 맛은 어떻게 비비는지에 달려있다는 걸 알게 되었다. 나에게는 이것이 한국의 음식 문화, 아니 한국 문화에 눈을 뜨는 계기가 된 것 같다.

내가 편집부에 자원봉사자로 참가할 수 있었던 것은 『마당』이 '재일교포・한국인의 광장'이라고 되어 있었지만 일본인을 거부하는 것은 아니었기 때문이다. 편집주간의 김주태씨로부터도 이 말을 들은 적이 있었다. 그래서 나는 편집부에서 주로 원고를 받아오고 정리하는 등 허드렛일을 하고 있었는데, 매일같이 여러 명의 조선인・한국인이 사무실에 찾아왔다. 그 중에는 저명한 작가 김달수金達壽·이회성李恢成·고사명高史明, 역사가 강재언姜在彦, 민속학자이자 편집위원이었던 김양기金兩基씨 등이 있었다. 회의를 할 때는 있는지 없는지 모르게 구석에 앉아 있는 것에 불과했지만 이들과 동석하거나 목소리를 들을 수 있다는 것 자체가 더없이 소중한 경험이었다고 생각한다.

잡지가 발행되어 팔리게 되자 점차 젊은 재일조선인·한국인들이 사무실로 찾아오게 되었다. 그중에 훗날 아쿠타가와상芥川賞을 수상하고 작가가 된 이양지李良枝가 있었다. 그때 그는 재수 중이었고 상경해서 학원에 다니고 있었다. 아직 천진난만한 고등학생의 모습이 남아있는 볼이 붉은 소녀였다. 아버지의 고향은 제주도라고 들은 적이 있다. 이후 한국에 유학해 민족무용도 배웠지만, 젊은 나이에 세상을 떠났다는 소식을 듣고 건강하고 건장해 보이는 체격이었던 만큼 놀랐던 기억이 있다.

또 아직 편집부에 있을 때 사무실 근처 길거리에서 교통사고를 당한 적이 있다. 인도와 차도가 분리되지 않은 뒷골목에서 오토바이 한 대가 제법 빠른 속도로 달려오더니 미끄러져 옆으로 넘어지면서 내 쪽으로 날아왔다. 나는 피하지 못하고 부딪혀 날아가 움직일 수 없었다. 잠시 후 구급차가 와서 병원으로 옮겨 주었다. 다리 골절이었다. 깁스를 하고 입원했다. 저녁 무렵 어디서 들었는지 친구나 사무실에 출입하고 있는 젊은 재일교포들이 와글와글 떠들며 찾아왔다. 그리고 상처를 입힌 상대로부터 듬뿍 위자료를 받아줄 테니 우리에게 맡겨 두라고 말하고 돌아갔다. 다음 날 저녁에 또 왔다. 그러나 풀이 죽은 얼굴이었다. 왜 그러냐고 물었더니 "위자료를 받을 수 없었다"고 했다. 이야기를 듣고 보니 그들이 풀이 죽은 것도 당연했다. 사고를 낸 청년고등학생도 '재일한국인'이었기 때문이다. 이래서야 단념할 수밖에 없었다. "한국인에게 부상당하는 건 복권에 당첨되는 것보다 더 어려운 일이야!"라는 누군가의 말에 모두가 크게 웃었고 원만하게 해결하기로 했다. 그렇다 치더라도 하필 교통사고의 가해자가 '한국인'이라니, 희한한 일이었다.

2) 고등학교 교사에게 한국어를 가르치다

퇴원한 지 얼마 지나지 않아 『마당』은 재정 부족과 남북통일 기운의 후퇴로 6호 간행1975.6으로 종간했다.

그 무렵인 것 같은데 R 씨로부터 한국어를 자기 대신 가르쳐보지 않겠느냐는 제안이 있었다. 상대는 가나가와현의 고등학교 사회과 교사들로 고등학교 교직원조합 활동가 5명이었다. 한국어를 가르치는 것이 처음은 아니었지만 강사료를 받고 가르치는 것은 처음이었다. 주 1회 평일 저녁에 모여 공부했기 때문에 학습 후에는 '다리 모임' 때처럼 다 같이 식사를 만들어 먹기로 했다. 식사는 물론 잡탕이었다.

기초 문법은 끝났기 때문에 한국의 초등학교 1학년 국어 교과서부터 시작했다. 2학년, 3학년, 5학년에서 중학교 국어를 거쳐 고등학교 국어로 넘어갔다. 이 무렵 이미 도쿄 교바시京橋에 한국의 대형 출판사인 '삼중당三中堂'의 지점이 개점했다. 이것이 우리에게는 유일한 한국으로 열린 창이었고 한국 교과서는 그곳에서 산 것이었다. 그 후 도쿄에 '고려서림'이 생겼는데, 이곳에서는 출판을 하고 있었지만 한국 책도 팔고 있었다. 그 밖에 이다바시 역 근처에 총련계 출판사 '학우서방'學友書房이 있어 북한의 책과 잡지 등 재일동포를 대상으로 물건을 팔고 있었다. 북한 책은 종이의 질이 좋지 않고 활자도 고르지 않았지만 국교를 맺지 않은 먼 북한에서 왔다고 생각하면 귀중하게 여겨졌다. 그래서 대학에서 돌아올 때 틈나는 대로 가끔 들르곤 했다.

고등학교 교과서를 다 읽었을 때 쯤 사회과 선생님들로부터 이쯤에서 '조선사'에 대해 배우고 싶다는 요청이 있었다. 당시 부끄럽지만 나도 한국 역사 전반에 대해 잘 몰랐다. 그래서 나도 본격적으로 공부하려고 삼중당에 나갔다가 한국인 점원과 상담하고 산 것이 한우근 교수의 『한국통사』을유문화사, 1970였다. 400쪽 정도의 두꺼운 책으로 이것이라면 기본적인 사실이 망라되어 있고 새로운 견해도 포함되어 있을 것이라 생각했기 때문이다. 이 책은 후에 히라키 마코토平木實 씨가 번역했다.

처음에는 첫머리부터 읽기 시작했지만 도중에 본문은 각자 미리 읽어오기로 하고 큰 사건이나 일본에 관한 것은 모두 분담해 발표하기로 했다. 지금도 기억나는 것은 '임진왜란'이다. 참가자는 나를 제외하고 5명이었기 때문에 과제를 5개로 나누어, 대략 ① 히데요시의 침략 전 상황과 나고야성名護屋城, ② 히데요시군秀吉軍의 조선 침략 경로와 전황, ③ 조선의 대응과 민중의 저항, ④ 이순신의 거북선과 승리, ⑤ 히데요시군의 패퇴와 도공陶工 등으로 정리하였다. 이들 과제를 보면 상당히 딱딱한 이야기를 한 것 같지만 그렇지도 않았다. 예를 들어, ⑤에 관해서는 다음과 같은 에피소드를 소개하였다.

한국의 까치는 꼬리가 길고 어깨와 배가 희며 나머지는 광택이 나는 검은 녹색의 아름다운 새이다. 일본에서는 보기 어렵지만 사가佐賀 평야에 서식한다. 그것은 왜냐하면 다음과 같은 일이 있었기 때문이다.

조선에 출정한 사가 출신의 장수가 전쟁터 근처에서 까치를 보았다. 무장이 말하기를,

"오, 예쁜 새구나. 일본에서는 볼 수 없는 새인데 뭐라고 하는 새인가?"

라고 물었다. 부하가 대답하기를,

"예. 저 새는 '까치 도리ヵチドリ'라고 합니다."

라고 했다. 그러자 장군은,

"뭐? '카치도리勝5鳥'라고? 꽤 재수가 좋은 새군! 데리고 가자!"

라고 하고, 일본까지 데리고 갔다고 한다. 거짓 같은 진짜 이야기인지, 진짜 같은 거짓 이야기인지 모르겠지만,『일본 대백과 사전』1974에는 '1600년경에 대륙으로부터 수입된 것이 정착했다고 하는 설이 있다'고 되어 있다. 또한 일본을 대표하는 국어사전『광사원廣辭苑』에 다른 이름으로 '조선 까마귀', '고려 까마귀'라고 되어 있어 전혀 꾸며낸 이야기는 아닌 듯하다.

3)『춘향전』과의 만남 / 한국 유학길

『한국통사』학습이 조선 왕조 후기 부분에 이르자 문화에 대해 배우게 되었다. '서민문학의 대두'장에서 판소리에 대해 알게 되었다. 하지만 알았다고 해도 이름뿐이지 내용은 거의 알지 못했다. 게다가 지금까지 배운 것이 정치적이고 군사적인 딱딱한 이야기뿐이어서 여기서 조선한국 사람이라면 누구나 아는『춘향전』을 전부 읽으면 어떻겠느냐고 제안했다. 그러자 좋은 생각이라고 모두 찬성했다. 선택한 텍스트는 이민수李民樹 역,『춘향전』서문문고으로, 이와나미문고의『춘향전』원본과 동일한『완판84장본』을 현대어로 번역한 것이었다.

읽어보니 정말 재미있었다. 이야기의 첫머리에 춘향의 어머니인 월매가 등장한다. 그녀는 원래 삼남 제일의 기생이었는데 성씨라는 양반과 인연을 맺어 함께 살고 있었다. 그러나 마흔이 되도록 아이가 없었다. 이래서는 조상의 제사도 여의치 않고 사후에 장례를 치를 사람도 없는 셈이다. 나중에 알게 되었지만 조선시대 사람들에게 제사와 장례는 가장 중대한 일이었다. 그래서 월매가 명산대찰에 참배하고 소원을 빌어 태어난 것이 춘향이었다. 이 일화는 제사를 무엇보다 중요하게 생각하는 조선인들의 절절한 마음을 반영한 것이다.

또 춘향이 태어나는 데 하나의 장치가 더 있는데, 그것은 '적강설화謫降說話'이다. 월매는 춘향이를 낳기 전에 꿈을 꾸었다. 선녀가 옥황상제의 노여움을 사서 벌로 인간계에 떨어졌는데, 그 선녀가 월매의 꿈에 나타나 태내로 들어가 태어난 것이 춘향이었다. 이 여성이 과연 앞으로 어떤 활약을 펼칠지 시작부터 가슴을 설레게 하는 스토리였다.

『춘향전』은 '권력에 대한 저항'과 '변치 않는 사랑'에 관한 이야기이다. 전자의 예를 보면, 춘향이 신임 사또로부터 수청을 강요받았을 때 그녀는 지배 계급의 윤리인 '충신은 이군을 섬기지 않는다'를 이용해 '열녀는 두 지아비를 섬기지 않는다'라고 대답하였다. 감옥에 잡혀가 매를 맞을 때는 매를 한 대 맞을 때마다 숫자에 맞추어 '일편단심 한마음으로, 일부종사하려는 뜻이오니, 일개 형벌 무겁다고, 일각인들 변할소냐'라고 대답하는 것이었다. 또한 '변치 않는 사랑'은 옥중에서 이몽룡과 재회하는 장면에 잘 나타나 있다. 춘향은 출세해서 구해줄 줄 알았던 이몽룡이 거지가 되어 나타나자 깜짝 놀란다. 하지만 이내 다시 생각을 고치고 어머니께 자신의 소지품을 팔아 '부끄럽지 않도록 도련님께 옷을 만들어 달라'고 부탁한다. 죽음을 앞둔 절망의 구렁텅이에서 이런 걱정을 할 수 있는 것이 진정한 사랑이 아닐까.

또한 이러한 스토리에 진실성을 부여하고 있는 것은 작품 곳곳에 박힌 '다듬어진 말'이다. 그중 하나가 속담, 혹은 이 작품으로 인해 속담이 된 말들이다. 가령 '정성껏 쌓은 탑이 무너지고 정성껏 심은 나무가 부러지라'라는 말이나, 여인이 품은 원망에 대한 두려움을 드러내는 '여인이 원한을 품으면 한여름에도 서리가 내린다'라는 말, 또 어떠한 궁지에 빠져도 살아날 방법은 있다는 뜻의 '하늘이 무너져도 빠져나갈 구멍은 있는 법이다' 등이 그것이다. 또한 동음이의어를 사용하여 웃기기도 하고, 첫날밤 희롱하며 '정자情字 노래'나 '궁자宮字 노래'를 부르며 논다.

더욱이 『춘향전』에는 조선 민족의 심성archetype이 담겨 있다. 예를 들어 춘향은 이몽룡으로부터 이별의 말을 듣고 화를 내지만 잠시 후 냉정을 되찾고, '어차피 헤어질 것이라면 떠나는 사람을 탓해 뭣하겠느냐'라고 말하고 있다. 이런 심성과 관련해서 이미 고려가요 「가시리」에 '잡아 두고 싶지만 서운하면 다시 내게 돌아오지 않을까 싶어 흔쾌히 보내준다'는 내용이 있고, 유명한 근대 시인인 김소월의 시 「진달래꽃」에도 '나 보기가 역겨워 / 가실 때에는 / 말없이 고이 보내드리오리다'라는 내용이 있는 것을 볼 때, 한국 여성의 전통적 심성이지 않을까 생각한다.

또한 판소리계 소설에는 등장인물들이 한국인의 유형적 인간상을 드러내고 있다. 효녀하면 '심청', 그 아버지로 사람 좋은 장님인 '심봉사', 그 아버지를 범한 음란한 여인 '뺑덕 어미'이상 '심청전', 가난하지만 부지런한 '흥부', 그 형으로 부자이지만 더없이 인색한 '놀부'이상 '흥부전'이다. 물론 '춘향'하면 정절의 상징이다.

이상 '춘향전'에 관련된 이야기를 했지만 가나가와 현의 고등학교 교사들과 함께 읽었을 때 이 정도까지 알고 있었던 것은 아니다. 한국에 유학을 가서 처음에는 김동욱 선생님에게, 김동욱 선생이 돌아가신 후에는 설성경 선생님에게 지도를 받은 결과이다. 다만 일본에서 『춘향전』을 자세히 읽었을 때 막연하게 그런 인상을 받고 있었다. 그후 나의 연구는 그때의 인상을 검증하는 과정이었던 듯하다. 연구가 진행될수록 과거에 느꼈던 감동이나 인상을 근거를 가지고 이야기할 수 있게 되었기 때문이다.

마지막으로 내가 왜 한국에 『춘향전』을 연구하러 갔는지 좀 더 자세히 말해두고 싶다. 첫째, 『춘향전』을 '원서판본, 필사본로 읽고 싶다'고 생각했기 때문이다. 앞에서 말한 것처럼 우리가 읽은 것은 현대어 번역본이었다. 교양으로서는 그것만으로 충분할지 몰라도 '진짜를 접하고 싶다'는 나의 욕구를 채워줄 수는 없었다. 함께 『춘향전』을 읽었을 때 나는 가르치는 위치에 있었기 때문에 주석본 『춘향전』한국고전문학대계과 비교하면서 읽었다. 그래서 다음에는 꼭 원서로 읽고 싶다는 소망이 생겼기 때문이다. 게다가 당시 많이 참고했던 이와나미岩波문고 『춘향전』 표지의 다음 페이지에 완판 84장본 원본 첫머리의 사진이 실려 있었던 것이 자극이 되었다. 독특하고 기묘한 서체는 자세히 보면 분명히 한글인데, 현재 사용되지 않는 자모가 있고 표기법도 다르고 구두점도 없었다. 꽤 만만치 않은 상대라고 생각했지만 어쨌든 진짜를 접하고 싶은 나의 욕구는 더욱 커져서 유학을 결심하게 된 것이다.

둘째, 판소리를 배우기 위해서이다. 춘향전은 판소리에서 나온 소설이다. 그래서 문체에도 판소리를 방불케 하는 독특한 리듬이 있다. 이를 이해하기 위해서는 판소리 공연을 꼭 볼 필요가 있다. 당시 음반으로 판소리를 들은 적이 있는데 어디가 처음이고 어디가 끝인지 전혀 알 수 없어서 마치 가락이 다른 염불을 듣는 것 같았다. 이런 어학 실력으로는 앞이 캄캄했다.

셋째, 앞서 잠깐 언급했지만 어학 실력을 향상시키고 싶었기 때문이다. 유학 전의 나는 듣는 것보다 읽는 것을 더 잘했다. 그래서 유학 직후에는 상대방한국인에게 글로 써달라고 자꾸 한 것이 생각난다. 알아들을 수 없었기 때문이다. 지금 생각하면 이상하다는 생각이 들지만 활자에 편중된 학습을 했기 때문이었을 것이다. 듣는 힘을 기른 것은 그 후 필사본을 읽을 때 많은 도움이 되었다. 왜냐하면 필사본에는 판소리를 문자화하는 과정에서 잘못 베껴 쓴 부분이 있었기 때문이다. 듣는 힘이 생기면서 형태에 속지 않을 수 있었다.

넷째, 본고장으로서의 한국에 대해 알고 싶었기 때문이다. 사람들이 날마다 무엇을 먹고, 무엇을 생각하고, 무엇을 즐기고, 무엇을 고민하는지 알기 위해서였다. 다른 역사와 문화를 가진 나라라면 언어뿐만 아니라 상식도 행동도 다르기 때문이다. 그것을 이해하려면 어떻게 해서든 그 사람들과 함께 살아볼 필요가 있다고 생각했기 때문이다.

4. 끝내며

이렇게 해서 나는 한국 고전문학 연구라는 큰 바다에 배를 띄우게 되었다. 한국으로 유학을 떠나게 된 것이다. 하지만 이 배가 난파할지, 무사히 초심을 유지한 채 돌아올 수 있을지는 알 수 없었다. 집에서 배웅해 준

〈그림 4〉 2010년의 필자

아내는 큰딸을 낳은 지 겨우 14일째였다. 나는 그 아이에게 '하루키春香, 춘향'라는 이름을 지어주었다.

니시오카 겐지 西岡健治

1945년 히로시마현 태생. 연세대학교 대학원 국어국문학과 석사, 박사과정 수료. 조선고전문학 전공. 와세다대학, 요코하마시립대학 강사, 세종대학교 조교수, 부교수 역임. 현 후쿠오카현립대학 명예교수.

주요저작(출간순)

논문

「『春香伝』における妓生的性格および人間的覚醒」, 『韓』 第104号.

「桃水野史訳『鶏林情話春香伝』の原テキストについて」, 『大谷森繁博士還暦記念論文集』, 杉山書店, 1992.

「完板八十四張本『烈女春香守節歌』に見る妓生的表現の考察」, 『朝鮮文学論叢』, 白帝社, 2002.

공저

『韓国百科』, 大修館書店, 1996.

『韓国文学を旅する60章』, 明石書店, 2020.

『東アジアの自然観』, 文学通信, 2021.

역서

『春香伝の世界−その通時的研究』, 法政大学出版局, 2002.

한국문학과 나의 만남

세리카와 데쓰요芹川哲世

내가 문학에 관심을 가지기 시작한 것은 고등학교 때 입시 공부를 통해서였다. 국어 공부를 하면서 참고서를 통하여 자연히 여러 작가의 글을 읽게 되었다. 그때 참고서를 통해서 만난 분이 당시 내가 들어간 니쇼가쿠샤二松學舍대학 교수였던 일본근대문학연구가 세키 료이치關良一, 1917~1978였다. 세키 교수는 그분만이 1961년 무렵부터 일본근대문학 연구에서 가장 진정한 학자로 평가되어, 1940년 처녀작 발표부터 1978년 급서할 때까지의 시기를 그의 시대라고 말하는 사람도 있었다.

세키 교수와 더불어 내가 따랐던 분이 역시 니쇼가쿠샤대학 교수후에 학장이 됨 사코 중이치로佐古純一郎, 1919~2014였다. 이분은 기독교적인 인간관과 윤리관에 의거하여 전후제2차 세계대전 이후의 문학 비평을 개척한 분이었다. 1960년 때마침 내가 교회에 다니기 시작했을 때라서 영향을 받았다. 또 내 교회의 장로였던 사사부치 도모이치笹淵友一 교수도쿄여자대학도 기독교와 일본문학의 관련을 연구한 대표적인 학자였다. 이런 환경 속에 나는 1965년 니쇼가쿠샤대학 문학부 일본문학과에 입학했다. 고등학교 때부터 열심히 교회에 다니면서, 그때 일본의 대표적인 설교자로 알려진 다케모리 마사이치竹森満佐一 목사의 감화를 받고, 일학년 때 세례를 받고, 전국적인 기독교 학생 동아리 '크리스천학생회'에 들어갔다. 마침 1965년 10월 학생회의 지도적인 인물이었던 오야마 레이지尾山令二 목사가 처음으로 대학생 십여 명을 데리고 제암리를 방문했다. 1965년 6월 한일기본조약이 체결되어 국교가 정상화된 해였다. 오야마 목사는 방문 동기를 "우리 일본인이 과거에 한국에서 행한 죄과에 대해서 우리 주 예수 그리스도의 이름으로 용서받을 것을 바랍니다"라고 하며 머리를 숙이고 미안하다고 되풀이했다. 그 당시에는 유족들도 아직 많이 생존해 있었고, 곧 돌아가라고 소리를 지르며 냉대를 했기 때문에 아무 말도 못하고 돌아왔지만, 제암리교회를 재건하자는 결의를 하게 되었다. 1966년 여름방학에 아시아 각국 교회의 교류를 목적으로 활동하고 있었던 '아시아복음연맹'이라는 단체가 한일 대학생 교류를 추진하여, 일본의 기독교도 학생 십수 명이 한국을 방문하는 기회를 만들었다. 그때 나도 일행에 들어가 주로 서울과 부산에서 모임을 가졌다. 우리 일본 학생들은 오야마 목사가 한 말을 쓴 사죄 카드를 만들어 서울과 부산 길거리에서 나누어주었다.

일본에서는 1967년 12월 1일 '한국 제암리사건 속죄위원회'라는 명칭으로 교회 재건 모금운동을 시작했다. 나도 적극 참여하여 도쿄 거리에 나가 사죄 카드를 나누어주기도 했다. 처음에는 열 명이 시작했으나, 다음해에는 600명이 참가했고, 계속해서 매스컴을 이용해 모금운동을 한 결과, 1969년 3월 말이 되기 전에 목표로 했던 천만 엔까지 모았고, 1969년 4월 15일 제암교회 기공식을 하게 되었다. 그 뒤 유족회와 협의하여, 전체 모금액 가운데 오백만 엔으로 교회를 짓고, 나머지 오백만 엔으로 유족회관을 만들기로 결정했다. 새로 건립된 교회 건물 주춧돌에는 "아버지여 저희를 사하여 주옵소서. 자기의 하는 것을 알지 못함이나이다"누가복음 23장 24절라는 말을 조각했다. 공사가 완공되어 봉공예배를 마친 다음에는 일본인들도 자주 방문하여 사죄 기도를 올리게 되었다.

이 한국방문이 계기가 되어 내 마음에는 한국에 대한 관심이 점점 커지기 시작했다. 그리고 한국어를 배워야 한다는 마음도 간절해졌다. 그러나 당시 일본의 도쿄를 포함한 관동지방에는 한국어를 가르치는 학교나 학원이 없었다. 그래서 선경지명은 아니지만, 장차 한국문학을 공부하려면 중국문학을 먼저 해야 되겠다고 해서 3학년 때 중국문학과로 옮겼다. 그리고 중국문학과의 친한 친구도 생겼고 한문 공부도 열심히 했다. 여기서 만난 교수^{학장가} 가토 죠켄^{加藤常賢, 1894~1978} 교수였다. 가토 교수는 중국 고대문화 연구자였다. 교의^{教義} 해석을 주로 하는 종래의 연구에 만족하지 못하고, 일찍부터 갑을·금문자의 중요성에 착목, 그 연구 성과에 입각한 한자 원의^{原義}의 규명을 추진력으로 하여, 사상과 문화의 원천으로서 중국 고대의 해명에 탁론을 전개한 학자였다. 그런데 가토 교수는 1928년부터 1933년까지 경성제국대학 교수였기 때문에 한국에 대해서도 조예가 깊었다. 나는 가토 교수로부터 영향을 받아 한국에 대한 관심은 더욱 깊어져갔다.

나는 대학을 졸업한 뒤에, 앞으로 한국의 대학원에 진학을 할 것을 꿈꾸며, 도쿄한국학교의 일본어 교사로 취임했다. 그 당시 조총련 계 학교는 많았으나, 도쿄에는 이 학교뿐이었다. 학생의 1할 가까이가 일본에 일하러 온 해외주재원의 자녀였으며, 나머지는 재일교포 학생이었다. 지금은 반대로 재일교포 학생이 1할이라고 한다. 나는 한국에서 파견된 교사에게 한국어를 배운 것이 아니라, 한국 YMCA에서 도쿄대학원으로 유학해 온 학생에게 한국어를 배웠다. 그리고 1972년 한국에 있는 학교에서 파견되어 온 분이 서울대학교 대학원 국어국문학과에 추천장을 써 주셨고, 일본 문부성의 아시아 파견 유학생 시험에 합격하였다. 그때 또 한 분이 추천장을 써 주셨는데, 앞서 말한 학장이셨던 가토 조켄 교수였다. 가토 교수를 댁으로 찾아갔을 때, 가서 공부한다면, 조선 언어학과 향가 연구를 개척한 오구라 신페小倉進平 박사처럼 힘쓰라고 격려해 주셨다. 오구라 박사는 경성제국대학의 개교와 동시에 다카하시 도루高橋亨와 더불어 조선문학 강좌와 조선어학 강좌를 담당하여 1933년부터는 도쿄제국대학 언어학 겸인교수로 같이 일했던 사람이다.

서울대 대학원 석사과정에서 지도교수는 전광용 교수였다. 전광용 교수는 소설가로서도 유명하지만, 서울대에서는 주로 개화기문학 연구의 개척자로 알려진 분이었다. 그래서 석사학위논문에서는 개화기를 대상으로 했다. 이것은 근대문학을 연구하려면 개화기문학을 파악해야 한다는 대학시절의 세키 료이치 교수의 충고가 있었기 때문이다. 그래서 일본의 개화기인 메이지明治시대 소설과 비교해서, 『한일 개화기 정치소설의 비교연구』라는 제목으로 석사논문을 썼다.

박사과정에서는 지도교수가 김윤식 교수로 바뀌었다. 김윤식 교수는 주로 한국 근대문학에서 미개척 분야를 직접 당시의 신문이나 잡지를 통해 자료를 수집하여, 실증적 자료와 문헌에 의거한 과학적 태도로 연구와 비평 작업을 해 왔다. 초기 루카치의 소설론을 비롯한 서구의 문학이론을 바탕으로, 비평적 직관력을 발휘하여 문학사 서술 작업을 해온 분이다.

박사과정에서 내가 처음으로 접했던 작품은 바로 박영준의 장편소설 『일년』1934·1975이었다. 박영준은 해방 전 한국의 농민문학을 대표하는 작가로, 어떤 이념이나 정치적 신조에도 깊이 경도되지 않은 작품 세계를 통하여 농민의 현실적인 삶을 있는 그대로 표현한 작가였다.

근대문학이 본격적으로 시작된 3·1운동 이후의 조선은 경제의 주제가 농업이고, 인구의 8할 이상이 농민인 농촌사회였다. 그러나 문학작품은 도시인의 일상을 그린 소설에 편중되어 농촌이나 농민을 그린 작품은 매우 적었다. 1925년 중반 이후에 프롤레타리아문학의 대두와 함께 농촌을 무대로 농민의 삶과 의식을 다룬 농민소설이 집중적으로 발표되기는 했지만, 그 작품들의 대다수는 이데올로기에 치우친 경향이 있었다. 가장 불행했던 당시의 농민 생활을 실제 농민의 시각에서 진실로 그려낸 작품이 별로 없었던 그 시대의 특수한 상황에서 극빈의 생활을 했던 농민^{대부분} ^{소작인}의 모습을 현실적으로 그린『일년』은 나를 사로잡았다. 일제의 인력 동원과 세금 징수, 지주의 부당한 착취에 시달리며 가뭄의 피해를 고스란히 떠안아야 했던 소작인들은 늘 생존 자체에 위협을 받는 극한 상황에서 아무런 희망도 없이 살아가고 있었다. 박영준은 이들의 생활을 있는 그대로 묘사했다. 검열 탓에 착취당하고 부역에 희생되는 농민을 그린 대

〈그림 1〉박사학위를 받고 나서
정호웅(홍익대 명예교수)과 함께, 오른쪽이 필자

목이나 일제에 대한 저항 의식 등의 부분은 삭제되고 말았지만 한 해에 걸친 농업의 세시기歲時記와 거기 밀착된 농민의 빈곤과 고통은 가슴을 울렸다. 이렇게 한국의 농민문학은 나에게 중요한 연구 주제가 되었고 학위논문도 이에 관하여 집필했다. 또한 이후에도 한국문학 연구에 심취하게 한 동력을 주었다고 할 수 있다.

장차 박사학위 논문 준비를 해야 한다고 생각했을 때, 일

본에서도 농민문학이 여러 가지 활력을 알리는 조짐을 나타내기 시작했다. 일본에서는 고도성장 시대가 1970년 만국박람회의 대자본에 의한 과학과 기술이 위세를 부린 것을 마지막으로 지나가 버렸다. 그러나 그때까지 사양길을 걸어 피폐해진 농업과 농촌과 농민의 현실을 예전으로 돌리기에는 너무 늦어져 있었다. 1975년 소설가 아리요시 사와코有吉佐和子, 1931~1984의 『복합오염複合汚染』이라는 작품은 일본 농업의 파괴와 상처를 구체적으로 파헤치고, 공해나 오염의 실체를 세밀히 살피고 고발한 작품으로서 베스트셀러가 되었다. 그때 마침 일본에서 『흙과 향토의 문학전집』전15권, 1976~1977이라는 농민문학전집이 나와서 그것을 읽는데 열중했다. 그 결과 일본농민문학의 전모를 알 수 있게 되었다.

한국의 경우는 1923년 무렵부터 새로운 노동운동과 농민운동이 고조되고 프롤레타리아문학운동이 일어나서 1930년대 전반까지 문단의 주류를 이루게 되었다. 1925년 중반 이후에는 농촌을 무대로 농민의 삶과 의식을 다룬 농민소설이 집중적으로 발표되어 한국소설의 주류를 이루었다. 농촌인구가 전체인구의 8할을 넘는 실정이었기 때문에, 이는 당연한 현상이기도 했다. 식민지의 농촌은 일본제국주의의 경제적 수탈의 일차적 대상으로, 토지 조사 사업, 산미 증산 계획 등의 체계적이고 악랄한 수탈 정책, 고리대금의 만연 등의 다양한 요인에 의해 빠르게 황폐화되고 있었다. 그 결과, 농촌에서는 자작농의 감소와 소작농이 증가하여, 이농과 이민 현상이 생겨났다. 특히 이민 현상은 식민지의 농민사회의 몰락을 단적으로 보여 주었는데, 식민지 전 기간을 통해 전체 인구의 1할에 해당하는 200만 명 이상이 만주나 일본으로 떠날 정도였다. 이기영의 장편 『고향』1933~1934은 이처럼 궁핍한 생활 속에서 허덕이는 소작농들의 고통과, 그들을 착취하는 지주 세력의 횡포를 대조적으로 그리고 있다. 주인공인 청년의 등장과 함께 점차 계급의 자각에 눈뜨는 농민이 단결하여 지주 세력에 대항하게 되는 이야기다.

일본의 농민소설이 한국의 종래의 반도시反都市 작가들과 카프KAPF와의 대결구도와 비슷한 양상을 보였다는 것을 알게 되었다. 그래서 여기서 한일 양국의 농민문학의 비교연구가 가능하다는 것을 깨닫게 되고, 그 연구 결과를 바탕으로 박사논문인 「1930년대 한일농민문학의 비교고찰」이라는 논문을 쓰게 된 것이다.

여기서부터는 내가 한국에서 교수로 재직했던 시절을 이야기하려고 한다. 1975년 7월 서울대학교 대학원 국어국문학과의 석사논문 발표회가 관악캠퍼스에서 끝나고 나서, 계속 2학기부터 박사과정 진학이 결정되어 있었으나, 앞으로 과정을 수료할 때까지의 학비가 걱정되었다. 그때는 석사학위만 있으면 대학 강사로 취직할 수 있는 시대라, 같은 대학원생들은 운이 좋으면 전임강사로, 그렇지 않으면 고등학교 교사로 취직하고 있었다. 나도 반년동안 취직활동을 한 결과, 1976년 봄부터 수도여자사범대학 일본어교육과와 상명여자사범대학 일본어교육과 등에 강사로 나가기 시작했다. 그러나 1학기가 끝날 무렵, 입국관리사무소에서 갑자기 통지가 와서, 앞으로 학교에서 강의를 하는 학생은 체류자격을 정식으로 취업자격으로 바꿔야 하고, 학생 신분으로는 강의를 할 수 없다는 것이었다. 다시 말하면 입국목적 외의 활동을 할 수 없다는 것이었다. 그래서 여름방학 동안 일시 귀국하여, 취업비자가 내리는 것을 기다려서, 다음 학기부터는 정식으로 전임강사로 발령을 받았다. 수도여자사범대학교에서 일본어교육과를 개설한 것은 1974년부터였고, 나를 추천해 주신 분은 학과 창립 멤버였던 시인 유정柳呈, 1922~1999 교수였다.

유정 교수는 젊었을 때 일본에서 저명한 시인이었던 호리구치 다이가

〈그림 2〉수도여자사범대학 일어교육학과 전임강사시절 유정 교수와 함께

〈그림 3〉1981년 인하대학교 문과대학 창립멤버들과 함께, 왼쪽 첫 번째가 필자

** 1985년도 한국 현대문학 연구회 **

〈그림 4〉 1985년 한국 현대문학 연구회 회원들과 함께, 둘째 줄 오른쪽 첫 번째가 필자

쿠堀口大學의 추천을 받고 시인으로 출발했고, 일본어로 시집과 단가집을 출판한 적이 있을 정도로 장래 시인으로 촉망받던 분이었으나, 일본 패전으로 귀국 후에는 한국어 공부를 하여 한국 시인으로 재출발하였고, 내가 취직할 당시에는 시인으로 또 일본문학연구가와 번역가로 활약하고 있었다. 유정 시인과 나는 시인이 서거하실 때까지 교류를 했고, 그 가족들과는 현재도 교류를 하고 있다. 수도여자사범대학은 나중에 남녀공학의 세종대학으로 변신함과 더불어 전국적인 학원 분쟁에 휩쓸린 학교의 하나가 되었다. 재단 쪽과 대립한 교원들은 실로 반 이상이 다른 대학으로 옮기거나 퇴직하게 되었다. 나는 다행히 1980년 봄에 대학원의 선배였던 인하대학교 사범대학 국어교육과의 윤명구 교수의 소개로 인하대학교 일본어교육학과로 자리를 옮겼다. 다음 해 문과대학 창설을 위해 교수를

증원하게 되어, 1981년 봄 나는 세종대학교 동료였던 두 명의 교수 이외에 유정 교수도 초빙교수 자격으로 불러오게 했다.

1981년 인하대학교 문과대학 창설 당시 멤버로는 학장에 시인 조병화 교수를 비롯하여 국어국문과에는 최원식, 김재홍, 김문창 교수가 있었다. 당시는 일어일문학과가 여기저기에서 한꺼번에 창설되던 시대였다. 이전부터 있었던, 한국외대, 국제대지금의 서경대, 성신여대, 상명여대, 동덕여대, 세종대, 지방에서는 계명대, 부산여대지금의 신라대, 경산대, 부산대, 동아대, 전남대, 제주대 등이 설립되어 있었다. 일본인이 적었기 때문에, 원어민 강사로서 소중히 여겨지고, 같은 경우에 있던 친구들은 서울의 몇 군데 학교를 겸임해서 뛰어다니고 있었다. 인하대 일문과의 수업내용이지만 전공과목은 일본어의 초급부터 상급 강좌, 일본문학사, 현대문학강독, 고전문학강독, 고전문법, 일본사, 일본사정 등이 있었고, 한 반에 50명 정도였다. 일반 제2외국어는 선택필수 과목으로, 수강자가 많은 강의는 한 교실에 200명 정도가 모여서, 이것이 외국어 강의인가 하고 어처구니가 없었다.

초창기의 몇 년 동안은 주간과 야간 모두 개강되어, 야간에는 직장인도 많았고, 나와 나이 차이가 없는 학생도 있었다. 재임 중 초기는 명 총장으로 이름이 높았던 이재철 총장 아래, 노사관계도 좋았고, 학교 전체에 활기가 넘치고 있었다. 그러나 전두환 정권 아래, 민주화 투쟁으로 자나 깨나 시끄러운 시대였다. 나는 1981년부터 1989년 2월까지 인하대학교에 있었는데, 그때 한국은 격동의 시대이자 발전의 시대라고 할 수 있었다. 1981년 전두환이 대통령으로 당선되고, 1986년에는 아시아경기대회가 성공리에 개최되었고, 1987년에는 6·29민주화선언이 발표되어 10월에는 대통령 직선제로 헌법이 개정되어, 12월에는 노태우가 대통령이 되었고, 1988년에는 서울올림픽이 개최되었다. 내가 인하대학교에 근무한 8년 동안은 2010년 한국의 텔레비전 드라마로 화제가 된 〈자이언트〉의 바로 그 시대였다. 가수 조용필의 전성시대였고, 장미희 등 세 아가씨가 티비 드라마를 풍성하게 했다. 1988년 성공적으로 마무리된 서울올림픽은 한국의 위상을 전 세계에 알렸다.

나는 한국에서 사회적으로 자리를 잡았고, 한국여자와 결혼하여, 아들도 낳아 행복한 가정을 꾸리고 있어서, 한국에 그대로 살고 싶다는 생각이 들 때도 많았다. 그러나 나의 본래의 꿈을 이루어야 한다는 의식이 늘 마음 한 구석에 자리 잡고 있었다. 한국문학을 연구한 만큼, 일본에서 한국어와 한국문학을 가르치고 전파해야 한다고 생각했다. 나는 1989년 3월 가족을 데리고 일본으로 귀국했다. 그해 1월에 일본 천황이 서거함에 따라 쇼와昭和시대가 막을 내리고, 헤이세이平成시대가 시작된 해였다. 1990년대 이후 일본에서도 한국어 과목을 설치하는 대학이 늘어나고 있었다. 대학 수가 증가했기 때문이기도 하지만 한국의 국제적인 위상이 높아짐에 따라, 일본에서도 한국과의 교류가 절실해졌기 때문이라 할 수 있다. 내가 인하대로 부임할 때만 해도, 도쿄를 포함한 관동關東지방에서 한국어를 가르치는 대학은 한 군데도 없었다. 교토京都, 오사카大阪를 중심으로 한 관서關西지방에서도, 제2차 세계대전 이전에 설치되었던 나라奈良의 덴리대학天理大学과 패전 후에 설치된 오사카외대 두 군데 뿐이었다. 그 후 도쿄외대, 간다외대神田外語大学, 지방의 도야마대학富山大学에 한국어과가 생겼고, 지금은 학과라는 이름은 없어도, 전국 8백 수십 군데 대학의 3분의 2 정도의 대학에서 한국어를 가르치고 있다 한다.

내가 귀국해서 모교인 니쇼가쿠샤대학二松學舍大学에서 가르치기 시작해서 2015년 3월, 26년 동안 근무하고 정년퇴직했다. 귀국해서 지금까지 무슨 연구를 했는지 중요한 것을 적어보기로 하겠다.

2000년도에 일본 정부로부터 꽤 큰 기금을 받고 5년 동안 연구한 프로젝트에 「일본 한문학 연구의 세계적 거점 구축」이라는 것이 있었고, 내가 소속된 팀이 연구한 논제의 첫 번째가 「신라·발해와 일본의 문화 교류」였다. 7세기부터 10세기까지의 신라와 일본의 교류를 보면, 신라에서는 20회, 일본에서는 17회 정식으로 상대국을 방문했고, 발해와 일본의 교류는, 발해에서는 33회, 일본에서는 13회 방문했다. 무역 관계뿐만 아니라 한시漢詩를 통해서 사신과 교류를 원하는 문인도 있었다. 헤이안平安시대8세기 말~12세기 말에 편찬된 공사公私의 한시문집에는 발해인의 시문도 많이 수록되어 있었다. 거기서 내가 쓴 논문이 「헤이안 귀족과 신라·발해 문인들의 한시 교류」였다.

우리 팀의 두 번째 연구 논제는 「한국 대학의 한문 교육」이었다. 이 논제를 택한 이유는 일본의 한문 교육의 문제점이 공론화되었기 때문에, 한국은 어떨까 하는 의문에서였다. 당시 일본의 중·고등학교 한문 교육의 위기가 주장되고 있었다. 고등학교 국어교육 중 한문을 가르치는 학교가 적어지고, 1990년도에 들어와서 고전 한문을 공부하려는 수험생이 격감했다. 뿐만 아니라 한국의 수능시험에 해당하는 대학입시센터시험 이외, 입시에서 한문을 뺀다는 대학이 급증하여, 많은 수험생이 한문 공부를 하지 않게 되었기 때문이다. 나는 한국의 대학에서 한문 교육을 하는 교수들을 만나 이야기를 듣고, 주로 한문학과와 한문교육과가 있는 약 20군데 대학에 사용하는 교재를 보내줄 것을 요청했다. 그때 우리 학교에서 만든 한문 교재 5권을 보냈다. 우리 교재 중에는 한국 한문 소개도 있는데, 이것은 일본에서 만든 교재로는 첫 시도였을 것이다. 또 어떤 대학에서는 고등학교 한문 교사를 희망하는 대학생에게 한문교사 임용시험에 대비하여 어떤 학원에 다니고, 그 학원에서는 어떤 교재를 쓰고 있는지, 학원까지 찾아가서 교재를 구해보기도 했다. 그 결과, 십여 대학에서 교재를 보내주었다. 나는 그 모든 교재를 읽어보고, 일본의 쓰쿠바筑波대학에서 열린 한일 공동 발표회에서 「한국의 대학에서의 한문 교육과 교재」라는 논문을 발표하기도 했다.

다음에 고려대학교에서 기획한 'BK연구단 연구 프로젝트'라는 5년 기간의 연구에 해외임원으로 참가하여, 중국, 대만, 한국, 일본의 대학에서 공동 개최한 국제 연구 발표회에 나가서 논문 발표를 하기도 했다. 일본에서는 '조선학회', '기독교문학연구회', '엔도 슈사쿠遠藤周作연구회' 등에 참가하여, 논문 발표도 하고, 특히 '동북아시아 크리스천문학회의'의 참가는 나에게는 아주 뜻깊은 학회 활동이 되었다. 이 학회의 창시는 1987년으로 거슬러 올라간다. 앞서 말한 대학 때의 스승인 평론가 사코 준이치로 교수, 소설가인 엔도 슈사쿠 기타 여러 명의 저명한 평론가와 작가가 모여서 한국의 크리스천 문인들과 상의하여 만든 것이다. 격년으로 한일 양국을 오가며 3박 4일의 모임을 가졌다. 올해는 부산에서 열렸다. 처음에는 대만도 참가했으나, 지금은 한일 양국의 크리스천이 넓은 의미의 기독교문학을 대상으로 토의하며 교류를 깊게 하고, 문학을 통하여 복음 전파에 이바지하는 것을 목적으로 하고 있다. 올해는 한국 측에서 30명 일본 측에서 9명이 참가했다. 구체적인 작품을 통해 상호 토론하는 방법을 취하도록 하고 있다. 그러기 위해서는 다루어지는 작품을 쌍방의 언어로 번역하여, 참가자가 미리 대상작품을 읽고 나서 회의에 참가하도록 한 것이다. 이 방법은 회의장에서의 토론을 활기차게 했다.

나는 퇴직한 지 8년이 지났지만 한국문학과 문화에 대한 공부를 계속하고 싶다는 열망에, 지금도 한 달에 2번 독서회와 연구회에 참가하고 있

〈그림 5〉일본의 한국문학 연구자들과 권영민 교수, 왼쪽 첫 번째가 필자

다. 하나는 '조선문화강좌'라는 연구회다. 40년 전 고 지명관池明觀 교수가 주도하여 시작해서, 나중에는 같은 동경여자대학 교수이며 한·중·일의 실학사상을 오래 연구해온 오가와 하루히사小川晴久 교수가 이끌어온 연구회다. 나도 20여 년 전에 들어가서, 지금은 기획위원으로 가끔 강의를 하고 있다. 올해는 '동학사상과 김지하'를 주제로 방학 때를 빼고 한 달에 한 번 강의와 토론회를 가졌다. 참가자는 15명 정도이며 해마다 새로운 발견을 경험하고 있다. 참고로 최근의 주제로는 2021년도는 '김교신金敎臣과 조선', 2022년도는 '조선전쟁의 재인식'이었다.

또 하나는 근대문학 연구자들이 독서회로서 모인 '인문평론연구회'라는 연구회. 이것은 2010년 무렵 잡지 『인문평론』을 매달 순서대로 한두 권씩 읽고 토론하는 형식으로 시작했다. 이어 『조광』, 『신세대』, 『국민문학』, 『백민』 등을 읽고, 지금은 『민성』民聲을 보고 있다. 지금은 무사시대학武藏大學의 와타나베 나오키渡邊直紀 교수의 도움으로 간간히 한국, 미국,

대만, 홍콩의 대학에 근무하는 연구자들과 합숙을 하면서 발표회도 가지고 연구회는 계속하고 있다.

끝으로 일본에서 우리 근대문학 동아리를 오랫동안 이끌어주시고 지켜주신 대선배이자 한국 근대문학연구의 개척자적인 존재였던 와세다대학早稲田大学 명예교수였던 오무라 마스오大村益夫 교수님이 올해 초2023년 1월 15일에 서거하신 것에 대해 심심한 애도의 뜻을 표하면서 이 글을 마친다.

세리카와 데쓰요芹川哲世

1945년 도쿄 태생. 니쇼가쿠샤대학二松学舎大學学 졸업, 서울대학교 대학원 수료, 문학박사. 세종대학교, 인하대학교 교수 역임, 현재 니쇼가쿠샤대학 명예교수.

주요저작(출간순)

저서

『1920~30년대 한일농민문학의 비교문학적 연구』(공저), 風行社, 2010.

『日本の植民地支配の'実態と過去の清算』(공저), 風行社, 2010.

『三・一独立万歳運動と植民地支配体制』(공저), 明石書店, 2020.

역서

『動く城』, 黄順元 著, 日本キリスト教団出版局出版サービス, 2010.

다케모리 마사이치 저, 『만주기독교사 이야기』, 한국기독교역사연구소, 2019.

『일본작가의 눈에 비친 3·1 독립만세운동』, 지식산업사, 2020.

한국어 연구와 나*

유타니 유키토시油谷幸利

1. 처음에

필자는 한국어를 전공하는 학과에 소속해 있지는 않기 때문에 환갑 기
념논집 같은 것은 바랄 수도 없다고 생각했는데, 이번에 뜻밖에도 고영진
선생님을 비롯한 선생님들께서 진력해 주신 덕분에 그 영광을 얻었다. 본
고에서는 필자가 한국어 연구의 길로 들어선 계기와 한국어 교육에 종사
해 온 약 40년의 시간을 되돌아보고자 한다.[1]

---

* 이 글은 인하대 한국학연구소의 학술지 『한국학연구』 41집(2016년 5월)에 실린 원고
를 필자의 허락을 받아 단행본에 재수록한 것이다.
1 전반부는 필자가 운영하는 사이트 한국 조선어의 숲(http://paranse.la.coocan.jp/)에 실
린 글과 중복된다는 것을 이해해주시기 바란다. 또 본고에는 '한국어'와 '조선어'가 혼
재해 있는데 그때그때 시대 배경을 반영하고 있다고 생각해주시면 고맙겠다.

2. 동기

1) 한글과의 만남

필자는 중학교 시절 산조三条 야나기노반바柳馬場에 있는 YMCA에서 영어를 배웠다. 이른바 보습학원인데 교토 시내의 다양한 중학교에서 영어를 배우러 왔다. 필자는 그대로 공립 고등학교에 진학했지만, 같은 반에 있던 H는 명문진학교인 라쿠세이洛星 고등학교에 진학했다.

1년 뒤 봄방학 때 YMCA 동창회를 열었는데 H 군이 고등학교 선생님에게 배웠다며 자랑스럽게 칠판에 한글을 써서 보여주었다. 당시에는 아직 한글이라는 이름은 널리 알려져 있지 않았고 조선 문자나 언문이라고 불렸던 것 같다.

물론 단어나 문장을 쓰지는 않았고 '아'에서 '와'까지 50음을 썼을 뿐이었다. タ타 행은 '다디두데도'였고 チャチュチョ차추초도 '댜듀됴'였다. 또 "조선어에는 탁음이 없어"라는 그의 설명을 특별히 이상하다고 생각하지도 않고 그냥 믿었는데, 문자가 자음과 모음의 조합으로 이루어져 있다는 점은 금방 알았을 뿐 아니라 50음을 쓰는 데 필요한 문자는 그 자리에서 곧장 외워버렸다.[2]

그 뒤 때때로 수첩이나 일기에 한글로 메모 정도의 내용을 쓰곤 했다. 일본어를 표기하기에는 탁음이나 발음撥音·촉음이 없으면 불편하겠다는 생각이 들어서 참고서가 있다는 것조차 모르고 혼자 마음대로 표기법을 생각해 냈다. 탁음에 대해서는 일본어 탁음과 똑같은 것을 붙이면 되겠다고 생각해 줄을 하나 더 긋기로 했다. カ가행, サ자행, タ다행에 대해서는 곧

---

2   H 군과는 그 뒤 대학원 때 교토대 병원에서 흰 가운을 입고 씩씩하게 걸어가는 모습과 딱 한 번 마주쳤을 뿐 소식이 끊어졌다.

장 ㅋ, ㅈ, ㅌ이라는 글자가 만들어졌지만, ﾊ바행을 만드는 단계에서 퍼 뜩 난처해졌다. ﾊ행이 ﾊ하행의 동류가 아니라 ﾊ파행의 동류라는 정도의 지식은 그때 이미 있었지만, ㅂ으로는 모양이 좋은 글자를 잘 만들기 어 려웠다. 줄을 하나 더 붙이면 'ㅻ'이 되거나 'ㅂ'이 될 수밖에 없는데 둘 다 모양이 나쁘다. 하지만 달리 좋은 방법도 떠오르지 않아서 그냥 'ㅂ'을 채 택하기로 했다. 대학에서 조선어를 배우기 시작하고 나서 유성음과 유기 음이라는 차이는 있지만 ㅋ, ㅈ, ㅌ이 실제로 존재한다는 것을 알았을 때 에는 적잖이 놀랐다. 인간이 생각하는 것은 엇비슷하구나 하고 묘하게 수 긍했던 기억이 난다.

발음을 표기할 때에는 ﾅ나행 자음 글자인 ㄴ을 쓰기로 했는데 설마하 니 옆에 우두커니 놔두기도 그래서 한자의 구성원리를 응용해 밑에 쓰기 로 했다. (이것도 나중에 정답이라는 것을 알았다)

마지막으로 촉음 'ッ'에 대해서는 발음과 마찬가지로 밑에 쓰기로 했지 만, 일본어 로마자 표기를 참고하여 ㄱ, ㄷ, ㅂ을 구분하기로 했다. 즉 'し っかり'는 식가리, 'しっとり'는 싣도리, 'しっぱい'는 십바이 식으로 'ッ' 을 구별해서 썼다. 지금 와서 생각하면 발음은 음소 표기인데 촉음은 음 성 표기여서 통일이 안 돼 있지만, 이 정도가 고등학생의 한계였으리라.

그런데 고등학교 때의 필자와 한글의 만남은 이보다 더 깊어지지는 않 아서 결국 언어를 배우는 단계까지는 가지 않았다. 이 무렵 필자의 관심 은 고전을 가르치는 M 선생님께 "'가'가 붙어있는 명사가 주어라고 하지 만 '물이 마시고 싶어'의 '물'은 '마시다'의 목적어지 주어일 리가 없다"며 대들어 보기도 하고,[3] 메이지쇼인明治書院에서 나온 국어학 관계 서적을 도

---

3 이 질문에 대한 대답으로 M 선생님은 미카미 아키라(三上章)의 코끼리는 코가 길다를 빌려주었는데 분하게도 잘 이해가 되지 않았다.

서실에서 빌려와 "일본어에 형용동사를 인정할 것인가?", "비가 내리기 전에 돌아간다"와 "비가 내리지 않을 때 돌아간다"는 어떻게 다른가 같은 항목을 그대로 주워 읊으며 친구들을 얼떨떨하게 하는 데로 향해 있었던 것 같다.

그 점에서 요즘 고등학생이나 중학생들 가운데는 (경우에 따라서는 초등학생도!) 일찍부터 조선어에 관심을 갖고 라디오 강좌를 듣는 사람이 있어서 놀랍다. 그야말로 '후생가외後生可畏'라 해야 할 것이다.

2) 조선어와의 만남

본의 아니게 교토대학 경제학부에 입학한 필자는[4] 3년에 걸쳐 부모를 설득하여 1971년에 문학부로 전과할 수 있었다. 전문 과정에 진학하는 것이 1년 늦어진 셈이다. 언어학 전공 학생은 보통 개별 언어를 연구하거나 이론 연구의 길로 나아가는 것 둘 중 하나를 선택했지만, 초봄 시점에서는 아직 어느 쪽인지 결정하지 못하고 있었다.[5] 고등학교 시절에 기본적인 글자만은 알았던 조선어에 대해서도 그다지 흥미가 일지 않았고, 입문 수업도 듣지 않고 있었다. 요즘 들어 때때로 "40년이나 전에 한국어를 배우시다니 선견지명이 있으셨군요" 하는 말을 듣기도 하는데, 선견지명은커녕 당시에는 조선어로 먹고 살 수 있으리라고는 생각하지도 않았다. "입시학원에서 영어 아르바이트를 해서라도 먹고 살 수는 있을 테니까

---

4 제12회 조선어 교육 연구회가 끝난 뒤 송년회 자리에서 내가 공학부나 이학부 수학과 출신이라는 소문이 일부에 퍼져 있다는 이야기를 듣고 놀랐는데, 그리 싫지만은 않았다. 확실히 수학은 고등학교 때를 통틀어 가장 좋아하는 과목이었고, 고2 단계에서는 이학부 진학도 선택지에 들어있었던 것은 사실이다.

5 변형생성문법의 명시적인 기술 방법에도 강한 끌림을 느꼈지만, 이러한 '화려한' 연구 방법보다는 개별 언어를 꾸준히 연구하는 '케케묵은' 스타일이 내 성미에 맞다는 느낌은 있었다.

좋아하는 조선어 공부를 하고 싶다'라는 것이 당시의 솔직한 심정이었다. 조선어에 대한 세간의 평가도 필자가 "조선어를 전공한다"라고 하면 "하필이면 왜 조선어 같은 걸" 하고 반응하는 경우가 대부분이었다.

　그러던 때에 "한국 성균관대학에서 진태하라는 유명한 선생님이 문학부에 와 계시니까 조선어를 배우러 가자"라고 T 군이 제안했다.[6] 6월 말쯤이었던 것 같다. 명확한 연구계획도 세우지 못하고 어떻게 할까 고민하던 참이었기 때문에 마침 잘됐다고 생각하며 당시에는 딱 2종류밖에 없던 조선어 참고서와[7] 오픈릴 테이프 레코더를 들고 쇼고인聖護院의 국제학생회관까지 갔다.

　『조선어 4주간』은 지금 와서 생각하면 표현이 상당히 고풍스러운 느낌을 주지만[8] 한국식 문법체계로 쓰여 있었다. 그에 비해 기초 조선어는 북한식 문법체계로 되어 있었을 뿐 아니라 용례도 "존경하는 수령이시오!" 같은 것이 나와서 진태하 선생님도 꽤 위화감을 느끼셨던 것 같다. 그래도 기본적인 한글 쓰기의 첫걸음을 가르쳐주셨고 문법책 2권의 용례를 전부 녹음해 주셨다. 젊은 일본 학생이 조선어를 배운다고 하니 기뻐하신 것이리라. 조선어 음성 교재가 거의 없었던 당시로는 매우 귀중한 자료였다. 그 뒤에도 몇 번 놀러 갔는데, 탁구를 함께 쳐주신 것도 좋은 추억이다.

　이렇게 친구의 제안으로 아무 생각 없이 시작한 조선어였지만, 요즘 식으로 말하면 순식간에 '빠져들고' 말았다. 개별 언어를 연구하고 싶다는

6　T 군은 현재 교토대 언어학과 교수로 분주한 나날을 보내고 있다.

7　『조선어 4주간』(石原六三・青山秀夫共著, 大学書林)과 기초 조선어(宋枝学著, 大学書林)이다. 요즘처럼 고르기 힘들 정도로 다양한 참고서가 서점에 늘어서 있는 것을 보면 그야말로 격세지감을 느낀다.

8　'이것은 연필이오', '밥을 먹으오' 같은 예문으로 시작하고 있었다고 하면 이해하실 것이다.

마음과 "어차피 연구한다면 누구나가 연구하는 서양 언어가 아니라 남이 하지 않는 언어를 연구하는 편이 보람 있겠지"라는 마음. 그리고 논리로는 설명할 수 없는 '좋은 궁합'을 느꼈기 때문이다.

3. 학습을 시작하다

1) 여름방학 동안 맹렬히 공부

'침식을 잊고'라는 말이 있지만. 7월과 8월에는 먹고 자는 시간 외에는 전부 조선어에 푹 절어서 지냈다. 대강 어림잡아도 12시간×60일＝720시간이다. 첫 근무지였던 덴리대학에서는 1, 2학년생에 배당된 조선어 수업이 90분×6학점, 연간 30주라고 하면 270시간이니까 공부한 시간만 생각하면 두 달에 3년 치에 가까운 학습을 했다는 계산이 나온다. 그렇다고는 해도 완전한 독학이다 보니 효율이 나빴다는 사실은 부정하기 어렵다. 수업을 받았다면 금방 알았을 만한 간단한 표현이나 소리 변화조차 몰라서 창피를 당한 일은 셀 수 없다. NHK 라디오 강좌를 담당했을 때 '해설이 이해하기 쉽다'라는 말을 때때로 들었는데 분명 내가 독학하는 과정에서 고생한 부분을 정성껏 설명한다는 점에 공감해주신 것 아닐까.

고등학교 때 한글을 접하기는 했지만 50음 순으로 기억했기 때문에 반절표를 외우는 데서부터 시작했다. 글자 연습도 겸해 몇 번씩 암송하면서 종이에 쓰는데, 술술 말할 수 있게 되기까지 50번은 반복해서 쓴 것 같다. 본문은 진태하 선생님이 녹음해주신 테이프를 BGM 대신 하루 종일 틀어놓고 들었다. 발음과 관련해서는 음성학 지식이 무척 도움이 됐다. 동화현상에서는 순행동화·역행동화·상호동화 3종류가 전부 존재할 뿐 아니라 조음점 동화도 조음 양식의 동화도 있고 비음화·격음화·유음화·구개음화 등 음성학을 전문으로 하는 사람들에게도 흥미로운 언어일 것이다. 음성학의 실용 예로서도 좋은 공부가 됐다. 그런데 유음화에 대해서는 'ㅀ / ㄾ + ㄴ'에 관한 기술이 아무 데도 없어서 학습을 시작하고 3년째가 될 때까지 '앓는다 / 핥는다'가 '알른다 / 할른다'로 발음된다는 것을 몰랐다.[9]

많은 모음들 가운데 ㅚ, ㅟ는 독일어나 프랑스어에도 있는 소리이고[10] ㅓ, ㅡ도 바로 낼 수 있었다. ㄱ, ㄷ, ㅂ이 음절 끝에서 내파음이 되는 현상은 영어의 book, cat, cap에서도 보이는 현상이며 일본어 촉음에도 포함되어 있으므로 그 날 중에 분간해 들을 수 있게 됐다. 격음은 그 전에 배운 중국어의 유기음과 같아서 문제없었다. 농음을 내려면 다소 기술이 필요했지만 몇 번 연습했더니 금방 낼 수 있었다(고 생각했다).

발음에서 가장 어려웠던 것은 ㄴ과 ㅇ을 분간해서 듣는 것으로, 지금도 때때로 잘못 들을 때가 있다. 음성 학습에 관해 "알아들을 수 있는 소리는 발음할 수 있다"라는 해설을 하는 경우를 보는데, "ㄴ과 ㅇ은 발음으로는 구분할 수 있지만 정확히 알아듣는 것이 어렵다"라는 내 개인적인 경험을 근거로 생각하면 반대가 아닐까? 자기가 낼 수 있는 소리는 자기 귀로 피드백해서 확인할 수 있기 때문에 알아들을 수 있게 되지만, 자기가 낼 수 없는 소리는 좀처럼 알아들을 수 없는 것 같다.

---

9 한글 강좌에서 유음화에 대해 설명할 때 "한국 / 조선어를 배우기 시작한 뒤 2년이 지나도 '앓는다'를 [알른다]라고 발음하는 것을 눈치 채지 못하는 분이 가끔 계십니다"라고 설명하는 경우가 있었는데, 트릭을 밝히자면 이것은 나 자신의 경험이다.

10 이 당시에는 한국에서도 이 두 모음은 [we][wi]가 아니라 단모음으로 취급한 모양이다. (북한에서는 지금도 단모음으로 취급한다)

이 외에 신경이 쓰인 발음은 '무우'[11]와 '누구'다. 테이프를 몇 번 다시 들어도 '부우', '두구'에 가깝게 들렸다. 진태하 선생님께 확인해 봐도 'muu', 'nugu'라고 말씀하시지. 소리를 알아듣는 데에는 제법 자신이 있었던 만큼 고민에 빠졌다. 이것이 음성학에서 말하는 비비음화非鼻音化 현상이라는 사실을 안 것은 4학년이 되어 세계언어개설研究社[12]에서 고노 로쿠로河野六郎 선생님의 해설을 읽고 나서다.

녹음해주신 테이프에 의지해 두 권의 교재를 반복해서 발음했지만 익숙하지 않은 소리가 많아서 30분만 연습해도 턱이 뻐근해졌다. 일본어에 없는 소리 가운데서는 특히 'ㅓ와 ㅗ' 및 'ㅜ와 ㅡ'를 구별하는 데 신경을 썼다.[13]

또 두 권의 문법체계가 다른데다 해설의 상세함에도 차이가 있어서 내 나름대로 두 책의 장점을 반영하면서 노트 1권으로 다시 정리해 두었던 것이 문법을 정리하는 데에 도움이 되었다고 생각한다.

2) 여름방학이 끝난 뒤의 수업

여름방학이 끝난 뒤에는 조선어 초급반이 아니라 갑자기 중급반에 나가 단편소설을 읽기 시작했다. 맨 처음 읽은 것은 황순원의 늪이었던 것 같다. 교재를 두 줄씩 띄우고 노트에 베껴 쓴 뒤 한 줄 아래에 단어의 의

---

11 1988년 맞춤법 개정으로 지금은 '무'라고 표기한다. 추억담이라서 일부러 옛날식으로 표기했다.

12 1952년에 상권, 1955년에 하권이 간행되어 학계의 일대 쾌거로 주목을 받은 명저. 2000년에 신장판이 나온 모양이다. 한편, 비비음화(非鼻音化)에 관해서는 조선어 연구자들 중에도 모르는 사람이 있다는 것을 20년쯤 전에 알고 놀란 적이 있다. 이런 말을 하는 나도 간단한 단어를 모르기도 하기 때문에 잘난 척할 형편은 아니지만……

13 이듬해 여름에 만난 서동환 씨가 "내 이름을 정확하게 발음하는 일본인은 처음 만났다"고 감격했을 때에는 발음 연습을 제대로 해두어서 다행이라고 새삼 생각했다.

미를, 두 줄 아래에 일본어 번역을 썼다. 대학 강의계획서에 "두 달만 집중적으로 공부하면 석 달째에는 사전을 한손에 들고 단편소설을 읽기 시작할 수 있습니다"라고 쓰는 것은 이때의 내 경험에 근거해서다.

이 당시 조선어를 배우는 데에 부족했던 것은 참고서만이 아니다. 일본어로 해설한 사전은 요토쿠사養德社에서 나온 현대 조선어 사전밖에 없었다. 그런데 '놀랐다'는 '놀라다'를 찾으면 사전에 나와 있는데 '몰랐다'는 '몰라다'로 찾아도 나와 있지 않다. 당시 사전은 일본의 국어사전처럼 활용형이 표제어로 실려 있지 않기 때문이다. 영어로 말하면 took이 실려 있지 않다는 믿을 수 없는 정황이 존재한 셈인데, 이러한 사전의 존재가 허용된 것은 당시에는 변칙 활용을 자기 힘으로 원형으로 되돌릴 수 있을 만한 끈기가 있는 (나쁘게 말하면 유별난) 사람밖에 조선어를 배우지 않았기 때문이다. '몰랐다'는 '모르다'를 조사하지 않으면 안 된다는 감이 생길 때까지 일주일 정도 걸렸던 것 같다. 일본어 모어 화자가 검색하기 쉬운 사전을 만들 필요성을 통감한 이때의 고생은 쇼가쿠칸小学館의 조선어 사전을 편집할 때 대단히 도움이 되었다. 또 사전 설명이 불완전하여 다양한 용례를 비교하면서 의미를 추측하는 '발견의 기쁨'을 얻을 수 있었던 것도 그 뒤의 연구 생활에 유익했다.

4. 연구를 시작하다

필자가 한 연구를 시대 순으로 나열하면 거의 다음과 같다. 물론 각각의 연구는 밀접히 얽혀 있으므로 두세 영역에 걸쳐 있는 것도 있지만 대략적으로 분류하면 다음 6영역이 되지 않을까 싶다.

1   문법 연구^{1972~}

1   문법 연구$^{1972\sim}$

2   어휘 연구와 사전$^{1978\sim}$

3   정보 처리$^{1981\sim}$

4   교재 개발$^{1988\sim}$

5   CALL 교재의 개발과 교수법$^{1994\sim}$

6   대조 연구$^{1997\sim}$

1) 문법 연구

연구라 부를 수 있는 활동은 언어학과 2년 차인 1972년부터 시작했다고 할 수 있을 것이다. 기념할 만한 첫 논문은 1974년에『조선학보』제73집에 게재한「현대 조선어의 경어에 관한 일고찰」로 졸업논문을 고쳐 쓴 것이다. 이른바 존댓말 어미라 불리는 것이 상칭합니다체, 등칭하오체, 중칭하게체, 하칭한다체 4단계였던 상태에서 계급 차가 명확하지 않은 현대사회에 이르러 약대 상칭해요체과 약대해체가 추가되어 6단계가 되었는데, 각각 이 어떻게 쓰이는지를 현대소설을 중심으로 용례를 모아 분석한 것이다. 미숙하기는 했지만 다수의 용례를 분석함으로써 결론을 도출한다는 방법을 관철할 수 있었다.

두 번째인「현대 한국어의 동사분류−aspect를 중심으로」는 석사논문을 조선어로 번역한 것이다. 원형이 된 논문은 서울대학 대학원 국어학 전공 과정에 유학 중이었던 1977년 1학기에 개강한 안병희 선생님의 연습 시간에 제출한 리포트였는데, 보통은 학기 중에 1번만 하는 발표를 특별히 부탁해서 3번 했다. 같은 강의에서 현재 서울대학 국어국문학과 송철의 교수님이나 언어학과 권재일 교수님, 동덕여자대학의 채완 교수님 등이 대학원생으로 공부하시면서 발표할 때마다 다양한 각도에서 코멘

트를 해주셨다. 일본어의 '하고 있다している'라는 형식은 '비가 내리고 있다雨が降っている'나 '책을 읽고 있다本を読んでいる'고 하면 현재 진행 중인 동작을 가리키지만, '의자에 앉아 있다椅子に座っている'라고 하면 선 상태에서 조금씩 허리를 낮추어 앉고 있는 동작을 가리키는 것이 아니라 '의자에 앉는다椅子に座る'라는 동작이 몇 분 혹은 몇 시간 전에 이미 완료되어 있어 현재는 이 완료된 뒤의 상태가 계속되고 있음을 나타낸다. 이 점이 '비가 내리고 있다'나 '책을 읽고 있다'에 포함된 '고 있다ている'와는 다르다. 뿐만 아니라 '그 사람은 지금까지 3번 이혼했다あの人はこれまでに3回離婚している 그대로 옮기면 그 사람은 지금까지 3번 이혼하고 있다가 된다 – 역자주'라고 하면 지금까지의 경험을 나타내고, '매일 일본 각지에서 사고가 일어나고 있다毎日日本の各地で事故が起こっている'라고 하면 반복 동작을 나타낸다. 또 '옷을 입고 있다服を着ている'는 진행 중인 동작을 나타내는 동시에 완료된 뒤의 상태도 나타낸다. 이처럼 일본어 '고 있다'가 몇 가지 의미를 나타낼 뿐 아니라 이에 대응하는 조선어도 '비가 온다'처럼 그저 종지형이 쓰이나 하면, '책을 읽고 있다'나 '의자에 앉아 있다' 혹은 '그 사람은 지금까지 3번 이혼했다'처럼 과거형에 대응하기도 한다. 그때까지 조선어의 시제와 상에 관해서는 시제와 상의 이원적인 구조를 주장하는 입장이나 시상時相이라는 일원적인 구조를 주장하는 입장 등이 있었는데, 동사가 본래 가지고 있는 자질에 대해서는 거의 고려하지 않고 개개의 용례를 나열할 뿐 동사의 의미구조라는 커다란 관점에서는 고찰이 이루어지지 않았다. 본고는 현대 조선어에서 상의 문제를 간결하고 체계적으로 기술하기 위해 aspect더 정확히 말하면 Aktionsart라는 측면에서 동사를 A류부터 F류까지 6종류로 분류했다.

지금 와서는 개개의 형태에 aspect적인 의미를 부여한다는 관점은 낡아버렸지만 당시로서는 연구의 한 방향을 보여줄 수 있었다고 자부하고 있

상태성	결과성	순간성	어휘 예	종류
+	+	-	느끼다, 믿다, 알다, ……	A류
+	-		……, ……, 형용사	B류
-	+	+	가지다, 맡다, ……	C1류
+	+	+	남다, 숨다, ……	C2류
-	-	+	그치다, 다치다, ……	D류
-	+	-	매다, 쓰다, 입다, ……	E1류
-	+	-	뜨다, 차다, ……	E2류
-	-	-	가다, 놀다, 먹다, ……	F류

고, 조선어로 발표하기도 해서 발표 직후에는 한국에서 활발히 인용되었던 모양이다.

세 번째인 '어 두다'와 '어 놓다'의 의미 분석은 두 번째 논문을 응용한 것이다. '어 두다'와 '어 놓다'는 일본어에서는 둘 다 '～ておく'라고 번역되는데 'ておく'에는 A : 어느 때까지 어떤 대상에 변화를 주는 것을 가리킨다, B : 어느 때까지 일정한 상태를 지속시키는 것을 가리킨다는 aspect적인 차이가 존재한다. '어 두다'와 '어 놓다'가 이러한 차이와 어떻게 관련되는지에 대해 용례를 수집하여 고찰한 결과 ① 어떤 종류의 동사는 AB형 aspect를 가리키고 A형인지 B형인지는 '놓다'를 쓰느냐 '두다'를 쓰느냐에 따라 결정되는 경향이 있으며 ② 어떤 종류의 동사는 동사의 자질에 따라 A형인지 B형인지가 미리 결정되는 경향이 있다는 점을 알았다.

네 번째인 조선어에서 본 일본어 문말 표현은 일반인을 대상으로 쓴 글인데, '부정·과거·존대'를 나타내는 요소의 순서가 조선어에서는 항상 이 순서대로 늘어선다는 수미일관성을 가지고 있는 데 반해 일본어에서는 품사에 따라 순서가 다르기 때문에 일본어 학습자에게 부담이 된다는 점,[14] 향후에는 일본어 어순이 '行きました갔습니다, 行きませんでした가지

---

14 동사인 '行きました, 行きませんでした'에서는 각각 '존대+과거, 존대+부정+존대+과거' 순서인 반면 형용사인 '부かったです, 부くなかったです'에서는 각각 '과거+존대,

않았습니다'에서 '行ったです갔습니다, 行かなかったです가지 않았습니다'처럼 조선어형 어순이 될 가능성이 높다는 점을 시사했다.[15]

다섯 번째인 가상의 'なら'와 전문・양태의 'なら' 는 '−면'과 '−다면'을 분석할 때 문득 생각나서 일본어 'なら−면'를 분석하는 데에 적용해 본 것이다.

여섯 번째인 '만들다'의 격 지배구조 는 인간을 주어로 한 '만들다'의 용례를 분석함으로써 '만들다'의 격 지배구조가 어떠한 의미와 결합하는지를 고찰한 것이다. 그 결과 격 표식이 같은 순서로 늘어서 있어도 항의 내용이 구상명사인가 추상명사인가에 따라 의미가 크게 달라진다는 점을 알았다. 이를 테면 용례1과 용례2는 둘 다 'A를 B로 만들다'라는 순서로 늘어서 있지만, 1은 A, B 둘 다 구상명사라서 '제품을 재료로 만들다'라는 의미가 되는 반면 2는 A, B 둘 다 추상명사라서 '제품을 수단으로 만들다'라는 의미가 된다. 일본어나 조선어에서는 조사가 격 표식으로 기능하므로 어순이 비교적 자유롭다고 평가되지만, 이 연구를 통해 특정한 의미를 표현하기 위한 전형적인 어순과 그렇지 않은 어순이 존재한다는 사실이 어느 정도 명확해졌다고 할 수 있을 것이다.

예 1 신은 만물을 불과 공기와 흙과 물로 만드셨다.

　　神は万物を火と空気と土と水からお作りになった.

예 2 와일러는 벤허를 컬러 시네마스코프로 만들었다.

　　부정+과거+존대' 순으로 늘어서는 등 품사에 따른 차이가 있는데, 조선어는 각각 '갔습니다, 가지 않았습니다, 빨랐습니다, 빠르지 않았습니다'로 수미일관성이 있다.

15　도시샤대학의 입문반 수업에서 '行ったです(갔습니다)'에 대한 위화감을 매년 조사하는데, 해마다 저항을 느끼는 사람이 줄어들고 있다. '行ったんです'가 아니라 '行ったです'라는 점에 주의해주기 바란다.

ワイラ＿はベンハ＿をカラ＿・シネマスコ＿プで作った.

2) 어휘 연구와 사전

첫 근무지였던 덴리대학에서 일할 때 했던 일은 『현대 조선어 사전』을 개정하는 작업이었다. 이 사전의 저본이 된 『동아국어사전』과 『고지엔広辞苑』을 양옆에 끼고 표제어를 한 단어씩 체크해 가는, 끈기가 필요한 작업이었다. 사전 한 권을 맨 첫 페이지부터 맨 마지막 페이지까지 3번에 걸쳐 거듭읽는 작업을 이 뒤에도 하게 되리라고는 꿈에도 몰랐다. 개정판 인쇄비용을 줄이기 위해 페이지를 넘어가는 수정은 금물이었다. 어느 표제어 내용을 충실하게 하기 위해서는 같은 페이지 안에 있는 다른 표제어 내용을 깎아내야만 한다. 글자 수를 세어가면서 하는 작업은 꽉 조인 일본어를 쓰기 위한 좋은 훈련이 됐지만, 그 반면 여유가 없고 무미건조한 논문을 쓸 소지를 길러주기도 했다. 한국에서 발행된 많은 국어사전의 저본이 『고지엔』이라는 점을 어렴풋이 눈치 챈 것은 이 작업을 통해서다. 『고지엔』을 저본으로 해서 만든 한국의 국어사전을 일본어로 번역했을 뿐인 조선어 사전이라니 순환논법을 그대로 실행한 것이나 매한가지다. 그건 그렇고 『현대 조선어 사전』 초판본은 기묘한 실수의 보고였다. 임진왜란 때 일본에서 침공한 군대가 1,715만 명이었다고 되어 있기도 하고, 어느 역사상의 사건이 일어난 해가 발행연도보다 뒤이기도 하는 등 마치 예언서 같은 기술을 하는 표제어도 있었다.[16]

개정 작업을 하는 동안에는 "사전 일이라니 머리가 굳어져서 논문을 못 쓰게 된 노인이나 하는 일이다"라고 생각했지만, 나중에 머리가 유연

---

16 深井実,「人類史上最も間違いの多い辞典」, 北海道駒澤大学研究紀要(第12号, 1977年)이라는 논문이 나왔을 정도다.

한 시기밖에 뛰어난 사전은 못 쓴다는 사실을 알게 되었다. 사전학에 관한 문헌을 훑어보기도 해서, 개정 작업이 끝날 무렵에는 막연하기는 하지만 '이상적인 사전의 모습'이 머릿속에 형성되어 있었다. 어느 언어 안에 포함된 어휘는 각각이 뿔뿔이 흩어져서 존재하는 것이 아니라 일정한 체계를 이루고 있다는 생각에 근거해 어휘의 체계성을 연구하고, 나아가서는 우메다 히로유키梅田博之 선생님이 도입하신, 일본어와 조선어 어휘 체계를 비교하는 방향으로 발전해 갔다. 이러한 어휘 연구의 한 성과가 1993년에 쇼가쿠칸에서 출판한 『조선어 사전』이고, 문법 연구와 어휘 연구를 종합적으로 정리한 것이 『일한대조 언어학 입문』이다. 외국어를 사용할 때 생기는 실수의 일부는 어휘 체계가 어긋나기 때문에 생긴다고 할 수 있다. 가령 몸에 걸치는 동작에 관해 말하자면 일본어에서는 '着る'와 'はく'의 경계선이 상반신과 하반신 사이에 있는 반면 조선어에서는 '입다'와 '신다'의 경계선이 발목 위치에 있기 때문에, 일본어를 모어로 하는 조선어 학습자는 '바지를 신다'라는 실수를 하기 쉽고 조선어를 모어로 하는 일본어 학습자는 'ズボンを着る'라는 실수를 하기 쉽다는 사실을 사전에 예측할 수 있다. 또 아래 표에서 알 수 있듯 일본어는 많은 언어에서 그렇듯 '높다高い'에 대해 지면에서 위쪽으로 향하는 거리와 가격을 구별하지 않지만, 그 반대어를 표로 만들어 보면 지면에서 위쪽으로 향하는 거리와 가격을 구별한다는 점을 알게 되는 등, 어휘 체계가 한결같지 않다는 점을 확인할 수 있다.

조사에 관해서도 마찬가지로 일본어와 조선어는 'で'와 'から'의 경계선이 미묘하게 어긋나기 때문에 경계선 부분에서 서로 실수를 하기 쉬워진다. 이를 표로 정리하면 다음과 같다.

이와 같은 어휘 연구를 일본어 측에서 정리한 것이 2008년에 나온 『쇼

대상	일본어	영어	조선어	인도네시아어	중국어
산·건물		high	높다		高
키	高い	tall	크다	tinggi	
가격		expensive	비싸다	mahal	貴

대상	일본어	영어	조선어
산·건물 등		low	낮다
키	低い	short	작다
가격	安い	cheap	싸다

의미 구분	일본어 조사	조선어 조사	용례
원인·이유			감기로 風邪で
도구	で	로 / 으로	손으로 手で
재료			돌로 石で
동작 장소		에서	학교에서 学校で, 学校から
장소의 기점			
시간의 기점	から	부터	내일부터 明日から
순서의 기점			이것부터 これから
원료		로 / 으로	우유로 버터를 만듭니다 牛乳からバターを作ります
계속	まで	까지	내일까지 明日まで, 明日までに
기한	までに		

가쿠칸 일한사전』인데, 본국에서 출판된 국어사전을 단지 번역한 것이 아니라 일본어 모어 화자를 위한 사전이라는 관점에서 작성한 사전에 관해서는 하나의 매듭을 지을 수 있었다고 생각한다.

3) 언어 정보 처리

이과계열 연구에 실험과 데이터가 꼭 필요하듯 언어 연구에도 풍부한 데이터가 꼭 필요하다. 예전에는 카드에 써 두었던 용례를 이것저것 바꿔 늘어놓으면서 내용이 비슷한 용례를 정리해 가설을 세우는 작업을 반복했는데, 요즘에는 인터넷에 코퍼스가 공개되기도 해서 용례를 수집하는 데 시간을 빼앗기느라 중요한 데이터 분석을 할 시간이 모자라는 본

말전도의 상황이 적어진 것은 참 다행이다. 필자의 컴퓨터 역사는 컴퓨터가 아직 마이콤이라 불리며 프로그램이나 데이터 입출력에 카세트테이프를 이용하던 시절로 거슬러 올라가기 때문에 이럭저럭 30년 가까이 된다. 컴퓨터를 이용하게 된 계기는 어느 연구 테마를 추진하기 위해 모아둔 대량의 용례를 다른 연구 목적을 위해 다시 이용함으로써 데이터 정리 시간을 단축할 수 없을까 생각했던 것이다. 오늘날에는 컴퓨터에서 조선어를 아무런 불편 없이 이용할 수 있지만 30년 전에 컴퓨터로 조선어를 입출력할 수 있는 소프트웨어가 있었을 턱이 없다. 직접 폰트를 만들고 한글 코드를 정해 어셈블러로 조선어 워드프로세서를 만드는 데서부터 시작해야만 했다.

1981년에 나온 「마이크로컴퓨터를 통한 언어 데이터 수집과 정리－조선어 처리에 대한 시도」라는 논문에서는 조선어 코퍼스의 가능성을 탐색했고, 1982년 마이크로컴퓨터를 통한 조선어 입력과 자동 인자 에서는 조선어 워드프로세서의 원리와 컴퓨터에의 설치에 대해 논했다. 일본어 입력 방식이 JIS 코드 입력에서 단한자변환 나아가 한자변환으로 발전하고 있던 시기라, 한글 입력에 관해 컴퓨터 키보드로 2벌식 입력을 연속적으로 입력하는 알고리즘을 밝히고 그래프용지의 눈을 메우면서 한글 폰트를 하나씩 작성해 나갔다.

이 분야에 관해서는 한글을 처리하기 위한 정보가 거의 공개되지 않은 것과 마찬가지인 상황이므로 아래에 2벌식 입력의 알고리즘을 간략히 적어두기로 하겠다.

1. 제1타

① 첫소리 글자라면 첫소리를 표시한다 (예 1 : ㄱ → ㄱ)

② 첫소리 글자가 아니라면 에러를 표시하고 재입력력을 요구한다 (예 2 : ㅓ → 에러)

2. 제2타 (예 1 / 예 10 / 예 11 / 예 15 / 예 16 / 예 17 / 예 24 / 예 25 / 예 27의 계속)

③ 가운데소리 글자라면 첫소리 글자와 조합해서 표시한다 (예 3 : ㅏ → 가, 예 4 : ㅗ → 고)

④ 가운데소리 글자가 아니라면 에러를 표시하고 재입력력을 요구한다 (예 5 : ㄴ → 에러)

3. 제3타 (예 3 / 예 4 / 예 18 / 예 19 / 예 20 / 예 21 / 예 22 / 예 26의 계속)

⑤ 제2타와 결합할 수 있는 모음자라면 합성 모음자로 표시한다 (예 6 : 가 + ㅣ → 에러, 예 7 : 고 + ㅏ → 과)

⑥ 끝소리 글자가 될 수 있는 글자라면 받침으로 조합하여 표시한다 (예 8 : 가 + ㅂ → 갑, 예 9 : 고 + ㄹ → 골]

⑦ 끝소리 글자가 될 수 없는 글자라면 첫소리 글자로 표시한다 (예 10 : 가 + ㅉ → 가ㅉ, 예 11 : 고 + ㅃ → 고ㅃ) (첫번째 글자의 글자 코드가 확정된다 ⇒ 제2타로 이동한다)

4. 제4타 (예 7 / 예 8 / 예 9의 계속)

⑧ 끝소리 글자가 될 수 있는 글자라면 받침으로 조합하여 표시한다 (예 12 : 과 + ㄴ → 관, 예 13 : 갑 + ㅅ → 값, 예 14 : 골 + ㅎ → 곯)

⑨ 끝소리 글자가 될 수 없는 글자라면 첫소리 글자로 표시한다 (예 15 : 과 + ㄸ → 과ㄸ, 예 16 : 갑 + ㅈ → 갑ㅈ, 예 17 : 골 + ㄷ → 골ㄷ) (첫번째 글자의 글자 코드가

확정된다⇒제2타로 이동한다)

⑩ 가운데소리 글자라면 제3타의 끝소리 글자를 첫소리 글자로 조합하여 표시한다 (예 18 : 갑 + ㅏ → 가바, 예 19 : 골 + ㅡ → 고르) (첫번째 글자의 글자 코드가 확정된다⇒제3타로 이동한다)

5. 제5타 (예 12 / 예 13 / 예 14의 계속)

⑪ 가운데소리 글자라면 제4타의 끝소리 글자를 첫소리 글자로 조합하여 표시한다 (예 20 : 관 + ㅜ → 과누, 예 21 : 값 + ㅣ → 갑시, 예 22 : 곯 + ㅓ → 골허) (첫번째 글자의 글자 코드가 확정된다⇒제3타로 이동한다)

⑫ 끝소리 글자가 될 수 있는 글자라면 받침으로 조합하여 표시한다 (예 23 : 관 + ㅈ → 괎)

⑬ 끝소리 글자가 될 수 없는 글자라면 첫소리 글자로 표시한다 (예 24 : 값 + ㄷ → 값ㄷ, 예 25 : 곯 + ㅈ → 곯ㅈ) (첫번째 글자의 글자 코드가 확정된다⇒제2타로 이동한다)

6. 제6타 (예 23의 계속)

⑭ 가운데소리 글자라면 제5타의 끝소리 글자를 분해하여 첫소리 글자로 조합해서 표시한다 (예 26 : 괎 + ㅜ → 관주) (첫번째 글자의 글자 코드가 확정된다⇒제3타로 이동한다)

⑮ 끝소리 글자가 될 수 없는 문자라면 첫소리 글자로 표시한다 (예 27 : 괎 + ㅇ → 괎ㅇ) (첫번째 글자의 글자 코드가 확정된다⇒제2타로 이동한다)

이렇게 해서 작성한 조선어 워드프로세서 소프트웨어를 써서 한국에서 발행된 중학교 교과서를 입력하는 작업을 시작했다. 입력한 데이터에

근거해 어휘 빈도 조사를 한 것이 「한국 중학교 교과서의 어휘 빈도 조사
－사회3(상)」을 비롯한 일련의 어휘 빈도 조사다. 어휘 빈도 조사라고 하
면 대부분의 사람들이 국어 교과서를 떠올리겠지만, 국어가 아니라 사회
과 교과서를 선택한 이유는 출현하는 어휘가 화제에 영향을 받는다는 점
을 고려했기 때문이다. 가령 어떤 시대의 초등학교 1학년에서 6학년까지
의 국어 교과서를 조사하면 이순신 장군 이야기가 몇 개 학년에 나타난
다. 그러면 '장군'이나 '거북선' 같은 단어가 높은 빈도로 나타나는데, 그
렇다고 '장군'이나 '거북선'이 국어라는 교과의 기본 어휘인 것은 아니다.
아래 표는 중학교 사회과 교과서에 높은 빈도로 출현하는 단어를 표시한
것인데, 각 분야별로 어휘적 특색을 상당히 선명하게 관찰할 수 있다. 이
표에서 공통 어휘에 포함되는 단어 가운데 '있다'에서 '우리'에 이르는 단
어는 사회과 이외의 교과서에도 높은 빈도로 출현하리라고 예상되지만,
마지막 '나라'라는 단어는 이과나 가정과 같은 분야에서는 그다지 높은
빈도로 출현하리라고 여겨지지 않으므로 '나라'라는 단어는 사회라는 교
과목의 특색어라고 할 수 있을 것이다. 이 외에도 '정치·경제·세계사'에
공통되는 단어로 '생활, 사회'를, '정치·한국지리·세계지리'에 공통되는
단어로 '인구'를, '한국지리·세계지리'에 공통되는 단어로 '자원, 공업, 지
역, 지방' 등을 추출할 수 있다.

그 뒤에는 번역서를 이용하여 대역 데이터를 작성하는 작업도 하며 완

중학교 사회과 교과서의 어휘 빈도 조사

공통 어휘	있다, 하다, 이다, 되다, 보다, 방법, 것, 이, 구, 등, 우리, 나라
한국지리	많다, 크다, 이, 달성하다, 개발, 향토, 공업, 자연, 인구, 지역, 지방, 도시
세계지리	많다, 이, 아시아, 미국, 유럽, 강, 기후, 공업, 자원, 인구, 세계, 지역, 지방, 지대
세계사	아시아, 유럽, 중국, 영국, 사회, 생활, 정치, 세력, 국가, 세계, 전쟁, 혁명, 발달, 발전
정치	경제, 헌법, 국민, 국가, 사회, 생활, 정치, 제도, 사람, 법
경제	개발, 경제, 사회, 인구, 생활, 도시, 문화

성된 데이터를 긴카쿠지金閣寺・일한대역 자료를 비롯한 일련의 대역 자료 형태로 제본하여 조선어 연구자에게 보내기도 했다. 이 데이터들이 조선어를 연구하는 데에 크게 도움이 되었음은 말할 필요도 없다. 대역서에 나타난 오역을 분석한 것이「오역에 근거한 일한 대조 연구(1), (2)」다.

4) 교재 개발

네 번째 연구 영역은 1988년에 나온『한글의 기초』를 필두로 한 교재 개발이다. 이 무렵이 되면 서울올림픽 영향도 있어서인지 필자가 조선어 연구를 시작한 무렵과 비교하면 뛰어난 책들이 속속 출판되기는 했지만, 연구서로서의 색채가 강하여 초심자가 저지르기 쉬운 잘못에 무관심하거나 해설이 너무 상세해서 1년 동안의 수업에서 쓰기에는 분량이 너무 많거나 문법적 입장이 필자와는 다르거나 해서 쓰기가 어려운 측면이 있었다. 알기 쉬운 입문서를 쓰고 싶다는 생각에 고베시 외대에서 시범적으로 쓰던 사가판을 바탕으로 다이슈칸쇼텐大修館書店에서 출판했다. 이 무렵에는 아직 젊다 보니 기백이 지나쳤던 부분이 눈에 띄지만, 당시로서는 체계적으로 문법을 제시한 드문 교재였다고 자부한다. 또 교사용 매뉴얼을 붙인 최초의 조선어 교재였던 것 같다. 그런데 초급 교재를 출판하기는 했지만 당시는 그것이 당장 중급 교재로 이어질 만한 상황은 아니어서 다이슈칸쇼텐의 담당자는 중급 교재는 수락해주지 않았다. 따라서 1997년에 나온『조선어 입문』2는 당시로서는 드문 중급 교재였다.[17] 히쓰지쇼보ひつじ書房에서『조선어 입문』집필 의뢰가 들어왔을 때 중급 출판을 조건으로 걸었기 때문에 히쓰지쇼보로서도 적자를 각오하고 출판하

---

17 교재이기는 하지만 어미 '고'에 관한 분석 등 문법 연구에서 얻은 식견도 어느 정도 담았다.

지 않았을까 싶다.

도시샤대학의 입문반에서는 처음에 통합 교재로『조선어 입문』을 사용했는데, 수강생이 300명을 넘게 되자 난이도를 낮출 필요를 느끼기 시작해 고영진 선생님과 상담한 결과 생협 서적부에서 낸 사가판을 거쳐 새롭게 출판한 책이『실용 한국어』이다. 2007년도부터는 응용반 통합 교재로『실용 한국어』2 사가판을 시범 삼아 쓰고 있고, 내년 이후에 개발할 예정인『실용 한국어』3과 함께 조만간 시판할 예정이다.

5) CALL 교재의 개발과 교수법

다섯 번째 연구 영역은 정보 처리 연구를 발전시킨 CALL 교재의 개발과 교수법 연구다. 수업 중에 하는 학습만으로는 한계가 있으므로 학습자가 컴퓨터를 써서 자습할 수 있는 교재를 제공하려는 목적으로 용언 활용표나 음성 알아듣기를 비롯한 다양한 교재를 개발했다. 개발 당시에는 인터넷에서 각자의 컴퓨터에 다운로드하여 이용하게 했지만, 전화회선 등 느린 통신 수단을 이용하기 때문에 다운로드에 시간이 걸려 통신비가 많이 드는 사람에게는 시디롬에 구운 것을 우송하는 서비스를 실비로 제공했다.[18]

도시샤대학의 입문반에서도 300장쯤 되는 시디롬을 구워 무료로 배포한 시기도 있었지만, 수강생이 500명을 넘기도 하고 별로 이용하는 흔적도 없어서 요즘에는 CALL교재를 업로드하는 사이트 정보만 주고[19] 각자 인터넷을 통해 연습하게 하는 방식으로 바꾸었다.

게임 감각으로 조선어 글자와 발음을 관련지을 수 있게 궁리하는 동시

---

18 품이 들 뿐이라서 지금은 그만두었다.

19 도시샤대학 내에 있는 유타니 연구실 홈페이지 http://yyutani.doshisha.ac.jp/이다.

에 회화 본문에서는 일본어와 조선어 어순이 거의 같다는 점을 이용해 음성과 의미도 관련지을 수 있게끔 궁리한 점이 특징이다. 또한 컴퓨터로 형태소 해석을 하려면 활용형을 원형으로 되돌리기 위한 알고리즘을 해명할 필요가 있는데, 감과 경험에 의지하던 것을 명시적으로 제시함으로써 문법 교수법에 활용하자고 생각했다. 이러한 연구 성과는 「조선어 CAI 연구」나 「조선어 사전 검색 소프트웨어에 대해」, 「사전 검색 지도법에 대해-문말형의 경우」 같은 형태로 발표했다. 특히 사전 검색을 지도하려면 학습 단계에 상응한 지도가 필요하다. 예를 들어 '가셨습니다'는 존경 보조 어간을 학습하기 전 단계에서는 '가시다^{없어지다}'의 가능성만을 시사하는 데에서 그치는 배려가 필요하다.

요즘 작업하기 시작한 것이 한국어 웹 사전 구축인데, 그 내용은 조선어 웹 사전의 설계」로 발표하는 동시에 필자가 관리 운영하는 사이트http://paranse.la.coocan.jp/에서 공개하고 있다.[20] 완성하기까지는 20년이 걸리리라고 생각하지만, 통상적인 사전에서는 표제어로 다루지 않는 '침이 마르도록' 같은 관용구나 '사기까지는', '먹고 싶었어요'처럼 활용한 형식으로도 검색할 수 있게 해둔 점, 동형이어에 대한 형태소 해석을 상세히 제시하고 있는 점, 신어를 적극적으로 들고 있는 점, 학습 사전이라는 성격도 부여하기 위해 형태 만들기 실수를 지적하려고 한 점 등이 커다란 특징이다. 종이 매체의 사전에서는 언제 사라질지 모르는 신어를 다루려면 신중하지 않을 수 없지만, 이론상 무제한으로 내용을 늘릴 수 있는 웹 사전에서는 그 시대를 반영하는 어휘로서 용례와 함께 수록했다.

동형이어의 예로 '사기까지는'과 '먹고 싶었어요'의 분석 결과를 아래

---

20 2009년 9월 말 시점에서 등록된 단어 수는 9,000이 조금 넘는다.

에 제시하겠다. 이는 이러한 표제어가 사전에 등록되어 있는 것이 아니라 알고리즘에 근거해 형태소 해석을 행한 결과를 제시하는 데에 지나지 않는다. 알고리즘을 통한 형태소 해석은 이론적으로 존재할 수 있는 형태소 열을 예측하기 위한 절차를 보여주는 것으로, 실제로 그러한 단어가 존재하는지 아닌지는 보증하지 않는다. 실제로 있을 수 없는 것을 배제하지 않는 이유는 학습자가 다양한 가능성이 존재한다는 점을 깨닫게 하기 위해서다.[21]

① 사기까지(체언·부사) + 는(주제조사 'は') [참조]사기까지

② 사기(체언) + 까지(조사 'まで') + 는(주제조사 'は') [참조]사기

③ 사(용언어간) + 기(こと) + 까지(조사 'まで') + 는(주제조사 'は') [참조]사다

먹(동사어간) + 고 싶(희망: −たい) + 었(과거시제 보조어간) + 어요(약식 존댓말 어미) [참조]먹다

또한 신어와 그 용례에 대해서도 몇 가지 예를 제시해 두겠다.

생얼, 生― [seŋɔl] [名詞] 化粧をしてない顔, 素っピン. 2006年頃に登場した新語である.

* 생(生) + 얼(얼굴 = 顔)に基づく. ([명사] 화장하지 않은 얼굴, 맨얼굴. 2006년 무렵에 등장한 신어다. *생 + 얼에 근거한다) 〈例〉 "화장한 듯 안 한 듯……. 화장을 해도 안 한 것처럼 보이는 게 중요하죠." "색조 화장보다 맑고 투명한 피부를

---

21 '사기까지는'에 대한 형태소 해석 속에 실제로 존재하는 것은 ② 사기까지는(詐欺までは)과 ③ 사기까지는(買うことまでは)이다.

표현하는 데 공을 들입니다. '생얼'이 예뻐야 진짜 미인이라잖아요." 얼짱,
동안童顔에 이어 '생얼' 바람이 불고 있다. 화장 안한 맨 얼굴을 뜻하는 '생
얼'. 누리꾼들이 화장 안 한 연예인들의 얼굴 사진을 인터넷이 올리면서 유
행하기 시작한 말이 이제 미인의 새로운 트렌드로 자리잡았다.

『동아일보』, 2007.3.16

化粧をしたようなしていないような…化粧をしてもしていないように見え
るのが重要なんです 色合いを整える化粧よりも透明感のある皮膚を表現す
るのに努力します. 素っピンが美しくてこそ本当の美人だって言うじゃない
ですか. 'オルチャン', '童顔'に続いて'素っピン'旋風が吹いている. 化粧をし
てないい素顔を意味する'生얼'. ネチズンが化粧をしていない芸能人たちの顔
写真をインターネットにアップして以来流行し始めた言葉が今や美人の新し
いトレンドとして定着した.

알파걸[alphagol] [名詞] アルファーガル：学業やリーダーシップにおいて男
　　　　　　　　子学生に劣らないエリート女性. 2007年頃に登場し
　　　　　　　　た新語である.
＊α+girlに基づく. ([명사]학업이나 리더십에서 남학생에게 뒤지지 않는 엘리트 여성.
　2007년 무렵에 등장한 신어다. ＊α + girl에 근거한다) 〈例〉 '알파걸'이 시대의 대세
　인가. 세계적으로 여학생의 학업성적이 남학생을 앞지르고 있다.

『동아일보』 국제판 2007.8.8

アルファーガル が時代の大勢なのだろうか. 世界的に女子学生の学業成績
が男子学生を凌駕している.

캠코더[khεmkhodɔ] [名詞] デジタルビデオカメラ.

* Camcorder : カメラとレコーダーの合成語である.

(디지털 비디오카메라. *Camcorder : 카메라와 레코더의 합성어다.) 〈例〉 이후 필름예술로서만 존재하던 영화가 비디오 시대를 지나 새로운 세기의 디지털 세상에 이르러서는 누구나 쉽게 캠코더로 인간의 삶을 영상으로 이야기할 수 있게 되었다.

『한국독립영화』, 살림지식총서, **p.**6

以後, フィルム芸術としてのみ存在した映画がビデオの時代を過ぎ新しい世紀のデジタル時代に至ってからは, 誰でも簡単にビデオカメラで人間の生活を映像として語れるようになった.

마지막으로 입문 단계에서 종종 생기는 형태 만들기의 실수에 대한 지적 화면을 제시하겠다.

책가 [검색]

ERROR!

입력을 잘못했을 가능성이 있습니다. 올바른 맞춤법 후보 : 책이

놀습니다 [검색]

ERROR!

입력을 잘못했을 가능성이 있습니다. ㄹ어간에서는 ㄹ이 탈락합니다.

6) 대조 연구

마지막 테마가 대조 연구다. 이에 관해서는 조금 설명이 필요하다. 두 번째 연구 영역으로 든 어휘 연구는 당연히 대조 연구에 근거해서 하므로 넓은 의미에서 대조 연구를 한참 전부터 해왔던 것은 전술한 대로다. 여기서 말하는 대조 연구란 개개의 발음이나 어휘를 비교하는 것이 아니라 언어의 구조라는 관점에서 일본어와 조선어를 비교하려고 하는 것이다. 그 중 하나가 1997년에 발표한 「용언 기본형에 격조사가 접속하는 문장에 대해」이고 2006년의 「접속 형식의 일한 대조 연구」다. 그 일부를 소개하면 '생략문端折り文'이라는 일본어 특유의 현상이 있다. 이는 문장을 도중에 끊는 중단문과는 전혀 다른데, 발화자에게는 문장을 중단했다는 의식이 없고 완결된 발화라 간주할 수 있는 것을 말한다. 예를 들어 "故郷からご両親が出てきちゃって, 大変だったのよ고향에서 부모님이 올라와서 큰일이었어"라는 A의 발언에 대한 B의 대답 "だろうなあ그랬을 거야"는 일본어 회화에 곧잘 나타나는 표현이지만, 이를 조선어로 직역한 'ㄹ거야'는 문장으로 성립하지 않는다. "思い違いの可能性はありませんか잘못 생각하셨을 가능성은 없습니까?"에 대한 "は, ないねえ그럴 가능성은 없어"라는 대답도 그대로 '-는 없을 거야'라고 번역해서는 비문법적이다. 생략문은 문장 첫 부분뿐 아니라 문장 끝에서도 출현 가능한데, "咳が止まらないんだったら, この薬飲んでみれば?기침이 안 멈추면 이 약을 먹어 보면 어때?"를 그대로 '이 약 먹어 보면?'이라고 번역해서는 역시 비문법적이다. 앞으로는 이러한 언어 구조라는 관점에서의 일한 대조 연구가 중요해지리라 생각한다.

이것을 교재에 응용한 책이 김은애 씨와 공동으로 개발한 틀리기 쉬운 한국어 표현 100인데, 단순히 작문의 모범 답안을 제시할 뿐 아니라 언어 구조의 차이를 한국어 작문에 어떻게 반영할 것인가에 대해 상세한 해설을 덧붙였다. 이를 위해 초급편과 중급편에는 본문의 반 이상에 이르는 해설이 부록으로 달려 있다. 뿐만 아니라 현재 준비 중인 상급편에서는 해설이 본문의 2배 이상이 될 것 같아 부록 해설로 시디롬을 이용하려고 생각하고 있다.

유타니 유키토시油谷幸利

1948	교토 태생.
1974	교토대학(京都大学) 문학부 언어학과 졸업.
1978	교토대학(京都大学) 문학연구과 언어학전공. (문학석사)
1978	천리대학(天理大学) 외국어학부 조수.
1980	천리대학(天理大学) 외국어학부 강사.
1984	천리대학(天理大学) 외국어학부 조교수.
1990	도야마대학(富山大学) 인문학부 조교수.
1992	아이치교육대학(愛知教育大学) 교육학부 조교수.
1996	아이치교육대학(愛知教育大学) 교육학부 교수.
1997	도시샤대학(同志社大学) 언어문화교육연구센터 교수.

주요저작(출간순)
저서
『朝鮮語入門』, ひつじ書房, 1996.

『朝鮮語入門』2, ひつじ書房, 1997.

『日韓対照言語学入門』, 白帝社, 2005.

『こつこつ楽しむハングル文字練習プリント』, 小学館, 2005.

공저
『総合韓国語』1, 白帝社, 2001.

『総合韓国語』2, 白帝社, 2002.

『総合韓国語』3, 白帝社, 2003.

『総合韓国語』4, 白帝社, 2004.

『実用韓国語』, 白水社, 2005.

『間違いやすい韓国語表現100』初級編, 白帝社, 2007.

외편
『朝鮮語辞典』, 小学館, 1993.

『ポケットプログレッシブ韓日・日韓辞典』, 小学館, 2004.

공역
『韓国古典文学入門』, 国書刊行会, 1982.

1. 문법 연구

「現代朝鮮語の敬語に関する一考察」,『朝鮮学報』第73輯, 朝鮮学会, 1974.10.

「現代韓国語의 動詞分析 −aspect를 中心으로」,『朝鮮学報』第87輯, 朝鮮学会, 1978.4.

「어 두다과 어 놓다의 意味分析」,『朝鮮学報』第91輯, 朝鮮学会, 1979.4.

「朝鮮語から見た日本語の文末表現 − 丁寧・否定・過去の語順について」,『言語』Vol.21, No.3, 大修館書店, 1992.3.

「仮想のならと伝聞・様態のなら」,『愛知教育大学研究報告』第44輯(愛知教育大学), 1995.2.

「만들다の格支配構造 − 人間が主語になる用例を中心に」,『朝鮮学報』第184輯, 朝鮮学会, 2002.7.

「만들다の格支配構造 − 人間以外が主語になる用例を中心に」,『朝鮮学報』第199・200輯合併号, 朝鮮学会, 2006.7.

2. 어휘 연구

『朝鮮語常用6000語』共編 − 青山秀夫・油谷幸利, 大学書林, 1982.5.

『朝鮮語基礎1500語』共編 − 青山秀夫・油谷幸利, 大学書林, 1982.7.

「日本語と朝鮮語の語彙の対照」『日本語と日本語教育』第7巻, 明治書院, 1990.3.

『朝鮮語辞典』共編 − 油谷幸利・門脇誠一・松尾勇・高島淑郎, 小学館, 1993.1.

「日本人のための朝鮮語辞典作成の基礎研究」『青丘学術論集』3, 韓国文化研究振興財団, 1993.3.

『ハングル基本単語活用辞典』NHK出版, 1994.2.

『日韓対照言語学入門』白帝社, 2005.5.

『小学館日韓辞典』共編 − 門脇誠一・松尾勇・高島淑郎, 小学館, 2008.9.

3. 정보 처리

「マイクロコンピュータによる言語データの収集と整理――朝鮮語処理に対する試み」,『朝鮮学報』第98輯, 朝鮮学会, 1981.1.

「マイクロコンピュータによる朝鮮語の入力と自動印字」,『朝鮮学報』第103輯, 朝鮮学会, 1982.4.

「2バイト系ハングルコードの提案」,『計量国語学』第15巻第1号, 計量国語学会 1985.6.

『韓国の中学校教科書 − 文脈付き用語索引 − 社会3(上)(下)』田賀出版, 1986.10.

「韓国の中学校教科書の語彙頻度調査 社会3(下)」,『外国語教育』第13号, 天理大学外国語教育センター, 1987.3.

『韓国の中学校教科書 − 文脈付き用語索引 − 社会1(上)(下)』田賀出版1987.10.

「韓国の中学校教科書の語彙頻度調査 社会1(上)(下)」,『外国語教育』第14号, 天理大学外国語教育センター, 1988.3.

『韓国の中学校教科書 − 文脈付き用語索引 社会』2, 田賀出版, 1988.11.

「韓国の中学校教科書の語彙頻度調査 社会2」,『外国語教育』第15号, 天理大学外国語教育センター, 1989.3.

「朝鮮語機械辞書の見出し語形について――変則用言と母音語幹用言を中心に」,『アジアの諸言語と一般言語学』三省堂書店, 1990.9.

「誤訳に基づく日韓対照研究」,『言語文化』第5巻第1号, 同志社大学言語文化学会, 2002.8.

『金閣寺・日韓対訳資料』共編－劉恩京, 平成14年~15年度科学研究費成果報告書I, 2003.3.

『恍惚の人・日韓対訳資料』共編－劉恩京, 平成14年~15年度科学研究費成果報告書II, 2003.5.

『毎日が日曜日・日韓対訳資料』劉恩京, 平成14年~15年度科学研究費成果報告書Ⅲ, 2003.11.

「誤訳に基づく日韓対照研究〈2〉」,『言語文化』第6巻第2号, 同志社大学言語文化学会, 2003.12.

『大いなる助走・日韓対訳資料』共編－劉恩京, 平成14年~15年度科学研究費成果報告書IV, 2004.5.

『白河夜船・日韓対訳資料』2004年度同志社大学学術奨励研究費成果報告書I, 2004.10.

『だから, あなたも生き抜いて・日韓対訳資料』2004年度同志社大学学術奨励研究費成果報告書II, 2004.11.

『芥川龍之介短編集・日韓対訳資料』2004年度同志社大学学術奨励研究費成果報告書Ⅲ, 2005.2.

4. 교재 개발

『ハングルの基礎』2000年第11版, 大修館書店1988.4.

『ハングル初級』2001年第6版, 大修館書店1993.10.

『朝鮮語入門』ひつじ書房, 1996.3.

『朝鮮語入門2』ひつじ書房, 1997.10.

『総合韓国語1』共著－南相瓔, 白帝社, 2001.1.

『総合韓国語2』共著－南相瓔, 白帝社, 2002.3.

『総合韓国語3』共著－南相瓔, 白帝社, 2003.2.

『総合韓国語4』共著－南相瓔, 白帝社, 2004.4.

『実用韓国語』共著－コ・ヨンジン, 白水社, 2005.3.

5. CALL教材の開発と教授法

「朝鮮語CAIの研究」『朝鮮学報』第153輯, 朝鮮学会, 1994.10.

「朝鮮語の辞書検索支援ソフトについて」『言語文化』第2巻第1号, 同志社大学言語文化学会, 1999.7.

「辞書検索の指導法について――文末形の場合」『朝鮮学報』第173輯, 朝鮮学会, 1999.10.

「朝鮮語Web辞典の設計」『朝鮮学報』第206輯, 朝鮮学会, 2008.3.

「朝鮮語Web辞典について――用例辞典から学習辞典へ」『朝鮮学報』第211輯, 朝鮮学会, 2009.4.

6. 대조 연구

「用言基本形に格助詞が接続する文について」『日本語と朝鮮語』下, 国立国語研究所, くろしお出版, 1997.3.

「接続形式による日韓対照研究」『朝鮮学報』第198輯, 朝鮮学会, 2006.1.

『間違いやすい韓国語表現100』白帝社, (付録－練習問題解答), 2006.4.

『間違いやすい韓国語表現100』初級編, 共著－金恩愛, 白帝社, (付録－練習問題解答), 2007.4.

나는 왜 한국연구자가 되었나

오카야마 젠이치로岡山善一郎

1. 덴리대학天理大學과 연세대학교 대학원 입학

한국학에 입문하게 된 계기는 내가 태어난 곳인 한국에 대해 알고 싶었기 때문이다. 귀국인양(引揚)하여 도쿄東京에 와서 생활해 보니까 한국과 일본은 비슷하면서도 다른 점이 많았다. 나는 한국에 대해 체계적으로 공부하고 싶어 도쿄에서 나라奈良현에 있는 덴리대학天理大學에 입학하였다. 여기서 오타니 모리시케大谷森繁 선생님이하 돌아가신 분들에 대한 존칭생략과의 만남이 이루어지고, 선생님의 은혜와 덕분으로 학문의 길을 걷게 되었다. 덴리대학에는 대학원이 없어서 으레 한국에 유학하여 대학원에 들어가게 되는데, 나는 한국정부의 초청유학생으로 파견되는 행운을 얻게 되었다.

연세대학교 대학원에 입학했다. 오타니 선생과 1960년대 초기부터 친분이 있었던 김동욱 교수가 계셨기 때문이다. 2년간 수학하고 석사논문 「처용가와 도조신과의 비교연구」를 제출하였다. 이 논문은 김동욱 교수의 지도하에 이루어졌지만, 최철, 설성경 교수의 가르침도 받았다. 그리고 한문학의 이가원 교수, 현대문학의 신동욱 교수와 같은 분들과 가끔 식사를 같이 하는 기회를 얻게 되어 훈훈한 연세의 분위기를 느끼곤 하였다. 연세에서 수학하는 동안 춘향전 연구의 니시오카 겐지西岡健治 씨가 서울대에서 연세대로 옮겨와 신촌에서 늦게까지 청춘을 구가한 시간들이 있었다.

2. 나와 도시샤대학同志社大學

한국에서 석사학위를 수여 받고 곧장 덴리로 돌아와 도시샤대학 대학원 국어국문학과 수사修士과정에 입학했다. 도시샤대학은 당시 박사과정이 없었기 때문에 수사과정을 밟으면서 일본고전문학을 수학하였다. 수사과정에 입학하자마자 히로카와 가쓰미廣川勝美 지도교수가 설화·전승학회說話·傳承學會 춘계대회에서 발표하라고 하여 「처용의 종합적 고찰處容の綜合的考察」이란 제목으로 발표하였는데, 학회에서의 첫 연구발표로 상당히 긴장하였던 기억이 난다. 2년 동안 히로카와 교수의 지도를 받으면서도 행운이었던 것은 연구회에도 참석하게 해주시어 일본고전문학과 한국고전문학과의 비교연구의 기초를 쌓게 된 것이었다. 연구회의 발표 때문에 교토京都의 대학원생 친구집에서 밤샘하면서 지낸 시간들이 많았다. 시행착오를 겪으며 완성된 소논문이 「공희의 토폴로지供犧のトポロジ」란 제목으로 『전승의 신화학傳承の神話學』人文書院, 1984의 한 장을 이루었는데, 이 책이 출판되었을 때의 기쁨은 무어라 형용할 수 없을 정도였다. 이 연구회 때마다 가르침을 주신 일본 고대가요 연구의 대가이신 쓰치하시 유타카土橋寬 교수는 당시 도시샤대학 명예교수이었는데, 학문뿐만 아니고 인간적으로도 대인이었다. 가끔 나한테 한국에 한 번 가자 라고 웃음 섞인 표정으로 말을 건내곤 하였는데, 왠지 그 때마다 나는 편안함을 느끼곤

했다. 쓰치하시 교수의 가르침 중에서 시가연구에 중요한 잣대로 지금도 쓰이고 있는 것은 노래하는 장場의 확인이다. 노래를 들려주는 상대방이 있을 때의 노래와 단순히 자신의 정서를 표현하는 서정의 시·노래와는 그 노래의 의미와 기능, 해석이 달라진다는 가르침은 불멸의 시가론으로 지금도 변함없이 가슴 속 깊이 남아있다. 그리고 고대가요라 하더라도 민요와의 비교연구에 의해 노래하는 장場의 확인이나 노래의 목적 내지는 기능등에 대해서도 파악 가능해진다는 쓰치하시 교수의 연구 방법론은 필자의 향가를 포함한 고대가요 연구에 지대한 영향을 미쳤다.

그리고 도시샤대학 대학원 재학 중에 한국 고전문학회와 덴리대학·도시샤대학의 공동주최로 '일한비교연구세미나'가 양 대학에서 개최되는데1984.7, 잔일들을 맡아 하면서 사무적인 일도 배웠으며, 당시 고전문학회 회장이신 황패강 교수를 비롯해 소재영, 박용식, 그리고 조동일, 서대석 교수들과도 알게 되어 교분을 갖게 되었다. 인상 깊었던 일은 이소노 카미신궁石上神宮에서 시치시토七支刀를 배견했을 때의 일이다. 시치시토를 배견하기 위해서 신궁 예배장에서 먼저 간단한 의식이 있어 신궁 신전에 올라가야 된다고 하니까, 황패강 교수일행은 난색을 표하며 신궁 참배를 거절하였다. 신화학 연구자이신 마쓰마에 다케시松前健 교수가 어렵게 주선해준 일인데, 난감하기도 했다. 궁여지책으로 이 신궁은 백제의 칠지도를 제신으로 모시고 있는데 그렇다면 이 신은 백제에서 온 것이 아닙니까 라고 하였더니 수긍이 갔는지 참배를 해주시었고, 무사히 칠지도도 배견할 수 있었다. 분명히 칠지도는 백제에서 도래된 것이고 제신의 칼이기도 하다. 일본신사에 대한 저항 의식이 강하게 남아있는 시대였던 것을 체험한 일로 지금도 그 순간들이 뇌리에 남아있다.

「신화전승논고－삼국유사를 중심으로神話傳承論考－三國遺事を中心に」라는

논문을 제출하고 수사과정은 수료했다. 나와 도시샤대학과의 인연은 단지 모교라는 관계뿐만이 아니고, 그 후에도 한일 국어국문학 연구자들의 만남의 장소가 되며, 한국설화 연구의 장소가 되기도 했다. 2002년 7월에 개최된 제2차 동아시아 서사문학국제학술대회한국고소설학회, 동아시아고대학회, 판소리학회 공동주최를 비롯하여, 2014년 7월에 동아시아고대학회 하계 국제학술대회, 2019년 2월의 동아시아고대학회일한비교문학연구회와 공동주관에 이르기까지 수차례의 국제학술대회가 도시샤대학에서 이루어지게 되는데, 이 어려운 일에 적극적으로 협조해주신 분은 국어국문학과에 계신 히로타 오사무廣田收 교수였다.

　그리고 나와 히로타 오사무 교수는 2010년 5월에 '일한비교문학연구회'를 조직하여 매달 연구회를 가졌는데, 주로 '한국구비문학대계' 설화를 윤독하면서 번역하였다. 그리고 1년에 한 번 연구대회를 열어 일한의 어문학연구발표의 장을 갖게 하였다. 한국에서 온 유학생들도 참가하게 되었고 활발한 번역과 연구활동은 연구회 기관지인『일한비교문학연구』에 실렸다제1호, 2011.1~제9호, 2020.3, 코로나로 중단. 또한 설화번역 100화를 기념하여 일한비교문학연구회편으로『한국구비문학대계韓國口碑文學大系』1金壽堂出版, 2016을 출판하였다. 이 출판에는 덴리대학학술도서출판조성비의 지원을 받았는데, 한국설화 유형분류의 논리 소개부터 시작하여, 유형번호 111부터 순서에 따라 일본에 소개할 만한 설화를 선정하고, 각 설화에 '해제'를 첨부하는 일 등은 내 몫이었다. 또 100화를 번역하면 모아서 출판하려고 하였는데, 코로나 때문에 연구회가 중단되고 말았다. 현재『한국구비문학대계』유형번호 421까지 총 190화까지 설화를 선정하여 번역하였다. 앞으로 10화를 번역 완료하면 또 다른 100화가 되어『한국구비문학대계』2를 출간할 계획이지만, 조금 시간이 걸릴 것 같다. 이 일련의 작업은 한국의 구비설화를 방언과 현장 채집 상황을 그대로 반영하면 서 번역한 최초의 본격적 설화집이 될 것이다.

3. 나와 덴리대학

1985년 2월에 도시샤대학 대학원 석사과정을 수료하고, 그 해 4월부터 덴리대학 외국어학부 조선학과의 전임조수로 부임하면서 내 교육과 연구생활의 첫발을 내딛게 된다. 2년 동안은 조수로서의 일만 하다가 전임강사로 승진되면서 본격적인 교육과 연구 생활에 들어가게 되었다. 내가 소속한 조선학과는 1925년에 창설된 덴리외국어학교天理外國語學校 조선어부朝鮮語部가 전신으로 그 때부터 조선이란 명칭을 사용해 왔다.

어학수업을 담당하면서 입문편인 『조선어를 배우다朝鮮語を學ぶ』白帝社, 1994와 초급편인 『한국어를 배우다韓國語を學ぶ』2白帝社, 2012를 발간하여 교과서로 사용하였다. 나의 교육방침으로 각 과의 본문에 대한 일본어 번역이나 문제집의 해답 등은 첨부하지 않았는데 아마도 이와 같은 한국어 교과서가 출판사에서 간행된 것은 처음이었으며 지금까지도 없을 것이다. 그리고 문학 강독의 교과서로 『이태준의 소설문학李泰俊の小說文學』白帝社, 2000을 출간하였는데 여기에는 남다른 나의 집착이 있었다.

서울에서의 대학원 시절, 이데올로기 문제가 강하게 남아 있어서, 김태준의 『조선문학사』를 석사논문에 인용할 때 저자명을 김○○라고 써야 되었다. 그런데 올림픽 서울개최를 앞둔 시기에 정치가의 판단에 따라 월북작가·재북작가와 그 들의 작품에 대해 해금이 된 일은 나에게 많은 것을 생각하게 해주었다. 정치와 문학, 정치에 좌우된 세계관과 사고

방식 등 여러 문제를 그냥 넘어갈 수는 없었다. 이러한 문제는 한국에 국한된 것은 아니다. 일본에서나 중국에서나 세계의 문제일 것이다. 그래서 분야는 다르지만, 당시 월북작가 중에서 각광을 받았던 순수문학작가 이태준의 수기와 그의 작품 등을 읽으며 많은 생각에 잠겼었다. 식민지 시대의 지식인들의 고뇌, 해방과 그들의 갈등, 그리고 월북작가의 최후 등에 관한 제 문제 등을 하나의 논문으로 적어 부록으로 삽입하였다. 이 논문으로 1920년대부터 1980년대까지의 문학과 역사를 내 나름대로 개관할 수 있었다. 논문 준비에 많은 시간이 걸렸지만, 지금도 자기 스스로를 납득시키기 위한 논문이었다고 자위하고 있다.

조선어에 관한 일로서는 『조선어사전朝鮮語辭典』小學館, 1993을 편집할 때 민속어를 담당하였던 일도 기억에 남는다. 민속용어를 추가하려고, 이미 단어 수는 정해져 있다는 것도 모르고 열심히 새 단어를 찾았던 일이 있었다. 지금도 그 때 만든 단어장 카드가 내 서재 한구석에 그대로 남아 있다. 꼭 하고 싶은 것은 그간 강의 교과서로 만들어 온 조선문학개론을 고전분야에 국한시켜 일본에서 출간하는 일이다. 현재 진행중인 고전동요에 관한 일련의 연구가 끝나면 착수하려고 한다.

덴리대학에서는 어학교육의 일환으로 일찍부터 여름방학을 이용해 한국에 어학연수를 행하고 있었다. 처음에는 일주일 내지 10일 정도이었지만, 1992년에 학부 명칭이 국제문화학부로 개편되면서 정식단위로 인정하였기 때문에 2주 이상의 연수 기간을 필요로 하게 되어 매년 담당 교수가 인솔하는 형식을 취하게 된다. 서울의 대학에 의뢰하여 2주간의 어학실습과 1주간의 문화실습으로 서울에서 부여 경주를 거쳐 부산을 통해 귀국하는 코스였는데, 학생들한테는 한국의 학생들과 교류하여 좋은 경험이 되었을 것이다. 졸업생 가운데는 서울에서 취직하여 생활하는 사

〈사진 1〉 일본 덴리도서관 소장 조선명현초상화 배견

람도 있고, 한국인과 결혼하여 한국에서 사는 사람들도 있다. 일본에서는 한국과 관계를 갖는 회사에 취직하여 일하는 등, 한일가교의 역할을 하는 인재로 성장하여 활약하고 있기도 하다. 어학연수 중 나의 가장 인상 깊은 기억은 2002년 9월에 경주 석굴암이 있는 토함산에 올랐을 때 바다에 떠 있는 신기루를 목격한 일이었다. 당시 향가 「혜성가」 논문을 집필 중이었는데, 이 혜성가에는 신기루와의 관계가 있기 때문에 신라시대에 나타났던 신기루를 현대에 목격하다니 정말 감개무량하였고 신기한 일이었다. 그래서 논문에도 이 신기루 현상의 목격담을 적기도 하였다.『조선학보』 187집, 2003

덴리대학에는 덴리도서관이 있어 잘 알려져 있듯이 귀중한 한국 자료들이 많이 있다. 그 때문에 그동안 많은 분들한테 자료열람을 의뢰받았었다. 이루 헤아릴 수 없을 정도다. 그중에 최근의 일로 내가 감동받았던 일은 자신들의 조상들의 초상화를 배견하러 온 분들을 안내했을 때의 일이다.〈사진 1〉 그 훌륭한 조상들의 초상화가 이곳에 있다는 것조차 몰랐던 나였지만, 누구나 조상은 있는 법이기에, 남의 일 같지가 않았다.

그리고 도서관자료 열람차 학회를 덴리대학에서 개최하고 싶다는 의뢰도 있을 때마다 적극적으로 편의를 제공해 주었다.

4. 나의 연구생활 시작

나의 첫 문학연구 논문은 「처용가」 관련 설화이었기에 가요와 설화문학 연구를 동시에 진행해야만 했다. 그래서 한국의 고대가요·향가를 중심으로 연구를 하면서도 설화와 역사와의 관계에도 관심을 갖게 되었다. 초기의 논문에 「구지가 전승 일고찰龜旨歌傳承の一考察」『朝鮮學報』119·120집, 1986, 「거타지와 야마타노오로치居陀知と八岐大蛇」『天理大學報』 150집, 1988, 「향가 헌화가鄕歌獻花歌」『天理大學報』 169집, 1992 등이 있는 것처럼, 고대가요·향가연구와 설화연구를 병행해 왔으며, 일본 고대가요와의 비교연구도 시도해 왔다. 「조선의 정연요에 대하여朝鮮の情戀謠について」『大谷森繁博士還歷記念朝鮮文學論叢』, 1992, 「강강수월래 고カンガンスオレ考」『佛敎大學綜合硏究所紀要』 2號, 1995 등은 고대 일본의 우타가키歌垣란 행사, 즉 연중행사 중에서, 달 밝은 날을 이용해 젊은 남녀가 만날 수 있는 노래의 장인 우타가키 행사나, 중국의 운남성雲南省에서 소수민족에 의해 현재에도 성대히 거행되고 있는 두이거對歌와 같은 행사가 한국에서도 전해져 왔다고 본 것이 정연요情戀謠와 강강수월래이다. 특히 강강수월래에 대한 논문은 한국어로도 번역 가필하여 발표하였다.「강강수월래의 문학적고찰」,『甫堂朴湧植博士還曆記念論集』, 1995

5. 나와 붓교대학佛敎大學

전게하였듯이 강강수월래에 대한 논문은 처음에 붓교대학佛敎大學 학술지에 발표하였는데, 나와 불교대학과의 인연은 한국원광대학에 계셨던 천이두 교수와의 만남이 계기가 되었다. 천이두 교수는 1986년 당시 불교대학에 교환교수로 와계시었는데 어느 날 덴리대학 방문차 내 연구실을 찾아오셨다. 왠지 친근미를 느끼게 하는 분이라, 그 후 가끔 찾아뵙게 되었는데, 건국대 교수로 덴리대학 교환교수로 와계셨던 박용식 교수와 항상 같이 만나곤 하였다. 어디서나 흥이 나면 판소리를 해주시는 그런 흥이 있으신 분이라 항상 따뜻하게 우리를 맞아주시었다. 덴리대학 내 문학시간에 초빙하여 판소리 특강을 의뢰하였더니, 기꺼이 해주셨고, 그날 저녁식사회 때에 또 판소리를 해주셨는데, 그 다음날 인근 사람들한테 축제라도 있었냐는 질문을 받기도 하였다. 귀국하시면서 붓교대학의 한국어 강의를 나한테 맡기겠다고 하여 시작이 된 것이다. 그 후에도 천이두 교수는 도시샤대학의 교환교수로도 파견되어 사모님과 함께 우리집에 오신 적도 있었는데, 현대문학을 전공하시면서 한恨의 문학을 역설하였고, 영화 〈서편제〉에 대한 강한 논평은 지금도 뇌리에 남아있다. 판소리를 그지없이 사랑하였고, 정열적으로 살았던 분이며, 나를 아껴주신 분이기도 하였다.

6. 나와 조선학회朝鮮學會

덴리대학에는 조선학회朝鮮學會 사무국이 있어 거의 매년 덴리대학에서 조선학회 학술대회를 10월 첫 토요일과 일요일에 개최하고 있다. 이 조선학회는 1950년 10월에 발족하였는데, 당시의 학자들은 귀국한 전 경성제국대학의 교수들이 중심이 되었고, 그 중의 한 분인 다카하시 토루高橋亨는 1949년 신교육제도의 덴리대학 개학과 조선학회 창설에 중심적인 역할을 하였으며, 초대 부회장을 지냈다. 초대에는 덴리교 신바시라眞柱가 총재이었으며, 회장으로는 덴리대학장, 부회장은 두 명으로 다카하시 토루와 중의원의원衆議院議員이었던 후나다 쿄지船田亨二, 법학박사가 맡았다. 도쿄지부가 설치되고, 기관지로서는 『조선학보朝鮮學報』가 발간되어 현재까지 261집2023년 6월 현재이 발간되었다. 1960년대에 조선사연구회朝鮮史研究會가 발족되지만 거의가 조선학회朝鮮學會 회원들이었고, 명실공히 일본에서 한국학을 하는 연구자들의 등용문이기도 하였다. 나는 덴리대학에 전임이 된 1985년부터 문학분야의 간사로 퇴임할 때까지 역할을 해 왔으며 간사장도 역임하였다.

일 년에 한 번 행하는 학술대회 준비는 거의가 덴리대학 전임교수들이 맡아 해왔다. 그 중의 하나가 매년 한국에서 어학·문학·역사·사회 분야의 저명한 교수들을 세 분 초빙하는 일이다. 대회는 곧 국제학술 대회이기도 하였다. 초빙교수들을 공항까지 마중과 배웅을 하는 일부터, 3, 4일간 체재하는 동안 관광안내도 하였다. 물론 발표문을 번역하는 일도 있었고 통역도 하는 일도 있었다. 이런 학회의 일은 현재도 이어져 계속되고 있다. 나 또한 발표와 논문투고로 신세를 진 학회였는데, 향가 연구논문인 「도솔가兜率歌」『朝鮮學報』176·177집, 2000와 「혜성가彗星歌」동 187집, 2003 등을 투고

하였다. 주로 고대가요 연구를 하고 있었는데, 우연히 나라시奈良市의 나라 즈히코신사奈良豆比古神社의 '오키나마이翁舞'를 관람하다가 '아으 도우도우 타리'라는 노래 가사를 듣고, 고려가요「동동動動」의 '아으 동동다리'라는 가사가 연상되어 시간은 걸렸지만 비교연구를 하였다. 달거리가 나오는 「12월 왕래12月往來」라는 오키나마이와도 비교연구를 하였다. 가요의 비교 연구는 어려운 작업이지만 연중행사·민속이 관여된 가요라 쉽게 도전할 수 있었다. 이 논문은 고려대학교『어문논집』50집, 2009에 수록되어 있다.

7. 나와 중국, 한국, 북한

나의 연구발표는 일본에 국한되지 않고 중국과 한국에서도 적극적으 로 하고 있었다. 처음으로 외국에서 발표한 논문은「우타가키문화권 속 의 조선歌掛け文化圈の中の朝鮮」이었는데, 1992년 8월에 일본 오사카大阪에 있 는 오사카경제법과대학大阪經濟法科大學 아세아연구소亞細亞研究所와 중국 베 이징대학北京大學 조선문화연구소朝鮮文化研究所의 공동주최로 베이징대학 에서 개최된 제4차 조선학국제학술토론회에 발표자로 참가하였다. 이 토 론회에는 일본, 한국, 중국, 북한의 학자들도 참가하였으며, 베이징인민 대회당 만찬회장에서 연회를 할 정도로 대대적이었다. 내 발표는 일반인 들에게도 알기 쉽게 한국어로「사랑의 문답가」라고 개칭하여 한글 논문 으로 작성하여 미국 동부한국문인협회 기관지인『뉴욕문학』3집, 1993에 게 재되었는데, 당시 이 문인협회 회장단이 학술토론회에 참가하였던 것이 논문투고의 계기가 되었다. 이 동인지에는 당시 학술토론회에서 발표한 와세다대학의 오무라 마스오大村益夫 교수의 논문을 비롯해 중국과 한국의 연구자의 논문도 실려 있다.

연구발표를 위한 중국방문은 그 후에도 계속되어 2001년 7월 연변과학기술대학 한국학연구소에서 개최된 '한국고소설과 동아시아 서사문학'에서는 「한국문학사에 나타난 시대 구분 문제」 인천대 『어문연구』 17·18집, 2002로 기획

〈사진 2〉수저우대학박물관

주제 발표를 하였고, 2008년에는 산둥대학山東大學에서 '근·현대 동아시아 관계 변화와 인본주의'란 주제 하에 개최된 연구회에서는 「신라시대의 시가에 나타난 대당對唐·대일본對日本 관계의 의식에 대해」『산동대학 조선학연구총서』1, 2010를 발표하였고, 2017년 수저우대학蘇州大學에서 열린 한국 동방문학비교연구회, 한국구비문학회의 등이 주최한 국제대회에서는 「한국 고대문학에 나타난 천인감응天人感應사상」이란 논문을 발표하였다.

이렇게 중국 본토에서 개최된 학회에 참가하면서 중국에 대해 생각하는데 가장 큰 영향을 받은 것은 수저우蘇州대학을 방문했을 때이다. 대학박물관의 간판이 두 개 있었기에 일순 의아하였는데, 하나는 체육관 간판이었고, 다른 하나는 수저우대학박물관이란 간판이었다.〈사진 2〉 내가 경험해 보지 못한 일이었다. 현재 박물관 건물이 되었다면 옛 체육관 간판은 없어지는 것이 보통인데, 어느 사고방식에서 이런 일이 일어났는가, 많이 생각하는 계기가 되었다. 그리고 지하에는 수저우대학 졸업생 가운데 장징궈蔣經國의 초상화가 있었다. 장징궈는 부친을 이어 대만의 총통을 지낸

사람이다. 중국과 대만은 적대시하고 있기에 놀랐던 것이다. 내가 생각하고 있는 국가관이나 정치관이 얼마나 작은 것이었는지 통감하면서 구멍이라도 있으면 들어가고 싶은 심정이었다.

한국 학회에서의 연구발표도 적극적으로 하였다. 2003년 9월에 제8회 전주세계소리축제 조직위원장이었던 천이두千二斗 교수의 초청을 받아 공식적으로 한국방문을 하게 되는데 이를 계기로, 한국에의 공식적 방문이 이어지며 학문적 교류뿐만 아니고 내 시야를 넓혀주는 계기가 된다.

2004년 11월에는 우리문학회 주최로 '동아시아에 나타난 전쟁체험 양상'이란 주제로 중앙대학교에서 대회가 개최되었는데, 나는 기조발표로 「신라가요에 나타난 일본」이란 논문『우리문학연구』 17호, 2004을 발표한다. 다음 해인 2005년 2월에는 숭실대학 인문과학연구소와 숭실어문학회 공동주최로 '21세기 동북아 한국어문연구의 현황과 전망'이란 주제로 대회가 개최되는데, 여기서 「일본에서의 한국문학연구의 현황과 전망」이란 제목으로 발표를 했다. 이때 방문은 도쿄에 있는 조선대학교 김학렬 교수를 대동하여 갔었다. 조총련과 관련 있는 분이라서 어려운 방문이었지만, 나도 각오를 하고 같이 간 것이었다. 자신의 고향인 마산에도 가고 싶다고 말해주었기 때문에 대구대학 모교수에게 자동차를 준비하게 하는 등 첫 서울방문에 여러 준비도 해드렸다. 그러나 막상 서울에 도착한 뒤에는 마산에 있는 친척들로부터 오지 말라는 전달을 받았다고 한다. 얼마나 가슴 아팠을까. 당시 서울대학교 호암관에 머물고 있었는데, 그래도 가기 전날, 먼 조카가 이곳까지 찾아와 상봉을 하게 되었고 나도 동석을 했다. 지금 생각하면 우스운 이야기가 될지 모르지만 쓰라린 6·25란 역사가 있었기에 이곳 사는 사람들의 현실을 그대로 보여 주고 있었던 것 같았다. 김학렬 교수는 학술대회 때 「재일 조선인 조선어 시문학 개요」란 제목으로 발표를 하였으며, 질의응답 시간 때 격한 이야기도 있었지만, 나는 잠자코 있었다. 그날 저녁 잠자리에 들기 전 김 교수는 내가 그런 말을 들으러 서울에 온 것이 아니라며 분개하였지만, 그게 한국의 현실이라고 응답하였고, 일본에 있으면 모르는 일이라고 현실을 직시하자고 말씀드렸다. 일본에 있을 때도 비슷한 경험을 한 적이 있었다. 조선학회가 끝나면 문학 분야는 으레 따로 간친회를 갖게 되는데, 조선대학교에서 오시는 분들은 항상 학회가 끝나면 곧장 돌아가곤 했다. 한번은 김학렬 교수를 불렀더니 쾌히 응낙해주신 적이 있었는데 그 자리에서 한국에서 오신 분이 김학렬 교수한테 "이 빨갱이" 하며 무언가를 따지려고 하기에 내가 나서서 중재한 일도 있었다. 김학렬 교수는 고인이 되었지만, 그가 소장한 재일교포문학, 북한 관계 서적 등은 서울대학교에 기증하였다고 한다. 이 또한 어려운 선택이었을 것이며, 조총련 문인사회에서는 그의 이름은 지워졌다. 나는 일본에서 한국(문)학을 하는 사람으로서 일본에서 한국학을 하는 사람이라면 남과 북을 가리지 않고 감싸주어야 한다고 생각하고 있다. 김 교수와 같은 분들은 이데올로기보다는 민족을 앞세워 살아오신 분들이다. 그러한 역사를 알게 되면 좀 더 다른 시야에서 조총련과 관계되는 학자들을 접할 수 있을 것이다.

나와 김학렬 교수의 인연은 그것으로 끝나지 않았다. 김 교수는 나의 부탁을 들어주어 내가 평양에 갈 수 있도록 도와주었다. 나는 평양에 가서 이태준의 그 후를 알고 싶었고, 국어국문학자들과도 교류하고 싶었다. 마음속에는 나와 내 어머니를 구해준 인민군 장교에게 감사의 뜻을 전하고 싶은 이유도 있었다. 어머니는 서울에서 인민군에 잡혀가 죽을 뻔한 적이 있었다. 일본에 유학했었다는 인민군 장교가 극적으로 어머니를 살려주어 그때 뱃속에 있었던 나도 살아남았다고 한다. 2001년 8월 평양에

〈사진 3〉 개성 선죽교에서

도착하여 무명용사 탑을 찾았으나 북한에는 그런 탑은 없다 하여 마음만 전하였다.

　돌아오는 날도 정하지 않고 평양에 들어갔었는데, 거기서는 대접을 잘 받아 내가 가고 싶은 곳은 거의 안내해 주었다. 평양에 있을 때는 주로 오전 중에는 사회과학원 연구자들과 교류를 가졌고, 점심은 내가 대접하는 형식으로 그 분들을 식당에 모시고 갔었다. 그때 만난 국문학자 가운데 류만 교수는 그렇게 위트가 있고 재미있는 분이었다. 한마디 할 때마다 웃음이 튀어나오는 그런 분이었고, 11권의 조선문학사 제8권 항일혁명 문학을 집필한 분이기도 하였다. 개성에 가서는 정몽주 사당을 참배하였고 선죽교도 보며 정몽주의 시조를 한 수 읊었다.〈사진3〉

　인상 깊었던 것 중의 하나는 한국 경북대학교 옥수수 박사를 호텔에서 만난 일이었다. 이야기를 들어보니 그분이 제안하여 북한의 논두렁에 콩을 심어 두유로 어린아이들을 먹일 수 있었다고 한다. 대구에서 어려운 일을 겪었던 이야기 등도 들려주었다. 아프리카에서나 북한에서나 정말 훌륭한 일을 하신 분을 만날 수 있었던 일은 다행이었다. 일본에 돌아오자 매스컴 관계자들한테서 연락이 있었지만, 내가 보고 만난 사람들에 대해 이야기하는 것은 때가 아직 이르다고 거절하였다. 내가 신세 진 사람들에게 조그마한 누도 끼치고 싶지 않아서였다. 아직 내 마음속에 살아 있는 그때의 기억들은 추억으로 간직하겠다.

2005년 6월에는 중앙대학교 국어국문학과 주최로 '세계화시대의 국어국문학의 현황과 전망'이란 주제로 국제학술대회가 개최되었는데, 이 해 3월에 「일본에서의 한국·조선 연구 연구자 디렉토리」가 일한문화교류기금에서 발표되었기에 이 자료를 참고로 하여 재차 「일본에서의 한국문학 연구 현황과 전망」이란 제목으로 발표하였다. 『어문논집』 34집, 2006

2008년 9월에는 강릉에서 열린 '제10회 허균·허난설헌 문화제 한중일국제학술대회'에 오타니 선생과 같이 참가하였고, 2009년 2월에는 서울대학교 BK21, 한국어문학세계화교육연구사업단 제2회 국제학술회의 초청강연으로 「한국고전문학의 새로운 모색─동요연구를 중심으로」를 발표하였다. 이 발표논문은 일본의 학회에 미리 투고할 약속을 하고 있었기 때문에 서울대에 양해를 얻어 『동아시아비교문화연구東アジア比較文化研究』 8 2009.5에 「고려시대의 동요에 대하여高麗時代の童謠について」란 제목으로 실렸다. 나의 동요연구는 이때부터 본격적으로 시작이 되었던 것 같다.

2010년 11월에는 숭실대학교 한국문예연구소가 '한국아리랑확립의 길'을 주제로 개최한 국제학술대회에서 「일본에서의 아리랑 수용」을 발표하였다. 『한국문학과 예술』 7집, 2011 한글과 일본어로 동시에 실린 최초의 논문인데, 논문을 준비하면서 어떤 수필을 접하며 감회에 젖은 일이 있었다. 1945년 한반도를 경유해 일본으로 걸어서 돌아가는 도중, 함경도에서 먹을 것을 훔치러 민가로 들어갔다가 발각되었지만 아리랑을 불러 음식까지 얻어서 나왔다는 일본 여성의 이야기였다. 내가 사는 덴리天理의 어느 부인으로부터 중국 북방의 하얼빈에서 걸어서 함경도를 경유해 경성까지 갔었다는 눈물 젖은 과거사를 들었던 일이나, 어느 치과 여의사가 진료 도중 갑자기 어릴 때 생각이 난다며 신의주에서 고무줄놀이를 하면서 불렀던 노래를 나에게 들려줬던 기억들이 수필의 내용과 겹치기도 하였다. 군부가 침략전쟁을 일으켰지만, 민간인들, 당시의 어린아이들까지도 군부의 일원으로 생각하는 사람들이 있어 가끔 가슴 아프기도 하다.

2014년 2월에는 동방문학비교연구회에서 '한·중·일·월·인韓·中·日·越·印 시가문학의 비교'라는 주제로 개최한 학술대회에 참가하여 「서동요 연구–오행사상을 중심으로」란 논문을 발표하였다. 동년 8월에도 참가하였고, 2016년 7월에는 기조발표를 의뢰받아 「고대한국의 동요관과 천인상관사상」을 발표하였다. 『동방문학비교연구』 5집, 2015

2015년 10월에 동방문화대학원대학과 초정서예연구원 주최로 '한국 서예의 정체성연구'란 주제로 국제학술대회가 열렸을 때는 「고대한일표 기법 발달과정의 비교」라는 논문을 발표하였는데, 고대 향가를 가르치면서 그동안 생각해 온 표기체 문제를 정리하였다. 『문화와 예술연구』 6집, 2015

2017년에는 동아시아고대학회가 발행하는 『동아시아 전통문화와 스토리텔링』에 「한중일 고대동요 연구」를 투고하였다. 서경문화사, 2017 2018년에는 건국대학 서사문학치료연구소로부터 해외석학초청공연을 의뢰받아 「일본문학과 비교하여 본 한국문학의 천인감응사상」을 발표하였고, 발표 후에 있었던 한국구비문학회에도 참가하여 좌장을 맡게 되었다. 이 학회에서 봤던 언어에 장애가 있는 발표자의 모습은 나에게 감동을 주었다. 장애를 극복하여 부디 훌륭한 연구자가 되기를 바라면서 선물을 전해 주기도 하였다. 서사문학과 치료라는 타이틀은 솔직히 이해가 잘 안되었

〈사진 4〉 문화콘텐츠기술연구원 해외 석학 초청 강연회

지만, 내 나름대로 해석하여 초청공연에 임했다. 그러나 작금에는 이 일본사회에서 한국의 설화·판소리를 소재로 부모와 자식 간의 관계를 문제 삼아 강연을 하면서 치료라는 말의 뜻을 이해할 수 있게 되었다. 강연의 청중들은 거의 부모 세대이다. 설화를 부모의 입장에서 보면, 청개구리 어머니는 말 안 듣는 아들을 타이르지 않고, 고려장에 버림을 받아도 돌아갈 아들을 염려하는 어머니는 그런 상황을 아무 말 없이 숙명으로 받아 주고 있는데 이런 어머니의 행동에 우리는 과연 어느 정도 공감할 수 있는가 라는 문제제시를 하고 있다. 동물세계에서는 효란 있을 수 없지만, 유일하게 인간세계에서만큼은 효를 강요하고 있다는 사실에 대해 생각하게 되었으며, 문학을 통해 자식과의 문제로 고민하는 부모들한테는 도움이 될 수 있다는 것을 확신하게 되었다. 이 기회를 빌려 건국대학 서사문학치료연구소에 감사의 뜻을 전하고 싶다.

2019년에는 중앙대학교 문화콘텐츠 기술연구원으로부터 초청받아 '일본에서의 한국조선학의 역사와 전망'이라는 제목으로 발표를 했었다.〈사진 4〉 내용으로는 근대 초기의 한국서적 일본어 번역서, 메이지시대의 조선어교육기관, 경성제국대학 교수진의 일본 귀국 후의 활동과 덴리대학과의 관계 등을 전하였다. 수강자 가운데에는 옛 교수들의 이름이 거론되어 감회가 깊었는지 많은 질문을 받았다. 경성제국대학 설립에 힘쓴 다카하시 토루의 제자들 가운데 내가 아는 국문학계의 몇 분을 소개하면 김사엽, 구자균 등이 있었는데, 김사엽은 경북대학에서 덴리대학, 오사카외대大阪外大, 그리고 동국대학 등을 거치면서 후진들을 키웠을 터이다. 고려대학의 구자균의 제자로서는 고려대 총장을 지낸 홍일식 박사를 비롯해 소재영, 박용식 등의 제자들이 있었다. 이 분들의 제자들 중에는 이미 현역에서 물러난 연령층도 있는데 한국에서는 스승의 날이 있어 은퇴한 교수님을 찾아뵙는 아름다운 풍습이 전해지고 있다. 이 아름다운 풍습과 함께 은사님의 얼도 전해 받기를 간절히 바란다.

　최근에는 2022년 4월에는 동아시아고대학회에서 「박제상전승 재고」라는 제목으로 발표했었고, 2023년 2월에는 구비문학회에서 「문헌에 나타난 고전동요의 원리」를 발표했었다. 전자의 논문은 학회의 양해를 얻어 『東嵐 이찬욱 박사 정년퇴임 기념 문집』동 간행위원회, 2022에, 후자는 『구비문학연구』 70집2023.9에 게재되어 있다. 박제상에 대해 발표했을 때, 어떤 회원한테 "지금까지 알고 있는 박제상 전승과는 다르다"며 문제의식을 제기 받았는데 사회자는 내가 일본에 있기 때문이라고 말하며 간단히 넘어갔다. 지금까지 몇 번이나 경험했던 말들이다. 학문에는 국경이 없다는 말을 전하고 싶다. 한국사람이기에 한국적인 해석을 하고, 일본사람이기에 일본적인 해석을 한다는 것은 엄밀히 말하면 학문이 아니다. 학문은 자료를 갖고 과학적인 해석을 하는 것이다. 나는 사회주의의 논문을 알고 있다. 역사에 대해서 하나의 해석밖에 허용이 안 된다면, 어찌 민주주의 나라의 학문이라고 할 수 있겠는가. 「문헌에 나타난 고전동요의 원리」는 내가 10여 년 동안 연구해온 동요연구에 잘못이 있었기에 중국과 한국의 문헌을 철저히 조사해 재고한 논문이다. 지금껏 해온 연구가 무산이 되는 그런 부끄러운 마음으로 정리하였다. 그나마 잘못을 알고 정정할 수 있어서 무척 다행으로 여기고 있다.

내 연구 분야는 고대문학이지만, 고대역사와 결부되어 전해지고 있기 때문에 역사에 대해서도 항상 염두에 두고 왔다. 그래서 연구 방법은 문학과 역사가 결부되어 있기도 하다. 2021년 4월부터 12월까지는 주오사카한국총영사관 주최, 나라奈良교육원 주관으로 개최된 연속 강좌 '飛鳥의 바람'의 코디네이터를 담당해 시리즈로 총 6번의 강연과 현지답사 안내를 맡았다. 또한 일본의 고분연구자와 역사연구자 3명을 초대해 강연도 가졌다. 대상자는 일본에 와 있는 외교공무원과 교육관계자들이었다. 나라지역의 사찰과 진자·진구神社·神宮를 답사하기 전에 한일 양국의 문헌 기록을 정리하여 자료로 배부하고 강연을 하였다.나라한국교육원의 유튜브로 남김 수강자의 대부분은 나라는 옛 한국인이 만든 나라이고, 누구누구는 옛 한국계 사람이라는 고정관념이 있어 문헌에 의한 역사적 사실을 전하는 데 힘이 들기도 하였다. 여기서도 학문에는 국경이 없다고 역설하였지만, 일본에 대한 감정이 학문을 앞선다는 것을 느낄 때도 있었다. 그러나 마지막까지 흔들림 없이 완주하였고, 내 소임을 완수할 수 있어서 보람을 느낀 행사였다. 언젠가는 내가 사는 나라지역과 고대한국문화와의 관계를 조사해 보겠다는 꿈을 갖고 있었는데, 이 꿈을 실현할 수 있게 해준 한국총영사관과 한국정부에 다시금 감사의 뜻을 전한다.

이때 조사한 쇼소인正倉院에 남아 있는 신라유물들, 신라에서 일본에 보낸 신라사신42회과 일본에서 신라로 보낸 견신라사31회의 교류 등을 다시 정리하여 2022년 10월에 경상북도 도청에서 강연을 하였으며, 거기서 새로운 한일 간의 교류의 길―신라로드를 제창하기도 하였다.2022.10, 도청유 튜브 거기서 이철우 경상북도지사한테서 명예홍보대사를 위촉받는 해프닝도 있었다.

8. 정년퇴임

2017년에 덴리대학 정년퇴임을 앞둔 나는 조선학회에서 공개강연의 의뢰를 받아 「한국의 사서에 나타난 동요관韓國の史書に現れた童謠觀」이란 논문을 발표했다. 『朝鮮學報』 241집, 2016 이 공개강연의 자리는 일본에서 한국학을 하는 사람한테 긍지를 갖게 해준다. 그러나 나는 강연논문보다도 더 신경을 쓰는 일이 있었다. 도쿄에 계신 어머니에게 퇴임을 하게 되었다는 보고와 함께 강연을 한다는 말씀을 드렸더니, 나도 가서 듣겠다고 적극적으로 말씀하시기에 결국 어쩔 수 없이 이곳 덴리대학까지 어머니를 모시게 된 것이다. 강연 서두에 나는 이렇게 말하며 어머니를 청중에게 소개했다. "제가 못해도 항상 잘했다고 하시며 내 편을 들어주시는 어머니가 이 자리에 있습니다. 오늘도 변변치 못한 발표가 되겠습니다만, 언제나처럼 잘했다고 말씀해 주실 어머니가 옆에 있기에 든든한 마음으로 발표하겠습니다." 아마도 조선학회 공개강연에 강연자의 어머니가 참석한 일은 처음이었을 것이다. 당시 어머니는 95세였다. 도쿄에서 500km 이상 떨어진 이곳까지 이동하기는 힘들었기에 가족들이 동원되었다. 온화한 표정으로 굳건히 걸으시고 강연 마지막까지 경청해 주시어 고맙기만 하였다. 실은 나는 6살까지 벙어리였다. 내가 어머니 안에 있을 때, 6·25전쟁이 일어났고, 전개한 인민군의 일로 입은 충격 때문이었을 것이다. 손짓

〈사진5〉오카야마 선생님을 격려하는 모임

발짓 하면서 의사 표현을 했던 어릴 때 기억이 생생하게 남아 있다. 언젠가 어머니께서 웃으면서 네가 대학교수로 있다는 것은 어릴 때 말 못 했던 것을 만회하기 위해서인지도 모르겠다고 하신 말씀이 생각난다. 그 만회하는 모습을 보여 드렸으니 어머니께서도 조금은 위안이 되었을 것이다, 다시금 영전에 감사드린다.

　　정년퇴직을 앞두고 그 동안 발표해온 논문들 중에서 한국 고대문학과 관련된 논문을 편집하여 한 권의 책으로 엮었다.『한국 고대문학의 연구(韓國古代文學の研究)』, 2017 그리고 이 책을 내가 신세 진 사람들, 나를 키워주신 사람들에게 배부해 드리려고 하였더니, 주위 사람들이 발기인이 되어 '오카야마 선생님을 격려하는 모임'2017.3을 열어주었다. 한국에서도 동학들이 참석해 주었고, 일본에서도 북으로는 홋카이도에서, 남으로는 구마모토에 이르기까지 동학들과 제자들이 참가해 주어 성대한 기념식을 가졌던 것은 내 대학생활에 대한 가장 큰 선물이었다.<사진 5> 모임의 명칭대로 나를 격려해 주었기 때문인지 지금도 연구와 교육활동을 계속하고 있다. 격려에 다시금 감사드린다.

〈사진 6〉간양록으로 풀어 보는 한일관계

　나는 퇴임 후에도 교육과 연구활동을 계속하고 있다. 2019년 10월의 조선학회대회 때에는「간양록에 있어서의 강항과 일본인의 교류看羊錄にお ける姜沆と日本人との交流」를 발표하였다. 이 논문은 교토京都에 있는 류코쿠대 학龍谷大學에서 동년 6월에 개최된 '수은 강항선생 국제학술세미나'의 초 빙강연의뢰를 수락하여 적은 발표문과 동년 8월에 서울 경희대학교에서 개최된 '간양록으로 풀어보는 한일관계' 학술집담회동아시아고대학회, 한서대학교 공동주최, <사진 5>에서 발표한 내용을 정리한 것이다. 나로서는 임진왜란일본에 서는 분로쿠게이초노에키(文禄慶長の役)을 전후한 한일관계를 알 수 있는 절호의 기 회라 생각하여 적은 논문이다. 2022년과 2023년에는 전게한 두 편의 논 문이 있고, 2023조선학회대회 때에는「고전동요의 해석방법古典童謠の解釋 方法」을 발표하였다. 고대중국과 한국의 문헌에서 동요의 원리를 추출하 고 이에 입각하여『삼국유사』수록의 동요를 대상으로 새로운 해석을 시 도한 발표였다. 다음에는『고려사』,『조선왕조실록』등에 수록되어 있는 각 동요들을 재고하려고 한다.

　2023년 3월부터는 경희대학교 국어국문학과의 초빙교수가 되어 대학 원 수업을 온라인으로 담당하고 있다. 그동안 연구해 온 자료들을 중국과 한국, 그리고 일본과 관련시키면서 한국문학의 세계화를 위한 강의를 진행 중이다. 나를 위한 공부가 되기도 하여 열심히 강의 준비를 하고 있다. 안영훈 교수를 비롯해 경희대학 관계자들에게 이 자리를 빌어 심심한 감사의 뜻을 전한다.

9. 나가는 말

　돌이켜보면 모두가 어제의 일 같다. 내가 먹은 나이란 내가 노력해서 얻은 것이 아니기 때문에 나이에 대해서는 생각지도 않는다. 나는 일본과 한국의 학회에 고문으로 되어 있기도 하지만, 일개의 회원으로서 연구발표를 계속하고 있다. 대학에는 후진들을 위해 퇴임이란 제도가 있지만, 연구자라는 직업에는 퇴임이란 있을 수 없다. 건강도 노력만큼 효과를 얻는다고는 보지 않는다. 그래서 지금 주어진 건강을 누릴 뿐이다. 그러나 연구는 노력한 만큼 성과를 올린다. 그래서 연구는 매력적이다.

　그런데 교단에 오르는 일이 없어졌다가 어느 날 교단에 서서 강연을 하고 있을 때, 물을 얻은 물고기처럼 움틀거리고 있는 내 자신을 발견하고 새삼 느꼈다. 나의 천직은 교단에 서는 일이었던 것을. 교사로서 교수로서 청탁이 왔을 때 마다하지 않고 쾌히 응했던 일은 이 때문이었다. 내 스스로 나이를 느끼지 않는다면 타인도 동조해 줄 것이라고 믿고 있다. 분명히 교육의 현장은 나한테 흥을 돋우어 주고 있다. 그리고 연구는 나한테 만족을 안겨 주고 있다고 말하고 싶다. 이토록 나에게 흥과 만족을 갖게 해주고 있는 모든 분들에게 감사의 뜻을 전하며 각필한다.

오카야마 젠이치로岡山善一郎

1950	서울 태생.
1980.3.	덴리대학天理大学 외국어학부 조선학과 졸업.
1983.2.	연세대학교 대학원 국어국문학과 석사수료, 문학석사.
1985.3.	도시샤同志社大学 대학원 국문학전공 석사수료, 국문학석사.
1985.4~2017.3.	덴리대학 외국어학부 조선학과 전임조수, 전임강사, 조교수 거쳐 교수.
2023.3~2025.2.	경희대학교 국어국문학과대학원 초빙교수.

주요저작(출간순)

저서

『朝鮮語を學ぶ』, 白帝社, 1994.

『李泰俊の小說文學』, 白帝社, 2000.

『韓國語を學ぶ』2(공저), 白帝社, 2012.

『韓國古代文學硏究』, 金壽堂出版, 2017.

역서

『日韓詩集』, 글밭사, 1986.

『名著で見る朝鮮文化史』, 新東洋出版社, 1992.

『天理市의 "萬葉歌碑"』5基, 한글번역, 1997~2003.

『韓國口碑文學大系』1, 金壽堂出版, 2016.

『金花淑詩集,翼は夢じゃない』, デザインエッグ(株), 2024.

항목집필서

『朝鮮語辭典』, (民俗語담당), 小學館, 1993.

『世界神話傳說大事典』, (韓國佛敎說話담당), 勉誠出版社, 2014.

『韓國文學を旅する60章』, (朝鮮半島の定型詩담당), 明石出版, 2020.

나는 이렇게 한국문학 연구자가 되었다

하타노 세쓰코波田野節子

인하대 정종현 선생의 요청으로 좋은 기회를 얻게 되었으니, 내가 어떻게 한국문학 연구자가 되었는지, 그리고 연구자로서 무엇을 했는지 한번 정리해 두고 싶다. 한국에서 유학한 적도 없는 내가 한국문학을 공부하기 시작한 것은 이광수라는 작가를 알기 위해서였다. 그리고 그의 『무정』을 읽는 동안 어느 사이에 한국문학 연구자로 불리게 되었다. 이광수라면 이런 관계를 인연이라고 부를 것이다.

나는 1950년 니가타新潟에서 태어났다. 어머니도 니가타에서 자랐고, 아버지는 눈이 많이 내리는 니가타현의 지방 출신이다. 아버지와 어머니는 전후 일본으로 돌아온 귀환자들이 (그들은 인양자引揚者로 불렸다) 정착했던 마쿠사가와기시秣川岸라 불리는 마을에서 만나 결혼했다. 나도 그곳에서 태어났다. 그들은 처음 헌옷가게에서 시작하여 다음으로 전당포를 운영하고, 내가 중학에 들어갈 무렵에는 부동산업자로 순조로운 발전을 이뤘다. 아버지가 만주에서 돌아온 인양자라는 사실은 가족 모두가 알고 있었지만, 어머니도 인양자라는 것은 대학 1학년 때 어머니가 직접 털어놓기까지는 알지 못했다. 어머니는 북한의 나진羅津에서 남만주철도주식회사에서 근무하고 있던 니가타 사람과 결혼하여 딸을 하나 두었는데, 종전 직전 현지 소집된 남편은 시베리아에 억류되어 사망했고 어머니는 귀환 도중 아이를 잃었다고 한다. 소련이 참전한 혼란의 와중에 소집처를 찾아 간 어머니는 남편이 20분 전에 처자식을 찾아 나진으로 향했다는 이야기를 전해 들었다. 그때 어머니의 이야기를 들으면서 그 20분의 차이로 내가 태어난 것일까 하고 생각했던 일이 떠오른다. 어머니는 내가 대학 4학년 때 돌아가셨다. 이런 가족사가 나중에 내가 한국문학을 연구하게 된 것과 관계가 있는지는 알 수 없지만, 무의식의 영역에서는 관계가 있다고 생각한다.

고등학교는 니가타시에 있는 대학입시를 목표로 하는 일반고를 다녔는데, 책만 읽고 공부는 하지 않았기 때문에 대학 시험에 떨어졌고, 만일을 대비하여 시험을 치러두었던 아오야마학원青山学院의 일본문학과와 프랑스문학과에 합격했다. 양쪽 모두 공부했던 나는 학과는 일본문학을 선택하고, 프랑스어는 오차노미즈お茶の水의 아테네프랑세에 다니며 공부하는 것으로 대신했다. 당시 아오야마학원은 타학과의 과목도 이수할 수 있었기 때문에 유명한 평론가였던 아에바 타카오饗庭孝男 선생의 세미나에 들어갔다. 시몬 드 보부아르가 좋아서 졸업 후에는 프랑스에서 유학했지만, 특별히 프랑스문학을 전공하고 싶었던 것이 아니라서 일년 후에 귀국하였고, 사귀고 있던 고등학교 선배로 당시 교토대학京都大学의 박사과정에 있던 남편과 결혼했다. 프랑스어의 통역 면허를 얻은 후 교토대학에서 언어학을 공부하고 싶어서 프랑스어를 공부하고 있던 무렵에 남편의 취직처가 니가타에서 발견되어 귀향했는데, 곧 아이가 생기고 말았다. 평소 일하시던 어머니를 보아왔기 때문에 일하는 것이 당연하다고 생각했지만, 통역 면허는 니가타에서는 소용이 없었다. 그래서 가업인 부동산업의 자격을 얻어 부동산업자가 되었다. 그 무렵 나의 이상적인 생활방식은

'취생몽사醉生夢死'였다. 꿈처럼 살고 꿈처럼 죽을 수 있다면 충분하다고 생각했다.

아이가 보육원에 갈 무렵 한국어를 공부하고 싶어졌다. 아오야마학원에 있을 때 일본어학 선생이 이야기한, 일본어를 제대로 이해하기 위해서는 한국어와 오키나와 방언을 알 필요가 있다는 말이 머리에 남아 있었고 프랑스에 있을 때 라틴계의 이탈리아나 스페인 학생이 순식간에 말할 수 있게 되는 것을 보았던 터라 그런 일본어의 친척과 같은 언어를 배우고 싶어졌던 것이다. 다행히 니가타에는 거류민단을 위해 한국에서 온 선생이 있었고 일본인에게도 문호를 개방하고 있었다. 선생은 옛날 문학청년과 같은 타입의 사람으로, 나의 문학취미에 얼마든 동조해 주었다. NHK의 〈안녕하십니까·한글 강좌〉가 시작된 것은 그 2년 후인 1984년이다. 내가 언젠가 이 강좌의 강사를 하게 되리라고는 그 무렵에는 상상도 하지 못했다.

부동산업자였던 내가 대학과 관계를 가진 것은 프랑스어를 통해서이다. 1983년 알고 지내던 벨기에의 신부가 갑자기 병이 나서 니가타대학의 교양과정 수업을 두 강좌 맡아달라는 부탁을 받았던 것이다. 가르쳐본일도 없는 나는 놀랐지만, 책임자 선생도 승인한 터라 화요일은 회사를 쉬고 프랑스어를 가르치게 되었다. 이 프랑스어 수업은 2005년까지 계속되었고, 덕분에 1990년대 대학의 외국어교육이 강독 중심의 수업에서 커뮤니케이션 중심의 수업으로 바뀌는 과정을 목격하기도 했다. 니가타대학에서는 카스야 켄이치糟谷憲一 선생이 조선사 수업을 하고 있었기 때문에 화요일 오후에는 청강을 하기로 했다. 카스야 선생은 나중에 히토츠바시대학一橋大学으로 옮겨 조선근대사 연구의 제일인자가 된 분이다. 역사를 공부한 것은 내가 문학을 공부하게 되었을 때 커다란 도움이 되었다.

이 무렵 이광수를 알게 된 나는 한국문학에 대해 좀더 알고 싶어졌고, 1987년부터 도쿄외대의 초 쇼키치長璋吉 선생의 수업을 청강하기로 했다. 회사는 금요일에 쉬기로 하고 당일치기로 도쿄를 왕복했다. 함께 살고 있던 아버지도 남편도 제멋대로인 나를 받아들여 주었다. 내가 『무정』에서 가장 마음이 끌린 것은 28장이었다. 거기에 그려져 있는 것은 형식의 '속사람'이 눈을 뜨고 그의 정情이 해방되는 장면이다. 눈앞에 펼쳐진 광경은 전과 같은 것이면서도 모두 강렬한 색채와 향기와 의미를 가진 세계로 변모하는 그런 세계를 고교생 때 경험했던 나는 놀랐다. 분명히 이광수 자신도 그런 경험을 했을 것이라고 나는 생각했다. '속사람'이 눈을 뜬 것의 의미를 알고 있는 이는 '속사람'이 눈을 뜬 사람일 뿐일 것이라고 애매하게 표현하고 있는 것은 그도 자신에게 일어난 현상의 의미를 알지 못했기 때문이라고 나는 생각했다. 내가 무엇보다 매료된 것은 물 흐르는 듯한 그의 문체였다. 『무정』에는 내가 젊었을 때 어딘가에서 본 사고방식과 정서가 있었다. 그때 나는 이광수라는 작가를 이해할 때까지는 죽고 싶지 않다고 생각했던 것을 기억하고 있다. 지금 생각하면 이광수는 메이지明治, 다이쇼大正, 쇼와昭和의 세계를 살아왔기 때문에 내가 어딘가에서 본 적이 있다고 친근감을 느끼는 것도 이상하지 않다. 그는 그 정도로 일본에 가까웠던 것이다.

박태원의 『천변풍경』을 텍스트로 수업할 예정이었던 초 쇼키치 선생은 나를 위해 『무정』을 텍스트로 하여 일 년 간 함께 읽어 주셨다. 정규 학생은 한 사람뿐이고, 나를 포함하여 청강생이 두 사람이었던 것으로 기억한다. 내가 『무정』에서 이상하게 생각한 것은 형식의 행동이었다. 김동인이 야유했듯 형식의 행동이 이상한 것은 확실하지만, 거기에는 이유가 있다고 생각되었기 때문에 그 이유를 심리학적으로 해명하여 초 선생님의 마지막 수업에서 발표했다. 발표를 듣고 "훌륭해!"라고 기뻐해 주신 선생은 이듬해1988 봄 칸다외대神田外語大学으로 옮기고 나서 곧 쓰러지셨고 11월에 돌아가셨다.

그 후에는 사에구사 토시카츠三枝壽勝 선생이 서울 유학에서 돌아오게 되어서 선생의 수업을 청강했는데, 논문을 쓰면서 이광수를 알아보기로 하여 1990년부터 1995년 사이에 8편의 논문을 썼다. 그때까지 아오야마학원의 일본문학과 졸업논문밖에 쓴 적이 없었던 나는 이상하게도 이광수에 관해서는 얼마든 쓸 수 있었다. 사에구사 선생은 어떤 논문이든 검토해주셨다. 진화론과의 관계, 자아의 측면, 문학이론, 이광수의 독서력, 심리학적 고찰 등 다양한 접근을 진행하여 그 이상은 현재 내 능력으로는 무리라고 생각하고 있을 무렵 대학에 취직하게 되었고, 나의 부동산업 시절은 끝이 났다.

도쿄외대의 칸노 히로미菅野裕臣 선생이 이번에 니가타시에 있는 현립여자단기대학에 새로운 학부가 생기니 거기서 한국어를 가르치면 어떻겠냐고 권유하여 1993년부터 전임강사로 부임했다. 한국의 군사정권이 사라져 일본의 대학에서 한국어 수요가 급격히 증가한 무렵이다. 신설된 국제교양학부에는 한국어와 러시아어, 중국어 과정이 있었다. 냉전이 끝나자 환일본해環日本海라는 말이 유행어가 되고, 니가타현도 뒤쳐지지 않으려고 새로운 학부를 만든 것이다. 당시 여자단기대학의 졸업생은 가장 좋은 취직처가 은행 정도여서 러시아·중국·한국 3개국의 언어를 배워도 별 소용이 없었지만, 진지하게 한국어를 공부하는 학생들은 귀여웠다. 이 대학은 2009년에 여자단기대학에서 공학4년제 대학으로 바뀌어 니가타현립대학이 되었다.

나는 이광수 다음으로 김동인과 홍명희를 연구하기로 했다. 김동인은 항상 이광수를 라이벌로 여기며 「춘원연구」를 집필하였고, 홍명희는 메이지학원明治学院 시절 이광수의 '문학 선생'으로서 나중에 『임꺽정』을 집필하였다. 1995년 오무라 마쓰오大村益夫 선생을 책임 연구자로 하여 일본의 한국문학 연구자로서 일본학술진흥회의 과학연구비를 받아 「조선 근대문학과 일본의 관련양상」이라는 제목의 공동연구를 시작했다. 이때 참가한 여섯 명, 즉 오무라 마쓰오, 사에구사 토시카츠, 시라가와 유타카白川豊, 세라카와 테츠요芹川哲世, 후지이시 타카요藤石貴代, 그리고 나 외에는 한국문학 전임 연구자가 없었던 시절이다. 나는 김동인 연구를 분담했는데, 이 작가는 자존심 덩어리로서 나와는 전혀 마음이 맞지 않았다. 논문을 두 편 쓰고 김동인 연구와는 작별했다.

1999년부터 재차 오무라 선생을 책임 연구자로 하여 「조선 근대문학자와 일본」이라는 제목의 공동연구가 시작되어 나는 홍명희 연구를 분담했다. 그러나 그 기간에 한 것은 재학시절의 조사뿐이고 본격적으로 작품 연구에 착수한 것은 그 후이다. 『임꺽정』의 성립 과정과 『조선왕조실록』의 관련성에 주목한 나는 강영주 선생을 연구 협력자로 하여 「홍명희의 『임꺽정』과 『조선왕조실록』」이라는 제목으로 2003년부터 과학연구비를 얻어냈다. 2006년까지 연구를 계속했는데, 도합 8년이나 함께 한 것 치고는 홍명희는 정체를 잘 알기 어려운 작가였다. 『임꺽정』이라는 작품 속에 홍명희 자신이 어떻게 투영되어 있는 것인지, 요컨대 그는 도대체 어떤 사람인지 마지막까지 실감할 수 없었다. 홍명희는 『임꺽정』을 실패작으로 간주하고 있었을 것이다. 그는 신간회 활동에 분주했을 때 광주사건 관련으로 체포되었고, 감옥에서 나온 후에는 정치활동에 제한을 받아 조선문화운동에 호응했다. 그 무렵 일반인도 읽을 수 있게 간행된 『조선왕조실록』을 접한 그는 『임꺽정』을 그 내용에 맞게 고쳐 나갔고, 그때마다 콘셉트가 달라져 주인공의 성격까지 바뀌고 말았기 때문에 실패작이라고 할 수밖에 없다. 그러나 그것은 시대를 증언하는 위대한 실패작이라고 할 수 있을 것이다. 나는『임꺽정』연구를 즐겁게 진행할 수 있었다.

『무정』을 번역하고 간행한 것은 2005년이다. 두 번인가 세 번의 여름 방학을 이용하여 즐기면서 번역했다. 번역하면서 후반의 문장이 새로워지고 있는 것을 느꼈는데, 그것은『무정』을 쓰면서 이광수의 문장력이 축적된 까닭이라고 생각했다. 나중에 다시 언급하겠지만『무정』의 전반은 국한문으로 쓰였고 후반은 한글로 쓰였는데, 당시는 그런 일은 상상도 하지 못했던 것이다. 김윤식 선생은 내가『무정』을 번역한 것을 기뻐하셨고, 그 무렵 간행된『『무정』을 읽는다』의 발간사를 써 주셨다. 김윤식 선생은 나의 이광수 연구의 원동력이 즐거움에 있다는 것을 이해하셨다.

이광수, 김동인, 홍명희 세 작가를 연구하는 동안 나는 그들에게 공통된 유학체험이 한국 근대작가에게 새겨진 각인과 같은 것이 아니었을까 하는 문제의식을 가지게 되었다. 그래서 이광수를 에워싸고 있던 한국과 일본의 상황을 명확히 한 다음 그의 후반 인생까지 시야에 넣고 한 번 더『무정』을 재독하고 싶다고 생각하여 2006년「식민지시기 조선문학자의 일본 체험에 관한 종합적 연구」라는 제목으로 과학연구비를 따냈다. 강영주 선생의 연구 협력을 얻었을 때 한국의 연구자와 협력하는 것의 중요성을 실감했던 터라 일본 국내의 연구자뿐 아니라 한국의 최원식, 서정자, 김영민 선생 등에게 부탁하여 함께 연구를 진행했다.

이 공동연구를 통해 나는 19세기 말에 시작된 한국의 일본 유학의 물결을 알게 되었다. 갑신정변 이전부터 개화파 사람들에 의해 이 물결은 시작되었다. 을미사변으로 인해 망명한 이인직은 메이지 일본에서 문학과 만나고 마침내『혈의누』를 쓰게 되었고, 이광수도 이 물결 속에서 다이쇼 시대에 『무정』을 쓰게 되었다. 일본의 근대문학이 서양과 만남으로써 시작되었듯 한국의 근대문학도 일본과의 만남으로써 시작되었던 것이다. 그러나 한국과 일본의 만남은 일본에 의한 한국의 식민지 지배라는 최악의 결과를 초래하게 되었다. 나는 이 공동연구에서 수집한 자료를 토대로 두 편의 논문 「『무정』의 재독(상)·(하)」2010·2011를 썼다.

이 무렵부터 나는 이광수의 일본어 작품을 연구하지 않으면 안 된다고 생각하게 되었다. 그런 생각을 김재용 선생에게 이야기하니 꼭 그렇게 해 달라는 말을 들었던 일을 잊을 수 없다. 2013년 「조선 근대문학과 일본어 창작에 관한 종합적 연구」라는 제목으로 과학연구비를 지원받게 되었는데, '일본어 창작'이라는 주제가 너무 무겁다고 생각한 나는 연구 목적의 하나를 일본과 한국 연구자의 네트워크 구축으로 삼아 가능한 한 많은 참가자를 모았다. 그리고 1년 차는 무사시대학武蔵大学, 2년 차는 니가타현립대학, 3년 차는 후쿠오카대학福岡大学에서 심포지움을 열고 3년간 즐겁게 연구를 할 수 있었다. 한국과 미국에서 참가한 연구자는 다음과 같다. 괄호 안은 당시의 소속 : 김영민, 김철, 이경훈, 구인모, 권두연이상 연세대, 김재용원광대, 정종현, 황호덕이상 성균관대, 이혜진세명대, 이영재한국예술종합학교, 존 트릿예일대, 최경희시카고대, 권나영듀크대, 엘리 최코넬대, 신지영컬럼비아대, 차혜영한양대, 함태영, 이형식이상 인천근대문학관, 서영채서울대, 곽형덕카이스트, 권명아동아대, 이상욱고려대, 배상미고려대, 최주한서강대, 정선태국민대, 황종연, 박광현이상 동국대. 이 연구는 지금까지도 나의 즐거운 추억이 되어 주고 있다.

이광수는 내가 아는 한 10편의 일본어 소설을 썼다. 메이지학원 시절에 쓴 「사랑인가愛か」와 1936년 『카이조改造』에 발표한 「만영감의 죽음萬爺の死」은 자유의지로 쓴 것이고, 동우회사건 후 전향한 뒤 창씨개명한 1940년에 쓴 『마음이 서로 닿아서야말로心相觸れてこそ』는 총독부가 내건

'내선일체'를 역이용하여 내선인內鮮人 간의 평등을 호소할 목적으로 쓰인 것이었다. 그러나 1943년 이후에 발표한 「카가와 교장加川校長」부터는 대일협력을 위해 쓴 작품이다. 이해 아들이 중학시험에 실패한 탓에 평양 근교의 강서江西에 살게 되었던 이광수는 폐결핵이 재발하여 서울로 돌아가지 않으면 안 되었고, 이를 계기로 대일협력을 결심한 것이다. 이들 작품에는 이상한 분위기가 떠돌고 있다. 『대동아大東亞』에 등장하는 일본인 여성과 중국인 남성의 연애는 무참히 왜곡되어 있고, 마치 요철이 있는 거울에 비친 상처럼 찌그러진 인상을 준다. 또 연령제한 탓에 근로봉사에 나갈 수 없어 대신 동네사람들의 집을 돌아다니며 파리를 잡으면서 "세계의 파리를 박멸하라"고 외치는 「파리蠅」의 주인공은 분명히 이광수 자신이 모델이지만, 독자의 감각에 호미 바바가 말한 '균열'을 낳게 하는 강렬한 인상을 지니고 있다. 일본어 소설 외에 무수히 많은 일본어 논설을 쓴 이광수의 일본어는 뜻밖에도 결코 능숙하지는 않다. 내게는 그가 일본어로 쓰는 것을 좋아할 수 없었던 것처럼 느껴졌다.

이 무렵 나는 이광수의 평전을 쓰기로 출판사와 약속이 되어 있었는데, 대학의 용무 탓에 좀처럼 시간을 낼 수가 없었다. 그래서 과학연구비를 지원받은 이듬해인 2014년에 정년보다 2년 일찍 대학에서 퇴직했다. 과학연구비는 대학을 통해서 받을 수 있어서 문제는 없었다. 평전은 이듬해 츄오코론中公新書에서 출판되었고, 나중에 『이광수, 일본을 만나다』라는 제목으로 한국에서 번역 간행되었다.

니가타현립대학은 퇴직자에게도 70세까지 과학연구비 신청을 인정해주었기 때문에 2016년 「일본어 창작을 통해 본 동아시아 3국의 관련 양상」이라는 제목으로 과학연구비를 얻어냈고, 이번에는 타이완의 연구자와 함께 공동연구를 진행했다. 일본어 소설이 식민지의 문학에 준 영향

을 분명히 하기 위해서는 일본의 또 다른 식민지인 타이완을 시야에 넣을 필요가 있다고 생각되었기 때문이다. 타이완에서 최초의 근대소설과 근대시를 쓴 것은 일본에서 유학한 셰춘무謝春木이다. 셰춘무가 쓴 「그녀는 어디로彼女は何処に」에 대해 타이완의 연구자는 설령 일본어로 쓰였더라도 이 소설이 신문학 건설의 길을 밟고 있었던 것은 변함이 없다고 쓰고 있다. 일본어 소설을 쓴 타이완 작가들의 개인전집에는 작품들이 번역되어 수록되어 있으며, 한국에서는 상상도 할 수 없는 관용적 태도는 놀라운 것이었다. 이 차이는 어디서 오는 것일까. 근대문학이 출현했을 때 이미 문자 한글을 갖고 있던 한국과 달리, 타이완은 서사문자가 없는 타이완어를 일상어로 삼고 있었기 때문에 이런 관용이 생겼을 것이라고 나는 생각했다. 민난閩南·커자아客家·원주민족에 외성인外省人까지 더해진 복잡한 언어사정과 여러 민족 위에 성립한 타이완문학은 다양성에의 관용을 숙명으로 하고 있었던 것일지도 모른다.

　나의 마지막 이광수 연구는 『무정』의 표기에 관한 것이다. 표기의 문제에 관심을 가진 것은 이광수의 번역에 관한 논문을 쓴 2014년이다. 메이지학원 시절부터 지식인의 표기인 국한문을 썼던 이광수는 항상 문장 개혁에 뜻을 두었다. 최남선의 방침에 따라 '신문관 발간 신소설'의 하나로 『검둥의 설움』을 한글로 번역한 후 그는 대륙방랑의 길에 나선다. 리시아의 치타에서는 현지의 인쇄사정 탓에 논설까지 한글로 썼지만, 귀국하자 다시 국한문으로 복귀하고 와세다에 유학한 후에는 항상 국한문으로 썼다. 그런 이광수가 『무정』만 한글로 쓰고, 그 후의 『개척자』는 국한문으로 쓰고 있는 것은 어째서일까라는 소박한 의문을 품었던 것이다. 이전부터 김영민 선생이 주장하고 있던 『무정』은 처음 국한문으로 쓰였다는 주장이 옳은 것은 아닐까라고 생각한 나는 이듬해 「무정」의 표기와 문체에 관하여」라는 논문을 썼다. 김영민 선생은 표기를 바꾼 것은 이광수 자신이었다고 보았지만, 나는 『매일신보』의 편집장 격이었던 나카무라 켄타로中村健太郎가 멋대로 표기를 바꾸었다고 추정했다.

모던니혼샤가 1940년에 출간한 이광수 단편집 『가실』을 번역한 김사량은 『무정』이 한글로 표기되어 있는 것을 알지 못했다. 그래서 그는 한글밖에 읽을 수 없는 사람들을 위해 '새로운 시험'으로서 「가실」을 한글로 썼다는 이광수 자신의 문장을 인용하고, 그때부터 이광수는 한글로 쓰기 시작했던 것이라고 강조했다. 인용문의 원전은 이광수가 상하이에서 귀국하고 2년 후에 낸 『춘원단편집』이다. 이광수가 상하이에서 귀국한 후에 '새로운 시험'으로서 한글로 「가실」을 썼다면, 『무정』은 국한문으로 썼다는 얘기가 된다. 『매일신보』의 나카무라는 이후 이광수가 『경성일보』에 연재한 여행기 「오도답파여행」의 처음 5회를 멋대로 고친 인물이다. 나카무라에게 당시의 이광수는 신문사에 원고를 써주고 있는 학생에 불과했다. 국한문소설의 연재를 일단 허가해 두었으면서도 실제로 한자투성이의 원고를 본 그는 독자에게 경원시될 것을 두려워하여 『무정』의 한자를 한글로 대체하고 만 것이 틀림없다고 나는 생각했다. 이광수는 연재 70회 가량을 단숨에 썼다고 회상하고 있는데, 그 부분은 국한문으로 쓰고 후반은 처음부터 한글로 썼을 것이다.

이 논문을 읽은 김영민 선생은 2017년 「한국 근대문체의 형성과정－이광수 문장의 언문일치와 구어체 소설의 정착」이라는 논문을 발표하여 보내 주셨다. 선생은 『무정』의 표기 변경을 결정한 것은 역시 이광수라고 보았다. 그리고 '새로운 시험'이 의미하는 것은 단순히 한글로 소설을 쓴 데 있는 것이 아니라 조선어 고유어를 사용하여 구어체 소설을 쓴 데 있으며, 『가실』에서 이광수는 비로소 만족할 만한 수준의 언문일치에 도달한 것이라고 지적하고 있다. 외국의 한 연구자에게 진지하게 답변해 주신 선생의 태도에 나는 깊이 감동했다. 어느 쪽이 되었든 이광수 자신의 문장이 남아 있지 않은 이상 진상은 누구도 알 수 없는 것이다. 그래도 스스로 할 수 있는 것은 해 두고 싶다고 생각한 나는 2019년 「『무정』에서 『가실』로─상하이 체험을 넘어서」라는 논문을 써서 이 문제에 나름의 종지부를 찍었다.

이 논문에서 나는 두 가지 작업을 했다. 우선 『무정』의 전반과 후반을 비교하고, 단숨에 쓴 부분과 그 이후의 부분에 남은 국한문제의 흔적을 조사했다. 풍경묘사는 바뀌고 있지 않지만, 인물묘사와 관련해서는 73회의 노파에 대한 뛰어난 묘사를 재인식하게 되었다. 이전의 논문에서 나는 73회가 후반의 첫 부분이라고 지적한 일이 있다. 이광수는 이 73회를 한글로 집필함에 있어 특히 공들여 준비했을 것이다. 전반에서 논설조로 쓰인 부분에는 국한문의 흔적이 확실히 남아 있고, 반대로 후반은 논설조를 벗어나 있다. 한글로 쓴 덕분에 문장이 혁신되었던 것이다.

다른 하나는 왜 이광수는 한글밖에 읽을 수 없는 사람들을 위해 '새로운 시험'을 했을까를 탐색하는 것이었다. 이광수는 『무정』과 『개척자』를 쓰고 있을 때는 계몽의 대상을 식자계급에 두었다. 그러나 상하이에 있을 때 정치에 절망한 그는 무식계급의 존재를 의식하게 되었다. 그리고 그들을 위해 한글로 쓸 것을 결심하고, 한글조차 읽을 수 없는 사람들을 위해 들으면 알아들을 수 있는 문장을 지향했던 것이다. 결과적으로 이 선택은 시대를 선취한 것이었다. 1920년대 쏟아져 나오기 시작한 소설은 점차 완전한 순한글문으로 향해 가게 된다. 이 논문을 마지막으로 나는 이광수 연구를 마쳤다.

나머지 시간은 여생餘生이다. 이 시간을 이용하여 우선 착수한 것은 일본의 '히키아게引揚げ'에 해당하는 '귀환'을 경험한 작가가 쓴 소설에 관한 연구였다. 구체적으로는 만주에서 청진淸津을 통해 서울로 향하고 있는 허준의『잔등』, 신의주新義州가 무대인 염상섭의『제일보』와 개성開城으로 향하는 길을 다룬『삼팔선』, 그리고 일본의 탄광에서 귀환하여 창작집『불』을 간행한 안회남 등이 그 대상이다. 이들 작품에 펼쳐져 있는 것은 후지와라 테이藤原てい의『흐르는 별은 살아 있다』에서와는 전혀 다른 분단된 한반도의 풍경이었다. 이 연구들은 어머니에게 바치기 위한 것이었다.

다음은 오무라 마쓰오 선생이 마지막까지 번역했던 작가, 곧 원산元山에서 태어나 경성에서 중국으로 건너갔고, 일본, 서울, 연변으로 이동해간 김학철을 다룰 예정으로 준비하고 있을 무렵, 금년에 들어서 갑자기 건강상태가 이상해졌다. 계산을 할 수 없게 되고, 자판을 제대로 다루지 못하게 되었으며, 기억력이 떨어진 것이다. 자동적으로 시간 계산을 할 수 없으면 연구는 불가능하니, 이때 비로소 알게 되었다. 생각해 보면 우리는 소설을 읽을 때 등장인물의 행동을 파악하는 데 시간을 사용하고 있는 것이다. 병원에서 검사를 해보았지만 뇌에 이상은 발견되지 않는다고 한다. 작년 11월 임파선이 부어서 이상하다고 생각했는데, 현재로서는 원인이 분명치 않다. 아직 일할 수 있다고 생각해서 이전부터 마음에 두고 있던 이인직의『혈의누』를 급히 번역하고 해설을 붙여 출판사에 넘겼다.

그래도 이광수 연구를 끝낸 것은 다행이었다.『무정』을 번역하던 여름날의 즐거움을 생각하면 한국문학 연구자가 되어서 정말 좋았다고 생각한다. 앞에서 언급했듯 나는 한국에서 유학하지 않았다. 양육과 아버지의 간호, 게다가 연구년 제도가 직장에 없었던 탓에 한국에서 장기 체류한 일도 없다. 그래서 내게는 언제나 한국을 잘 모르는 연구자, 한국문학의 문외한이라는 의식이 있었다. 나는 일본에 있으면서 한국문학을 공부한 셈이다. 이광수의『무정』은 그런 나를 세계문학의 하나로서 매료시켰던 것이다.

하타노 세쓰코波田野節子

1950	일본 니가타시新潟市 태생.
	아오야마학원대학山院大 문학부 일본문학과 졸업, 니가타대학 프랑스어 비상근 강사.
1992	현립니가타여자단기대학 한국어 전임교원.
2009~2014	현립니가타대학 교수.
	현 현립니가타대학 명예교수.

주요저작(출간순)

저서

『無情』, 李光洙 著, 平凡社, 2005.

『金東仁作品集』, 金東仁 著, 平凡社, 2011.

『李光洙-韓國近代文學の祖と「親日」の烙印』, 中公新書, 2016.

최주한 역, 『'무정'을 읽는다-'무정'의 빛과 그림자』, 소명출판, 2008.

최주한 역, 『일본어라는 이향-이광수의 이언어 창작』, 소명출판, 2019.

최주한 역, 『이광수의 한글 창작』, 소명출판, 2021.

최주한 역, 『이광수, 일본을 만나다』, 푸른역사, 2016.

최주한 역, 『일본유학생작가 연구』, 소명출판, 2011.

한국어문학과 나의 반세기

시라카와 유타카白川豊

---

1. 내 성장 과정과 한국과의 인연

내 부친은 시코쿠·가가와현四国·香川県에 있는 시골 읍의 군사무소郡役所에 근무하던 할아버지의 4남으로 태어나, 상업학교를 졸업한 후, 먼저 한국에 건너가 조선철도에서 일하던 형들의 권유로 자신도 1940년에 현해탄을 건너갔다. 평안북도의 정주기관구에서 일하던 중, 일본군 소집영장이 날아와, 중국전선에 투입되었다가 패전으로 인해, 고향으로 돌아왔다고 한다. 당연히 아버지는 한국에 대한 지식이 어느 정도 있을 줄로 알았는데, 그 당시에는 한국에 대해 허심탄회하게 체험할 수 있는 시대가 아니었던 만큼, 상상 이상으로 무지하셨다. 하루는 아버지가 나한테, "조선말에는 문법이 없다면서?" 하시니, 어이가 없었다.

한편 내 모친은 조부시절에 역시 가가와현에서 농사를 지었는데, 논밭을 다 팔아, 한국으로 건너가, 부산에서 집을 짓고 대실업貸室業으로 생계를 이어가던 중, 넷째 딸로 태어나, 부산고등여학교를 거쳐 경성여자사범학교 속성과정을 수료해, 부산에서 소학교 교사로 있었다고 한다. 그러니 어머니는 부산이 제1의 고향이고, 한국에서 거의 20년 동안을 지냈으니 당연히 한국을 잘 아시는 줄 알았는데, 역시 아버지와 마찬가지로 일본인 사회 안에서 생활하면서 한국에 관한 편견도 있고 해서 잘 모르는 점이 많았다. 한국인 학생도 끼어 있기에, 한국어강습도 받아 조금 배웠다고 하시니, 내가 어머니한테 지금도 기억나는 말이 없으시냐고 물어보니, 지금도 기억하는 말은 '담배'라는 단어밖에 없다고 하셨다!

이상과 같이 내 부모님은 별로 악의가 있다고는 생각되지 않지만, 식민지기 조선에 살면서 의식하지 않으면서도 한국에 대한 몰이해와 경멸에 가까운 선입관 투성이로 지내왔다고 추측되는 것이다. 패전 후 고향에 돌아온 같은 가가와현 사람끼리 맞선을 보고 결혼해, 1950년에 내가 태어났다. 고등학교 때까지 부모님의 한국에 관한 편견투성이의 이야기를 들으면서 이상하다고 생각하기는 했지만, 나 자신이 한국에 가 본 적이 없으니, 제대로 반론도 못 했었다. 나는 언젠가 한국에 가서 직접 체험해보아야겠다는 마음이 점점 커지는 것이었다.

1968년 3월, 고등학교를 졸업하고 처음으로 도쿄로 간 나는 수험공부에서 해방돼, 우선 영어 이외의 외국어에 도전해 보기로 했다. 도쿄대에서는 제2외국어로 러시아어를 택했다. 그런데 같은 해 6월부터 대학은 학생투쟁 때문에 폐쇄돼버렸다! 학교에도 못 가니, 기숙사에서 맨날 엔에이치케이NHK 라디오강좌의 러시아어, 중국어, 불어 등을 청취했지만 익숙하지가 않았다. 또 이웃나라 언어인데, 한국어를 배울 수가 없어 서운한 느낌이었다.

1970년 가을, 내가 살던 나카노中野역 앞에서 우연히 〈조선어개강〉이라는 유인물을 주웠다. 사람이 건네준 게 아니라, 그야말로 주운 것이다. 이 우연이 내가 한국어문학에 접근하는 제 일보가 되었다.

다행히 강습장소도 내가 살던 근처인 히가시나카노東中野에 있던 신일본문학회新日本文学会였다. 이 시민강좌의 초급 수강생은 30명이었고, 강사 선생님은 연세대 대학원에서 바로 그 직전에 귀국하신 조 쇼키치長璋吉 선생님이었다.

2. 한국어 습득에서 문학으로의 접근

조 선생님은 이때 29세라는 젊으신 분이었고, 너무 열심으로 우리를 가르쳐주셨다. 초급 3개월을 배웠을 뿐인데, 다음 중급반에서는 갑자기 한국현대소설의 독해를 시키셨다. 1페이지를 예습하는데 한 시간 가까이 걸렸던 기억이 난다. 1950년대 단편소설이 많았다고 기억하는데, 고생하면서도 번역도 없는 이웃나라 작품을 읽을 수 있는 좋은 기회가 주어진 것이다. 그런데 조 선생님은 그 후 도쿄외대 전임강사가 되셨는데, 간다외대神田外大에 옮기신 다음에 바로 돌아가시고 말았다.

3개월 코스의 제3기째에는 도쿄도립 조선인 중학교에서 과학교사로 계시던 가지이 노보루梶井陟 선생님이 담당하셨다. 그 분은 가르치시는 학생이 한국인이기에 거의 독학하다시피 한국어를 배워, 교과서까지 집필하셨다. 그 동시에 재일한국인이 쓴 일어작품이나 한국현대문학 연구도 병행하셨던 것이다. 출판하신 교과서는 『알기쉬운 조선어わかる朝鮮語』三省堂, 1971인데, 우리 수강생들은 이 책이 나오기 직전에 그 책의 교정판으로 배웠다. 지금도 기억에 남아 있는 것은 그 당시 북한 관련의 예문이 끼어 있었다는 점이다. 가령 "대동강 강물은 오늘도 흐르고 있습니다" 등. 그리고 「빼앗긴 들에도 봄은 오는가」도 이 교과서에서 처음 배운 것이다. 가지이 선생님은 그 후 국립도야마대학富山大에 창설된 조선어코스의 초대 교수로 부임하셨다.

대학에서 한국어를 배울 수가 거의 없었던 1970년대 초기에 조, 가지이라는 일본에 있어서의 한국현대문학 연구의 선구자이신 두 분한테 지도를 받을 수 있었다는 행운은 너무나 큰 것이었다. 이 두 분이 아니었더라면 지금의 나는 없었을지도 모른다.

한편 도쿄대학에서도 1972년부터 드디어 제3외국어격으로 '조선어'가 개강되었다. 당연히 나는 달려갔다. 도쿄외대 우메다 히로유키梅田博之 교수가 출강하신 것이다. 이 분은 그 당시 한국어학연구의 제일인자이시었고, 1984년에 방송이 시작된 NHK TV의 〈안녕하십니까? 한글강좌〉에서 초대강사를 맡으신 분이다. 1973년 김대중 납치사건의 신문사설을 수업 때 바로 읽었다는 기억이 지금도 생생하다. 나는 수업자체보다도 따로 나름대로 공부해서 이해가 안 가는 점 등을 질문할 수 있었다는 점이 귀중했다. 선생님은 항상 수업이 끝난 후에도 대응해주셨다.

1973년경에는 또 다른 좋은 소식을 얻었다. 그것은 시민강좌 때부터 같이 공부한 마키세 아키코牧瀬曉子 씨박태원 「천변풍경」의 일어판 번역자가 알려준 정보였다. 즉 한국현대문학을 연구하고 계시던 와세다대早稲田大 오무라 마스오大村益夫 교수가 조, 가지이 선생님들과 같이 와세다대 오무라 연구실에서 한국문학관련 문헌을 읽고 계시다는 소식이었다. 조선문학의 모임朝鮮文学の会이라는 일본인만의 연구회인데, 나는 아직 대학생이었으나 참석할 것을 허락해 주신 것이다. 한 달에 한 번씩 모여서 현대소설을 읽기도 했는데 기억에 남는 것은 서울대 김윤식 교수의 아주 두꺼운『한국근대문예비평사연구』한얼문고, 1973를 한 장씩 분담해서 요약 발표하는 형식으로 진행됐다는 점이다. 물론 나는 그 내용보다도 한국어문의 해석 자체에 고생한 수준이었지만. 오무라 교수를 위시해서 그 당시 일본에 있어 한국문학 연구의 선두를 달리시던 몇 분이 모인 것이었는데, 그래도 모르는 점이 생기면 와세다대 어학교육연구소에서 조선어 강사로 출강하시던 윤학준尹學準 선생님을 모시고 질문하거나 했던 것이다. 이런 분위기 속에서 나는 연구자도 너무 적은 한국문학 연구도 재미있지 않을까 하는 생각을 하게 되었다.

그래서 거의 같은 시기에 마키세 씨 등 시민강좌 때 친구들 몇 명과 주에 한 번씩 만나, 한국현대소설 등을 강독하는 모임을 가지게 되었다. 역시 모르는 점은 윤학준 선생님께 물어보곤 했다. 이 모임에서 무언가를 후일에 남기고 싶어져, 1979년 4월에 『도깨비 통신トッケビだより』이라는 동인잡지를 내게 되었다. 그 창간호에는 자랑삼아, '독파작품일람'이라는 일람표까지 실었다. 예를 들면, 김동인, 김승옥, 조해일, 황석영, 박완서, 조세희 등의 단편을 중심으로 1974년에서 1980년 사이에 40편쯤을 읽었고, 박완서의 「지렁이 울음소리」1973를 번역 게재하기도 했다. 다만 이 동인지는 1982년 5월에 제2호를 낸 것이 마지막이 되었다.

이와 같이 1970년대에는 지금 보면 그저 일반시민의 모임에 지나지 않았던 우리로서는 그런대로 열심히 했구나 하는 소감이다. 나 자신은 1975년에 대학을 졸업한 후, 취직도 안 하고 아르바이트를 하면서 이런 생활을 하고 있었던 것이다. 그러나 당연하지만 그 이상 한 단계 올라갈 수는 없었다. 한국어 회화도 배우기 위해 조 선생님의 한국인 사모님한테 주 한 번씩 갔는데, 좀처럼 익숙해지지가 않았다. 그래서 한국 유학을 결의하게 된 것이다. 이때는 아직 한국문학을 전공하기 위해서보다는, 그저 어학력만 늘릴 수 있으면 하는 정도의 바람이었지만.

3. 한국 유학에서 대학원 국문과 진학으로

1979년 3월, 드디어 시모노세키下關에서 부관페리를 타고 한국 유학의 길에 올랐다. 다만 어학연수를 위한 단기비자로 서울대 어학연구소가 개설한 '한국어'반에 들어갔을 뿐이다. 10년 가까이 나름대로 한국어를 배웠었기에 '상급반'에 속해, 3개월 후에는 벌써 수료가 되고 말았다. 조금 더 한국에 머물고 싶어서 고민했는데, 이것도 우연이지만, 서울대 구내다방에서 수강생 친구인 교포학생과 일본어로 이야기를 나누고 있을 때, 도서관에 자료탐색차 와 있던 다카시마 요시로高島淑郞, 고전문학전공, 후일의 호쿠세이가쿠인대학(北星学園大学) 교수 씨가 말을 걸어왔다. 내 고민을 이야기하니, 그 분이 다니던 동국대 대학원을 권해주었다. 그래서 시인이시고 비교문학 연구자이신 김장호 교수님의 면접을 받아, 대학원 국어국문과 석사과정에 들어갈 수가 있었다. 기초력이 모자라니 학부 수업도 수강하라고 해서, 홍기삼 교수 등의 수업을 수강했다. 지도교수는 한양대에서 출강하신 유명한 평론가·조연현 교수였다. 선생님은 나를 위해 휴일에 자택에서 개인 수업까지 해 주셨다. 석사논문의 테마는 식민지기에 일본 유학을 한 후일의 한국문인들의 유학 시기 연구였다. 일시 귀국해, 김동인, 주요한, 전영택, 염상섭, 현진건 등에 대해 조사했다. 그 일부분은 조연현 선생님이 편집 겸 발행인으로 계신 『월간문학』1981.5지에 실어 주셨다.

그런데 석사논문 제출 직전인 1981년 11월에 조연현 선생님이 해외여행 중 도쿄에서 급사하셨다! 할 수 없이 김장호 교수님께 지도교수를 부탁드리러 갔더니, "드디어 왔군" 하고 웃으시면서 받아들여 주셨다.

덕분에 다행히 박사과정에 진학할 수 있어, 연구 테마를 무엇으로 할까 헤매고 있었을 때, 1982년의 어느 날, 인사동의 고서점에서 장혁주의 일어 장편 『아, 조선嗚呼朝鮮』新潮社, 1952을 구입해, 당장 그 날 밤에 읽어봤더니 너무 인상이 깊었다. 한국작가가 왜 일본에서 일어소설을 썼을까 등에 대해 그 배경을 조사해봤더니 이 작가에 대해서는 그저 '친일작가'로 비판적으로 언급됐을 뿐, 모든 작품에 대한 실증적인 연구가 거의 없는 사실을 알았다. 일어작품이 대부분을 차지한 이 작가 연구에는 작품이 일어라는 점이 나로서는 독해가 쉽다는 장점도 물론 컸지만, 이 질과 양을 다 무시할 수 없는 작가를 철저히 연구할 필요를 느꼈던 것이다. 지도교수님께 상의를 드렸더니, 김 교수님은 많이 걱정을 하셨다. 평판이 좋지 않은 작가인데다 내가 일본인이니, 비판을 받지 않을까 하시는 것이다. 겨우 설득을 드려, 자료수집도 계속했지만, 학점도 이미 취득했고 한국체류기간도 길어졌으니, 일단 귀국한 다음에 논문을 제출하기로 했다. 그 사이에 나는 결혼도 했고, 일본 국내에서 취직 가능성을 찾고 있었는데, 대학에서 한국어를 배운 우메다 선생님이 규슈대학九州大学 문학부에 조선사학 강좌라는 게 있고, 조교助手 자리가 비어 있다는 소식을 전해 주셨다. 바로 응모해, 다행히 1985년 4월에 취임하게 되었다.

결국 유학기간은 1979년 봄부터 85년 봄까지 6년이 돼버렸지만, 당초의 어학력 증강이라는 목표를 넘어, 본격적으로 한국문학 연구의 길에 들어가게 된 것이다. 그 동안에는 일본에서 서울에 유학을 왔던 한국현대문학을 전공한 몇몇 사람들과 알게 돼, 같이 원로 문인들을 방문해 인터뷰하게 된 것도 또 하나의 수확이었다. 먼저 유학을 왔던 동국대 대학원생 고노 에이지鴻農映二 씨, 연세대 대학원생 세키네 하루코関根春子 씨 그리고 이미 서울대 대학원에서 석사과정을 밟으신 다음 수도여사대현 세종대 조교수로 계신 선배인 세리카와 테쓰요芹川哲世 씨 등이 그 멤버였다. 그런데 아직 학생 정도였던 우리들, 게다가 일본인의 방문을 승낙해 주실까 불안했다. 그 때 많이 도와 주신 분들이 바로 조연현 선생님과, 그 무렵 동국대에 출강하고 계신 미당 서정주 선생님이셨다. 즉 소개장을 써 주시거나 전화해 주신 것이다. 그 덕분에 모두 20명 이상의 문인을 방문할 수 있었던 것이다. 그 기록의 일부분은 이미 발표한 바가 있다. 가령 「내가 만난 한국의 원로 문인들」『문학사상』 327호, 2000.1, 「한국 문인 방문 인터뷰의 사적 기록」규슈대학 『한국연구센터年報』 23호, 2023.3등이다. 조금 소개하자면, 1980~1981년 사이에, 박종화, 백철, 김소운, 박화성, 최정희, 김팔봉, 유진오, 김광균, 이헌구, 황순원, 김동리, 박두진, 이은상 씨 등등. 그리고 1985년에는 조용만, 이병도, 이희승 씨 등 역사학이나 언어학 관계자도 방문했다. 현재로서는 다들 돌아가셨는데, 이들 방문기를 꼭 남겨야 한다고 생각한다.

4. 귀국 후의 대학교원 생활과 문학 연구

1985년 봄부터 규슈대 조교로 있으면서 교양과정에서 영어 이외의 '기타 외국어'의 하나로 개설돼 있던 '조선어'를 4년간 담당했다. 교과서는 동경외대 교수로 계신 간노 히로오미菅野裕臣 선생님의 『조선어 입문朝鮮語の入門』白水社, 1981이었다. 간노 교수는 내가 근무한 조선사학강좌의 초대 조교로도 계신 분이다. 학위논문은 귀가 후 조금씩 써서 1989년에 겨우 완성해, 「장혁주 연구張赫宙研究」 라는 제목으로 1990년 2월에 학위를 받았다.동국대 출판부, 2010 어마어마한 제목이지만, 실은 1945년까지에 한정해서 장혁주의 거의 모든 작품을 정리한 논문에 지나지 않았다. 다만 작품분석을 하는 가운데, 여러 경향의 작품이 있는 것을 알았다. '친일'이냐 아니냐라는 논점은 너무나 한정된 시각에 지나지 않은 것이라고 확신했다. 또 그에게는 한국어 장편도 몇 편 있고 특히 1930년대 전반기의 이른바 브나로드운동 관련으로 신문에 연재돼 있던 몇 편 농촌소설에도 주목했다. 왜 이들 작품은 언급도 하지 않고 있는지 의문이라는 문제 제기를 했다.

조교 자리에는 연한이 있었기에 또 취직 활동을 하고, 1989년 4월에 기타규슈시北九州市에 있는 규슈국제대학 국제상학부의

〈그림 1〉남부진 교수와 공편으로 2022년 1월에 간행한 『장혁주 일본어문학 선집(張赫宙日本語文学選集)』

전임강사가 되었다. 신규 개설된 학부의 코리아코스 담당으로 한국어와 따로 처음으로 〈한국문화론〉적인 과목을 가르치게 되어, 필사코 공부하면서 5년간 담당했다. 학위논문 제출 후의 연구로서는 장혁주 이외에 일본어로 창작활동을 한 한국인 작가들에게 범위를 넓히기로 했다. 먼저 시작한 작가가 김사량이었다. 그는 규슈 사가시佐賀市에 있던 사가고등학교현·佐賀大에 다닌 경력을 가졌으니, 사가대학교에 몇 번 조사차 다니면서 학적부 등 김사량 관계의 자료도 찾고, 또 그 당시의 동급생 몇 분에게 인터뷰도 했다. 그 성과의 일부분은 「사가고등학교 시절의 김사량佐賀高等学校時代の金史良」『朝鮮学報』 147집, 1993.4이라는 논문으로 발표했다. 이 시기에는 또 김사량 이외에 일어창작을 한 한국작가에 대해서도 조금씩 조사했다. 다음 두 편 논문은 그 예이다. 「정인택의 일본어소설에 대하여鄭人澤の日本

語小説について」『大谷森繁博士還暦記念朝鮮文学論叢』, 杉山書店, 1992, 「이석훈 작품고李石薰(牧洋)作品考」『朝鮮学報』160집, 1996.7. 한편, 일본식민지 밑에서 일어 창작이 더욱 침투한 대만의 상황하고도 대비해볼 필요성도 느껴, 「식민지기 조선과 타이완의 일본어문학 소고植民地期朝鮮と台湾の日本語文学小考」『年報朝鮮學』 2호, 1992.3 등으로 조금 시도했지만 본격적인 연구까지는 못 했다.

〈그림 2〉『취우(驟雨)』 일본어 번역판 표지

그 동안에 1994년 4월부터 후쿠오카시福岡市에 있는 규슈산업대학九州産業大学 국제문화학부로 옮겨, 그 후 26년간 근무하게 되었다. 이 시기부터는 연구 대상을 일어작품을 한편도 쓰지 않았던 한국작가 중 대표적인 거장인 염상섭을 주로 다루게 되었다. 그 계기의 하나는 식민지기 말기인 1930년대 후반에 한반도에서 이웃 나라로 자리를 옮겼다는 공통점을 가지면서도, 장혁주는 일본으로, 한편 염상섭은 구 만주로 가버렸기에 그 방향이 정반대였다는 점에다. 그들의 의식이나 실제 활동이 완전히 달랐다는 점에 대해 그 의문을 해명하고 싶다는 동기가 있었다. 물론 유학시절부터 여러 작품을 읽으면서 염상섭 작품이 제일 재미있었다는 점이 크지만, 한국문학을 전공한다면서 대표적인 문호 한 작가도 연구하지 않는 것은 좀 부끄럽다는 생각도 있었다.

염상섭 관계로는 1992년 이후 지금까지 10여 편의 논문을 발표했는데, 그 주요한 것은 다음과 같다. 「1920년대 염상섭 소설과 일본1920年代廉想涉小説と日本」文部科学省科学研究費報告書, 2002.2, 「염상섭의 1930년대 중반 소설

고,「廉想涉の1930年代中盤小説考」『朝鮮学報』199~200집 합병호, 2006.7,「염상섭의 1950년대 후반 장편소설에 대하여廉想涉の1950年前後の長編小説について」『朝鮮学報』217집, 2010.10,「염상섭의 조선전쟁 후 7편의 장편에 대하여廉想涉の朝鮮戦争後の7長編について」『朝鮮学報』243집, 2017.4. 그리고 또 이 시기에는 염상섭의 장편소설의 일어 번역도 3편 시도했다.『만세전万歳前』勉誠出版, 2003,『삼대三代』平凡社, 2012,『취우驟雨』書肆侃侃房, 2019 등이 그것들이다. 이런 작업을 통해 염상섭의 거의 모든 작품을 분석하면서 1945년을 전후한 시기를 일관성 있게 고찰하도록 힘을 썼다. 어느 정도의 성과를 올렸는지는 모르나, 다만 염상섭은 시종일관해서 '집'이라고 할까 가정 관련의 여러 문제를 다루었다는 점을 확인할 수 있었다. 가령 6·25전쟁을 다룬『취우』1952~1953의 경우를 봐도 전투보다도 전쟁 외중에서 우왕좌왕하는 시민들의 가정이나 연애관계를 주로 그렸다는 점에도 나타나 있다. 한편, 1936년부터 구 만주에서 지낸 10년 간에 대한 그의 구체적 행동과 집필 상황이 아직도 불투명한 것이 유감이다. 특히『만선일보満鮮日報』지에 연재됐다고 하는 장편『개동開東』이 어떤 작품이었는지 궁금하다. 아직까지 해명되지 않은 여러 문제점에 대해서는 바로 후속세대 연구자들에게 기대하고 싶다.

결국 내가 1980년부터 2020년에 걸친 약 40년간 연구해온 것은, 전반 20년간 일본어창작을 한 한국작가 연구와 후반 20년간 염상섭 연구라는 두 가지밖에 없다는 이야기가 된다. 이것을 상징하는 것이 조선학회 공개강연 때의 발표 제목「염상섭과 장혁주－조선근대작가의 두 가지 "생"과 문학廉想涉と張赫宙－朝鮮近代作家の二つの'生'と文学」『朝鮮学報』203집, 2007.4에 수록인 것이다.

〈그림 3〉 정비석과 함께(1981.5.7) 우측에서 3번째가 정비석, 2번째가 시라카와 유타카

5. 앞으로의 희망과 후배들에게 대한 기대

나는 2020년 3월로 70세가 되어 규슈산업대를 정년퇴직해, 드디어 '자유인'이 됐다. 때를 같이 해서 코로나 유행으로 그야말로 집에 틀어박히는 나날을 보내면서 한국문학 관련의 일을 조금씩은 계속하고 있다.

그 하나는 위에서도 썼지만, 내 유학 기간인 1980년대 전반에 원로문인들을 방문 인터뷰한 기록을 정리하는 작업이다. 이미 그 일부분은 발표했지만 제일 먼저 발표한 것은 『도깨비통신トッケビだより』제2호, 1982.5이라는 동인지에 실린 것으로, 그 당시는 자필원고를 등사판 인쇄한 것이니, 읽어 준 사람은 극히 적었을 것이다. 그리고 같이 문인을 방문한 고노 씨도 이미 「원로 문인 방문기元老文人訪問記」『コリアナ』제4호, 1988.12를 비롯해 방문기

를 몇 편 쓰기도 한 것이다. 또 세리카와 씨도 집필할 생각으로 있다고 하시니, 이것들을 다 합쳐서 한 권의 책자로 만들 수 없나 생각 중이다.

실은 1985년에 방문한 몇 분 문인들의 경우에는 녹음테이프도 남아있다. 1980년 당시에는 녹음하겠다 하면 문인들이 긴장해서 진심을 말씀해 주시지 않을지도 모른다는 걱정을 해, 녹음을 안 하는 것으로 한 것이었지만, 85년에는 사전에 양해를 얻어서 녹음을 했다. 이 녹음내용의 문장화 작업이나 기념사진류의 정리 등도 함께 진행해서 책자를 만드는 게 목표이다.

그 다음에 소금씩 계속하고 있는 것이 문학작품 번역과 그 해설문의 집필 등이다. 구체적으로는 다음과 같은 예다. 그 하나는 황순원 장편『나무들 비탈에 서다』1960를 일어로 번역해서『나무들 비탈에 서다木々, 坂に立つ』書肆侃侃房, 2022를 출판했다. 또 이 출판사가 기획하는 '한국문학의 원류' 시리즈의 일환으로 이미 1945년까지의 단편선을 제3권까지 냈는데, 이 기획에도 협력해서 번역문 검토나 작품 연표 작성 등에 조력해 왔다. 그 다음에는 단편선 제4권1946~1959의 작업이 진행돼,『비 오는 날雨日和』書肆侃侃房, 2023이 간행되었다. 이 책에도 협력하면서 '해설'까지 맡고 있다. 이러한 작업은 앞으로도 조금씩 더 할 수 있을 것이다.

한편, 일본인이 쓴『한국현대문학사』는 아직 한 권도 없다. 유일하게 사에구사 도시카쓰三枝壽勝의『한국문학을 음미하는 보고서「韓国文学を味わう」報告書』国際交流基金アジアセンター, 1997가 있다. 질량 공히 귀중한 글인데, 이건 시민강좌의 기록을 책자로 한 것으로, 출판된 단행본은 아니다. 나 자신도『조선근대문학의 변천朝鮮の近代文学の歩み』九州大学出版会, 1997,『근현대문학近現代文学』東方書店, 1998,『근현대문학사近現代文学史』くろしお出版, 2008 등 3편 글을 시도했지만, 단행본 수준까지는 미달이다. 본격적 문학사 집필은 후대 연구자들의 책무일 것이다.

　나도 이제 75세가 되었다. 앞으로 기대하고 싶은 것은, 역시 젊은 세대의 일본어 모어 화자 속에서 한국문학 연구자가 많이 나타나는 일이다. 21세기에 들어가, 일본에서는 한국영화나 드라마, 그리고 케이팝K-POP 등이 상당히 주목을 받게 되었다. 문학 관계만 해도 'K-문학' 붐이라고 할 정도로 주로 2000년대 여성 작가들의 작품이 많이 팔리게 되었다. 그만큼 일반독자들은 많아졌는데, 연구자는 좀처럼 늘지가 않고 있다. 한국문학에 관심을 가져 일단 연구의 길에 들어가 보아도, 대학 등에 취직할 만한 자리가 없다는 것도 큰 원인이 아닌가 싶다. 사실 대학원 과정을 수료하거나, 한국에 유학 가서 학위까지 취득한 사람도 몇 명 알고 있지만, 이들의 대부분은 한국어의 시간강사 자리가 고작인 것이다.

　하나만 예를 들면, 가령 동경외대에서는 한국근현대문학을 전공하신 사에구사 교수가 2003년에 정년퇴임하셨는데, 후임이 채용되지 않는 상태가 20년이나 계속돼 있다. 그러니 한국현대문학의 전문가는 한 분도 안 계시는 것이다. 한국어학이나 역사·문화 관계의 교수들은 물론 계시지만, 일본을 대표할만한 국립대학이 이런 상황이니, 좀 한심스럽다. 안정된 생계를 확보하지 못한 채, 개인적인 의지와 노력만으로 연구성과를 계속 내는 것은 상당히 어렵다고 할 수밖에 없다. 한국문화 전반에 대한 '붐'만을 낙관시하는 것이 아니라, 관계자들의 의식개혁과 제도면의 보증 등이 필요하지 않을까.

　나 자신 할 수 있는 것은 아주 한정적이지만, 하다못해 고문으로 있는 조선학회 등을 통해서 젊은 연구자를 고무하거나, 내가 사는 후쿠오카에서 30년 동안 활동해 온, 한일포럼福岡日韓フォーラム의 연구회에서도 발표자를 발굴하여 격려하고 싶다.

〈그림 4〉 후쿠오카대에서 있었던 2023년 2월 17일 좌담회.
왼쪽이 사회를 맡은 와타나베 교수, 가운데가 하타노 명예교수

　내가 한국어문학에 발을 넣기 시작한 지 어느덧 반세기가 됐다. 인생이란 이런 것이겠지만, 조금씩 세대 교체하면서 성과를 이어가서 조금씩이나마 올리는 것을 기대할 따름이다.

시라카와 유타카白川豊

1950	가가와현 태생.
1975	도쿄대학東京大学 문학부 졸업.
1979	한국 유학, 1990년 동국대학교 대학원 국문과 박사졸업. (문학박사)
1994	규슈산업대학九州産業大学 국제문화학부国際文化学部 교수.
	현재 규슈산업대학 명예교수.

주요저작(출간순)

저서

『植民地朝鮮の作家と日本』, 大学教育出版, 1995.

『朝鮮近代の知日派作家, 苦闘の軌跡』, 勉誠出版, 2008.

『張赫宙研究』, 東国大学校出版部, 2010.

역서

『三代』, 廉想渉 著, 平凡社, 2012.

『驟雨』, 廉想渉 著, 書肆侃侃房, 2019.

『木々, 坂に立つ』, 黄順元 著, 書肆侃侃房, 2022.

한국어와의 만남, 그리고 연구

오고시 나오키生越 直樹

---

1. 한국어와의 만남

나는 1973년에 당시 오사카외대현재 오사카대학 외국어학부 조선어학과에 입학했다. 조선어학과를 지망해서 들어갔지만, 한국어가 어떤 언어인지에 대해서는 전혀 알지 못했다. 단지 대학에서 외국어를 배우고 싶다는 생각에, 그리고 일본과 가까운 한반도에서 쓰이는 한국어라면 쓸 기회가 있지 않을까 하는 아주 막연한 생각에 학과를 선택한 것이었다. 지금이야 한국어가 인기 있는 외국어 중 하나이지만, 당시에는 인기가 없었기에, 내가 조선어한국어를 공부하고 있다는 말을 들은 사람들은 "왜 조선어 같은 걸 배워?"라는 소리를 자주 들었다. 여기서 이 '같은 걸' 이라는 말에는 '배워도 아무 도움도 되지 않을 언어를 골라 공부하다니 특이한 녀석이네'라는 심리가 섞여 있었다. 나 역시도 나중에 한국어로 일을 하게 되리라곤 전혀 예상하지 못했다.

입학 후 실제로 한국어를 배우기 시작하면서, 이 언어가 꽤 재미있다는 것을 느꼈다. 외국어 하면 흔히 영어를 떠올리곤 했지만, 한국어는 영어와 전혀 다른 언어였다. 발음은 어렵지만 문법이 일본어와 아주 흡사해서

"이런 외국어도 있구나" 하는 생각이 들 정도였다. 조선어학과 교원이셨던 쓰카모토 이사오塚本勲 선생님께서는 한국어학개론 수업에서 이렇게 말씀하셨다.

> 호랑이와 코끼리를 비교하기보다 호랑이와 사자를 비교하는 것이 호랑이의 특징을 더 잘 파악할 수 있습니다. 이는 곧 일본어와 영어를 비교하기보다 일본어와 조선어를 비교하는 것이 일본어의 특징을 더 잘 파악할 수 있다는 이야기입니다.

이 말씀은 내가 언어학 분야로 진로를 정하는 데 큰 영향을 끼쳤다. 한국어를 공부하다 보면 일본어와의 미묘한 차이에 신경이 쓰이게 된다. "한국어에서는 왜 이런 표현을 쓰는 걸까?" 하는 의문이 떠오르면서, 동시에 "그런데 일본어에서는 왜 이런 표현을 쓰는 걸까?" 하는 궁금증도 자연스럽게 생긴다. 쓰카모토 선생님이 말씀하신 것처럼, 한국어는 일본어를 살펴보기 위한 거울이 되어, 한국어를 배우는 과정에서 그 동안 깊이 생각해 보지 않았던 일본어에도 관심을 기울이게 되었다. 대학에 입학할 당시에는 일본과 한반도의 역사에 대해 공부할까 고민했었지만 한국어 공부를 통해 언어학에 관심을 갖게 되었다.

내가 언어학에 관심이 있다는 사실을 아신 쓰카모토 선생님께서 그 당시 조선어학과에서 대대적으로 하고 있던 한국어 사전 편찬 작업에 함께 참여하지 않겠냐고 제안하셨고, 그때부터 나도 그 작업에 참여하게 되었다. 사전 편찬 작업은 학부 3학년 때쯤 시작하여 대학원 박사과정이 끝날 무렵까지 참여했다. 이 과정에서 다양한 단어를 접하면서 한국어에 대한 이해도 깊어졌고, 함께 작업했던 사람들과의 언어학적 토론을 통해 언어학 지식도 쌓을 수 있었다. 여러 우여곡절을 겪고 마침내 사전은 1986년에 『朝鮮語大辭典』大阪外国語大學 朝鮮語研究室 編, 角川書店으로 간행되었다.

2. 연구자의 길을 목표로 하다

나는 한국어학 공부가 재미있어지고 오사카외대의 대학원 과정에 진학하게 되었다. 당시 문과 계통의 대학원에 진학한다는 것은 일반 회사에 취직하는 것을 포기한다는 것을 의미했다. 그렇지만 나는 연구자의 길을 걷기로 했다. 오사카외대의 대학원은 석사과정까지만 있었기 때문에 박사과정 진학을 희망하는 학생들은 다른 대학으로 가야 했다. 당시에는 타 대학에서 오는 학생들의 박사과정 편입을 인정해 주는 곳이 많지 않았지만, 쓰카모토 선생님께서 힘써 주신 덕분에 오사카대학 대학원 박사과정으로 진학할 수 있었다.

대학원에서 처음으로 연구하게 된 주제는 사역, 수동 등의 態에 관한 일한 대조연구였다. 대조연구란 복수의 언어대체로 2개의 언어에서 나타나는 언어 현상을 비교하여 공통점과 차이점을 연구함으로써 해당 언어의 특징을 밝히는 연구 분야이다. 나의 첫 논문은 일본어의 '사행 변격동사サ変動詞'와 한국어의 '명사 + 하다하다형' 및 '명사 + 되다되다형'의 대응 관계를 다룬 것이었다. 특히 자동사에 있어 일한 양 언어 간의 대응 양상이 복잡해진 점에 대해 다루었다. 예를 들어, '缺席する'는 '결석하다'와 대응하고, '感染する'는 '감염되다'와 대응하지만, '發達する'의 경우에는 '발달하다'와 '발달되다' 양쪽 모두와 대응한다. 이러한 자동사의 대응 양상은 한국어 모어 화자가 일본어를 학습할 때도, 또 일본어 모어 화자가 한국어를 학습할 때도 오용의 원인이 된다. 일본어 학습자들에게 타동사의 경우에 '하다'형은 'する'형으로, '되다'형은 'される'형으로, 자동사의 경우에는 '하다'형, '되다'형 모두 'する'형으로 대응하는 것으로 지도하고 학습시 키면 오용이 많이 줄어들 것으로 예상된다. 하지만 한국어 학습자에게는 '하다'형과 '되다'형의 용법에 대한 명확한 교수법이 없는 상태이다. 이는 한국어의 자동사 '하다'형과 '되다'형의 용법이 매우 복잡하기 때문이다. 나는 그후로도 관련 문제에 대해 실례 분석과 인포먼트 조사를 통해 여 러 조사 분석을 진행하여 어느 정도 납득할 만한 수준에 이르렀으나 미 완으로 남아있는 부분도 있다. 단순히 태態라는 범주에서 다루는 것은 어 려워 보이며, 진행과 완료와 관련된 상相 범주도 포함시켜 분석할 필요가 있다. 한국의 국어연구자들은 '하다'형과 '되다'형의 용법에 대해 큰 관심 을 보이지 않지만, 이는 한국어 학습자들이 어려움을 겪는 부분이므로 더 욱 자세한 연구와 분석이 이루어지기를 바란다.

3. 사회언어학과의 만남 재일 한인의 언어

앞서 언급한 대로 박사과정은 오사카대학교 대학원으로 진학하게 되 었고, 내가 소속한 곳은 문학연구과 일본학전공 사회언어학강좌였다. 이 곳의 지도교수님은 언어지리학, 방언학 연구자인 도쿠가와 무네마사德川 宗賢 선생님이었다. 되돌아보면 이 전공이 생긴 지 얼마 안 되어 대학원생 수가 적었던 탓에, 나처럼 사회언어학과는 거리가 먼 연구를 하는 학생도 받아들여 주었던 것 같다. 그 결과 나는 이전에는 잘 알지 못했던 방언학, 언어지리학, 그리고 사회언어학에 대해 공부하게 되었다. 사회언어학은 문자 그대로 사회와 언어의 관계를 연구 분석하는 분야로, 1960년대부터 미국에서 본격적으로 연구가 시작되었다. 내가 입학한 1980년대 초에는 일본에서도 아직 '사회언어학'이라는 말 자체가 생소했고 이제 막 연구가 활발하게 이루어지기 시작하는 시점이었다. 나도 그때까지 연구 주제로 삼았던 일한 대조연구를 계속하면서도 한국어와 관련된 사회언어학적 연구를 하고 싶다는 생각을 하게 되었다.

그때 누군가가 야간 중학교에서 한글을 가르쳐 보지 않겠냐는 제안을 해 왔다. 야간 중학교는 초등학교, 중학교와 같은 의무 교육 시기에 개인적인 사정으로 학교를 다니지 못했던 사람들에게 교육 기회를 제공하는 곳으로, 저녁 시간에 수업이 이루어진다. 처음에는 일본인을 대상으로 했지만, 비슷한 처지에 있는 외국인들도 입학이 가능해져 오사카의 야간 중학교에는 재일 한인 1세들도 많이 다니게 되었다. 재일 한인 1세들 중에는 한글을 읽고 쓰지 못하는 사람들, 특히 여성들이 많았다. 이들로부터 한글을 가르쳐 달라는 요청이 많아졌고, 결국 그런 역할이 나에게 맡겨지게 되었다. 그렇게 한국어를 가르치기보다는 한글을 가르치는 수업을 담당하게 되었다. 재일 한인 1세 분들과 이야기하면서 그분들이 일상생활에서 한국어와 일본어를 함께 쓰고 있다는 사실을 알게 되었다. 그리고 거기서 재일 한인들의 언어 사용 상황에 대해 조사해 보면 어떨까 하는 생각이 들어, 운이 좋게도 야간 중학교 이외에 오사카에 있는 민족학교에서도 설문 조사를 실시할 수 있었다.

조사 결과, 일본 태생인 이들은 대체로 일본어로만 생활하는 모노링구얼monolingual로 나타났다. 한국어를 쓰는 경우는 상대방이 연장자이거나 친한 사람일 때, 인사할 때, 그리고 다수의 동포들 앞에서 이야기할 때에 국한되는 것으로 확인되었다. 이러한 조사 결과는 조국 태생인 사람에게

는 한국어가 생활어生活語로 기능하는 반면, 일본 태생인 사람에게는 한국어가 동포로서의 정체성을 확인하거나 경의를 표하기 위한 수단으로 작용되어 일종의 사교어社交語로 기능하고 있는 것으로 밝혀졌다. 그 후 최초 조사가 이루어진 지 20년이 되는 2001년에는 같은 민족학교에서 재차 설문조사를 실시했다. 2001년 조사 결과, 한국어는 여전히 사교어적인 기능을 유지하고 있는 한편, 생활어로서의 기능은 서서히 약화되고 있다는 사실을 알 수 있었다. 이 두 차례의 분석 결과를 비교하여 정리한 논문은 『在日コリアンの言語相』真田信治, 生越直樹, 任榮哲編, 和泉書院, 2005에 수록되었다. 이 책은 일본에서 처음으로 재일 한인들의 언어 생활을 주제로한 책이며, 동시에 일본 국내의 소수자 언어minority languages를 집중적으로 다룬 최초의 책이었다.

그 후 1980년대 이후에 일본으로 온 뉴커머newcomer 한인 자녀들이 많이 다니는 민족학교에서도 설문조사를 실시하여, 1945년 이전에 일본으로 온 이전 세대 한인들과의 차이를 분석해 보았다. 분석 결과, 뉴커머 자녀들은 한국어가 생활어로 기능하고 있다는 점을 확인했다. 일상적으로 사용하는 언어에 가장 많은 영향을 미치는 것은 본인의 출생지였고, 그 다음으로 일본 이주 시기, 그리고 부모의 출생지가 뒤따랐다. 특히 일본 이주 시기가 초등학교 입학 이전인지 이후인지에 따라 사용 언어에 많은 영향을 미친다는 사실을 밝혀냈다. 또한, 어릴 때 일본으로 온 이들의 경우 한국어를 자주 쓰는 상황이나 상대방이의 언어 사용이 이전 세대 한인들과 유사하다는 점도 확인할 수 있었다.

그에 더해 2016~2017년에는 중국의 조선족학교에서도 조사를 실시하여 재일 한인과 비교 분석을 해 보았다. 또한, 일본에 있는 조선학교에서 참여 관찰 조사를 할 수 있는 기회도 있었다. 이러한 일련의 연구들은 나의 전체 연구 생활에서 큰 비중을 차지하고 있다. 내가 실시한 설문 조사라는 조사방법은 실제 담화 자료를 중요시하는 최근의 연구들에 비해 비교적 오래된 조사방법이기는 하지만, 같은 내용의 질문을 이용해 경년조사經年調査를 실시했다는 점과 다른 종류, 다른 국가의 민족학교에서도 조사를 실시했다는 점은 다른 연구와 차별화된 특징이라고 할 수 있겠다. 국경을 초월한 인간의 이동이 증가하는 오늘날, 소수자들의 생활과 언어에 관한 연구의 중요성은 더 커져가고 있다고 생각한다. 앞으로도 많은 이들이 이러한 연구에 힘써 주기를 바란다.

4. 한국에서의 교원 생활

나는 오사카대학에서 3년간의 박사과정을 마친 후, 1982년에 동 대학원 일본학 전공에서 전임 조교로 채용되었다. 한국어를 연구해서 먹고 살 수 있을까 하는 고민이 있었는데 운이 좋게도 27살의 나이로 월급을 받을 수 있는 직장이 생겼다. 다만 조교 임기는 2년밖에 안 되어 그 이상은 근무할 수 없다는 조건이었다. 당시 상황에서는 한국어 연구 교육 분야에서 취업이 어려운 일이었고, 대학에서 한국어학이 전문으로 하는 전임 교원은 당시 일본 전체에서 10명도 되지 않았던 것 같다. 조교 임기가 끝나기 전에 다른 대학으로 갈 수 있으면 다행이지만, 그 가능성은 거의 없었다. 그럼 어떻게 해야 할까 하는 생각뿐이었다. 당시 일본은 유학 오는 외국인이 증가하는 추세였고 일본어를 가르칠 교원이 부족한 상황이었다. 일본어 교육 쪽이라면 나중에라도 취업이 가능할지도 모르겠다는 생각이 들었지만, 나는 일본어를 가르친 경험이 전혀 없었다. 그러던 중 오사카외대의 유학생별과 (유학생에게 일본어를 가르치는 곳)에서 시간 강사로 일본어를 가르칠 수 없을까 하는 생각이 들었다. 실은 그곳에서 일본어를 가르칠 사람이 부족하다는 이야기를 들었던 터였다. 하지만 당시에는 시간 강사를 희망하는 사람이 직접 지원하는 것이 아니라, 대학 측에서 적임자라고 생각되는 사람에게 의뢰하는 것이 일반적이었다. 그래서 나는 지도교수님이셨던 도쿠가와 선생님께 시간 강사 자리를 위해 오사카외대의 다른 선생님께 이야기해 주실 것을 부탁드렸다. 부탁을 드렸더니 도쿠가와 선생님께서는 도대체 무슨 소리를 하는 거냐는 듯 당혹해 하는 표정을 지으셨다. 앞서 말했듯이, 시간 강사 자리는 먼저 대학으로부터 의뢰가 있어야 하는 것이지, 자기가 하고 싶다고 부탁하는 것은 아니라는 생각에서 그러셨던 것 같다.

유학생별과의 교원 부족 상황에 대해서도 말씀드리니 도쿠가와 선생님께서는 오사카외대의 선생님께 부탁해 주셨고, 그 덕분에 1983년부터 시간 강사로 일본어를 가르칠 수 있게 되었다.

조교 임기가 끝날 무렵, 한국의 대학교에서 일본어를 가르쳐 주지 않겠냐는 제안이 들어왔다. 일본의 국제교류기금이 세계 여러 대학에 일본어 교육 전문가를 파견하는데, 1984년부터 한국의 고려대학교에 일본어 교육 전문가를 파견하게 되었다. 이때 적임자를 찾고 있었고 한국에서 일본어를 가르칠 수 있다면 한국어 연구에도 도움이 되고 경제적으로도 안정이 될 수 있어 일석이조라고 생각했다. 일본의 국어학자로 오사카대학의 미야지 유타카宮地裕 선생님의 추천으로 일본어 교육 전문가로 한국에 가게 되었다. 미야지 선생님께서는 국제교류기금의 일본어 교육 관계 사업에서 중요한 역할을 담당하고 계셨고, 내가 한국에서 일본어를 가르치고 싶어한다는 사실을 잘 알고 계셨다.

그렇게 해서 나는 1984년 8월에 고려대학교에 객원 전임 강사로 부임하게 되었다. 당시 한국에서 유학하는 외국인 학생이 적었고, 나도 학생 때는 유학할 기회가 없었던 터라 장기간 한국에 머무르는 것은 이때가 처음이었다. 임기는 2년이었고, 그 후의 일에 대해서는 아무것도 결정된 바가 없었다. 고려대학교에서는 그 해 처음으로 일본어학과를 개설하게 됐고, 나는 그곳에서 일본어학 관련 강의와 일본어 작문을 담당했다. 우수한 학생들이 많아서 가르치는 데 어려움은 없었던 것으로 기억한다. 수업 이외에도 학생들이 원해서 스터디를 열었고, 거기서 만난 학생들과의 만남이 내가 한국을 이해하는 데에 큰 도움이 되었다. 일본어학과 1회 학생들과 함께 졸업여행으로 제주도에 간 것도 좋은 추억이 되었다. 하지만 2년이 지나 임기가 끝나갈 무렵, 국제교류기금에서 일본어 전문가 파견을 개발도상국에 한정한다는 방침을 세우게 되어 더 이상 한국으로는 전문가를 파견하지 않게 됐다는 소식을 접하게 되었다. 그래서 고려대학교에서 특임 교원으로 계속 한국에 남을까 생각하던 차에 따로 지원했던 요코하마국립대학에서 교원으로 채용하겠다는 연락이 왔고, 그렇게 나의 한국 생활은 2년간으로 끝이 나게 되었다. 한국에 아내와 함께 거주한 지 1년이 지나 아이가 태어났고 아이가 한 살이 될 때쯤에 귀국하게 되어 친구들로부터 아이를 낳으려고 한국에 간 거 아니냐는 농담을 듣기도 했다. 그런데 실은 한국 체류 중에는 논문을 한 편도 발표하지 못했다. 한 편을 쓰긴 했지만 채택되지 못했다. 그럼에도 불구하고 한국에 있는 동안 모아 놓은 자료, 수업에서 학생들이 쓴 작문 데이터 등이 이후 내 연구에 많은 도움이 되었고 2년간 한국에서 생활한 경험은 내게 귀중한 자산이 되었다.

5. 일본어 교육에서 한국어 연구로

1986년 6월, 교육학부의 일본어 교사 양성 코스 담당으로 요코하마국립대학에 부임했다. 이 코스는 외국인에게 일본어를 직접 가르치는 것이 아니라, 일본어 교사를 양성하는 것을 목적으로 개설되었다. 일본으로 오는 유학생이 급증함에 따라 일본어 교사 양성이 시급해졌고, 요코하마국립대학도 이에 발맞춰 코스를 신설했다. 그 업무 담당자로 내가 채용된 것이었다. 일본어 교사 양성 코스에는 나 말고도 구도 마유미工藤真由美 선생님이 채용되어 함께 부임하게 되었다. 구도 선생님은 일본어 문법의 시제時制와 상相에 관한 연구로 유명하며, 이후 오사카대학 부학장을 역임하기도 했다. 그리고 교육학부에는 일본어 문법 연구로 유명한 스즈키 시게유키鈴木重幸 선생님도 계셨다. 스즈키 선생님이 연구 대표자로 시제와 상에 관한 연구 프로젝트를 시작하자 나도 프로젝트에 참가하게 되었다. 이공계 연구자들은 일반적으로 팀을 구성해 연구를 진행하는 반면, 당시 문과 계통 연구자들은 대체로 홀로 연구하는 경우가 많았다. 하지만 혼자 연구하기에는 연구 범위가 한정적이고 연구에 필요한 자금도 충분하지 않았다. 연구비 지원을 받기 위한 가장 일반적인 방법은 일본학술진흥회에서 채택하는 과학연구비보조금통칭 'KAKEN'을 신청하는 것이었으며, 혼자 신청하는 것보다 팀으로 신청하는 것이 유리했다. 그래서 문과 계통 연구자들도 점차 팀으로 연구 프로젝트를 수행하는 경우가 많아졌다. 내가 스즈키 선생님의 프로젝트에 참가한 것은 처음이었는데, 이 프로젝트를 통해 진행한 연구에 관한 토론, 특히 많은 실례들을 근거로 한 일본어 분석 방법은 이후 내 연구에 많은 도움이 되었다.

일본어 교육에 종사하면서 한국어학 연구를 지속되던 중, 도쿠가와 선생님으로부터 국립국어연구소 일본어교육센터에서 일본어와 한국어의 대조연구 전문가를 모집한다는 연락을 받았다. 일본어교육센터에는 대조연구 부문이 있었고, 그 중 일본어와 중국어, 한국어의 대조라는 섹션이 있었다. 관심이 있었던 나는 지원하기로 했고, 다행히도 채용되었다. 하지만 주변 사람들은 왜 연구소로 옮기느냐며 이상하게 여겼다. 대학에서는 조교수이었지만 연구소로 가면 단순 연구원이 되며 사회적 지위 면에서 조교수가 더 좋은 데다가 급여 수준 또한 대학이 더 높았다. 게다가 대학에서는 수업이 없으면 쉴 수 있고, 여름 방학 같은 장기 휴가도 있지만, 연구소에서는 일반 회사처럼 매일 근무해야 하며 휴가도 길어야 일주일 정도밖에 되지 않는다. 이러한 근무 조건을 고려할 때, 대학이 훨씬 유리하다는 점은 분명했다. 그러나 내가 연구소에서 일하게 된다면 내가 주로 연구하고 싶었던 일한 대조연구를 본업으로 할 수 있다는 점이 가장 큰 이유였다. 이전에는 한국어와 관련된 일로는 돈을 벌기 힘들 것이라는 소리를 들었는데, 이제는 처음으로 한국어와 관련된 일로 월급을 받을 수 있게 된 것이다. 결과적으로 국립국어연구소로 옮긴 것은 내 인생에 있어서 큰 전환기가 되었다. 연구소 일자리를 권유해 주신 도쿠가와 선생님께 진심으로 감사드린다.

1991년 10월, 국립국어연구소로 자리를 옮겼다. 반년간은 요코하마국립대학 업무와 겸임하여 일했기 때문에 실질적으로 연구소 근무는 1992년 4월부터 본격적으로 시작됐다. 연구소에는 일본어 전문가들이 소속되어 있어 일본어와 여러 언어에 관한 다양한 정보를 얻을 수 있었다. 다른 연구원들과의 대화를 통해 연구에 도움이 되는 이야기를 많이 나눌 수 있었고, 특히 이노우에 마사루井上優 선생현 니혼대학 교수과의 토론은 큰 도움이 되었다. 이노우에 선생의 연구를 참고하는 일도 많았다. 그리고 연구

소 자료실에는 일본에서 간행된 일본어에 관한 도서와 학술 잡지가 거의
다 소장되어 있어, 읽고 싶은 논문이 있을 때 자료실로 가서 자유롭게 읽
을 수 있었다. 이전에 읽고 싶은 논문을 입수하기 위해 고생했던 일들을
생각하면 정말 다른 세상이었다. 지금은 인터넷을 통해 많은 논문을 쉽게
읽을 수 있지만 그 당시에는 논문을 구하는 데 상당한 어려움이 있었다.

연구소에서는 일한 대조연구라는 본업 외에도 일본에 있는 한국어 연
구자들이 함께 모여 연구회를 개최하는 일을 추진했다. 이는 일본에서 중
심이 되는 한국어 연구자들이 모여서 연구 발표와 토론을 하는 첫 번째
기회였다. 그때까지 한국어 연구자들은 각자 개별적인 연구활동을 해 왔
고, 서로 간의 밀접한 관계는 없었다. 국립국어연구소가 한국 관련 조직
과 관계가 없었고, 약 15명의 연구자를 모아 연구활동을 할 수 있는 예산
이 있었기 때문에 개최가 가능했다. 이후 연구회에서 이루어진 발표 내용
을 바탕으로 1997년에 『日本語と朝鮮語 上巻 回顧と展望編』, 『日本語と
朝鮮語 下巻 研究論文編』くろしお出版을 간행했다. 이는 일본에서 한국어학
논문집이 처음으로 발간된 사례였을 것이다. 연구회 개최와 논문집 발간
에 대해 당시 연구소 평의원으로 계셨던 우메다 히로유키梅田博之 선생님
으로부터 대단히 훌륭한 업적이라는 찬사도 받았다. 나 자신도 연구소에
서 보낸 5년간의 가장 큰 성과가 연구회와 논문집이라고 생각하고 있다.

이 연구회는 내 앞날에도 큰 영향을 미쳤다. 연구회에는 도쿄대학의 후
쿠이 레이福井玲 선생도 참가하셨는데 후쿠이 선생으로부터 도쿄대로 자
리를 옮기지 않겠냐는 제안을 받았다. 도쿄대로 가게 되면 교양학부에서
한국어를 가르치고 대학원에서는 한국어학 관련 수업을 담당하게 된다
는 것이었다. 만약 연구회를 개최하지 않았다면 후쿠이 선생과 이야기할
기회도 거의 없었을 것이고 도쿄대에서 일할 기회도 없었을 것이다. 당시

를 생각해보면, 솔직히 내가 도쿄대 교원이 된다는 사실은 그다지 실감나지 않았다. 연구 업적도 있긴 했지만 특별히 내세울 만한 것은 없어서, 내가 해도 될지 고민이 들기는 했다. 하지만 원래 학생들을 가르치는 것을 좋아했고 일본어 교육과 한국어 연구 두 가지 일이 아닌 한국어 한 가지만 해도 된다는 점에서 매력을 느꼈다. 드디어 정말 한국어만으로도 생계를 유지할 수 있게 된 것이다.

6. 한국어를 가르치다

1997년 4월, 도쿄대 대학원 종합문화연구과 조교수로 부임했다. 실은 원래 한국어를 담당하고 있던 전임자인 후쿠이 선생이 인문사회계연구과로 이동하게 되면서 내가 그 자리로 들어가게 된 것이었다. 부임 후, 나는 학부 1~2학년 학생들을 대상으로 외국어로서의 한국어 수업을, 3~4학년과 대학원생을 대상으로 언어학적 접근을 하는 한국어학 관련 수업을 가르쳤다. 도쿄대에서는 학부 1~2학년 시기에 영어를 포함한 6개 외국어 중 2개를 이수해야 했고, 1996년부터는 한국어가 포함되면서 7개 외국어 중에서 선택하는 방식으로 변경되었다. 한국어 수업이 개설되었지만 처음에는 문과 학생만 이수할 수 있었고, 1996년에는 약 3,000명 중 겨우 18명, 1997년에는 33명이 이수했다. 이후 이공계 학생들도 한국어 수업을 이수할 수 있게 되었지만, 대략 70~80명 정도로 7개 외국어이후 이탈리아어가 추가되어 8개 외국어 중 이수자가 가장 적었다. 하지만 한국 노래와 드라마, 영화의 인기가 높아짐에 따라 일본 대학 전반에서 한국어 이수자도 증가하게 되었다. 2010년대에는 영어 이외의 외국어로 한국어 이수자가 가장 많은 대학도 나타나기 시작했다. 도쿄대에서도 2020년대에 들어서 간신히 이수자가 증가하고 있다.2023년도에는 114명 전체 학생 수에 비하면 여전히 적은 수지만 도쿄대의 이수자 증가를 통해 일본에서 한국어에 대한 인기가 퍼지고 있다는 사실을 실감할 수 있다.

도쿄대로 옮기고 나서 처음으로 한 일은 교과서 간행이었다. 이미 몇 가지 교과서가 시중에 나와 있었지만, 주 2회 수업에서 사용할 만한 교재는 딱히 없어서 직접 초급과 중급 교과서를 만들기로 했다. 나중에『ことばの架け橋』生越直樹, 曺喜澈 共著, 白帝社, 2000라는 이름한국어로는 "말의 가교"으로 간행되었으며, 이후 개정판이 나오면서 현재까지도 도쿄대에서 사용되고 있다. 그 외에도 NHK 방송에서 '한글 강좌'를 담당했을 때1993·1996·1999와 방송대학에서 한국어 수업을 맡았을 때2002~2011·2020~2024에도 교과서를 출간했다. 한국어 교과서를 만드는 것은 내 연구 생활에서 중요한 업무 중 하나라고 할 수 있을지도 모른다.

도쿄대에서는 다양한 연구 프로젝트에 참가했다. 동아시아 제언어의 태態에 관한 대조연구를 주제로 한 프로젝트에서는 한국어뿐만 아니라 중국어, 베트남어, 몽골어 전문가들과 함께 다양한 토론을 하며 많은 영감을 얻었다. 나는 이 프로젝트에서 한국어의 태와 관련된 제형식에 대해 분석했으며, 그 성과는『ヴォイスの對照研究 東アジア諸語からの視点』生越直樹, 木村英樹, 鷲尾龍一 共編에 게재되었다. 당시 인문사회계연구과에 계셨던 하야시 토오루林徹 선생님이 이민자 언어에 관한 연구를 함께 하지 않겠냐고 제안하셨고, 이를 계기로 같이 프로젝트를 시작하게 되었다. 오사카대학 조수 시절 이후로 한동안 재일 한인들의 언어 연구에서 멀어져 있었지만 이 프로젝트를 계기로 다시 재일 한인의 언어에 관심을 갖게 되었다. 이민 언어에 관한 프로젝트는 형식을 바꾸며 지속적으로 이어졌고,

20년 전 조사한 민족학교를 재조사하는 것을 포함하여 뉴커머가 많은 민족학교와 중국의 조선족학교에서도 조사를 실시하였다. 이러한 프로젝트들은 언어와 사회의 관계를 연구하는 이들이 모이는 학회인 사회언어과학회에서 활동하게 되는 계기가 되었다. 결국, 사회언어과학회에서는 2011년부터 2012년까지 회장을 맡았고, 편집위원장도 두 차례 맡게 되었다. 나는 다른 학회에서도 회장이나 편집위원장을 맡은 적이 있었지만 사회언어과학회는 다양한 형태로 가장 오랫동안 운영에 관여한 학회이다. 지도교수님이셨던 도쿠가와 선생님께서 이 학회의 초대 회장이셨던 만큼, 이곳에 특별한 인연을 느끼게 된다.

7. 지금까지의 일한 대조연구

최근에 내가 몰두하고 있는 주제는 '명사 종결문'에 관한 일한 대조연구이다. '명사 종결문'은 일본어에서 "これ, プレゼント"^{한국어 역 : "이거 선물"}, 한국어에서 "그건 비밀"과 같이 문말에 동사 등의 용언이 없이 명사(구)로 끝나는 문장을 가리킨다. 기존의 언어 연구는 주로 문어체를 대상으로 이루어져 왔지만 최근에는 담화론, 구어체, 특히 담화를 대상으로 하는 연구가 활발히 이루어지고 있는 것으로 보인다. 이러한 '명사 종결문'도 구어체에서 빈번하게 나타나는 표현 타입으로, 이에 관한 연구는 담화론적인 연구로 분류될 수 있다.

명사 종결문과 관련된 용례를 모아 살펴보니, 일본어에서는 명사 종결문이 빈번하게 쓰이는 반면, 한국어에서는 일본어에 비해 쓰이는 빈도가 낮다는 사실을 확인할 수 있었다. "어디 가?", "학교"와 같은 예시는 일한

〈그림 1〉 도쿄대학 정년 퇴임 기념파티에서 내가 가르친 학생들과 함께

양 언어뿐만 아니라 다른 언어에서도 나타나는 명사 종결문이지만, "あ, きれいな花!"「한국어역 : "아, 예쁜 꽃!"과 같은 표현은 일본어에서는 자주 쓰이지만 한국어에서는 보기 드문 경우이다. 이러한 일한 차이를 분석한 결과, 한국어의 명사 종결문은 문장이 아니라 문장의 일부분, 즉 문장의 한 토막으로서 기능을 하고 있는 반면, 일본어의 명사 종결문은 하나의 독립된 문장으로서 기능한다는 점을 지적할 수 있다.「名詞止め文をめぐって －韓國語と日本語の對照－」, 『朝鮮學報』 255, 2020 명사 종결문이 쓰이는 상황에서도 차이가 나타나며, 지금까지 내가 분석해 온 표현들을 살펴보면, 눈앞의 상황을 나타낼 때, 즉 안전묘사眼前描寫에서 일한 양 언어 간에 차이가 발생하기 쉽다. 그러한 배경에는 일본어가 눈앞의 상황을 '순간'으로 인식하는 반면, 한국어는 '장면'으로 인식한다는 점에서 사태 파악 방법에 차이가 있는 것으로 생각된다.

다른 연구와 마찬가지로 일한 대조연구 분야에서도 최근 활발하게 이루어지고 있는 담화론적 연구의 성과들을 받아들이면서 새로운 시각에서의 연구 수행이 필요하다. 새로운 시각에서 바라보면 일본어와 한국어의 새로운 모습이 드러날지도 모른다. 이제 내 연구자 생활도 얼마 남지 않았지만 앞으로도 일본어와 한국어와 관련된 다양한 현상을 분석하면서 '대체 일본어는 어떤 언어일까?', '대체 한국어는 또 어떤 언어일까?' 하는 질문에 답해 나가고 싶다.

내 경력은 처음에는 일본어 교육과 관련된 일에서 시작해, 그 다음 일본어 교육 및 한국어와 관련된 일로, 그리고 한국어와 관련된 일로 변화해 왔다. 이러한 변화는 내가 의도한 것이 아니라 시대의 변화가 가져온 결과이다. 시대의 변화와 내가 원하는 방향이 일치했던 것은 대단히 행운이었다. 앞으로의 일한 관계를 둘러싼 상황이 모든 이들이 바라는 방향으로 변화하길 바란다.

오고시 나오키生越 直樹

나의 전문 분야는 한국어학이다. 특히 일본어와의 대조연구, 그리고 재일 한인에 관한 사회언어학적 연구를 해 왔다. 지금은 대학에서 정년 퇴직을 하고 몇 군데 대학에서 시간강사 일을 하면서 한국어학에 관한 연구를 계속해서 하고 있다. 이 글에서는 나와 한국어, 한국어학과의 만남, 그리고 내가 해 온 연구들에 대해서 이야기하고자 한다.

1955년, 일본 시마네현 출생. 오사카외대대학원 외국어학연구과 석사과정(문학 석사) 수료. 오사카대학대학원 문학연구과 박사과정 중도 퇴학. 고려대학교 일어일문과 객원전임강사. 요코하마국립대학 조교수. 일본 국립국어연구소 실장. 도쿄대학교 대학원 종합문화연구과 조교수, 교수. 현재 도쿄대학교 명예교수.

주요저작(출간순)

외편저

『在日コリアンの言語相』, 和泉書院, 2005.

『ヴォイスの対照研究—東アジア諸語からの視点』, くろしお出版, 2008.

『「配慮」はどのように示されるか』, ひつじ書房, 2012.

나는 왜, 어떻게 해서 한국 연구자가 되었는가

노자키 미쓰히코野崎充彦

---

1. 시작하며

"부끄러움이 많은 생애를 살았습니다"라는 말은 다자이 오사무太宰治의 『인간 실격』 첫머리의 유명한 대사이지만, "왜, 어떻게 해서 한국 연구자가 되었는가?"라고 묻는다면 나도 똑같은 감회를 갖지 않을 수 없다. 왜냐하면 나의 경우 처음부터 연구자를 목표로 한 것도 아니고 우여곡절을 겪은 끝에 현재에 이른 것에 불과하며 지금에 와서 이제까지 좌충우돌했던 모습을 되돌아보는 것은 부끄러움을 더하는 것에 지나지 않기 때문이다.

한국 연구 중에서도 문학 연구는 현재까지도 일본 대학에는 제대로 된 교육·연구 환경이 갖추어져 있지 않은데, 하물며 나와 같은 구세대는 지도 없이 낯선 땅을 여행하는 것과 비슷한 어려움을 면치 못한 사람이 많았다. 그런 악전고투 속에서 일본인들이 한국 연구에 뜻을 둔 동기를 찾고자 하는 것이 이번 기획의 목적일 수도 있겠지만 흥미 위주의 호기심을 충족시킬 정도면 몰라도 학술적인 의미는 아무것도 없다는 점에 대해서는 미리 양해를 구한다.

2. 처음 만난 한국인

왜, 어떻게 해서 한국 연구자가 되었는가를 말하기 위해서는 그 전에 어떻게 한국에 관심을 갖게 되었는지, 다시 말해 한국과의 만남을 먼저 이야기해야 할 것이다. 나의 경우 그것은 어린 시절까지 거슬러 올라간다. 내가 나고 자란 곳은 나라현의 호류지法隆寺 옆에 있는 마을로 지금도 인구 2만여 명밖에 안 되는 작은 마을이었다. 도쿄 태생의 아버지는 전쟁으로 살 집을 잃고 전후에는 친척에 의지해 나라로 옮겨와 페인트공이 되었다. 일이 많을 때는 몇 명의 직원을 고용했고 적을 때는 혼자 일하는 개인사업자였는데, 어느 날 아버지 가게에 박 군이라는 한국인 청년이 일하러 왔다.

콧날이 오똑하고 반듯한 얼굴에 키가 크고 덩치가 있었다. 아직 일본말이 능숙하지 못했는지 과묵했지만 점심 시간에 내가 차를 가져다주면 다정하게 미소를 지으며 "아리가토"라고 말하며 머리를 쓰다듬어 주었던 기억이 난다. 박 군이 어떤 경위로 아버지 밑에서 일하게 됐는지 알 수 없었다. 다만 가끔 아버지와 어머니가 박 군에 대해 이야기할 때 밀항이라는 말이 섞여 있었지만 어린 내가 그 뜻을 알 리 없었다. 얼마 지나지 않아 박 군은 사라졌지만 부모님은 아무 말도 하지 않았고 나도 물어서는 안 될 것 같아 가만히 있었다. 어느덧 박 군에 대해서는 아무도 언급하지 않게 되었다.

3. 아시아 지향에 눈 뜨다

학교에 다닐 나이가 된 나는 초등학교부터 고등학교까지 지역 공립학교에 다녔지만 오사카와는 달리 나라에는 재일교포가 적어 거리나 학교에서 만나는 일은 거의 없었다. 가끔 아버지를 따라 오사카 쓰루하시의 조선 시장에 장을 보러 가는 일이 있었지만 아이였던 나는 불고기나 좋아하는 시루떡을 먹는 것이 즐거울 뿐, 그곳에 사는 사람들이 조선인이라는 것에는 아무런 관심이 없었고 또 별다른 위화감도 없었다. 일상 생활에서 만날 수 있었던 조선인은 아버지의 동료이자 제주도 출신의 통칭 고바야시라는 토건업을 하는 아저씨가 유일했다. 이 고바야시 씨가 나중에 나에게 한국에 방문할 기회를 제공하지만, 그것은 훨씬 뒤의 일이다.

1955년생인 나는 1960년 미일안보조약 반대운동으로 전국적으로 격렬한 시위가 벌어졌을 때 아이들과 함께 시위를 흉내 내며 '안보반대'라고 소리치며 놀았던 기억이 있다. 반면, 1965년 6월 한일기본조약 체결 때 한국 내에서는 격렬한 반대운동이 벌어졌지만 일본 내에서는 그다지 큰 반발도 없었던 탓인지 당시 10세였던 나에게는 아무런 기억도 남아 있지 않고 그 상황은 한동안 계속되었다.

고교 2학년이던 1972년 9월 일본은 미국을 따라 중국과 국교를 회복하였다. 한국보다 20년이나 앞선 수교였는데, 이때 전에 없던 중국 열풍이 불면서 TV와 라디오의 중국어 강좌는 폭발적인 인기를 끌었고 거리를 걸으면 현대 중국의 혁명가극「백모녀白毛女」의 주제곡이 곳곳에서 흘러나왔다. 이 갑작스런 중국 붐에 나는 적지 않은 영향을 받게 되었다.

중학교 때 아쿠타가와 류노스케芥川龍之介 등의 일본문학에 눈떴고, 고등학교 때는 외국문학에도 친숙하게 되었지만 구미문학은 어딘가 엘리트 냄새가 나서 자신과는 다른 세계로 생각되어 그다지 좋아하지 않았다. 그 반발로 아시아, 특히 근대 중국 작가 루쉰魯迅의 작품을 즐겨 읽게 되었다. 「광인일기」나 「납함吶喊」, 「아Q정전」 등은 문고본으로 주로 읽었고 선집도 몇 개 간행되어 있었기 때문에 대략적인 작품은 독파하고 있었지만, 뜻밖으로 세간에 중국 붐이 일어나자 나는 흥이 깨져버려서 루쉰魯迅으로부터 멀어져 버렸다. 남은 것은 조선 한국밖에 없었다.

4. 김지하의 충격

1972년은 7월 4일에 역사적인 남북 공동성명이 발표된 해이기도 하다. 제2차 세계대전이 끝난 다음 이어진 냉전의 유산이라 할 수 있는 아시아의 분단국가가 크게 움직이기 시작하는 전조라 할 수 있는데, 시골 고등학생이었던 나도 시대의 물결을 느낄 수 있었다. 그런데 이후 한국은 '역주행'을 하게 되었다. 같은 해 10월 비상계엄령이 시행되었고, 12월 유신헌법이 공포되면서 독재체제가 더 공고하게 되어버린 것이다.

그 무렵 일본에서 가장 유명한 한국인은 박정희와 김지하였다. (조금 뒤에 김대중도 유명해졌다) 전 일본제국 육군이었던 군인 박정희가 4·19혁명 후 혼란 속에서 군사 쿠데타로 정권을 장악했다는 사실은 나도 알고 있었다. 검은 선글라스로 눈가를 가린 각진 얼굴에 궁상스럽고 작은 몸집을 한 남자의 사진은 한 나라의 대통령이라기보다 상대를 위압하기 위해 한껏 허세를 부린 '주먹 세계의 사내'를 연상케 했다. 신문이나 TV에서 보는 그 모습은 전형적인 악역과 같았다.

한편 김지하는 1970년에 발표한 풍자 장편시 「오적」으로 정치적 탄압

을 받아 일약 저항 시인으로 이름이 알려졌고, 일본에서도 다음 해 그의 작품이 『긴 어둠의 저편에長い闇の彼方に』중앙공론사라는 제목의 책으로 번역되어 큰 반향을 일으켰다. 이 책에는 「오적」외에 시집 『황토』, 희곡 「구리 이순신」및 「풍자냐, 자살이냐」와 같은 평론도 수록돼 있었다. 일제강점기 일본에서는 『사씨남정기·구운몽』1914과 『홍길동전』1921, 『운영전』1923 등 고전을 중심으로 의외로 많은 한국문학이 번역, 소개되었지만 전후 일본에서는 오히려 자취를 감추었다. 더구나 언론에서 한국문학이 주목받은 것은 김지하의 작품이 처음이었다. 특히 김지하에게 사형 판결이 내려졌을 때 오에 겐자부로를 비롯한 일본의 작가와 지식인들이 열성적으로 구명운동에 나섰던 것도 크게 작용했다.

고등학생이던 내가 김지하의 작품을 얼마나 이해했는지는 의문이지만 작품 자체보다 책의 머리말이 충격적이었다. 왜냐하면 거기에서 「아주까리 신풍―미시마 유키오」라는 제목의 시를 가지고 1970년에 장렬하게 할복자살한 미시마에 대해 통렬하게 비판했기 때문이다. 물론 미시마의 자결에 대해서는 일본 국내에서도 비판과 칭송이 격렬하게 나뉘지만 동시대의, 그것도 이웃나라의 저명한 시인이 '(미시마의 죽음은) 또 한 번 우리 민족의 영혼의 죽음을 부르는 소름끼치는 군가'라는 식으로 격렬하게 규탄한 것이 마치 한일관계에 대해 무지하고 진지하지 못했던 나 자신에 대한 규탄처럼 여겨졌던 것이다. 막연한 친근감만으로는 한국에 대한 이해에 도달할 수 없겠다는 예감이 들기 시작했던 듯하다.

『긴 어둠의 저편에』의 역자는 시부야 센타로澁谷仙太郎라는 낯선 인물이었다. 시부야는 필명이고 본명은 사카모토 다카오坂本孝夫, 1937~2017로 일본 공산당 계열의 신문인 『아카하타赤旗』의 전직 기자로 평양 특파원 경험도 있었다.나중에 공산당에서 제명되고 비판적인 입장으로 돌아섬 이외에도 『양심선언良心宣言』

189

이나『한국의 지식인과 김지하韓國の知識人と金芝河』— 모두 필명은 이데 구 쥬井出愚樹이다. '井出愚樹'는 '이데올로기'라고도 읽을 수 있다 — 를 지었 고,『서울과 평양ソウルと平壌』,『한국전쟁－김일성과 맥아더의 음모朝鮮戦争 －金日成とマッカーサーの陰謀』필명은 하기와라 료(萩原遼)를 쓰는 등 활발한 집필 활동 을 계속했다. 덧붙이자면, 그는 사실 오사카외대 조선어과 제1기생이고, 후에 나는 동대학의 대학원에 진학했기 때문에 나의 선배라 할 수 있다. (그와는 후에 동창회에서 만났다)

5. 한국과의 첫 만남과 한국어 학습

이제 종이 속의 한국이 아니라 한국 그 자체와의 만남으로 이야기를 돌려보자. 다만 실제로는 거기에 이르기까지 건강 문제나 마음의 갈등과 같은 개인적인 요소가 크게 작용했지만 본고의 주제와는 거리가 멀기 때 문에 이에 대해서는 최소한만 말하겠다.

나는 대학입시에 실패해서 재수를 했지만 지병 때문에 입학 전에 수술 을 받았다. 하지만 경과가 좋지 않아 휴학하고 자택에서 요양을 하게 되 었다. 설상가상으로 실의의 나날을 보내고 있을 때 앞서 말한 아버지의 동료이자 제주도 출신인 고바야시 씨가 "아무 할 일이 없다면 한국에라 도 가보라"고 했다. 뜻밖의 제안이었지만 예전부터 관심이 많았던 한국이 기도 해 그 말을 따르기로 했다. 1974년 11월의 일이다.

지금과는 달리 당시에 한국에 가는 것에는 약간의 용기가 필요했다. 예 전부터 악명 높은 군사 독재정권인데다가 전 해 여름에는 김대중 납치사 건이 일어나 한국의 이미지가 땅에 떨어져 있었기 때문이다. 지금 생각하면 부모님께서 한국행을 잘도 허락해 주신 것 같다. 입시에 실패한데다가 수술도 제대로 되지 않아 집에 틀어박혀서 책만 읽는 아들이 이상해질까봐 기분 전환이나 하고 오라는 정도로 생각하셨는지도 모르겠다. 그러나 이 한국 여행이 그 후의 내 인생을 크게 바꾸게 되었다.

먼저 제주도에 갔는데 당시 제주 시내에는 아직 신호등이 하나도 없었던 것으로 기억한다. 일출봉과 정방폭포 등의 경치는 빼어났고 초겨울임에도 해녀들이 바다에 잠수하고 있어 놀랐다. 관광에는 금방 싫증이 나서 통역 겸 안내자인 김 씨(고바야시 씨의 의동생이라고 했다)에게 부탁해 서울에 가기로 했다. 대학을 보고 싶었기 때문이다. 아직은 고도 경제성장기 전이기도 해서 서울에는 지금과 같은 고층 건물은 거의 찾아볼 수 없었다. 시간도 별로 없어서 택시를 타고 시내에 있는 고려대와 연세대, 서울대를 방문하기로 했다.

서울대는 격렬한 시위가 일어나는 것을 경계해서 시내에서 외곽인 관악구로 이전한 지 얼마 되지 않았는데 그 광대함에 놀랐다. '국립공원'이라고 조롱받는다는 말을 듣고 '과연 그렇겠구나!' 하고 생각했다. 고려대는 고풍스러운 학사가 즐비해 역사가 느껴졌지만 조금 좁은 것 같았다. 연세대는 완만하게 경사진 캠퍼스가 개방적이고 단풍이 아름다웠는데, 그곳에서 한 여대생을 만났다. 안내자 김 씨가 말을 걸었는데 일본에서 온 청년인 걸 신기하게 여겼는지 다방에 가서 이야기하게 됐다. 몸집은 작았지만 큰 눈망울이 인상적인 아주 영리해 보이는 경영학과 3학년 학생이었다.

주소를 알려줘서 귀국 후 바로 편지를 쓰고 펜팔을 시작했다. 처음에는 서툰 영어였지만 문득 한국어로 써보고 싶어 『조선어 4주간朝鮮語四週間』이라는 자습용 어학서로 공부하기 시작했다. 단 4주 만에 조선어를 마스터할 수 있다는 광고 문구였지만 실제로는 대강 한번 읽는 데만 4개월이나 걸렸다. 훗날 영화 〈남영동〉의 모델이 되기도 했던 김근태 씨의 평전을 읽었는데, 옛날 서울대생은 일주일만에 일본어를 배워 책을 읽었다는 대목이 있었다. 한국어를 배우느라 악전고투한 나와는 얼마나 차이가 나는지 깨달을 수 있었다.

한류 열풍이 불던 지금과는 달리 당시에는 거의 유일한 어학서였지만, '빨리 먹소' 같은 옛날 어법을 쓰고 있어서 힘들여 편지를 써서 보내면 '당신의 한국어는 옛날 말투입니다'라고 고쳐서 보내왔다. 어떻게든 해야겠다고 생각하고 있던 차에 오사카외대 학생들이 운영하는 시민 대상의 어학 강좌가 있다는 것을 알게 돼서 거기에 다니기로 했다. 외국어 실력 향상에는 동기가 중요한데, 한국 여대생과의 펜팔은 중도에 포기하지 않고 배울 수 있었던 가장 좋은 동기였음에 틀림없다. (웃음) 이듬해 여름에는 혼자 한국을 재방문해 함께 동해를 보러 강원도까지 여행한 적도 있었지만 그녀와의 펜팔은 2년여 만에 끝났다. 대학 졸업 후 은행에서 일하던 그녀는 얼마 지나지 않아 미국으로 가버렸기 때문이다.

6. 최인훈의 「총독의 소리」와 한국문학에 대한 각성

나는 법대에 진학했다. 책을 읽기만 할 것이라면 굳이 문학부에 갈 필요가 없었고 좀 더 널리 사회를 알고 싶었기 때문이다. 2년 정도는 법을 공부했지만 원래 나는 로고스보다 파토스가 강한 사람이어서 점차 적성에 맞지 않는다고 느끼게 되었다. 한편, 독학으로 계속하던 한국어는 점점 재미있어져서 원서와 번역서를 펴놓고 사전을 찾아가며 읽기도 했는데, 어느날 읽은 최인훈의 「총독의 소리」『現代朝鮮文學選』, 創土社, 1973에 충격을 받았다. 해방 후에도 남한에 남아 몰래 식민지배의 부활을 꿈꾸는 조선총독부 잔당들의 유령방송을 격렬하고 시니컬한 풍자를 통해 그린 작품이었는데, 토속적이었던 김지하와는 대조적으로 쿨하고 지적인 통찰력이 가득한 문체에 금세 매료되었다.

졸업을 눈앞에 두고 있었지만 그때까지 억누르고 있던 한국에 대한 흥미와 문학에 대한 관심이 갑자기 되살아나자, 앞뒤를 가리지 않고 오사카외대에 진학하기로 결정했다. 물론 부모님의 반대가 있었지만 이를 무릅쓰고 한 것이다. 연구생 자격으로 외대에 들어갔고 1년 뒤에는 대학원에 진학했다. 당시 외대는 수록 어휘수가 20만 개나 되는『조선어대사전』을 편찬하고 있었고, 대학원생도 주 3일은 그 작업에 종사해야 되고 또 문학 수업은 김사엽 선생의 소설 강독 외에는 학생들의 자발적인 연구 모임이 있을 뿐이었다. 나는 불만이 쌓여 가던 차에 한국에 유학 갈 것을 생각하면서 무엇을 연구할지도 고민하기 시작했다.

김사엽 선생은 경성제대를 졸업한 고전문학의 대가이다. 서울대와 경북대를 거쳐 오사카외대에서 오랫동안 교편을 잡았고 고전 한글 강의도 맡았는데, 일본에서는『삼국유사』와『삼국사기』를 완역한 것으로 잘 알려져 있다. 그렇게 친근한 관계는 아니었지만 유학과 관련해서 상담을 하러 갔는데, "무슨 연구를 할 건가?" 하고 물으셔서 "현대문학입니다"라고 대답하자. 그것은 평론의 대상은 되어도 연구 대상이 되기는 어려우니 차라리 근대문학을 연구하는 게 어떤가 하고 말씀하셨다. 또 "근대 한국의 작가들은 대부분 일본에 유학했기 때문에 한일 비교 연구의 테마로도 좋지 않을까?" 하고 조언을 해주셨다. 조언도 받았지만 마음이 내키지 않았다. 왜냐하면 모처럼 한국에 유학까지 갔는데 일본과의 비교 연구라니 전혀 흥미롭게 느껴지지 않았기 때문이다.

7. 야담野談에의 관심과 한국 유학의 길

연구 주제를 모색하던 중 김사엽 선생의 영향으로 고전에 대한 관심이 높아졌다. 그렇다고는 해도 고전에 푹 빠지는 것도 애초의 동기로부터 멀어지는 것 같아 주저되었다. 그때 만난 것이 야담이다. 한글을 읽고 쓰는 데 익숙해진 덕분에 가끔은 한국에 가서 책을 구입했는데, 어느 날 지금은 없어진 종로서적에서 문득 손에 쥔 것이 『이조한문단편집』이우성·임형택, 一潮閣, 1973·1978이었다. 표제대로 원문은 한문이지만 한글 역주가 붙어 있어서 나의 서툰 어학 실력으로도 이해할 수 있을 것 같았다. 그동안 김지하나 최인훈, 또는 「미친 새」를 지은 박양호와 같은 사회파의 문제적인 작품들에는 싫증이 났기도 했고, 생생한 필치로 그려진 조선 후기 사회상에 정말로 내가 알고 싶은 세계가 있는 것처럼 느껴져 흥분되었다.

그래서 김사엽 선생에게 성균관대에서 임형택 선생님께 배우고 싶다고 말하자, "그게 잘 될까?"라며 쓴웃음만 지으셨다. 나는 연구자가 아니라 번역과 소개를 목표로 했기 때문에 영역을 넓혀두고 싶은 정도의 생각이었지만, 김사엽 선생이 보기에는 한문도 제대로 읽지 못하는 사람이 한문학의 대가에게 배우려는 것이 무모하게 보였을 것이다. 결국 성균관이 아닌 동국대를 소개받았다. 당연하긴 하지만 이때 '못 배운 한'은 그 후에도 길게 이어졌다. 지금에 이르기까지 나에게는 한국 연구에 있어서 스승이라는 존재가 없는데, 이것이 원인인지도 모르겠다.

8. 유학생활

동국대의 지도교수는 김기동 선생으로 방대한 고전소설을 거의 다 읽은 대가로 알려졌다. 다만 당시 동국대의 수업은 학부나 대학원에서나 대부분 교원이 자신의 저서를 읽어내려 갈 뿐이었다. 두시언해를 전공했던 어떤 교수는 내가 야담에 관심이 있다고 하자, "그런 상스러운 것이 아니라 좀 더 고상한 작품을 공부하라"고 했다. 이런 구태의연한 권위주의에 나는 아주 질려 버렸다. 대학 생활이 금방 지루하게 느껴지던 차에 우연히 남산 국립극장에서 본 판소리에 감동해서 바로 강남의 전통문화전습소 시민강좌에 참가하였다. (강사는 조상현이었다) 음감이 좋지 않아 오래 다니지 못한 것은 유감이지만, 지금도 가끔 '뿌리 깊은 나무 사社'의 판소리 레코드 전집을 애청하고 있다.

서울에 간 것은 1982년 2월이었는데 그해 6월 아버지가 심장병으로 갑자기 돌아가셨다. 나는 외아들이어서 공부를 중단하고 귀국할 생각도 했다. 부모님께서는 모두 중졸 미만으로 대학에 대해서는 아무것도 모르셨기에 나는 지금까지 내가 하고 싶은 대로 할 수 있었다. 그 바람에 부모님께서 고생하신 것을 생각하니 중간에 그만둔다는 것 또한 죄송한 일이라 유학을 계속하기로 했다. 그러나 앞날은 여전히 불안했다. 나는 이 무렵 어떤 식이든 전문가가 되어야겠다는 생각을 굳혀갔다.

동국대 대학원에는 이미 몇 명의 일본인 유학생이 있었고, 그중 한 명인 시라카와 유타카白川豊 선생에게는 공적으로, 사적으로 신세를 많이 졌다. 당시에는 아직 인사동이나 평화시장에 고서점이 있었는데 그곳에서 소설 작품의 원본뿐만 아니라 문학잡지나 신문의 과월호를 수집하는 것을 가르쳐 주셨다. 아직 한국에는 신뢰할 수 있는 전집이 부족하고 연구나 번역에서 초출初出을 확인하기 위해서도 원본이 필요하다는 것이다. 그래서 부지런히 헌책방을 다니며 『고려가요』, 『여류시가집』, 『김립시집 金笠詩集』 같은 고전 문고본, 홍명희의 『임꺽정』, 한설야의 『탑』, 이기영의 『고향』 등 근대문학의 명작들, 『현대문학』, 『문학사상』, 『창작과 비평』 등 전후의 잡지를 닥치는 대로 수집했고 귀국 시에는 2톤 컨테이너로 실어 나를 정도의 양이 되었다. 일본에 돌아가면 자료 따위는 거의 아무것도 없어서 공부를 할 수 없게 될 것이라는 공포에 사로잡혀 있었기 때문이다. 서적 구입비로 아버지의 생명보험금의 일부를 사용하기도 했다.

9. 중국문학의 세계로 박사과정 진학

박지원의 「허생전」을 가지고 야담 및 당대唐代 전기傳奇 등 중국 설화와 비교하는 연구로 석사논문을 쓴 뒤 다시 오사카외대로 돌아왔지만 그곳에는 박사과정이 없어 한국학 연구자를 목표로 할 수 없다는 것은 분명했다. 그렇다고 한국고전문학 전공으로 입학할 수 있는 대학은 어디에도 없어 어려움을 겪고 있을 때 지인의 소개로 오사카시립대 중국문학과 미우라 구니오三浦國雄 선생을 알게 되었다. 미우라 선생은 주자학 연구로 유명한 분이지만 조선 연구에도 관심이 있다고 듣고 지푸라기라도 잡고 싶은 생각에 연구실을 찾아갔다. 나는 미우라 선생에게 『청구야담靑邱野談』 영인본을 보여 드리고, 언젠가 이것을 번역하고 싶다고 했다. 그러자 "재미있겠군. 독서모임을 해볼까?"라고 말씀하셨다. '지옥에도 부처가 있다'는 속담도 있듯이 그로부터 1년간 부지런히 미우라 선생의 연구실에 다닌 끝에 이듬해 봄에는 중국문학 박사과정에 진학할 수 있었다. 그때서야 학문의 세계에 길이 열렸음을 실감했다. 미우라 선생이 예전부터 이태진_{조선사}, 정광_{어학사}, 후지모토 유키오^{藤本幸夫：문헌학}와 같은 쟁쟁한 조선 연구자들과 친하게 지냈다는 사실은 훗날 알게 되었다.

미우라 선생은 당시 주자학에서 기철학 연구로 옮겨가면서 도교와 풍수에 대한 관심이 깊어지고 있었다. 『한국의 도교사상』_{차주환, 동화출판공사, 1984}을 번역하고자 하셨는데 내가 초벌 번역을 맡게 되었다. 학술연구서라 손이 많이 갔지만 어학적으로 크게 어렵지 않았다. 다만 힘들었던 것은 도교 경전 등 인용 자료의 원전을 모두 확인하게 했던 점이었다. 한국 일류 연구자의 저작에 오류가 있다고는 볼 수 없고, 만일 있다고 해도 그것은 저자의 책임이지 역자의 책임은 아니지 않은가 하고 묻자, "번역만 하고 내용에 책임을 지지 않는 것은 번역업자의 번역이고, 내용까지 파고들어 만약 오류가 있으면 정정해서 보다 정확하게 번역하는 것이 연구자의 번역이다"라고 말씀하셨다. 반신반의하며 마지못해 확인 작업을 계속하였는데 많지는 않았지만 역시 몇 가지 오류를 발견하고 놀랐다. 이후 번역할 때는 가능한 원전을 확인하는 것이 습관이 되었다.

일본에서는 학술서뿐만 아니라 번역에 대한 평가가 비교적 큰 편이지만 한국에서는 그다지 크지 않다고 들었다. 만약 그것이 사실이라면 번역에 있어서 역자의 책임에 대한 생각의 차이 때문인지도 모르겠다.

10. 전임교수 임용과 새로운 연구 대상

중국문학 박사과정^{3년}을 마친 1년 반 후에 오사카시립대 문학부에 취직하게 되었다. 그때까지 몇 번인가 교수직에 응모하였지만 모두 잘되지 않아 의기소침해 있던 차에 오사카시립대에서 조선어 강좌 확충을 위해서 전임 교수가 필요하게 되어 전부터 시간 강사를 하고 있던 내가 채용된 것이다.

여기서 일본 대학의 한국어 강좌에 대해 언급해 두자면, 70년대 후반부터는 많은 대학에서 그 필요성은 인식되고 있었지만 통일교의 포교 활동으로 인해 헌금 문제나 합동 결혼 등이 큰 사회문제가 되고 있었고, 대학에서 학생 신자가 갑자기 학교를 그만두고 행방불명되는 사건이 속출했기 때문에(오사카외대 조선어과에서도 2명의 학생이 사라졌다) 어학 강좌도 그 여파로 보류되었다. 이 때문에 10년은 보급이 늦어졌다고 한다. (강좌의 명칭 문제도 해결되지 않아서 대학에서는 지금도 조선어·한국어·코리아어 등 제각각으로 부르고 있다. 덧붙이자면, NHK의 경우는 '한글 강좌'라고 한다)

아무튼 박사과정을 마친 지 2년도 안 돼 채용된 것은 물론 뜻밖의 행운이었다. 이 시점에서 세간에서는 '한국 연구자가 됐다'고 말할지도 모르지만, 그 후에도 나의 시행착오는 계속되었기 때문에 간단히 언급해 두도록 하겠다. 대학에 취직한 지 얼마 되지 않았을 무렵 문학부의 서양문학 전공의 베테랑 교수가 나에게 이렇게 말했다. "너는 조선 고전문학 전공이라는데, 조선에 읽을 만한 고전이 있는가?" 원래 오사카시립대는 국내에서도 진보적인 학풍으로 알려져 있어 당시 문학부에는 학계뿐만 아니라 사회적으로도 저명한 교원이 적지 않았다. 이 교수도 그 한 사람으로 악의나 편견 따위가 아니라 단지 무지로 인한 '순수한' 의문이었던 셈이다. 그럴수록 나는 무례하다고 화를 내기보다는 '이런 지식인조차도 이정도 인식밖에 없다'는 사실에 경악하여 조선의 고전문학뿐만 아니라 그것을 만들어낸 전통문화의 세계가 얼마나 흥미롭고 알 만한 가치가 있는지 일본에 알리는 것을 스스로의 책무로 삼아야겠다고 마음속으로 맹세

했다.

그 이후 지금까지 이 방침을 고수하고 있다. 지면이 얼마 안 남았기에 지금까지의 활동 보고로 저서나 역서를 제시하고 중요한 것에 대해 간단히 설명하고자 한다.

(著書)

1.『한국의 풍수사들―지금 되살아나는 용맥(韓國の風水師たち―いま甦る龍脈)』, 人文書院, 1994. * 韓國語譯,『한국의 풍수사들』, 동도원, 2000.

2.『조선의 이야기(朝鮮の物語)』, 大修館書店, 1998.

3.『아시아지역과 도교(アジア地域と道教)』, 共著,『講座道教』第6卷, 雄山閣, 2001.

4.『코리아의 신기한 세계―조선문화사 27화(コリアの不思議世界―朝鮮文化史 27話)』, 平凡社 新書, 2002.

5.『한국의 고전소설(韓國の古典小說)』, 共著, ぺりかん社, 2008.

6.『용재총화―15세기 조선 기담의 세계(慵齋叢話―15世紀朝鮮奇譚の世界)』, 集英社 新書, 2022.

(譯書)

1.『조선의 도교(朝鮮の道教)』, 車柱環 著, 共譯, 人文書院, 1990.

2.『중국고전문학과 조선(中國古典文學と朝鮮)』, 韋旭昇 著, 共譯, 1999.

3.『청구야담―이조세속담(靑邱野談―李朝世俗譚)』, 平凡社 東洋文庫, 2000.

4.『홍길동전(洪吉童傳)』, 同上, 2010.

5.『한국영화100년사―그 탄생부터 글로벌 전개까지(韓國映畵100年史―その誕生からグローバル展開まで)』, 鄭琮樺 著, 共譯, 明石書店, 2017.

6.『조선시대 서울 도시사(朝鮮時代ソウル都市史)』, 高東煥 著, 共譯, 勉誠社, 2024.

『한국의 풍수사들』은 강원도에서 제주도까지 한국 전역에 걸친 현장 조사를 통해 일제 단맥설과 십승지 전승에 대한 고찰 및 각지에서 활동하는 풍수사들을 취재한 르포르타주이다.

『조선이야기』는 잡지 『시니카니카』에 1년간 연재한 것을 가필·수정한 것으로, 단군신화나 풍수설화의 역사적 변천, 전근대 각 시대별 주요 문화에 관한 글이다.

『코리아의 이상한 세계』는 NHK 한글강좌 텍스트에 4년에 걸쳐 연재한 에세이를 가필 수정한 것이다. 김진명의 소설 『황태자비 납치사건』을 거론하다가 우익에게 황실에 대한 불경이라고 공격을 받아 연재 중지에 몰린 적이 있는데, 그 전말이 마지막 부분에 실려 있다.

『청구야담』은 완역이 아니고 특히 흥미로운 이야기 42개를 골라서 번역한 것이다. 10년에 걸쳐 5, 6회나 다시 번역하는 등 번역문에는 몹시 정성을 들였다. 그 보람이 있어 마이니치 신문의 서평으로 유명한 작가 마루타니 사이이치丸谷才一에게 내용뿐만 아니라 번역문에 대해서도 높이 평가받은 것은 지금도 자랑스럽게 생각한다.

『홍길동전』은 경판본이 아닌 김동욱 89장본과 55장본을 전역하고, 동양문고본 후반부 번역을 더하여 세 종의 이본의 번역을 비교할 수 있도록 하였다. 한자어는 가능한 한 그대로 표시하고 훈독을 위한 후리가나를 달아 원문에 접근할 수 있도록 고안하였다. 또한 이 책에서 현존하는 홍길동전은 허균의 작품이 아니라 조선 후기에 성립된 것이라는 이윤석 교수의 견해에 전적으로 동의하였다. 이가원 『조선문학사』 (중)에서도 허균이 쓴 홍길동전은 한문이라고 했는데, 한글 홍길동전과 허균의 문집을 비교해 보면 용어의 차이 등을 통해 한눈에 알 수 있을 것이다. 이를 보여주기 위해 허균의 이인전異人傳 5종을 부록으로 실었다. (박희병, 『한국고전문학

사강의』2에서도 같은 견해가 보인다)

　한눈에 봐도 알 수 있듯이 학문적 체계성은 없지만, 한 가지 자신할 수 있는 것은 이른바 '토풍'박희병,『한국고전문학사강의』1에 대한 관심만은 일관된 것이며 그것은 앞으로도 변하지 않을 것이다.

노자키 미쓰히코野﨑充彦

1955년 나라奈良 태생. 오사카외대大阪外大 석사, 동국대 석사 과정 수료. 오사카시립대학大阪市立大学
박사과정 수료, 문학박사. 오사카시립대학교 교수. 현재 오사카시립대학 명예교수.

주요저작(출간순)

『韓国の風水師たち』, 人文書院, 1994.

『朝鮮の物語』, 大修館書店, 1998.

『アジア諸地域と道教』, 共著, 雄山閣, 2001.

『コリアの不思議世界』, 平凡社新書, 2003.

『慵齋叢話－15世紀朝鮮奇譚の世界』, 集英社新書, 2020.

역서

『朝鮮の道教』, 車柱環 著, 共訳, 人文書院, 1990.

『中国古典文学と朝鮮』, 韋旭昇 著, 共訳, 研文出版, 1999.

『青邱野談』, 平凡社 東洋文庫, 2000.

『洪吉童伝』, 平凡社 東洋文庫, 2010.

『韓国映画100年史』, 鄭琮樺 著, 共著, 明石書店, 2017.

『慵齋叢話』, 平凡社 東洋文庫, 2025.

나는 왜 한국학 연구자가 되었는가

기시다 후미타카岸田文隆

나는 1960년생이지만, 한국과 한국어에 대한 관심은 중고등학교 시절부터 시작되었다. 지금은 K-POP의 영향으로 대학에 입학하기도 전에 한국어를 공부하는 학생들이 많아졌지만, 당시 일본사회에는 여전히 제2차 세계대전 이전의 정서가 국민들 사이에 남아 있었고, 서양을 동경하며 아시아를 경멸하는 풍조가 강했다. 그런 시기에 한국어를 공부하는 나는 주변에서 꽤나 붕 뜬 존재로 여겨졌던 것 같다. 당시 막 출간된『표준 한국어』고려서림라는 교과서를 통해 독학을 시작했고, 내가 살던 오사카부 히라카타시의 시민강좌에도 다니며 공부했다. 시민강좌의 강사는 훗날 아오야마학원대학青山學院大學 교수를 역임했던 역사학자 송연옥 선생님이었다. 송연옥 선생님의 수업은 매우 즐거웠고, 돌이켜보면 내 학습과 연구 경력에서 이 시기가 가장 꿈과 희망으로 가득했던 시기였다고 생각한다.

이렇게 한국과 한국어에 관심을 갖게 된 나는 1979년 오사카 외대大阪外國語大學 조선어과에 진학했다. 당시 한국어를 전문적으로 배울 수 있는 대학은 국립인 도쿄외대東京外國語大學, 오사카외대, 그리고 사립인 텐리대학天理大學 정도에 불과했다. 오사카외대 조선어과 교수는 츠카모토 이사오塚本勳 선생님으로, 23년의 세월을 들여『조선어대사전』카도카와서점을 편찬한 학자이셨다. 츠카모토 선생님은 자서전에서 사전이나 교과서, 문법책의 도움 없이 아프리카의 언어를 배우듯 한국어를 배웠다고 하셨는데, 전후 일본 한국어학의 공백기에 현장언어학의 방법으로 한국어를 연구하신 분이었다. 이러한 접근 방식은 당시에 일종의 시대적 흐름을 형성하며 이후 일본 한국어학의 한 축이 되었지만, 사람을 직접 상대하는 것을 꺼리고 그 방면에 대한 열정이 부족한 나에게는 전혀 맞지 않아 츠카모토 선생님의 학풍을 따르기 어려웠다. 학문적으로 나에게 가장 큰 영향을 준 학자는 당시 오사카 외대에 출강하던 교토대학의 야스다 아키라安田章 선생님이셨다.

　야스다 아키라 선생님의 수업은 조선시대 외교 실무를 주관했던 부서인 사역원에서 간행한 왜학서倭學書 중 하나인 『첩해신어捷解新語』에 관한 것이었다. 마치 현미경으로 관찰하듯 세밀하게 파고들어 모든 각도에서 이 문헌을 철저하게 분석하고 검토하는 강의는 그야말로 정교함의 극치였다. 그 결과, 1년간의 강의에서 읽은 내용은 아마 『첩해신어』의 첫머리 한두 장 정도에 불과했을 것이다. 나는 야스다 선생님의 강의에 깊은 감명을 받았고, 누구의 간섭도 받지 않고 책과 마주하여 자신의 세계를 구축할 수 있는 이 분야라면 나도 할 수 있을 것 같다는 생각이 들어 문헌학의 한 분야인 역학서 연구를 지망하게 되었다. 이후 나는 오늘날까지 이 연구를 계속하고 있다.

　역학서란 조선 사역원이 편찬하고 간행한 외국어 서적을 가리키며, 여기에는 한학서漢學書, 청학서淸學書(만주어학서(満洲語學書)), 몽학서蒙學書, 왜학서倭學書가 포함된다. 또한, 이와 밀접한 관계를 맺고 있는 동시대 일본의 한국어학서 등도 포함된다. 이러한 연구에는 다양한 언어에 대한 지식이 필요하며, 언어학뿐만 아니라 역사학 등 다른 분야의 지식도 빼놓을 수 없다.

따라서 한 명의 학자가 모든 영역을 아우르기는 불가능하며, 아무리 뛰어난 선행연구가 많더라도 후학들이 충분히 참여할 여지가 남아 있다. 이하 필자가 지금까지 수행해 온 연구를 시기별, 자료별로 서술하고자 한다.

1. 청학서

나의 역학서 연구는 청학서에서 시작되었다. 야스다 선생님의 왜학서 연구를 동경하여 역학서 연구의 길을 선택했지만, 왜학서에 대해서는 이미 야스다 선생님과 그 스승인 하마다 아츠시浜田敦 선생님이 압도적인 연구 성과를 내놓고 있었다. 평생을 바친다 해도 그들의 연구 성과를 능가하는 것은 불가능할 것 같았다. 그래서 나는 거처를 찾아 분가를 하고, 당시 아직 연구가 미비했던 청학서 연구를 시작하기로 결심했다.

1986년 교토대학교 대학원 언어학과에 진학한 나는 석사논문 주제로 청학서 중 하나인 『삼역총해三譯總解』를 선정하고, 그 저본 문제와 언어 자료로서의 가치에 대해 고찰했다. 『삼역총해』는 중국 소설 『삼국지연의』의 만주어 번역본 일부에 한글 음주와 한국어 번역을 덧붙여 만주어 교과서로 만든 것이다. 그런데 이 책에는 만주문어의 일반적인 규범적 어형과는 다른 특수한 어형이 나타나는데, 나는 그 어형의 출처를 고찰하였다. 이 연구는 저본인 순치 7년1650 각본 *ilan gurun i bithe*만문삼국지가 일본 내에는 없어서 프랑스 국립도서관과 북경도서관에 소장된 것을 열람해야 했기 때문에 자료 수집에 예상보다 시간이 많이 소요되었고, 결국 1988년에 제출한 석사학위 논문에서는 완성되지 못하였다. 이후 연구를 계속하여 마침내 1997년에 「『삼역총해』의 만문에 나타난 특수 어형의 기원」도쿄외대 아시아·아프리카 언어문화연구소이라는 연구를 완성하게 되었다. 이 연구에서는『삼역총해』의 특수 어형 중 일부는 저본인 순치 7년1650 각본 *ilan gurun i bithe*만문삼국지에서 유래한 것이며, 일부는 사역원에서 편찬할 때 만들어진 것으로, 후자의 경우 청나라 초기의 유동적인 표기법과 만주어 구어체를 반영한 것임을 밝혔다.

2.『표민대화漂民對話』애스턴본

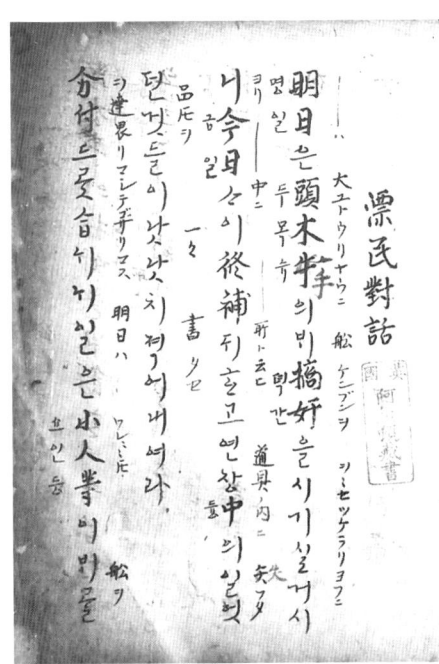

〈그림 1〉『표민대화』애스턴본

처음에는 청학서 연구로 시작했던 역학서 연구는 이후 전환점을 맞았다. 바로『표민대화』애스턴 문고본의 발견이다.『표민대화』는 임진왜란 때 조선에서 포로로 끌려온 도공의 후손들이 살던 사쓰마薩摩 나에시로가와苗代川에서 에도시대 후기에 만들어진 한국어 대화서이다. 기존에는 교토대학본과 심수관가본沈寿官家本 두 사본뿐만 알려져 있었으나, 러시아 상트페테르부르크 동방학연구소의 장서 목록을 살펴보던 중 애스턴 문고에 또 다른 사본이 있다는 것을 발견했다. 바로 사본을 구해 살펴본 결과, 기존에 발견되지 않았던 중권中卷의 완본을 보유한 양서임을 확인했다. '개도 걸어가면 막대기에 맞는다'는 말처럼, 새로운 자료를 발견할 기회는 일류 학자뿐만 아니라 나 같은 재주가 없는 사람에게도 찾아올 수 있다는 것을 실감한 순간이었다. 이 사건을 계기로 나는 큰 용기를 얻었고, 그동안 도저히 뛰어넘을 수 없을 것 같았던 하마다 선생님과 야스다 선생님이 남긴 왜학서 관련 연구 성과에 대해, 아무리 재주가 없는 사람이라도 새로운 자료라는 강력한 무기를 갖추면 도전할 수 있지 않을까 하는 생각이 들었다. 그렇게 나는 왜학서농시기 일본의 한국어학서도 포함 연구에 정면으로 도전하게 되었다. 이후 현재까지 오로지 그 방면의 연구를 계속하고 있다. 『표민대화』 애스턴 문고본은 원래 영국 외교관 어니스트 사토가 1877년 2월 사쓰마 나에시로가와를 방문했을 때 입수한 자료로, 그 유래가 매우 유서 깊다. 특히 이 사본은 중권中卷을 완전한 형태로 보유하고 있으며, 중권에는 『표민대화』 조본祖本의 성립연도를 추론할 수 있는 실마리가 포함되어 있어 문헌학적으로 매우 중요한 가치를 지닌 자료이다. 나는 그 후 한동안 그 연구를 계속하여 그 성과로 2006년에 해제를 붙인 영인본을 간행했다 『아스톤(W.G.Aston)구장, 교토대학 문학부 소장 표민대화―해제, 본문, 색인, 원문』, 불이문화. 또한 애스턴 문고에 소장된 에도시대 일본 조선어 서적인 『교린수지交隣須知』와 『인어대방隣語大方』에 대한 연구도 진행했다. 그 성과는 2005년에 『애스턴 문고 소장 교린수지―해제·본문·색인·원문』홍문각, 2006년에 『애스턴G.Aston구장·교토대학 문학부 소장 인어대방―해제·색인·원문』불이문화로 정리했다.

3. 『조선어역朝鮮語譯』

다음으로 나는 일본 국내에도 선학이 보지 못한 새로운 자료가 아직 남아 있지 않을까 하는 생각에 계속 탐색한 결과, 와세다대학에 『조선어역』이라는 에도江戸 중기의 사본이 있다는 것을 알게 되었다. 이 사본은 에도시대 중기의 유학자 핫토리 난나쿠服部南郭가 1750년에 필사한 것으로, 그 저본은 관연寬延 원년1748 조선통신사를 수행한 쓰시마 사람이 에도에 가져온 것으로 추정되는 한국어학서이다. 이 자료 역시 기존 학계의 시야 밖에 있어 전혀 연구에 활용된 적이 없는 자료였다. 나는 곧바로 그 연구에 착수했는데, 에도시대에 쓰시마번에서 작성된 『분류기사대강分類紀事大綱』이라는 역사기록을 읽던 중, 운 좋게도 『조선어역』에 등장하는 문장과 동일한 기사를 발견했다. 그리고 그 발견을 단서로 『왜관관수일기倭館館守日記』 등 쓰시마 종가 문서의 다른 역사 기록류와 철저히 대조한 결과, 『조선어역』의 대화편 1권이 1710년경, 2권이 1737년경에 성립된 것임을 알 수 있었다. 또한 이 책에는 왜학서 중 하나인 『인어대방』에 나타나는 문례와 거의 동일한 문례가 산재해 있어, 이 책이 『인어대방』의 근거 자료 중 하나로 추정된다는 점 등을 밝혀냈다.2009, 「어학서와 역사기록−와세다대학교 핫토리문고 소장 '조선어역'과 쓰시마 종가문서와의 대조」, 『조선반도의 말과 사회−유타니 유키토시(油谷幸利) 선생 환갑기념논문집』(아카시서점) 등

4. 쓰시마 종가문고의 한글 서간류

또한 2009년에는 쓰시마 역사민속자료관의 종가문고에서 근세기의 한글 서간이 대량으로 발견되어 이를 계기로 그 연구에 착수했다.

근세기 일본과 조선 간의 외교 현장에서 의사소통과 정보 전달은 대부분 한국어로 이루어졌을 것으로 추측되지만, 실제로 어떤 한국어가 오갔는지를 구체적으로 보여주는 자료는 많지 않다. 의사소통의 수단인 한국어 자체는 거의 기록되지 않고, 한국어를 통해 얻은 정보만 일본어나 한문으로 기록되었기 때문이다. 간간이 전해지는 한국어 자료는 한자 차용 표기, 즉 이두吏讀와 한글로 작성한 것이 있으며, 특히 후자는 현존하는 것이 극히 드물게 발견된다. 간혹 2차 자료로서 기록류에 한글 문서의 사본이 수록되기도 하지만 — 예를 들어, 국사편찬위원회 소장 쓰시마 종가문서기록류 4533 『분류기사대강分類紀事大綱』 제3기 6책에서 계유년 1753년 6월 7일 조선 상인들이 재판裁判 다다 가즈에多田主計에게 제출한 한글 서찰 사본이 수록되어 있다 — 실물에 대해서는 1978년 규슈대학 교수 오사 마사노리長正統 선생이 소개한 쓰시마 종가문고宗家文庫에 소장된 8통의 왜학역관 한글서간이 알려져 있었을 뿐이다.「왜학역관서간으로 살펴본 역지행빙교섭(易地行聘交涉)」,『史淵』115, 규슈대학문학부 오사 마사노리 선생이 8통의 한글 편지를 소개함으로써 쓰시마 종가 문고에 아직 알려지지 않은 한글 편지가 더 있을 것이라는 추측이 쉽게 가능해졌으나, 안타깝게도 이후 자료 발굴은 진척되지 않았다. 그 이유는 이 한글 서간들이 쓰시마 종가문고의 4만여 점의 일지물一紙物 자료 속에 정리되지 않은 채 묻혀 있어 사실상 열람 조사가 불가능했기 때문이다.

2009년에 쓰시마 종가문고 일지물一紙物이 정리되면서, 이를 바탕으로

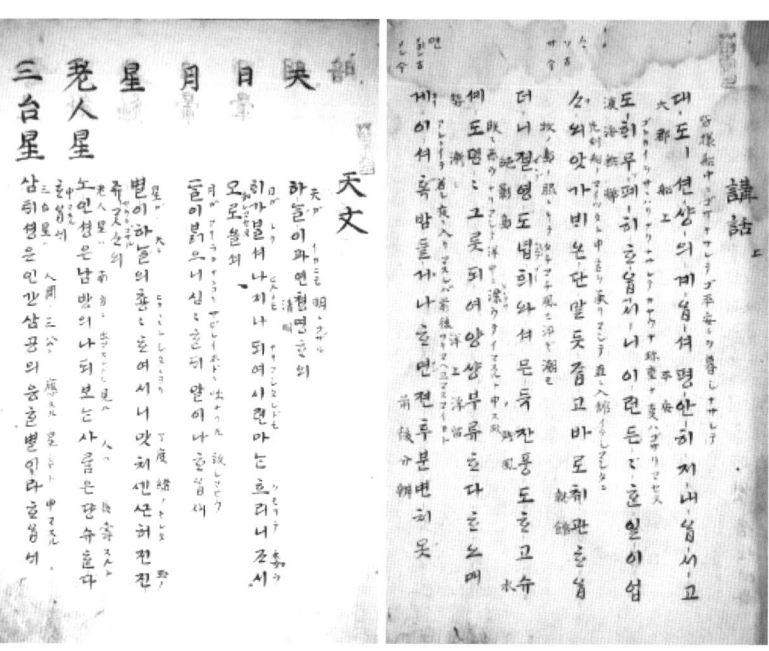

〈그림 2〉『교린수지(交隣須知)』카기야본(鍵屋本) 〈그림 3〉『강화(講話)』카기야본(鍵屋本)

목록쓰시마 역사민속자료관 편,『쓰시마 종가문고 사료 일지물 목록』(1)~(3), 2009; 쓰시마 역사민속자료관 편,『쓰시마 종가문고 사료 그림류 등 목록』, 나가사키현 교육위원회, 2012이 간행되면서 이들 자료를 둘러싼 상황은 일변했다. 이로 인해 기존에 알려지지 않았던 한글 서간류의 존재가 밝혀지고 그 열람 조사가 가능해졌다.

2009년 일지물 목록의 간행으로 한글 서간의 존재를 알게 된 이후, 나는 곧바로 자료 수집과 분석에 착수했다. 한국어학의 입장에서 일본과 한국의 연구자들에 의한 공동연구를 시작했으며, 특히 언간諺簡 연구에 조예가 깊은 김주필, 황문환 두 교수의 도움을 받아 본 자료의 1차 탈초가 이루어져 매우 유리한 조건에서 연구를 시작할 수 있었다. 이는 나에게 큰 행운이었다. 또한 2013년도부터는 나가사키현립 쓰시마 역사민속자료관이 주관하는「종가문서 조선서간 조사사업」조사위원장 : 마쓰바라 타카토시에 참여하게 되어 자료 수집과 조사를 철저히 진행할 수 있게 되었다. 「종가문서 조선서간 조사사업」의 2년간의 연구 성과는 2015년 3월 발간된 쓰시마 역사민속자료관 편 『쓰시마 종가문서 사료 조선역관발급 한글서간 조사보고서』로 결실을 맺어, 이 귀중한 신자료가 연구자 일반에게 널리 알려지는 계기를 마련하였다. 또한, 2015년 보고서를 바탕으로 이후 3년 간의 개정 작업을 거쳐 2018년에는 『조선통신사 역지빙례易地聘禮 교섭의 막후—쓰시마 종가문고 한글서간으로 읽어내다』규슈대학출판부를 출간했다. 이 책은 총 112통의 한글서간류에 대해 사진, 번각, 일본어 번역, 해설을 붙인 것으로 일본사학, 한국사학, 한국어학 등의 연구자들에게 많은 도움이 되고 있다.

5. 쓰시마 카기야역사관鍵屋歷史館의 한국어학서

현재 필자가 진행하고 있는 연구는 쓰시마 카기야역사관에 관한 것이다. 쓰시마의 카기야역사관은 에도시대 후기의 유명한 조선어 대통사大通詞 오다 이쿠고로小田幾五郎의 후손인 오우라大浦 가문의 장서를 소장하고 있는 곳이다. 카기야역사관 소장 자료는 1990년대에 규슈대학의 마츠바라 타카토시, 사에키 코지 두 교수당시에 의해 조사가 이루어졌으며, 그 조사목록의 일부는 허지은2012 『왜관의 조선어통사와 정보유통』경인문화사에 게재되어 그 존재가 알려졌다. 그러나 아직까지 그 전모는 밝혀지지 않았으며, 이들 자료를 활용한 구체적인 연구도 거의 이루어지지 않은 상태이다. 이는 해당 박물관의 소장 자료가 사실상 미공개로 극히 일부 연구자만이 볼 수 있었기 때문이다.

그러나 최근에는 이러한 상황이 달라져, 해당 박물관에서 일부 자료의 영인본이 간행되기 시작했으며, 홈페이지도 개설되어 자료 공개에 대한 분위기가 조성되고 있다.

이미 영인 간행된 한국어학서에는 천명天明 4년1784에 오다 이쿠고로가 편집한 『강화講話』가 있다『강화집』, 카기야코퍼레이션. 기존에 학계에 알려진 『강화』의 사본으로는 교토대학본, 심수관가본, 애스턴문고본 등이 있으나, 모두 편집자와 연대가 기재되어 있지 않아 언제, 누가 만든 것인지를 알 수 없었다. 그러나 카기야역사관본에는 말미에 '天明四甲辰五月編集 小田幾五郎'이라고 기재되어 있고, 그 아래에는 '二姜 / 之印'이라는 주인이 찍혀 있다.二姜은 이쿠고로의 호 이는 이 책이 천명 4년1784에 오다 이쿠고로에 의해 만들어졌음을 명확히 알려주고 있다. 따라서 『강화』의 성립 경위를 밝히는 데 매우 중요한 자료이다.

또한 지난해에는 에도에서 메이지에 걸쳐 일본에서 가장 널리 사용된 한국어학서인 『교린수지』의 사본 불분권不分卷 4책의 완본 영인본이 간행되었다『카기야역사관 소장 조선어대통사 오다 이쿠고로 수정증보 교린수지』, 쓰시마 카기야역사관. 『교린수지』는 원래 쓰시마번의 유학자 아메노모리 호슈雨森芳洲가 만든 것으로 알려져 있는데, 이 사본은 관정寬政 7년1795 5월仲夏에 오다 이쿠고로가 당시 전해지던 『교린수지』를 바탕으로 수정·보완하여 다시 편집한 것이다. 주지하다시피, 『교린수지』에는 증보본계와 비증보본계의 두 계통이 있는데, 이 책은 증보본계의 조본祖本으로 여겨지는 책으로, 이 역시 문헌학적으로 매우 중요한 자료이다. 기존 학계에서는 오다 이쿠고로 편 『교린수지』가 네 번째 책만 전해지는 구舊 난키문고본南葵文庫本, 도쿄대학 소장을 근거로 이를 증보본 계통의 조본으로 보느냐 마느냐에 대해 의견이 분분했다. 즉, 『교린수지』의 두 계통 중 증보본 계통이 오다 이쿠고로에서 시작된다는 설은 오래전부터 학계에서 제기되어 왔으나, 구 난키문고본은 부문 「잡어雜語」의 표제어 '相'이 '次第'와 '貧' 사이에 있는 반면, 증보본 계통의 다른 책들은 '眼勢'와 '裂' 사이로 나타나 서로 다르게 되어 있어, 구 난키문고본을 증보본계 제본의 조본으로 보기에는 의심스러운 점이 있었다. 그러나 본서 카기야본은 구 난키문고본과 부분적으로 다른 점이 있어, 이 상이한 부분을 살펴보면 본서는 구 난키문고본보다 먼저 성립된 것으로

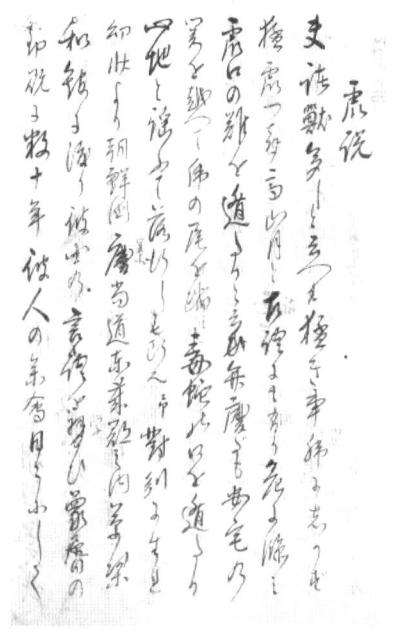

〈그림 4〉『호설(虎說)』카기야본(鍵屋本)

보인다. 또한 다른 증보본계 제본들이 구 난키문고본이 아닌 본서와 일치하는 것으로 확인되므로 본서를 증보본계의 조본으로 보는 데 문제가 없으며, 본서의 출현은 위의 논쟁에 종지부를 찍는 결과가 된다. 더욱이 이 책에는 한글로 표기된 한국어 예문 옆에 가타카나로 그 발음을 표기한 부분이 산재해 있어, 한글 자모에 나타나지 않는 실제 음가를 알 수 있는 단서가 될 수 있다. 따라서 한국어-일본어 음운사 연구 자료로도 매우 유용하다.

또한, 영인 간행물 중에는 한국어 서적은 아니지만, 문화文化 7년1810에 오다 이쿠고로가 편찬한 『호설虎說』이라는 자료도 있다.조선어 대통사 오다 이쿠고로 편, 『호설(해제·번역·현대어역)』, 쓰시마 카기야역사관, 2022 『호설』의 이름은 일찍이 천보天保 12년1841 무렵에 저술된 『속상서기문續象胥紀聞』『속상서기문』은 오다 이쿠고

로가 쓴 『상서기문(象胥紀聞)』의 속편으로, 오다 이쿠고로의 아들 오다 간사쿠(小田管作)가 쓴 책 하권

「물명物名」, 「금수류禽獸類」에 저술되어 세간에 알려졌으나, 그동안 그 실물을 목격한 사람은 없었고 그 내용은 전혀 알려져 있지 않았다. 그런데 이 책은 바로 그 실물이다. 이 책은 오다 이쿠고로가 수년간 조선어 통사로서의 경험을 바탕으로 들은 조선의 호랑이 이야기를 모은 것으로, 문화 7년1810 초여름에 초량왜관草梁倭館에서 편찬되었다. 총 35조에 걸쳐 호랑이 이야기가 수록되어 있으며, 이 책은 당시 조선어 통사들에게 많이 읽힌 것으로 보인다. 『표민대화』나 『복문록復文錄』 등 에도시대 후기부터 메이지 초기에 성립된 한국어학서에는 이 책의 영향을 받은 것으로 보이는 예문이 나타나기도 한다. 따라서 이 자료는 에도시대 일본 한국어학서의 계보를 고찰하는 데 중요한 정보를 제공하는 자료이다.

또한, 아직 공개되지는 않았지만, 카기야역사관에는 기존에 학계에 알려지지 않았거나 서명만 전해져 실물을 확인할 수 없었던 새로운 자료가 다수 소장되어 있는 것으로 알려져 있다. 그 중 특히 중요한 자료를 열거하면 다음과 같다.

①『편지집片紙集』 1권, 한글 서간집. 수록된 서간은 관정 9년1797 8월 25일 조선의 동래 용당포구에 표류한 이국선異國船 사건에 관한 내용 등을 포함하여 대략 1779년경부터 1798년경까지의 시기에 발신된 것으로 추정된다. 이 책은 1798년경 오다 이쿠고로가 편찬한 것으로 보이며, 기존에 학계에 알려지지 않았던 자료로, 한일 간 왕래한 한글 서간 연구에 귀중한 새로운 자료이다.

②『서장집書狀集』 1권, 한글 서간집. 이 책은 그동안 학계에 알려진 사쓰마 나

에시로가와 전래 한국어학서 『한독집요韓牘集要』의 이본으로, 『한독집요』가 원래 쓰시마에서 전래된 것임을 구체적으로 보여주는 물증이다. 이 책의 출현으로 두 책을 비교하여 보다 완전한 조본의 재구가 가능해졌다.

③『서장록書狀錄』 1권, 한글 서간집. 그동안 아메노모리 호슈의 저술로서 서명만 전해졌으나, 이 책이 바로 그 실물이다. 다른 곳에 전본이 없어, 이 책이 천하의 고본으로 여겨진다.

④『서간집書簡輯』 1권, 한글 서간집. 기존에 학계에 알려지지 않은 자료로, 편자와 성립 연대는 모두 불분명하지만, 서간 중 향보享保 6년1721 평윤송사平胤送使 사건에 관한 내용이 있어, 그 무렵에 편찬된 것으로 보인다.

⑤『문서聞書』, 한국어 어휘집. 필적으로 보아 오다 이쿠고로의 자필본으로 추정되며, 성립 연도는 미상이다. 이 책도 기존에 학계에 알려지지 않은 자료로, 사쓰마 나에시로가와에서 편찬된 한국어학서 『표민대화』의 근거 자료가 된 것으로 보이는 부분이 포함되어 있어, 근세 일본 한국어학서의 계보를 고찰하는 데 특히 중요한 자료이다.

이 외에도 『인어대방』의 잔결본과 『최충전』, 『임경업전』 등의 소설류도 소장되어 있다. 또한 한국어학서는 아니지만, 『상서기문象胥紀聞』, 『상서정훈象胥庭訓』, 『교린사고交隣事考』 등 조선어 통사를 위한 안내서, 조선 사정 안내문서도 존재한다. 이들 역시 에도시대, 메이지 시대의 한국어학서에 영향을 미친 중요한 자료임이 틀림없다.

나는 현재 위와 같은 자료들과 씨름하며 마이페이스로 연구를 진행하고 있다. 앞으로는 이러한 귀중한 신자료들을 학계에 정확하게 공개하여 모든 연구자들이 이용할 수 있도록 기반을 마련할 계획이다.

이번에 다시 한 번 자신의 연구 경력을 되돌아보면, 여러 번 좌절할 뻔했지만 새로운 자료와의 만남을 통해 겨우겨우 숨통을 틔우며 오늘까지 연구자로서의 생명력을 유지해 왔다고 느낀다. 원래 천학비재한 데다가 체력과 지력의 쇠퇴도 느껴지는 요즘이지만, 앞으로도 목숨이 있는 한 연구에 매진하고 싶다.

기시다 후미타카 岸田文隆

1960	태생.
1983	오사카외대 외국어학부 조선어학과 졸업.
1985	오사카외대 대학원 외국어학연구과 동아시아어학전공 석사과정 수료.
1988	교토대학 대학원 문학연구과 언어학전공 석사과정 수료.
1991	교토대학 대학원 문학연구과 언어학전공 박사후기과정 단위취득 퇴학.
1992~1999	도야마대학 전임강사.
1999~2007	오사카외대 외국어학부 조교수.
2007~2007	오사카외대 외국어학부 교수.
2007~2022	오사카대학 대학원 언어문화연구과 교수.
2022~	현 오사카대학 대학원 인문학연구과 교수.

주요저작(출간순)

저서

『「三譯總解」の滿文にあらわれた特殊語形の來源』, 東京外国語大学アジア・アフリカ言語文化研究所, 1997.

『(鍵屋歴史館所蔵 朝鮮語大通詞小田幾五郎編)虎説(解題・翻刻・現代語訳)』, 対馬鍵屋歴史館, 2022.

공저

『Aston 文庫所蔵 交隣須知－解題・本文・索引・原文』, 弘文閣, 2005.

『아스톤(W.G.Aston)旧蔵・京都大学文学部所蔵 隣語大方－解題・索引・原文』, 不二文化, 2005.

『아스톤(W.G.Aston)旧蔵・京都大学文学部所蔵 漂民対話－解題・本文・索引・原文』, 不二文化, 2006.

『対馬宗家文書史料 朝鮮訳官発給ハングル書簡調査報告書』, 対馬歴史民俗資料館編(長崎県教育委員会), 2015.

『朝鮮通信使易地聘礼交渉の舞台裏－対馬宗家文庫ハングル書簡から読み解く』, 九州大学出版会, 2018.

『(鍵屋歴史館所蔵 朝鮮語大通詞小田幾五郎修正増補)交隣須知』, 対馬鍵屋歴史館, 2023.

연구와 번역의 사이에서

요시카와 나기吉川 凪

1. 한국어와의 조우

내가 인하대 국어국문학과에서 박사학위를 받고 귀국한지도 벌써 20년이 넘는다. 지금은 한국현대문학을 일본어로 번역하는 일을 주로 하고 있어서 이 글의 내용이 책 제목을 약간 배신하겠지만 용서를 바란다.

돌이켜 보니 일본에서 많은 사람들이 한국에 관심을 가지기 시작한 것은 서울 88올림픽 전후가 아니었나 싶다. 올림픽 개최를 앞두고 여러 방송국이 한국관광정보를 제공하고 여행할 때 필요한 간단한 회화를 가르쳐 주는 프로그램을 방영했고 신문, 잡지도 그런 기사를 실었다. 그 이전에는 한국에 관한 뉴스는 독재정권이 지배하는 나라의 어두운 면이 주로 전해지고 한국관광도 기생관광을 연상해서 별로 좋은 인상이 없었는데, 언론이 근대적이고 밝은 서울의 모습을 보여주면서 한국의 이미지가 많이 좋아진 것 같다. 1984년에 NHK가 〈안녕하십니까? 한글강좌〉라는 이름으로 한국어강좌를 시작한 것을 계기로, 한국어학습에 관심을 가지는 사람이 늘어나고 새로운 한국어 교재들도 간행되었다.

그런 분위기 속에서 나도 한국어 입문서를 사서 글자와 발음, 문법, 어휘를 독습해 봤다. 올림픽을 보러 가려던 것도 아니고 목적이 있었던 것도 아니다. 한글은 합리적으로 만들어진 문자라 배우기 쉽다고 하기에 약간의 호기심이 발동했을 뿐이다.

그 공부가 이외로 재미있어서 YMCA가 운영하는 한국어교실에 다니기 시작했다. 일주일에 한 번 토요일 오전에 90분 수업이 있었고 끝나면 원어민 선생님이나 같은 반에서 배우는 사람들과 함께 점심을 먹었다. 나는 학부에서 불어를 공부했지만 불어는 열심히 해도 일상생활 속에서 쓸 기회가 별로 없었다. 그런데 한국은 가까워서 여행하기도 쉽고 한국유학생도 있어서 말할 기회가 얼마든지 있을 것 같았다. 한국어로 이야기를 나누는 것도 회사 밖에서 친구가 생긴 것도, 가끔 한국에 가서 관광하는 것도 마냥 신기하고 즐거웠다. 이때까지 한국어 공부는 그저 취미였다.

2. 어학당, 그리고 한국문학학교

그 무렵, 나는 다니던 회사를 그만두고 싶었는데, 어느 날 일본에서 한국어를 제대로 하는 통역자나 번역자가 부족하다는 내용의 신문기사를 우연히 발견했다. 한국에 가서 한국어를 제대로 배우면 앞으로 먹고 살 수 있지 않을까 그런 생각을 했다.

회사에 사표를 내고 서울에 갔더니 나처럼 회사를 다니다가 그만두고 온 20대 일본 여성이 적지 않게 있었다. 연세대 한국어학당 정규과정은 1급부터 6급까지 모두 다니면 졸업까지 1년 반이 걸리는데, 나는 3급에 들어가 4급을 월반한 후 5, 6급을 마치고 졸업했다. 1990년대 초에 일이다. 일단 귀국했지만 여러 모로 보아 실력이 부족한 것 같아 1년쯤 더 한국에 살았으면 하는 바람이 생겼다.

그래서 1994년에 비자를 받기 위해 서울의 모 대학교 신문방송학과 대학원 연구생으로 등록했다. 지금은 어떤지 모르겠지만 그때는 대학원 수업 하나만 등록해도 유학비자가 나왔다. 막연히 한국사회를 아는 데 도움이 될 것이라고 생각해서 사회학 계통의 학과를 선택했지, 특별히 무엇을 연구하려는 생각은 없었다. 석사과정 학생들과 함께 수업을 들었는데 그 수업은 미국에서 나온 영어논문을 읽는 것을 주축으로 하고 있었고 학생들도 영어만 잘하면 된다고 생각하는 것 같았다. 모든 학생들이 그랬을 리가 없지만, 어쨌든 나에게는 그렇게 보였고 한국에 왔는데 한국문화에 대해서 배우는 것이 별로 없어서 재미없었다.

그때 강남 쪽에 '한국문학학교'라는 것이 있다는 것을 알았다. 직장인을 상대로 작가나 시인, 평론가가 강의하는 학교로, 교장은 김정환 시인이었다. 그 학교가 언제 생기고 언제 없어졌는지는 모르겠지만 초기에는 유명한 작가를 배출했다고 나중에 들었다. 진은영 시인도 대학원생 시절에 다녔다고 한다. 나는 그 학교를 다녀 보기로 했다. 나는 석사과정 때 일본근대시에 관한 연구를 했다. 일본근대문학은 서양문학의 영향을 받으면서 시작했다. 그래서 한국 근대문학, 특히 근대시는 어떻게 발전해왔을까 하는 정도의 흥미는 있었던 것이다. 그것을 알기 위해 한국에 온 것은 아니었지만.

한국문학학교 강사는 신경림, 정호승, 강은교, 김원일, 이문구, 임헌영 등 유명한 문인들이었으나, 그 당시에 나는 이들에 대해 거의 아는 바가 없었다. 신경림 시인의 반에 등록한 것은 어떤 사람이 "이 선생님 강의는 틀림없이 재미있을 것이다"라고 말해 주었기 때문이다. 그런데 결과적으로 나는 거기서 참으로 많은 것을 배웠다. 직업도 연대도 다른 사람들과 함께 한국의 명작시에 대한 강의를 듣고 각자가 가져온 작품에 대해서 의견을 나눈 것은 소중한 경험이었다. 나는 내가 작품을 보고 느끼는 바가 한국 사람들의 그것과 크게 차이가 없다고 생각했다. 남에게 전달되는 글을 쓰는 것의 중요성과 어려움도 알았다.

3. 국문과 대학원에서

연구생 비자가 1년으로 끝나 다시 일본으로 귀국해서 아르바이트를 하며 지내던 어느 날, 신경림 선생님에게서 전화가 왔다. 인하대로 유학을 오라고 하셨다. 나중에 들은 바에 의하면, 선생님이 백일장의 심사를 하러 인하대에 가셔서 행사 후에 국어국문학과 교수들과 술을 드셨는데, 그때 인하대 대학원에는 우수한 외국학생을 우대하는 제도가 있다고 들으신 것이다. 그 후에 홍정선 교수에게서 이메일을 받았다. 교토에서 열릴 심포지엄에 참석할 예정이니 거기서 만나자는 것이었다. 심포지엄이 끝난 후에 면담한 것이 말하자면 면접시험이었다. 이렇게 해서 나는 다시 한국에 가게 되었다.

1997년 3월에 인하대 국어국문학과 박사과정에 입학했다. 한국문학을 전공한 적이 없어서 처음에는 공부하기에 급급했다. 한국 근대문학과 비교하기 위해 일본근대문학사를 복습할 필요성을 느껴서 도서관에서 일본근대문학전집이나 근대사상전집을 읽은 것이 큰 도움이 되었다. '도쿄 유학생' 출신의 문인들이 쓴 글에는 메이지明治, 다이쇼大正, 쇼와昭和 시대의 일본사회나 문학을 모르면 해명할 수 없는 부분이 분명히 있었기 때문이다.

한국문학을 공부하는 일본인에게 한국인이 보이는 반응은 여러 가지이다. 반가워하고 격려해 주는 사람도 많은 한편 외국인이 한국문학을 공부하는 것 자체가 마음에 들지 않는 사람도 있다. 어떤 사람은 첫 대면 때 무서운 얼굴로 내 앞으로 다가와서 "독도는 우리 땅입니다!" 하고 외쳤다. 내가 웃고 말았으니 그 사람은 더 기분이 나빴을 것이다.

학회에 참석해도 어떤 때는 차가운 시선을 느꼈다. 그런데 박사논문을 2001년 3월에 내고 몇 년 후에 서울대에서 열린 학회에 참석했을 때, 토론자로 나온 분이 "반갑다. 당신의 논문은 근대시를 전공하는 사람이 많이 보고 참고로 하고 있다" 하고 말해 주었다. 이를 통해 얻은 교훈은 외국인 학생이라면 수업의 발표문이든 학위논문이든 되도록 빨리 제출하는 것이 좋다는 것이다. 보여줄 것이 없으면 아무리 실력이 있어도 그 누구도 인정해 주지 않는다.

4. 발견의 즐거움

지금은 나아졌을지 모르지만 내가 박사과정에 다니던 당시 한국에서의 문학연구는 대체로 실증적인 면이 부족해 보였다. 그만큼 새로운 발견을 할 수 있는 기회도 많았다. 예를 들어, 시인 정지용은 교토에 유학했던 1927년에 신교계 교회에서 세례를 받고 불과 몇 개월 후에 천주교 교회에서 다시 세례를 받았다. 나는 직접 교회와 성당을 찾아가서 목사님과 신부님의 도움을 받아 처음으로 그 기록을 찾고 신앙이 급전환한 이유를 당시의 기록을 보면서 고찰했다.

재미있던 것은 한센병에 걸린 시인 한하운이다. 그는 자신의 저서 『나의 슬픈 반생기─고고한 생명』 등에서 1937년부터 2년간 도쿄에 있는 세이케이成蹊 고등학교에 다녔다고 기록했다. 2010년에 나온『한하운 전집』의「시인연보」도 그렇게 되어 있다.

2017년에 부평역사박물관이 인천가치재창조 선도사업인「지역문화 활성화를 위한 한하운 재조명 사업」을 진행했을 때, 나는 일본에서의 한하운의 행적을 찾는 일을 맡았다. 세이케이는 중퇴자의 기록도 보존하고 있어서 쉽게 찾을 것 같았다. 세이케이학원사료관成蹊學園史料舘을 찾아갔는데 사료관 학예원이 두 명이나 나와서 몇 시간 동안 같이 당시의 명단을 찾아 주었다. 그들도 한국에서 이름이 있는 문인이 세이케이 출신이라면 명예롭다고 생각했을 것이다. 그런데 모든 사람의 기대에 반하여 한하운의 본명도 필명도 창씨개명한 일본이름도 명단에 없었다. 한하운이 허풍을 친 것 같다. 그도 육십년 후에 누가 그런 기록을 찾으리라고는 상상도 못했을 것이다.

인터넷 덕택에 재미있는 일도 종종 일어난다. 1920년대에 한국 최초의 다다이스트를 자임한 '고따따'는 일본 다다이스트 다카하시 신키치高橋新吉, 쓰지 준辻潤, 아나키스트 아키야마 기요시秋山清와 친분이 있었다. 그 사실은 고따따가 남긴 글에도 나오고 일본 문인들도 그와 같이 지낸 추억을 글로 남겼다. 한국문학 연구자들 사이에서 고따따의 본명이 고한용高漢容이라는 사실은 잘 알려져 있었지만 자세한 것은 아무도 몰랐다. 아동문학자 고한승高漢承과 동일인물이라고 추측하는 사람도 있었다.

그런데 2012년 3월 말경, 고한용의 외손녀 되시는 박소현 씨에게서 이메일이 왔다. 그의 오빠가 외할아버지가 젊을 때 문학도였다는 이야기를 모친한테서 듣고 인터넷을 검색하다가 잡지에 발표된 내 글을 봤다고 했다. 그래서 박소현 씨가 출판사에 내 이메일주소를 물어보고 연락해 준 것이다. 고한용의 유족들 중에는 국문학을 전공하는 사람이 없어서 그들은 할아버지가 젊었을 때 다다이스트였다는 사실조차 모르고 있었다.

박소현 씨에게서 첫 번째 메일이 오고 얼마 지나지 않아 고한용의 두 번째 부인이 별세했는데, 장례식 날에는 친척 일동이 이 화제로 떠들썩했다고 한다. 유족들은 조용하고 온화했던 할아버지가 다다이스트였다는 사실을 듣고 놀랐으나, 사실을 사실대로 받아들이기로 의견을 모았다. 박소현 씨는 "우리들은 다다이스트였던 할아버지를 좋아하고 자랑스럽게 생각하고 있습니다"라고 하였다. 유족의 협력도 있어 고한용이 다다를 그만둔 후의 발자취도 대충 알게 되었고, 고한승은 먼 친척이 되는 다른 인물임을 족보로 확인했다. 고따따의 행적을 정리해서 낸 책이 바로『경성의 다다, 동경의 다다―고한용과 친구들』위즈덤하우스, 2015이다. 이 책은 2014년에 일본의 헤이본샤平凡社에서 먼저 간행한 것을 약간 수정해서 낸 것이다.

5. 출판사 '쿠온'의 탄생과 페미니즘 붐

2001년에 귀국하고 첫 해에는 일자리를 찾지 못해서 할 일도 없이 지냈다. 그래도 그 당시는 한국드라마나 영화가 일본에서 인기를 얻게 되어 대학교에서 제2외국어로 한국어를 선택하는 학생이 급증하는 시기였다. 그 덕분에 그 다음 해부터는 대학교에서 시간강사를 하게 되었다. (10년 넘게 했지만 몇 년 전에 다 그만두었다)

그런데 당시의 '한류'는 한국문학까지는 그 영향을 미치지 못하고 있었고, 한국 관련 서적은 잘 팔리지 않는다는 것이 일본출판계의 상식이었다. 특히 문학은 인지도가 낮아서 뛰어난 작품이나 한국에서 베스트셀러

가 된 작품을 번역해도 일본에서 출판될 가망이 별로 없었다. 서울예술대학 문예창작과를 졸업하고 니혼대학日本大學 예술학과에 유학한 후 도쿄에서 일하고 있던 김승복金承福 씨가 2007년에 한국현대문학을 전문으로 하는 출판사 '쿠온ᶜᵘᵒⁿ'을 설립한 것도 그런 이유 때문이다. 좋은 작품을 출판인들에게 소개해도 내 주지 않으니 직접 출판해 보자고 생각한 것이다. 주변 사람들의 눈에는 이 회사가 매우 위태롭게 보였다.

나는 2010년경 쿠온이 '새로운 한국의 문학 시리즈'의 첫 번째로 한강의 『채식주의자』김훈아 역의 편집 작업을 하고 있을 때 김승복 사장을 소개받았다. 이 시리즈는 충실한 내용과 세련된 장정으로 호평을 받고 있으며 지금까지 23권이 나왔다. 나도 그 중 박성원의 『도시는 무엇으로 이루어지는가』, 신경림의 시선집인 『낙타를 타고』, 정세랑의 『이만큼 가까이』, 김영하의 『살인자의 기억법』, 김혜순의 시집인 『죽음의 자서전』 등을 번역했다.

쿠온은 작가를 모시고 토크 이벤트 등의 행사도 했다. 지금은 한국 작가가 일본에 오는 기회도 적지 않지만 그때는 좀 귀했다. 쿠온이 헌책방의

〈그림 2〉정세랑 이벤트 1　　　　　　〈그림 3〉정세랑 이벤트 2

거리인 진보쵸神保町로 자리를 옮기고 2015년 7월에 북카페 '책거리'를 오픈하면서 독서회나 한국문화에 관련된 행사를 거기서 자주 하게 되었다. 정세랑 작가나 최은영 작가가 책거리에 왔을 때는 내가 인터뷰를 했다.

　그후 쿠온은 다른 시리즈도 출판하기 시작했다. 나는 '한국문학의 명작 시리즈'로 김원일의 『마당 깊은 집』, 최인훈의 『광장』, 정지용의 시선집, 오규원의 시선집, 이청준의 『소문의 벽』 등을 내고, '셀렉션 한·시韓·詩 시리즈'로 오은의 『나는 이름이 있었다』를 번역했다.

　내가 번역을 맡은 소설 중에서 가장 긴 작품은 뭐니 뭐니 해도 박경리의 『토지』이다. 『토지』 20권의 완역출판은 출판사 쿠온이 사운을 건 프로젝트라 할 수 있다. 번역은 나와 시미즈 지사코淸水千佐子 씨가 권마다 교대하면서 담당했는데, 제1권은 2016년 11월에 간행되었고 2024년 중에 제20권이 나와서 완결될 예정이다.

　물론 번역은 쿠온만이 아니라 김소연의 『옆집의 영희 씨』를 낸 슈에이샤集英社 등 다른 출판사의 일도 하고 있다.

　김승복 사장은 한국문학을 일본에 보급시키기 위해 2011년에 K-BOOK진흥회2020년 4월부터 일반사단법인 K-BOOK진흥회를 결성했다. 진흥회는 출판계 사람들에게 한국에서 나온 책을 소개하고, 한국문학번역원이나 대산문화재단의 지원금 제도를 설명하면서 한국 서적을 번역 출판하도록 독려하고 있다.

2018년에 일본에서 출판된 『82년생 김지영』사이토 마리코(斎藤真理子) 역, 지쿠마 쇼보(筑摩書房)은 21만 부가 팔렸다. 이 무렵부터 한국의 젊은 여성작가들이 쓴 페미니즘소설이 많이 번역돼서 화제를 모으기 시작했다. 여성을 중심으로 한국 현대문학의 애독자가 증가한 것은 반가운 일이었으나 잘 나가는 책이 대개 페미니즘을 주제로 한 소설이라 '한국현대문학 = 페미니즘문학'이라는 이미지가 박혀 버렸다. 또 폭발적으로 팔리는 작품은 대개의 경우 K-POP 등의 연예인이 읽었다고 전해진 책으로, 소위 '아이돌 셀러'의 요소가 적지 않으며 그런 것과 관련이 없으면 많은 부수를 기대하기가 어렵다.

하여간에 외국문학출판이 부진한 일본출판계에서 현재 한국문학이 주목을 받고 있는 것은 사실이다. 한국문학을 내는 출판사도 많이 늘었다. 2018년에 쿠온과 K-BOOK 진흥회의 공동주최로 '번역 콩쿠루'가 시작되고 나도 세 번쯤 심사위원을 했다. 2019년부터 매년 가을에 열리는 'K-BOOK 페스티벌'도 많은 출판인과 독자들이 모여서 성황을 이루고 있다.

6. 대시, 연시로 이어지는 인연

2012년에 신경림의 시선집을 낸 후 신경림 시인과 일본의 원로 시인 다니카와 슌타로谷川俊太郎 시인과의 대담, 그리고 두 시인이 번갈아 짧은 시를 써서 한편의 긴 시로 엮는 '대시對詩'를 기획했다. 대시는 여러 명으로 하면 '연시連詩'라고 불린다. 대시도 연시도 원래 한 자리에 앉아서 하는

〈그림 4〉 다니카와 이벤트

것인데, 요즘은 이메일을 주고받고 하는 경우도 많다.

　두 거장의 대시는 내가 번역하고 연락하는 역할을 맡아 2014년 1월에 시작하였다. 그러던 중에 세월호사건이 터졌다. 한국에서 많은 작가와 시인들이 그랬듯이 신경림 시인도 심한 충격을 받아 얼마 동안 글을 쓰지 못했다. 대시의 흐름이 끊겨서 애를 먹었으나 그만큼 깊은 인상이 남아 있다. 대담은 도쿄 한국 YMCA2012와 파주 북소리2013에서 두 번에 걸쳐 이루어졌다. 한일관계가 별로 좋지 않은 시기에 다니카와 시인을 모시고 한국을 다녀온 것은 좋은 추억이었다. 다니카와 시인과 신경림 시인의 대시와 대담 등을 엮은 책인 『모두 별이 되어 내 몸에 들어왔다』예담, 2015는 일본에서도 『酔うために飲むのではないからマッコリはゆっくり味わう』쿠온, 2015라는 제목으로 간행되었다.

　이야기는 여기서 끝나지 않는다. 파주 북소리 행사를 끝내고 서울에서 호텔에 체크인을 했을 때, 어떤 노신사가 다니카와 시인을 찾아왔다. 일본어를 잘하는 신사는 다니카와 시인을 보자마자 "사노 상이 돌아가신 것을 뒤늦게 알았습니다"라고 했다. 통역할 필요가 없어서 김승복 사장과 나는 자리를 피했는데, 나중에 알고 보니 그 손님은 최정호 연세대 명예교수였다. 최 교수는 신문사 논설위원도 역임하고 한국에서 가장 오랫동안 신문에 칼럼을 연재한 원로 언론인이기도 하다. 그는 다니카와 시인의 세 번째 부인1990년에 결혼하고 1996년에 이혼이자 그림책인 『백 만 번 산 고양이』의 저자로 한국에서도 잘 알려진 사노 요코佐野洋子 씨가 1966년경에 독일에 체재했을 때 친하게 지낸 사이였으며, 다니카와 시인과도 몇 번 만난 적이 있었다. 사노 요코 씨는 그를 짝사랑해서 만년에 이르러서도 계속 편지를 보냈다. 최 교수는 그를 애인으로 삼을 생각은 전혀 없었지만, 소중한 친구로 여기고 그 글재주를 아꼈다. 디자이너였던 사노 요코 씨에게 글을 써보라고 권한 사람이 바로 최 교수다. 그를 만나지 않았더라면 그림책 작가 사노 요코는 탄생하지 못했을 지도 모른다.

일본에 돌아온 후 김승복 사장이 최 교수의 편지를 받았다. 사노 요코 씨한테 받은 편지를 많이 가지고 있으니 서간집으로 내면 어떠냐는 것이다. 그렇게 해서 『친애하는 미스터 최』라는 책이 2017년에 '남해의 봄날'과 쿠온에서 한일 동시 간행이 되었다. 번역은 내가 맡았다.

2015년에 요쓰모토 야스히로四元康祐 시인이 한국어, 중국어, 일본어로 하는 '삼개국어 연시'를 계획했을 때, 그것에 참가한 다니카와 시인의 소개로 내가 김혜순 시인의 시를 일본어로 번역해서 일본시인들에게 전달하고 일본시인들의 시를 한국어로 번역해서 김혜순 시인에게 전달하였다. 이 연시는 각 나라에서 잡지한국에서는 『월간 현대시』에 실렸으며, 오스트레일리아의 출판사에서는 *Trilingual Renshi*Nagabond Press, 2015라는 책으로 출간되었다. 김혜순의 『죽음의 자서전』에 대한 일본어판을 내게 된 것도 그런 인연이 있었기 때문이다.

7. 코로나 사태와 다국적 앤솔로지

코로나19가 돌았을 때 여러 나라의 작가나 시인의 글을 모은 앤솔로지를 만드는 일에 몇 번 참가했다. 『지구에서 스테이』넥서스, 2020과 그 일본어판인 『地球にステイ!』쿠온, 2020는 한국과 일본을 비롯해 각국의 시인 56명

이 코로나 사태를 주제로 쓴 시를 모은 앤솔러지 시집이다.

또 다른 시집은 영국에 사는 루마니아인 작가 이오아나 모퍼고[Ioana Morpurgo]의 제안에 힘입어 세계 각국의 시인 100명이 영어로 짧은 시를 써서 이메일로 다음 시인에게 릴레이하는 방식으로 이어가면서 긴 시 한 편으로 만든 것이다. 일본에서는 요쓰모토 시인이 이 일에 참여했다. 쿠온은 한국 시인 여덟 명의 작품을 추가해서 영어 시와 일본어 번역문을 대역으로 하는 시집으로 내기로 하고 한국 출판사에 같이 간행하자고 제의했다. 그렇게 해서 나온 시집이 『그 순간 문 열리는 소리가 났다』안온북스, 2020, 일본판은 『月の光がクジラの背中を洗うとき』, 쿠온, 2020이다. 이 두 가지 앤솔로지에서 나는 한일 양쪽에서 번역에 관여했다.

정세랑 작가의 제안으로 시작한 『절연』2022은 한국, 일본, 태국, 중국, 싱가포르, 홍콩, 티베트, 베트남, 대만의 소설가가 '절연'을 주제로 소설을 써서 모은 단편집이다. 일본출판사 쇼가쿠칸小學館이 기획하고 문학동네가 동시 간행하였다. 나는 일본판에서 정세랑의 「절연」을 번역했다.

8. 한국현대시에 대한 관심

최근에 와서는 왠지 시를 번역할 기회가 많아졌다. 일본에서 한국 현대 시인의 시집은 드라마나 K-POP 스타와의 관련으로 화제가 된 것 이외에는 보통 잘 팔리지 않는데도, 쿠온, 쇼시칸칸보書肆侃侃房, 시쵸사思潮社 등 뜻이 있는 출판사가 한국 시집을 시리즈로 내고 있다.

문예지가 아닌 일반잡지가 한국 현대시에 관심을 보인 것은 신기한 현상이다. 예를 들어 문방구회사 고쿠요 계열의 잡지 *WORKSIGHT*는

2023년 10에 발행한 21호에서 시인 유희경과 진은영이 한국 현대시의 현황이나 자신의 활동 등을 이야기한 인터뷰 기사를 실었다. 기사를 쓰는 데에는 나도 협력했다. 패션잡지 *SPUR*의 2023년 11월호에서는 「아가씨는 니트와 한국시를 사랑하다」라는 제목으로 니트를 입은 모델의 사진에다 한국 현대시김승복 씨가 골랐다의 일 절을 곁들인 페이지를 만들었다.

　소설가들도 그렇겠지만, 한국과 일본의 시인들은 서로 교류하고 싶어 하는 것처럼 보인다. 그들은 대산문화재단이나 한국문학번역원이 주최하는 큰 공식행사에서 만날 수도 있을 것이다. 그런데 지금은 한국에서 누가 일본에 여행 온 김에 작은 모임을 여는 경우도 있다. 최근에 그런 식으로 해서 이병률 시인, 문보영 시인의 이벤트를 책거리에서 했다. 이런 행사는 규모는 작아도 깊고 따뜻한 모임이 된다. 나는 동시대의 한국시에 대해서 잘 몰랐는데, 그런 모임에 필요한 번역 등의 작업을 통해서 조금씩 알게 되었다. 이와 같이 한국과 일본의 작가, 시인들이 친하게 지낼 수 있는 작은 행사가 앞으로도 조금씩 있을 것이다. 내가 앞으로 어떤 일을 할지는 제쳐놓고 이런 교류를 곁에서 돕는 기회가 계속 있기를 바란다.[1]

1　이 글을 쓴 이후 일본어판 『토지』는 완간되었고, 한강 작가가 노벨문학상을 수상하면서 일본에서 한국문학의 위상은 더욱 높아졌다. 신경림 시인과 다니카와 슌타로 시인은 세상을 떠났다. 2024년은 참으로 많은 일이 있었던 해였다.

요시카와 나기吉川 凪

일본 오사카 태생. 연세대학교 한국어학당에서 한국어를 배웠다. 1997년 3월 인하대 국어국문학과 대학원 박사과정 입학. 2001년 2월 인하대 국어국문학과 대학원 박사졸업. (문학박사) 김영하著『살인자의 기억법』의 번역으로 제4회 일본번역대상 수상.

주요저작(출간순)

『京城のダダ, 東京のダダ－高漢容と仲間たち』, 平凡社, 2014.
『경성의 다다, 동경의 다다－고한용과 친구들』, 위즈덤하우스, 2015.

한국어 학자로 걸어온 길

요시모토 하지메吉本 一

1. 한국어 학자가 되기까지

"왜 한국어를 연구하게 됐어요?"라는 질문을 지금까지 많이 들어 왔다. 왜 한국어를 연구하게 되었는지, 솔직히 말하면 필자 자신도 정확한 대답을 할 수 없다. 본인도 잘 모르는 사이에 어쩌다 그렇게 되었는데, 반생을 되돌아보면 어떤 계기가 있었는지 단서가 보이지 않을까 싶다.

1) 대학생 시절까지 일본 미야자키, 오이타

필자는 1963년 일본 미야자키에서 생활이 넉넉하지 않은 가정의 3형제 중 장남으로 태어났다.

1982년 4월부터 1986년 3월까지 오이타대학大分大學 경제학과를 다녔으며, 그 기간은 필자의 인생에서 매우 의미 있는 시간이었고 다양한 경험을 쌓을 수 있었다.

4년간 일정 수준 이상의 성적을 유지하며 학비를 전액 면제받고 다닐 수 있었다. 또 학교 기숙사도 매우 저렴해서 돈이 거의 들지 않았다. 한 달에 1만 엔 남짓이면 하루 세 끼를 먹고 자고 수도, 전기, 가스 요금까지

233

내기에 충분하였다. 그러나 기숙사는 특이한 곳이었다. 밤 11시가 넘으면 선배가 후배들에게 기합을 주는 시간이 되었고, 선배가 부르면 후배들은 바로 복도에 나가 줄을 서야 하였다. 선배의 말에 동시에 큰 소리로 대답을 해야 했고, 줄을 서는 것이 늦거나 대답 소리가 작거나 대답하지 못하면 두들겨 맞기도 하였다. 그러한 일을 견디지 못한 사람은 정신이 이상해져서 학교를 그만두거나 몰래 도망갔다. 입학 당시 신입생이 약 100명이었으나 한 달 후에는 겨우 40명만 남았다. 그때의 인연은 지금도 이어져 동급생들 대부분과 연락을 주고받고 있다.

정신적·육체적으로 단련하기 위해 가라테^{공수도} 동아리에 들어갔다. 가라테 동아리 옆에서는 유도, 검도, 아이키도, 소림사권법 등이 연습하고 있었고, 그 사람들과도 친해졌다. 소림사권법 동아리 친구 중 한 명이 중국 무술을 하는 분을 우연히 만나면서 중국 무술을 배우기 시작했다. 그 사람의 권유에 따라 필자도 태극권을 배우게 되었고, 함께 중국 무술 동호회를 만들었다.

대학을 다니면서 아르바이트도 많이 하였다. 라면 배달, KFC 주방 일, 게임센터 점원, 이삿짐 나르기, 전단지 나누기, 막노동, 청소 등 여러 가지 일을 했다. 그 당시 시급은 많지 않았지만 한 달에 10만 엔 이상 받을 정도로 일을 많이 했다.

아르바이트 수입의 대부분으로 책을 사서 읽었다. 그전까지 별로 공부하지 않았기 때문에 아는 것이 너무 적다는 생각이 들어, 세계 명작과 일본 명작, 철학 사상, 역사^{특히 고대사}에 관한 책을 사서 시간이 날 때마다 읽었다. 4년 동안에 1,000권 이상 읽었을 것이다.

대학 1학년 때, 가라테 동아리의 4학년 선배가 기숙사 방에 찾아와 "재미있는 곳으로 데려갈 테니까 따라와"라고 하길래 따라갔더니, 신자수명

会神慈秀明숲라는 종교 단체였다. 별로 마음이 내키지 않았으나 선배의 강요를 이기지 못해 그 종교에 가입했다. 일주일에 한 번 정도 다녔던 것 같다. 하지만 처음부터 좋아서 간 것은 아니었기에 선배가 졸업한 후에는 자연히 점점 안 가게 되었다.

가라테 동아리의 한 친구는 필자의 인생에 큰 영향을 미쳤다. 그는 시중의 음식이 몸에 해롭고 자연식품과 건강식품을 먹어야 한다고 주장하며, 건강하게 살기 위해 금식을 해야 하고, 중국의 내공 수련과 명상을 통해 신선이 될 수 있으며, 인도의 요가 체조와 명상 등으로 각성할 수 있다는 등의 이야기를 자주 했다. 여러 가지 책도 소개해 주었지만 그 사람은 이런저런 이야기만 할 뿐 해 보지는 않았다. 필자는 반신반의하면서도 스스로 해 보기로 하였다. 대학 2학년, 3학년, 4학년 때 세 번 나고야와 시즈오카에 있는 요가 도장에 가서 금식, 요가 체조, 명상을 해 보았다. 그곳에서 만난 몇 사람과 아주 친해졌다. 3학년 때는 유명한 건강식품 회사 사장님 아들과 친해져 그 집에서 2주 정도 지냈다. 4학년 때는 도쿄에 사는 대학생과 친해져서 역시 그 집에서 2주 정도 지냈다. 그때 얻은 정보를 바탕으로 유기농업과 관련된 졸업논문을 쓸 수 있었다. 취업 활동을 할 때는 요코하마에 있는 기숙사 친구 집에서 2주 정도 지내며 여러 군데 면접을 보러 다녔고, 그중 한 회사에 취직할 수 있었다.

대학생 시절에 겪었던 여러 경험과 읽은 책들을 통해 아시아에 관심을 가지게 되었다. 그때의 관심 범위는 일본, 한국, 중국, 인도 등이었다. 어느 날 만난 한 사람에게 "아시아에 관심이 있다"라고 했더니 그 사람이 "성격이 어두운 사람이구나"라고 했다. 아마 그 사람 생각으로는 성격이 밝은 사람은 미국이나 유럽 쪽에 관심을 가져야 한다고 생각했던 같다.

2) 회사원 시절 요코하마, 오사카

대학을 졸업한 후 1986년부터 2년간 자연식품 회사에서 근무했다. 그 회사는 사원이 약 100명 정도였으며, 매출 100억 엔을 목표로 내세울 만큼 자연식품 업계에서는 상당히 큰 편이었다. 요코하마에 있는 본사에 발령받아 신입 사원 연수를 받았으나, 오사카 지사에서 갑자기 그만둔 사람이 있어 급히 그쪽으로 가게 되었다.

오사카 지사는 정사원과 파견사원을 합쳐 약 10명 정도밖에 안 됐는데, 종교를 믿는 사람들이 많았다. 일본 신도神道를 믿는 사람, 창가학회創價學會를 믿는 사람, 여호와의 증인을 믿는 사람, 통일교 간부를 지낸 사람 등이 있었다. 그곳에서도 선배들의 청유를 거절하지 못해 이리저리 따라다니며 어쩔 수 없이 가입신청서를 쓰기도 했지만, 역시 마음이 내키는 곳은 없었다.

회사 일은 매우 바빴다. 어떤 날은 아침 일찍 오사카를 출발해 나라와 와카야마를 돌고, 또 교토나 효고까지 다녀온 후 밤늦게 겨우 회사로 들어왔다. 밤이 늦어지면 집에 못 가고 회사에서 자야 했다. 또한 토요일이나 일요일에도 출근해야 하는 날이 많았다. 매일 일에 쫓기는 생활에 지쳐 2년 만에 회사를 그만두게 되었다.

3) 한국어 연수와 일본어 교사 서울, 광주

회사를 그만두고 나서 그다음에 무엇을 할까 고민하면서 그동안 읽지 못했던 책들을 읽었다. 마침 서울올림픽 덕분에 한국이 주목을 받고 있던 시기였다. 1988년 가을, 첫 해외여행으로 한국에 가 보기로 했다. 한국으로 가는 비행기 안에서 한국어를 공부해 보았는데, 그 경험이 신기하고 재미있어 신선한 충격으로 다가왔다. 한글의 자형과 발음이 신기했고,

한글을 쓸 때와 읽을 때 달라지는 규칙이 재미있었다. 예를 들어, 연음, 경음화, 격음화, 비음화, 유음화와 같은 음운 변화들이 있다는 점이 흥미로웠다. 또한 문법도 재미있었다. 예를 들어, '-은 / 는', '-을 / 를', '-이 / 가'와 같이 자음으로 끝나는 말과 모음으로 끝나는 말에 붙을 때 조사의 형태가 달라진다는 것 등이었다. 한편으로는, 한국 사람들이 정말로 이렇게 어려운 문자와 언어를 능숙하게 사용하는지 의문이 들기도 했다. 한국에 도착한 뒤에는 말은 거의 못 하고, 책에 나와 있는 문장을 손가락으로 가리키며 의사소통을 했다. 책에 적힌 문장을 본 사람들이 그 내용을 이해하는 모습이 또 신기했다. 서울과 부산을 조금 돌아본 짧은 여행이었지만 한국에 다시 가서 한국어를 더 배우고 싶다는 생각이 들었다.

몇 달 후, 고려대 어학연수를 위해 1989년 초에 유학 비자를 받고 다시 한국으로 갔다. 그 당시 대학에서는 학생들의 시위가 심해 학교 안에 들어갈 수 없다고 하여, 얼마 동안 대기하다가 나중에 부속 중학교 교실에서 방과 후에 수업을 들을 수 있었다. 연수를 통해 한국어 실력이 늘었고, 일상회화 정도는 할 수 있게 되었지만, 공부하면 할수록 모르는 것이 많아지고 더 깊이 공부하고 싶다는 생각이 들었다. 반년 정도 한국에 체류하는 동안 지인의 소개로 한 여성을 만나게 되었다. 그 여성은 부산 출신으로, 인천, 목포, 부산 등지에서 학교를 다녔고, 거제도에서 일을 하다가 서울로 올라왔다. 처음 만난 순간부터 그 여성에게 끌렸고, 다른 사람의 말은 잘 이해하지 못했지만 신기하게도 그 여성과는 의사소통을 할 수 있었다. 다른 한국 사람이 한 말을 그 여성이 쉬운 한국어로 통역(?)해 주기도 하였다.

어학연수를 마치고 일본에 귀국한 후, NHK 라디오 강좌를 들으면서 계속 한국어 공부를 했다. (사실은 동시에 중국어 공부도 하고 있었지만 여러 가지 이유로 중간에 포기했다) 또한 어학연수 때 만났던 여성에게 말이 되든 안 되든 자주 편지를 보냈고, 그것이 한국어 공부에 큰 도움이 되었다. 그러는 사이에 서로에 대한 애정을 확인하고 결혼하기로 했다.

1991년 10월부터 1년간 광주에 있는 외국어학원에서 일본어를 가르치게 되었고, 그곳에서 결혼 생활을 시작하였다. 일본어를 가르치는 일이 재미있었고, 그때 가르친 학생들과 지금도 연락을 주고받고 있다. 하지만 당초의 이야기와 달리 급여가 적어서 생활이 힘들었다. 어느 날 가까운 대학에서 일본어를 가르치던 일본인 교수가 학원에 찾아왔다. 그는 자신의 대학에서 가르치는 학생이 필자의 수업도 듣고 있다며 인사를 하러 왔다고 했다. 그때 그 교수와 여러 가지 이야기를 나누었는데, 본인이 대학원에서 한국어를 전공하고 있으며, 지금 한국어를 배우면 일본 대학에서 교수가 될 수도 있다는 말이 뇌리에 박혔다. 생활이 어려워 다른 길을 모색해야 한다고 고민하고 있었기 때문에 그 말이 계기가 되어 한국어를 전공하기로 마음먹었다.

그 기간에도 계속 한국어 공부를 했다. 신문 기사, 특히 사설을 오려서 노트에 붙이고 모르는 단어를 찾아 정리했다. 처음에는 2~3시간 걸렸지만, 1년 정도 지나니까 10분 정도면 읽을 수 있게 됐다. 당시 유행가의 가사를 노트에 옮겨 적고 그 옆에 일본어 번역을 써서 한일어 대조를 하며 익히기도 했다. 밖에 나가면 간판에 적힌 글자를 소리 내어 읽는 연습도 했다. 그리고 길거리에서 나누어 주던 한국어 성경과 일본어 성경을 받아 매일 조금씩 읽었다.

되돌아보면 한국어 학자가 되기로 결심한 직접적인 계기는 광주에서 만난 일본인 교수의 한마디였다. 하지만 그 이전부터 한국어에 대해 지속적인 관심을 가지고 있었고, 그러한 상황에 이르기까지 여러 가지 요인이 작용했을 것 같다.

2. 한국어 학자로 걸어온 길

정확히 언제부터 한국어 학자가 되었다고 선을 긋기는 어렵지만 대학원에서 한국어를 전공하게 되었을 때부터 한국어 학자의 길을 걷기 시작했다고 할 수 있겠다.

1) 대학원생 시절 부산, 창원

한국어를 전문적으로 연구하는 길을 선택하면서 어느 대학원을 가야할지 고민해야 했다. 원래 어학 전공이 아니어서 아무런 정보도 없었기 때문이다. 그 당시 광주에서도 몇몇 대학원에 가서 이야기를 들어 보았고, 이전에 살던 서울로 가는 것도 물론 고려해 보았다. 그러나 아내의 고향이자 친척 집이 가까운 부산에서 대학원을 찾기로 결정하였다. 장인어른께서 부산대 대학원에 연락해 주셨고, 그때 학과장이셨던 김일웅 선생님을 찾아뵈었다.

1993년 3월부터 1996년 2월까지 3년간 부산대 대학원 국어국문학과 석사 과정을 다녔다. 처음에 면접을 해 주셨던 김일웅 선생님께서 지도교수가 되어 주셨다. 다만 필자가 원래 어학 전공이 아니었기 때문에 1년간 학부에서 선수과목만 들어야 했다. 사실 학부 수업을 듣는 것도 쉽지 않았다. 대학원에 들어가기 전에 고등학교 문법 교과서는 모두 읽고 이해할 수 있도록 준비를 해 두었지만, 부산대 국어국문학과 수업에서는 임자씨, 풀이씨, 토씨, 임자말, 부림말, 풀이말과 같은 생소한 용어를 사용하고 있었다. 어느 날 김일웅 선생님 연구실에 가서 "용어가 어려워서 수업 내용을 이해할 수 없습니다"라고 솔직히 말씀드리자, 선생님께서는 "다른 학생들도 다 모르니까 걱정하지 마. 금방 익숙해진다"라고 하셨다. 그 말

쓴대로 금방 익숙해지기는 했다. 2년째부터는 대학원 수업을 들을 수 있게 됐지만, 역시 고생하였다. 현대 한국어도 어려운데 중세 한국어나 근세 한국어도 읽어야 했고, 대학원생들이 돌아가면서 발표를 해야 하므로 할당된 부분에 대해 공부하고 발표 요지를 작성해야 했다. 또 영어로 된 교재를 읽고 번역해야 하는 경우도 많았다.

대학원에서 3년 공부한 후, 1996년 8월에 석사 학위 논문을 제출하였다. 대학원을 다니면서 관심을 가지게 된 이동 동사의 의미·용법을 '시점'이라는 개념으로 분석한 것이었다. 그때부터 30년 가까이 지난 지금까지 필자의 기본적 생각은 바뀌지 않았다. 논문 심사 과정에서 약간 문제가 된 부분은 이동 동사 '오다 / 가다'의 시간적 용법이었다. '오다 / 가다'가 시간 자체의 이동을 나타낼 때는 미래 → 현재 → 과거의 순서가 되고, 인간의 이동을 나타낼 때는 과거 → 현재 → 미래의 순서가 된다고 썼는데, 심사위원 세 분이 이해하기 어려워하셨다. (이러한 견해는 현재 인지언어학의 정설로 자리 잡고 있다)

석사 학위 논문 심사 과정에서 걸린 시간 표현에 대해 심화 연구를 본격적으로 하고 싶어서 박사과정에 진학하기로 했다. 1997년 3월부터 1999년 2월까지 부산대 대학원 박사과정을 다녔다. 박사과정 때는 최규수 선생님이 지도 교수를 맡아 주셨고, 수업마다 주어진 과제를 수행하면서 틈틈이 시간 표현의 실례를 찾아보고 분석하는 작업을 진행하였다. 그 과정에서 인지언어학 이론에 빠져들게 되었다.

필자가 왜 언어학 중에서도 인지언어학을 전공하게 되었을까? 부산대 대학원을 다닌 것이 인지언어학 쪽으로 나아가는 계기가 된 것은 분명하다. 부산대에서는 유독 '시점' 연구가 활발히 진행되었다. 김일웅 선생님, 최규수 선생님, 박선자 선생님 세 분이 '시점'또는 '볼자리'을 주제로 논문을 쓰셨다. '시점'은 원래 일상적인 단어로, 주로 문학 분야에서 사용되어 왔으며 1970년대 후반에 일본인 학자들에 의해 어학 용어로 도입되었다. 현재는 인지언어학 분야에서 활발하게 연구되고 있다. 김일웅 선생님 수업에서는 일본 학자들이 집필한 책을 교재로 사용하기도 하였다. (나중에 알고 보니 그 책의 저자는 일본인지언어학회 초대 회장과 제2대 회장이었다) 필자가 석사 학위 논문을 집필하던 시기에 『인지문법론』야마나시 마사아키, 히쓰지서방이 출간되어 많은 영향을 받았다. 경상도 지역에서는 일찍부터 인지언어학에 대한 관심이 높았다. 부산대 대학원 박사과정 동기인 배도용 선생이 주도하여, 1997년에 나온 번역서 『인지언어학의 기초』가와카미 세이사쿠 편저, 한국문화사와 『인지 의미론』임지룡, 한국문화사을 가지고 스터디를 진행하였다. 인지언어학에 관심을 가지게 된 것은 틀림없이 주변 환경의 영향이었다고 하겠다.

석사 과정에서 2년 공부를 마친 후, 1995년 3월부터 1999년 2월까지 창신대학교 일어과 전임강사로 재직했다. 대학에서 자리를 잡은 후 수입 면에서는 어느 정도 안정되었지만, 생활은 여전히 힘들었다. 그 당시 창신대 일어과에는 주간반, 야간반, 산학반산학 협동이 있었고, 아침 8시 반부터 밤 10시 반까지 주 20시간 이상 수업을 해야 했다. 또한 평일에는 마산현재 창원과 부산을 오가며 교육과 연구를 진행해야 했다. 그리고 토요일과 일요일에는 주간반 MT, 야간반 MT, 산학반 MT, 전체 MT, 주간반 체육대회, 야간반 체육대회, 산학반 체육대회, 전체 체육대회 등 다양한 행사가 매주 열려서 참여해야 했다. 창신대학교는 기독교 학교로, 학교 안에 교회도 있으며 예배 시간도 있었다.

부산에 있었을 때 같은 건물에 기천문氣天門 사범이 살고 계셨고, 뭔가 운동을 해야겠다는 생각에 1년 동안 기천문 도장에 가서 배우기도 하였다.

2) 대학원 수료 이후 서울, 일본 가나가와

박사과정을 수료한 후, 1999년 3월부터 2008년 2월까지 동국대 일어일문학과에서 전임강사 및 부교수로 재직하였다.

동국대는 불교 대학이어서 학교 안에 불당이 있고, 쉬는 날에는 교수들이나 스님들과 함께 여러 사찰에 가기도 하였다. 또 문과대 교수들과의 여러 모임은 즐거운 추억으로 남아 있다. 특히 국어국문학과 김무봉 선생님과 정우영 선생님으로부터 많은 가르침과 은혜를 받았다. 김무봉 선생님과의 인연에 대해서는 『그대 있어 우리들 내일이 춥지 않고』해조음, 2015 라는 책에 「인자하신 선생님」이라는 글을 썼다. 일어일문학과 교수 중에서는 나이가 비슷한 김환기 선생님과 친하게 지내며 불교문학에 관한 책을 공동으로 번역·출판하기도 하였다.

서울대의 민현식 선생님은 귀중한 자료를 나누어 주시고 국어학과 관련된 여러 가지 조언을 해 주셨다. 경북대의 임지룡 선생님은 인지언어학에 관한 많은 가르침을 주셨고, 함께 공저와 공역으로 여러 책을 출판했다. 전남대의 나익주 선생님과는 정신공간에 관한 책을 함께 번역하여 출판했다. 또한, 나익주 선생님의 소개로 작가 황광우 선생님을 알게 되었고, 한겨레신문 말글연구소 연구원으로 일하게 되었다. 한국외대의 이성하 선생님은 문법화 등에 관한 가르침을 주시며 사람의 도리를 깨우쳐 주셨다.

동국대에서 근무한 시기도 정말 바빴다. 일주일에 20시간 가까이 수업을 했고, 어떤 날은 아침 8시 반부터 수업을 시작하고 중간에 쉬었다가 밤 11시까지 수업을 하는 경우도 있었다. 국어학한국어학 관련 학회, 일본어학 관련 학회, 언어학 관련 학회를 합쳐서 10개 이상 학회에 가입했고, 거의 매주 토요일과 일요일에는 학회에 참석했다. 한편, 일본어 교과서를 비롯한 저서·번역서를 20권 집필했다.

그런 바쁜 와중에서도 연구는 착실히 수행하였다. 늘 책과 논문을 읽고 예문을 정리하며 학회 발표와 논문 집필을 진행하였다. 한때는 조선일보에 「일본어 한마디」라는 기사를 매일 연재하고, 연재한 기사에 설명을 보충해 책으로 묶고, 동아일보의 일본어 번역 감수도 하면서 동시에 박사 학위 논문도 쓰고 있었다. 그 당시에는 '과로사'라는 말이 절실하게 다가왔고, 밤에 잠들면 아침에 눈을 못 뜨고 그냥 가 버리는 것이 아닐까 하는 생각이 들 정도였다. 그래도 고생한 덕분에 시간 표현에 대한 인지의미론적 분석을 한 논문을 완성하고, 2006년 2월에 무사히 박사 학위를 받게 되었다.

그 시절 대부분의 한국 대학에서는 외국인 교수에 대한 대우가 좋지 않았다. 처음에는 20시간 가까이 수업을 하더라도 한 달 월급이 200만 원도 안 되었고, 나중에 조금씩 오르기는 했지만 생활은 여전히 어려웠다. 학회 회비, 논문 심사비, 논문 게재료, 도서 구입비 등 연구에 필요한 비용이 학교에서 지원되지 않아 모두 자기 부담이었기 때문에 연구를 하면 할수록 궁핍해졌다. 그래서 일본 쪽에서 일자리를 구하기 시작했고, 다행히 2008년 4월부터 도카이대학에서 한국어를 가르치는 자리를 얻을 수 있었다.

도카이대학에 부임한 뒤에도 처음엔 너무 힘들었다. 새로운 환경에 적응되기도 전에 첫 해에는 19.5시간13강좌 수업을 담당해야 했고, 왕복 6시간 이상 걸리는 다른 캠퍼스에서도 전공이 아닌 한국학역사·정치·경제 등 수업을 해야 했다. 매주 새로운 내용의 수업 준비를 하다가 쓰러져 드러눕기도 하였다. 그러나 2년째부터는 조금 여유가 생긴 것 같았다. 도카이대학의 동료 교수로는 현재 나카지마 히토시 선생님과 김민수 선생님이 계시고, 예전에는 조희철 선생님과 석현경 선생님이 계셨다. 동료 교수들과 함께 한국어 교재를 만들고 공동 연구를 진행하기도 하였다.

학교 일을 마친 후, 도쿄 신주쿠까지 가서 도쿄언어연구소에서 이케가미 요시히코池上嘉彦 선생님과 니시무라 요시키西村義樹 선생님으로부터 인지언어학을 배웠다. 그곳에서 이케가미 요시히코 선생님의 제자인 서민정 선생님을 만나, 둘이서 한국어 교재를 집필하고 함께 연구를 진행하게 됐다. 또한 일본인지언어학회에서 야마나시 마사아키山梨正明 선생님, 쓰지 유키오辻幸夫 선생님, 요시무라 기미히로吉村公宏 선생님, 모미야마 요스케籾山洋介 선생님, 노무라 마스히로野村益寬 선생님, 나베시마 고지로鍋島弘治朗 선생님 등과 교류하게 되었다. 현재 이러한 분들의 책을 한국어로 옮기는 작업을 진행하고 있으며, 한자 연구 분야에서 저명한 사사하라 히로유키笹原宏之 선생님과도 자주 교류하며 여러 가지 공동 작업을 하고 있다.

2014년 4월부터 2015년 3월까지 서울대 국어교육연구소에서 객원연구원을 지냈다. 이 시기에 이현희 선생님의 수업을 청강하며 다른 수강생들과 함께 공저를 출판하였다. 또한 박진호 선생님의 수업도 청강했으며, 송철희 선생님, 김창섭 선생님, 구본관 선생님, 민병곤 선생님 등과의 교류를 통해 많은 자극을 받았다.

2017년 4월부터 2023년 3월까지 7년간 주임학과장을 맡았다. 제2 외국어한국어·중국어·스페인어·독일어·프랑스어·러시아어·이탈리아어·인도네시아어·타이어 교육 책임자로서 인사 문제 등 여러 가지 사무 처리를 하고, 학생이나 학부모로부터 불만이 제기될 때마다 상황을 파악하고 대처를 해야 했다.

연구 면에서는 박사 학위를 취득할 때까지 인지의미론, 특히 '시간'은유 분석에 주력하였으나, 이후에는 인지언어학을 중심으로 한국어 문법, 한국어조선어 교과서 분석, 언어 규범 분석, 문자학, 언어경관 연구 등 다양한 분야로 관심을 넓혔다. 최근에는 영어학 연구에도 많은 시간을 투자하고 있으며, 나익주 선생님의 추천으로 『영어 전치사 연구』이기동, 교문사를 최경애 선생님과 함께 번역·출판하였다. 앞으로 한국의 학문적 성과를 일본에 알리는 작업도 활발히 진행할 계획이다.

3. 후학들에게 남기는 말

위에서 필자는 자신의 반생을 되돌아보았다. 생각해 보면 편하게 보낸 세월이 전혀 없는 듯하다. 그럼에도 불구하고 필자는 한국어 학자가 된 것을 후회하지는 않는다. 열심히 살아온 인생의 궤적은 반드시 남을 것이라고 믿는다. 이 내용 중 일부는 『박이정 30년사─넓고 깊게 지식을 나누다』박이정, 2019에 실린 「저자에게 온 편지─반생을 돌아보며 인연을 생각하다」라는 글과 겹치기도 한다.

필자는 지금까지 70여 권의 저서와 역서를 출간하고, 70여 편의 논문을 집필하며, 70여 회의 학회 발표를 하였다. 인지언어학을 중심으로 연구를 해 왔고, 주변에서 들어오는 요구에 최대한 응해 왔다. 일본어 교재를 써 달라고 요청받으면 일본어 교재를 쓰고, 한국어 교재를 써 달라고 요청받으면 한국어 교재를 집필하였다. 한자·한글·표준어·이름·연호·한시 등등 다양한 주제에 관한 글도 써 달라고 하면 연구하여 썼으며, 학회 발표 요청이 있으면 발표를 했다. 필자가 스스로 책이나 논문을 집필하거나 발표한 경우는 거의 없었던 것 같다. 나쁘게 말하면 주체성이 없다고 할 수 있지만, 반대로 보면 주변의 기대에 응하는 것도 중요한 자세라 할 수 있다. 언제 어떤 요구에도 보답할 수 있도록 항상 준비하고 있다.

필자는 매일 뭔가를 읽는다. 소설, 수필, 시 같은 문학 작품도 읽고, 언어학, 역사학, 철학 같은 학술 서적도 읽는다. 지금까지 만 권 이상 읽었을 것이다. 책을 다 읽고 나면 흥미로운 단어와 문장들을 파일에 정리하는데, 때로는 책을 읽는 시간보다 정리하는 시간이 더 많이 걸리기도 한다. 또한 영화나 드라마를 보다가도 재미있는 단어와 문장을 발견하면 메모해 두었다가 나중에 파일에 정리한다. 평소에 이렇게 노력해 왔기 때문에 갑자기 청탁이 들어와도 대체로 응할 수 있었다.

국어학한국어학을 전공한다고 하더라도 국어학 관련 서적과 논문뿐만 아니라 자신의 모어예컨대, 일본어나 중국어와 영어에 관한 서적과 논문도 읽어야 하고, 문학 작품도 읽어야 하며 다른 분야의 서적과 논문도 읽어야 한다. 또한 영화나 드라마도 보아야 한다. 그리고 길거리에서는 간판이나 포스터 등도 유심히 살펴보아야 한다. 이러한 모든 것이 연구 대상이 된다. 다만 인생의 시간은 한정되어 있으므로 언제 무엇을 어떻게 할 것인지 잘 생각해야 한다.

필자가 수행해 온 연구 방식이 항상 옳다고는 할 수 없지만, 하나의 참고로 삼아 주기를 바라며, 후회 없는 연구 생활을 이어 나가기를 바란다.

요시모토 하지메吉本 一

1963년 일본 미야자키현 출생. 부산대학교 대학원 국어국문학과 박사과정 졸업. 문학박사.
전 창신대학 일어과 전임강사. 전 동국대학교 일어일문학과 부교수.
현 도카이대학 어학교육센터 교수.

주요저작(출간순)

공저

『日本語ライブラリー 韓国語と日本語』, 朝倉書店, 2014.

『日本語ライブラリー 漢字』, 朝倉書店, 2017.

공역

『인지언어학 키워드 사전』, 한국문화사, 2004.

『언어의 인지과학 사전』, 박이정, 2008.

『정신공간』, 한국문화사, 2015.

『図説 英語の前置詞』, 開拓社, 2024.

라디오 소년이 한국문학 연구자가 되기까지

구마키 쓰토무熊木勉

솔직히 나는 한국학 분야에서 무언가를 성취했다거나 큰 성과를 냈다거나 한 것은 없다. 그저 한국어를 공부하기 시작한 지 어느새 40년이 지나 돌이켜보면 그동안 너무나 많은 분들께 신세를 졌고 큰 도움을 받아왔음을 새삼 깨달을 뿐이다. 당초에는 원고 집필 의뢰를 사양할까 고민도 했으나 내가 지금까지 지나온 길을 조금이라도 기록해 놓는 것이 그 분들 은혜에 그나마 보답하는 길일 수도 있을 것 같아 한국문학 연구자가 되기까지의 내 내력과 연구에 관한 앞으로의 전망 등을 간단히 써 보기로 한다.

1

내가 한국 또는 북조선을 포함한 한반도에 관심을 갖게 된 것은 중학교 1학년 때쯤이었다. 나의 고향 도야마富山는 바다에 접해 있어 라디오를 틀면 한국이나 북조선의 라디오 방송이 마치 현지 방송처럼 좋은 음질로 수신이 가능했다. 나는 그 방송에서 무슨 말을 하는지 알고 싶었고 또 마

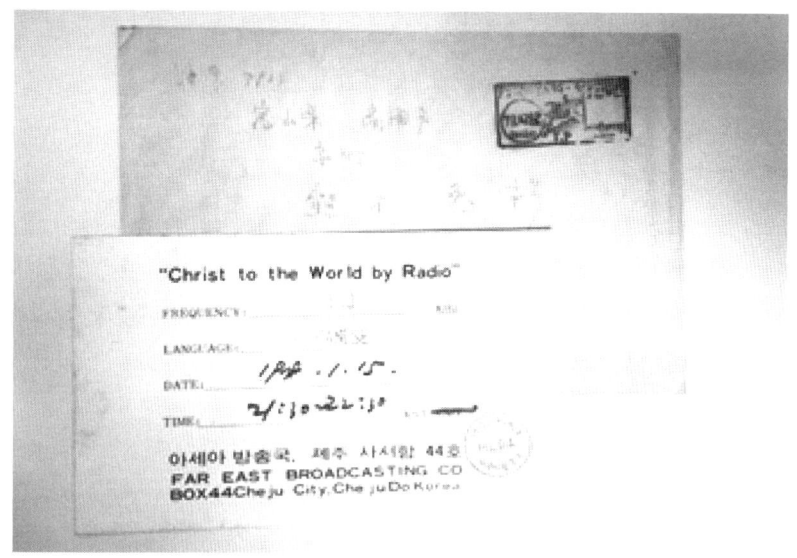

〈그림 1〉 1977년 12월 12일 평양중앙방송국에서 온 봉투와
1978년 1월 15일 한국 제주도 아세아방송국(HLDA)에서 온 청취증명 수신카드.

침 일본에서는 라디오 붐BCL(Broadcasting Listeners) : 해외 단파방송 등의 청취를 취미로 하

는 것이 있어서 나는 해외 라디오 청취에 빠져 있었다. 1970년대 후반쯤의

일이다. 나는 한국의 KBS나 평양의 조선중앙방송국의 일본어 방송을 들

으며 종종 편지를 보내기도 했다. 방송국에서는 카드나 페넌드pennant, 좁고

기다란 삼각기 같은 것들을 보내 줬다. 라디오 청취는 취미에 불과한 것이나

일본의 외국학 연구자 중에는 이 BCL 붐을 계기로 해외에 관심을 갖게

된 사람이 꽤 많다. 한국학 연구자 중에서도 BCL을 경험한 분을 여럿 알

고 있다. 나는 고등학교 2학년 때 한국어 공부를 시작하고자 서점에 가서

한국어 입문 서적을 샀다. 한국어 학습자가 아직 적었던 시절이라 책값이

꽤 비쌌다. 그러나 이걸로 한국어를 마스터하기는 불가능했다. 나는 대학

에서 반드시 한국어를 전공할 것을 이때부터 결심하고 있었다.

　나의 조모와 모친은 독실한 천리교 신자였고 나도 대학에 간다면 천리

교 계열의 덴리대학 이외의 선택지는 생각하지 않았다. 부친이 일찍 타계하여 학비를 마련하기가 어려웠던 우리집 입장에서 덴리대학의 학비가 싼 것도 좋았다. 나는 주저하지 않고 덴리대학 외국어학부 조선학과朝鮮學科에 진학했다. 1983년도 입학생이다.

당시 덴리대학 조선학과의 교원에 대해서 말한다면, 내가 1학년 때 한국어 기초를 가르쳐 주신 분은 유타니 유키토시油谷幸利 선생님이셨다. 그후 마쓰오 이사무松尾勇 선생님, 아오야마 히데오青山秀夫 선생님께도 어학을 배웠다. 상업한국어는 야스다 요시미安田吉實 : 당시 널리 사용되던 민중서림 사전을 집필하신 분이다 선생님께, 일한교류사라는 과목에서는 이원식李元植 선생님께 조선통신사에 대해 배웠다. 이시하라 로쿠산石原六三 선생님께는 한국어 회화를 배웠다. 원래 문학에 관심이 많았던 나는 3학년이 되자 오타니 모리시게大谷森繁 선생님 밑에서 한국문학을 전공하게 되었다. (이 무렵 오카야마 젠이치로岡山善一郎 선생님께서 덴리대학에 부임하셨다) 세미나, 문학강독이나 어학 과목을 포함하여 나는 대학시절 수업 시간에 「화수분」, 「메밀꽃 필 무렵」, 「무명」, 「감자」, 「홍길동전」, 「구운몽」, 「일동장유가」 등을 읽은 것으로 기억한다. 단, 「홍길동전」은 전체를 읽지는 못하고 앞부분 몇 페이지만 읽었다. 중세 조선어를 이때 처음 접했다. 「일동장유가」 또한 부분적으로만 읽었고, 「구운몽」은 텍스트 전체를 읽었다. 지금보다 강독 수업이 많았던 것, 또 진도도 빨랐던 것이 생각난다. 집중강의 때에는 천이두千二斗 선생님께 판소리를 배웠고(북을 손수 들고 오셔서 짧게나마 직접 소리 한 대목을 들려주셨다), 나카무라 다모쓰中村完 선생님께 중세 조선어를 배웠다. 한편 덴리대학에는 객원교수 제도가 있었는데 내가 재학 중에는 소재영蘇在英 선생님, 박용식朴湧植 선생님, 서연호徐淵昊 선생님께 문학을 배웠다. 물론 객원교수 수업은 모두 한국어로 진행되었다. 소재영 선생님 수업에서 배운 「사미인곡」이 매우 인상 깊었던 것을 지금도 기억한다. 소재영 선생님은 내가 대학을 졸업할 때 원장으로 계시던 숭실대학교 대학원 석사과정에 장학금을 마련해 주시고 나를 대학원에 입학시켜 주신 은인이시다.

대학 졸업논문은 이상李箱으로 쓸지, 윤동주로 쓸지 고민했는데 결국은 윤동주로 썼다. 졸업논문에는 논문과 함께 부록으로 『하늘과 바람과 별과 시』윤동주가 연희전문학교 졸업 기념으로 원고지에 남긴 시들만를 번역하여 실었다. 윤동주 연구가 석사논문, 박사논문에 이르기까지 내 학위논문의 주제가 될 줄이야 그때에는 생각지도 못 했었다. 나는 당시 윤동주를 한 명의 기독교인으로서 흥미 깊게 생각했었다. 그의 문학과 신앙에 초점을 맞추어 졸업논문을 썼다. 이상李箱에 대해서는 그 때부터 지금에 이르기까지 계속 관심을 가지고 있다.

2

나는 1987년 숭실대학교 국어국문학과 대학원에 입학하였다. 형식적인 것이었겠으나 입학 시험도 있었다. 그러므로 나는 다른 유학생들처럼 어학당에는 다녀 보지를 못했다. 대학원에서 알게 된 선배나 친구들과 교유하면서 한국어에 익숙해져 갔다. 지도교수는 시인으로 활동하고 계셨던 권영진權永溱 선생님이었다. 현대소설은 한승옥 선생님께, 언어학은 박종철 선생님, 최태영 선생님께 배웠다. 고전문학은 소재영 선생님, 조규익 선생님께 배웠다. 숭실대에서는 유학생 신분이었던 관계로 대학원생이었지만 학부 수업도 몇 과목 필수로 수강해야 했다. 이것이 대단히 좋은 공부가 되었다. 그때 소재영 선생님의 국문학사 수업과 권영진 선생님의 자극적인 문예사조론 수업을 들은 것이 한국문학의 기초를 닦는 데 큰 도움이 되었다.

1987년은 민주화운동이 한창이었던 시절이었다. 그러나 대학원에서는 데모와는 선을 긋고 변함없이 수업을 계속하고 있었다. 최루탄 냄새를 맡아가면서 대학을 다녔고 학생운동을 하는 학생들의 노래와 구호가 복도에 울려오는 속에서 수업을 들었다. 학부 수업에서는 수업 보이콧도 있었다. 마침 박래전朴來栓 씨가 인문대 학생회장을 하고 있을 때였는데 그의 절실함을 담은 연설도 몇 번 들은 적이 있다. 그는 민주화운동 당시 자신의 몸에 불을 붙여 스스로 목숨을 끊었다. 교실 앞에 서서 연설하던 그의 모습, 그리고 그 옆에 서 있던 부회장 여학생의 모습은 지금도 눈에 선하다. 모두가 진심으로 무언가를 바꾸고자 하고 있었다. 대학원에서는 시인 이은봉李殷鳳 씨가 박사과정에 있었는데 권영진 선생님과 종종 논쟁을 벌였다. 민중에게 시는 어떤 것이어야 하는가. 그 토론을 이은봉 씨는 눈물을 흘리면서 민중의 입장에서 호소하였다. 권영진 선생님은 순수문학의 입장에서 시의 정치성의 허무함, 자본과 문학의 밀접한 관계 등에 대해서 말씀하셨다. 양자의 의견이 좁혀지는 일은 없었지만 두 분 모두 항상 진지하였다. 나는 이러한 분위기의 강의실에서 배운 것이 나의 큰 재산이 되었다고 생각하고 있다. 숭실대 국문과에는 권영진 선생님의 영향 때문인지 시인혹은 나중에 시인이 된 사람이 여러 명 있었고 수강생들은 전통적 수법에 의한 문학연구보다는 창작론에 관심이 많은 것 같았다. 나에게 가장 친근하게 대해준 조기봉趙奇奉 씨는 신춘문예에도 당선된 소설가였으나 내가 석사과정을 마친 후 얼마 안 되어 교통사고로 세상을 떠났다.

나는 사람 사귀는 재주가 별로 없는 편이라 혼자서 자주 술을 마시러

〈그림 2〉 1989년 5월 28일 신촌에서

갔다. 학교 앞 꼬치집에도 혼자 종종 갔다. 그런 나의 모습을 길거리에서 보고 꼬치집에 들어와 함께 술을 마셔 준 선배가 강형철姜亨喆 씨였다. 이후 시인 강형철 씨는 혼자 술을 마시는 내가 안 되어 보였는지 가끔씩 지인들과 즐기시는 술자리에 나를 불러 끼워 주셨다.

연구에는 그다지 진전이 없었다. 대학원을 수료하기 위한 시험영어에 좀처럼 합격하지 못해 석사과정을 1년 더 다니게 되었다. 연구자가 되겠다는 생각을 딱히 갖고 있지 않았다. 다만 시를 쓰거나 소설을 쓰는 친구들, 선배들의 모습을 접하는 일, 그들과 술을 마시며 문학 이야기를 나누는 일, 그것이 오로지 나에게는 소중한 시간들이었다.

〈그림 3〉 1995년 10월 17일 김현승학술대회(숭실대학교) 당시

3

이제 연구에 대해서 써야겠다. 내가 학문 연구를 진지하게 고려하게 된 것은 석사과정을 마치고 일본에 귀국한 후 고향의 야키니쿠 가게에서 아르바이트를 하면서 매달 도쿄외대의 사에구사 도시카쓰三枝壽勝 선생님의 연구회에 나가게 된 때부터이다. 당시 이 연구회에는 오무라 마스오大村益夫, 세리카와 데쓰요芹川哲世, 하타노 세쓰코波田野節子, 이건지李建志, 정대성鄭大成 씨들과 대학생이었던 와다 도모미和田とも美 씨 등이 참석하고 있었다. 사에구사 선생님의 학문에 대한 자세, 문학에 대한 깊은 조예를 접하고 나서 나는 한국문학을 좀 더 알고 싶다, 제대로 연구하고 싶다는 마음을 강하게 가졌다. 나는 도야마에서 도쿄까지 매달 고속버스로 연구회에 참석하면서 한국에서 한번 더 공부할 것을 어느새 마음 굳히게 되었다.

그 무렵 아르바이트를 하던 가게에 유타니 선생님께서 우연히 손님으로 오신 적이 있었다. 그때 인연으로 유타니 선생님 소개로 오사카외대(당시) 유학생별과에서 일본어 강사로서 일하게 되었다. 아르바이트에만 힘쓰지 말고 좀 더 공부를 해 보라는 격려의 뜻이었으리라고 이해한다. 나는 나라奈良로 이사를 했고 이사한 후에는 연구회에 매월 가기가 어려워졌지만 가능한 범위에서 참석했다. 이 때 오무라 선생님께서는 "가르치는 건 아직 이르다"고 말씀하셨다. 참으로 맞는 말씀이었다. (나는 지금도 오무라 선생님의 이 충고를 가슴 깊이 되새기고 있다. 항상 내 부족함을 자각하고 최대한 일을 성실히 할 것을 늘 명심하고 있다.) 그 후 1993년 가을에 숭실대 국어국문학과 박사과정에 입학했다. 두 번째 유학이 실현된 것이다.

두 번째 유학인 만큼 나름대로 열심히 연구에 몰두했다. 1년간은 대학원 사람들과도 잘 어울리며 지냈다. 신종호 씨나중에 시인으로 등단, 이금란 씨와 함께 시 창작 스터디를 한 것은 정말 좋은 추억이다. 그러나 2년째부터는 가능한 한 연구에 집중했다. 그때까지 공부의 중심을 시 쪽에 많이 두었기 때문에 이때부터는 현대소설도 적극적으로 읽었다. 매일 책만 읽었다. 아르바이트로 무역회사의 번역을 맡아 하였는데 그 외 시간은 모두 독서에 할애하였다. 그러다 보니 대학원 사람들을 만날 기회도 뜸해졌다. 시간도 없었지만 무엇보다 금전적인 여유가 없었다. 커피 한 잔 마시는 데에도 신경이 쓰이는 형편이었다. 한국정부 장학금도 불합격하여 그 이후로 일본까지 면접을 보러 갈 여비를 아끼느라 장학금 재도전도 아예 포기했다. 석사논문의 주제였던 윤동주에 대해서는 계속해서 연구를 했으나 한편으로 이 무렵 새로 관심을 갖게 된 시인이 김조규金朝奎였다. 김조규의 작품을 여러 도서관을 돌아다니며 찾았다. 이 작업은 확실히 나의 연구에 큰 도움이 되었다. 어떤 잡지가 언제 발행되었으며, 그 잡지의 성

〈그림 4〉 1996년경 하숙했던 고려대학교 앞 제기시장 부근

〈그림 5〉 1996년경 고려대학교 앞, 이 길을 자주 걸었다. 학사호프 노지

격, 또 그 잡지가 어느 도서관에 소장되어 있는지, 이런 정보를 잡지를 직접 손에 들고 파악할 수 있었기 때문이다. 후에 숭실대 국문과에서 김조규 전집이 발간되었을 때에는 내가 발견하여 복사해 두었던 김조규의 시를 모두 제공했다. 이런 과정을 거치면서 재만 조선인문학, 간도문학에도 관심을 갖게 되었다.

그즈음 일본의 대학에서 일본어를 가르친 경험이 있었던 덕에 재한일본대사관 홍보문화원에서 일본어를 가르치는 일을 하게 되었고, 나아가 그 후 고려대학교 일어일문과에서도 일본어를 가르치게 되었다. 그리하여 생활의 어려움이 일단 해소되어 연구하는 데 좀 더 시간을 쓸 수 있게 되었다. 고려대학교 도서관에서 짬짬이 오래된 잡지나 책을 보는 것이 나의 즐거움이었다. 고려대학교에 소장되어 있는 식민지기의 잡지나 신문을 마음껏 볼 수 있었고, 유진오의 현민문고를 서고에서 직접 볼 수 있었던 것 또한 나에게는 행복한 시간이었다. 백석『사슴』초판본도 고려대학교 도서관에서 직접 손에 들고 읽은 기억이 있다. 김조규의 작품을 찾는 작업은 계속 이어졌고,「김조규의 초기시에 대한 일고찰－김조규 연구(상)」『숭실어문』14집, 1998,「김조규의 일제시대 미소개 작품에 대하여－자료의 정리와 소개를 중심으로, 김조규 연구(중)」『대학원논문집』제16집, 숭실대학교 대학원, 1998,「1937년부터 1945년까지의 김조규의 시에 대하여－김조규 연구(하)」『대학원논문집』제17집, 숭실대학교 대학원, 1999를 발표하였다.

이 무렵 일본 후쿠오카대학에서 동아시아지역언어학과 신규설치를 위한 교원모집이 있었는데 다행히 전임강사로 채용되어 2000년 봄부터 후쿠오카대학에 근무하게 되었다. 곧이어 윤동주를 논한 박사논문도 제출했다. 후쿠오카대학에서 한국학을 담당한 교수진은 나와 한국어학 분야의 다무라 히로시田村宏 씨, 이종철李鍾徹 씨였다. 이종철 선생님은 얼마 지나지 않아 정년 퇴임하셨고, 다무라 선생님은 병환으로 타계하셨다. 그 이후에 히로세 데이조廣瀬貞三 씨, 나보다도 젊은 마쓰자키 마히루松崎眞日 씨가 부임하여 동아시아지역언어학과는 크게 발전하였다.

유학 중에도 그랬지만 귀국하고 나서도 하타노 세쓰코 씨에게는 많은 신세를 졌다. 하타노 씨는 문부과학성 과학연구비 지원 연구를 비롯하여 한국문학 관련 연구회가 있을 때마다 나에게 참석을 권해 주셨다. 헤이본샤平凡社에서 기획한 조선근대문학선집 번역 작업에서는 간행위원으로서 같이 일을 하기도 했다. 이 기획에서 나는 채만식의 『태평천하』호테이 도시히로(布袋敏博) 씨와 공역와 이태준의 『사상의 월야』를 담당했다. 그때 나는 소설 번역의 준비 과정으로서 이태준의 생애에 대해 조사하기 시작했다. 그러다가 그가 도쿄 유학시절에 살았던 유아이가쿠사友愛學舍 터, 그가 일했던 스코트홀 등을 방문하여 관련 자료를 조사했고, 『사상의 월야』에 묘사된 주인공의 일본체험이 이태준의 전기적 사실과 상당히 가까운 것이었음을 알게 되었다. 「이태준의 일본체험─장편소설 『사상의 월야』의 「도쿄의 월야」를 중심으로」『朝鮮學報』第216輯, 朝鮮學會, 2010는 그 조사 결과 쓰인 논문이다. 또, 조금 지나 나는 정지용의 미소개 일본어시를 『자유시인自由詩人』이란 잡지에서 우연히 보게 되었는데 그것을 계기로 본격적으로 조사를 시작하여 그의 도시샤대학 유학시절의 일본어시를 정리하기도 했다.「『도시샤대학예과학생회지(同志社大學豫科學生會誌)』, 『자유시인』 시절의 정지용」,『福岡大學研究部論集』A; 人文科学編, Vol.15 No.2, 福岡大學研究推進部, 2016 또 하나, 내가 자료면에서 한국문학연구에 도움을 제공할 수 있었다고 하면 오장환의 일본어시 발굴 및 정리일 것이다. 이것도 도서관에서 자료를 찾다가 우연히 찾게 된 것이다. 이를 계기로 오장환의 초기문학에 관한 논문도 썼다.「오장환의 억압된 자아─일본어시를 정리하며」, 『지구적세계문학』 제12호, 글누림, 2018; 「오장환과 〈전쟁〉」(吳章煥と〈戰

爭〉,『天理大學學報』第73卷第1號, 2021) 오장환의 일본어시는 가나가와현神奈川縣에 있는 근대문학관에서 찾은 것이다. 나는 이 도서관에서 한국에 아직 알려져 있지 않은 자료를 여러 개 보았다. 한국의 현대문학 연구자들이 꼭 조사를 해주었으면 하는 도서관이다. 아직 나도 확인하지 못한 자료가 많을 것이다.

4

윤동주를 주제로 박사논문을 쓴 것과도 관련되지만, 내 연구의 관심 분야는 1940년대가 중심이다. 특히 태평양전쟁기의 조선문학이다. 어떤 서정도 문학으로 표출할 수 없었던 시기에 그래도 가능한 형태로 서정을 드러내고자 했던 시인들이 있었다. 그리고 그들은 최종적으로는 좌절하고 또 붓을 꺾었다. 「태평양전쟁 하의 조선에서의 서정시의 모습(상)太平洋戰爭下の朝鮮における抒情詩の姿(上)」『福岡大學研究部論集』第6卷 A; 人文科學編第6號, 2007은 그 전체상을 살피고자 쓴 논문이었다. '상'에 이어 속편을 예정하고 있었다. '상'에서는 조선어에 의한 서정시를 살펴보았기 때문에 속편에서는 그 당시의 일본어시를 국책으로 물든 시까지를 포함하여 고찰하고 싶다는 것이 내 계획이었다. 이어서 또 하나, 이 시기 재만 조선인문학을 정리하고 싶다는 것도 계획으로서는 있었다. 그러나 솔직히 일본어시를 어떻게 취급할지가 양적으로도 내용적으로도 극히 부담이 클 수밖에 없었다. 재만 조선인문학도 마찬가지로 굉장히 큰 과제였다.

어쨌든 일본어시에 대해 연구를 시작해야 했다. 먼저 다룬 시인이 조형趙鄕이었다. 그의 전집은 일찍이 출판된 바 있었으나 1차 자료부터 다시

확인해야 할 필요성을 느끼고 있었다. 이에 대해서는「조향의 일본어시와 그 상흔趙鄉の日本語詩とその傷痕」『福岡大學人文論叢』第47卷 第4號, 2016이라는 논문을 썼다. 그 다음으로 조사한 시인이 김경린金璟麟이었다. 김경린에 대해서는「김경린의 모더니즘−식민지기의 시와 시론을 중심으로金璟麟のモダニズム−植民地期の詩と詩論を中心に」『天理大學學報』第74卷 第1號, 2022를 썼다. 이 시인에 대해서는 별도로 해방후 시의 변모까지를 포함하여 구두로 연구발표도 했고, 앞으로 연구를 더욱 심도 있게 해 볼 작정이다. 그 외에도 아직 논문으로 정리하지는 못했지만 김종한金鍾漢, 양명문楊明文, 박남수朴南秀, 서정주徐廷柱, 김용제金龍濟, 주영섭朱永涉 등의 시에 대해서도 현재 자료를 수집하고 그 내용을 검토 중이다.

재만조선인문학에 대해서도 조사를 진전시켜야 한다. 내가 다루고 싶은 시인은 이미 연구한 적이 있는 김조규내가 쓴「김조규론(하)」는 그의 재만시절 시를 중심으로 다룬 것이다를 비롯하여 백석의 재만시절 시백석「슬픔과 진실−여수 박팔양 씨 시초 독후감−[白石「哀しみと眞實−麗水・朴八陽氏詩鈔讀後感]」(『植民地文化研究資料と分析』第21號, 植民地文化學會, 2023)을 번역하면서 재만시절의 백석에 대해 조금이지만 언급한 바 있다.『재만조선시인집在滿朝鮮詩人集』,『만주시인집滿洲詩人集』,『만선일보滿鮮日報』등에 실린 작품들특히 송철리(宋鐵利), 김북원(金北原)의 시이 중심이 되리라 생각한다. 이 또한 방대한 작업이 될 것이다. 넓게 보면 만주에 대해서는 많은 시인이 관계되어 있다. 예를 들어 김경린도 만주를 방문하여 이와 관련된 감상글을 썼으며 오장환도 만선일보에 글을 게재한 바 있다. 내가 관심을 기울여 온 윤동주도 북간도 출신이다. 이 재만조선인문학의 상황을 아는 일은 윤동주의 문학을 고찰하는 데에도 참고사항이 될 것이다.

이 1940년대 전반기 문학 연구에 대해서는 원래 어느 정도의 연한을 정해 일단 매듭짓고자 한 것이었다. 그러나 나의 능력도, 시간도 부족했다. 결국 이것은 내 필생 과제로서 평생에 걸쳐서 정리를 하게 될 일이라고 생각한다.

다음으로 나의 관심은 해방기문학에도 향했다. 가령 소위 친일로 호명되는 시인들의 해방 전과 해방 후의 태도의 문제에 대한 부분이 그것이다. 나는 어디까지나 한국문학에 관심이 있는 것이며 일본문학과 한국문학의 관계라는 점에 대해서는 실상 그다지 관심을 가지고 있지 않았다. 비교문학이 아니라 한국문학 그 자체의 연구를 하고 싶다는 의식이 먼저였고 그 위에서 문학자들의 독서체험이나 일본체험을 부분적으로 다루는 것을 염두에 두고 있었다. 그러나 이러한 생각만으로 해결되지 않는 것이 '친일'의 문제였다. 일본인인 내가 이 문제에 대해 뭔가를 말한다는 것은 조심스러운 부분이 있다. 그러나 이 시기에 상황에 휘말려 어쩔 수 없이 전쟁에 협력하게 된 문학자들, 그 협력으로 인해 해방 후에 큰 부담을 짊어질 수밖에 없었던 문학자들에 대해 나는 알아야 한다. 그것이 어떤 형태의 것이든 어떤 굴절을 보인다 하더라도 직시하면서 연구자로서 그 내면의 상처와 갈등을 보아야 한다. 그러나 일본인인 내가 이것을 써도 좋은 것일까, 유족이나 관계자분들에게 상처를 주지나 않을까 하는 생각은 머릿속 어딘가에 항상 있었다. 이는 일본어시 연구가 지지부진한 이유의 하나이기도 하다. 연구가 진전되지 않는 최대의 이유는 나의 게으름에 있다는 것은 말할 필요도 없는 일이지만 말이다.

5

학술교류에 대해서도 언급하는 것이 이 원고 의뢰에 포함되는 사항이었다. 나를 알고 있는 분들은 잘 아시겠지만 나는 사람들과 잘 어울리지 않는 편이다. 그러다 보니 학술교류도 그다지 적극적이지 못하다. 도서관에서 혼자 작업을 하는 것이 성격상 맞는 편이고, 다른 사람들과 같이 무언가를 하는 것이 서투르다. 과거에 라디오 소년이었던 내 성격 그대로 "수신"만 하지 "송신"은 잘못하는 것이다. 이런 나를 적극적으로 밖으로 나오게 해 주신 분은 앞에서도 썼듯이 하타노 세쓰코 씨였다. 학술적인 공동작업이 있을 때마다 항상 나에게 말을 걸어 주셨다. 하타노 씨의 소개가 없었다면 나를 아는 사람도 한정되어 있었을 것이고, 연구면에서도 아마 자신의 관심분야에만 갇혀버려 연구의 폭을 넓히지 못했을 것이다. 하타노 씨의 조력이 없었다면 지금의 나는 없었을 것이라고 단언한다.

한편으로 많은 분들께 연구면에서 도움을 받아 왔다. 심원섭沈元燮 씨에게는 대학원 시절부터 신세를 졌다. 특히 주요한이나 김종한에 대해서 많은 것을 배웠다. 김응교金應敎 씨에게도 많은 조언과 교시를 받았다. 김응교 씨는 연락도 잘 하지 않고 밖에 나가는 것을 꺼리는 나에게 많은 분들을 소개해 주셨다. 신동엽 관련 학회에 연결해 주신 것도 김응교 씨였다. 오직 감사할 따름이다. 김재용金在湧 씨에게도 많은 도움을 받았다. 자택에까지 초대해 주시고 오장환에 대해서 많은 것을 가르쳐 주신 것은 그리운 추억이다. 내가 학생들을 데리고 부여에 갔을 때 호텔까지 달려와 주신 것도 나에게는 잊지 못할 감사한 기억이다.

문부과학성의 과학연구비 지원을 받아 많은 분들과 공동작업을 했다. 일본·한국·미국에서 혹은 최근에는 온라인을 통해서 많은 분들의 연구

성과에 접할 수 있었다. 이와 관련해서는 와타나베 나오키渡邊直紀 씨의 도움이 크다.

또 일본을 대표하는 한국·조선학학회인 조선학회를 통해서도 많은 분들께 신세를 졌다. 나는 2017년부터 덴리대학에서 교편을 잡게 되어 곧 조선학회 간사장에 취임하였다. 조선학회는 덴리대학에서 창설된 경위가 있기 때문에 간사장을 덴리대학의 교원 중에서 선임하게 되어 있다. 나는 우연히 연령적으로 거기에 부합한 셈이었다. 구인모具仁模 씨나 정종현鄭鍾賢 씨에게는 조선학회에서 큰 신세를 졌다. 학회날 구인모 씨와 술집에서 2차를 즐기기도 했다. 코로나19로 인해 학회가 잠시 온라인으로 개최되는 등 어려움도 겪었으나 지금도 조선학회가 일본에서 학술교류의 중요한 장이 되어 있음에는 변함이 없다.

돌이켜보면 조선학회에서도 많은 추억이 있다. 내가 조선학회에 나가게 된 것은 1985년쯤부터였다고 생각된다. 학생으로서 공개강연을 들으러 간 기억이 있다. 당시에는 덴리도서관 강당에서 공개강연이 있었던 것으로 기억한다. 한국문학 연구발표를 처음으로 접한 것은 내 기억이 틀리지 않았다면 오무라 마스오大村益夫 씨의 윤동주 묘 발견에 대한 보고였을 것이다1985.10. 이 발표는 오무라 씨의 윤동주 묘지 발견에 관한 최초의 보고로서 나는 그 발표를 직접 들었다. 오무라 씨가 일본인인 자신이 이런 발표를 하는 것은 적합하지 않다는 취지의 말씀을 하신 기억이 있다. 연구발표에서는 뜨거운 토론이 여러 차례 벌어졌다. 유타니 유키토시油谷幸利 선생님이 대학 수업에서도 (학생들을 대할 때조차) 한 적이 없는 강한 어조로 발표자에게 의견을 개진하는 모습을 보고 놀라기도 했다. 학문이 그런 세계라는 것을 직접 보고 배웠던 셈이다.

앞으로의 연구에 대해서도 써야 할 것 같다. 이미 앞에서 언급했듯이

내 필생의 연구과제는 1940년대 조선문학을 이해하는 데 있다. 아마 그것만으로도 나의 한계이리라 생각한다. 그러나 이에 관한 작업은 다방면에 걸쳐져 있다고 생각된다. 예컨대 나는 조선인 위안부에 대한 논고「한국문학에서 본 위안부상(韓國文學から見た慰安婦像)」, 『대화를 위하여-'제국의 위안부'라는 물음을 펼치다(対話のために—「帝國の慰安婦」という問いをひらく)』, クレイン, 2017도 썼다. 나는 어디까지나 학술적인 문학연구로서 스스로의 양심에 반하지 않은 내용을 쓴 것이었다. 오해가 있었는지 나눔의 집에서 항의장도 왔으나 나는 정치적인 의도로 글을 쓰지는 않았다. 아마도 위안부에 관한 문학을 연구하기 위해서는 의미 있는 작업이었다고 자부한다. 실은 이것도 '전쟁'이라는 관점에서 볼 때 나의 필생의 연구과제와 무관하지는 않다. 계속해서 1940년대 조선의 문학연구에 힘쓸 예정이다.

또 번역도 계속해서 해 보고 싶다. 나 나름대로 일본에서 소개하고 싶은 문학작품이 있고 학술적으로는 한국현대시사를 번역해 보고 싶은 욕심도 있다. 연구자에 따라서는 번역을 가볍게 보는 경향도 없지 않으나 좋은 번역이 오히려 훗날까지 귀중한 자료로 남을 경우도 있을 것이다. 앞으로 배울 사람들을 위한 작업을 하고 싶다. 본격문학의 번역에 대해서는 이미 많은 연구자나 번역가들의 성과가 있다. 나는 나의 기준과 판단으로 문학사에서 누락됐다 하더라도 나의 심금을 울린 소설이나 수필, 기행문, 다양한 글들을 자유롭게 번역하고 싶은 마음이 크다. 무엇보다 내가 좋아하는 시를 모은 앤솔로지를 엮어 보고 싶다. 이것은 나의 꿈이기도 하다. 좀 더 공부를 한 후에 생각해 볼 일이다.

한국학 동료 연구자분들께는 오직 감사하다는 말씀밖에 나오지 않는다. 나는 오로지 주어진 일을 하나하나 해 오다가 여기까지 왔을 뿐이다. 동료분들의 뒤를 단지 따라오기만 했다고 해도 과언이 아니다. 그 하나하나를 나는 하늘에서 내려진 기회라 여겨 항상 소중하게 생각해 왔다. 나는 나 자신의 모든 것, 나의 지식, 나의 모든 능력까지도 내 것이 아니라 하늘로부터 잠시 동안 빌려 쓰고 있는 것이라고 믿고 있다. 그것들을 모두 의미있게 활용하는 것이 내가 해야 할 일일 것이다. 내 것은 하나도 없다. 모두 소멸되거나 이 세상에 두고 가는 것들이다. 그것들을 잘 살릴 수 있는 지혜와 체력을 갖기를 원한다.

---

* 호칭에 대해서는 필자가 가까이 모시거나 직접 수업을 들은 선생님을 제외하고 되도록 '씨'를 사용하였다.

구마키 쓰토무熊木勉

1964년 일본 도야마현富山縣 다카오카시高岡市 태생. 덴리대학天理大學 외국어학부 조선학과 졸업. 한국 숭실대학교 대학원 국어국문학과 석사과정 및 박사과정 수료. 고려대학교 일어일문학과 조교수. 후쿠오카대학福岡大學 인문학부 동아시아지역언어학과 교수.

주요저작(출간순)

『朝鮮語漢字語辭典』(공저), 大學書林, 1999.

蔡萬植 著 공역, 『太平天下』, 平凡社, 2009.

『思想の月夜』, 李泰俊 著, 平凡社, 2016.

나의 이력서
한국학 연구자가 될 때까지

와타나베 나오키 渡辺直紀

---

1. 대학 학부 시대까지

왜 한국학의 연구자가 되었는가, 그것을 되돌아보는 에세이를 쓰라고
한다. 이유를 대답하면 쉽다. 원래 그것에 관심이 있었고 그 관심을 지속
시킬 수 있는 정신적·물질적 조건이 있었기 때문이다. 그러나 이것만으
로는 이 원고를 의뢰해 준 편집 측의 의도나 호의에 응답할 수 없게 된다.
좀 더 자세히 되돌아본다.

중국이나 한국, 북한 등 동아시아에는 중학생 시절부터 관심이 있었다.
그리고 대학에서는 동아시아에 대해 배우려고 생각해서 게이오대慶應大 정
치학과에 진학했다. 지역 연구 수업들이 다양하게 개설돼 있었기 때문이
다. 고등학생 머리로는 사회과학이나 국제관계론과 인문학의 차이를 이
해할 수 없었다. 아니, 그것을 이해하려고 생각하지도 않았고, 최소한 동
아시아의 언어를 공부해서 대학 졸업 후에는 관련된 길에 가고 싶다는 정
도로 생각하고 있었다. 당시 게이오대 정치학과의 동아시아 프로그램에
는 중국학에서 게이오대 총장을 오랫동안 맡은 이시카와 다다오石川忠雄와
국민당사연구의 야마다 다쓰오山田辰雄, 그 후 방위대총장이 되는 젊은 날

의 고쿠분 료세이国分良成가, 그리고 한국학에서는 미일관계사에도 정통해 한국전쟁 북한 침입설을 주장한 가미야 후지神谷不二나, 한국정치의 오코노기 마사오小此木政夫 등이 있었다. 대학 1학년부터 중국어는 양웨이후楊為夫나 첸웬지陳文芷로부터 주 네 시간 배웠고, 그 덕분에 대학 3학년 여름방학 때 친구와 중국에 한 달 반 정도 배낭여행을 갈 수 있을 정도가 됐다. 또 대학 3학년 때부터 게이오의 야간강좌에서 노무라 신이치野村伸一와 김동준金東俊 등으로부터, 낮 수업에서는 와타나베 길용渡辺吉鎔 등으로부터 한국어를 배웠지만, 가장 중요한 동아시아 정치에 관심을 가질 수 없었다. 대신 비교정치나 정치사상의 우치야마 히데오内山秀夫의 강의나 세미나, 문헌 강독, 사회학의 가와이 다카오川合隆男의 세미나 수업을 수강하고 있었다. 우치야마는 당시 후쿠자와 유키치 센터의 센터장도 지내면서『『문명론의 개략』을 읽는다』1986 원고를 탈고한 마루야마 마사오丸山真男를 초청해서 학교 안에서 연구회를 열기도 했다. 연구년을 센터에서 지낸 베트남 연구자의 후쿠자와론 논문 별쇄본을 수업 중에 나눠 주거나, 또 수업 전에 내가 뭔가를 읽고 있을 때 어느새 교실에 나타나서 내 등 뒤에서 "뭐 읽고 있나?"라고 말을 걸어 오는 사람이었다. 지금 생각하면 그때 나는 도서관에서 복사해 온 임철우의 단편 「봄날」1985의 일본어 번역안우식 역을 읽고 있었던 것 같고, 내가 그것을 보여주니까 그가 안우식과 나눈 서신의 내용을 가르쳐 준 것으로 기억한다. 또한 우치야마의 세미나에서 읽은 후쿠다 간이치福田歓一의『근대민주주의와 그 전망』1977이 재미있었고 그 후쿠다가 도쿄대를 퇴임하기 직전에 낸 두꺼운『정치학사』1982도 다 읽었다. 야마다의 세미나에서도 이시다 다케시石田雄의『일본의 사회과학』1984이나 야나부 아키라柳父章의『번역어 성립사정』1986 등을 흥미롭게 읽었고, 이러한 분야의 견식을 넓힐 수 있는 연구를 하기 위해서 대학원에 진학하고 싶다고 생각했다. 가와이 교수도, 눈썹 사이에 주름을 대고 우울하게 표정을 짓고 포즈를 잡고 있는 나 같은 학생을 잘 다루었고, 세미나 시간에 내가 뭔가 말한 것에 대해서 대답하면서 "와타나베 군, 뭐 좀 써 보면 어떨까?"라고 말해 주는 것이었다. 지금 생각하면 대하기 어려운 학생에게 거는 상투적인 한 마디였음에 틀림없지만, 그것도 모르는 나는 약간 기분이 좋아져서 뭔가를 열심히 쓰고 있던 것처럼 기억한다. (그런데 무엇을 쓰고 있었는지 전혀 기억나지 않는다)

그렇다면 그것보다 전에 동아시아에 왜 관심을 가졌는가? 그 이유도 좀처럼 찾지 못하는데, 초등학교 고학년 때에는 라디오에서 해외 단파방송일본어 방송을 청취하는 것을 개인적인 취미로 하고 있었고, 그 당시 10여 곳 있었던 일본어 방송을 실시하고 있었던 해외 방송국 중 베이징 방송이나 한국의 KBS, 혹은 평양의 조선중앙방송 프로그램 등을 즐겨 듣고 있던 기억이 있다. 청취한 내용을 수신보고서로 써서 방송국에 보내면 그 반례로서 통칭 '베리카드verification card, 수신확인증'라는 그림엽서를 보내 줘서 다양한 디자인의 카드를 모으는 것이 즐거웠다. 그래도 평양방송에서 들었는지, '일본제국주의'라는 말이 어떤 의미를 가지는 말로 들렸고, 아버지에게 "앞으로 중국이나 한국에 유학하고 싶다"고 하니까 "유학이라는 것은 일본보다 앞서 가 있는 나라에 가는 거다"라고 해서 반감을 품은 기억도 있다. 또 중학교 3학년의 가을 경1979년 가을, KBS 일본어 방송의 청취자 참가 프로그램 '현해탄에 서는 무지개'에 투서를 보냈는데, 편지 내용은 읽히지 않았지만, 편지를 보낸 청취자 중 한 사람으로 프로그램 마지막에 이름이 불려서 정말 기뻤던 것도 잘 기억하고 있다. 아마도 건방지게도 남북한의 화해와 통일에 대해서 편지를 쓴 것으로 기억한다. 물론 중학교 3학년의 머리로 생각한 공상적인 통일론이다. 그래도 박정희 대통령 암살 등 한국의 정국이 크게 흔들리고 있던 시기의 한국에 엄청난 편지를 어떻게 써서 보낼 수 있었는지 모르겠다. 그 다음 해 1980년 봄에 나는 나고야名古屋의 한 사립 고등학교에 진학해서 부모님을 떠나 하숙 생활을 하면서 반년 정도 그 고등학교를 다녔는데(그 후 어떤 사정으로 가나가와현神奈川縣의 현립 고등학교에 전학), 그 하숙집에서 하나만 있었던 TV 방에서 광주 사건을 보도하는 뉴스를 보았다. TV 화면에는 전남도청 앞과 금남로의 풍경이 비추어져 있었다. 그 후 이미 대학 입시도 끝났고 진학하는 학교도 정해진 고등학교 졸업 직전에는 『김대중 씨 사건의 진실』1983이라는 소책자를 읽었고, 내용을 이해한 것 같은 기분이 들어서 주변 친구들에게 자랑스럽게 그 내용 말해 주기도 했다.

그해 봄에 대학에 입학했는데 신입생 오리엔테이션에서 권유 활동을 하고 있었던 어떤 동아리가 광주 사건의 영상을 보여주고 있었기 때문에 그것을 보러 갔다. 전남도청 앞이나 금남로는 분명히 고등학교 1학년 때 뉴스 영상에서 본 것과 같았지만, 그 앞에서 펼쳐진 처참한 광경들은 뉴스에서 볼 수 없었던 것들이었다. 임산부의 배를 총검으로 찌르는 병사의 모습도 있었다. 그래도 그 영상은 도대체 누가 찍은 것일지 나중에 궁금해졌지만 확인할 길이 없었다. 당시 대학 분쟁의 분위기는 대학 캠퍼스에 거의 남아 있지 않았는데, 운동 지향의 동아리들도 일부 있기는 했다. 도쿄대 고마바 캠퍼스와 와세다대에는 현역 학생들이 활동하는 각종 운동 동아리가 있었지만, 메이지대나 호세이대 캠퍼스에 내걸려 있었던 각종 정치 슬로건이 쓰인 간판들은 현역 학생이 아닌 졸업생 운동가가 쓴 것이라는 소문도 있었다. 나는 도쿄대 코마바, 게이오대, 도쿄 외대 학생들이 중심으로 활동하는 신좌익 그룹이 만든 프런트 서클에 들어가서 맑스나 엥겔스, 레닌 등의 저작을 읽는 독서회에 참석하거나, 시부야역 앞에서 가두 활동이나 빌라 배포를 했고, 나리타공항 반대운동을 하는 농민의 농작업을 돕는 이른바 '원농'^{농활} 활동에 참여하는 1년을 지냈다. 거기서 매우 매력적인 '동지'들과 많이 만나서 그들과 다양하게 대화하는 나날을 보냈지만 잠시 후 조직 생활에 깊이 들어가는 선배들의 모습을 보고 그 것을 자신의 장래와 겹쳐서 생각할 수 없어서 조금씩 활동을 떠나 보통 으로 대학에 다니는 학생이 되었다.

당시 동아시아는 중국도 대만도 한국도 필리핀도 민주화운동의 한가 운데였지만, 일본만이 딴판으로 버블경제의 최성기로, 뉴욕 맨해튼에 임 립하는 빌딩을 사들이는 일본 기업도 많이 있었다. 취업 활동도 학생들에 게 상당히 유리했고 성적이 좋은 학생들은 모두 재벌계 은행에 들어갔고, 조금 활동적인 학생은 상사나 증권회사에 들어갔다. 취업 활동을 할 생 각이 전혀 없었던 나에게도 모 재벌계 은행으로부터 리크루트 안내를 해 주는 사람이 있었지만 정중하게 사양했다. 대학을 자주 유급당해 5년째 를 다니고 있었을 때 게이오의 야간 한국어 강좌에서 알게 된 게이오대 대학원생이 교환 학생으로 연세대에 가기 때문에 자료 정리 아르바이트 를 대신해 달라고 해서 기꺼이 맡아서 했다. 아마도 도쿄대 이노구치 다 카시^{猪口孝} 교수 프로젝트 중의 하나로 당시 아시아경제연구소에 있었던 핫토리 다미오^{服部民夫, 나중에 도쿄경제대, 도시샤대를 거쳐 도쿄대 교수}가 하고 있었던 한 국 엘리트연구의 자료 조사였다. 한국의 각종 연감이나 자료에서 정·재· 관계 엘리트들의 출신지나 학력 등을 조사해서 그 상관관계를 분석하기 위한 기초자료를 만드는 아르바이트였다. 핫토리의 지시대로 했을 뿐의 자료 정리였지만, 덕분에 그때 한국의 저명 인사들의 인명이나 기업명, 대학의 이름이나 출신지의 지명 등 수많은 고유명사를 외웠다. 핫토리의 와 인연이 생긴 김에 아시아경제연구소 입소시험을 봤지만 완전히 준비

271

부족으로 떨어졌다. 대학원에 진학하려고 해도 각종 준비가 되지 않았고, 그러고 있는 사이에 진학하는 기력조차 사라졌고, 외국인 유학생을 돌보는 기숙사 관리인의 모집 광고 등을 바라보기도 했지만 그대로 졸업해서 학원에서 영어나 수학을 가르치는 강사 등을 하고 지냈다.

2. 재일한국인계 신문사로

대학을 졸업해서 반년 정도 지난 여름에 88서울올림픽이 있었다. 버블 경기 이외에 올림픽 경기도 있었는지 임시로 일하는 사람을 찾고 있다고 지인의 소개로 재일한국인 사업가가 하는 경제계 신문사에 아르바이트로 들어가서 한 달만에 정규직 기자로 일하게 됐다. 그 신문에 실리는 기사의 대부분은 한국의 경제계 신문의 기사를 일본어로 번역해서 게재하는 것이었는데, 일본에서 이루어지는 한국과 관련된 각종 행사는 특별히 취재해서 기사로 썼다. 회사는 긴자銀座에 있었고 신문의 제작은 츠키지築地의 일간스포츠日刊スポーツ 인쇄소를 빌려서 주 한 번 신문을 내고 있었다. (신문 명칭은 '일보'인데 신문은 왠지 주 한 번만 간행했다) 일간스포츠 인쇄공의 아저씨로부터 "당신네들의 신문은 언제나 대단하네"라고 약간 얄밉게 비꼬는 말로 깨달았는데, 그 신문에 게재되는 광고는 모두 일본의 유명 백화점이나 자동차 메이커 등 대기업의 것들이었다. 그 신문사의 영업 직원들이 어떤 기업에 가면 광고를 다루는 홍보부가 아니라 사장비서실로 안내받았다. 무슨 명목으로 정기적으로 광고료가 지급되었고 기자는 그 광고들 사이에 아무도 읽지 않는 기사로 메우는 것이 일이었다. 그런 장사가 세상에 있다는 것을 처음 알았다. 그런 신문사였는데 편집부에는 매

력적인 선배들이 많이 있었다. 출판사에서 오랫동안 근무했던 N과장(나의 지인이 그의 이야기를 듣고 이 회사를 나에게 소개해 줬다), 대학을 중퇴하고 프랑스에서 몇 년 방랑 생활을 하다가 돌아온 A 씨, 한국 문화의 개설서를 번역해서 모 유명출판사에서 내놓은 적도 있는 재일한국인 S 씨, 역시 멕시코에서 5년 동안 방랑 생활의 경험이 있는 T 씨 등, 모두 점심시간이나 저녁 술자리 때의 하는 이야기들이 무진장 재미있는 유쾌한 선배들이었다.

그런 가운데 편집장이었던 K 선생님은 풍모도 경험도 지식도 격이 달랐다. K 선생님은 바로 '선생님'이라고 부르기에 맞는 풍격이었고 실제로 일상적으로도 '편집장'이 아니라 '선생님'이라고 불렸다. 직접 그로부터 들은 이야기는 아닌데, 그는 한국전쟁이나 그 이후 시기에 장남으로서 일가를 대표해서 족보를 들고 한국으로부터 일본에 밀항해 온 사람이었다. (밀항의 이유를 그렇게 밝히는 재일한국인 분들은 그 세대 사람들 중에 당시 상당히 있었다) 나중에 일본에서 국회의원을 통해서 자수해서, 무죄 방면된 후에 가나가와神奈川현의 H시에서 가족과 한국 고깃집을 하면서 생계를 유지하고 있었던 것 같은데, 한국에 남게 된 그의 집안 가족들이라는 것이 상당한 분들로, 그의 동생들은 모두 한국은행 총재나 삼성전자 사장을 지냈다는 것이었다. 그런 건 다 거짓말이라고 생각했지만 모두 사실이었다. (수년 후 K 선생님은 돌아가셨는데 서울 외곽에 4형제가 생전에 지은 무덤이 있고 그가 처음 들어갔다고 해서, 당시 이미 한국에 유학을 와 있었던 나는 삼성전자 사장 비서실에 연락해서 사정을 해서 묘소의 위치를 알아본 적이 있었다) 스트레스 때문인지 K 선생님은 가끔 근무 중에 위스키를 숨겨 마시면서 기사를 썼다. 위스키는 항상 산토리 가쿠빈サントリー角瓶으로 나도 가끔 심부름으로 사러 갔다. 일은 매일 아침 K 선생님을 중심으로 회의를 열어서 한국과 일본의 신문에서 기사화하는 뉴스거리를 고르는 것으로 시작되었다. 저는 주로 단신 기사를 맡았는데, 가끔 K 선생님에게 '와타나베 군'이라고 불려서 가보면 한국에서 일어난 크고 작은 사건들에 대해 그날 도착한 한국의 신문을 보면서 여러 가지로 설명해 주시는 것이었다. 그렇게 해서 '조선왕조 마지막 황태자비'라 불린 이방자 서거의 뉴스도 기사를 요약해서 원고화하게 됐다. 또한 야마모토 리에山本リエ 씨가 쓴 김희로金嬉老 사건에 관한 책을 내가 맡아서 서평을 써서 저자 본인으로부터 감사 전화를 받은 적도 있었고, 오타아 줄리아おたあジュリア의 무덤이 있는 고즈시마神津島에 한국에서 카톨릭 순례단이 와서 '줄리아 축제ジュリア祭'를 했을 때도 취재 삼아 출장을 가서 긴 기사를 썼다. 또한 당시 아사히문화센터의 한국어 강사로 유명했던 김유홍金裕鴻 씨의 인터뷰 기사도 썼다. (시인 이바라키 노리코茨木のり子도 그에게 한국어를 배웠다) 취재 도중에 "와타나베 기자, 어쨌든 한국에 한번 가 보세요"라는 말을 들었다. 나는 그때 한국어는 조금 할 줄 알았지만, 그때까지 한국에는 한 번도 가 본 적이 없었다. 아마 내가 그에게 빗나간 질문을 한 것일 것이다. 마음 속으로 사과했다. 그 신문사는 긴자에 있었는데 걸어서 갈 수 있는 곳에 삼중당서점三中堂書店이 있었다. 원래는 서울 삼중당서점의 도쿄지점이었던 것 같은데, 그때는 이미 서울과는 경영적으로 관계가 없게 됐고 한국 서적을 수입하여 판매하거나 일본에서 나온 한국 관계 서적을 판매하고 있었다. 당시 도쿄 시내에서 한국 서적을 직접 보고 구입할 수 있는 몇 안 되는 서점이었다. 거기에 가끔 가서 읽지도 않는 『한국민중사』 I · II1986의 원서를 구입했고 강만길 역사서의 일본어 번역서다카사키 소지(高崎宗司) 역, 『한국현대사』, 1985; 오가와 하루히사(小川晴久) 역, 『한국근대사』, 1986를 조금 비쌌지만 과감히 구입하기도 했다.

3. 친구 C와의 추억, 첫 한국행

1년 3개월 정도만 다닌 직장이지만 실로 여러 일들이 있었다. 주마등처럼 옛날 생각들이 나지만 하나만 친구 C와의 추억에 대해서 적어 둔다. 그도 이 신문사에서 번역 아르바이트를 하고 있었는데, 원래는 일본 문부성 국비 유학생으로서 모 국립대에 유학하고 있었던 대학원생이었다. 한국에서 여행 중이었던 일본인 여성과 만나 결혼해서 일본에서 사는 편법으로 유학을 택한 것이었다. 원래 그는 충청도 옥천 출신으로 한국에서는 S대 사범대의 국어교육과를 나와 학교에서 국어교사를 하고 있었다. 그와는 이 신문사에 재직 중에도 그 후에도 또 내가 한국에 간 후에도 물심양면으로 매우 신세를 졌다. 그도 어느 시기까지는 매우 가난했기 때문에 물심 중에 '물' 쪽은 한정적이었지만 말이다. 그는 문학 이야기를 매우 좋아했다. 또 내가 한국문학의 작가나 작품에 관해서 본격적인 이야기를 들은 것도 그의 이야기가 처음이었다. 어느 때는 학생 시절에 실연해서 대학에 가지 않고 양말 행상을 하고 보냈던 시기의 이야기이거나, 어느 때는 현재 일본에서의 가정 생활이 그다지 잘 되지 않은 이야기이기도 했는데, 이야기를 하고 있는 사이에 저절로 문학 이야기로 화제가 옮겨갔다. 어쨌든 이야기를 잘하는 사람이었다. 특히 그는 대학원에서도 친일문학을 박사논문의 주제로 연구하고 있었기 때문에 이광수의 이야기는 많이 들었고, 자신의 고향인 옥천 출신으로 1980년대 후반 민주화로 해금된 월북 시인 정지용의 이야기도 해줬다. 또 한때는 내가 어떤 작가의 이야기를 하면 그가 읽은 그 작가의 작품에 대해 이야기해 주었다. 또 자신과 같은 시기에 대학의 같은 과에 다니다가 중퇴하게 된 작가 이문열의 이야기도 해줬다. 그는 이문열의 「금시조」1982를 가장 좋아한다고 했는데,

그때 함께 들었던 작가에 관한 이야기로 나는 처음으로 한국의 '연좌제'나 '남노당'에 대해서 알게 되었다. 그 후 C는 내가 한국에 유학을 가기 조금 전에 일본의 대학원에서 어떻게든 박사논문을 써서 일본에서의 다른 생활도 완전히 정리해서 한국에 돌아가 잠시 후 서울 시내의 모 여대 일문과 교수가 되었다.

　조금 시간을 되돌려서 내가 처음으로 한국에 갔을 때에 대해 적어 둔다. 내가 처음 한국에 간 것은 대학 졸업 후 처음으로 근무한 신문사를 1년 3개월 만에 그만두고 다음 직장에서 근무하기 전에 그 신문사에서 신세 졌고 당시 서울 특파원을 하고 있었던 N 과장에게 인사를 하기 위해서였다. 서울만 며칠간 머물렀던 여행이었는데, 숙소는 종로 YMCA 뒤에 있었던 한옥 민박으로, 11월 하순이었는데 매우 추웠기 때문에 종로 지하상가에 연결되어 있었던 빌딩 지하의 목욕탕에 가서 지친 몸을 쉬기로 했다. 당시 종로 거리는 지금처럼 화려하지도 밝지도 않았고 밤에 어디에 들어가도 실내가 어두웠다. 그 후 4년 정도 도쿄에서 출판사 편집자로 근무하면서 반년에 한 번 보너스를 받을 때마다 일주일 정도 유급휴가를 받고 한국 여행을 갔는데, 서울의 숙소는 언제나 종로 부근의 여관이었다. 종로 뒷골목을 눈을 감아서도 돌아다닐 수 있게 된 것은 그 경험 때문이었다.

　출판사에서는 법률서의 편집 보조를 하면서 대학 수업에서 교과서로 사용하는 서적을 기획·편집하는 일을 맡아서 했다. 학생 시절에 이 출판사에서 나온 한국 관계의 서적을 읽은 적이 있어서 그러한 책을 낼 수 있을까 생각했는데, 매출이 모두 좋지 않아 보통으로 한국 관계 서적의 기획을 내도 통과되지 않을 거라고 입사 직후에 영업부장으로부터 이야기를 들었다. (그 후 재직 기간 중에 한국 관계 서적은 한 권도 내지 못했다. 유일하게 할 수 있었던 일은 그 출판사가 어떤 기획을 위해서 보관하고 있었던 K대의 M 교수가 쓴 신간회연구의 원고를 출판 전망이 서지 않는다는 이유로 본인에게 돌려주는 일이었다) 출판사에서 하는 편집 일은 정기간행물이 아니라 단행본의 편집뿐이었기 때문에 업무로서 그다지 바쁘지 않았다. 또한 전직 신문사를 퇴직한 이후에 한국어에서 좀 멀어지게 되었기 때문에 여러 생각 끝에 1990년 봄부터 회사 근무가 끝난 후의 시간대에 요요기代々木에 있는 현대어학숙現代語学塾이라는 곳에서 한국어를 배우기로 했다.

4. 현대어학숙에서

현대어학숙은 김희로 사건1968의 공판대책위원회가 옥중에 있는 김희로의 한국어 학습지원을 하기 위해서 만든 공부 모임으로부터 시작됐고 그것이 한국어 전문 학원으로 발전한 것이었다. 내가 대학을 졸업한 1980년대 말에도 도쿄 시내에서 대학 이외에 한국어를 배울 수 있는 곳은 몇 군데 있었지만, 대부분이 초급 수준의 학교로 그 이상 수준의 학교는 없었다. 여러 학교에서 초급 수준의 한국어를 배운 사람들이 그 후에도 공부를 계속하기 위해서 중급이나 상급 수준의 수업이 있는 이 학교에 모였다. 그 전에도 나는 대학을 졸업한 지 얼마 안 된 1988년 봄에 한 번 여기에 견학을 온 적이 있었다. 가지무라 히데키梶村秀樹, 가나가와대나조 쇼키치長璋吉, 도쿄외대가 여기서 가르치고 있어서 수업 구경도 해서 계속해서 다니는 생각도 해 봤는데 그때는 아직 정직이 없었고 경제적으로도 시간적으로도 여유가 없었기 때문에 다니기를 포기했다. 다니지는 않았지만 그 학교에서 전해 들은 정보로 같은 1988년 4월에 도쿄 한국

YMCA에서 개최된 제주도4·3봉기 40주년 기념집회에 참가해서 가지무라 히데키와 김석범의 강연을 들었고, 와세다봉사원早稲田奉仕園에서 와다 하루키和田春樹나 다카사키 소지高崎宗司 등이 기획·개최하고 있었던 '조선문화강좌' 등에 다니기도 했다. 그런데 안타깝게도 내가 다니기를 단념한 이 현대어학숙에서 명강사였던 조 쇼키치와 가지무라 히데키가 1988년 가을과 1989년 봄에 잇따라 병으로 세상을 떠났다. (아마도 가지이 와타루梶井陟, 도야마대가 세상을 떠난 것도 이 무렵이었다고 기억한다. 이 시기에 한국학 연구자의 서거가 잇따랐다)

내가 직장을 옮긴 1990년 봄부터 이 학교에 다니기로 결정했을 때에는 다카야나기 도시오高柳俊男, 메이세이대 후에 호세이대가 카자흐스탄 고려인의 조선어신문『레닌기치』후에『고려일보』를, 다카시마 요시로高島俊郎, 한국어 통신교육 '가사사기사(かささぎ舎)'(까치학교 주재. 후에 규슈국제대를 거쳐 호쿠세이가쿠인대)가 조선통신사의 서기가 쓴 한글 기행 가사『일동장유가』를 읽고 있었다. 나는 우선 월요일 밤의 다카시마의 기행가사 강독반을 다니기로 했다. 전-근대 한국어를 접하는 것은 처음이었고 초서체 한글을 읽어 나가는 게 매우 신선하고 즐거웠다. 또 잠시 후 토요일 밤에 한국영화를 보는 정애영-서민교의 수업에도 다니게 됐다. 그리고 잠시 후에 한국 귀국 전의 친구 C전출에게 강사를 부탁했고, 일본어로 된 글을 한국어로 옮기는 고급반 담당을 부탁했고 나도 수강생으로서 거기에 다녔다. (이 공부를 시작하고 나서 나는 길거리에서 보는 포스터나 통근하는 지하철 안에서 보는 광고의 일본어를 한국어로 옮겨 보는 이상한 버릇이 생겼다) 현대어학숙에서는 이렇게 요일별로 초급부터 고급까지 다양한 반들이 있었는데, 2, 3개월에 한 번 '공개강좌'라는 강연회를, 반년에 한 번 여름과 연말에는 회식 행사나 송년회를 개최해서 각급 반 수강생 사이나 학교 안팎으로 교류가 활발했다. 다카야나기 강독반

은 카자흐스탄에서 『레닌기치』의 단골 기고자였던 게르만 김을 불러서 강연회를 열면서 강독반에서 일본어로 번역하고 있었던 기사들을 정리해서 『재소 조선인의 페레스트로이카』1991라는 제목으로 번역서도 간행했다. 다카시마 강독반에서 『일동장유가』를 읽고 있었던 시기에는 일본에서 '조선통신사 붐'이 있었고 각종 강연회나 행사도 많이 개최돼서 수강생들과 같이 거기에 나가기도 했다. 통신사의 발자취를 찾는 여행도 기획해서 시즈오카静岡시의 세이켄지清見寺, 통신사 화원이 남긴 낙산사를 그린 병풍이 있다에도 놀러 가기도 했다. 강독반에서 강독을 마친 후에도 다카시마는 개인적으로 작업을 계속해서 마침내 1999년에 헤이본샤平凡社 동양문고에서 그 번역서가 간행되었다. (그때 나는 이미 서울에 유학 중이었다)

출판사에 근무했을 때는 낮에 직장 일을, 밤이나 주말에는 한국어 학습에 몰두했다. 그리고 반년에 한 번 보너스를 받고는 유급휴가를 받고 한국에 일주일 정도 여행을 갔다. 갈 때마다 테마를 정해서 한국의 지방 도시에도 많이 갔다왔는데, 당시 경주 첨성대에는 주위에 울타리 같은 것은 없었고 자유롭게 드나들 수 있었기 때문에 첨성대 위까지 올라가서 멀리 바라볼 수 있었고, 강릉으로 향하는 기차는 산간 지역을 스위치백으로 올라갔다. 그런 생활을 4년 정도 계속하면서 한국에서도 실로 여러 지방을 둘러봤는데, 그런 여행이 가이드북에 나와 있는 것을 확인하러 갈 뿐으로 느껴졌고, 조금씩 지루해졌다. 여행을 가면서 한국어로 대화하는 능력은 점점 늘어갔지만, 현지에서 오래 말 상대가 되어 주는 것은 여관의 주인 정도밖에 없었고 친구가 생길 리도 없었다. 현지에서 조금 오래 살고 싶다고 생각했을 때, 도쿄에서 지인의 소개로 한국어와 일본어를 서로 가르치기 위해 만나게 된 것이, 그 후에 나와 결혼한 지금의 아내였다. 그는 부산에서 전문대까지 나왔지만 실용 디자인 공부를 보다 본격적으로 하기 위해 도쿄에 와서 우선 일본어학교를 다니고 있었다. 그래서 그에게 일본어를 가르칠 때는 동시에 진학 정보에 대해서 조사하거나 학교 견학을 가기도 했다. 그 후에 그는 도쿄 시내에 있는 기모노 염직 전문학교로 진학했다. 그때까지 내가 일본어를 가르칠 때는 한국어로 말하면서 가르쳤기 때문에 그는 별로 일본어가 늘지 않았는데 외국인 유학생이 별로 없는 그 전문학교로 진학하니까 한 달 만에 몰라볼 정도로 일본어를 잘할 수 있게 되었다.

그 시기에 나는 직장을 그만두고 한국에 유학하는 마음을 굳혔다. 처음에는 별로 명확한 목적 없이 단순히 한국어 샤워를 전신에 맞고 싶었을 뿐이었는데, 그 나이에 직장을 그만두고 외국에 가는 거라면 대학원에라도 간다고 주위를 조금 납득시키는 게 어떠냐는 친구의 충고로 그런 방향으로 한국 장기 유학 계획을 세우기로 했다. 대학원에 진학해서 무엇을 배울지 그다지 고민하지 않았다. 정치학이나 국제관계론 혹은 역사학 등에 대해서는 평소부터 많은 이야기를 들어 왔기 때문에 그것을 깊게 공부할 마음이 생기지 않았는데, 한국문학에 대해서는 그 이전부터 친구 C로부터 다양한 이야기를 들어왔고 스스로도 더 관심이 있었기 때문에 그것을 좀 더 깊게 공부하고 싶어서 국문과에 가기로 했다. 대학원에 진학하기 전에 어학당 같은 곳에서 제대로 한국어를 배워야할까 생각했지만 어학당에 다니는 데도 대학원만큼이나 학비가 들었기 때문에 죄송하지만 들어가서 열심히 하겠다고 일단 입학시켜 주는 대학원을 찾기로 했다.

5. 한국 유학, 동국대에서 만난 사람들

1993년 초여름에 서울대 대학원 시험을 서울까지 보러 갔다왔는데 떨어졌다. 연락이 엇갈렸는지 응시자에게 알려지지 않은 필기시험이 그날 치러져서 문제를 제대로 풀지 못했고 면접에서도 자신의 능력 부족을 변명하기만 했을 뿐이었다. (면접의 사회자는 김윤식 선생님이었다) 도쿄로 돌아와 사의를 전해 놓았던 직장에 사정을 말해서 반년 더 근무하게 되었다. 그 해 가을에 이번은 연세대, 고려대, 동국대의 대학원 시험을 보기 위해서 여러 분들에게 그 학교 선생님을 소개받고 그 분들을 만나러 갔다. 연세대 이선영 선생님은 와세다대의 오무라 마스오大村益夫 선생님이 소개해 주었다. 고려대 김인환 선생님도 오무라 선생님의 소개였는지 기억이 잘 안 난다. 동국대는 원래 현대어학숙에서 배우고 있었던 다카시마 선생님이 이 대학의 학부와 석사를 나와 있었기 때문에 이야기는 많이 듣고 알고 있었지만, 그때 현대어학숙의 수강생으로 당시 교환 학생으로 서울에 가 있었던 친구가 동국대에서 『삼국유사』 스터디에 참여한다고 해서 그 주재자인 김태준 선생님을 소개받았다. 현지에서는 세 분 모두 매우 환영해 주셔서 다행이었지만, 같이 만난 대학원생이 연세대와 고려대는 유학생에게 너무나 익숙해져 있었던 것 같았다. 한편 동국대의 대학원생들은 일본인 유학생인 나에게 여러 가지로 소박하게 흥미를 가져줬다. 김태준 선생님은 면담 후 나를 대학 부근에 있는 냉면집에 데려다 주셨는데 이것이 정말로 맛이 있었다. (그가 황해도 장연 출신으로 이북에 생이별한 가족이 있다는 것은 동국대에 들어간 후에 알게 되었다) 냉면이 결정적이었던 것은 아니지만 시험 결과가 제일 빨리 나온 것도 있어서 1994년 봄부터 서울의 동국대학교 대학원에 다니게 되었다. (그 후에 소개해 주신 오무라 선생님이 서른 살이 되기 직전에 직장을 그만두고 한국에서 유학생활을 지내게 됐다. 한국에 입국한 것은 1994년 2월 2일이었다. 그 이틀 후인 2월 4일에 동국대 국문과의 교수와 대학원생들이 모이는 행사가 있었기 때문에 이 날짜는 잘 기억한다. 그 행사는 그 옛날에 동국대 국문과에서 오랫동안 교편을 잡은 무애 양주동 선생님의 묘소경기도 용인에 성묘하러 가는 일이었다. 김태준 선생님이 거기에 모인 교수나 대학원생들에게 나를 소개해 주셨다. 이 성묘 행사는 『양주동 전집』전 12권, 1995~1998이 동국대출판부에서 나왔을 때까지 계속되었지만, 그 후 학과와 유족 사이에 무슨 일이 있었는지 치러지지 않게 되었다. 유학 중에 생활하는 집에 대해서는 일단 그 전년에 일본에서 유학 생활을 마치고 한국으로 귀국해서 모 여대 교수가 되어 있던 친구 C가 사는, 3호선 수유역 앞 단칸방에 한 달 정도 얹혀 살기로 했다. 연탄 보일러의 단칸방이었지만 겨울의 추운 날에 연탄을 보충하는 등 다양한 생활 지식을 배웠다. 그 후 김태준 선생님이 써 주신 추천서 덕분에 대학로 방송통신대 뒤편에 있는 월세가 싼 유학생 기숙사에 운 좋게 들어가게 되었고 석사과정을 다니는 2년간을 거기에서 지냈다. 1년째 룸메이트는 한국 외대 러시아어과를 다니는 재일한국인의 Y군, 2년째는 터키 앙카라대학 한국어학과 1기생으로 졸업 후 국비유학생으로서 한국에 온 H 군이었다. Y 군은 독실한 S학회 신자로 매일 아침 그의 독경 목소리로 나도 잠이 깼다. 그는 졸업 후 모스크바대 석사과정을 마치고 일본으로 귀국해서 고향에서 부모가 경영하고 있는 불고깃집을 하게 되었다. H 군은 터키 한국어 학자의 바로 파이오니아 세대로 터키에서는 아직 제대로 된 사전도 없다고 해서 시간만 나면 언제나 기숙사 방에서 한국어－터키어 사전의 원고 카드를 작성하고 있었다. H 군이 진학한 서울대 대학원 수업에서 한자투성이의 강독 자료가 나와서 (H 군은 한자와 한문에 대한 지식이 거의 없었다) 어떻게 해석하는지 도와 달라고 해서 보니까 그것은 광개토왕비 비문으로 수업은 이기문 선생님의 퇴임 직전의 마지막 대학원 수업이었다. 일본 학생에게 도움을 받았다고 하지 말라고 하고 도와줬다. H 군과는 2~3년 정도 교류가 있었고 (내가 기숙사를 나가서 이사할 때 다른 터키 친구들까지 불러서 도와줬다) 그 후 소식이 끊겼는데, 풍문에 따르면 대학원에서 공부를 마친 후에도 터키에 귀국하지 않았고 이태원의 모스크에서 일을 한 후에 요즘은 부산 쪽에 생긴 모스크에서 일하고 있다고 한다. 그렇게 생각하면 그는 이미 30년 정도 한국에서 살고 있다는 이야기가 된다.

동국대 대학원에는 1990년대 중반에 석사과정을, 1990년대 후반에 박사과정을 다녔다. 현대문학에서는 홍기삼 선생님이나 시인의 이형기 선생님, 고전문학은 시가가 임기중 선생님으로 산문이 김태준 선생님, 한문학은 이종찬 선생님, 국어학은 문법으로 서태룡 선생님과 한국어사에서 김영배 선생님이 계셨고, 그 밖에 명예교수로 이병주 선생님한문학이나, 또 사범대 국어교육과에도 작가인 한영환 선생님들이 계셨다. 대학원에서는 현대문학뿐만 아니라 고전문학 수업도 수강할 수 있었기 때문에 김태준 선생님의 동아시아 비교문학 수업이나 이종찬 선생님의 한국 문집 서문 강독 수업도 수강했다. 학부 전공이 다르면 수강해야 하는 학부 필수 과목이 여섯 개가 있었는데, 그 중 서태룡 선생님의 국어학개론이나 김영배 선생님의 한국어사 수업 등 국어학 수업들이 매우 공부가 되었다. 또 다른 대학에 가서 수업을 수강하는 일도 있어서 최동호 선생님고려대이나 유종호 선생님연세대, 윤홍로 선생님단국대, 임헌영 선생님중앙대 수업도 수강했다. 명예교수로 시인 서정주 선생님의 수업도 있었는데 수강 학점 관계로 청강도 갈 수 없었던 것이 이제 와서 아주 후회가 된다.

　이형기 선생님의 현대시 수업은 연구실에서 수강자 네 명과 하는 작은 수업이었는데, 작은 방에서 이야기하고 있는데도 선생님의 목소리가 아주 작고 가늘어서 알아듣는 데 고생했다. 그런데 선생님은 비 오는 날이 되면 기분이 좋았고 어떤 날에는 아주 먼 데서 나를 찾아 큰 소리로 "오! 와타나베!"라고 부르셔서 그쪽을 보니까 손을 들고 있는 것이었다. 수업 후에 가끔 술자리가 있으면 선생님은 가사이 젠조葛西善蔵라든지 일본 작가 이야기를 잘 해줬다. (그리고 보면 그의 연구실 서가에 이와나미 문고의 칸트 비판 3부작이 꽂혀 있었다) 술을 마신 후에 아무 말도 하지 않고 앉아 있으면 외모는 분명히 초로의 신사인데 앉아 있는 분위기가 뭔가를 불안해하는 소년처럼 보여서 아주 신기했다. 대학원에서 지도교수는 홍기삼 선생에게 부탁했다. 선생님은 항상 이론적인 사고에 대해 더 배우라고 하셨고 종합시험논문제출자격시험의 준비도 있어서 문예이론 서적은 꽤 많이 읽었는데 얼마나 자신의 피와 살이 되었는지 잘 모르겠다. 석사 논문은 식민지 조선의 프롤레타리아문학 예술대중화논쟁에 대해서 썼다. 당시에는 아직 1980년대의 민주화로 해금된 월북문학자연구에 대한 열기가 남아 있었고 나도 동시대 일본과의 비교라는 관점에서 어떤 공헌이 가능하다고 생각했는데 결국 논문은 한국과 일본의 기존 연구를 개관하고 정리하는 수준을 넘지 못했다. 박사과정에 진학하고 나서 홍기삼 선생님으로부터 해방 후 소설가 중 누군가 한 사람에 대해 박사논문을 써 보지 않겠냐고 지도를 받았고 모든 의미에서 나에게도 그게 필요하다고 생각했는데, 결국 그 후에도 프롤레타리아문학에 관한 논문이나 에세이를 중심적으로 쓰게 되었다. 대학원에서는 처음에 국문과 대학원생들이, 다음에 일문과 대학원생들이 일본어 공부 모임을 하자고 그런 반을 구성해 줬다. 물론

월사금도 잘 모아 줘서 아주 좋은 아르바이트가 되었다. 한국에 와서 일본어를 가르친다는 것은 별로 생각하지 않았는데, 주변에서 하자고 하는 대로 하게 되었고, 결국 그것이 한국에서 일본어를 가르치는 능력을 키우게 되었고 대학 교원으로서 실질적인 교수 업적을 쌓는 데에도 이어졌다.

유학 중에는 지명관 선생님에게도 신세를 졌다. 역시 기독교인이기도 한 김태준 선생님이 공동연구회에 참여한다고 해서 거기에 함께 참석하게 된 것이 계기가 되었다. 지명관 선생님은 21년간 일본에서 망명생활을 지냈고 1993년에 한국에 귀국해서 한림대에서 석좌교수 겸 일본학연구소장으로 취임하셨다. 1년간 크고 작은 연구회와 심포지엄을 개최하고 연구소에서 1년에 한 번 한국어 – 일본어 혼용 논문집을 냈다. 이 모든 일에 일본어 번역 작업이 필요했기 때문에 그런 아르바이트를 맡아서 하게 된 것 이외에도 일본에서 편집자를 한 경력이 평가를 받아서 논문집 편집도 시켜 주셨고, 외람되게도 나의 연구를 발표할 기회도 주셨다. 지명관 선생님과 하는 일들 중에서 작가 이회성 씨가 한국에 왔을 때에 김지하와 대담해서 그 기록을 정리한 것이 일본 문예지 『신쵸新潮』에 실렸고 그것이 계기가 되어서 김지하의 최근 시를 역시 같은 잡지에 번역해서 발표하기도 했다. 또한 강상중 교수가 한국에 왔을 때에도 같이 일을 하면서 그와 같이 한국에 온 대학원생들과 교류하는 가운데 그 후의 나의 연구로 연결되기도 했다. 지명관 선생님은 김대중 정권 때에는 더욱 바빠졌고 KBS 이사장이나 일본 대중문화 개방을 논의하는 정부의 원탁회의도 운영을 맡으셨다. (그 회의 자료 정리를 나도 맡아서 하게 되었다) KBS 이사장 재직 중에는 고향인 평양으로 반세기만에 가서서 한국으로 돌아오신 후에 복잡한 심정을 에세이에 남기기도 하셨다.

6. 결혼, 한국에서 취직, 일본으로 이동

이렇게 쓰면 실로 유유자적한 유학생활을 지내고 있었던 것처럼 보이지만 경제적으로는 내내 힘들었다. 한국에 왔을 때 일본 출판사에서 받은 퇴직금 50만 엔은 한국에서 생활한 지 3개 월만에 다 써 버렸다. 그 후는 기업 등에서 일본어를 가르치는 아르바이트 등으로 학비와 생활비를 벌었다. 1994년도 1학기 대학원 등록금은 180만 원 정도로 그 후 조금씩 올라갔지만 한 달 아르바이트로 받는 돈 중에 30만 원을 학비로 저축하고 나머지를 생활비로 썼다. 기숙사 집세가 한 달 8만 원으로 파격적으로 저렴했던 것도 아주 도움이 됐다. (당시 신촌의 하숙집들은 독방 하숙비가 한 달 40만 원 정도였다) 1996년 박사과정에 입학하자 지도교수 추천으로 첫 학기는 전액 면제 장학금을 받았다. 이어서 2학기부터는 운 좋게 교육부 국비장학생으로 선발돼서 3년 반 정도는 학비 면제와 생활비 월 60만 원을 받았다. 박사과정에 입학했던 해에 도쿄의 전문학교에서 염직 공부를 하고 있었던 여자 친구가 학업을 마치고 귀국해서 서울에 있는 내 옥탑방에 와서 연말에 결혼했다. 서울 홍제동에서 빌린 전세 1,500만 원의 옥탑방이 새집이 돼서 국비장학생으로 받았던 생활비 중 절반의 30만 원을 아내에게 주었다. 아내는 공부하는 외국인 남편과 먹고 살기 위해서 직장일과 집안일로 말 그대로 조강지처 생활이었다. 1998년에 IMF 사태로 우리집의 전세 시세도 500만 원까지 떨어졌는데 2000년 고려대에서 포스트를 얻어서 다음 해 딸이 태어나 역촌동 2,000만 원 반지하 방으로 이사 갔을 때 주인 할머니는 제대로 1,500만 원을 돌려주었다. 이른바 '다세대주택'의 1층에 살고 있었던 할머니였는데 가끔 중소이산가족회에서 편지가 와 있었다. 무슨 사연인지 물어보니까 사할린에서 반세기 만에 오빠가 돌아왔는데 실감이 나지 않아 어떻게 해야 할지 모르겠다는 것이었다. 그 쓴웃음을 짓는 미소가 인상적이었다.

한국에서 국비장학금을 받는 동안 박사논문도 써야 했는데, 운 좋게 2000년 3월부터 고려대에서 일본어를 가르치는 원어민 교원으로 채용되어 그 후 5년간 고려대에서 일본어를 가르치면서 일문과 교수들이나 대학원생들과 일본문학연구에 대해서 교류해서 한편으로 자신의 전공인 한국문학을 연구한다는, 두 가지 일을 하게 되었다. 고려대 김춘미 선생님은 역시 김태준 선생님이 활동하셨던 한국비교문학회에서 처음 만났고 그 후 내가 고려대에서 포스트를 얻을 때도 신세를 졌다. 그런 위치에 있었기 때문에 가와무라 미나토川村湊, 호세이대나 요모타 이누히코四方田犬彦, 메이지학원대 등 일본에서 한국론을 논하는 사람들의 실제 작업 현장을 같이 하는 기회도 있었고, 고모리 요이치小森陽一, 도쿄대나 쓰보이 히데토坪井秀人, 나고야대, 후에 니치분켄을 거쳐서 와세다대와 같은 일본문학 연구자와의 교류도 있었다. (쓰보이 교수와는 지금도 공동연구를 하고 있다) 또 박유하 교수세종대의 네트워크를 통해서 나리타 류이치成田龍一, 일본여자대나 이와사키 미노루岩崎稔, 도쿄외대, 임지현한양대, 후에 서강대 등과의 교류도 시작되었다. (이것도 지금까지 공동연구 등의 형태로 인연이 이어져 있다) 또한 고려대에서 일본학연구소 오프닝 심포지엄을 개최했을 때 코넬대 사카이 나오키酒井直樹도 와서 발표해 주었던 인연으로 그 후에도 교류가 계속되었다. 사카이 씨는 그때 잡지 『트레이시즈』의 서울회의도 겸해서 서울에 왔는데, 그때 같이 교류한 인연으로 그 후 연세대 국문과의 김철 선생님이나 이경훈 선생님과의 교류가 시작되었고, 내가 고려대에 재직하고 있는 동안 일주일에 한 번 신촌의 연세대 문과대를 다니면서 이경훈 연구실에서 이루어진 일본문학 세미나에 참여해서 다양한 문헌을 한국어로 번역하는 프로젝트에 관여했다. 연세대 국문과는 외국의 한국문학 연구자들과 교류하는 데 적극적이었고, 그때 나도 최경희시카고대와 에이미 권듀크대, 테드 휴즈콜롬비아대와 이진경UC 샌디에이고 등, 북미 지역의 한국문학 연구자들과 만나게 되었다. 이 때 인연을 바탕으로 2005년에 내가 지금의 직장인 도쿄의 무사시대에서 자리를 얻어서 11년간의 한국 생활을 정리해서 아내나 딸과 함께 도쿄에서 살기 시작했고, 2011년에 첫 번째 연구년 기회를 얻었을 때 이진경의 UC 샌디에이고에서 가족과 함께 신세를 졌다. 무사시대에서 근무할 기회를 얻은 것도 역시 동국대 김태준 선생님이 그 이전부터 교류가 있었던 도리이 구니오鳥居邦朗 선생님이나 오노 준이치大野淳一 선생님 등 일본문학 선생님들과의 공동연구에 참여하게 된 것이 인연이 되었다.

박사논문은 1996년에 박사과정에 진학했다면 2000년대 초반쯤에는 제출해야 했었는데, 결국 여러 일들이 핑계가 돼서 논문 제출이 많이 늦어졌다. 그래도 2011년 샌디에고에서 연구년을 지냈을 때는 소명출판의 임화 전집 다섯 권을 들고 갔고, 거기서 전 권을 읽고 노트를 작성했다. 결국 논문은 두 번째 연구년을 고려대 초빙교수로 서울에서 머물게 되기 전인 2016년도에 겨우 제출해서 학위를 취득할 수 있었다. 불행 중의 다행이라고 해야 할지 2000년대 후반부터 식민지기 조선영화의 필름이 잇달아 발굴되어서 관련된 연구도 많이 발표되어 내가 박사논문의 주제로 삼고 있던 임화 역시 당시 영화사업에 관여했기 때문에 관련 연구를 심화시킬 수 있었다. 또한 거기서 약간 외도를 해서 만주영화협회의 전속 여배우 이향란李香蘭, 리코란과 식민지 조선영화와의 접점을 찾는 연구에도 이어갈 수 있었다.

마지막으로 하나 내가 도쿄에 와서 2006년부터 현재까지 계속하고 있는 '인문평론연구회'에 대해 몇 마디 적어 둔다. 이 연구회는 당시 UC 어바인에서 방문교수를 마치고 일본의 죠사이대城西大로 자리를 옮겨 가르치고 있었던 황호덕현 성균관대과 그 파트너로 도쿄대에서 영화연구를 하고 있었던 이영재현 성균관대의 제안으로 시작되었다. 그때 도쿄에는 단기 체류를 하고 있는 지인의 한국인 연구자가 많이 있었기 때문에 모처럼이니까 다 모여서 식민지시대의 잡지 『인문평론』 윤독회라도 하자고 시작된 것으로, 연구회 명칭도 그때 붙인 것을 지금도 사용하고 있다. 그때 모인 것은 차승기현 조선대와 최경희시카고대, 에이미 권듀크대들로 나는 그때 이미 금연하고 있었는데, 다른 참석자들은 다 흡연자였기 때문에 연구회를 하고 있었던 내 연구실은 언제나 담배 연기로 자욱했다. 그 후에 멤버도 바뀌어서 윤독하는 잡지도 『국민문학』이나 『삼천리』, 『조광』 등으로 이어졌고, 와세다대 김응교 연구실에서 연구회를 하고 있었던 시기도 있었다. (이주연현 펜실베니아 주립대는 이때 참가자였다) 그 후 하타노 세쓰코波田野節子, 니가타현립대, 세리카와 테쓰요芹川哲世, 니쇼가쿠샤대, 마키세 아키코牧瀬暁子, 현대어학숙, 심원섭와세다대, 후에 돗교대, 손지원孫志遠, 조선대, 김모란와세다대, 류충희현 후쿠오카대, 김경채현 게이오대, 민동엽현 도호쿠학원대 등이 참여하는 연구회가 되었고, 가끔 오무라 마스오 선생님와세다대도 놀러 오셨다. 연구회는 한 달에 한 번 잡지 윤독뿐만이 아니라 한국에서 잠깐 놀러 오신 분이 있으면 그때마다 발표회를 가졌고, 반년에 한 번 정도 와세다대의 호테이 도시히로布袋敏博 교수가 주재하는 조선문화연구회가 열리면 그 연구 발표회에 같이 참석했다. 그리고 이 연구회에서 하는 교류를 바탕으로 매년 가을에 개최되는 조선학회 전국대회의 예비 발표 같은 것을 하거나 코로나 전에는 매년 3월에 북미에서 개최되는 전미아시아학회AAS에 젊은 연구자들과 함께 참여하는 일에도 이어졌다. 젊은 사람들이 바빠지고 연배가 있는 연구자들도 더욱 나이를 들어서 연구회는 코로나 때와 마찬가지로 그 후에도 원격으로 하고 있는데, 최근에는 해방 후 잡지 『백민』이나 『민성』 등을 읽으면서 서로가 연구의 폭을 넓히고 있다. 이 연구회에서 가지게 된 일련의 연구 네트워크 구축에서 하타노 세쓰코 선생님에게는 전폭적으로 신세를 졌다. 하타노 선생님에게는 연구회의 물질적 토대로부터 연구회 내용에 이르기까지 바로 이 연구회의 기둥으로, 그에 비하면 나는 지금도 연구회 자리나 자료를 준비하고 있을 뿐인 존재이다. 또한 하타노 선생님은 학회나 연구회에서의 활동에서 신세를 졌을 뿐만 아니라 그의 소개로 기타 각종 한국·조선학 네트워크도 참여하게 되었다. 여기에 적어서 감사의 뜻을 표하고 싶다.

이렇게 신세를 진 분들의 이름을 나란히 써 놓고 어쩌면 누락된 사람이 있지 않나 불안하다. 그것보다도 한국에서 같이 공부한 동료나 선후배들로 그 후에 대학에서 자리를 얻어서 계속 연구하고 있는 사람들 중에는 지금도 한국과 일본을 오가면서 교류를 계속하고 있는 사람들도 많다. 이들은 바로 연구의 한가운데에 있고, 이것저것 되돌아보면 생각이 나는 일들이 무수히 많기 때문에 여기서 그들에 대한 언급은 일체 쓰지 않았고 이름을 들 수도 없었다. 그 점 양해를 바란다.

서른 살이 되기 전에 직장을 그만두고 한국에 유학을 가서 남들보다 늦게 대학원에 들어가서 공부를 시작했다고 생각했었는데, 이렇게 되돌아 보니까 유학 후뿐만 아니라 유학 전에도 나는 실로 지적으로 자극적인 환경에서 한국이나 한국문학에 대한 관심을 키울 수 있었던 것 같다. 다시 생각하면 그 사이에도 엄청난 대학원 과정을 하나 밟은 것 같기도 하다. 이미 돌아가신 분들도 많지만 모든 사람에게 감사하고 싶다. 그런데 이런 식으로 자신에게 일어난 일을 직선적으로 연결해 보면 뭔가 내가 필연적으로 한국학 연구자가 된 것 같은 착각에 빠진다. 절대 그렇지 않다. 나와 유학 동기로 나보다 훨씬 한국이나 한국문학·문화에 대해서 독특한 관점을 가지고 있었던 유학생 동료로 그 후에 대학에서 자리를 얻을 수 없어서 부득이하게 연구를 그만두고 다른 길로 간 사람들도 적지 않다. 내가 대학에서 포스트를 얻을 수 있었던 것도 단순히 운이 좋았을 뿐이라고 생각한다. 나도 많은 동료들과 마찬가지로 기회가 없어서 연구의 길을 포기하고 완전히 다른 일을 하고 있다면, 이번에 여기에 쓴 것들도 내 인생의 과거의 어느 시점에서 우연히 조우하게 된 사건에 지나지 않았을 것이다. 사람의 삶은 불연속적이며 자신의 그 이전 모습은 그 후의 모습의 전제나 이유, 원인 같은 것이 되지 않는다. 이 글도 그런 점을 염두에 두고 읽어 주셨으면 한다.

와타나베 나오키渡辺直紀

1965년 도쿄 태생. 게이오대학慶應大学 정치학과를 졸업 후에 일본 국내 출판사에서 편집자로 근무. 1994년 동국대학교 대학원 입학. 1998년 동 대학원 박사과정 수료. (문학박사) 고려대 국제어학원 초빙전임강사. 2005년부터 현 무사시대학武蔵大学 인문학부 교수.

주요저작(출간순)

임지현 외편,『근대한국, 제국과 민족의 교차로』, 책과함께, 2011.

이상우 외편,『전쟁과 극장−전쟁으로 본 동아시아 근대극장의 문화정치학』, 소명출판, 2015.

『임화 문학 비평−프롤레타리아문학과 식민지적 주체』, 소명출판, 2018.

越智博美 他 編,『東アジア冷戦文化の系譜学−一九四五年を跨境して』, 筑波大学出版会, 丸善出版(発売), 2024.

역서

金明仁 著,『闘争の詩学−民主化運動の中の韓国文学』, 藤原書店, 2014.

金哲 著,『植民地の腹話術師たち−朝鮮の近代小説を読む』, 平凡社, 2017.

鄭鍾賢 著,『帝国大学の朝鮮人−大韓民国エリートの起源』, 慶應義塾大学出版会, 2021.

金孝淳 著,『朝鮮人シベリア抑留−私は日本軍・人民軍・国軍だった』, 東京外国語大学出版会, 2023.

나는 왜 한국학 연구자가 되었나

야마다 교꼬山田恭子

'나는 왜 한국학 그중에서도 특히 한국고전문학 연구자가 되었는가?'

이 물음에 대해 생각할 때면 아주 어릴 적 기억으로 거슬러 올라가게 된다. 고향 집이 전철역 바로 뒤에 있어서인지 재일교포가 영업하는 고깃집이 있었는데, 그곳에서 한국 음식 문화에 접할 기회가 많았다.

어느 날 조그만 고깃집 앞에서 도살한 닭 한 마리를 놓고 털을 뜯는 조선 할머니를 보고 놀란 적이 있다. 어렸을 때는 '가시와야鷄肉店'라고 불리는 닭고기 전문 정육점에서 깔끔하게 진열된 고기만 보았기 때문이다. 그리고 한국에 관심을 갖기 시작한 것은 부모 세대 이상이 가지고 있었던 재일조선인에 대한 차별의식에 대해 의문을 가지고 그 진실을 알고 싶었기 때문이 아닌가 생각한다. 예를 들어 1945년 전후 식량난 때 농가에서 쌀을 도둑맞은 일이 일어났는데 범인을 잡아 봤더니 조선인이었다는 이야기를 들은 적이 있었다. 그것이 사실인지 거짓인지는 몰라도 그것만으로 일본에 사는 온 재일조선인들이 그렇다는 식의 차별의식은 매우 이상하다고 느낀 것과 동시에, 세상에 어디든 좋은 사람과 나쁜 사람이 있는 법인데 좀 지나친 사고방식이 아닌가 하고 어렴풋이 깨달았기 때문일 것이다.

〈그림 1〉 종증조부가 계셨던 절

   그리고 내가 대학에서 일하게 된 계기는 아무래도 어머니 쪽 종증조부
從曾祖父 영향이 크다. 종증조부께서는 오사카에 있는 한 절의 주지셨는데
초등학생 때 종증조부의 소상小祥을 치르기 위해 어머니를 따라 그 절을
방문하게 되었다. 이때 종증조부가 대학에서 가르치기도 하셨다는 말을
들은 이후 막연하게 대학에서 가르치고 싶다는 생각이 들었다.

   초·중학교 시절에는 유명한 야마토 와키大和紀의 만화『아사키유메미
시あさきゆめみし』를 읽고『겐지모노가타리源氏物語』에 관심을 가졌고, 고등
학교 시절에는 문예부에서 활동하면서『가게로일기蜻蛉日記』의 현대어 번
안 작품을 썼다. 그리고 일요일에는 NHK 라디오 교육방송에서 하는『겐
지모노가타리』해설을 듣곤 했었다. 그던데 중학교 다니던 어느 날 우연
히 들은 NHK 한글강좌 방송이 마음에 들었다. 그 당시 힘들었던 고교입
시 영어보다 문법이 쉽고 배울 만하다고 생각했기 때문이다. 고등학생 때

는 입시 공부로 시간을 낼 수 없었지만 대학에 입학한 후 조금씩 독학으로 한국어 공부를 시작하였다. 그러나 막상 한국어를 시작해 보니 사실은 처음 생각하고 있었던 것처럼 그리 간단한 언어가 아니었다. 그래서 재일한국거류민단에서 개설한 한국어교실에 참석하여 한국인 선생님으로부터 직접 한국어를 배우기로 하였다.

그리고 대학교 2학년 때 한국음악 잡지에 실려 있던 펜팔 코너를 통해서 부산에 살던 정희영이라는 한 살 어린 친구와 편지를 주고받게 되었다. 처음에는 그 간단한 글조차 읽을 수 없어서 하나하나 사전을 찾으면서 읽었다. 그래도 모르는 경우는 한국어 교실의 선생님께 해석과 문장쓰기를 부탁했다. 그리고 대학 3학년이 되기 직전의 봄방학을 이용해 그녀와 만날 기회를 가졌다.

정희영 씨는 비가 쏟아지는데도 불구하고 이틀간 휴가를 내고 나와 같은 대학교에 다니던 친구와 나를 자신의 집으로 초대해 주었다. 저녁에는 광안리에 있는 멋진 카페로 우리를 안내해 주었다. 다음날은 남포동 거리를 함께 걸었다. 남포동은 오래된 번화가로 당시에는 아직 일식 가옥이 드물게 남아 있었다. 그것을 본 나는 꽤 묘한 기분이 들었다. 식민지 시대에 일본인들이 지은 가옥이라는 역사적 사실을 새삼 느끼지 않을 수 없었기 때문이다. 그날 밤 헤어질 때 그녀는 "내일 아침은 바빠서 공항까지 못 나가겠습니다. 미안합니다"라는 글을 메모지에 써서 나에게 주었다.

그것을 본 순간 왠지 눈물이 흘러내렸다. 내일 그녀를 볼 수 없어서 슬픈 것이 아니라 역사적 사실의 무거움과 그럼에도 불구하고 친절하게 나에게 대응해 주는 그녀의 모습이 마음속에 교차하면서 미안한 마음이 들었기 때문이다. 그래서 그런지 그때 내 입에서 나온 말은 "섭섭해요"가 아닌 "미안해요"였다.

당시 나는 재일한국거류민단회관의 한국어 교실과 NHK 라디오 한글 강좌를 통해 한국어 공부를 하면서 밤마다 라디오로 한국에서 직접 흘러 나오는 이문세의 「별이 빛나는 밤」을 듣고 있었다. 실제로 그 내용을 조금 이해하게 된 것은 대학교 3학년 때부터였다. 어느 날 밤에 이문세와 이야기하는 소녀 이야기가 자연스럽게 귀에 들어온 것이다. 그 내용은 소녀가 전라도 홍도紅島에 소풍을 간 이야기였는데, 소녀는 자신이 본 다도해상국립공원의 아름다운 풍경을 하나하나 설명하고 있었다. 그것을 또렷하게 알아들었을 때 정말 감동적이었다. 그 밖에도 당시 KBS 일본어 방송도 애청하면서 노래 대회에 응모하여 상을 받은 적도 있었다. 그 무렵부터 일본 고전문학연구보다 한일고전 비교문학연구가 좋지 않을까 하는 생각이 들기 시작하였다. 그와 동시에 경제적인 점을 고려하여 우선 한국에서 일본어 교사가 되겠다는 아이디어가 머릿속에 떠올랐다. 그런데 당시 친했던 여성 교수님께 "일본어 교사로 해외에 나가려면 국내 대학원에 가는 게 가능성이 높은 길이고 대학원에 가려면 영어 공부는 필수"라는 말을 들어 대학원 입학시험 공부를 시작했고 무사히 도쿄에 있는 가쿠슈인 대학 대학원 일본어 일본문학과에 입학하게 되었다. 도쿄에 있는 동안 요요기代々木에 있던 유명한 한국어 교실인 현대어학숙現代語學塾에 다니거나 도쿄외대 부속도서관에 있던 김용숙金容淑의 『이조여성문학李朝女流文學 및 궁중풍속宮中風俗의 연구研究』를 복사하여 읽곤 하였다. 그 후 석사과정을 마친 뒤 바로 한국에 건너가 이화여자대학교 어학당 한국어 5급에 입학, 3개월간의 어학 공부를 마친 후 고려대학교와 대전에 있던 국립대전산업대학교현 국립한밭대학교에서 일본어 강사를 하게 되었다. 특히 대전산업대학교는 전임강사로 초빙되었기 때문에 경제적 어려움 없이 지낼 수 있었던 것이 다행이었다. 만약 고향에 있는 대학에서 그 여성

〈그림 2〉평생 친구 김영미 화백과 함께

교수님의 말씀을 듣지 않았다면 내 인생은 이렇게 수월하게 갈 수 없었을지도 모르겠다.

그리고 그간에 멋진 만남이 있었다. 이화여자대학 어학당에 다녔을 때 대학교 후문 쪽에 하숙을 했는데 거기서 만난 김지선 언니이다. 당시 김지선 언니는 이화여대 중국어중문과 석사과정을 졸업하고 고려대학교 박사과정에 들어가려고 했었는데, 나의 경제적인 상황을 걱정해줘서 경기도 성남에 있는 정신문화연구원현 한국학중앙연구원에 입학할 것을 권해 주었다. 그리고 당시 언니를 따라 같이 고려대학교에 입학할까 고민하다가 우연히 고려대에서 만나게 된 사람이 지금도 연락을 주고받는 화백 김영미 선생님이다. 김영미 선생님은 내가 한국에서 어려운 일을 겪을 때마다 도와준 분이고 지금도 한국에 갈 때마나 만나는 친구이기도 하다.

그 후 결국은 경제적인 상황 때문에 대전에서 일본어 강사를 하게 되었지만 나중에 김지선 언니의 조언대로 정신문화연구원에 입학하게 되었다. 정신문화연구원은 한국에서도 가장 아름다운 연구소 가운데 하나로 꼽을 수 있을 만큼 늘 손질이 잘된 정원에 까치가 우아하게 날아다니는 곳이었다. 거기서 나는 처음으로 본격적으로 한국고전문학연구에 접하게 된다. 우선 중세국어 학습부터 시작되었다. 중세국어에 아무런 지식이 없었던 외국인들은 조교님의 도움을 받아 중세국어개설 책 한 권을 요약하라는 과제가 주어졌다. 친절한 조교님의 도움으로 선배들이 쓰던 노트를 빌려가 겨우 베껴 썼지만 아주 힘들었던 기억이 지금도 생생하게 떠오른다. 그리고 『정읍사井邑詞』, 『금수회의록』, 「이옥봉李玉峰 연구」 등 다양한 리포트 과제를 내야 되서 고생을 많이 했다. 한 번은 『피생몽유록皮生夢遊錄』을 제재로 리포트를 내려고 했는데 아직 한문을 제대로 해독할 수 없었던 나는 당시 선배였던 허원기 교수님건국대께 물어물어 썼던 것이 아주 기억에 남아 있다. 게다가 정신문화연구원은 대학원생만 모여 사는 곳이라 선배들한테 직접 가르침을 얻을 기회가 많았던 것이 나의 연구 인생에 귀중한 도움이 되었다. 그 과정에서 김건곤 교수님의 『논어』 강독, 안대회 교수님의 『한서』 강독 등을 들으면서 한국에서 한문을 어떻게 토吐를 달아 읽는지 알게 되었다. 특히 김건곤 교수님이 수업 시간에 서당에서 전통 한복을 입고 생활하면서 한문을 가르치시는 분을 모셔 와서 실제 한문 낭독을 들려주신 것은 아주 귀중한 경험이었다. 그리고 무엇보다 흥미로웠던 것이 지도교수였던 임치균 교수님의 한국고전문학개론 강의였다. 이규보의 『동명왕편』 이야기나 한국에서 극히 드문 비극적 결말을 맞이하는 『운영전雲英傳』 이야기 등 여러 고전 작품을 접하면서 그때까지 몰랐던 한국고전문학의 내용과 특징을 조금씩 알게 되었다. 나는 일본에서 고전 여성문학을 전공했으므로 한국에서도 비슷한 작품을 선정하려

〈그림 3〉 서울대학교 국어국문학과 건물과 자하연

〈그림 4〉
자주 다녔던
낙성대 강감찬 동상

고 선택한 것이 바로 『계축일기』
였다. 임치균 교수님 수업을 통해
서 낙선재 소설본이 어떤 것이었
는지 조금 파악했을 뿐 당시 한
글로 된 자료를 아직 제대로 읽
지 못했던 나는 애를 많이 써야
했다. 그런데 그런 상황에서 구원
의 손길을 내밀어 주신 분이 이
종묵 교수님이었다. 한문 수업이
었는데도 불구하고 나만 혼자 학
〈그림 4〉 서울대학교 동학 이춘희 씨와 함께　기 내내 『계축일기』 필사본을 활
자로 옮겨 제출하라고 제안해 주신 것이다. 그 말씀이 매우 고마웠다. 덕
분에 필사본을 활자로 옮기는 능력을 기를 수 있었다.

　　정신문화연구원에서 석사를 수료한 후 1999년 3월에 서울대학교 국
어국문학과 박사과정에 입학하게 되었다. 서울대학교에서 나는 지도교
수님이신 박희병 교수님과 여러 제자 분들을 만나게 되었다. 거기에는 늘
정확한 지식과 정보를 전해주는 정길수 서울대 동학이 있었다. 정길수 동학
은 박희병 교수님의 천기론 강의에 대해 날카로운 지적을 하면서 중국
사진謝榛: 1495~1575의 말 '詩有天機『사명시화(四溟詩話)』'를 제시하였는데, 아직도
기억에 생생하다. 나 또한 그 수업의 영향으로 「일본 고전시론과 한국의
천기론」이라는 논문을 썼다. 이 논문에서 일본의 유학자 이토 진사이伊藤
仁齋가 "시는 속된 것이 정당하다詩以俗爲善"라고 하며 한시문과 일본 와카和
歌를 구분하지 않고 다루었던 사실 등을 소개하고, 이런 점이 한국의 시론
과는 상당히 다르다는 것을 지적하였다.

그 외에도 김아리 언니, 김하라 후배연세대와 이효원 후배인하대 등 다양한 대학원생들이 있었다. 서울대학교의 모든 대학원생들은 열심히 각자의 연구에 몰두하고 있어 배울 점이 많았다. 당시 대학원생 연구실에서 공부하던 한길연 씨경북대가 '안 바쁜 사람은 없다'고 말했듯이 모든 대학원생들이 연구에 대부분의 시간을 투자하고 있었다. 그런 면에서 선배가 후배를 보살피는 분위기는 아니었지만 각자 독립적으로 스스로 연구를 진행하고 있었던 것으로 보였고, 나 또한 나름의 연구에 몰두하였다. 그런데 사실 모든 학생들이 지도교수와 같이 스터디에 참석하고 공부하는 동안 나는 혼자 예술의 전당에 가서 열심히 가야금 연습에 몰두하였다. 물론 전통음악이 악장, 시조, 가사, 판소리 등과 연결되는 부분도 있어 고전문학 이해에도 많은 도움이 되었지만, 모두 함께 공부하는 공간에 참석하지 못했던 것은 좀 아쉬웠다는 생각이 들기도 한다. 그러나 솔직히 말하자면 수업 과제를 소화하는 것조차 힘들었는데 유일한 휴식처이자 스트레스 해소 방법이 무심하게 가야금을 연습하는 것이었을지도 몰랐다. 그리고 일본과 달리 한국대학원은 MT와 같은 것이 있어 그런 기회는 참 소중했다. 석사 시절 전라남도에 답사를 가서 문학 유적지를 구경하였고 박사과정 때도 1박 2일로 답사 여행을 가거나 주변 산에 동료 대학원생들과 같이 올라갈 기회가 있었다. 그리고 대학원 여학생만 모여서 화전놀이를 한 적도 있었다. 이런 기회는 모두 한국고전문학을 이해하는데 큰 도움이 되었던 체험이었다.

이렇게 지내는 사이에 드디어 박사과정을 마치기 위한 논문자격시험이라는 관문을 통과해야하는 시기가 다가왔다. 영어도 힘들었지만 무엇보다 전공과목 시험 준비는 상당히 좋은 공부가 되었다. 그때까지 전혀 배운 적이 없었던 이퇴계의 『도산십이곡』이나 춘향전 이본에 대해 공부하면서 국문학의 기본 지식을 알게 되었기 때문이다. 이때 익힌 지식들이 지금 학생들에게 한국고전문학을 폭넓게 가르치는 데 유용하게 쓰이고 있다. 그런데 무사히 논문자격시험에 합격했음에도 갑자기 건강이 나빠져 귀국해야만 했다. 일본에 머물면서 석사논문 일부를 학술잡지『조선학보朝鮮學報』에 투고하였고, 박사논문을 완성하기 위한 경제적 해결책도 생각하였다. 때마침 한국국제기금 패로우십 장학금에 운 좋게 선정되었고, 다시 한국으로 건너가 9개월간 박사논문 자료를 모으느라 분주하였다. 그렇게 모은 자료를 우편으로 보낸 후 귀국하였고, 이후 일본에서 시간강사를 하면서 박사논문을 작성하였다.

그동안 한국과 일본의 고전문학을 비교하면서 여러 가지 차이점을 실감할 수 있었다. 장르 차이는 물론이거니와 그 이상으로 실감한 것이 바로 한국고전문학의 저변에 깊이 스며들어 있는 유교사상이었다. 일본 고전문학에는 불교사상의 영향이 짙었는데 이것이 근본적인 차이라는 생각이 들었다. 한국과 일본의 연애소설을 비교해 보고 작가와 향유층, 국문과 한문에 대한 문체 의식, 배경이 되는 사상 등이 상당히 다르다는 것역시 알게 되었다. 한국은 양반 계층이 주류인데 비해 일본은 서민들이 주류를 이룬다. 게다가 연애 방식도 꽤 차이가 난다. 특히 한국 고소설에서 남녀가 늘 천정天定으로 인연을 맺는 것은 유교사상의 영향으로 인해자유연애를 야합으로 보는 시각과 관련이 있는 것으로 보였다. 한편 일본의 연애 관계는 감정 위주이며 찰나적이라고 할 수 있다. 한일 애정관계를 박사논문 주제로 추천해주셨던 분은 지도교수 박희병 교수님이었고학위 심사위원에는 고故 오오타니 모리시게大谷森繁 교수님도 계셨다. 심사를 통과할 때까지의 긴장은 물론이었지만 통과 후에도 인쇄할 때까지계속 수정이 이루어져 너무 힘들었다. 겨우 인쇄본을 넘긴 후 쓰러지고 말았고 일주일 내내 일어나지도 못했다. 그 덕분에 한국의 아름다운 봄 꽃을 즐기려 했던 나의 계획은 무산되었지만 무사히 논문을 완성시킬 수 있었던 것은 박희병 교수님을 비롯하여 심사에 참석해 주신 교수님들, 그리고 고령에도 불구하고 논문을 읽고 지도해주신 고 오오타니 선생님 덕분이라 감사하지 않을 수 없었다.

2006년 8월에 논문을 제출한 후에는 원래 관심을 가졌던 한일 여성 한시작가를 대상으로 자료를 모으기 시작했고, 2008년 9월에 '제10회 허균허난설헌문화제 한·중·일 국제학술회의'에서 발표할 기회를 얻었다. 그때 우연히 설성경 교수님을 만나 영화『춘향뎐』의 촬영 일화를 듣게 되었다. "촬영 시 사용한 당나귀는 사실 외국에서 일부러 데려온 당나귀로 좀처럼 말을 듣지 않아 힘들었다"고 웃으시면서 말씀하셨던 것이 인상적이었다. 그 후 한국고전문학의 본질의 하나라 할 수 있는 재도지문載道之文과 관련하여 문묘에 종사된 동국 18현東國十八賢과『동국신속삼강행실도東國新續三綱行實圖』에 대해서도 글을 써서 소개하였다. 이 외에도『최척전』과 만화본『춘향가』를 일본어로 번역하였다. 둘 다 일본에서 처음으로 번역된 작품들이었다. 그리고 근대 이후 일본에서 한국고전문학이 어떻게 번역되어 왔는지에 대해서도 관심을 가지고 논문을 썼다. 그리고 최근에는 근대 이후 일본인이 어떤 식으로 한국고전문학을 연구해 왔는지에 대해서도 고찰하고 있다.

20세기 전반의 한국고전문학 연구자로 먼저 떠오르는 사람이 다카하시 도루高橋亨이다. 그는 놀라운 열의로 치밀하게 연구를 수행했지만, 그것이 완전히 식민 사관에 의한 것이라는 점에 주의할 필요가 있다. 한편으로 문학연구는 아니지만 시대와 관계없이 자기 신념으로 연구했다가 그 결과가 우연치 않게 식민지 사관과 일치하는 경우도 있었다. 그 예가

가나자와 쇼자부로金澤庄三郎의 『일한양국어동계론日韓兩國語同系論』이다. 또한 당시 조선에 있었던 유명한 한국인 학자들은 모두 어떤 형태로든 조선총독부라는 통치기구에 속할 수밖에 없었던 사람들인데, 그렇다고 해서 그런 학자들을 한결같이 일제 협력자로 보고 배척하는 것은 학문 발전이라는 견지에서 볼 때 옳지 않다고 생각한다. 특히 최남선의 저술들은 한국고전문학을 배우기 위해 그 배경이 되는 기초적인 문화지식을 얻는 데 필독서라고 생각한다. 허심탄회하고 객관적인 시야를 가지면서 과거 연구자들의 논저를 정리해 나갈 필요가 있을 것이다. 김태준의 『조선소설사』는 일본어로 간행되었지만 『조선한문학사』는 아직 번역되어 있지 않다. 또 이능화의 저작들도 이에 마찬가지이다. 특히 그의 『조선여속고朝鮮女俗考』와 같은 기초적인 서적이 일본어로 번역되어 있지 않다는 점이 상당히 아쉽다. 그리고 홍희의 「조선학예사朝鮮學藝史」 역시 한번은 봐야 할 자료라 생각한다. 가령 친일파로 지목된 사람이라 하더라도 당시 일류의 학자들이 저술한 것은 다시 재조명할 필요가 있을 것이다.

한편 일본에서도 1965년 한일협정 이후 새로운 시각으로 한국문학을 인식하려는 흐름이 있었던 것으로 보인다. 그 중심이 된 이들은 일본의 과거를 반성하고 재일한국인에 대한 이해심이 있었던 사람들이다. 우노 히데야宇野秀彌와 같은 사람이 그에 해당하는데, 그는 1945년 8월 직전의 가혹하고도 비참한 체험을 통해 과거를 돌아보면서 자신이 재직했던 성학원중학교·고등학교聖學院中學校·高等學校에서 가르치던 한국인 자제들과 제자이면서 동료가 된 구와가야 모리오桑ケ谷森男 씨 등에게서 자극을 받아 한국고전문학 44권사가판을 번역하기도 했다. 그의 번역을 원본과 대조하고 한국고전문학을 소개하는 전집으로 공간하는 작업이 필수적이라 생각된다.

향후 과제로는 과거의 조선고전문학연구에 대해 시대적 배경을 고려하여 보다 면밀하게 고찰하는 것이 필수적이다. 나아가 작품 분석과 관련해서는 문과에 응시할 수 없었거나 응시해도 합격하지 못했던 계층이나 여성들의 문예활동 및 그 배경에 대해 종합적이고 유기적인 관점에서 고찰할 필요성이 있다. 그 하나로 여성 한시문 작가의 시대적 변천에 주목하였다.

조선시대 여성 한시는 16세기 이후 삼당시인三唐詩人의 출현과 때를 같이하여 왕성하게 창작되었으며, 당시풍의 영향을 받은 작품과 앞 시대 조선 문인들의 시를 인용한 작품도 많다. 또한 전반적으로 여성의 시작詩作에 대해 부정적인 사회 풍조가 있었는데, 후대에 이르러 가족 간의 창화唱和가 시집으로 만들어지면서 '부부창화夫婦唱和'부터 부덕婦德의 강조 나아가 이기철학理氣哲學의 사유思惟에 이르기까지 여성 한시문의 창작 범위와 수준이 점차 깊어졌음을 알 수 있다.

삼당시인의 출현과 여성 한시문 창작의 융성에 대해서는 그다지 많은 연구가 이루어지지 않았던 것으로 보인다. 따라서 앞으로 해야 할 보다 구체적인 과제는 이들에 대해 면밀하게 고찰하는 일이다. 그리고 조선후기 여성 한시문 작가들은 대체로 기호학파 가문이거나 개국공신 가문 등 주로 서울에 세거지를 둔 가문인 경우가 적지 않은 듯하다. 따라서 이들 여성 한시인의 창작 배경과 가문과의 연관성도 살펴볼 계획이다.

현재 일본에서 고전문학을 연구하는 일본인은 극히 적다. 같은 서울대 박사과정을 수료한 다쓰노 사요龍野沙代 씨가 있을 뿐이며 젊은 층은 거의 없다. 현재 오사카대학 외국어학부에서 가을학기만 한국고전문학 강의를 맡아 가르치고 있지만, 학생은 모두 취업을 원하는 학생들이며 연구에 뜻을 둔 사람은 없었다. 아주 유감스러운 상황이지만 이를 타개하기 위해서는 우리 한국고전문학 연구자들이 매력적인 연구 성과를 내야 할 것이다. 이런 과제를 제시하면서 이 글을 마무리 짓고자 한다.

마지막으로, 돌아가신 종증조부님의 비석에 "학문을 두터이 하고 온화하고 순박하며, 교만하지 않고 자랑하지 않는다.篤學溫良, 不驕不衒 이 행실을 자손에게 전한다其行実傳後昆矣"라는 글이 새겨져 있듯이, 나 역시 이 말씀을 좌우명으로 삼아 연구에 매진해 나갈 것을 다짐한다.

야마다 쿄꼬山田恭子

1969	미에현三重県 이세시伊勢市 태생.
1994	황학관대학皇學館大學, 가쿠슈인대학대학원學習院大學大學院에서 10~11세기 헤이안시대平安時代 여성문학 전공. 석사 졸업. 고려대학교, 국립대전산업대학교(현 국립한밭대학교) 일본어 강사.
1999	한국정신문화연구원(현 한국학중앙연구원) 한국학대학원에서 한국고전문학 전공. 석사학위 취득.
2006	서울대학교 국문학과 박사학위 취득.
2010	긴기대학近畿大學 법학부 교수.

주요저작(출간순)

논문

「明治期以降の朝鮮古典文学作品の和訳状況」, 『近畿大学法学』61(2), 2013.

「儒教と女性-日朝比較文学との関連において」, 廣田收・岡山善一郎編, 『日韓比較文学研究』(第7号), 2018.

「일본 한국고전문학 연구의 지평과 역사」, 『한국학연구』74, 인하대학교 한국학연구소, 2024.

저서

『日朝古典文学における男女愛情関係-17~19世紀の小説と戯曲』, 勉誠出版, 2017.

공저

『東アジアの自然観 : 東アジアの環境と風俗』, 文学通信, 2021.

URL

https://researchmap.jp/yamada.k

88올림픽 TV 중계를 봤을 때의 놀라움

오오타케 키요미大竹聖美

1. 일본에서 몇 안 되는 한국 아동문학·
   그림책 번역가·연구자로서

저는 현재 일본에서 유일한 한국 아동문학강의를 대학에서 담당하면서 한국의 옛날이야기나 그림책 작품을 번역 소개하는 출판활동도 하고 있습니다. 『비무장지대에 봄이 오면』童心社, 『호랑이와 곶감』光村敎育図書, 『경복궁』講談社, 『도깨비와 도토리묵』福音館書店 등 뛰어난 한국 현대 그림책의 번역 출판을 해왔습니다.

또한 2년마다 한국·중국·대만·일본 각 지역을 순회하면서 개최되고 있는 아시아아동문학대회의 일본 대표 사무국인 아시아아동문학 일본센터 이사·사무국장의 업무도 하고 있습니다. 저희 센터는 아시아 아동문학 국제학술대회 운영을 하는 것이 주된 업무이며, 특히 저는 한국 학회나 연구자와의 연계 부분에서 책임을 지고 있습니다.

그 밖에 일본 어린이들을 위한 한국 그림책, 옛날이야기, 동요, 전통문화 교육 프로그램인 한지공예, 한복 체험 워크숍 운영과 일반 시민들을 위한 한국 그림책 문화 강좌와 강연회 등도 한국 유학생활을 마치고 귀

〈그림 1〉일본의 아이들을 위한 한국문화체험강좌
（日本の子どもたちのための韓国文化体験講座）

〈그림 2〉고려박물관의 「그림책으로 한국을 아는 모임」 회원과 함께
（高麗博物館にて「絵本でコリアを知る会」メンバーと）

국한 이래 오늘까지 20년간 지속적으로 진행해 왔습니다.

2. 한국 유학을 희망했던 1990년대의 상황

저는 1990년대에 한국아동문화사연구에 뜻을 두고 한일문화교류기금 방한연구원, 대한민국 정부 초청유학생으로 6년간의 주한연구를 하였습니다. 그 시기는 김대중 대통령 때입니다. 그리고 일본으로 귀국한 것은 2004년, 즉 일본의 역사적인 사건이었다고 할 수 있는 '욘사마 붐', 이른바 '제1차 한류 붐' 때였습니다.

제가 한국 유학에 뜻을 둔 1990년대 중반에는 상상조차 할 수 없었던 열광적인 상황에서 아마 한국학 전문가들조차 이런 문화 현상이 일어날 것이라는 것은 누구도 예측하지 못했던 것이 아닐까요?

제가 한국어를 배우고 싶었던 1990년대는 도쿄에서조차 주위에 한국어 교실이 거의 없었습니다. 당시 일본에서는 외국어를 습득하는 가장 정통적인 방법으로 NHK 라디오 어학 강좌를 매일 15분 듣는 왕도가 알려져 있었고, 또 다른 학교에서 배운다는 선택지가 없었기 때문에 저는 이 꾸준한 학습을 1년간 성실하게 수행처럼 실시했습니다. 나아가 유학을 구체적으로 계획한 시점에서는 가까운 대학에 가서 유학생 센터에서 개인 레슨을 해주는 아르바이트 학생을 소개받고 국비 유학생 시험을 준비한 것으로 기억하고 있습니다.

그 무렵의 저는 한국에 대한 정보는 뭐든지 입수하려고 했기 때문에 큰 서점의 한국어 학습서 코너의 서적은 거의 다 구입해서 독파했던 것 같습니다. 사실 그만큼 유통되는 한국어 관련 서적이 적었습니다. 또한 인터넷도 아직 보급되지 않은 단계였기 때문에 전문가가 아닌 사람이 얻을 수 있는 정보는 정말 미미했습니다. 한국문화원에 다니는 것이 당시에는 한국의 문화정보를 접할 수 있는 최고의 방법이었습니다.

한국문화원 이외에서 한국영화를 보려면 동네 비디오 가게에서 VHS 비디오를 빌릴 수밖에 없었는데, 선반에 있는 한국영화는 다 봐버렸을 정도로 작품은 손에 꼽을 정도밖에 없었습니다. 임권택 감독의 〈서편제〉는 TV 심야 시간대에 가끔 방영되던 아시아 영화 특집 등에서 본 것 같습니다.

추억 깊은 것은 한국어 과외를 해주던 한국인 유학생이 신오쿠보新大久保에서 입수해 온 당시 한국에서 유행하던 TV 드라마 해적판 더빙 테이프입니다. 인터넷 전송이 없던 시절이기 때문에 한국에서 유행하는 TV 프로그램을 비디오테이프에 녹화한 것이 일본으로 우편으로 와서 신오쿠보 코리아타운에서 몰래 팔리고 있었던 것입니다. 당시 유학생들은 그런 해적판 테이프를 대여하면서 객지 생활의 외로움을 견디고 있었다고 하는데, 저는 그런 재일교포와 한국인 유학생들의 네트워크를 들여다보면서 그 무렵 한국에서 유행하던 안재욱과 최진실이 주연인 드라마 〈별은 내 가슴에〉를 자막 없이 다 본 것이 기억에 남습니다.

독학으로 배우던 초급 한국어 실력이었지만 드라마 세계에 빠져 있으면 처음 듣는 단어인데 순간적으로 의미를 알 수 있는 단어가 있어 한국 사람과 마음이 통하는 것 같아 감동받았던 기억이 납니다. (그것은 안재욱이 최진실을 바라보며 한 결혼하자는 말입니다. 그 이후 한자어는 일본인이 외우기 쉽다는 것을 깨닫고 한자어만 집중해서 공부했습니다.) 그 이후로 저는 한국어 학습에 자신감을 갖게 되었고, 실제로 한국 생활이 시작된 후에는 상당한 단기간에 언어를 습득했다고 생각합니다. 한국 생활 5년 차쯤에는 목욕탕이나 시장에서 일본인으로 취급되는 일이 거의 없어지고 조선족이나 교포로 간주되는 일이 일상이 되었을 정도이었습니다.

3. 귀국하니 상황이 달라졌다 '제1차 한류열풍'의 놀라움

어쨌든 제가 한국 유학을 결심한 1990년대에는 한국 드라마는 코리아 타운에 가서 해적판 비디오테이프를 입수하고서야 볼 수 있었던 뭔가 지하 활동을 하는 듯한 느낌이 있었기 때문에 유학을 마치고 귀국한 2004년 욘사마의 「겨울연가」 붐에는 격세지감을 금할 수 없었습니다. 1990년대 우등생이었던 일본 대학원 동료 아동문학연구자들은 모두 영국이나 미국의 아동문학을 연구했었고, 혼자 한국에 가겠다고 했던 저를 괴짜 취급했는데 6년 뒤 귀국했을 때에는 시대가 달라져 있었고, 왕도를 걷던 영어권 아동문학연구자들은 이단자로 취급하던 저를 지금은 빛나는 한류 열풍을 타고 귀국한 사람으로 보면서 선견지명이 있었구나라고 칭찬했습니다.

4. 시리즈 「한국 그림책 10선」 번역 출간

저는 귀국과 동시에 「한국 그림책 10선」^{아톤출판사}으로 10권의 한국 창작 그림책을 번역하여 출판하고 있습니다. 『팥죽 할머니와 호랑이』, 『기차 ㄱㄴㄷ』, 『황소와 도깨비』, 『신기한 그림족자』, 『까막나라에서 온 삽사리』, 『어린이 판소리 그림책 수궁가』 등 옛이야기 그림책, 한글책, 창작 이야기부터 고전까지 한국의 독특한 문화가 표현된 그림책을 선택해서 번역을 했습니다.

이 무렵 한국 그림책은 2002년 류재수의 『노란우산』이 뉴욕타임스 우수 그림책으로 선정되어 한국 최초의 국제적인 수상작으로 주목받은 것을 시작으로 이어 2003년에도 이호백『도대체 무슨 일이 일어났을까』가 뉴욕타임스 우수 그림책으로 선정되고, 2004년 볼로냐 국제아동도서전에서 『팥죽 할멈과 호랑이』, 『지하철은 달려온다』 두 작품이 입상했습니다. 1988년 서울올림픽 해에 한국 최초의 단행본 창작 그림책인 류재수의 『백두산 이야기』가 출간된 이래 첫 정상에 도달한 시기를 맞이하고 있었던 것입니다.

이러한 세계에서 인정받는 수준까지 성장한 2000년 전후의 초창기 한국 창작 그림책 가운데 어린이도서연구회의 추천도서로 선정된 것과 같은 우수작품이면서 그동안 일본에서 볼 수 없었던 한국의 독특한 고유문화가 표현된 작품을 골라 번역한 것이 저의 「한국 그림책 10선」이었습니다.

그리고 이 10선은 '그림책의 세계도 한류'라고 불리며 출판 불황으로 침체되어 있던 일본 출판업계에서 상당한 주목을 받았습니다. 실제로 그동안 전혀 알려지지 않았던 한국 그림책이 매달 한 권씩 출판되고 신문의 일면 전부를 이 그림책 시리즈 광고에 사용하는 등 다른 출판사에서 볼 때 생각지도 못할 경비를 쓴 선전도 이루어졌습니다.

90년대 초 거품경제 붕괴 후 잃어버린 10년으로 알려졌던 2004년 당시 그림책 출판으로 이만한 캠페인을 펼칠 수 있는 출판사는 전무했습니다. 사실 이 시리즈를 출간한 곳은 재일교포 2세 사장에게서는 이 「한국 그림책 10선」 출간에 관해 특별한 각오나 감정을 들은 적이 없었습니다. 그러나 일본에서 한국 그림책이 출판된 사례가 아직 몇 권에 불과했던 시대에 단번에 10권을 출간할 수 있었던 배경에는 다음과 같은 바가 있었습니다.

원래 시나 문학에 관심이 있던 사장은 재일교포 회사로서 한국 현대 여성 작가의 작품집을 출판하여 일본에 소개하고 싶다고 생각했다고 합니다. 그런데 막상 기획해 보니 작품의 내용물이 상당히 무겁고 어둡기 때문에 일본에서는 출판이 어렵다고 판단하기에 이르렀습니다. 그리고 뭔가 다른 출판을 하고 싶어서 2003년 여름에 도쿄국제북페어에 부스를 냈는데 우연히 한국 출판인을 안내하던 저를 만났고, 게다가 제가 한국 아동문학과 그림책을 연구하고 있다는 것을 알게 되어 처음으로 한국 그림책에 관심을 갖게 된 것입니다.

저는 서울에 돌아와서 당시 서점에 진열되어 있던 그림책 중에서 제가 좋아하는 책을 한 상자어치 구입해서 일본으로 보냈습니다. 사장은 한눈에 출판을 결정했고, 그 중 10권이 선택되자마자 출판 계획이 세워졌습니다. 그래서 출판이 결정된 것은 일본이 한류 열풍으로 들끓기 이전의 일로, 결코 한류 붐에 편승하여 주판계정으로 기획된 것이 아니었다는 것을 강조하고 싶습니다. 즉, 단순한 출판 비즈니스와는 본질적으로 다른 역사적 배경과 한일 관계, 민족 문제 등 한마디로 표현할 수 없는 의미와 뜻이 담긴 출판이었다고 저는 생각합니다.

5. 일본인이 한글을 가나다라부터 배워 한국 책을 번역한 사례는 드물었다

출판에 돈을 낸 것은 재일교포의 회사였지만 작품을 일본어로 번역해 작품 내용과 작가의 사상 등을 현지에서 취재하고 연구한 후 해설한 것은 일본인인 저입니다.

일본의 조선·한국문화 수용을 역사적으로 살펴보면 지금까지는 근대의 김소운을 비롯하여 일본에 건너온 조선인이나 재일교포 2세 등이 일본어를 습득하고 전달하는 경우가 대부분이었습니다.

정확히 말하자면 1965년 한일 국교정상화의 해에 『윤복이의 일기』_{태평}출판사 원서제목 : 저 하늘에도 슬픔이 가 쓰카모토 이사오塚本勲, 1934~, 전 오사카외대 교수에 의해 번역 출판되었는데 이것이 일본인이 주체적으로 한국어를 습득하여 한국어 작품을 번역 출판한 첫 사례입니다. 쓰카모토 이사오는 1963년 일본 국립대학에 처음 설립된 외국어학부 조선어학과 교수로서 1986년 조선어대사전을 23년의 세월에 걸쳐 완성한 일본 조선어연구의 권위자이기도 합니다.

즉, 제가 번역하고 해설한 「한국 그림책 10선」의 출간은 일본인이 주체적으로 한국어를 외국어로 학습하고 번역한 첫 작품인 1965년 쓰카모토 이사오의 『윤복이의 일기』에 버금가는 매우 희귀한 일이었다고 할 수 있습니다. 『윤복이의 일기』는 한일 국교정상화의 해에 출판되어 저명한 영화감독인 오시마 나기사大島渚, 1932~2013에 의해 영화화도 되어 번역아동서로서는 특별한 의미가 부여된 역사에 기록되는 서적이라고 저는 평가하지만, 그와 마찬가지로 「한국 그림책 10선」 또한 당시 일본사회의 정체감이나 경제 불황과는 차별화된 대단한 열정이 담긴 출판이었습니다.

한국 그림책, 더 말하자면 아시아 그림책이 이렇게 크게 홍보된 적은 없었기 때문에 번역가인 저도 전국 독서단체에서 강연회 초빙을 받아 북쪽으로는 홋카이도에서 남쪽으로는 시마네현까지 전국을 돌아다녔습니다. 드릴 말씀은 2003년 개관한 순천기적의도서관과 어린이도서연구회 등 민주적 시민운동의 모습, 류재수, 정승각, 이억배, 권윤덕 등 제가 만나고 있는 현대 한국그림책의 1세대 작가와 출판인들의 사상과 철학에 대해서입니다. 일본의 독서운동 관계자들은 대단한 관심을 가지고 이야기를 들어주었습니다.

저는 원래 일본 대학원에서 일본 아동문학을 전공했기 때문에 한국으로 넘어가 연구한 초기부터 한국 아동문학학회 선생님들과 어린이책 연구자, 작가, 출판인 등 한국 어린이책 전문가들과 친하게 교류했습니다. 학회에서 발표를 듣거나 발표를 했을 뿐만 아니라 작가나 출판인, 아동문학인 모임이나 회식, 문학답사여행 등도 여러 번 함께하고 있습니다.

그래서 일본에 귀국한 후에도 제가 다루는 번역출판은 일반적인 비즈니스로서의 번역출판과는 차별화된 한국 체류 내내 따뜻하게 지내온 인간관계와 신뢰, 우정으로 이루어진 출판문화교류라는 자부심이 강합니다. 제가 번역할 작품은 제가 한국에 있을 때부터 알고 지낸 작가의 작품이 아니라면 지금도 기본적으로 작가를 만나러 서울에 가서 인사를 하고 작품 제작의 배경이나 동기 등의 이야기를 듣고 작가와 작품에 대해 깊이 이해하고 공감한 후 번역하고 있습니다. 우선 친구가 된 후 애정을 담아 번역하고 소개하는 것이 저의 이상입니다. 그래서 한국의 친구이기도 한 작가의 이야기나 편집자의 이야기, 어린이 책 활동을 하는 사람들의 이야기 등 강연회에서 하는 이야기의 꼬리를 많이 가지고 있었기 때문에 많은 일본인 독서운동가들에게 인기를 얻었습니다.

6. 열 살 때 읽은 전래동화집 조선민화

그럴 때 저는 "열 살 어린 시절 집 근처 시립도서관에서 빌린 전래동화집 『조선의 민화』가 계기입니다"라고 대답하고 있습니다. 열 살 때 만난 한 권의 동화집을 통해 알게 된 이세계·이문화와의 만남과 감동이 제 마음속 깊이에 풍부한 상상력과 평생 사라지지 않을 동경의 씨앗을 뿌린 것이라고요. 자못 아동문학자들이 대답하는 모범답안인 것 같은데, 그러나 이것은 진실입니다. 확실히 지금의 저를 형성하고 있는 저의 경험입니다. 지금도 도서관의 서가가 된 조선의 민화에 매료되어 있을 때의 감각이 몸에 남아 있습니다.

유학을 마치고 귀국한 직후에 이와나미서점岩波書店으로부터 『지금 이 연구가 재미있다』라는 서적 원고를 부탁받아 대뇌생리학이나 복지공학 같은 최첨단 연구자들과 어울려 한국 아동문학연구자로 「한국 그림책과 아동문학에 끌려서」라는 글을 쓴 적이 있습니다. 거기서도 똑같은 내용을 썼습니다. 이 서적의 독자 대상은 중학생 등 앞으로의 일본을 책임질 젊은이들이었습니다. 한국 아동문학, 혹은 현대한국학이라는 것은 새로운 연구분야로서 미래지향적인 앞으로의 세대 젊은이들이 개척해 나가야할 분야로 보였을 수도 있습니다.

지금으로부터 20년도 전에, 『지금, 이 연구가 재미있다』에서 다루어진 한국 아동문학연구입니다만, 저의 번역과 연구 일은 지금도 꾸준히 계속되고 있습니다. 그리고 어렸을 때 만난 동화집은 마음속 깊이 상상력 및 창조성의 씨앗을 뿌리는 것이며, 동화나 옛날 이야기·신화·아동문학·시의 번역과 연구가 중요하다는 생각은 지금도 전혀 변함이 없습니다.

제가 만난 전래동화집은 아동문학 작가 마쓰타니 미요코松谷みよ子, 1926~2015가 재화한 것으로, 「금강산 호랑이」, 「호랑이와 곶감」, 「팥죽할멈과 호랑이」 등 옛날 이야기가 수록되어 있었습니다. 조선민화의 오마주로 여겨지는 가지야마 토시오梶山敏夫, 1935~2015 화가의 독특한 물결을 친 듯한 곡선의 그림이 해학미가 있고 풍아한 세계에 저를 유혹했습니다. 한

복을 입은 여자는 선녀처럼 느껴졌고, 일본 옛날 이야기에는 나오지 않는 호랑이나 도깨비는 저를 그대로 다른 세계로 데려가 버리는 강력한 임팩트가 있었습니다.

재화자 마쓰타니 미요코는 당시 맹활약하고 있던 일본 아동문학의 대가입니다. 1960·1970년대를 대표하는 아동문학자로 창작아동문학으로도 유명하지만 일본 각지의 민화를 채집하고 재화한 것으로도 유명했습니다. 유머로 감싸주는 듯한 정감 넘치는 일본어가 매력적입니다.

지금 다시 생각하는 것은 과거 김소운이 『조선민요선』, 『조선동요선』 등에서 일본 지식인들에게 조선의 문화와 운치, 정서를 탁월한 일본어로 전했듯이, 한국의 문학과 문화를 탐구하고 이를 일본에 전달하는 연구자·번역가에게 중요한 것은 한국 문화의 본질을 마음속 깊이 이해하고 공감하며 일체가 되는 것, 그리고 거기서 언급한 본질에 최대한 아름답게 접근하는 일본어 선택에 목숨을 건다는 것입니다.

두 언어가 의미하는 바가 아름답게 공명할까? 진실성이 있을까? 내가 한국의 전래동화나 동시, 아동문학, 그림책을 번역할 때 중요하게 생각하는 것은 언어선택에 있어서의 예술성입니다. 문학의 번역은 창조적이며, 한국의 문학이나 문화에 대한 탐구심과 동시에 일본어 표현에 있어서는 길을 찾는 장인 정신이 필요하다는 것입니다.

7. 88서울올림픽 TV중계로 받은 충격

저는 1990년대에 일본 대학에서 일본의 근대 아동문화문학을 공부했는데, 그것이 왜 한국 아동문학으로 관심이 옮겨갔는지를 나름대로 분석해 보았습니다.

먼저 10살 때 『조선의 민화』를 만나 그 세계에 매료되어 호랑이나 도깨비와 일상을 떠나 즐겁게 놀았던 것입니다. 그것을 가능하게 해준 화가의 그림이 조선민화처럼 해학적이고 열린 예술성이 있었던 것입니다. 또 그 일본어가 조선식 의태어 의성어가 풍부하고 향기롭고 깊은 정서가 담긴 모성애 넘치는 것이었다는 것입니다. 그런 어린 시절의 감수성에 우선 씨가 뿌려져 있었다고 생각합니다.

다음은 사춘기였던 1988년에 서울올림픽이 개최되어 TV 중계로 처음 한국어를 들었을 때 받은 충격입니다. 이 충격은 지금도 기억하고 있습니다만, TV에 못 박혔습니다. 개회식에서 노태우 대통령의 모습이었던 것 같은데, 생전 처음 듣는 말임에도 왠지 모르게 무슨 말인지 알 것 같은 착각이 들었습니다. 뭔가 이 사람들과 마음이 통하는 것 같았습니다. 외국인이 하는 외국어를 듣고 그런 생각을 한 것은 처음 있는 일입니다. 몇 년을 공부해도 마음이 통하는 것 같은 실감을 느끼지 못한 채 대학 입시를 위해 매일 공부하는 영어에 희망을 찾지 못하고 있던 가운데, 이 처음 들은 한국어의 울림에 왠지 제 감성을 사로잡는 신기한 매력이 있었습니다. 저는 이 울림에 공명하고 싶다, 이 사람들과 말을 나누고 만나서 대화를 나누고 싶다고 생각하였습니다.

그리고 저는 지금까지 왜 이 흥미로운 울림의 언어를 사용하는 사람들을, 게다가 이렇게 가까운 곳에서 살고 있는 이 사람들을 몰랐는지 의문이 들고, 그 수수께끼를 풀고 싶다, 그리고 이웃 나라 사람들의 삶의 모습을 보고 싶다 하고 강하게 생각했습니다.

8. 1920년대 일본근대 아동문학연구
동심주의와 제국주의연구에서 출발

하지만 1988년 당시, 그리고 1990년대 초반의 일본에서는 인터넷도 보급되지 않아 너무 한국에 대한 정보가 적었습니다. 서울올림픽을 계기로 처음 알게 된 한국어·한국 문화였지만 대학도 한국·조선어 학과에 진학한 것이 아니어서 더 이상 관심을 끌지 못했습니다.

당시 일본에서는 평범하게 살다 보면 TV나 매스미디어에 한국이 보도되거나 한국발 문화 콘텐츠, 즉 현재와 같은 한국 영화나 드라마나 음악이 흘러나오는 일은 전혀 없었습니다. 올림픽 이후 오랜만에 TV에 크게 보도된 한국에 관한 것으로 기억하는 것은 1994년 성수대교 붕괴사고와 1995년 삼풍백화점 붕괴사고 소식 정도입니다.

저는 서울올림픽 이후 한국에 관심을 가지면서도 당시 일본의 환경으로서 한국어나 한국문화를 접할 기회가 거의 없었습니다. 그런데 때마침 그 무렵 늘었던 한국인 유학생을 발견하고 친하게 지내게 되었는데, 그 유학생들은 서울올림픽 보도를 본 제가 "한국은 대단하네요!"라고 하자 "이건 새로 개발된 멋진 점만 찍은 사진이고, 한국은 아직 멀었다"고 했습니다. 성수대교사고 때에도 전 세계 유학생들이 부끄러워한다며 분노했던 기억이 납니다.

대학에서는 아동문학을 전공했고 특히 1920년대의 『아카이토리赤い鳥』, 『킨노후네金の船』 등 일본 근대 아동문예운동에 관심을 가지면서, 이른바 동심주의 예술, 자유주의 교육운동 등을 공부하고 있었습니다. 석사논문에서는 근대 일본 아동문학에 있어서 모성과 제국주의에 관한 연구를 하고 있었는데, 1920년대 동심주의와 모성과 제국주의의 관계를 탐구

하면서 흥미로운 논문이 하나둘 눈에 띄게 되었습니다.

9. 1990년대 오사카 국제아동문학관 객원연구원으로
   방일연구하던 이상금 교수님과
   이재철 교수님과의 만남

  2005년 『소파 방정환의 생애-사랑의 선물』한림사을 쓴 이상금 교수는 학술적인 방정환연구의 기초를 개척한 연구자로 이화여대 유아교육학과 교수를 하면서 1987년 『해방 전 한국 유치원에 관한 연구-그 성립과 전개』로 일본의 오차노미즈 여자 대학お茶の水女子大学에서 학술 박사 학위를 취득한 일류의 연구자입니다. 1996년에는 오사카국제아동문학관大阪国際児童文学館 외국인 객원 연구원으로 일본에 체류하고 있었습니다.

  오사카 국제 아동문학관은 당시 아시아의 아동문학연구 센터로서의 역할을 의식하고 있었습니다. 마치 유럽에서 뮌헨 국제아동도서관과 같은 역할이라고 해도 좋습니다. 아시아를 비롯한 세계 각국의 아동문학연구자들을 초빙하여 연구 조성도 하고 있었습니다.

  한국에서는 1996년도 이상금 교수 외에 1988년 한국 아동문학학회를 설립한 이재철 교수가 최초의 한국 아동문학연구자로 1989년도에 초빙되어 한일 비교아동문학연구를 하면서 일본 아동문학자들과 교류했습니다.

  이것은 역사적으로 매우 의미 있는 학술 교류였다고 저는 생각합니다. 특히 이재철 교수는 이 방일연구를 계기로 오사카국제아동문학관 이사인 토리고에 신鳥越信 교수1929~2013, 전 와세다대 교수와 친분을 쌓았고, 역시

1993년 오사카 국제아동문학관 해외 객원연구원이었던 중국 아동문학연구의 일인자인 장풍蔣風 교수1925~, 전 저장사범대(浙江師範大学 교수)라는 지기를 얻었습니다. 이 한·중·일 대표적 아동문학자의 만남은 매우 큰 사건입니다. 해방 이후 현대 아동문학사의 역사적 전환점, 21세기 신시대를 향한 새로운 관계성 구축의 출발점, 화해와 상호 이해를 위한 시작점이 여기에 있었다고 할 수 있습니다.

토리고에 신 교수는 일본 아동문학연구의 권위자로 제2차 세계대전 후 일본 아동문학 평론 및 연구를 견인했습니다. 오사카 국제 아동문학관은 와세다 대학 교수였던

〈그림 3〉 아시아아동문학센터 홈페이지
(アジア児童文学日本センターHP)

토리고에 신 교수의 12만 권에 달하는 장서를 바탕으로 1984년에 창설된 것입니다.

중국의 장풍 교수는 중국의 아동문학연구 개척자로 중국 최초의 아동문학으로 학위를 취득할 수 있는 대학원인 저장사범대학 아동문학연구원을 1979년에 설립했습니다. 장풍 교수는 중국 아동문학연구의 기반을 마련하고 연구자와 편집자 등 많은 인재를 배출했습니다. 1982년에는 『아동문학개론』호남소년출판사을 발표했으며 『중국현대아동문학사』허베이소년출

판사, 1987, 『세계아동문학사전』^{희망출판, 1992} 등의 저서가 있습니다.

마찬가지로 이재철 교수도 1978년 한국현대아동문학사^{일지사}를 발표해 한국 아동문학연구의 단초를 열었습니다. 1983년에는 『한국 아동문학작가론』^{개문사}, 『한국 아동문학연구』^{개문사}, 1989년에는 『세계아동문학사전』^{계몽사}을 출간하여 기이하게도 중국의 장풍 교수와 비슷한 시기에 동일하게 연구의 기반을 마련하였음을 알 수 있습니다. 일본에서도 토리코시 노부 교수의 추진으로 1984년 오사카 국제아동문학관이 창설되었으며, 인터넷도 없던 시절이지만 아시아 지역에서의 공진하는 동시대의 움직임과 같은 것을 느낍니다.

이재철 교수의 『세계아동문학사전』은 624쪽으로 구성된 대저이며, 저는 서울 유학 때 가장 먼저 이 대저를 서점에서 구입했습니다. 묵직한 이 책에 놀라며 페이지를 펼치니 거기에는 더욱 놀랄 만큼 많은 한국인 아동문학자들의 이름과 사진이 실려 있었습니다. 이 모든 것을 망라하고자 했던 이재철 교수의 열정에 압도당했던 기억이 납니다.

10. 한·중·일 각국 아동문학연구 일인자들의 만남이 열린 새로운 시대

이렇게 1990년대에는 한·중·일 각국 아동문학연구자들의 역사적 만남이 있었습니다. 이들은 모두 제2차 세계대전 이후 아시아 각 지역의 아동문학연구 1세대이자 개척자들입니다. 함께 전쟁을 겪고 식민지 시대에 소년기를 보낸 세대들입니다. 1945년 해방 이후 45년이 지났을 무렵의 대면이었는데, 이 원로 연구자들은 무엇을 생각하고 어떤 생각으로 교류했을까요?

아동문학, 미래를 살아가는 어린이문학, 평화롭고 행복한 사회에서 키우고 싶은 작은 이들을 위한 동심문학을 뜻하는 사람들의 만남입니다. 각자의 입장에서 과거의 험난한 역사를 짊어지고 손을 잡고 새로운 시대의 문을 열자, 그런 만남이었던 것 같습니다. 격동의 20세기를 살아온 세대의 선구자들은 신세기를 눈앞에 두고 비로소 대화하는 데까지 도달한 것입니다.

그 만남이 얼마나 감동적이었기 때문일까요? 벌써 1990년에는 기념할 만한 제1회 아시아아동문학대회가 서울에서 개최되었습니다. 주목할 만한 것은 이 기념할 만한 첫 번째 대회가 서울에서 개최되었다는 것입니다. 이는 이재철 교수의 놀라운 행동력 덕분임에 틀림없지만 중국의 장풍 교수와 일본의 토리고에 신 교수의 만남이 이재철 교수에게 얼마나 큰 힘을 실어줬는가 하는 것이기도 합니다.

이재철 교수의 부름으로 시작된 아시아아동문학대회는 이후 한·중·일 뿐만 아니라 대만·홍콩·말레이시아·몽골 등 아시아 각 지역의 대표적인 아동문학자들을 맞아 2~3년마다 모여 현재까지 이어지고 있습니다.

두 번째는 1993년에 일본 후쿠오카현福岡県 무나카타시宗像市에서 개최되었습니다. 그 후 1995년 상하이, 1997년 다시 서울에서 개최되었고, 저는 지난 1997년 서울대회 때 처음 참가하여 이렇게 크고 국제적인 아동문학대회를 주최하는 이재철 교수의 강력한 리더십을 보게 되었습니다.

11. 1997년 아시아아동문학대회
서울대회 참가를 계기로 유학을 결심

1997년 아시아아동문학대회 서울대회 참가를 계기로 저는 드디어 본격적으로 한국 유학의 결의를 다지고 준비를 시작했습니다. 한국에서는 먼저 한국어를 기초부터 배우고 이상금 교수나 이재철 교수의 논문으로 흥미를 가졌던 1920년대 방정환의 어린이운동을 연구하고자 계획한 것입니다. 그 무렵 TV에서는 한국이 IMF 위기에 처해 국민들이 자발적으로 금반지를 기부하는 모습이 보도되었던 것을 기억합니다. 그리고 김대중 대통령의 당선도 일본에서는 크게 보도되었습니다.

IMF 경제위기 시대에 일본에서 한국으로 가는 것에 대해서는 일본 친족으로부터 많은 걱정을 받았지만 한일문화교류기금 방한연구원으로서의 연구지원과 대한민국 정부 초빙유학생으로서의 지원에 힘입어 안심하고 공부에 집중할 수 있었습니다.

일본에는 없는 부동산 시스템이지만 서울에서 생활한 6년 동안 계속 전세로 집을 구한 것도 추억입니다. 저는 젊은 학생들만 모이는 하숙집이 서툴렀기 때문에 가급적 로컬하고 서민적인 한국의 옛 동네에서 한국 사람들과 똑같이 살고 싶어서 복덕방에서 집을 구했습니다. 친구는 한옥 하숙집이 불편하다고 해서 가게 된 곳이 남산의 작은 집이었습니다. 그 장소는 왠지 모르게 마음이 차분해지고 너무 마음에 들어서 오래 살았는데, 나중에 이 일대는 옛날에 일본인들이 많이 살았다는 것을 알게 되었습니다.

남산 케이블카 승강장 옆에 살았는데, 역사를 공부하면서 그 옆에는 조선신궁과 경성신사, 노기신사가 있었다는 것을 알게 되었습니다. 그래서 유구를 찾아 답사를 하기도 했습니다. 일본 신사에 반드시 있는 돌등과

수세대手水鉢를 발견했을 때는 어떤 형태로든 역사의 리얼리티를 강하게 느꼈습니다.

과거 한일관계나 식민지 역사도 모르고 묘하게 마음이 편한 장소라고 느끼고 정착했던 저는 일본인으로서의 인연을 강하게 느꼈습니다. 제 남산 집 주변은 그런 과거의 일본인 동네였다는 것은 젊은 친구들은 아무도 가르쳐 주지 않았습니다. 그것은 역사를 몰랐기 때문일까요, 이미 잊혀져 있었다는 것일까요. 남산에 신사 유구가 남아 있다는 것을 알게 된 것은 일본인 역사가의 서적에서 나온 정보였습니다.

12. 연세대학교 교육학부 박사과정에서 김인회 교수와의 만남

저를 한국 유학으로 이끈 1997년 아시아아동문학대회 서울대회 다음은 99년 타이베이대회였습니다. 이때 저는 연세대학교 대학원 교육학부 박사과정에 입학하여 지도교수인 김인회 교수로부터 한국의 무속을 교육학적 관점에서 고찰하는 것을 배웠습니다. 사실 저는 유학 초기 계획에서는 이화여대에서 일본어를 할 줄 아는 이상금 선생님을 따라 방정환에 대해 공부하려고 했습니다. 왜냐하면 한국 유학을 결정하게 된 큰 계기는 이상금 교수님 방정환의 어린이운동에 관한 일본어 논문이었기 때문에, 일본어를 잘하는 이상금 교수님 밑에서라면 어떻게든 이 나라도 뭔가 연구를 할 수 있지 않을까 생각했기 때문이었습니다. 여대에서 공부하다 보면 위험한 일도 당하지 않고 안전한 유학생활도 할 수 있을 것이라는 생각도 들었습니다.

그런데 실제로 한국에 가서 이상금 교수님을 찾아 갔더니 선생님은 이화여대를 이미 정년 퇴임했다고 하셨습니다. 그리고 자신이 가장 신뢰할 수 있는 교수님으로 연세대 김인회 교수님을 소개해 주셨습니다. 아무래도 이상금 교수의 은사가 김인회 교수의 아버님이었던 것 같습니다^{전 이화여대 교수 김은우 박사}. 김인회 교수가 품위 있고 한국의 훌륭한 학자라는 것은 한눈에 알 수 있었습니다. 분에 넘치는 영광이었습니다. 그런데 일본어를 전혀 하지 못했습니다. 저는 일본어를 잘하시는 이상금 선생님께 의지하려던 저의 안이한 생각을 깊이 반성하고 갑자기 심각해졌습니다. 이대로는 통하지 않을 것 같다고 생각한 나는 초조해져서 그날부터 한국어 열심히 공부하기 시작했습니다. 이때의 충격은 지금도 잊을 수 없습니다.

이렇게 연세대 박사과정에 입학한 뒤 한국 아동문학학회 회장 이재철 선생님과 재회했습니다. 1997년 아시아아동문학대회 서울대회 이후 처음이었습니다. 그리고 다음과 같이 말씀하셨습니다.

한국 아동문학을 공부하러 왔다면 단국대에서 내 지도를 받았으면 좋았을 텐데요. 하지만 연세대에 입학한 건 잘했어요. 김인회 교수는 훌륭한 교수입니다. 국비유학생이라면 보통 서울대에 입학하겠지만, 서울대에서는 아동문학으로 박사학위는 내주지 않습니다. 그러니까 정신적으로 개방돼 있고 국제적으로 열려 있는 연세대를 선택하길 잘한 거죠. 연세대 수업 중간에 단국대의 내 수업 들으러 오세요.

대단히 감사한 말씀이었습니다. 확실히 당시 서울대 국문과 박사과정에 유학한 일본인이 박사학위를 취득했다는 이야기는 들어본 적이 없었습니다. 한편, 저는 자유로운 분위기의 연세대학교 교육학부에서 훌륭한 선생님들과 지도교수 김인회 교수님과 그 우수하고 교양 있는 제자 선배님, 동료들로부터 친절을 베풀면서 많은 것을 배웠고, 매우 풍요로운 학생 생활을 할 수 있었습니다. 훌륭한 선후배 관계와 은사를 흠모하고 존경하는 미풍도 배웠습니다.

13. 국적을 초월하여 역사의 진실을 객관적으로 연구해야 한다

이렇게 저는 연세대학교 대학원에서 우수한 김인회 교수의 제자 선배들에게 둘러싸여 근대식민지기 교육문화사 박사 논문을 작성했습니다. 선배들은 경성제국대학연구나 박물관 교육연구를 하고 있었습니다. 독립기념관 학예사로 취직하신 선배도 있습니다. 일본의 대학원에서는 일본의 근대문학자들이 어떻게 영국이나 독일로부터 근대를 배웠는가 하는 것을 배웠고, 항상 수동적인 일본의 태도밖에 보지 않았다고 생각합니다. 그런데 한국에 와서 한국 사람들과 함께 근대 교육에 대해 생각해 본 것만으로도 일본에서는 별로 실감이 나지 않았던 일본 제국주의라는 것을 매우 강하고 사실적으로 느낄 수 있었습니다. 굉장히 신선한 감각이었고 새로운 깨달음이었어요.

그리고 문학부 출신으로 근대 일본 아동문학을 출발점으로 삼고 있던 저는 제도교육 주변에 있는 교육문화에 대한 역사적 연구를 시작했습니다. 일본에서는 「아동 문화」라는 개념을 자주 사용하고 있었지만, 구체적으로는 근대 한국에서 간행된 아동용 출판물교과서에 사용된 동화·동요 외에 학교 밖에서 유통된 아동 문예 잡지나 동화집 등의 연구를 시작했습니다.

특히나 저는 한일관계사의 시점에서 주로 해방 후 한국역사에서 매몰되어 뒤떨어져온 일차사료를 조사, 발굴, 정리하는 데 집중하였는데, 결론부터 말하자면 당시 한국에는 이 분야 연구의 보배 산, 즉 미발굴 사료, 미공개 사료가 많이 잠자고 있었기 때문에 아무것도 모르고 있었던 저도 이 분야의 효시적인 연구를 할 수 있었습니다.

일본에서는 볼 수 없는 경성 발행 일본어 간행물이 국립중앙도서관이나 대학도서관의 희귀본 자료실 등에 미미하게 남아 있었습니다. 이런 파묻힌 사료들은 실제로 한국에 와서 현지 연구기관을 찾아 직접 눈으로 살펴봐야 발견할 수 있었던 것입니다. 그야말로 탐험가가 전인미답의 땅으로 현지 조사를 나간 것과 같았습니다. 90년대 말 단계에서는 아직 미발굴 사료가 남아 있었습니다. 특히 어린이의 읽을거리와 같은 아동문화·아동문학은 학술적인 연구대상으로 다뤄지지 않아 아무도 손대지 않고 그대로 묻혀 있었던 것 같습니다.

또한 일본 근대 문화연구의 일환으로 구 식민지에 남겨진 일본어 간행물 등 식민지 문화연구가 진행되지 않았던 이유도 잘 알았습니다. 당시 한국 도서관에서는 식민지기 일본어 서적을 검색하려고 해도 한자 그대로 검색할 수 없어서 한자를 일단 한국어 읽기로 고친 후 그것을 가나다 순으로 한글로 검색해야 나오는 것이었습니다. 이 방법으로는 일반 일본인들은 검색할 수 없었습니다. 그리고 한국 지인들도 아무도 알려주지 않았습니다. 제가 조사를 진행하며 스스로 깨달은 방법이었습니다. 한국의 연구자들도 그런 방법으로 등록되어 있다는 것을 아직 잘 몰랐던 것 같습니다. 한국 사람 입장에서는 당연한 일일지 모르지만, 당시의 저에게는 충격적인 발견이었습니다. 일본인으로서의 사고방식을 파괴당하고 발상의 전환을 내미는 순간입니다.

제가 자란 일본의 아동문학·문화사 연구자에게는 전혀 미지의 영역이었습니다. 한국의 연구자들도 한국에 남겨진 그런 일본어 서적은 암흑시대의 것으로서 기피 대상이었는지도 모릅니다. 어쨌든 그 존재는 당시 단계에서는 한일 양측의 연구자들 사이에서 잊혀져 있던 존재였습니다. 그리고 그러한 잊혀져 있던 경성간행 일본어 서적은 한국어로 읽은 후 가나다순으로 등록되어 있었습니다.

지금은 디지털 아카이브 시대이기 때문에 전 세계에서 디지털 데이터에 접근하여 자유롭게 사료를 볼 수 있지만, 당시에는 도서 카드나 자료 목록에서 하나하나 찾아야 했습니다. 그래서 직접 연구기관에 가서 종이 목록부터 조사하거나 관내에서만 접근할 수 있는 PC 검색으로 조사할 수밖에 없었던 것입니다.

그러나 이 한국인의 사고체계 속에 저장된 이른바 괄호가 달린 「근대 일본의 식민지 문화 사료」, 「식민지 조선에서의 일본어 사료」를 '발견'함으로써 저는 일본의 근대나 제국주의, 식민지 지배라는 것을 객관적으로 생각할 수 있었습니다.

저는 일본에서는 본 적이 없는 사료가 한국에 이만큼 많이 남아 있다는 것에 놀랐고 동시에 식민지 문화라는 것이 실제로 있었다는 역사적 사실을 매우 사실적으로 접했던 것 같습니다.

연세대학교에서 수업을 들을 때 이외에는 이렇게 국립중앙도서관 등에서 조선총독부 부속도서관의 장서나 경성제국대학 관련 사료 기타 경성에서 간행된 일본어 사료를 중심으로 한 희귀본을 찾기도 하고 이재철 교수의 집에서 단국대학교에서 아동문학을 전공하고 있는 박사과정 선생님들과 함께 이재철 교수의 강의를 듣기도 하였으며 학회 활동을 하기도 했습니다.

이재철 교수는 가끔 내 얼굴을 뚫어지게 쳐다보며, "국적을 초월해 역사의 진실을 객관적으로 연구해야 한다"라고 말씀하셨습니다. 선생님의 입버릇이었던 것 같습니다. 저는 제 박사 논문의 일급 사료가 된 「한국어 읽기에서 가나다순으로 한국 도서관에 등록되어 있는 미발굴 경성발행 일본어 간행물」을 떠올릴 때면, 언제나 정색하고 이재철 교수의 말이 귓속을 울렸습니다.

이재철 교수는 2011년 서거하셨는데, 그 직전 병실을 찾았을 때도 "역사의 진실에 충실한 국적을 초월한 학자가 되라"고 딱 한마디만 하셨습니다. 바로 이재철 선생님의 유언이었다고 생각합니다. 내 생애 중 학자로서 가장 아끼는 말로 항상 마음의 중심에 남아 있습니다.

14. 작품의 번역 소개는 누가 하느냐가 중요하다

박사 논문을 작성하고 2004년 귀국한 후에도 일본 학술진흥회의 연구 지원을 거의 끊김 없이 받으면서 1년에 2, 3회는 한국에 와서 자료 수집, 역사 답사 외에 학회 발표, 연구자들과의 학술 정보 교류를 하고 있습니다. 이러한 활동은 한국학 연구자로서의 생명선이라고 생각합니다.

한국어로 쓴 박사논문은 일본에 귀국한 지 4년 뒤, 역시 일본학술진흥회의 연구성과 공개촉진비를 지원받아 『식민지조선과 아동문화』사회평론사, 2008를 가필하고 수정한 일본어판으로 간행할 수 있었습니다. 한국어판은 『근대 한·일 아동문화와 문학 관계사』1895~1945로 2005년에 간행되었습니다.

근년의 일본 학술 진흥회로부터 지원을 받은 연구 테마는, 「근대 조선

〈그림 4〉『식민지 조선과 아동문화』,
사회평론사
(『植民地朝鮮と児童文化』, 社会評論社)

소년운동과 한국 아동문학 성립기의 연구」, 「동아시아 아동문학사의 구축을 목표로—출발로서의 국어 교과서 게재작의 검증」 등입니다. 일본 가톨릭대학연맹의 연구지원으로 「한일 기독교 아동문학연구」에 나섰고, 한국문학번역원에서는 해외 원어민 번역가 초빙 프로그램으로 「한국현대아동문학연구」를 주제로 지원을 받기도 했습니다.

이처럼 2004년 귀국한 지 20년이 지난 현재까지 쉬지 않고 계속 한일 양국 학술지원단체의 지원을 받으며 연구활동을 계속하고 있지만 학문적 탐구로서 하고 싶은 일, 할 일은 무궁무진하게 남아 있습니다. 저 같은 작은 시각에서도 수많은 물음과 관심이 끝없이 솟구칩니다.

마지막으로 현재 진행하고 있는 일에 대해서 조금만 소개해 드리도록 하겠습니다. 하나는, 일본의 국립 국회 도서관 국제 어린이 도서관으로부터 의뢰받은 「해외의 아동 도서에 관한 조사」의 일환으로서의 한국의 아동 도서 조사입니다. 국제어린이도서관에 소장해야 할 한국의 아동도서와 연구서를 선별하여 목록을 작성하는 일입니다. 매우 중요한 임무라고 생각합니다.

그리고 한국의 『아동문학사조』아동문학사조사에 연재한 일본 아동문학사를 1권의 책으로 정리하는 일과 한국 아동문학에 관해 지금까지 20년 이상 연구를 계속하면서 조금씩 이해해 온 내용을 일본인이 이해할 수 있도록 역사적 배경을 포함해 해설한 책의 출판입니다. 그러나 근대 이후

〈그림 5〉동심사(童心社)의 「일중한 평화 그림책 시리즈(日中韓平和絵本シリーズ)」

한국 아동문학의 역사를 배경을 포함해 일본인이 알 수 있도록 집필하는 것은 상당한 체력과 기력이 필요한 일이라고 느끼고 있어 언제까지나 준비 단계에 머물러 있어 거기서 한 발짝 앞으로 내딛지 못하고 있습니다.

저는 연구활동 이외에 한중일 평화그림책 시리즈 등 한국 그림책의 번역과 소개를 하는 일도 하고 있는데, 학술연구에서 이재철 교수가 말한 '역사의 진실에 충실한 국적을 초월한 학자'임을 항상 의식하듯이, 그림책 번역이나 작품 소개를 할 때는 이상금 교수가 말씀하신 '작품의 번역이나 소개는 누가 하느냐가 중요하다'는 말이 항상 머릿속에서 떠나지 않습니다.

1988년 서울올림픽 TV 중계를 보고 처음 한국어를 들은 충격이 제 운명적인 한국과의 만남이었지만, 사실 한국 최초의 단행본 창작 그림책 『백두산 이야기』가 출간된 것도 같은 88년입니다. 저는 한국 그림책 번역 소개를 전문으로 하면서 항상 88서울올림픽의 해를 아주 운명적인 만남으로 보고 있습니다.

이 현대 한국 그림책의 출발점인『백두산 이야기』는 1990년 이상금 선생과 마쓰이 다다시松居直, 1926~2022 선생의 공역으로 일본에서 번역 출판되었습니다. 마쓰이 다다시 선생님은 제2차 세계대전 후 일본 어린이 책 문화의 가장 중요한 공로자로 중요한 인물입니다. 어린이 책 전문 출판사인 복음관서점福音館書店 초대 창설자의 사위로서 일본 현대 그림책사에 새겨질 수많은 중요한 작품을 출판한 편집자이며 사장, 회장, 고문 등 중책을 역임했습니다. 작품과 평론으로도 유명하여 현대 일본을 대표하는 아동문학자라고 할 수 있습니다.

한국 최초의 창작 그림책『백두산 이야기』는 이상금 선생과 마쓰이 다다시 선생에 의해 아름답고 격조 높은 일본어로 번역되었으며, 마쓰이 다다시 선생도 각별한 대우로 이 이웃나라 최초의 창작 그림책의 탄생에 대해 강연회 등에서 소개했습니다. 민족의 창세 신화와 같은 에너지가 담긴 훌륭한 작품이라며 진심으로 경의를 표한 것이 인상적이었습니다.

저는 한중일 평화그림책 프로젝트에 관여하면서『백두산 이야기』의 류재수 작가와 선후배 관계에 있는 이억배 작가와 정승각 작가의 작품을 번역하고 류재수 작가와도 만났습니다. 류재수 작가는 마쓰이 다다시 선생님을 크게 존경했습니다.

『백두산 이야기』는 일본 최고의 그림책 편집자이자 아동문학자인 마쓰이 다다시 선생님에 의해 최대한의 경의를 가지고 일본에 소개되었습니다. 마쓰이 다다시 선생과 같은 그림책 문화를 깊이 이해하고 톨스토이의『전쟁과 평화』를 애독하면서 우리나라가 과거사에서 아시아 인근 국가들에 대해 저지른 잘못을 참회하고 이웃들에게 진심 어린 경의를 표하는 인물에 의해 일본어로 번역되어 소개된 것입니다. 저는 이상금 선생님이 말씀하신 '누가 하느냐가 중요하다'는 의미를 마쓰이 다다시 선생님의 삶과 일하는 모습으로 이해했습니다.

15. 책임감을 가지고 성실하게 정진하고 싶다

한국 아동문학연구의 개척자이자 한국 아동문학학회의 창설자인 이재철 교수가 발기인으로 있는 아시아아동문학대회는 1990년 서울에서 개최된 이래 지금까지 무나카타宗像, 상하이上海, 타이베이台北, 다롄大連, 나고야名古屋, 타이둥台東, 저장성浙江省, 도쿄東京, 창사長沙 및 대구大邱 등을 순회 개최하여 30년이 넘는 역사를 가지고 있습니다.

이재철 교수는 아시아의 평화와 아이들의 행복을 기원하며 이 모임을 설립했다고 생각합니다. 그 원점에는 방정환의 어린이운동 정신이 깊이 자리 잡고 있다고 생각합니다. 저는 이재철 교수님, 이상금 교수님, 그리고 지도교수 김인회 교수님을 비롯하여 수많은 한국 학자, 작가, 어린이책 문화와 관련된 사람들로부터 '어린이는 우리의 내일이자 미래이다'라는 어린이의 생명과 인격을 하늘처럼 존중하는 인내천人乃天 정신과 어린이 해방정신, 민중 해방정신, 공정한 나눔의 정신을 배웠습니다. 존경하는 이웃 선인들의 뜻을 소중히 이어가야 합니다. 책임감을 가지고 성실하게 정진하고 싶습니다.

오오타케 키요미大竹聖美

1969년 일본 사이타마현埼玉県 출생. 시라유리여자대학白百合女子大学 대학원 문학연구과 석사과정 아동문학전공 수료. 연세대학교 대학원 교육학부 박사과정 수료. 박사(교육학) 학위 취득. 도쿄준신대학東京純心大学 현대문화학부 어린이문화학과 교수. 교양교육실장. 도서관장.

주요저작(출간순)

『근대 한·일 아동문화와 문학 관계사(1895~1945)』, 2005.
『한일 아동문학 관계사 서설』, 청운, 2006.
『植民地朝鮮と児童文化－近代日韓児童文化・文学関係史研究』, Tokyo : 社会評論社, 2008.

한국 아동문학·그림책의 번역·연구를 전문으로 한다. 그동안 한국 그림책 10선, 그림책으로 만나는 한국 문화 시리즈, 한중일 평화그림책 시리즈 등 30권 이상의 한국 옛이야기와 그림책을 번역 출판하면서, 대학에서는 일본에서 유일한 강의인 「해외아동문학·한국」을 20년 넘게 담당하고 있다. 그 외, 일본 각 지역의 시민 대학, 도서관, 어린이 책과 독서 모임 등에서 한국 아동문학·그림책에 관한 강연회, 시민 강좌를 다수 담당하고 있다. 어린이를 위한 한국문화이해 워크숍(그림책·한지공예·한복체험)도 라이프워크로서 하고 있다. 아시아아동문학 일본센터 이사, 한국 아동문학학회 이사(편집위원), 한국아동청소년문학학회 국제이사. 일본 문예가 협회 회원. 일본 펜클럽 어린이책 위원회 위원.

나는 왜, 어떻게 한국학 연구자가 되었는가

가와사키 케이고河崎啓剛

내가 한국어 연구자가 된 '계기'는 무엇이었을까. 여러 가지로 돌이켜 보면 그것은 단계적으로 이루어졌고, 몇 가지 중요한 계기와 전환점이 있었다. 처음부터 비전을 가지고 걸어온 것은 결코 아니었지만, 서툴지만 좋아하는 일, 하고 싶은 일을 좇아가다 보니 결국 도착한 곳이 한국어사 연구자였다.

나는 이 집필 의뢰를 받았을 때, 내 개인적인 발자취를 적은 글이 과연 남들에게 있어 읽을 만한 가치가 있는 글이 될 수 있을까를 자문했다. 나 같은 괴짜도 별로 없을 테니 별로 도움이 되지 않을 것 같기도 했고, 반대로 누군가에게는 소중한 참고가 될 수도 있겠다는 생각도 들었다. 또한 일본인 한국어사 연구자 자체가 매우 적기 때문에, 일본인인 내가 도대체 무슨 생각으로 한국어사 연구를 하고 있는지에 대해 구체적으로 기록해 두는 것이 내 연구를 더 깊이 이해받기 위해서도 의외로 중요한 일일수도 있겠다는 생각도 들었다. 그런 생각에 결코 자랑할 만한 이야기는 아니지만, 내가 걸어온 길을 정직하게 기록해 보기로 했다.

1. 중국어와의 만남

나는 왜, 어떻게 한국학 연구자가 되었을까. 그것은 단계적이지만, 나의 경우 '중국어와의 만남'으로부터 이야기를 시작해야 할 것 같다. 중국어를 해 보니 아주 재미있었다. 아직 대학 입학 전의 일이다. 이 만남을 계기로 어학을 좋아하는 사람이 되었고, 나중에 언어학을 전공하게 되었다고 할 수 있다.

아버지의 추천도 있었기에 대학에 들어가면 제2외국어는 중국어를 하겠다고 마음먹었었지만, 입시에 실패하고 재수를 하게 되었다. 당시 이과생이었던 나는 수험공부의 '숨 돌릴 틈'으로 NHK 라디오 강좌에서 중국어를 배우기 시작했다. 당시 일본에서 많이 쓰이던 MD^{MiniDisc}로 자동 녹음해서 듣고 싶을 때 들었다. 시험공부나 수험공부를 하다 보면 평소에는 관심도 갖지 않던 다른 것에서 의미를 찾거나 그런 것에 열정을 쏟고 싶어지는 경우가 많다. 내년에도 불합격하면 어떡하지 하는 큰 불안감도 있었지만, 중국어 공부는 어쨌든 순수하게 즐거웠다.

우선 '발음'이 재미있었다. 라디오를 흉내 내며 설명대로 제대로 발음하면 아주 '그럴 듯한' 중국어가 내 입에서 나오는 것이 재미있었다. 그리고 중국어의 '문법'이 참 아름답다고 생각했다. 친구에게 '조금 맛본 정도로 그런 걸 알 수 있겠냐'고 놀림을 받기도 했지만, 기초 어휘가 기본적으로 한자 한 글자 한 음절로 표현되고, 어형 변화도 없이 더 이상 아무것도 깎아낼 수 없는 간결미가 있고, 그러면서도 모든 것을 합리적으로 표현할 수 있는 기능미 같은 것을 느꼈다. 또한 그것이 어릴 적부터 익숙했던 '한자'로 이루어져 있는데 그 '본래의 모습'을 보는 것 같은 느낌도 재미있었다. 간체자나 번체자를 접하면서 한자의 자형 자체에도 다 이유가 있었구나 하는 깨달음도 있었고, 일본어의 많은 어휘가 사실은 중국어에서 유래하거나 중국어 문법에 의해 만들어졌다는 당연한 사실을 재발견하기도 했다. 그런 것을 지식으로 알고 있는 것과 구체적으로 경험하고 실감하는 것은 전혀 달랐다. 아무 생각 없이 어렸을 때부터 그저 대량으로 외우고, 이미 자신의 일부가 되어 있던 한자의 정체와 마주하게 되면서 점점 그 모습이 정확히 드러나는 듯한 느낌이 들어 그것이 재미있었던 것 같다.

2. 한국어와의 만남

중국어가 재미있었으니 한국어도 해 보고 싶다는 마음이 들어 2002년 4월, 대학생이 된 나는 역시 NHK 라디오 강좌를 통해 한국어를 배우기 시작했다. 당시 마침 한일 공동개최 월드컵의 열기가 뜨거웠던 때였다.

중국어를 배웠을 때와 마찬가지로 '발음'이 재미있었고, 자연스럽게 한중일 한자음의 대응 관계도 서서히 보이기 시작해서 재미있었다. 또한 흔히 말하는 것처럼 '일본어와 아주 비슷한 문법'은 신선한 경험이었다. 그러고 보니 발음에 대해서도 영어나 중국어와 달리 '일본어와 같은 발성법으로 해도 되는구나'라는 생각이 들어서 신선했는데, 나는 아직도 이것을 적절한 음성학 용어로 표현하는 법을 모른다. 이것이 나와 한국어와의 본격적인 만남이었는데, 다만 중국어 덕분에 완전히 '언어광'이 되어버린 나는 한국어뿐만 아니라 스페인어, 베트남어, 광동어 수업을 (동시에는 아니지만) 수강하기도 했다. 마치 취미와도 같았던 어학으로 학점까지 받을 수 있다고 하니, 이런저런 이유를 대며 배울 수 있던 언어라면 닥치는 대로 조금씩 배웠던 것이다. 한국어는 그 중 하나였을 뿐, 나에게 특별한 존재는 아니었다.

3. 언어학으로의 전향

나는 처음에 정보공학을 전공해 컴퓨터에 대해 배우고 싶었다. 도쿄대학에서는 1, 2학년 때는 모두가 고마바駒場의 교양학부 전기과정에서 폭넓게 교양을 배우고, 2학년 때 '진로선택'을 거쳐 3학년부터 후기과정, 즉 각자의 전문과정으로 진학한다. 하지만 이것저것에 눈이 팔린 대학생활 속에서 이과 본업인 이공계 공부에 솔직히 집중도 적응도 잘 되지 않아 고통을 느꼈던 나는 어차피 힘들게 전문 공부를 할 거면 이왕이면 좋아하는 언어에 관한 공부를 하고 싶다는 생각이 점점 강해졌고, 결국 부모님의 반대를 무릅쓰고 '언어학'을 전공하기로 결심했다.

이과 출신인 아버지 밑에서 나는 어릴 때부터 아버지와 같은 이공계 길을 걷고 있었다. 적어도 대학교 입시 때까지는 '잘하는 과목은 수학과 과학, 잘 못하는 과목은 국어나 사회과'라는 '전형적인 이과학생'이었다. 아버지는 자신과 비슷한 길을 걷게 될 줄만 알았던 나에게 언어학 같은 걸 해서 앞으로 어떻게 먹고 살 거냐 물으셨다. 나는 "언어 관련 선생님이라든가……"라는 말밖에 안 나왔고, 아버지가 "선생님 말고는?"이라고 되묻자 아무 말도 할 수 없었다. "취미와 자기만족으로 밥은 못 먹는다"라는 말도 들었다. 결국 잘 설득하지는 못했지만 결론적으로 아버지는 허락해 주셨다. 돌이켜보면 나는 그 무렵부터 '내 인생'을 살기 시작한 것 같은 느낌이 든다. 역시 큰 전환점이 된 선택이었다고 생각한다.

그리고 또 돌이켜보면 이과로 입학하면서 교양과목으로 다양한 외국어 과목을 이수할 수 있었던 것, 그리고 언어학으로 전향할 수 있었던 것은 도쿄대 고마바의 교육제도가 있었기에 가능했다. 만약 대학 입시에 실패하고 재수를 하지 않았다면 나는 도쿄대학이 아닌 다른 이공계 대학에 진학했을 것이고, 대학 입학 전에 중국어를 천천히 접할 시간도 없었을 것이기 때문에 언어학으로의 전향도 아마 없었을 것이다. 우연 같기도 하고, 무언가에 이끌린 것 같기도 한 묘한 인연이다.

도쿄대학에는 후기과정에서 언어학을 배울 수 있는 진학처가 두 곳이 있었다. 하나는 전통적인 혼고本郷의 '언어학과'문학부 언어문화학과 언어학 전공과정이고, 다른 하나는 학제적 연구를 표방하는 고마바의 '언어정보'교양학부 초역문화과학과 언어정보과학분과였다. 나는 원래 이과 출신이고, 컴퓨터에 대한 관심도 뭔가 도움이 되지 않을까 하는 막연한 생각에 후자의 '언어정보'를 진학처로 선택했다.

4. 중국으로의 유학

나는 열정을 키워온 중국어를 제대로 배우고 싶어서 2004년 3월부터 한 학기 동안 중국 대련大連으로 어학연수를 가기로 했다. 당시 중국은 아직 물가도 저렴했기에 경제적 부담도 그리 크지 않았다. 몇 개의 후보 대학이 있었지만, '첫 유학'에 대한 어떠한 동경심 때문에 '일본인 학생 비율이 낮은 곳'을 기준으로 대련大連의 '랴오닝사범대학遼寧師範大學'을 선택했다. 그리고 막상 가 보니 주변은 말 그대로 한국인으로 '가득 차 있었다'.

나는 한국어의 기초는 이미 학습한 상태였기 때문에 중국어를 배우면서 주변 한국인 친구들에게 한국어도 많이 배웠다. 내가 일본어를 가르쳐주는 대신 한국어를 배우는 '호상학습互相學習' 즉 스터디도 많이 했다. 그들은 매우 친근하고 친절했으며, 벽이 없었고, '정'과 활기가 넘쳤다.

같은 또래의 외국인들과 깊은 교류를 한 것은 처음이었지만, 중국식·

한국식 친구 사귀기가 신선하고 재미있었다. 이 이문화 체험을 통해 '상식'이나 '보통'이라는 것이 절대적이지 않다는 것을 확실히 깨달을 수 있었던 것도 소중한 경험이었다. 사람들은 모두 많은 것들에 얽매이면서 사는데, 그것을 알게 된 것은 나에게 중요한 깨달음이었다. 그들은 내 안의 여러 '벽'을 부서 주었다고 생각한다. 그리고 부끄럽게도 한중일 사이에 가로놓인 역사 인식 문제의 심각성을 알게 된 것도 이 때가 처음이었는데, 언어에밖에 관심이 없었던, 말 그대로 무지한 일본인 학생이었던 나는 적지 않은 충격을 받았다. 명색이나마 도쿄대 학생이라는 사람이 그런 상태로 태연하게 대련에 가다니 정말 등골이 오싹해지는 이야기다. 일부 한국인 친구들에게는 아마도 불쾌감을 주기도 했을 텐데, 주변 일본인 친구들 중에는 당연한 일이지만 그러한 문제들을 제대로 배우고 생각해 온 친구들도 있었던 것은 다행이었다. 나는 언어를 출발점으로, 뒤늦게나마 나름대로 중국과 한국을 마주하기 시작했다.

반년 간의 중국 어학연수였지만 중국어는 물론 열심히 공부했고, 결국 친구들은 한국인이 더 많이 생겼고, 교과서와는 조금 다른 실용적인 한국어도 많이 배웠다. 내 인생 첫 유학은 이렇게 해서 매우 뜻깊은 유학이 되었다. 하지만 한국인 친구들과의 대화는 거의 중국어로만 이루어졌고, 한국어는 여전히 어눌했다.

5. 한국으로의 유학

한 번 인연을 맺으니 신기하게도 중국에서 귀국한 후에도 한국과의 관계는 점점 더 깊어졌다. 대련에서 한국인 친구들과 자주 갔던 한국 음식

맛도 잊을 수 없다. 나는 특별히 음식에 까다로운 사람은 아니지만, 한국 음식과 식문화라면 그냥 좋다. 또한 원래 도쿄대학에서 태권도 동아리에 소속되어 있었던 것도 큰 몫을 했다. 이것은 특별히 한국을 의식해서 들어간 것이 아니라, 계기는 친구의 권유와 무도를 하고 싶다는 마음에서였는데, 처음에 '태권도'에 대해 알고 있던 것은 예전에 어떤 만화에서 봤던 멋진 발 기술의 무도라는 것뿐이었고, 오히려 한국 무술이라는 것조차 처음에는 잘 몰랐을 정도였다. 어쨌든 나는 뭔가 한국과 인연이 깊었던 모양이다.

역시 한 번쯤은 한국에 가 보고 싶었던 나는 봄방학을 이용해 경희대 어학당에 3주간 어학연수를 다녀왔다. 비행기 시간 때문에 늦은 시간에 기숙사 주변에 도착해 배가 고파 포장마차에서 무심코 먹은 순대가 처음 먹어본 본고장 한국 음식이었다. 경희대에서는 매일 일기 과제를 열심히 하고, 선생님에게 매일 첨삭을 받았던 기억이 난다. 드디어 이제 한국어로 어느 정도 대화는 할 수 있다는 자신감이 생긴 것 같았다.

하지만 3주간의 어학연수는 역시 조금 부족했다. 마침 고마바에는 AIKOM이라는 교환학생 제도가 있었다. 장학금도 나오고, 학점도 인정받을 수 있어서 큰 부담 없이 유학을 갈 수 있다는 점에서, 나는 서울대 언어학과로 1년간의 교환유학에 지원했다.

서울대에서도 태권도부에 들어가, 도쿄대 친구들과 함께 서울대와 도쿄대의 태권도 교류 프로젝트를 시작하기도 했다. 이게 지금까지도 매년 교류가 지속되고 있다고 한다. 나는 연구자가 될 생각이 없었고, 애초에 유학 동기가 '서울대에서 유학 생활을 해 보고 싶다'는 정도였기 때문에 전혀 학문적인 유학생활이 아니었고 그렇게 성실한 학생도 아니었다.

그래도 언어학과 김주원 선생님의 '역사비교언어학' 수업은 재미있었

2006 4 2

◀〈그림 1〉
2006년 4월 복원된 지
얼마 안 된 청계천에서

▼〈그림 2〉
2006년 12월 서울대
태권도부 도장에서

기에 진지하게 임했다. 처음으로 접하게 된 한국어사 관련 주제가 인상 깊었고, 나중에 내가 대학원에서 한국어사를 전공하기로 결심했을 때는 '그것을 철저하게 공부하고 싶다'는 생각이 머릿속에 있었다. 김주원 선생님께서 도쿄대학에서 후쿠이 레이福井玲 선생님이 와 계시니 인사하러 가라고 하셔서 나는 시키시는 대로 인사를 하러 갔다. 부끄러운 고백을 하자면, 나는 후쿠이 레이 선생님에 대해 전혀 알지 못했다. "오노 스스무大野晋 선생님의 일본어-타밀어 크리올설에 대해 어떻게 생각하느냐"와 같은 엉뚱한 질문을 진지하게 던졌던 기억이 있는데, 후쿠이 선생님은 그런 학생과도 친절하고 차분하게 이야기해 주셨다. 당시 후쿠이 선생님은 훗날 나의 지도교수가 되시는 이현희 선생님과 엇갈려서 서울대에 객원교수로 와 계셨는데, 내가 찾아간 그 연구실이 실은 이현희 선생님의 연구실이었다는 것을 나중에 알게 되었다.

6. 졸업논문

귀국한 나는 졸업을 위해 졸업논문을 작성했다. 학부 시절 다양한 언어를 배우는 데 에너지를 쏟았고, 1년의 유학을 통해 한국어를 가장 잘하게 된 나는 막연하게 일본어와 (한국어를 비롯한) 주변 언어들과의 대조언어학적인 연구를 하고 싶어서 처음에 오고시 나오키生越直樹 선생님을 지도교수로 모시게 되었다.

지금 생각해 보면, 학부 시절에 언어학을 전공하면서 주로 세 가지 일을 했다. 첫 번째는 특히 일본어사에 관한 서적을 닥치는 대로 읽는 것이었다. 이는 자신의 모어인 일본어의 정체가 서서히 밝혀지는 것 같아 재미있었기 때문이다. 특히 일본어학자 오노 스스무 선생님의 저서를 애독했다.

두 번째는 계속해서 다양한 언어를 배우는 것이다. 중국어 여러 방언, 몽골어, 남인도의 타밀어 등, 관심의 중심은 역시 아시아 언어였다. 결국 나는 "모어인 현대 일본어의 주변을 알아가는 것"이 재미있었던 것이다. 현대 일본어나 이미 어느 정도 알고 있는 중국어, 한국어 등의 언어 감각을 바탕으로, 그것과 비슷한 언어들이 조금씩 다르게 체계화되어 있는 것이 흥미로웠다. 이 사람들은 공기를 마시듯 이런 식으로 세상을 바라보는구나, 하고 생각하곤 했다.

특히 타밀어에는 상당한 열정을 쏟았다. 계기는 오노 스스무 선생님의 저서였지만, 서울대 유학 중에 자료를 수집하고 공부에 몰두한 적도 있고, 애초에 당시 일본에도 한국에도 타밀어 학습 자료가 거의 없었기 때문에 싱가포르나 인도에 가서 타밀어 교재와 자료를 수집하러 다닌 적도 있다. 일본어와의 기원적 관계를 논하는 오노 스스무 설에 관심이 있었기에 고대어도 공부했다.

세 번째는 인지언어학 공부였다. 계기는 야마나시 마사아키山梨正明 선생님의 『인지언어학 원리』라는 책을 사서 읽은 것이었는데, 언어란 이런 것이라고 직관적으로 확신했다. 이후 오늘에 이르기까지 나의 '언어관'은 인지언어학 그 자체이며, 내 연구의 원천이 되었다. '언어 능력'이란 인간의 인지 능력, 즉 동물로서의 인간의 신체적 경험과 정보 처리 능력을 바탕으로 하며, 다른 능력과 분리된 독립적인 능력은 아니다. 자연 언어는 인간의 신체적·주관적 경험에 바탕을 두고 존재하는 것이지, 과학적·객관적·이성적·논리학적인 세계에 바탕을 두고 존재하는 것은 아니다.

졸업논문을 쓰기 시작했지만, 애초에 논문을 써 본 적이 없었던 나는 주제도 좀처럼 정하지 못했고, 우여곡절 끝에 선택한 주제는 '상대(8세기) 일본어의 음운체계'였다. 지도는 노무라 다카시野村剛史 선생님께도 받게 되었다. 여러 가지 설이 있는 가운데 내 나름대로의 견해를 논증해 나가는 것이었고, 연구를 진행하는 과정에서 점차 생각도 명확해지면서 최종적으로는 나름대로 의미 있는 일정한 성과를 보여 줄 수 있었다고 생각했지만, 처음으로 학문을 진지하게 대면한 나의 논문은 부족한 점도 많았고, 생각만큼의 평가를 받지는 못했다. 졸업논문 집필을 통해 뒤늦게 학문의 세계에 입문한 나에게 있어서, 이 아쉬움과 답답함은 이후 학문을 대하는 에너지가 되기도 했다.

7. 한국어사 전공으로

나는 그 졸업논문을 들고 이번에는 '타밀어를 하고 싶다'며 혼고 쪽의 대학원 언어학 전공으로 진학을 시도했지만, 그것도 잘 되지 않았다. 하려는 일이 대담한 것에 비해 여러모로 준비가 부족했던 것 같다.

나는 타밀어 학습을 진행하면서 통시적 관점을 포함하여 타밀어와 일본어의 대조 연구를 진행하는 것이 일본어학에 있어서도 매우 의미 있는 일이라 생각하게 되었다. 또한 오노 스스무 선생님께서 주장하신 일본어와 타밀어의 기원적 관계에 대해서는 부정적인 논조가 지배적이었지만, 나는 비교언어학을 금과옥조로 삼아 부분적 부정으로만 일관하며 배울 점을 되돌아보지 않는 논조에 대해 회의적이었다. 나는 기원적 관계에 대한 논의보다 철저한 대조 연구가 먼저라는 입장이긴 하지만, 지금도 적어도 한국어보다는 타밀어가 훨씬 일본어와 '비슷하다'는 생각이 있고, 오노 설에는 진지하게 검토해 볼만한 요소도 많다고 생각하고 있다. 타밀어는 2024년 현재 한국어와 거의 비슷한 규모의 화자 수를 자랑하고 있으며, 인도뿐만 아니라 스리랑카나 싱가포르에서도 국가의 공용어 중 하나로 자리 잡은 큰 언어로, 교재조차 거의 없는 '마이너 언어' 취급은 아무래도 합당하지 못한 것 같다. 가까운 장래에 인도의 경제적 부상과 함께 타밀어 연구의 기세가 높아질 것을 은근히 기대하고 있다.

어쨌든, 대학원 입시에도 실패하고 '앞으로 어떻게 먹고 살 것인가'를 다시 고민하던 나는 역시 아무런 실적도 없는 내가 '타밀어로 먹고 사는' 것은 어렵겠다고 판단하여, 그렇다면 '한국어로 먹고 살아가자'고 결심했다. 그리고 다시 한 번 서울대에 유학하자, 이번에는 교환학생이 아닌 정규 대학원생이 되자고 생각했다. 어느새 나는 한국 음식을 사랑하고, 취미는 태권도, 그리고 크고 작은 3번의 유학 경험을 통해 한국에 물들어 있었다. 희망 전공은 필연적으로 '한국어사'가 되었다. '한국에 유학해야만 잘 배울 수 있는 것이 무엇인가'라는 질문에 대한 나의 대답은 '한국어사' 하나였기 때문이다. 오고시 나오키 선생님과 상담한 결과, 서울대 국어국문학과의 이현희 선생님을 소개해 주셨다.

8. 유학 전 반년

서울대 유학은 제도상 최단 반년 후인 2008년 9월 입학이 가능했다. 그 반년 동안 어떻게 준비할 것인가가 중요한데, 오고시 선생님은 4월부터 도쿄대에 객원교수로 계시는 서울대 국어국문학과 김성규 선생님도 소개해 주셨다. 2008년 4월부터 한 학기 동안 나는 혼고 캠퍼스에 다니며 김성규 선생님과 후쿠이 레이 선생님의 수업을 청강하게 되었다. 나는 운 좋게도 유학 전에 최고 수준의 수업들을 들을 수 있었고, 또한 그 청강 기회를 통해 조호 사토시上保敏 선생님, 스기야마 유타카杉山豊 선생님, 쓰지노 유키辻野裕紀 선생님, 다카기 다케야高木丈也 선생님, 아라이 야스히로新井保裕 선생님 등, 이후 연구 분야를 같이 하게 될 (거의) 동년배의 일본인 한국어 연구자 선생님들도 만날 수 있었다. 모든 것이 그저 행운에 감사할 따름이다.

또한 나는 그 무렵 한국으로 갈 준비로 도쿄대 도서관에도 자주 드나들며 내 관심사에 관련될 만한 논문을 닥치는 대로 복사해 갔다. 그것은 몇 달 동안 계속되었다. 아직 논문은 종이 시대였기 때문에 한국에 가면 일본 논문을 참고하는 것이 어려워질 것이라고 생각했기 때문이다. 또한, 이것도 부끄러운 이야기지만, 나는 졸업논문 연구에서는 거의 책만 참고하고 학술지 논문을 제대로 보지 않았다. 당시 나의 여러 관심사에 대한 선행연구에 이 시점에서 처음으로 나름 망라적으로 접근한 나는 지금 생각해 보면 '사경寫經'을 하고 있었던 것 같다. 한국 유학 때 내가 미리 보낸 짐이 4박스였는데, 3박스는 거의 논문이었고, 1박스는 '그 외의 모든 것'이었다.

아무튼 덕분에 나는 무사히 2008년 9월부터 서울대학교 대학원 국어국문학과에 진학할 수 있었다. 나는 이때 처음으로 '한국어 전공자'가 되었다.

9. 연구자가 되는 일

　서울대학교 유학 중에는 박사과정 재학 중일 때부터 숭실대학교 일어 일문학과에 일본어 교사로 취임하여 강의를 하면서 2016년 2월에 박사 학위를 취득하고, 2018년 2월까지 10년 반 동안 한국에 체류했다. 그 기간 동안 정말 많은 분들의 도움으로 지금의 내가 있지만, 나를 연구자로 만들어 주신 분은 역시 은사님이신 이현희 선생님이었다.

　유학 초기 내가 생각했던 것은 '언어 관련 일을 하고 싶으면 석사 정도는 나와야겠다'는 정도였고, 연구자가 되겠다는 것을 특별히 목표로 삼은 것은 아니었다. 박사과정에 진학할 것인지에 대한 명확한 비전조차도 없었다. 하지만 물러설 곳이 없었던 나는 학부 시절과 달리 학업에 전념했다. 처음 쓴 졸업 논문이 생각보다 평가를 받지 못한 것도 있어서, 처음에는 '일단 인정받고 싶다'는 마음으로 임했던 기억이 난다. 덕분에 학업 성적은 나쁘지 않았고, 석사 논문은 좋은 평가를 받아 자신감이 생겼다. 석사 논문을 쓸 즈음에는 박사과정에 진학하고 싶다는 명확한 바람이 있었고, 박사과정에 진학했을 즈음에는 명확하게 연구자가 되겠다는 포부를 가지고 있었다.

　이현희 선생님은 첫 학기에 내가 쓴 보고서를 보고 "공부시켜야겠다고 생각했어"라고 말씀하셨다. 또 석사논문을 쓸 때였는지 "시부 쇼헤이志部 昭平 선생님과 같은 훌륭한 학자가 되어라"라고 말씀하셨다. 나중에는 "모교로 돌아가라"라고도 말씀하셨다. 모두 술자리에서 하신 말씀이다. 이현희 선생님은 중요한 일은 종종 술자리에서 말씀하셨다. 이현희 선생님의 이러한 격려의 말씀은 나에게 큰 무게가 있었다. 황송한 말씀이라 생각하면서도 나는 이러한 선생님의 말씀을 진정으로 받아들였다. 그리고 '저

너머'에 대한 불안감 없이 '하면 할수록 길은 열릴 것'이라는 확신으로 학업과 연구의 길에 매진할 수 있었던 것 같다.

이현희 선생님은 나에게 가장 적합한 지도 방법을 꿰뚫어보고 계셨던 것 같다. 나는 대체로 스스로 막 달려가는 스타일이라 일단 내버려두시고 방향을 잘못 잡고 있을 때만 쾅하고 방향을 수정해 주셨다. 나는 그 수정의 의미를 나중에야 조금씩 깨닫게 되었다. 특히 석사과정 시절에는 몇 번 크게 방향을 수정해 주셨다. 가장 컸던 것은 석사과정 3학기 수업 리포트였다. 내가 생각하는 '거창한 이야기'의 방향성을 제시했다고 생각하고 있었는데, 내 보고서에는 '너무 사변적이다'라는 말 한 마디만 적혀 있었고, 수업 중 내 보고서에 대한 코멘트도 "가와사키는 내가 잘 모르겠는 글을 썼어요(표현이 정확하지 않을 수 있다)" 그리고 "자료 중심!"이라는 두 마디뿐이었다. 그리고 술자리에서 일갈하셨다. "그런 식으로 쓰면 아무도 못 따라간다. 일본에서도 똑같다, 아무도 못 따라간다."

나는 나름대로 의미 있는 글을 썼다고 생각하고 있었기 때문에 전적으로 부정당하는 것에 다소 불만이 있었다. 나는 그렇다면 보여주겠다는 마음가짐으로 전혀 다른 주제를 다시 선택하고, '못 따라간다'는 말은 절대 듣지 않겠다는 생각으로, 집요할 정도로 '자료 중심'의 논의를 철저히 한 리포트를 다시 제출했다. 그런데 아무리 집요하게 파고들어도 이상해지기는커녕 오히려 더 세련되어지고 연구가 발전해 가는 듯한 묘한 느낌을 받았던 기억이 있다.

그 후 나의 연구에 있어서 '자료 중심'이라는 말이 머릿속에서 떠난 적은 한 번도 없었다. 나는 지금 이 말을 이현희 선생님께 받은 가장 큰 가르침이라고 생각한다. 이현희 선생님의 말씀대로 '사변적' 성향이 있는 나를 어떻게든 연구자로 만들어 주신 한 마디라고 생각한다. 또한 이 깨달음은 박사과정 진학 후, 오고시 나오키 선생님께서 '방심하면 어디론가 날아가 버릴 것 같은' 나에게 말씀하신 '땅에 발을 딛고 연구하라'는 말씀과도 겹친다.

박사과정에 진학한 나는 분명하게 연구자를 지망하게 되었고, 그것을 내 평생의 업으로 믿게 되었다.

10. 마치며

글을 써 보면서 다시 한 번 내가 걸어온 길을 돌이켜보면, 여러 선택들이 우연 같기도 하고 필연 같기도 해서 재미있다. 내가 예전에 여러 가지 열정을 쏟았던 일들은 모두 연구자로서의 나를 형성하는 중요한 일부가 된 것 같다. 컴퓨터를 배우고 싶었던 것, 한때 중국어에 열정을 쏟았던 것, 언어 배우기로 시작된 관심이 현대 일본어에서 그 주변으로 확장된 것, 그리고 인지언어학적 언어관으로 물든 것. 한국어사 연구자로서는 다소 독특한 이 길은 나의 연구를 만들어내는 원천이 되었다고 생각한다.

연구자를 지망하게 된 이후에도 정말로 많은 분들에게 신세를 졌고 지금도 신세를 지면서 오늘의 내가 있다. 그 이야기는 또 다른 기회로 미루고자 한다. 내가 받아 온 학은을 조금씩이라도 세상에 돌려주는 것이야말로 내가 해야 할 일이라고 생각한다. 나는 이제 막 그 길을 걷기 시작한 참이다.

가와사키 케이고[河崎啓剛]

1983	일본 도쿄도 출생.
	도쿄대학 교양학부 초역문화과학과 언어정보과학분과 졸업.
	서울대학교 대학원 국어국문학과 석사과정 및 박사과정 졸업.
2012~	숭실대학교 인문대학 일어일문학과 조교수.
2018~	테이쿄대학[帝京大學] 외국어학부 강사.
2020~	도쿄대학[東京大學] 대학원 종합문화연구과 언어정보과학전공 준교수.

주요저작

『중세한국어 감동법이란 무엇인가』. 신구학원신구문화사. 2017.

나는, 왜, 어떻게 한국학 연구자가 되었는가

'지금, 이 순간'을 위한 한국어와 한국문학

다카하시 아즈사高橋梓

1. 2000년대 초반 우연의 만남 한국어를 공부하게 된 계기

"왜 한국어를 공부하게 되었어요?"

"왜 한국문학을 연구하게 되었어요?"

이러한 질문은 대학에서 한국어를 전공하고 대학원에서 한국 근대문학을 연구하게 된 이후로 자주 듣게 되었다. 그 질문을 받을 때마다 나도 스스로에게 조심스럽게 같은 질문을 던지곤 했다.

"나는 왜 한국어를 공부하고 있을까?"

"나는 왜 한국문학을 연구하고 있을까?"

내가 한국에 관심을 가지게 된 것은 고등학교 시절 해외 문화에 대해 관심을 가지게 된 것과 큰 관련이 있다. 중고교 시절, 나는 한국이나 외국은 물론, 학교 밖의 사회와도 격리된 환경에 놓여 있었다. 내가 다녔던 학교는 도쿄 외곽의 주택 개발 지역인 '타마 뉴타운多摩ニュータウン' 근처에

위치한 어느 대학 부설의 중고등학교였다. 6년 동안 나는 한 시간 반을 들여 전철을 세 번이나 갈아타며 학교를 다녔다. 그 과정에서 집과 학교를 오가는 나의 생활은 지역사회와 완전히 단절되어 있었다.

사회와 단절된 일상에서 벗어나는 유일한 방법은 책을 읽는 것이었다. 어렸을 때, 나는 책을 많이 즐겨 읽는 이른바 '문학소녀'는 아니었지만, 휴대전화가 없던 시절, 매일 한 시간 반씩 전철을 타는 것은 무척 지루한 일이었다. 그러다 보니 자연스럽게 책을 읽게 되었다. 매일 같은 길을 가면서도 책을 읽는 동안에는 다른 세계로 떠나는 기분을 느낄 수 있었다.

그리고 나는 학창 시절부터 역에서 집까지 천천히 산책하며 걷는 것을 좋아했다. 중학교 시절부터 독립할 때까지 가족과 함께 도쿄의 기치죠지 吉祥寺라는 동네에서 살았는데 그 동네에는 큰 공원, 백화점, 책방, 도서관, 작은 상점들이 있어 산책하기에 정말 좋은 곳이었다. 중고교 시절에 나는 항상 이런 곳에 들러서 시간을 보내고 집으로 돌아갔다.

중학교와 고등학교 시절, 나는 무료한 일상에서 벗어나기 위해 독서와 산책을 통해 공상의 세계로 빠져들곤 하였다. 고등학교 1학년 때쯤 자연스럽게 해외에 관심을 가질 기회가 생겼다. 학교 어학연수로 여름 방학 동안 2주일간 영국에 가게 된 것이다. 그곳에서 나는 일본과는 다른 문화를 접하게 되었다. 내가 머물렀던 가정은 은퇴한 조리사 할아버지 일가였다. 그 집 할아버지와 할머니는 하루에 몇 번씩 홍차를 즐겨 마시고, 할아버지가 만든 영국 전통 요리로 근처 친구들을 초대해 이야기를 나누곤 했다. 작은 마당에서는 음악을 틀고 친구들과 함께 춤을 추는 모습이 정말 즐거워 보였다. 고등학생인 나에게 그 노부부의 생활은 일본의 어르신들과 많이 달라 보였고, 많이 자유로워 보여서 신기했다. 어학연수를 마친 이후, 일본 바깥 세계에 대한 동경은 더욱 커져갔다.

〈그림 1〉『…아이가 물었습니다. 일본은 조선에 무슨 짓을 했어요?
(…こどもがききました。日本は朝鮮になにをしたの)』, 明石書店, 1991

　내가 처음으로 한국에 관심을 가지게 된 것은 고등학교 2학년 때였다. 2000년 6월, 평양에서 남북정상회담이 열렸을 때 일본에도 크게 보도되었다. K-POP, K-드라마와 같은 콘텐츠는 물론, 인터넷도 지금처럼 발달하지 않았던 시대였기 때문에, 한국의 사회나 문화를 접할 수 있는 기회가 없었다. 부끄럽게도 그때 나는 한반도가 분단되어 있다는 사실을 처음 알게 되었다. 해외 문화에 대해 조금씩 관심을 가졌지만, 한반도의 상황에 대해서는 전혀 몰랐던 것이다.

　왜 가까운 나라가 분단되어 있을까? 지금이라면 이러한 단순한 질문에 대해 검색을 통해 1분 이내에 답을 얻을 수 있을 것이다. 하지만 당시는 정확한 정보를 얻을 수 있는 수단이 없어, 나는 의문을 풀지 못한 채 하루하루를 보내고 있었다.

　어느 날, 나는 늘 그랬듯이 집 근처를 산책하던 중 동네 책방에 들렀고, 작은 책자 하나가 눈에 띄었다. 그 책은『…아이가 물었습니다. 일본은 조선에 무슨 짓을 했어요?…こどもがききました。日本は朝鮮になにをしたの』明石書店, 1991

라는 초록색의 30쪽이 채 안 되는 책자였다. 두께가 무척 얇아 책등의 글자도 눈에 잘 띄지 않는 그 책자를 어떻게 발견했는지는 지금도 모르겠지만, 그 책을 읽으면 왠지 "왜 가까운 나라가 분단되어 있을까?"라는 나의 의문이 잘 풀릴 것 같아 바로 구입하였다.

그 책자는 청소년을 대상으로 일본의 식민지 지배를 사진과 함께 간략히 소개하는 내용으로 쉽게 끝까지 읽을 수 있었다. 이 책을 통해 나는 분단 이전 한반도의 사람들이 겪었던 경험을 처음 접하게 되었고, 일본이 한반도를 지배하면서 조선의 문화와 사람들의 언어나 이름까지 부정했다는 사실을 알게 되어 큰 충격을 받았다.

이후 나는 한반도와 일본의 역사, 그리고 세계의 여러 지역에서 벌어진 민족 분쟁에 대한 관심을 가지게 되었다. 내가 고등학교를 다녔던 1999년부터 2001년까지는 냉전 체제의 종식 이후 세계 곳곳에서 여러 민족과 국가의 갈등이 표면화된 시기였다. 고등학교 3학년 때, 나는 국제 관계와 민족 분쟁에 관심을 가진 친구들과 함께 학교 축제에서 이스라엘－팔레스타인 분쟁에 대한 전시회를 개최하기로 했다.

우연히도 전시회 준비 중, 축제 일주일 전 뉴욕에서 '9·11'사건이 발생했다. 일본에서는 이 사건이 뉴욕시민의 슬퍼하는 모습과 함께 무슬림의 '테러'로 보도되었고, 일본 정치인들은 '대테러와의 전쟁'이 시작되었다고 선언하였다. 나는 학교 축제 전시회를 준비하면서 팔레스타인에서 일어나는 일들을 깊이 생각하던 중 이러한 보도를 접하게 되었고, '9·11'을 단순히 무슬림의 '테러'로만 해석할 수 있을지에 대한 의문을 가지게 되었다.

그때 우리는 준비한 전시회의 제목을 〈지금, 이 순간今, この時〉으로 정했다. 이 제목은 지금 이 순간에도 팔레스타인과 세계 곳곳에서 분쟁이 일

어나고 있다는 사실을 반영하며, 그 문제들을 '지금' 어떻게 바라봐야 할 지를 고민하게 했다. 이러한 질문을 동아시아로 돌리면 한반도의 분단 상황이 떠오르고, 이는 (물론 당시는 정확하게 이해한 것은 아니었지만) 일본의 식민지 지배가 영향을 미쳤던 것으로 보였다. 한반도가 겪었던 문제를 '지금' '우리'의 문제로, 일본인으로서 어떻게 바라봐야 할까? 학교 축제가 끝난 후에도 이 질문에 대한 고민이 계속 이어졌다.

우연한 만남에서 비롯된 단순한 의문과 호기심이 나를 대학에서 한국어를 전공하게 만들었다.

2. 한국어와의 만남

2002년 4월, 도쿄외대에 입학한 나는 한국어를 공부하기 시작했다. 그때 내가 소속된 과정은 '외국어학부 동아시아과정 조선어전공'으로, 사에구사 도시카쓰三枝壽勝 선생님, 이토 히데토伊藤英人 선생님센슈대, 엄기주嚴基珠 선생님전 센슈대, 니와 이즈미丹羽泉 선생님도쿄외대, 노마 히데키野間秀樹 선생님, 쓰키아시 다쓰히코月脚達彦 선생님도쿄대과 외국인 특임 교원 신명직申明直 선생님구마모토학원대이 재직하고 계셨다. 2003년에는 남윤진南潤珍 선생님도쿄외대, 이카라시 고이치五十嵐孔一 선생님도쿄외대, 조의성趙義成 선생님도쿄외대이 임용되셨다. 조선어전공의 여러 선생님들께서 1, 2학년 한국어 수업과 다양한 전문 분야의 수업을 개설하셨다. 지금처럼 한국어 전공 코스를 운영하는 대학교가 별로 없었던 시기에 언어학, 문학, 역사, 종교학 등 다양한 분야의 전문가들의 지도 아래에서 한국어를 전문적으로 공부할 수 있다는 것에 대해 큰 기대와 기쁨을 느꼈다.

하지만 나의 설렘과는 달리, 부모님은 처음에 내가 대학에서 한국어를 전공하는 것에 반대하셨다. 지금은 일본의 시민들이 한국에 관심을 많이 가지고 한국 대중문화 콘텐츠도 많이 접할 수 있지만, 2000년대 초반에는 한국어 전공이 다소 특이하게 여겨졌던 시기였다. 1학년 한국어 첫 수업 시간에 선생님이 지금까지 한국어를 실제로 들어본 적이 있는 학생은 손을 들어보라고 요청하셨을 때, 수강생 30명 중 3명 정도가 손을 들지 않았다. 한국어를 전공하기로 선택했음에도 불구하고 수업 전까지 한국어를 접할 기회가 없었다는 것은 지금으로서는 상상하기 어려운 일이다. 수많은 외국어 중에서 왜 굳이 한국어를 공부하느냐는 질문을 대학교 1학년 때 가장 많이 받았던 것 같다.

내가 대학을 다니던 2000년대는 일본에서 한국에 대한 인식이 많이 변화하던 시기였다. 특히 2002년에서 2003년 사이에는 한국문화에 관한 관심이 높아지는 과도기였다. 2002년 여름에 '2002 FIFA 월드컵 한국·일본'이 개최되었고, 이를 기념하여 한일 공동제작 드라마 〈프렌즈〉한국 MBC, 일본 TBS가 방영되어 큰 화제가 되었다. 2003년에는 〈겨울연가〉KBS가 NHK에서 방송되면서 사회적으로 '한류' 열풍이 확산되었다. 이러한 영향 때문인지, 한국어를 공부한다는 것에 대한 주변 사람들 반응도 점차 긍정적으로 바뀌어 갔다.

앞으로 한국어에 대한 사회적 수요가 늘어날 것이라는 기대가 확산되면서, 이는 한국어 학습의 중요한 동기 부여가 되어 2년 동안 열심히 한국어를 공부했다. 지금은 이수 시스템이 바뀌었지만, 당시 도쿄외대의 1, 2학년 학생들은 전공으로 선택한 외국어 수업을 주 6회 이수해야 했다. 한국어 전공 수업은 교수님들이 팀으로 담당하셔서 진도가 무척 빨랐다. 1학년을 마칠 즈음, 기본적인 한국어 문법을 대부분 학습할 수 있었다.

외국어 학습 능력이 뛰어난 학생들이 모인 도쿄외대에서 나는 늘 열등감을 느끼고 있었다. 함께 공부했던 학부 동기들 대부분은 지금도 뛰어난 어학 실력을 바탕으로 여러 분야에서 활약하고 있다. 대학원으로 진학한 사람들도 많고, 특히 다카기 다케야高木丈也 님게이오대, 스기야마 유타카杉山豊 님교토산업대은 한국어학을, 신자토 요시노부新里喜宣 님후쿠오카대은 한국 종교학을, 다카하시 와타루高橋亘 님메지로대은 일본어 교육학을 전공하여 현재 대학에서 학생들을 가르치고 있다.

고등학교 시절, 나는 외국어 공부를 좋아해서 영어 공부도 열심히 했다. 하지만 영어를 아주 잘하는 편은 아니었다. 나는 한국어 단어를 외우고 문법을 이해하는 데 다른 사람보다 시간이 오래 걸렸다. 고민 끝에 한국어를 더 빠르게 배우려면 한국어를 사용할 기회를 많이 가져야겠다고 생각하고, 한국어를 쓰는 기회를 마련하기 위해 노력했다. 교과서에서 배운 단어나 문법을 노래 가사나 시에서 찾아 외우기도 하였다. 친구들과 함께 엄기주 선생님이나 신명직 선생님의 연구실에 불쑥 찾아가 한국어 대화를 시도하기도 했다. (아마 선생님들은 무척 귀찮으셨을 텐데, 항상 대화 연습에 응해주셨다) 2학년 때는 한국 대학생과 학술 및 문화 교류를 목적으로 한 단체 '한일 학생 포럼'에 참여하여 한일 관계에 대해 한국어로 이야기를 나누는 기회를 얻었다. 그 외에도 한국 드라마나 예능의 일본어 자막 교정 아르바이트, 한국인 유학생 도우미 등 다양한 일을 통해 한국어를 사용하려고 노력했다.

나는 한국어를 열심히 공부하며 한국 문화와 사회에 대해 접하려고 노력하였다. 그런데 흥미로운 것은 나에게 한국어 공부가 '한국'(또한 북한)이라는 나라와의 만남에 그치지 않았다는 점이다. 일본에서 한국어를 공부하면서, 나는 일본사회가 '조선朝鮮'(한국과 북한을 모두 포괄한 개념)을 어떻게 인식하는지를 깨달을 수 있었다.

일본사회에서 한국 문화에 대한 관심이 고조되던 2002년 9월 17일, 국교 정상화를 목표로 한 북일정상회담이 평양에서 열렸다. 그해 10월에는 1960~1970년대에 북한으로 납치되었던 피해자 가족들이 일본으로 귀국하였고, 그 모습이 일본의 언론에 매일 보도되었다. 이 시기에 납치 사건의 가해자로서 북한에 대한 강한 부정적인 감정이 형성되었고, 한국, 특히 한국 문화에 대한 긍정적인 인식이 높아지는 분위기가 조성되었다. 2000년대 초반 일본사회는 이러한 양면적인 감정을 안고 있었다.

이런 시대 분위기 속에서 나는 일본사회의 '조선' 인식을 조금씩 의식하게 되었다. 북일정상회담과 납치 사건에 대한 보도를 계기로, 일본에서는 북한과의 국교 정상화 및 식민지 지배에 관한 잡지 특집이 기획되고 심포지엄도 열렸다. 한국어를 전공하는 학생으로서 나는 그런 잡지를 구매하여 읽거나 여러 심포지엄에 참석하기도 했다. 특히 2002년 가을, 도쿄대학에서 열린 심포지엄은 인상 깊었다. 그 심포지엄은 도쿄대학 다카하시 데쓰야高橋哲哉 선생님, 이후 나의 지도교수가 된 도쿄외대 요네타니 마사후미米谷匡史 선생님 등 인문학 연구자들이 북한과의 국교 정상화가 가지는 의미에 대해 논의하는 자리였던 것으로 기억한다. 그 날 한 여성이 자신이 재일조선인이라고 밝히며, 민족학교에 다니는 딸들이 치마저고리 교복을 입고 등교할 때 피해를 당할까 봐 걱정된다는 이야기를 하였다. 그때 나는 '조선'에 대한 부정적인 이미지가 일본 내에서 차별을 만들고, 이로 인해 실질적인 피해를 당하는 대상은 재일조선인이라는 것을 처음 알게 되었다.

지금 생각하면 2002년은 1991년에 김학순 할머니가 한국에서 처음으로 일본군 '위안부' 경험을 공개 증언한 지 10년이 되지 않았던 시기였다.

그래서 2000년대 초반에는 역사 인식이나 식민주의에 관한 행사와 심포지엄이 지금보다 훨씬 더 많이 열렸던 것 같다. 물론 대학교 1, 2학년인 나에게 학술 행사 논의는 무척 어려워 충분히 이해하지 못했지만, 시간이 날 때마다 다양한 행사에 참여하려고 노력하였다. 특히 호세이대학에서 열린 필리핀 '위안부' 할머니의 증언 집회, 일본 고다이라小平에서 열린 조선대학교 학교 축제에서 기획된 재일조선인 여성의 다큐멘터리 영화 〈해녀 양 씨海女のリャンさん〉2004 상영회, 릿쿄대에서 열린 재일조선인문학 심포지엄 등에 참여했던 기억이 남는다.

나는 처음에는 한반도의 분단 상황과 일본의 식민지 지배 역사에 관심을 가지고 한국어를 공부하기 시작하였다. 하지만 여러 심포지엄이나 행사에 다니면서 점차 국가의 역사나 기억에서는 뚜렷이 기록되지 않지만, 역사를 살아온 사람들의 삶에 대한 관심이 커져갔다. 식민지 지배를 경험한 사람들의 삶을 상상해 보는 것이 일본사회의 '조선'에 대한 정형화된 인식에 대한 반박이 될 수 있다고 생각하였다. 그리고 문학은 역사에서 기록되거나 기억되지 않는 사람들의 다양한 삶에 접근할 수 있는 길이라고 생각하였다.

3. 한국문학과 '일본어 작가' 김사량과의 만남, 그리고 방황의 시기

한국어를 공부하면서 한국문학에 대한 막연한 관심을 가지게 되었지만, 아쉽게도 나는 도쿄외대에서 한국문학 강의를 수강하지 못했다. 내가 2학년 되었을 때, 한국문학 연구자인 사에구사 도시카쓰 선생님은 정년 퇴임을, 엄기주 선생님은 학교를 옮기셨다. 내가 처음으로 한국문학사에 접하게 된 것은 3, 4학년 방학 중 '집중 강의'를 맡으셨던 하타노 세츠코波田野節子 선생님니가타현립대, 시라카와 유타카白川豊 선생님규슈산업대의 수업을 통해서였다. 두 분의 강의를 접하기 이전에는 사전 지식도 없이 학교 도서관의 한국문학 서적 서가를 자주 찾아가 아무 책이나 꺼내보곤 했었다. 식민지시기의 역사에 관심이 많았던 나는 그 시기의 '국어國語' 교육이나 창씨개명 시기에 창작된 이른바 '친일문학'에 대한 관심을 가지게 되었다. 그중에서도 특히 내가 가장 인상 깊게 읽었던 것은 '일본어 작가'로 알려진 김사량金史良의 작품들이었다. 2학년 시절, 시간강사로 출강하셨던 도노무라 마사루外村大 선생님도쿄대의 재일조선인 역사 강의를 수강하였다. 어느 날 김사량의 「빛 속으로光の中に」1939를 읽고 짧은 소감을 써오라는 과제가 주어졌다. 나는 평소 자주 다니던 도서관의 한국문학 서가에서 김사량 책을 찾으려 했으나 찾지 못했다. 조금 더 알아보니 '일본어 작가' 김사량의 책은 일본작가 서가에 정리되어 있었다. 「빛 속으로」를 처음으로 읽었던 경험은 지금도 잊을 수가 없다. 그때까지 내가 읽었던 한국문학 작품은 대부분 일본어로 번역된 것들이었지만 김사량의 작품은 작가가 직접 일본어로 쓴 것이었다. 고민 속에서 제국의 언어국어인 일본어로 창작한 '일본어 작가'들이 식민지 조선인들의 삶을 어떻게 그렸는지 더욱 알고 싶어졌다.

이러한 관심으로 3학년 재학 중 일본사상사 연구자인 요네타니 마사후미 선생님을 졸업논문 지도교수로 선택했다. 대부분의 일본 대학교에서는 졸업논문을 제출해야 졸업할 수 있는데, 학생들은 미리 논문지도 교수를 선택해야 한다. 요네타니 선생님은 한국어 전공의 선생님은 아니었지만, 재일조선인, 오키나와, 아이누 등 일본 마이너리티 역사에 관심을

가지시고 일본의 '국민' 의식 형성과 식민주의의 관련에 대한 강의를 하셨기 때문에, 내가 관심을 가지고 있는 식민지 조선인의 '일본어문학'에 대해서도 가르침을 받을 수 있지 않을까 생각했다. 선생님께 "일본의 조선 인식에 대해 관심을 가지고 한국어를 공부하고 있다", "식민지 조선의 사람들의 경험을 문학을 통해 읽어내고 싶다" 등의 서투른 내용으로 메일을 보내어, 면담과 논문의 지도를 부탁드렸다. 요네타니 선생님은 직접 이야기를 나누어 본 적 없는 학생이었던 나에게 "여러 문제 의식을 가지고 한국어를 공부하고 있다니 든든하네요!"라는 내용의 답장을 바로 보내주셨다. 며칠 후, 나는 선생님의 연구실에서 한 시간 정도 면담 시간을 가졌다. 졸업논문 이야기부터 선생님이 좋아하시는 고양이 이야기까지 무척 다양한 이야기를 나누었다. 선생님의 지도로 작성한 졸업논문의 제목은 「식민지 상황에서의 '교류'와 조선인의 주체 ─ 김사량 작품에 나타난 '고독'과 '희망'植民地状況における「交流」と朝鮮人の主体 ─ 金史良作品の「孤独」と「希望」」이었다. 그러한 선생님과의 대화는 석사과정과 박사과정까지 계속 이어졌다.

한국어와 한국문학을 전공하기로 결심한 것도 그랬듯이, 요네타니 선생님께 지도를 받기로 한 결정 역시 직감적으로 내린 것이었다. 그런데 그 선택은 옳았다고 생각한다. 요네타니 선생님은 일본의 근대사상을 통해 일본의 아시아 인식을 비판적으로 조명하였고, 일본의 근대사상이 교착하고 연대하면서 아시아로 전파된 양상에 대해 연구하고 있었다. 그리고 요네타니 선생님은 홍종욱 선생님서울대, 도베 히데아키戸邊秀明 선생님도쿄경제대, 최진석崔真碩 선생님히로시마대 등 동료 연구자들과 함께 '식민지 / 근대 초극' 연구회'植民地 / 近代の超克' 研究会를 만들어 정기적으로 조선인 지식인의 평론을 번역하고 강독하면서, 일본의 근대사상이 식민지 조선의 지식인에게 어떤 영향을 미쳤는지를 연구하고 있었다. 석사과정에 들어간 후, 나도 그 연구회에 참가하여 조선 지식인의 평론을 번역하는 기회를 얻을 수 있었다. 연구회를 통해 미하라 요시아키三原芳秋 선생님도쿄대, 최태원崔泰源 선생님센슈대과도 이야기를 나눌 수 있었다. 연구회의 결과, 식민지 조선의 지식인 평론을 일본어로 번역한 후, 홍종욱 선생님, 도베 히데아키 선생님, 최진석 선생님과 함께 검토하여 도쿄외대 해외사정연구소 잡지 *Quadrante*에 해제와 함께 실을 수 있었다. 2016년에는 홍종욱 선생님이 주최하여 연구회 활동을 소개하는 심포지엄이 서울대학교에서 열렸고, 식민지 조선 지식인의 평론과 해제, 그리고 한국 연구자들의 논평이 실린 책이 한국에서 출판되었다.『식민지 지식인의 근대 초극론』, 식민지/근대초극 연구회 기획, 서울대학교출판문화원, 2017 식민지 지식인이 일본 사상을 수용하면서도 그것과 어긋나는 사상을 만들어 내는 양상과 연구회에서 공유한 여러 쟁점은 나중에 나의 연구에도 큰 영향을 미쳤다.

요네타니 선생님, 나카노 도시오中野敏男 선생님도쿄외대, 이와사키 미노루岩崎稔 선생님야마토대, 김부자金富子 선생님도쿄외대, 이효덕李孝德 선생님도쿄경제대, 하시모토 유이치橋本雄一 선생님도쿄외대 등의 대학원 수업을 통해 알게 된 여러 동료들과 대화하며 공부할 수 있었다. 특히 조은미曺恩美 님도쿄외대, 강원봉姜元鳳 님, 조기은趙基銀 님릿쿄대, 이유진李侑珍 님사이타마여자단기대, 전동원全東園 님, 조정열曺貞烈 님, 김은애金閏愛 님메이지학원대, 마키노 나미牧野波 님, 시미즈 미사토清水美里 님메이오대, 최혜린崔惠隣 님, 후루하시 아야古橋綾 님이와테대, 아이카와 타쿠야相川拓也 님도쿄대, 이이쿠라 에리이飯倉江里衣 님가나자와대, 야나가와 요스케柳川陽介 님사이타마대, 한승희韓昇熹 님도쿄외대, 기라 가나에吉良佳奈江 님번역가, 김설매金雪梅 님도쿄외대 등 도쿄외대 대학원 동료들은 경계에 놓여 있는 다양한 존재들, 즉 식민지 조선, 타이완, '만주국', 오키나와, 동

남아시아, 재일조선인의 역사나 문학에 관심을 가지고 있었다. 이들과의 대화를 통해 식민주의를 다양한 각도에서 검토할 수 있었다. 특히 요네타니 선생님의 지도 학생들과는 수업 시간의 강의실, 수업 후의 학생 식당, 학교 근처의 술집, 가끔은 누군가에 집에서 긴 시간 각자의 연구에 대한 이야기를 나누곤 했다. 또한 학생들끼리 연구 세미나를 열기도 했다.

이러한 연구 환경 속에서 나는 김사량을 비롯한 '일본어 작가'의 문학이 일본사회 및 문화의 영향을 받는 동시에 그 영향으로부터 어긋나면서 생성되는 양상에 관심을 가지게 되었다. '일본어 작가'라는 연구 대상을 비교적 이른 시기에 접했음에도 불구하고, 석사 과정에서는 연구 방법론을 찾는 데 어려움을 겪었다. 내가 일본인이라는 입장을 지나치게 의식하며 공부를 시작했기 때문인지, 김사량의 작품을 분석할 때도 오랫동안 김사량에 대한 일반적인 이해에서 벗어나기가 어려웠다. 해방 이후 작가 스스로 '자기비판'을 했던 것에서 알 수 있듯이, 식민지 작가들이 일본어로 창작했다는 사실은 1980년대까지 터부시되어 왔다. 김사량은 대표작 「빛 속으로」를 통해 일본사회에서 조선인이 느끼는 갈등을 그렸기 때문에, 다른 '일본어 작가'와 달리 '민족주의 작가'라는 잣대로 언급되는 경우가 많았다. 나 역시 '저항'적인 '일본어 작가'로서의 김사량에 대한 평가에서 벗어나야 한다고 생각하면서도, 결국은 그러한 평가를 전제로 김사량 작품을 접하였고, 결과적으로 작품에도 새롭게 접근하지 못했다.

이런 고민은 석사 수료할 때까지 이어졌다. 석사논문의 마지막 부분에서는 김사량의 일본어 작품과 같은 주제를 가진 조선어 작품의 비교를 통해 창작의 시행착오 과정을 분석해야 한다는 새로운 시각을 제안할 수 있었다. 다만, 그것을 논의할 수 있는 구체적인 연구 방법을 확립하는 데는 박사과정 진학 이후에도 고민이 계속되었다.

방황하다가 연구를 그만두고 싶다는 생각이 들 때도 있었지만, 그럴 때는 함께 연구했던 선배와 친구들, 아르바이트로 다녔던 재일본한국YMCA在日本韓国YMCA 직원 선생님들과 이야기를 나누면서 버틸 수 있었다. 도쿄의 스이도바시水道橋에 있는 재일본한국YMCA는 식민지시기에 조선인 유학생들이 창립하고 1919년 2·8독립선언을 발표한 곳으로 잘 알려져 있다. 재일본한국YMCA 직원 다즈케 가즈히사田附和久 선생님과 백선기白宣基 선생님이 도쿄외대 조선어전공 졸업생이었던 인연으로 나는 아르바이트의 기회를 얻었다. 지금2025년 9월 현재은 여러 사정으로 휴업 중이지만 2023년 3월까지 일본어 학교, 시민 대상 한국어 강좌, 가야금, 사물놀이, 한국무용 등을 배우는 '한국 전통 악기 무용 교실', 어린이 캠프 등 다양한 프로그램을 운영하였다. 2006년 이후에는 동예루살렘YMCAEast Jerusalem YMCA와 교류를 시작하여 팔레스타인에 관한 영화 상영회를 진행하거나 현지 프로그램에 참가자를 파견해 왔다. (나 역시 2009년 가을 한국어 공부를 시작한 계기와도 깊이 연관이 있는 팔레스타인에 직접 가는 기회를 얻을 수 있었다) 나는 석사과정부터 박사과정 2년 차까지 YMCA 사무실에서 아르바이트를 하였는데, 직원분들이나 YMCA를 찾아오는 사람들과 이야기를 나누면서 YMCA가 일본사회에서 한국인, 재일조선인, 일본 시민 간의 교류의 장을 제공하고 있다는 것을 알게 되었다. 무엇보다 석사논문 작성을 고민할 때, YMCA의 여러 선생님들이 늘 응원해 주신 것은 정말 감사한 일이었다. 또한 YMCA한국어 강좌에서 한국어 강사로 경험을 쌓은 것도 역시 나중에 대학에서 한국어 강의를 할 때 큰 도움이 되었다. YMCA에서의 경험은 무척 소중한 것이었다.

4. 매체 및 언어 연구와의 만남,
   연구자의 네트워크 형성 과정

　박사과정에 진학한 이후, 나는 한국과 일본의 여러 연구로부터 영향을 받으면서, 식민지 조선인 작가의 창작 언어와 발표 매체에 초점을 맞추어 연구를 시작하였다. 먼저, 한국에서 김사량을 비롯한 '일본어문학'을 어떻게 연구하는지에 대해 자세히 알기 위해 윤대석 선생님서울대의 『식민지 국민문학론』역락, 2006을 읽고 관련 연구를 조사하여 서평 논문을 발표했다. 이 작업을 통해 식민지시기의 문학을 둘러싼 연구를 정리할 수 있었고, 김사량을 비롯한 '일본어 작가'의 창작을 제국 일본의 파시즘 논리를 반복하면서 어긋나는 식민지의 '국민문학'으로 해석할 수 있다는 새로운 연구의 시각을 배울 수 있었다.

　또한, 내가 박사과정 학생이었던 2010년대에는 한국과 일본에서 검열 연구를 비롯하여 문학이 발표된 매체에 대한 연구가 활발히 진행되고 있었다. 예를 들어, 니혼대학日本大学의 고노 겐스케紅野謙介 선생님, 고영란高榮蘭 선생님, 서울대학교의 정근식 선생님, 성균관대학교의 한기형 선생님, 이혜령 선생님의 식민지 / 제국의 검열에 관한 공동연구 프로젝트도 그 중 하나였다. 나는 요네타니 선생님의 연구 모임을 통해 알게 된 고영란 선생님을 통해, 공동연구 프로젝트의 발표자 선생님의 논문 번역자로 참여했다. 또한, 식민지 조선의 문학 작품들이 일본어로 많이 번역 및 소개된 '조선붐'에 대한 연구와 일본 신문 및 잡지가 일본의 독자에게 아시아에 대한 관심 및 욕망을 일으켰던 양상을 분석한 "'제국'의 미디어'에 관한 연구는 나에게 많은 시사점을 주었다.

　나 역시 김사량이 작품을 발표한 잡지가 작가의 창작활동과 어떤 연관을 가지고 있는지 고찰하기 위해, 김사량이 동인으로 참가하여 많은 작품을 발표한 문예동인잡지『문예수도文藝首都』1933년 창간에 주목하였다.『문예수도』는 원래 일본의 문학자가 후배 신진 작가에게 작품을 발표할 공간을 제공하기 위하여 창간하였는데, 김사량을 비롯한 식민지 출신의 작가 역시 동인으로 활동하고 있었다. 1930~1940년대의『문예수도』를 소장하는 곳이 많지 않아,『문예수도』와 식민지 작가의 연관성에 대해서는 오랫동안 연구가 별로 없었다. 마침 요네타니 선생님의 대학원 수업에서 『문예수도』,『문학안내』,『문학평론』등 식민지 작가들이 많이 참여했던 일본 잡지에 대해 발표할 기회를 얻게 되어, 매일 도쿄 고마바駒場에 있는 일본근대문학관을 다니며 자료를 조사하였다. 귀중한 자료를 소장하고 있기 때문에 복사 비용이 1장에 100엔(!)이나 해서 경제적으로 무척 힘든 조사였지만, 동인 독자 모임에서 김사량 작품에 대한 평가를 처음으로 확인했던 것은 나의 연구에서 큰 발견이었다. 이 조사를 통해 일본 문단에서 신진 작가의 발굴을 위해 창간한『문예수도』가 식민지 작가의 교류 및 창작의 장場으로도 기능했음을 밝힐 수 있었다.

작가가 발표한 매체에 관한 조사와 연구를 이어가다 보니, 석사 과정부터 관심을 가졌던 '일본어 작가'의 이중언어 창작에 대한 연구 방법을 더욱 구체화할 수 있었다. 석사논문에서는 김사량의 일본어 작품 가운데 비슷한 내용을 가진 조선어 작품이 있다는 사실을 지적하는 데 머물렀다. 그런데 자세히 조사해 본 결과 그가 일본 문단에서 여러 작품을 발표했던 시기에 조선의 잡지에도 여러 작품장편소설 1편, 단편소설 2편, 평론 5편, 수필 3편, 기행문 2편을 발표하고 있었다는 것을 확인할 수 있었다. 특히 조선어 작품의 일부는 매우 비슷한 내용의 일본어 작품이 존재했다단편소설 2편, 수필 3편, 기행문 1편. '이중어 저작'의 존재는 김사량에게 일본어로 창작하는 행위와 조선어로 창작하는 행위가 불가분의 관계에 있었음을 보여준다. 먼저 발표된 조선어 작품과 나중에 발표된 일본어 작품을 비교해 보면, 일본어 작품에서 표현을 바꾸거나 가필한 부분을 확인할 수 있다. 일본어 작품에 나타난 표현의 차이나 가필의 내용을 살펴보면, 조선인 이주 노동자에 관한 서술이 뚜렷해지는 등 김사량이 점차 조선인 내부의 계층 차이나 '국민'으로부터 일탈한 존재에 관심을 가지게 되는 것을 알 수 있다. 김사량은 일본어와 조선어 두 가지 언어로 창작하면서 작가로서 문제의식을 점차 형성해 갔던 것이다.

처음에는 이와 같은 새로운 시도에 대해 자신이 많이 없었다. 하지만 박사과정 진학 이후에 일본근대문학회와 조선학회를 비롯한 일본 국내의 학회, 국제회의나 심포지엄 등 학교 밖에서 연구 성과를 발표하는 기회가 생기면서, 일본근대문학과 한국문학을 비롯해 중국문학, 타이완문학, '만주국'문학, 재일조선인문학 등 여러 전공의 연구자와의 대화를 통해 내가 진행하는 연구가 가지는 의미에 대해 조금씩 자신감을 가질 수 있었다.

학교 바깥에서 본격적으로 공부하게 된 계기로 와타나베 나오키渡辺直紀 선생님무사시대이 만드신 '인문평론 연구회'에 참가한 것을 들 수 있다. 연구회는『인문평론』,『삼천리』,『조광』을 비롯한 식민지 조선의 잡지를 공부하는 모임이었고, 오무라 마스오大村益夫 선생님와세다대, 하타노 세츠코 선생님, 세리카와 데쓰요芹川哲世 선생님쇼가쿠샤대, 마키세 아키코牧瀬曉子 선생님번역가, 야마다 요시코山田佳子 선생님니가타현립대, 심원섭沈元燮 선생님전 돗쿄대(獨協大), 구마키 쓰토무熊木勉 선생님천리대등 일본에서 오랫동안 한국문학을 연구하셨던 선생님들도 많이 참여하셨다. '대가' 선생님을 뵙는 터라 나는 연구회에 갈 때마다 무척 긴장을 하였지만, 연구회를 통해 일본에 체류하면서 공부하고 있던 권나영 선생님Duke University, 그리고 젊은 또래 연구자들도 알게 되었다. 연구회 참여로 알게 된 여러 선생님들과 함께 와타나베 선생님이 기획한 심포지엄에서 발표하는 기회도 있었다. 이광수의 따님이신 이정화 선생님께서 대학원생을 지원해 주셔서, 연구회 선생님들과 함께 북미 AASAssociation for Asian Studies에도 참여할 수 있었다. 역시 와타나베 선생님이 AAS 일정과 날짜를 맞추어 워크숍을 계획해 주셔서 그곳에서 한국과 북미 등 해외의 한국문학 연구자와도 교류할 수 있었다. '인문평론 연구회'의 네트워크를 통해 나의 연구에 대한 조언을 많이 얻으면서 공부를 이어갈 수 있었다.

박사과정 재학 중 도쿄외대에 시간강사로 오셨던 호테이 토시히로布袋敏博 선생님와세다대의 수업도 청강했다. 해방 후 김사량 문학에 관해 오랫동안 연구해 오셨던 호테이 선생님은 자료를 비롯하여 나의 연구에 대해 많은 조언과 도움을 주셨다. 김사량, 장혁주 등 '일본어 작가'를 오랫동안 연구해 오신 시라카와 유타카 선생님이 조선학회에서 뵐 때마다 나의 연구에 대해 논평해 주시고, 개선 방향을 조언을 해주신 것 역시 박사논문을 집필하는 데에 큰 도움이 되었다.

연구회나 학회 등에서 알게 된 또래 연구자들과 함께 공부할 기회도 늘어났다. '인문평론 연구회'나 조선학회 등을 통해서 김모란金牡蘭 선생님와세다대, 류충희柳忠熙 선생님후쿠오카대, 김경채金景彩 선생님게이오대, 민동엽閔東曄 선생님츠루문과대, 조수일 선생님한림대, 조은애 선생님동국대, 배상미 선생님고려대 등 또래의 한국문학 연구자들을 만날 수 있었고, 도쿄대 고마바에서 조선문학에 관한 공부모임을 가지거나 학회의 발표를 통해서 여러 이야기를 나누었다. 또한 도쿄외대에는 해외의 연구자가 1~2년 일본에서 체류할 수 있는 '외국인연구자' 제도가 있는데 요네타니 선생님의 도움과 지도를 받았던 차승기 선생님조선대, 신지영 선생님연세대, 윤여일 선생님경상대, 홍수경 선생님쓰다주쿠대, 장문석 선생님경희대과도 인연을 맺게 되었다. 이분 선생님들, 특히 신지영 선생님과 장문석 선생님과는 지금도 교류가 이어지고 있고, 발표나 번역 등을 통해 같이 공부하는 기회도 많이 가지고 있다.

나는 일본에서 대학원을 다녔기 때문에 박사과정 3년 차까지는 한국에서 연구 성과를 발표하는 기회가 없었지만, 앞서 언급한 학회, 연구회 등을 통해서 만들어진 네트워크를 통해 한국 연구자와도 만날 수 있게 되었다. 2013년 12월에 일본근대문학회에서 『문예수도』에 관한 발표를 했는데, 나중에 김재용 선생님원광대이 발표문을 재미있게 읽었다고 연락을 주셨다. 한국에서 학회 활동을 해 본 적이 없는 일본인 대학원생에게 일부러 연락을 주신 것도 많이 감사한 일이었지만, 그것이 계기가 되어서 나중에 김재용 선생님과 곽형덕 선생님명지대이 기획한 '김사량 문학과 동아시아' 국제 학술 회의에서도 발표하는 기회를 얻을 수 있었다. 또한 요시다 모리오吉田司雄 선생님고쿠가쿠인대과 유재진 선생님고려대의 공동연구일본학술진흥회(JSPS)와 한국연구재단(NRF) '양국간 교류사업 공동연구'에서 박진영 선생님성균관대의 발표문을 번역한 것이 계기가 되어, 박진영 선생님, 황호덕 선생님성균관대, 구인모 선생님연세대의 연구회 '동아시아 인문지식 포럼'에서 제출 직후의 박사논문에 대해 발표하는 기회를 얻었다. 긴 시간 한국 여러 연구자들로부터 다양한 의견을 들을 수 있던 좋은 경험이 되었다.

'재일본한국YMCA'를 통해 재일조선인 작가 강신자姜信子 선생님을 알게 된 것 역시 나의 연구에 큰 도움이 되었다. '재일본한국YMCA'는 식민지 지배 100년인 2010년에 〈연속 강좌 Cut'n'Mix 제3기 '한일합병' 100년〉을 개최하였다. 나도 운영위원으로 참여했는데 강의를 담당해 줄 강

사를 찾고 있었다. 나는 석사과정 시기에 방황할 때 이런저런 책을 읽었는데, 이때 재일조선인 정체성에 관한 글을 써온 강신자 선생님의 책도 많이 읽었다. 예전부터 선생님 작품을 즐겨 읽어온 것도 있어서, 연속 강좌의 강사를 부탁드렸는데, 그 일이 계기가 되어서 그 이후도 교류를 이어가고 있다. 2016년에는 강신자 선생님과 함께 서지영 선생님서울대의 『경성의 모던걸—소비 노동 젠더로 본 식민지 근대』여이연, 2013를 일본어로 번역하기도 하였다.서지영, 『경성의 모던걸(京城のモダンガール─消費·労働·女性から見た植民地近代)』, 강신자·다카하시 아즈사 공역, 미즈스서방, 2016 이 책을 번역하면서 식민지 조선에서 젠더에 따른 경험의 차이를 알게 되었고, 차이에 대한 발견은 식민지시기의 작품을 분석할 때 도움을 받았다.

많은 대화와 만남을 담아서 2018년도에는 박사논문「김사량의 이중어 문학 연구─식민지기의 조선어 / 일본어 창작을 중심으로(金史良の二言語文学研究─植民期の朝鮮語 / 日本語創作を中心に)」, 도쿄외대 박사논문, 2019.3을 제출할 수 있었다. 박사논문에서는 김사량이 『문예수도』의 동인으로 식민지 출신의 작가들과 교류하고 문제의식을 공유했다는 점, 그가 두 가지의 언어를 왕복하면서 창작했다는 점에 주목하여, 김사량이 시행착오를 통해 창작을 심화하였다는 점을 밝힐 수 있었다. 하지만 나의 연구가 '이중어 저작'에 초점을 맞춘 결과 일본어로만 쓰인 작품이나 조선어로만 쓰인 작품이 후경화되어 버린 것은 추후의 과제라 할 수 있다. 김사량이 조선어와 일본어로 동시에 창작했던 상황은 당대 식민지 조선의 작가 및 해방 후 재일조선인 작가들의 공통적인 점이다. 쓰인 언어와 발표된 매체를 함께 살펴보면서 김사량의 작품과 평론을 검토한 나의 연구 방법은 김사량 작품뿐 아니라, 식민지 조선 작가의 작품, 해방후 작품과는 어떻게 연결할 수 있는지, 앞으로도 여러 연구자와 대화하면서 연구를 확장해 보고 싶다.

5. 박사학위 취득 이후부터 현재까지 도쿄, 서울, 니가타

2019년 3월에 박사학위를 취득한 후, 여러 대학에 지원 서류를 제출하면서 본격적으로 취업 활동을 시작하였다. 여러 대학의 강의를 1주일에 10개 넘게 담당하기도 해서 연구 시간을 마련하지 못해 많이 답답했다. 물론 강의가 있는 것만으로도 감사한 일이지만, 강의와 취업 활동으로 공부를 하지 못하고 정신없이 지내야 했다. 이것은 지금도 일본의 젊은 연구자들이 놓여 있는 상황이라고 할 수 있을 것이다.

취업 활동도 잘 안되고, 강의 준비로 지쳐가는 상황. 지금 이대로는 안 되겠다 생각이 들어서 2019년에는 한국에서 박사후 연구원으로 공부할 기회를 알아보았다. 무엇보다 또래의 한국문학 연구자들이 한국에서 학위를 취득하거나 유학 경험을 가진 경우가 많았기에, 나도 한번은 한국에서 생활해 보고 싶다는 마음도 컸다. 북미 학술행사로 인사드렸던 최경희 선생님시카고대의 도움으로 '제4회 포니정 펠로우십'으로 다행히 선정이 되었고, 2020년 3월부터 1년 동안 고려대학교 민족문화연구원에서 연구하는 기회를 얻게 되었다. 그런데 내가 한국에 체류한 시기는 팬데믹 발발과 겹쳐 있었다. 매일 뉴스에서는 '사회적 거리두기'라는 말이 외쳐졌고, 나의 서울 생활은 아무도 만나지 못한 채 시작되었다.

하지만 지금 생각해 보면 서울 생활은 무척 재미있는 경험이었다. 우선 그동안 하지 못했던 공부를 할 수 있었던 것도 나에게 많이 행복한 일이었고, 한국 학술지에 논문을 싣기도 하였다. 고려대 민족문화연구원과 내가 살던 기숙사는 걸어서 3분 정도에 거리에 있었다. 점심 즈음 연구실에 나가서 공부를 하다가, 저녁 무렵 편의점이나 동네 분식점에서 음식을 사서 연구실로 돌아와 먹은 후, 다시 새벽까지 공부하는 생활이 3개월 정도 이어졌다. 내가 기숙사 방으로 돌아갈 때까지 다른 연구실의 불이 여전히 켜져 있는 것을 확인할 수 있었다. 나는 한국에서 대학원을 다니거나 취직한 적은 없지만, 젊은 연구자들이 매년 논문을 많이 발표해야 한다는 이야기는 들은 적이 있었다. 일본 박사후 연구자의 힘든 상황에서 벗어나려고 한국에 왔는데, 연구실들의 불빛들을 보면서 한국 젊은 연구자들이 마주하고 있는 현실을 상상하게 되었다.

'사회적 거리두기' 시기에도 한국 연구자들은 연구를 멈추지 않았고, 조금씩 새로운 교류를 만들어 갈 수 있었다. 권보드래 선생님고려대, 정병욱 선생님고려대, 이봉범 선생님성균관대, 한수영 선생님연세대의 강의에 참여할 수 있었다. 대부분이 비대면 수업이었지만 지금까지 직접 접하지 못했던 한국 근대문학이나 북한문학 전반, 그리고 김남천의 문학과 해방 공간의 문학 등에 대해 공부할 수 있는 소중한 기회였다. 한국의 대학원생이 된 기분으로 토론문이나 발표문을 작성한 것 역시 한국어로 글을 쓰는 데에 큰 도움이 되었다. 학교 수업 외에도 여러 공부 모임에 참여하는 기회도 생겼다. 내가 한국에서 처음으로 대면 공부 모임에 참여하게 된 것은 권보드래 선생님의 제자들이 중심이 된 일본어 세미나였다. 거기서 만나게 된 반재영 선생님고려대, 손진원 선생님고려대과는 선생님들이 박사 논문 조사를 위해 1년동안 일본에 체류하셨을 때 다시 뵙고 여러 연구 교류를 가지게 되었다. 그 선생님들을 비롯해 세미나에서 여러 젊은 연구자 선생님들과 이야기를 나눌 수 있었는데 박형진 선생님성균관대, 윤희상 선생님Stanford University은 내가 한국에서 논문을 쓸 때 한국어 교정을 해주셨다. 또한 당시 유학 중이었던 가게모토 츠요시影本剛 선생님리츠메이칸대이 기획한 '이기영 연구회', 이형식 선생님고려대의 재조일본인 연구회, 그리고 장문석 선생님, 이용범 선생님부산대, 유승환 선생님서울시립대, 송가배 선생님서울대, 조영추 선생님중산대과 함께 '비담론非談論의 동아시아' 공부 모임에도 참여하였다. 9월부터는 같은 포니정 펠로우십으로 선정된 Danny Kim 선생님CSU Fresno, Ilsoo Cho 선생님 Brandeis University도 오셔서 서로의 연구에 대한 이야기를 나누게 되었다. 홍종욱 선생님, 윤대석 선생님, 이경재 선생님숭실대, 황영미 선생님숙명여대, 정기인 선생님경희대, 조수일 선생님, 김욱 선생님서울대, 조은애 선생님, 정창훈 선생님동국대, 이한나 선생님충북대, 김동희 선생님고려대, 박영민 선생님고려대, 박헌호 선생님고려대과 만나면서 나누었던 대화도 기억한다. 특히 요네타니 선생님 수업에서 알게 된 차은정 선생님서울대께서는 서울 생활을 시작했을 때 생활면으로 많이 도와주셨다.

공부 모임이나 연구자와의 만남은 코로나 상황에 따라 확진자가 별로 없는 시기에는 대면으로, 상황이 좀 안 좋을 때는 비대면으로 진행되었다. 코로나 이전에는 충분히 느끼지 못했지만, 사람들 사이의 대화가 우리의 연구와 불가분의 역할을 해왔다고 실감할 수 있었다.

처음에는 한국에 있는 동안에 여러 지방에 가보려고 계획을 세웠다. 그런데 집 밖으로 나가는 것만으로도 위험하다고 여겨진 시기에 계획처럼 답사를 하는 것은 불가능했다. 2020년 가을 이후에는 서울을 벗어나 몇몇 지역으로 가는 기회가 조금씩 생겼다. 특히 장문석 선생님의 안내 덕분에 경상북도 안동의 이육사문학관, 강원도 삼척의 화전민 마을너와마을, 강원도 홍천군 두촌면의 김시명의 송덕비를 구경할 수 있었다. 이육사의 고향이자 시의 배경인 안동, 김사량이 화전민의 삶을 조사하기 위해 찾아갔던 홍천군, 김사량의 형 김시명의 흔적을 답사한 것은 한국문학을 공부하는 나에게 소중한 경험이 되었다. 홍종욱 선생님과 장문석 선생님과는 서울 누상동 윤동주 하숙집 터와 인왕산 수성동 계곡, 김남천이 입소하였던 충정로 경성대화숙京城大和塾 터도 답사하였다. 정종현 선생님인하대의 안내로 홍종욱 선생님과 장문석 선생님, 고려대에 체류 중이셨던 오타 오사무太田修 선생님도시샤대과 함께 인천의 차이나타운, 수도국산 달동네 박물관, 한국이민사박물관 등을 답사한 것 역시 기억난다.

2020년 하반기가 되자 비대면 학술 행사도 많아졌다. 나도 한 달에 한 번씩은 발표자나 토론자로 학술 행사에 참여하는 기회가 생겨서 조금씩 바빠졌다. 이종호 선생님고려대이 기획한 임화연구회2020.10, 연세대학교 국학연구원과 도쿄대학 동양문화연구소가 공동으로 준비한 화가 도미야마 다에코富山妙子 심포지엄2021.3 등 흥미로운 학술 행사에 참여하여 발표할 수 있었다. 특히 가장 인상 깊었던 것은 '동아시아 인문지식 포럼'2021.2 및 신지영 선생님, 조은애 선생님, 정한나 선생님연세대과 함께 기획한 '교차하는 한국학의 장소들'2021.2에서 발표한 경험이었다. 한국에서 공부하면서 여러 작가의 작품에 접하게 되니, 식민지 작가, 특히 일본의 독자를 대상으로 한 '일본어 작품'에서 조선인 여성들이 어떻게 그려지는가에 대해 연구해 보고 싶어졌다. 이 연구 주제는 지금도 진행 중인데 '동아시아 인문지식 포럼'에서 첫 단계의 발표를 하였다. 비대면 모임에도 불구하고 긴 시간 박진영 선생님, 서동주 선생님서울대, 구인모 선생님을 비롯하여 여러 선생님들께서 많은 코멘트와 비판을 해주셨는데, 지금 내가 진행하는 연구 프로젝트의 시작점이 되었다. 또한 신지영 선생님이 주도적으로 기획한 '교차하는 한국학의 장소들'은 비슷한 시기에 박사논문을 제출한 연구자 세 명이 모여 서로의 논문을 읽고 의견을 나누는 라운드테이블 형식으로 진행되었다. 식민지시기 일본 유학생의 교류와 활동, 재일조선인 작가의 문학적 실천, 식민지시기 '일본어 작가'의 이중언어 창작 등 기존의 '한국문학' 개념으로 충분히 포착하지 못한 시기와 대상을 공부하는 연구자들이 함께 이야기를 나누면서, 각자 연구의 공통점과 차이점을 발견할 수 있었다. 이 경험을 통해 나는 새로운 시좌에서 그동안의 연구를 다시 생각하고, 다른 연구와 연결할 가능성도 발견할 수 있었다. 한국에 오기 전까지 내가 진행하는 연구가 '한국문학', 즉 한국의 '국문학'과 어긋난 것만 같았고, 한국의 연구들과 연결할 수 있을지 자신이 없었다. 하지만 이 라운드테이블을 통해 새로운 연구의 가능성을 실감할 수 있었다.

'사회적 거리두기' 속에 홀로 시작한 나의 한국 생활은 여러 만남과 경험과 함께 마무리할 수 있었다. 무엇보다 이방인으로 한국에서 외국어인 한국어로만 생활한 경험은, 앞으로 식민지 작가들이 이방인으로 일본에서 생활했던 경험을 상상하는 데에도 큰 도움이 될 것이라 생각한다.

일본에 귀국한 후 2021년 4월부터 일본학술진흥회 특별연구원JSPS Research Fellow으로 히토쓰바시대학 대학원 언어사회연구과에서 공부하기 시작했다. 이전만큼 많지는 않았지만 강의도 몇 강좌를 담당하면서 다시 일본에서 연구 생활을 시작하였다. 다만 한국과 비교하면 당시 일본에서는 학술 행사가 많이 재개되지는 않은 상황이었다. 히토쓰바시대학에서는 호시나 히로노부星名宏修 선생님의 지도를 받으면서 식민지 조선 및 제국 일본에서의 중국문학 및 타이완문학의 출판 상황 등에 대한 조사를 진행할 수 있었지만 한국의 여러 공부모임이 생각나서 한국 생활이 많이 그리워졌다.

일본에서도 대면 행사가 조금씩 늘어나던 2022년 10월, 나는 니가타현립대학新潟県立大学에 임용이 되어서 도쿄를 떠나서 니가타 생활을 시작했다. 니가타는 쌀과 생선이 맛있는 풍요로운 지역으로 유명하다. 하타노 세츠코 선생님, 야마다 요시코 선생님, 후지이시 타카요藤石貴代 선생님니가타대 등 한국문학 연구자도 많고, 번역가 사이토 마리코齋藤眞理子 선생님의 고향으로 한국문학과 관련된 사람들이 많이 모여 있는 지역 중에 하나이다. 지리적으로도 한국, 중국, 러시아와 가까우며, 니가타현립대학에는 러시아어, 중국어, 한국어를 전공하는 '러중한露中韓 코스'가 있다. 나는 러중한 코스에 소속되어 한국어와 한국문학을 강의하고 있다.

1년의 서울 생활로 수많은 문화 충격을 겪어서 니가타로 이사해도 바로 적응할 것이라고 생각하였다. 하지만 날씨는 항상 흐렸고, 눈 때문에 외출을 포기해야만 하는 상황도 있었다. 버스는 예상 시간에 따라 도착하지 않는 경우도 있었고, 자동차로 15분 거리가 대중교통으로 1시간이 걸리기도 하였다. 니가타의 생활은 상상했던 것보다 도쿄와의 차이가 커서 처음에는 많이 당황했다. 11월의 어느 날. 출장 때문에 당일치기로 니가타에서 도쿄를 다녀온 기억은 지금도 생생하다. 그날 아침 니가타는 폭우가 오고 기온이 낮아서 패딩 외투를 입고 집을 나섰는데, 도쿄에 도착하니 날씨는 포근했고 사람들의 옷차림도 가벼웠다. 도쿄역 앞 마루노우치의 고층 빌딩을 바라보면서 도시와 지방의 차이를 실감하였다. 동시에 지금까지 도시에서 생활하여 일본 내부의 생활과 환경 차이에 대해 생각하지 않았던 나 자신에게 놀라기도 했다. 생활과 환경의 차이에 대한 상상력은 식민지 조선과 제국 일본을 함께 연구하는 데에도 꼭 필요한 것임에도 불구하고 말이다. 도시가 아닌 니가타에서는 앞으로 어떠한 연구와 사고가 가능할 것인가. 앞으로 니가타의 학생들, 그리고 연구자들과 함께 공부하면서 생각해 보고 싶다.

"왜 한국어를 공부하게 되었어요?"
"왜 한국문학을 연구하게 되었어요?"

지금까지 위 질문에서 시작해서 내가 한국어 및 한국문학을 공부해 왔던 경과를 정리해 봤다. 학교에서 가르치고 학회에서 활동하면서, 학생이나 연구자들을 처음 만날 때에는 지금도 이 질문에서부터 대화를 시작하는 일이 많다. 이제 한국어를 공부하는 것에 대해서는 설명하기가 많이 쉬워졌고 많은 사람들이 쉽게 받아들인다. 하지만 한국문학을 연구한다는 것에 대해서는 아직도 '왜', '일부러'라는 뉘앙스가 여전히 남아 있다고 생각한다.

이제 일본에 한국문학이 많이 번역되었고, 니가타 시내의 도서관과 동네의 작은 책방에서도 한국문학 책을 찾을 수가 있다. 한국문학 수업에서 학생들에게 한국문학을 읽어본 적이 있는지 물어보면, 현대 소설이나 수필을 읽은 적이 있다는 학생도 몇 명 있을 정도이다. 하지만 한국 근대문학에 대해 같은 질문을 해보면 읽은 적이 있다고 대답하는 학생은 드물다.

지금 대학에서 한국어를 공부하려고 하는 학생들은 '한국어를 공부하여 한국 드라마나 영화를 자막 없이 감상해 보고 싶다', '한국 사람들과 한국어로 소통해 보고 싶다'처럼 명확한 목적을 가지고 공부를 시작하는 경우가 많다. 내가 한국어 공부를 시작한 2000년대 초반과 달리 다양한 한국어 콘텐츠를 활용할 수 있으니, 그 목적들은 더욱 빨리 달성할 수 있을 것이다.

하지만 외국어를 공부한다는 것은 예상치도 못했던 만남을 경험하게 될 계기가 될 수 있다. 한국 드라마나 영화를 보다가 식민지시기의 풍경을 만나거나, 좋아하는 연예인을 통해 한국 근대문학을 접하거나 한일 역사 인식의 차이를 알게 될 수도 있다. 또한 '한국' 및 '조선'을 염두에 두면서 일본사회를 살펴보면 재일조선인의 존재와 그들이 겪었던 차별 문제를 깨닫게 될 수도 있을 것이다. 그때 학생들이 느끼게 되는 의문을 푸는 방법이 바로 식민지 역사를 공부하는 것이고 한국 근대문학을 공부하는 것이라고 생각한다. '지금, 이 순간', 일본에서 식민지 역사와 한국 근대문학을 공부하고 가르치는 것은 예상치 못했던 만남의 기회를 제공하게 될 것이다. 예상치 못했던 만남은 일본의 학생이나 시민이 한국인이나 재일조선인과 만나서 소통할 때 더욱 깊이 있는 교류를 만들어줄 것이다.

나는 지금까지 한국어와 한국문학을 통해 예상하지 못한 만남을 겪어왔다. 그리고 이제부터는 새로운 만남의 기회를 제공하기 위해 노력해 보고 싶다. 앞으로도 한국현대문학으로 시야를 넓히면서 한국 근대문학에 관한 연구와 강의를 계속하고 싶다. 특히 한국 근대문학에 대한 일본 독자의 관심을 일으키기 위해서 아직 일본어로 소개되지 않은 수많은 근대문학 작품들을 번역하는 일이 중요하다고 생각한다. 이 글을 준비하는 사이에 하타노 세츠코 선생님께서 이인직의 『혈의 누』 일본어 번역서광문사, 2024를 보내주셨다. 이 책에는 일본 독자의 이해를 돕기 위해 선생님이 집필한 자세한 해설이 함께 수록되어 있다. 지금 생각해 보면 여러 선생님의 번역 작업 덕분에 학부생이었던 나도 도쿄외대 도서관에서 한국 근대문학을 만날 수 있었다. 내가 대학에 입학한 2002년과 비교할 때, 식민주의나 한국 근대문학에 대한 관심은 아주 높아졌다고 할 수는 없지만, 언젠가 나타날 독자와 연구자를 위해 이전 세대 선생님들처럼 나 역시 한국 근대문학을 번역하는 작업을 해보려고 한다. 김사량을 비롯한 '일본어 작가'의 작품집 역시 대부분 절판된 상태로 쉽게 읽을 수 없는 상황이며, 재일조선인문학 역시 대표적인 작가의 작품을 제외하고는 접하기가 어렵다. 한국 근대문학 작품과 재일조선인 작가의 작품을 정리하여 일본의 대학생이나 시민들이 쉽게 접할 수 있도록 책을 만드는 것 역시 나의 목표 중의 하나다.

나의 연구와 번역이 일본에서 식민지시기의 역사를 공부하는 것과 한국 근대문학을 읽는 것에 대한 '왜', '일부러'라는 의문을 조금이라도 풀고, 다양한 만남을 만들어 내기를 희망한다.

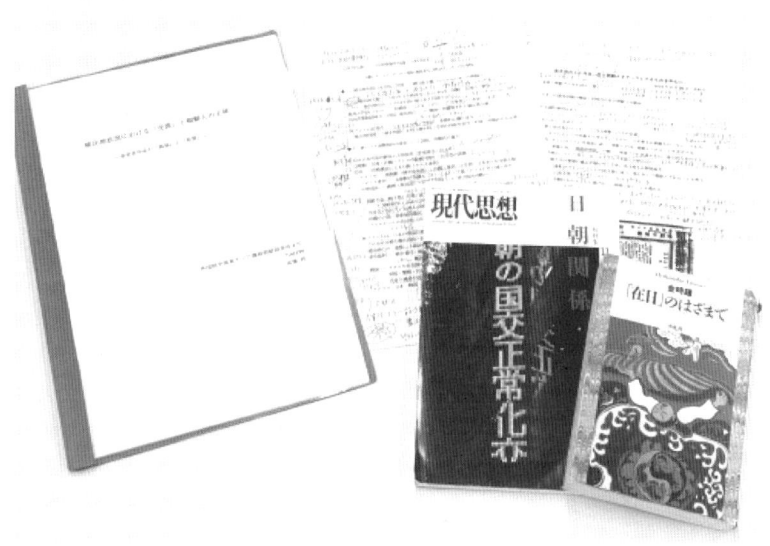

〈그림 2〉 요네타니 선생님과 도노무라 선생님의 수업 자료,
대학교 1학년 무렵에 접했던 책들, 그리고 졸업논문

〈그림 3〉
김사량 「빛 속으로」의 무대인
오시아게(押上)에 있는
도쿄제국대학 세틀먼트 기념비

〈그림 4〉 2017년 6월 17일, 와세다대학에서 강연을 마친 오무라 선생님,
그리고 장문석 선생님과 함께 찍은 사진

〈그림 5〉
김사량 『빛 속으로』 초판본,
니가타현립대학에 임용이
되었을 때, 요네타니 선생님께서
선물해준 그림

다카하시 아즈사高橋梓

일본 나가노현長野에서 태어나 도쿄에서 성장. 도쿄외대東京外国語大学 외국어학부 동아시아과정 조선어전공. 도쿄외대 대학원 석사 및 박사과정 수료. 도쿄외대 대학원 종합국제학연구과 박사학위 취득. (2019년 3월) 고려대학교 민족문화연구원 연구교수. 일본학술진흥회 특별연구원JSPS Research Fellow. 현재 니가타현립대학新潟県立大学 국제지역학부 조교수Lecturer. 매체와 언어라는 조건에 유의하며 식민지 조선인 작가들이 쓴 조선어 및 일본어 작품을 다시 읽는 작업 중.

주요저작(출간순)

논문

「김사량의 이중어 문학 연구-식민지시기의 조선어 / 일본어 창작을 중심으로」, 도쿄외대 박사논문, 2019.

「이동과 창작언어로부터 본 김사량 문학의 생성-일본과 중국으로의 이동 경험을 중심으로」, 『구보학보』 24, 구보학회, 2020.

「지성에서 평화로-김기림 문학의 일본어 번역과 전망」, 『인문논총』 77(2), 서울대 인문학연구원, 2020.

「김사량의 번역과 일본어 창작에 나타난 '방언'에 관한 고찰」, 『동방학지』 191, 연세대 국학연구원, 2020.

「도미야마 다에코가 만난 김지하-방한 르포르타주와 시화집 『심야』(1976)를 중심으로」, 『동방학지』 198, 연세대 국학연구원, 2022.

「김사량과 여성-중일전쟁기 일본어 소설을 중심으로」, 『상허학보』 68, 상허학회, 2023.

공역

서지영, 강진자·다카하시 아즈사 공역, 『京城のモダンガール-消費·労働·女性から見た植民地近代』, 미즈즈서방, 2016.

저서

『김사량-식민지출신 작가의 이중언어 문학』, 박사논문 단행본 출판 준비 중.

한국어에 살다

쓰지노 유키|辻野裕紀

나는 언어학을 전공하는 한국학 연구자이다. 그러나 고등학교 시절에는 이과를 선택하며 의사가 되고 싶었다. 학부 시절에는 철학과 현대사상에도 관심을 두고 프랑스어를 전공했다. 현재는 언어학자로 활동하면서 문학 관련 글도 쓰고 있으며, 철학, 현대사상, 사회학, 인류학, 의학 등에 대한 관심도 지속적으로 가지고 있다. 최근에는 정신의학, 심리학, 웰빙 등에 관한 책을 많이 읽는다. 이렇듯 나의 관심사는 항상 확산되는 경향이 있어 '연구자'라고 자칭하기에는 다소 망설여진다. 연구자는 하나의 학문 영역에 전념해야 한다는 일반적인 이미지 때문이다. 그러나 예방의학자 이시카와 요시키는 "학문의 세계는 50세까지 5개 정도의 분야를 종횡하기를 원하는 시대가 되었고 한두 개만으로는 부족하다. 5개 정도를 전문으로 해야 비로소 자신의 독창성이 보이게 된다"고 말했다.『풀 라이프』, NEWS PICKS PUBLISHING, 2020 나는 이러한 말에 용기를 얻어 매일 다동적多動的으로 활동하고 있다.

한국어를 처음 접한 것은 초등학교 6학년 때였다. 초등학교 생활이 지루해 늘 '지금-여기hic et nunc'에서 벗어나고 싶었다. 그래서 언제나 책을 읽고 세계지도를 보며 NHK 어학강좌에서 여러 외국어를 공부하고 있었다. 나는 서적과 외국어를 〈도피의 장치〉라고 주장해 왔으며, 이는 나의 경험을 바탕으로 두고 있다. '지금-여기'에 만족하는 사람에게는 책과 외국어가 필요 없겠지만, '지금-여기'가 지루하고 괴로운 사람에게는 독서나 외국어 학습이 일종의 '도피처'로 기능한다. 나에게 NHK 어학강좌에서 한국어를 접하는 것도 하나의 현실 도피였다. 물론 초등학생 시절의 공부는 그리 진지하지 않았고, 오히려 놀이의 연장선 같은 기분 전환이었다.

중학생이 되면서 외국과 외국어에 대한 관심이 더욱 커졌고, 문화인류학자가 되고 싶다는 생각을 하게 되었다. 그 당시에는 언어 자체를 연구 대상으로 삼겠다는 생각은 없었고, '지금-여기'가 아닌 머나먼 외국 문화를 연구하는 학자가 되고 싶다는 막연한 생각을 갖고 있었다. 한편 의학이나 수학에도 관심이 있어 고등학교는 이과로 진학했다. 이과에서 문과로 바꾸기는 쉬워도 그 반대는 어렵기 때문이다.

고등학교에 들어가면서 철학과 현대사상에 대한 동경도 싹트기 시작했다. 동시에 언어학이라는 학문에도 매력을 느끼게 되어 배우고 싶은 분야가 더 많아졌다. 여러 우여곡절 끝에 언어학을 전문으로 하기로 결심하고 도쿄외대에서 프랑스어를 전공하게 되었다. 프랑스어를 선택한 이유는 이 언어가 언어학을 깊이 이해하는 데 필수적인 도구일 뿐 아니라, 현대사상의 전문서적도 원서로 읽어 보고 싶었기 때문이다. 구체적으로 어떤 언어를 연구 대상으로 삼을지는 입학 후에 결정하면 된다고 생각했다.

그러나 막상 불어학과에 들어가니 나의 상상과는 다른 풍경이 펼쳐졌다. 주변에는 프랑스어나 언어학보다는 프랑스의 패션이나 예술에 관심을 가진 학생들이 많았고, 프랑스라는 나라 자체를 동경하는 학생들도 많았다. 한 마디로 내 관심 방향과 다른 학생들이 대부분이라는 인상을 받았다. 입학 당시 이미 프랑스어에 능통한 프랑스어권 출신 귀국자녀도 있어 적잖은 열등감을 느끼기도 했다. 여학생이 압도적으로 많았고, 모두 패션 감각이 뛰어나며 동갑인데도 다들 너무 세련되게 보였다. 교수님들도 멋져서 그들의 옷차림만 봐도 프랑스어를 가르치는 선생님이라는 것을 한눈에 알 수 있었다. 지방에서 상경한 나는 그런 분위기에 잘 적응하지 못해 불어학과는 내가 있을 공간이 아닌 것처럼 느껴졌다. 물론 프랑스어 공부는 나름 열심히 했고, 학교 축제 때는 프랑스어 연극에도 출연하며 꽤 즐거운 학창 시절을 보낼 수 있었지만, 그렇다고 해도 프랑스어를 전문으로 하겠다는 마음은 생기지 않았다.

앞서 말했듯이, 나는 프랑스어 전문가가 되기 위해 불어학과에 입학한 것은 아니었다. 프랑스어 외에도 중국어, 러시아어, 인도네시아어, 산스크리트어 등 다양한 언어를 배우며 외국어 학습에 몰두했는데, 그 중에서도 가장 지적인 흥미를 느꼈던 언어는 한국어였다. 한국어는 초등학교 시절부터 익숙했지만 대학생이 되어 더욱 더 자세히 배우면서 한일 양 언어의 절묘한 차이를 알게 되었고, 한일 대조언어학적인 측면에도 관심이 생겼다. 또한 방언, 중세한국어, 한국어의 기원과 같은 문제들에 대해서도 낭만과 매혹을 느꼈다. 여러 언어를 배우면서 일본어 모어화자가 진정으로 심도 있게 접근할 수 있는 언어는 세계의 수많은 언어 중 한국어가 거의 유일하지 않을까 하는 생각도 하게 되었다. 이왕이면 국제적으로도 일선에서 활약할 수 있는 연구자가 되고 싶다는 마음이 있었는데, 일본어 모어화자에게 일본어 외에 그 가능성이 있는 언어는 한국어뿐이라는 생각에 한국어를 전문 분야로 삼기로 결심하고, 한국어학과 노마 히데키 교수님의 연구실을 찾았다. 이는 학부 1학년 말 무렵이었다.

노마 교수님은 엄격하기로 소문난 분이셨지만 내 경력을 흥미롭게 봐주신 덕에 나는 학부 2학년부터 노마 교수님의 '한국어학개론'을 수강하게 되었고, 3학년부터는 대학원 세미나에도 참석하게 되었다. 대학원 세미나에서는 수강생의 3분의 2 정도가 한국에서 온 유학생이었고, 발표와 질의응답 모두 한국어 사용이 의무화되어 있었다. 때로는 교수님들의 호통이 오가는 일촉즉발의 준엄峻嚴한 분위기 속에서 한국어 실력과 학문적 예절을 단련할 수 있었다. 한편, 나는 여전히 불어학과 소속이었기 때문에 프랑스어 관련 강의도 열심히 수강했다. 지금 돌이켜 보면 당시에는 주변 학생들보다 몇 배나 더 많이 공부했던 것 같다. 졸업논문은 현대 한국어의 문법론에 대해 썼지만 여기저기 관심 분야가 자주 바뀌는 변덕스러운 나는 졸업논문 서론을 쓰는 단계에서 이미 관심의 대상이 한국어의 방언으로 옮겨 가고 있었다. 그래서 대학원은 도쿄대학교에 진학해 한국어사·방언학의 태두泰斗인 후쿠이 레이 교수님 밑에서 연구를 계속하게 되었다. 대학원에서는 서울대에서 객원교수로 와 있었던 이현희 교수님, 김성규 교수님 등 한국의 국어학 석학들의 강의를 들을 수 있는 기회도 얻었다.

석사과정에서는 주로 중세한국어를 공부하면서 음성학, 음운론, 악센트론에 관한 강의도 들었다. 또한 유구어, 아이누어, 만주어, 몽골어 등을 독학으로 배우고, 한국의 역사나 문학 관련 책도 적극적으로 읽었다. 한국어밖에 모르는 '한국어 오타쿠'가 되기는 싫었기 때문이다. 석사논문에서는 대구방언의 악센트를 다루었는데 그 성과는 다음과 같은 학회지의 논문으로도 결실을 맺었다.

辻野裕紀(2008),「韓国語大邱方言における名詞のアクセント体系」,『朝鮮学報』209, 朝鮮学会.

辻野裕紀(2010a),「일본어 동경방언과 한국어 대구방언의 음조에 대한 악센트론적 고찰-악센트체계와 출현빈도」, 유형론,『일본학보』84, 한국일본학회.

辻野裕紀(2010b),「韓国語大邱方言における名詞のアクセントと分節音の関係」,『朝鮮語研究』4, 朝鮮語研究会.

辻野裕紀(2014b),「アクセント体系の〈計量的非対称性〉をめぐって-中期朝鮮語と朝鮮語大邱方言を対象に」,『言語科学』49, 九州大学大学院言語文化研究院言語研究会.

박사과정에서도 계속해서 한국어학을 중심으로 관심의 폭을 넓혀 갔다. 박사과정 1년 차 중반에 한국의 성신여자대학교에서 전임강사로 오지 않겠냐는 제의가 들어와, 박사과정 2년 차부터 도쿄대학교 대학원 박사과정에 재학하면서 성신여대에서 강의를 맡게 되었다. 성신여대에서는 일본어와 일본어 고전 문법, 언어학 등의 강의를 모두 한국어로 진행했기 때문에 그 만큼 한국어 실력도 크게 향상되었다. 언어학자로서 자신의 모어인 일본어를 한 발짝 떨어져 바라보는 것도 매우 흥미롭고 자극적인 경험이었다. 잠시라도 틈만 나면 서점에 가서 언어학 이외의 책도 많이 읽으며 인문학적 지식도 쌓았다. 좋은 근무 환경 덕분에 서울에서 알찬 3년을 보낼 수 있었다. 당시 나는 아직 20대였고, 마치 유학 같은 교직 생활을 하고 있었다.

이후 박사학위 취득 전에 운 좋게도 규슈대학교에 부임하게 되어 한국어와 언어학, 언어사상론 등을 강의하게 되었다. 전임교수로 근무하면서 박사학위 논문을 집필하는 것은 매우 힘들었지만 2014년 도쿄대학교에서 박사학위를 취득했다. 제목은 「한국어〈n삽입〉고-음운론과 형태론」으로, 한국어의 'n삽입현상'을 음운론과 형태론의 양 측면에서 실증적으로 고찰한 논고이다. 그 내용의 일부는 다음 학회지의 논문에도 반영되어 있다.

辻野裕紀(2012),「現代朝鮮語の〈n挿入〉をめぐって−形態論的条件と語種論的条件を中心に」,『外国語教育研究』15, 外国語教育学会.

辻野裕紀(2013),「言語形式の自立性と音韻現象−現代朝鮮語の〈n挿入〉を対象として」,『朝鮮学報』229, 朝鮮学会.

辻野裕紀(2014a),「現代朝鮮語の〈n挿入〉に関する一考察−発生論と機能論」,『韓国朝鮮文化研究』13, 東京大学大学院人文社会系研究科韓国朝鮮文化研究室.

辻野裕紀(2014c),「現代朝鮮語における〈n挿入〉の実現実態について(1)−若年層ソウル方言話者を対象に」,『朝鮮学報』232, 朝鮮学会.

辻野裕紀(2016),「現代朝鮮語における〈n挿入〉の実現実態について(2)−若年層ソウル方言話者を対象に」,『朝鮮学報』240, 朝鮮学会.

辻野裕紀(2017),「現代朝鮮語の形態音韻論的現象に見られる共時的変異について」,『音声研究』21-2, 日本音声学会.

2021년에는 그동안 집필해 온 한국어 형태음운론 관련 논문을 재구성하여 『형태와 형태가 만날 때−현대한국어의 형태음운론적 연구』규슈대학교 출판회, 원문은 일본어임를 상재上梓했다.

이처럼 좁은 의미의 전문 분야는 한국어 형태음운론이지만 역사언어학, 한일 대조언어학, 사회언어학, 언어교육론, 번역론, 언어사상론, 문학론 등에 관한 연구도 발표하고 있다. 학술지뿐만 아니라 일반 서적을 출간하거나 웹 연재를 전개하는 등 학계 외부를 향한 지知의 발신도 활발히 진행 중이다.

森平雅彦・辻野裕紀・波潟剛・元兼正浩編(2022),『日韓の交流と共生−多様性の過去・現在・未來』, 九州大學出版會.

溫又柔・深沢潮・辻野裕紀(2023),『あいだからせかいをみる』,生活綴方出版部.

辻野裕紀(2023~2024),『歴史言語學が解き明かす韓國語の謎』,白水社「web ふらんす」https://webfrance.hakusuisha.co.jp/categories/1032

辻野裕紀(2023~2024),『母語でないことばで書く人びと』,朝日出版社「あさ ひてらす」https://webzine.asahipress.com/categories/1033

'모어가 아닌 언어로 쓰는 사람들'은 줌파 라히리, 아고타 크리스토프, 이윤 리 등 이른바 '이민작가'라 불리는 작가들에 대한 평론으로, 내 전문 인 언어학이나 한국학을 크게 뛰어넘는 시도이다. 언어론과 문학의 연결 은 최근 나의 큰 관심사이기에 앞으로 더 깊이 연찬을 쌓을 생각이다.

사회활동으로는 집필 외에도 작가, 시인, 영화감독, 사진작가, 변호사, 의사, 교수, 신문기자, 방송기자, 미술관 학예원 등을 초청한 강연회나 대 담을 활발히 기획하고 운영하며 나 자신도 대학, 서점, 영화관 등에서의 강연, 대담, 토크쇼 등에 자주 등단하고 있다.

후쿠오카에서 운명한 윤동주 시인을 둘러싼 여러 활동도 나의 중요한 일 중 하나이다. 규슈대학교에서 한국어를 가르친 지 올해로 14년째인 데, 후쿠오카에서 한국어 교육에 종사하는 사람이라면 누구나 윤동주 시 인에게 관심을 갖기 마련이다. 윤동주 시인에 대해 배우고 가르치는 것에 대해 나는 강한 당위성과 사명감을 느낀다.

현재는 규슈대학교 한국어 교육의 중심적인 역할을 담당하고 있으며, 대학원생들의 언어학 및 언어교육학에 관한 연구지도와 더불어 규슈대 학교 한국연구센터 부센터장을 맡아 규슈 지역의 한국학 연구 활성화에 힘을 쏟고 있다.

이렇게 고첨顧瞻해 보면 관심사에 일관성이 없는 나에게 초등학생 때부터 지금까지 꾸준히 관심을 가져온 대상은 한국어뿐일지도 모른다. 그만큼 한국어는 매력적인 언어라고 할 수 있겠다. 특히 일본어를 모어로 사용하는 사람들에게 한국어의 묘미는 각별하다. 왜냐하면 한국어는 일본어와 닮은 듯 다른 언어이기 때문이다. 한국어의 체시諦視가 모어인 일본어에 대한 깊은 이해로 연결되며, 그 반대의 경우도 마찬가지다. 이러한 한일 양 언어 사이를 오가는 배움의 과정이 매우 재미있다. 유럽의 언어는 일본어와 전혀 다르다는 전제와 선입견 때문에 일본어와 대비하려는 관점이 생기기 어렵지만, 한국어는 일본어와 유사해서 비교하고 싶어진다. 그리고 비슷한 만큼 처음에는 배우기 쉽지만, 더 깊이 탐구하다 보면 사실 꽤 다르다는 것을 알게 된다. 비슷하다고 생각하면 다른 점에 봉착逢着하고, 다르다고 생각하면 비슷한 점을 조우遭遇하게 된다. 이러한 '의외성의 연속'이 흥미롭고 그 모든 발견이 연구 대상이 될 수 있다. 일본어를 모르는 한국어 학자들이 알아차리지 못하는 재미있는 문제들이 한국어에는 많이 있다. 이것은 일본어권 한국어 연구자가 누릴 수 있는 특권이라고 할 수 있을 것이다.

한국어의 학습과 연구는 한국어 그 자체에 내재된 정교한 구조를 일본어와 비교하면서 이해하고 그 속에 숨겨진 깊은 세계를 내 것으로 만드는 과정이다. 이는 우리가 사고와 감성의 기반으로 하는 일본어를 상대화시켜 준다. 한국어를 통해 원환적으로 회귀한 일본어는 더 이상 원래의 모습이 아니다. 한국어로 세계를 구분하는 방식이 신체화身體化됨으로써 일본어는 자명성을 상실하고 재정립된다. 그 과정은 우리 자신을 '새로운 나'로 탈바꿈시키는 영위라 하겠다. '일본어 하나를 근거지로 삼았던 나'에서 '일본어와 한국어가 상호 침투적으로 뒤섞인 곳을 근거지로 삼는

나'로의 도약이 이루어지는 것이다. 이 도약이 가져다주는 향락享樂은 이루 헤아릴 수 없을 만큼 크다. 외국어 연구의 본질은 외국어를 아는 것뿐만 아니라 모어와의 재해후再邂逅라는 측면에도 있으며, 한국어는 일본어 모어화자에게 있어 이를 경험할 수 있는 최적의 언어이다. 내가 생각하는 한국어의 재미에 대해서는 다음 논고도 참고해 주시기 바란다.

辻野裕紀(2022), 韓国語 日本語人を「言語学者」にする言語, 『群像』 2022年3月号, 講談社.

그리고 한국어 습득의 끝에는 한국문학이라는 고혹적蠱惑的인 샘이 준비되어 있다. 김소월, 윤동주와 같은 식민지시대의 시부터 군부독재 시대의 참여문학, 2010년대 이후의 페미니즘문학, 퀴어문학에 이르기까지 읽을 만한 텍스트는 방대하다. 특히 최근 한국문학은 격차 문제, 성차별, 고령화 등 일본에서도 통하는 주제를 다루고 있어 일본어권 사람들에게 공감empathy뿐만 아니라 동감sympathy이 가능한 작품군도 늘고 있다. 이는 한일 양국의 사회적 상황이 점진적으로 가까워지고 있다는 증좌證左이기도 하다. 예를 들어, 가부장적 가치관과 여성혐오가 불러일으키는 여성들의 고뇌는 한일 공통의 숙아宿痾이며 페미니즘문학이 일본의 많은 여성들에게 받아들여진 것은 당연한 귀결이라 할 수 있다. 또한 상실의 비애와 통초痛楚를 묘사하는 '세월호 이후 문학'으로 불리는 작품군도 일본어권의 '진재후문학'과 상통되는 부분이 있으며, 이를 읽고 이해함으로써 상실이 가져오는 애통이라는 보편적인 문제를 숙사熟思하는 계기가 될 것이다.

한국과 일본은 이제 쌍생아와 같은 관계로 서로를 거울삼아 절차탁마해야 하는 존재이다. 그러나 문학 작품으로 표상表象되는 다양한 모티프는 한국이 결코 '남의 나라'가 아님을 깨닫게 해 준다. 이럴 때 나는 한국어를 읽을 수 있다는 사실에 진심으로 행복함을 느낀다.

　나는 한국어를 통해 언어학 지식을 얻었고 인문학적 소양도 폭넓게 쌓았다. 나의 지知와 한국어는 떼어놓을 수 없는 관계이다. 또한 한국어를 하지 못했더라면 만날 수 없었을 지인들도 적지 않다. 한국어는 내 삶에 다채로운 빛깔을 덧씌워 줬고 그 덕분에 인생이 더없이 풍요로워졌다. 이제 한국어가 없는 생활은 내 인생이 아니다. 그런 의미에서 한국어는 호불호의 차원을 넘어 내 신체의 일부가 되었다고 할 수 있다. 에밀 시오랑은 "사람은 국가에 사는 것이 아니라 언어에 산다"고 갈파했는데 나는 일본어에 살면서 동시에 한국어에도 살고 있다. 나에게 한국어는 나의 지정의知情意를 키워 준 또 하나의 '집'이다.

쓰지노 유키辻野裕紀

1983년 일본 아이치현 나고야시 출생. 규슈대학교 대학원 언어문화연구원 부교수. 동 대학 지구사회통합과학부 부교수. 동 대학 한국연구센터 부센터장. 도쿄외대 외국어학부 불어학과 졸업. 도쿄대학교 대학원 인문사회계연구과 박사과정 수료. 박사. (문학) 성신여자대학교 인문과학대학 전임강사를 거쳐 현직.

주요저작(출간순)

『형태와 형태가 만날 때─현대한국어의 형태음운론적 연구』, 규슈대학출판부, 2021.
『한일의 교류와 공생─다양성의 과거·현재·미래』(역), 규슈대학출판회, 2022.

암호를 풀어 나가듯이

나의 한국학 여정

아이카와 타쿠야相川拓也

---

1. 한국어를 만나다 1999년, 고후

내가 한국에 대해 처음으로 의식하게 된 계기는 어느 TV프로그램이었다. 1990년대 말 폭발적인 유행을 끌었던 그 프로그램은 〈나가라! 전파소년進め! 電波少年〉이라는 제목의 리얼 버라이어티로, 최저한의 설비만 비치된 작은 자취방에 감금된 젊은 개그맨이 경품 응모로 당첨된 상품만으로 생활하는 기획이 인기를 끌었다. 1999년부터 그 기획이 한국에서 실시되면서 나는 그 프로그램을 통해 한국과 한국어에 대한 관심을 품기 시작했다. 그 '경품 생활' 한국편의 방송 첫 회에서 화면에 나타난 '안녕하세요?'라는 한글 자막이 나와 한국어와의 첫 만남이었다. 참고로, 현재 관점에서는 여러 측면에서 문제적인 그 기획에 참가했던 개그맨 나스비는 지금 배우로도 활동하는 연예인이며, 2023년에는 그의 인생을 다룬 다큐멘터리 영화 〈The Contestant〉가 제작되기도 했다.

나는 한글이라는, 그때까지 제대로 보지도 못했던 신기하게 생긴 문자에 곧바로 매료됐다. 초등학교 6학년 마지막 학기를 보내던 나는 서점이나 도서관에서 한국어 교과서를 찾아 독학을 시작했다. 나의 고향인 지방

도시 고후甲府에도 재일한국인이 운영하는 한국어 교실이 있었을 터이지만, 그때 나는 한국어를 비밀스러운 취미로 간직하고 싶었던 듯하다. 그래서 한국어 학습은 용돈의 범위 내에서 가능한 방법인 교과서나 라디오를 통해 독학으로 하게 됐다. 나는 한국어 학습에 몰두하여 한글을 다 익힌 뒤, 일본어와 매우 유사한 문법에도 흥미를 느끼게 되었다. 중학교에 들어가 국어 수업에서 일본어 문법을 배우게 되었는데, 그때야 비로소 관형형의 의미를 알게 됐다. 현대 일본어는 '冬は寒い 겨울은 춥다'와 '寒い冬추운 겨울'처럼 용언의 관형형과 종결형이 똑같은 형태이기 때문에 문법이라는 분석틀이 없었던 어린 나에게는 그 차이를 이해할 수가 없었다. 문법을 접하기 이전에 '춥다 겨울'과 같은 엉뚱한 구절을 만들었던 기억이 지금도 남아 있는데, 그 암호와도 같은 언어의 세계를 모자란 지식으로 암중모색하면서 나아간 것이 나의 한국어에 대한 원천적인 체험이다.

내가 한국어를 배우기 시작한 1999년은 일본에서 한류 붐이 일어나기 전이었기 때문에 한국에 관한 정보를 얻을 수 있는 수단은 한정적이었다. 그럼에도 불구하고 그 무렵 우리 집에 인터넷이 개통된 것은 나에게 큰 도움이 됐다. 당시 아버지가 사용하던 맥 컴퓨터는 때마침 다언어를 표준으로 지원하는 Mac OS 8.5로 업그레이드돼 있었다. 나는 그 맥을 통해 한국의 웹사이트를 검색하고 여러 사이트의 글을 종이에 인쇄하여 읽기 시작했다. 당시 어학 능력으로는 거의 단어 하나하나를 사전에서 찾아야 했기 때문에 읽을 수 있는 분량이 많지 않았지만, '진정한 한국어'를 갈망하던 나에게 인터넷에서 얻은 '실물'들은 좋은 공부거리가 되었다.

그러던 중 알게 된 것이 작가 이상이었다. 이상이라는 작가가 있다는 사실은 어느 교과서의 컬럼을 통해 이미 알고 있었지만, 그 전위적인 작품들이 어떤 것인지에 대해서는 전혀 몰랐다. 내가 이상의 텍스트를 처음

보게 된 것은 어느 이상의 애호가가 만든 홈페이지를 통해서였다. 그 홈페이지는 이상 작품의 원문을 거의 다 게재하고 있었고, 그곳에서 나는 이상의 「오감도」를 발견했다. 뭔가 신비로운 텍스트를 대하듯이 읽어 나갔던 기억이 난다. 당시 나는 고등학생이었고 콕토, 릴케, 보들레르와 같은 문학에 이끌려 애써 읽고 이해하고자 했던 시기였다. 그래서 이상의 작품들은 매우 흥미로웠고, 혼자 공부해 온 한국어 실력을 비밀리에 시험해 볼 수 있다는 쾌락까지 느낄 수 있었다. 「오감도」에는 당시 내가 갖고 있던 사전으로는 찾을 수 없는 말이나 표현도 많았지만, 그럼에도 불구하고 나름의 일본어 번역을 시도해 보기도 했다. 지금 생각해 보면 그때 만든 번역에는 굉장히 많은 오역이나 오류가 포함돼 있었을 것이지만, 아무튼 그것이 내가 처음으로 접한 한국문학 작품이었다. 그 시작부터 나의 한국어 공부는 '암호 풀기'식이었고, 이상문학이라는 또 다른 암호를 이때 이렇게 발견한 셈이다.

2. 학부 시절 2005~2009년, 도쿄외대

2005년에 나는 도쿄외대에 입학했다. 대학의 조선어 전공 과정에서 지금까지 독학으로만 배워 온 한국어를 정식적으로 학습할 첫 기회를 얻게 되었다. 입학 전에 이미 6년 정도 한국어를 학습했지만 대학의 어학 수업을 통해 언어에 대한 이해가 훨씬 확실해질 수 있었다. 그뿐만 아니라 전공으로 제공된 수업들은 지적인 자극을 주기에 부족함이 없었다. 특히 이효석의 「메밀꽃 필 무렵」 원문을 활용한 수업은 이상에 대한 관심을 계속 가지고 있던 나에게 특별한 의미가 있었다. 너무 늦게나마 이와나미

쇼텐岩波書店에서 이미 오래전에 간행된 『조선 단편소설선』초판 1984년에서 조 쇼키치長璋吉, 1941~1988의 번역으로 「메밀꽃 필 무렵」과 함께 이상의 『날개』가 수록돼 있다는 사실을 알게 된 것도 그 수업 덕분이었다. 다른 수업에서는 안확의 『조선문법』을 강독하거나 교과서포럼이 출간한 『대안교과서 한국 근·현대사』를 통해 역사서술의 문제를 접할 수 있었던 것 또한 좋은 경험이었다.

내가 재학했던 당시 도쿄외대에는 문학 분야 전임교수가 없었기 때문에 문학 관련 강의는 타 대학에서 출강하신 교수님들이 담당하셨다. 그 시기에는 와세다대에서 오신 호테이 도시히로布袋敏博 선생님과 니가타현립대에서 오신 하타노 세쓰코波田野節子 선생님이 강의를 맡아 근대문학사의 핵심적인 작가와 작품에 대해 원문 자료를 바탕으로 강의해 주셨다. 내가 강의를 들었던 2006년 경에는 헤이본사平凡社에서 '조선근대문학선집' 기획의 제1기가 진행 중이었고, 두 분은 그 선집의 간행위원을 활동하고 계셨다. 그때 간행된 이광수의 『무정』이나 강경애의 『인간문제』를 가지고 강의를 해 주셨던 덕분에 일본에서의 한국문학 연구와 번역의 최전선을 접할 수 있었던 셈이다.

학부 시절에 두 선생님에게서 배운 것 중 하나는 원문 자료를 직접 보는 일의 중요성이다. 두 선생님 모두 강의에서 식민지시기 신문, 잡지, 단행본 등 원문 자료를 복사로 제공해 주셨고, 나는 몇 번이고 복제를 거듭했을 법한 그 자료들로부터 풍겨지는 일종의 아우라에 매혹됐다. 너무나 감각적인 표현일 수 있지만, 작가들이 살았던 시대에 제작된 활자의 흔적들은 그 시대에 대한 실감 있는 상상을 가능하게 해 준다. 근대문학은 활판인쇄라는 대량 복제 기술이 만든 예술이다. 근대문학의 텍스트는 그 자체로는 잉크로 종이 위에 복제된 활자의 흔적에 불과하다. 도착적인 생각일 수 있지만, 활판인쇄의 시대를 경험하지 않은 나에게 그런 활자의 흔적은 충분이 '아우라'라고 일컬어질 수 있는 진정성을 발휘하는 것처럼 보였다. 2006년 당시에는 영인본이나 축쇄판이었지만, 지금은 전자자료로 바뀌었음에도 불구하고 원문 자료를 보며 느꼈던 그 감각은 현재까지 내가 문학 텍스트를 대할 때의 기쁨이자 착상의 원천이다.

　나는 강의를 통해 도쿄외대 도서관에 원문 자료가 많이 소장돼 있다는 사실을 알게 되었다. 이상에 관한 주제로 졸업논문을 쓰기로 정한 나는 도서관의 사람들의 발길도 뜸한 서고의 집밀서가를 다니며 영인본을 중심으로 이상과 관련한 원문 텍스트를 복사해 나갔다. 학부 1학년 때 처음으로 한국을 여행했을 때 김윤식이 엮은 문학사상사판 『이상문학전집』을 구입해 두었는데, 도쿄외대 도서관에서 발견한 그 영인 자료들은 전집으로 정리된 이상 텍스트의 근원에 접할 수 있는 듯한 느낌을 주었다. 그 감각이 주는 조용한 흥분과 함께, 나는 이상의 사신私信을 중심으로 그의 도쿄 체험을 검토한 졸업논문을 완성했다. 당시 나는 경성에서 도쿄로 옮아간 이상에게 지방 도시 출신으로 도쿄 교외에서 자취했던 자신의 생활을 약간 나이브하게 투영했었다. 생활 능력의 부족으로 인해 상당히 가난하게 살았던 것도 작용했을 것이다. 논의의 완성도를 따지면 너무나 부끄럽지만, 모종의 열정이 담긴 문장들은 무서움을 모르는 젊은 시절이 아니면 쓸 수 없는 것이었을지 모른다. 어쨌든 내가 이상 텍스트에 그렇게까지 몰입할 수 있었던 큰 이유는 영인본으로 입수한 원문 자료가 가지고 있는 어떤 마력 때문이었을 것이라 생각한다.

앞호를 풀어 나가듯이

3. 대학원 시절 2009~2015년, 도쿄외대에서 도쿄대로

2009년에 도쿄외대를 졸업한 나는 같은 대학원에서 계속 공부를 이어 갔다. 내가 진학을 결정한 가장 큰 이유는 학부 졸업논문만으로는 이상문학이 내게 내놓은 '암호'를 충분히 풀 수 없었다고 생각했기 때문이다. 나는 석사과정에서 젠더비평과 같은 새로운 영역을 만나게 됐고, 석사논문에서는 이상의 후기 소설에 나타난 연애와 남성성에 관한 문제를 연구하기로 했다. 「지주회시」, 「날개」, 「실화」를 주된 분석 대상으로 삼은 그 논문을 집필하는 과정에서 나는 이상문학의 '암호'를 풀 수 있는 단서 정도는 잡을 수 있었다고 생각한다. 그 성과의 일부는 석사과정 졸업 후에 「이상 「날개」에 나타난 남녀관계와 도시 공간－식민지의 모던이라는 경험을 둘러싸고李箱「翼」における男女關係と都市空間－植民地のモダンという經驗をめぐって」『朝鮮學報』228, 朝鮮學會, 2013라는 논문으로 정리했다. 이상문학, 적어도 그의 소설은 더 이상 뜻을 알 수 없는 '암호'가 아니었으며, 1930년대 조선에서의 삶에 관한 어떠한 감각을 전달하는 텍스트로 이해할 수 있게 됐다. 그 삶의 감각 식민지와 모더니즘이 교착하는 세계에서 살아가는 일이 어떤 역사적 경험이었는가라는 물음이 석사과정에서 공부를 진행시키면서 또 다른 '암호'로 자리잡게 됐다.

그 문제에 대한 탐구는 2012년에 도쿄대학교 종합문화연구과 박사과정에 진학하면서 계속됐다. 박사과정을 수료하기까지 학술대회나 심포지엄에서 발표를 하고, 학술지에 논문을 게재하며 공저에 참여하는 등 학술적 경험을 쌓을 수 있었던 것은 더없는 큰 행운이었다. 박사과정에서 공부하면서 나의 관심은 점차 확장되어 경성이라는 식민지도시의 역사적 경험을 포착한 작가 박태원이 중요한 연구 대상으로 떠올랐다. 도쿄대 고모리 요이치小森陽一 선생님에게 배운 문학 텍스트에 대한 세밀한 분석과 독해는 박태원의 텍스트를 해석하는 데 큰 도움이 됐다고 생각한다. 문학 텍스트에 대한 미시적인 분석과 해석 방법은 어떻게 보면 고풍스러울 수 있지만, 박태원의 텍스트는 단어 하나하나에 매달린 풍부한 맥락과 조사, 어미를 통해 전달되는 세밀한 뉘앙스를 활용한 것이라 분석할 때마다 놀라움의 연속이었다. 같은 학과의 쓰키아시 다쓰히코月脚達彦 선생님과 미쓰이 다카시三ツ井崇 선생님은 나를 일본의 한국사 학계에 연결해 주셨고, 수업을 통해 중요한 깨달음을 주셨다. 특히 식민지 근대성이라는 분석 틀에 대해 깊이 있는 공부를 할 수 있었고, 문학을 읽는 시각을 확장하는 데 큰 도움이 되었다.

대학원생이 되면서 무사시대학교의 와타나베 나오키渡邊直紀 선생님이 주최하시는 연구모임인 '인문평론연구회'에 본격적으로 참가하게 됐다. 그 연구회는 근현대 잡지 자료를 원문으로 검토하는 모임으로, 내가 대학원에서 공부했던 시기에는 『삼천리』, 『국민문학』, 『신시대』, 『조광』 등 식민지 후기부터 말기까지 등장한 핵심적인 잡지들을 읽었다. 현직 교수, 일본에 와 있는 방문 연구자, 대학원생 등이 함께하는 연구회에서는 매번 활발한 논의가 진행되었고, 그 자리에서 읽고 이야기한 것들이 나의 연구 폭을 넓히는 데 중요한 역할을 했다. 거의 1930년대 모더니즘에 관심이 국한되어 있었던 내가 1940년대를 연구 대상으로 삼게 된 계기가 바로 이 연구회였다. 덕분에 나는 식민지시기 조선문학과 일본어 창작에 관한 국제 공동 연구에도 참여하게 되었고, 많은 중요한 배움을 얻었다. 1940년대 '국민문학'의 시대에 본격적으로 일본어 창작에 나선 이효석이나 정인택과 같은 작가들이 새로 관심의 대상으로 부상했다. 스스로 공부를 진행하면서 식민지시기 일본어 작품들이 이미 총서大村益夫·布袋敏博 編, 『近代朝

鮮文學日本語作品集』, 綠蔭書房, 2001~2008로 집성되어 있다는 사실을 알게 되었고, '거인의 어깨'의 높이와 넓이를 새삼 실감하기도 했다.

그 공동 연구와 관련하여 내가 진행한 연구 중 하나는 이상의 일문 노트 해독 작업이다. 이상이 일본어로 쓴 글들이 담긴 노트가 1960년에 발굴되었고, 1980년대에 걸쳐 그 글들이 한국어로 번역되어 소개되었다는 사실은 널리 알려져 있지만, 그 노트에 적힌 일본어 원문은 단지 사진판으로만 유통되었을 뿐 활자화된 적이 없었다. 나는 '일본어 창작'이라는 주제와 자신의 연구 영역을 연결하여 이상의 일문 노트 해독과 그 의미에 대해 고찰하는 것을 과제로 삼았다. 이 주제에 대해 두 번의 연구 발표를 거쳐 그 성과는 「이상의 언어횡단—성천 관련 글과 일본어 초고의 문제를 중심으로」 『상허학보』 43, 상허학회, 2015라는 논문으로 일단의 결실을 맺었다. 이 논문은 내가 한국어로 발표한 첫 논문이었으며, 자료 제시나 논의의 엄밀성과 포괄성 등 여러 면에서 부족한 점이 많았다. 앞으로 기회가 있을 때마다 이를 보완하고 이상문학의 새로운 측면을 조명하는 데 기여할 수 있기를 바란다.

4. 유학 시절 2015~2017년, 성균관대

나는 도쿄대에서 박사과정을 수료한 후, 2015년부터 2년 동안 성균관대 동아시아학과 박사과정에서 공부했다. 처음에는 연구원 신분으로 유학할 계획이었으나, 성균관대에서 지도교수를 맡아 주신 이혜령 선생님의 권장으로 박사과정에 정식으로 입학하게 되었다. 결과적으로, 이는 옳은 선택이었다고 생각한다. 성균관대에서의 밀도 높은 수업들은 그만큼 부담도 컸지만 한국문학이라는 연구 대상에 대한 일종의 '감'을 주는 귀중한 기회였다. 수업 외에도 연구 모임이나 세미나가 활발하게 진행되어 내가 그 모든 것을 흡수할 수 있었는지는 확신하지 못하지만, 성대에서 보낸 시간은 그 이전에는 없던 충실한 시간이었음은 분명하다. 내 연구 주제와 관련해서는, 검열이라는 연구 과제를 통해 식민지시기에 생산된 텍스트들의 존재방식에 대한 새로운 인식을 얻게 된 것이 가장 중요했다. 특히, 『미친 자의 칼 아래서－식민지 검열 관련 신문기사 자료』2권, 소명출판, 2017나 『식민지 문역－검열 / 이중출판시장 / 피식민자의 문장』성균관대학교 출판부, 2019과 같은 성과를 준비 중이셨던 한기형 선생님이 주신 가르침이나 영감은 지금도 여전히 신선한 문제의식으로 남아 있다.

한국에 체류하는 동안 몇몇 학회에 참가하고 다양한 세대의 탁월한 연구자들과 교류할 수 있었다. 학술대회에서의 발표나 투고논문 심사평을 통해 부족한 부분이나 정리되지 못한 부분을 지적해 주신 선생님들께는 그저 감사할 따름이다. 이혜령 선생님은 나의 미완의 초고를 여러 번 읽어 주셨고 그때마다 날카로운 지적과 힌트를 주셨다. 특히 평범하고 상투적이기 쉬운 나의 분석이나 독해를 한 차원 더 높은 곳으로 이끌어 주시는 감각을 이혜령 선생님과의 대화에서 여러 번 느꼈다. 선생님이 가지고 계신 해박한 지식과 그것들을 연결하는 풍부한 아이디어, 그리고 매력적인 문체는 언제나 존경과 동경의 대상이다.

성대에서 공부하면서 집필한 논문 중 가장 애착이 가는 것이 「경성 골목의 세월－박태원 「골목안」의 삶과 시대」『구보학보』 14, 구보학회, 2016이다. 박태원이 1939년에 발표한 소설 「골목안」은 유학하기 전부터 주목했던 작품이었는데, 작품이 쓰여진 서울에서 실제로 시간과 계절을 보낸 경험이 이 논문에서 '시간'을 핵심 개념으로 하여 논의를 구축하는 것으로 결실

됐다. 미비한 점도 많았던 논문이었지만, 이 논문이 계기가 되어 구보학회 학술대회에서 기획된 「골목안」에 대한 '심층토론'에도 참여하게 됐다. 토론에서는 두서없는 말만 한 것 같지만, 그 자리에서 함께한 황지영 선생님과 안용희 선생님, 사회를 맡으신 권은 선생님, 그리고 대화록을 정리하신 임미주 선생님 덕분에 그 기획 이름에 못지않은 글로 간행될 수 있었다.「구보 텍스트 심층 읽기4─구보학회 심층토론 「골목 안」」, 『구보학보』 15, 구보학회, 2016

서울에서의 생활은 정말로 많은 것을 나에게 가르쳐 주었다. 비록 사는 공간이 비좁은 고시원 방이었지만, 그곳은 혜화였고 「골목안」에서 살짝 언급되는 창경궁이 코앞인 장소였다. 서울 사대문 안을 거처로 하여 돌아다니는 나날을 보내면서 생긴 장소 감각은 한국문학 텍스트를 실감있게 이해하는 데 큰 도움이 되었다. 서울에 있는 동안 몇 번 기획된 행사나 답사를 통해 이상, 윤동주, 이광수, 이태준, 한용운과 같은 문학자들의 연고지를 직접 볼 수 있는 행운을 누리기도 했다. 일일이 열거할 수 없을 만큼 많은 사람들의 도움으로 나의 유학 생활은 상상했던 것보다 훨씬 뜻깊은 것이 되었다. 수업, 스터디, 학회 등을 통해 현재 각지에서 활약 중인 동년배 학형·학우들을 많이 만나게 된 것도 나의 소중한 재산이다. 나는 서울에서 20대의 마지막 시간을 보냈고, 그것은 말 그대로 나의 청춘을 마무리하기 위한 최고의 형식이었다.

5. 학위 취득, 그 이후

2017년에 유학을 마친 나는 몇 년 동안의 침체를 겪은 후 2022년에 겨우 박사논문을 제출할 수 있었다. 제목은 「조선의 식민지 근대 경험과

모더니즘문학의 언어―이상·박태원·정인택문학 텍스트 분석朝鮮の植民地
近代經驗とモダニズム文學の言語―李箱, 朴泰遠, 鄭人澤の文學テクスト分析 도쿄대 박사논문, 2022

이며, 이 논문은 제목에 언급된 세 작가의 작품들을 세밀하게 읽는 작업을 통해 식민지 근대라는 역사적 경험이 문학의 언어, 특히 모더니즘문학의 양식과 어떻게 결부되어 표현되었는지를 다루고 있다. 박사논문을 정리하면서 논의 전체를 통괄하는 개념으로 부상한 것이 바로 '언어'였다. 되돌아보자면, 애초에 나에게 낯선 '암호'였던 한국어가 이 시점에서 모더니즘문학이라는 모습으로 다시 내 앞에 나타난 것이라고 할 수 있을 것이다. 그러나 이 또 다른 '암호', 특히 식민지시기 조선의 모더니즘문학이라는 과제에 대해 충분히 해명했다고는 아직 할 수 없을 것 같다. 내가 박사논문에서 내린 현시점에서의 결론은, 경성이라는 식민지도시에서 경험된 혼돈으로서의 식민지 근대가 모더니즘문학이라는 언어적 형식을 요청했으며, 식민지 후반기의 소설들에서 그 언어적·형식적 모색의 흔적을 발견할 수 있다는 것이다. 또한, 이러한 모색은 일본어로 쓰인 '국민문학'이라는 난제를 두고도 잠재적으로 살아남았다는 점을 강조하고 싶다. 나의 미흡한 논문이 이 거창한 결론을 논증해 냈는지는 분명하지 않지만 연구자로서 나의 다음 과제는 박사논문을 보완하고 정리하여 좀 더 읽을 만한 연구서로 출간하는 일이라고 생각하고 있다. 가능하다면 그 성과를 한국어로도 발표할 기회가 있으면 좋겠다.

현재 나는 도쿄대 출신 학과에서 조교assistant professor로 재직하면서 한국문학 연구와 강의를 하고 있다. 박사 학위 치득 후에 한국문학 개론 류의 강의를 담당하게 되면서, 근대부터 현대까지 이어지는 한국문학의 흐름을 다시 공부할 필요성을 느끼게 되었다. 이 과정에서 1920년대부터 연속적으로 전개해온 한국문학의 여러 풍경들, 식민지배가 끝난 직후의

〈그림 1·2〉 도쿄외대 도서관에 있는 밀집서가들

문학과 문화 재건, 분단, 전쟁, 독재, 고도성장, 민주화 등 급격한 변화 속에서 문학이란 형식의 언어가 어떻게 표현되어 왔는지에 대한 거대하고 새삼스러운 질문들이 떠오르기 시작했다. 박사논문을 쓴 지 그렇게 오래되지 않았고 후속 작업도 제대로 진행하지 못하고 있는 상황에서, 연구자로서는 나는 이제 막 출발한 것에 불과하다. 앞으로도 셀 수 없을 정도로

〈그림 3〉 도쿄외대 캠퍼스
〈그림 4〉 2015년, 후쿠오카대학에서. 저자는 오른쪽에서 두 번째 (촬영 : 고은미)

수많은 '암호'들이 나를 기다리고 있을 것이다. 그 '암호'를 하나하나 풀어 나가듯, 지극히 천천히나마 한국학이라는 넓고 풍요로운 영역을 개척해 나가고 싶다. 앞세대 선생님들이 구축한 거인의 어깨 위에서 보이는 풍경이 과연 어떠한 것인지 기대된다.

아이카와 타쿠야相川拓也

1987년 야마나시山梨 현 고후甲府 출생. 도쿄대학교 대학원 종합문화연구과 박사과정 졸업. 박사(학술). 성균관대학교 대학원 동아시아학과 박사과정 수료. 현재 도쿄대학교 대학원 종합문화연구과 조교assistant professor.

주요저작(출간순)

저서

『朴泰遠を讀む―「植民地で生きること」と朝鮮の近代経験』, 風響社, 2021.

공저

김재용·윤영실 편, 『한국 근대문학과 동아시아 1―일본』, 소명출판, 2017.

오가타 요시히로·후루하시 아야 편, 『韓國學ハンマダン』, 岩波書店, 2022.

나는 왜 한국문학 연구자가 되려고 하나

1

주최	인하대학교 한국학연구소
일시	2022년 11월 22일, 16:30~18:00
장소	인하대학교 정석학술정보관 6층 대회의실
참석자	오무라 마스오 전 와세다대학 명예교수, 최원식 인하대학교 명예교수, 심원섭 통역, 전 도쿄대학 교수
정리	윤미란 인하대학교 한국학연구소 연구교수
감수	심원섭 전 도쿄대학 교수

[*] 오무라 마스오(大村益夫, 1933~2023) 선생님은 2007년 봄, 인하대 대학원에서 초빙교수로 인하대와 인연을 맺으신 이래 인하대 구성원들에게 깊은 관심과 격려를 보내주셨습니다. 선생님께서는 마지막으로 한국땅을 밟고 싶다시며 지난 2022년 11월 내한을 계획하셨을 때도 인하대 방문을 일정에 넣으셨고 이에 선생님의 뜻을 받들고자 인하대 한국학연구소 주최로 본 대담이 기획되었습니다. 선생님께서는 "아직 한국문학 연구자가 되지 못하였습니다"라고 하시며 행사의 주제를 "나는 왜 한국문학 연구자가 되었는가"에서 "나는 왜 한국문학 연구자가 되려고 하나"로 바꾸어 달라고 요청하셨습니다. 지난 대담의 내용을 기록하여 남김으로써 오무라 마스오 선생님의 타계를 애도하며 선생님의 가르침을 되새기고 이어가고자 합니다.

[**] 이 특별대담은 2022년 대한민국 교육부와 한국연구재단의 지원을 받아 수행된 연구임. (NRF-과제번호)(NRF-2022S1A5C2A02092184)

사회자 오무라 마스오大村益夫 선생님께서는 일본 와세다대학 정치경제학부를 거쳐 도쿄도립대학대학원에서 중국문학을 전공하셨고 와세다대학 어학교육연구소에서 한국어와 한국문학을 가르치셨습니다. 현재 와세다대학 명예교수이십니다. 최원식 선생님께서는 서울대에서 문학박사학위를 받으시고 인하대 한국어문학과에서 한국현대문학을 가르치셨습니다. 현재는 인하대 한국어문학과의 명예교수이십니다. 두 분 모두 일본인으로서 혹은 한국인으로서 한국문학 연구에 매진하신 분들이시고 저희에게는 너무나 소중한 분들이신데 오늘 두 분의 특별대담을 열게 되어서 무척 기쁩니다. 오늘 1시간여 정도 예정되어 있습니다. 흥미로운 주제들로 재미있는 대담을 부탁드리겠습니다. 그럼 마이크를 최원식 선생님께 넘기겠습니다.

최원식 먼저 오무라 마스오 선생의 용재상 수상을 축하드립니다. 덕분에 인하대에서 이렇게 다시 뵐 수 있게 되어서 기쁩니다. 또 그 덕분에 우리 임학성 소장을 비롯한 인하대 동료들을 다시 만나게 되어서 더욱 좋습니다.

최원식(인하대 명예교수)

오늘 저는 미리 말씀드렸지만 세 가지를 여쭤보려고 합니다. 첫째는 오무라 선생의 스승이신 다케우치 요시미竹内好, 둘째는 오늘 마침 윤동주 시인의 조카 윤인석 선생까지 오셔서 더욱 뜻깊은데, 윤동주, 셋째는 김학철, 이렇

412

	게 세 분에 대해서 말씀 듣고 싶습니다. 우선 여기까지 통역을.
오무라	(한국어로) 예, 예. 알아들었습니다.
최원식	첫 번째, 다케우치 요시미 선생에 대해서 통으로 말씀을 드릴 테니까 심원섭 선생이 통역을 해주세요. 다케우치 요시미 선생은 제가 존경하는 일본 지식인의 한 분입니다. 특히 그분의『노신魯迅』은 최고의 책입니다.『노신』중에서 지금도 잊지 못하는 말은 "과거에도 투항하지 않았고 미래에도 아첨하지 않았다"입니다. 이건 제 학문의 지침일 뿐만 아니라 삶의 지침이기도 한데, 아마도 다케우치 요시미 선생이 노신을 빌려서 당신의 사상적 입지를 드러낸 것이 아닌가 합니다. 이처럼 치열한 중도의 자리에 뿌리박은 도심道心이 다케우치로 하여금 일본의 국가주의를 비판하고 또한 서구의 근대주의를 동시에 부정하면서 아시아 속에서 다른 근대를 모색하는 지적 모험을 가능하게 한 것일 겁니다.

그런 다케우치 선생과 사제 관계를 맺으신 오무라 선생이 더욱더 저에게는 가깝게 느껴지는데, 오무라 선생은 다케우치 요시미 선생을 언제, 어떻게 만나서서 어떤 가르침을 받으셨는지요? 아울러 다케우치 요시미 사상에서 제가 아쉬운 것은 중국만 있고 조선 또는 한국이 누락돼 있다는 점입니다. 뛰어난 학자들은 잘 알지 못하면 얘기 안 합니다. 원래 중국문학 전공자이니까 중국에 대해서는 잘 알지만, 한국에 대해서는 깊이 알지 못하니까 섣불리 얘기를 안 하셨을 수 있는데, 혹시 강의 중이나 또는 사석에서 조선 / 한국에 대해서 어떤 말씀이 있으셨다면 그것을 소개해 주셨으면 감사하겠습니다.

413

오무라	저희는 보통 "코상"이라고 부릅니다. 다케우치 요시미 말고 '코こう', 다케우치 코.
최원식	존경할 때는 한자를 훈독이 아니라 음독한다는 말을 들었어요.
오무라	보통 뭐랄까 정식 이름하고 통용하는 이름이 조금 달라요. 다케우치 코 선생과의 교분 시간은 길었습니다만 교실에서 배운 건 3년간입니다. 잘 아시다시피 다케우치 코 선생은 매우 복합적이어서 굉장히 접근하기 어려운 데가 많으신 분이십니다. 제 개인적인 생각으로는 다케우치 선생은 민주적인 아시아주의 보스라고 부르면 좋지 않나 싶습니다. 보스라고 하면 안 좋은 이미지가 있으나 지도자나 선동을 하는 사람이라는 의미에서 보스입니다.

아시는 대로 다케우치 선생의 학부 졸업 논문이 「노신론」이었습니다. 「노신론」은 불완전한 것입니다. 노신 연구자들이 보면 이것저것 틀렸다고 지적하지만 당시 학생, 대학 4학년으로서 문제는 태도, 시점이었다고 생각합니다. 지금 봐도 보통 사람이 흉내낼 수 있는 것은 아니었습니다.

다케우치 선생은 학생시절부터 『중국문학월보中国文学月報』를 내서, 나중에 『중국문학』으로 이름을 바꾸는데, 회보를 창간해서 활동을 했고, 그다음에 1942년부터 세 차례에 걸쳐 대동아문학자대

오무라 마스오
(大村益夫, 전 와세다대 명예교수)

회가 개최되는데 전혀 출석한 적이 없습니다. 참석 여부는 개인적인 자유의지에 의한 것이었는데 그는 참석하지 않았습니다. 사네토 게이슈実藤恵秀, 오카자키 도시오岡崎俊夫, 마스다 쇼増田渉, 마스다 와타루, 이즈카 아키리飯塚朗 등 다른 멤버들 중에는 참석한 사람들이 많았습니다. 사네토 게이슈 선생은 어학부에 있었는데 어학부에 가르칠 사람이 없어서 제가 들어갔습니다. 사네토 게이슈 선생은 대동아문학자대회에 대해서 썼는데 왜 이 대회는 중국인이 전혀 알아듣지 못하는데 일본어만 사용했는가에 대해서 썼습니다.

그리고 나서 1937년부터 3년간 중국에 갔었습니다마는 거기서 무슨 활동을 했는가는 일체 밝히지 않았습니다. 우리도 절대 언급을 하고 있지 않습니다. 다만 노신 관계 연구만은 하고 있었고 중국에서는 노신에 대해 높이 평가하고 있었기 때문에 중국에서도 몇 번이고 와달라는 요청이 있었습니다. 그러나 본인은 전부 거절하였고 전후, 1945년 이후에도 중국에 일절 건너간 적이 없습니다. 소위 일본의 진보주의자라고 불리는 분 중에 그런 요청을 받아서 중국에 안 가신 분은 없습니다. 그것이 그분의 독특한 발상의 하나이지 않았는가 생각됩니다. 그래서 그는 결국 국가주의자, 민족주의자로서의 입장을 피하려고 노력하셨고 그리고 자신들이 희생자이기 때문에 마음대로 침략을 했다는 그런 입장에 거리를 두고 절대적으로 반대하셨습니다. 그러니까 그는 절대적으로 공산당을 싫어하는 그런 입장을 취하고 있습니다. 일본 공산주의가 민족주의를 경시해 온 것을 비판하고 있습니다.

1961년인가 1962년에 일본조선 연구소가 성립이 됩니다. 이 것은 1965년 한일회담을 반대하는 운동의 선두에 서 있던 그런 조직입니다. 다케우치 선생은 일본조선 연구소의 창립회원으로서 참가하고 있었습니다. 창립회에 참석을 했지만 그 이후로는 관계를 갖고 있지 않습니다. 일본조선 연구소는 '일본'이라는 간판을 걸고 일본인이라는 입장에서 조선을 바라보는 그런 입장을 취하고 있습니다. 그러나 실질적으로는 일본사회당입니다. 실무 쪽을 보면 실질적으로는 일본공산당이라고 할 수 있습니다.

일본조선 연구소는 북한에서 보내오는 신문, 잡지 기사들이 많이 유입되고 있었습니다. 연구소 내부에 많은 분회들이 있었는데 저는 어학분과와 문학분과에서 활동을 하였습니다. (한국) 말이 조금이라도 가능한 사람에게 번역을 시켰는데 북한에서 보내오는 문건을 번역하여 제공하라, 우리는 그걸 이용해서 글을 쓸 것이다 라고 하여 저에게 맡기려고 했습니다. 저는 거부했습니다.

다만 어학에 관련해서는 배우고자 하는 사람이 있어서 거기에는 응해서 함께 했습니다. 그런데 일본조선 연구소 사무소는 경사가 급한 계단을 올라가야 하는 라면집 2층에 있었습니다. 이런 교실대담 장소를 가리킴은 아니었습니다. 그래서 다른 장소를 모색해야 했습니다. 처음에는 학생수가 많았지만 운동이 격화됨에 따라 점점 줄어갔습니다. 초급은 간노菅野裕臣, 간노 히로오미 상이라고 하는, 나중에 도쿄외대 교수가 된 분이 맡으셨고 제가 중급을 담당했는데, 초급이 먼저 수업하고 끝나면 뒤이어서 중급 수업을 진행했습니다. 간노 상이 교대를 하면서 지나치실 때 이런 신호[손가락 두 개를 펴 보이면서]를 하셨는데 이 신호는 승리의 브이V가 아니고 "오늘 학생은 두 명이었다"입니다. 그것이 있는 그대로의 현실이었습니다.

일본조선 연구소는 월간 잡지를 발간하고 있었습니다. 이 잡지는 현재도 복각판이 남아 있어서 전모를 볼 수가 있습니다. 이 잡지는 뒤에 성격이 변화해 갔습니다. 반反북한으로서의 성격을 띠어갔습니다. 사람도 바꾸고 지도자도 바꾸고 이름만 일본조선 연구소였습니다. 성격은 완전히 달라졌습니다. 마지막에는 연구소 이름마저 코리아연구소로 바꿨습니다. 코리아연구소에 모인 사람들은 전부 반공주의자들이었습니다.

다케우치 코 선생의 이야기로 다시 돌아가면 다케우치 선생은 이런 연구소하고는 별개로 거리를 두었고 한국에 대해서 그 자신은 한국어를 못했지만 그럼에도 불구하고 「한국어 권유朝鮮語のすすめ」라는 짧은 글을 썼습니다.

1960년 안보투쟁 당시 그는 대학을 그만둡니다. 이때 총리가 기시 신스케岸信介, 기시 노부스케로서 그는 '만주'출신으로 대신을 역임했던 사람입니다. 기시 신스케의 손자가 최근에 사망한 아베입니다.

다케우치 선생은 술에 취하시면 슬리퍼를 벗어서 바닥을 치면서 "하이, 하이" 하고 외치는 버릇이 있었습니다. 서부극을 좋아하셨습니다. 왜 좋아하셨는지 모르겠습니다. 원주민을 학살하는 게 서부극이라서 다케우치 선생이 서부극을 좋아하시는 이유는 이해하기 어렵습니다. 아마도 서부극의 일부를 이루고 있는 개척정신에 끌리셔서 그것을 이렇게 재현하셨던 게 아니었나 싶습니다.

다케우치 선생의 수업은 솔직히 말씀드리면 시시했습니다. 넓은 활동을 펼친 분이고 또 저작집도 방대했던 분이니까 활동력이 문화, 정치에 이르기까지 워낙 넓은 분이었던 만큼 세밀하고 정치한 부분에 대해서는 좀 별로인 부분들이 있었던 것 같습니다.

다케우치 선생은 1960년 퇴직하신 후에 시사적인 발언은 삼가셨습니다. 이 원칙을 철저하게 지키셨습니다. 시사적인 발언을 하지 않는 대신에 『중국고전전집』 전13권을 1965년부터 1967년에 걸쳐 내셨고 『중국』이라는 잡지도 발간을 하셨습니다. 그 후에 고전연구회도 운영을 하셨습니다. 저희도 다케우치 선생의 제자여서 다케우치 선생과 마쓰에다松枝茂夫, 마쓰에다 시게오 선생에게 떠밀려서 아파트에 방 하나를 빌려서 거기서 매주 한 번씩 모여서 고전을 토론해서 완성되어 나온 것이 『중국고전전집』 13권입니다. 1967년에 출판된 책인데 지금까지도 인세가 나오고 있습니다. 지금은 전자사전 형식이라 초라한 것인데도 인세가 지금까지 계속 나오고 있는 것은 역시 중국 고전에 대한 일본인의 애착이 작용하고 있는 결과가 아닐까 싶습니다. 『중국』이라는 잡지는 앞서 말씀드린 바와 같이 시사적인 발언은 하지 않는 대신 지금까지 세간에 잘 알려지지 않았던 것, 우리가 몰랐던 것에 착목하였습니다. 예를 들면 셈법, 이일은 이, 이이 사, 이삼 육 하는 구구단이 있는데, 한국에도 있습니다. 이 구구단 셈법이 중국의 그것과 모두 같지는 않습니다. 일례이지만 이런 것들을 『중국』이라는 잡지에 게재하였습니다. 이상입니다.

최원식 두 번째, 오무라 선생의 가장 중요한 업적 중의 하나가 바로 윤동주의 한국 귀환입니다. 오무라 선생은 1985년 윤동주의 묘를 찾아냈습니다. 그 시절 한국은 6·25 이후 중국과 완벽하게 단절돼 있는 데 반해 일본은 1972년에 중일 수교가 이루어져서 중국을 방문할 수 있는 그 지점을 잘 활용해서 잊혀진 묘를 찾아낸 것입니다. 그런데 묘도 묘지만, 문학연구의 출발인 텍스트, 그동안 방치된 윤동주의 텍스트를 본격적 원전비평을 통해서 복원했다는 게 오무라 선생의 가장 중요한 업적이라고 생각합니다. 시 연구에 있어서 말이라는 것은 결정적으로 중요하기 때문에 윤동주 텍스트의 복원이야말로 한국문학에로의 귀환을 상징한다고 보겠습니다.

이제부터가 질문입니다. 선생이 찾으신 윤동주 묘비에 묘비문을 짓고 글씨를 쓴 사람의 이름이 김석관이라는 분이던데, 그분에 대해서는 얘기가 없어서, 그 김석관이라는 분이 어떤 분인지 오늘 이 자리에서 공개해 주시면 감사하겠습니다. 또 하나는 윤동주의 쟁점이 많지만, 윤동주는 저항시인인가, 아닌가가 핵심적 쟁점의 하나입니다. 이 문제에 대해서 오무라 선생은 어떻게 파악하고 계신지 말씀을 해주시면 감사하겠습니다.

오무라 여기 계신 윤인석 선생께서 잘 알고 계실텐데 김약연 선생의 동생이 윤동주의 모친이십니다. 윤동주가 명동소학교에 다니게 되는데 명동소학교의 창시자가 김약연 선생입니다. 명동학교는 소학교와 중학교가 붙어 있습니다. 가운데가 나뉘어서 왼쪽은 소학교, 오른쪽은 중학교이지만 실제로는 하나였다고 볼 수 있습니다. 저는 아마도 김정규金定奎라는 분이 김약연 선생과 혈연관계일 것이라고 생각하고 있습니다. 김정규의 아들이 김석관, 관 자가 너그러울 관寬 자와 볼 관觀 자, 석 자가 주석 석錫 자입니다. 관 자는 두 가지를 모두 사용하는데 같은 사람입니다. 본명은 어느 쪽일지는 모르겠습니다. 두 가지金錫寬, 金錫觀 모두 사용되고 있습니다.

나는 왜 한국학·조선학연구자가 되었나

최원식   묘비에는 주석 석 자에다 볼 관인데, 너그러울 관 자도 썼군요.

오무라   윤동주가 다녔던 명동소학교에는 창립자인 김약연의 동상이 있습니다. 윤동주가 사망할 당시 명동소학교의 교감, 교장 다음으로 높은 사람, 학무와 학생감독직으로 재직하고 있던 분이 김석관입니다. 정식으로는 학감이었습니다. 이분이 (묘비에) 문장을 썼기 때문에 아마 혈연관계가 있지 않을까 추측합니다.

최원식   이거 윤인석 선생님 모르셔요?

윤인석   저도 정확한 건 잘 모르겠고 이제부터 좀 알아보겠습니다. 근데 그 문서를 쓰셨던 김석관이라는 분의 손자되시는 분이, 오무라 선생님이 윤동주의 묘와 묘비를 발견하고 탁본을 떠오셨다는 소식을 듣고는 1990년대 초반에 대관고등학교 교감하시던 선생님이 당신의 할아버지라는 얘기를 하셨어요. 그런데 저도 이것저것 바쁘다 보니까 정확한 계보나 이런 걸 추정을 못 했습니다만 제가 조금 더 알아보도록 하겠습니다.

최원식   윤인석 선생이 추적해주시면 감사하겠습니다. 묘비문을 쓰고 글도 썼다는 것은 굉장히 중요한 분이거든요.

저항시인에 대해서는?

오무라 왜 문제가 되는지 모르겠습니다. 저항시인이면서 서정시인이라고 하겠습니다. 저항시인이다, 서정시인이다 어느 한 편으로 규정 짓는 것은 무리입니다. 나누는 발상 자체가 좀 넌센스입니다.

최원식 세 번째 오무라 선생님의 업적이 많으시지만 또 하나의 업적은 김학철 선생의 한국 귀환입니다. 저는 해방 직후 잡지에서 김학철이라는 작가의 작품을 몇 보고 굉장히 궁금했는데 그다음에 홀연 사라져서 아마도 월북했겠다 싶었어요. 그리곤 잊었는데, 오무라 선생이 그 김학철을 우리와 이어주었어요. 감동이죠. 황석영 작가는 김학철의 귀환은 1960년대에 요산 김정한의 귀환과 맞먹는다고 했어요. 정말 정확한 말이에요. 식민지 시대의 젊은 프로문학을 대표했던 김정한이 사라졌다가 1966년에 「모래톱 이야기」로 귀환했을 때 실종됐던 한국프로문학이 1970년대 민족문학, 민중문학과 접속했습니다. 그에 못지않은 귀환이 바로 중국에 갔었던 김학철을 발견하여 다시 한국문학과 연속시킨 사건입니다. 오무라 선생께 이 점에서 감사해 마지않습니다.

저한테 김학철 선생에 대한 강렬한 인상은 한 통의 편지입니다. 선생은 끝까지 본명을 밝히지 않으셨는데 저는 문학사가니까 알아야 했어요. 특히 선생이 어떤 출신인지가 궁금했어요. 소설에서는 원산의 가난한 집안이라고 설정됐는데 의문이 들었지요. 단서는 이선희李善熙, 1911~?라는 작가입니다. 김학철 집안과 가까운 그녀는 이화여전 출신으로 해방 직후 월북했는데, 원산에서 성장했어요. 선생 역시 모모한 집 아들인 게 분명해요. 김학철 선생이 저를 총애했어요. 그래 당돌한 편지를 드렸는데, 아주 호쾌한 답장이 왔어요. 원산포가 있는 그 지방의 중심지는 덕원도호부예요. 인천도호부의 포구가 제물포인데 일본이 제물포로 들어왔듯이 일본이 원산포로 들어와서 덕원이 몰락했어요. "나는 덕원의 착취 계급의 일원인 이방의 후손이다." 우리나라 사람들은 대개 양반의 후손이라고 그러지, 더구나 이방은 아전인데, 아전이라는 건 절대로 얘기를 안 하거든요. 그런데 선생은 "나는 덕원 이방의 후손"이라고 당당히 밝혀요. 대단합니다. 덕분에 신분과 본명 홍성걸도 밝혀졌어요.

그 편지가 내 보물 편진데, 김학철 선생은 진짜 자유인이에요. 도대체 거리낌이 없어요. 이렇게 자유로운 사람을 본 적이 없어요. 김학철이라는 분은 정말 신비로워요. 어떻게 이런 사람이 있을 수가 있어요? 일제시대에는 일본제국주의에 저항하고, 남한으로 귀국해서는 미군정과 그 군정에 유착한 남한 지배세력에 반항하고, 월북해서는 또 김일성에 대해 반대하고, 김일성 얘기도 직접 들었는데 처음에는 친했대요. 같은 중국공산당에서 일했잖아요. 김일성하고 벌어지게 된 얘기도 재미있어요. 김일성이 선생을 금강산 근처 지방으로 현지 사업하라고 보냈는데 거기 목사님이 계셨대요. 그 목사님은 훌륭한 분이라 어떻게든지 잘 설득해서 인민의 편에 서게 하려고 애를 썼대요. 그래 김일성에게 하소연 비슷하게 했는데, 어느 날 다시 와서는 그 목사 어찌됐냐고 물어 그저 그런 상태라고 하니, 그거 뭐 처치하지 뭐 비슷하게 말했나 봐요. 그걸 듣고 깜짝 놀랐대요. 우리 공산주의자는 이런 도덕성을 가진 사람이 없는데 어

뗳게 된 일인가, 하며 깊은 의문이 들었다고 하시더라고요. 이
건 처음 공개하는 거예요. 결국은 또 중국으로 간 거죠. 근데
중국에 가서도 또 문제를 냅니다. 선생은 중국공산당의 원로잖
아요. 고난의 시기에 중국 공산당에 들어가서 싸웠던 사람이기
때문에 이런 사람은 함부로 못한대요. 그렇지 않겠어요? 아시
다시피 선생은 중국에서도 공산당을 비판해 감옥에 오래 갇혔
어요. 그렇게 끝까지 싸웠는데도 끝내 살아난 것은 선생이 중
국공산당의 원로란 점도 작용한 거지요.

『20세기의 신화』는 수용소문학으로 최고예요. 중국에서 출판
을 못해서 창비에서 출판을 하고 우리가 꽤 의미 있는 출판기
념회를 열어드렸어요. 그때 마지막으로 답사를 하시면서 지금
여기 중국공안이 와 있을 텐데 내가 이걸 출판하고 다시 무슨
일이 있을지도 모른다고 말씀하셔서 장내가 갑자기 숙연해졌
어요. 그런 분은 뵌 적이 없어요. 어쩌면 권력에 대해서 그처럼
끝까지 저항을 하셨는지. 김학철문학의 근본정신이 무얼까?
당신은 "나는 맑스주의자요, 공산주의자요"라고 말씀하시지만,
물론 아주 고매한 사회주의자인데, 기본은 저는 아나키즘이라
고 봐요. 『격정시대』에 청년 무정부주의시대가 잘 나와 있잖아
요. 중국 처음에 가서도 아나키스트였죠. 아나키즘은 사회주의
의 양심이라는 지적이 있지만, 그는 공산당으로 진화한 뒤에도
끝까지 아나키스트의 양심을 져버리지 않았던 사회주의자, 민
주적 사회주의자입니다. 사회주의와 민주주의가 분리되지 않
았던 분이었구나라고 감탄합니다. 오무라 선생은 김학철 선생
과 교분이 두텁습니다. 김학철 선생을 일본에 초청해서 김학철

선생으로서는 매우 뜻깊은 일본 여행도 하신 셈입니다만, 김학철과 그의 문학에 대해 오무라 선생의 말씀을 청합니다.

오무라　창작과비평사에서 『20세기 신화』가 출판되었습니다. 이 책은 중국에서 광고는 나왔습니다만 실제 책은 아직 출판되지 않았고 미래에도 나올 가능성은 없다고 생각합니다. 그런 면에서 창비는 대단히 좋은 일을 해 주셨다고 생각합니다. 앞서 아나키즘에 대한 이야기가 나왔는데 그렇게 규정되어도 좋다고 생각합니다. 다만 김학철 선생 본인이 말한 대로 본인이 지향한 것은 "인간의 얼굴을 한 **사회주의자**"입니다. 『20세기 신화』는 모택동에 대한 비판입니다. 김일성에 대한 비판도 물론 있습니다.

김학철 선생이 글로 쓴 적이 있는지 없는지 모르겠는데, 전후에 한 번 평양에 간 적이 있습니다. 공항에서 "자네가 올 곳이 아니니 빨리 돌아가라"라며 입국을 거부당해서 다시 회항을 했다고 합니다. 이렇게 말한 사람은 김학철 선생 여동생의 남편이었습니다. 최원식 선생께서 말씀하신 대로라고 생각합니다. 문화대혁명 시기에 수만 명이 죽었는데 김학철 선생이 문화대혁명에서 유일하게 살아남을 수 있었던 것은 그가 조선 국적을 갖고 있었기 때문일 것이라고 생각합니다. 그가 중국 국적을 취득한 것은 1985년입니다. 외국인을 함부로 처벌하는 것은 국제적인 문제로 발전될 우려가 있었기 때문에 그가 중국 국적을 취득하지 않은 것은 다행이었습니다. 10년간 조선 국적인 채로 옥중 생활을 했습니다. 이 기간에 중국 국적을 취득했다면 처형당했을 것입니다.

김학철 선생 문학의 최대 특징은 저항과 유머에 있습니다. 김학철 선생이 쓴 책은 매우 많지만 전집 12권이 연변에서 출판된 것은 기적이라고 할 수밖에 없습니다. 초기 김학철 선생의 작품은 모두 연변 이외의 곳에서 출판되었습니다. 연변이라는 데는 검열이 있는 곳, 권력이 작동하는 곳입니다. 커다란 힘을 갖고 있었기 때문에 선전부가 허가하지 않으면 출판이 불가능한 곳입니다. 흑룡강성이나 요령성은 외부의 소수민족이 주로 거주를 하고 있기 때문에 별도의 차원에 있었습니다.

제가 처음 김학철 선생을 만난 것은 85년쯤이었던 것 같은데 그때에도 그는 매우 심한 감시의 대상이었습니다. 물론 81년에 10년 형을 마치고 출옥을 해서 자유로운 몸이었는데도 말입니다. 아, 그리고 원고 『20세기 신화』는 직접 봤습니다. 그때 상권은 일본어, 하권은 한글이었습니다. 재판받을 때 재판관이 "당신은 무죄이기 때문에 석방한다. 그리고 증거 서류가 되는 원고는 불태워버려라"라고 했다고 합니다. 김학철 선생은 "그건 불가능하다"라고 했습니다. 갈등이 아주 격했던 것 같습니다. 그 실제 원고를 저에게 보여주면서 절반은 일본어로 되어 있으니 일본에서 출판해 달라고 하셨습니다. 저는 솔직히 말해서 김학철 선생이 정말 괜찮으실까 걱정되었습니다.

『항전별곡』이라는 기록문학이 있는데 여기에 나오는 인물들은 실제 인물들과 이름이 다릅니다. 이 상관관계를 연구하는 중국학자도 있습니다. 이것은 소설로서의 고안이라기보다는 실제 인물에게 피해가 가지 않을까 하는 배려에서 나온 것이 아닌가 싶습니다. 예를 들면 김학철 선생이 같이 팔로군에서 투쟁했던 동료인 문정일 선생이 있는데 그는 나중에 국회의원이 됩니다. 소설 속에서는 문종삼으로 등장합니다. 『항전별곡』은 흑룡강성에서 출판되었습니다. 연변에서는 출판이 불가능했습니다. 연변에서는 아직도 감시당하고 있었기 때문입니다. 저는 주 1회 김학철 선생 댁을 방문해서 옛날이야기를 듣기 위해 녹음테이프를 준비해 갔습니다. 그때도 큰길에서 바로 가면 되는 위치였는데도 안쪽 길로 멀리 돌아서 오라고 하셨습니다. 큰길에서 바로 가면 문화혁명 때 김학철을 비판했던 작가가 있으니 그 앞으로 다니지 말라고 하셨습니다. 외국인인 저와 접촉한 것을 알게 되면 좋지 않으니까 그런 상황을 피해서 우회해서 가라는 뜻이었습니다.

번역을 의뢰하셨지만 할 수 없었습니다. 국내에서만 출판을 허가한다는 그런 도장이라고 해야 할까, 인쇄가 있었습니다. 해외에서, 일본에서 번역하여 출판하는 것이 또다시 김학철 선생께 폐를 끼치는 것이 아닐까 걱정됐습니다. 그런 일을 창비가 한 것은 정말 대단하다고 생각합니다. 저는 너무 두려워서 그 일을 진행할 수 없었습니다. 이상입니다.

사회자 네, 오늘 1시간 정도 계획을 했었는데 아무래도 좀 길어질 수밖에 없는 내용들인 것 같습니다. 그럼에도 불구하고 또 여기 앉아 계시는 선생님들 그리고 또 온라인 통해서 듣고 계시는 여러 선생님들께서 오무라 마스오 선생님께 여쭙고 싶은 것이 있으리라 생각이 듭니다. 일단 장내에 계시는 선생님들 중에 질문이 있으시면 좀 받을까요.

심원섭 다케우치 요시미 선생이 조선에 대해서 왜 관여가 돼 있지 않은가에 대해서 물으셨는데 오무라 선생님께서 답이 없으셨죠.

좌 : 심원섭, 우 : 오무라 마스오

그걸 한번 여쭤볼까요?

오무라　물론 관심은 있었습니다. 제가 여러 가지로 여쭌 적도 있습니다. 그의 생각은 기본적으로 아시아주의라고 생각합니다. 아시아주의라는 것은 또한 복잡합니다. '한일합병'1910년 대한제국의 망국 이전으로 올라가는데 흑룡회, 대동합방론도 관련 있는데, 이것은 유럽의 나라들이 아시아를 압박하는 것에 대해 아시아의 여러 국가가 단결하고 투쟁해야 한다는 발상에서 생겨난 다양한 운동조직이었습니다. 그의 편저 중에 『아시아주의』라는 책도 있는데 다케우치 선생은 아시아주의자였다고 생각합니다. 그 안에서 물론 조선을 배제할 수는 없습니다. 널리 활동을 했던 다케우치 선생이었지만 (조선)말을 배울 정도까지는 이르지 못했다고 생각합니다. 조선에 대해서 직접 거론한 적은 없습니다.

윤대석　윤대석입니다. 제가 선생님의 건강이 좀 안 좋으시다는 소문을 들었는데 화면으로 뵈니까 건강해 보이셔서 정말 기쁩니다. 선생님, 질문드릴 것이 좀 많은데요. 예를 들면 다케우치 선생님이 주례를 하셨을 때 어떤 말씀을 하셨을까 라든가 김용제金龍濟, 1909~1994 시인에 관한 질문 등이 있습니다만, 역시 제일 궁금한 것은 선생님께서 왜 한국문학을 하셨을까, 왜 한국이셨고 그것도 하필이면 왜 문학이셨을까 하는 게 저희들의 가장 궁금한 점이 아닌가 싶습니다. 그와 관련해서 하실 말씀 있으시면 해주시면 감사하겠습니다.

오무라 그것은 결국 제가 청조 말기 소설을 공부했기 때문이라고 생각합니다. 상해 조계에서 발행되었던 잡지에 실린 소설들에 대한 연구를 좀 했습니다. 청조 말기 소설과 관련하여 같은 시기에 일본에서 나온 소설을 양계초梁啓超가 번역한 것이 있습니다. 그것은 도카이 산시1853~1922, 東海散士의 정치소설『가인지기우佳人之奇遇』입니다. 1권부터 16권까지 있습니다. 각 권마다 서문이 붙어 있습니다. 김옥균金玉均도 썼습니다. 미우라 고로三浦梧楼, 1895년 명성왕후를 시해한 을미사변을 일으킨 일본 공사도 썼습니다. 도카이 산시을미사변 주동자의 하나도 썼는데 도카이 산시는 바로 이 미우라 고로의 고문이었습니다.

도카이 산시는 12년 동안 16권을 집필하는 사이에 점점 내용이 바뀌어 갑니다. 처음에는 아시아 민족이 함께 단결해서 유럽의 침략을 몰아내자 하는 기조였는데 마지막 16권에 가면 청국을 배제하고 조선을 지원하라는 논조로 바뀌었습니다. 청일전쟁이 있었기 때문에 청국을 배제하라는 기조가 이해됩니다. 조선을 도와주려면 실제적으로 어떻게 도와주느냐 하면 우선 일본의 화폐를 조선에 통용시켜라인데 이는 경제권을 장악해 가려는 것입니다. 양계초는 이것을 번역하다가 16권째에 이르러서 번역을 중단해 버리고 맙니다. 중국 근대사 역시 서구에 계속 당해온 역사의 연속입니다. 양계초는 양계초 나름대로 자기주장을 펴는 수단으로서 소설을 번역하고 있었습니다. 『월남망국사』 등을 펴내고 있었습니다. 그러나 양계초 입장에서는 도카이 산시의 기조는 더 이상 수용할 수 없었기 때문에 이 이상은 번역이 불가능했던 것입니다. 그래서 양계초는 거기에 주를 붙였습니다. 주의 내용인즉 조선은 원래 중국의 속국으로 있었다는 것입니다. 원저자 도카이 산시는 조선은 일본의 것이라고 말하고 있습니다. 이건 도저히 수용할 수 없는 상황이라고 여겨서 양계초는 번역을 중단했습니다.

저는 학생 시절에 이것을 읽었습니다. 이런 것들을 도대체 조선인들은 어떤 생각을 하고 있었는가가 궁금해졌습니다. 저는 (조선에 관해) 문외한이니까 언어 공부부터 시작하지 않으면 안 된다 생각하고 공부했습니다. 어학 공부를 하려고 해도 할 수 있는 곳이 없었습니다. 도쿄에는 전혀 없었고 간사이關西에도 덴리天理대학 아니면 공부할 곳이 없었습니다. 덴리대학은 천리교의 보급이라는 의미가 있었습니다. 그래서 어쩔 수 없어서 유학생 동맹을 찾아갔습니다. 그러나 다음 해 4월에 다시 입학하라며 거절당했는데 다음 해가 되어서 또 다시 거부당했습니다. 그래서 유학생 동맹에서는 공부할 수 없었고 그 대신으로 소개받은 것이 야간학교였습니다. 노동자들이 일하면서 밤에 공부할 수 있는 민족학교 같은 곳이었습니다. 어학이나 음악, 역사 등을 가르치는 그런 곳에서 비로소 한글을 접할 수 있었습니다. 민족교육을 하는 곳이었기 때문에 일본인은 한 명도 없었습니다. 좀 힘들었지만 여기서 1년 정도 공부를 해서 그때부터 조금씩 문학쪽으로 영역을 넓히기 시작했습니다.

이것이 하나의 이유이고 그 다음은 고마쓰가와사건小松川事件이라는 것이 있습니다. 고마쓰가와는 에도가와구江戸川区의 지명입니다. 1958년 사건입니다. 재일조선 고교생에 의한 강간살인사건이었습니다. 범죄자가 18세에서 20세 사이의 미성년인데도 불구하고 대법원에서 사형 판결이 났습니다. 다케우치 선생은 중국사였는데 동료인 동양사 전공, 고려사 전공이셨던 하타다 다카시旗田巍라는 선생님이 계셨습니다. 이 분이 중심이 되어서 구명운동, 정황 참작을 해서 목숨만은 살리자는 그런 구명운동을 펼쳤습니다. 저희집이 고마쓰가와사건이 벌어진 곳 근처여서 종종 찾아가 실제 생활을 보았습니다. 이때 처음으로 실제 한국인과 접촉했습니다. 범죄자가 된 청소년의 가족, 그 주변. 도쿄 매립지 여기저기에서 노동자들이 살았는데 그 속에 조선인들이 있었습니다. 네, 그렇게 되어서 이렇게 됐습니다.

최원식　하타다 다카시, 이분은 『겐코元寇』라는 책을 썼는데, 겐코는 원나라 도적, 그러니까 일본을 침략한 여몽연합군고려와 몽골 연합군을 일본에서는 겐코, 원구라고 그래요. 이 책은 굉장히 훌륭한 책이에요. 일본은 흔히 여몽연합군의 침략을 신풍神風, 가미가제神風가 물리쳤다고 신화화하는데 하타다는 고려의 항몽전쟁을 비롯한 아시아 각지의 항몽봉기들이 일본의 침략을 저지시켰다는 거죠. 가미가제사관을 해체한 아주 훌륭한 책입니다. 그

특별대담 '나는 왜 한국문학 연구자가 되려고 하나?'

분이 여기에 나온다는 게 감동입니다. 참고로 말씀드렸습니다.

사회자 윤대석 선생님의 질문에 답이 좀 됐을 것 같습니다. 사실 저희도 더 여쭙고 싶은 것이 많긴 한데 예정된 시간을 훌쩍 넘었습니다. 오늘은 여기까지 진행하도록 하겠습니다. 오늘 긴 시간 동안 대담을 해 주신 오무라 마스오 선생님과 최원식 선생님 감사드립니다. 그리고 심원섭 선생님께서 통역을 해주셨는데 감사합니다. 온, 오프라인으로 이 자리에 함께해 주신 많은 분들께 감사의 인사를 드리겠습니다. 고맙습니다.

* 출전 : 『한국학연구』제69집, 인하대 한국학연구소, 2023.5, 9~25쪽.

학문의 추억
후지모토 유키오 선생을 둘러싸고[*]

번역 : **노경희**울산대 국어국문학부 교수

참석 : **후지모토 유키오**藤本幸夫 · **미우라 구니오**三浦國雄, 사회 · **후마 스스무**夫馬進

가와하라 히데키川原秀城 · **김문경**金文京

미우라　지금부터 '학문의 추억―후지모토 유키오 선생을 둘러싸고'라
　　　는 좌담회를 시작하겠습니다. 이번에는 동방학회에 부탁하여
　　　후지모토 선생님에 대한 경의를 표하기 위해 도야마에서 열게
　　　되었습니다.

　　　사실 그제부터 대설과 한파 경보가 내려와 저희도 걱정이 많
　　　았습니다만, 어젯밤부터 눈도 그치고 오늘 아침엔 하늘이 설국
　　　특유의 납빛이었지만 지금은 하늘도 맑고, 코로나 상황 속에서
　　　도 이렇게 무사히 도야마 성 옆의 훌륭한 장소에서 좌담회를
　　　열 수 있게 되어 매우 기쁩니다.

　　　먼저 확실히 말해두고 싶은 것이 있습니다. 이 시리즈는 이제
　　　까지 제목이 '학문의 추억'이었습니다만, 후지모토 선생님의

---

[*]　이 글은 일본 동방학회(東方學會)의 학술지 『동방학(東方學)』 145집(2023년 1월)에
　　수록된 좌담회 「学問の思い出―藤本幸夫先生を囲んで」를 번역하여 한국의 진단학회
　　학술지인 『진단학보』 140·141호(2023)에 두 번 나누어 게재한 것이다.

경우는 참가하고 계신 여러분들도 아시다시피 아직 필생의 작업이 완성되지 않았습니다. 따라서 물론 '학문의 추억'에 대해서도 말씀 드리겠지만, 오늘 모임에는 추억만이 아니라 미래지향의 뜻까지 담겨 있다는 것을 알아주시기 바랍니다. 또한 모두들 이미 알고 계시겠지만 후지모토 선생님께서는 금년2022 3월에 학사원상과 은사상을 수상했습니다.[2]

그럼 이제부터 저희가 준비한 계획에 따라 진행하겠습니다. 먼저 참가한 분들을 소개하겠습니다. 단, 모두들 저명한 분들뿐이므로 후지모토 선생님과의 관계에 집중하여 간단한 자기소개를 부탁드립니다.

먼저 후마夫馬 선생님께 부탁드리겠습니다.

후마 저부터 이야기하는 것은 좀 이상합니다만, 간단히 후지모토 선생님과의 관계를 말씀드리겠습니다. 여기 도야마에 저는 8년 동안 있었습니다. 제가 왔을 때 이미 후지모토 선생님은 여기 부임해 계셨습니다. 도야마에 온 당일인가 다음날인가 진즈우가와神通川 근처의 라면 가게로 저를 데려가 라면을 먹은 일이 기억납니다. 그때부터의 인연이네요.

후지모토 선생님의 『일본현존조선본연구』의 「사부史部」 서문에도 쓴 것 같습니다만, 8년 동안의 인연이지만 후지모토 선생님께서는 1년에 1/3 정도는 출장 중이었다고 기억하기에, 실제로는 8 곱하기 2/3 정도의 교제밖에 하지 않았을지도 모릅

---

2 일본학사원상(日本學士院賞)은 뛰어난 학술 논문이나 저서를 대상으로 매년 수여하는 상이며, 그 중에서도 가장 뛰어난 연구 업적에 대해 일본 황실의 하사금으로 수여하는 상이 은사상(恩賜賞)이다. (이하의 모든 주석은 '역자 주'이다)

니다.

저의 경우에는 제가 조금이라도 조선과 관련한 연구를 할 수 있던 것은 그야말로 후지모토 선생님 덕분이라 생각하며 감사하고 있습니다. 이 정도입니다.

미우라 지금 본인이 말씀하셨습니다만 후지모토 선생님의 필생의 작업인 『일본현존조선본연구』 중 최근 간행된 사부의 서문으로 해제를 쓴 분이 후마 선생님입니다. 최근 조선학과 관련한 작업으로 『조선연행사와 조선통신사朝鮮燕行使と朝鮮通信使』名古屋大學出版會, 2015라는 대작이 있는데, 이 책은 한국어와 중국어 번역본으로도 간행되었습니다.[3] 또한 후마 선생님은 비교적 젊은 시절에 학사원상과 은사상을 수상했습니다. 그럼 계속해서 가와하라川原 선생님께 부탁드리겠습니다.

가와하라 제가 후지모토 선생님과 처음 만난 것은 1983년 5월의 일입니다. 은사이신 야부우치 기요시藪內淸 선생님께서 주관한 「제2회 한일 과학사 세미나」에서 후지모토 선생님이 발표하였습니다. 처음 만남은 이것입니다. 야부우치藪內 선생님은 중국 과학사의 거두입니다만, 조선에 대해서도 연구해야 한다고 늘 말씀하셨습니다. 예를 들어 수시력授時曆, 이것은 중국의 대표적인 달력인데, 이 수시력에 관한 정보가 중국에 현존하는 자료만으로는 부족하다며 세종의 『칠정산내편七政算內編』을 함께 읽어야 한다고 했습니다. 야부우치 선생님은 그러한 생각에서 한일 과학사 세미나를 주관하셨습니다. 당시 저도 지식적으로는 그렇

---

3 후마 스스무, 신로사 공역, 『조선연행사와 조선통신사』, 성균관대 출판부, 2019.

게 생각하고 있었습니다만, 아직 조선학을 공부하려는 마음은 없었습니다.

그리고 1991년에 제4회 과학사 세미나가 열렸는데 당시 조선학을 하려고 했는지는 확실하지 않습니다. 그 세미나에도 후지모토 선생님께서 참석하셨습니다. 어쩌면 그때 처음으로 후지모토 선생님께 '조선학을 가르쳐 주세요'라고 부탁했을지도 모릅니다. 그 무렵부터 후지모토 선생님을 형님으로 모시고 본격적으로 조선학을 공부하기 시작했습니다. 그리고 오늘에 이르렀습니다.

미우라 정말 감사합니다. 가와하라 선생님은 조금 별종이셔서 교토대학의 이학부 수학과를 졸업한 후 문학부의 중국철학사로 옮겼고, 거기에 지금은 일본에서도 뛰어난 조선 유학 연구자이십니다. 그럼 계속해서 김문경 선생님께 부탁드리겠습니다.

김문경 김문경입니다. 저는 1974년 게이오 기주쿠慶應義塾 대학을 졸업하고 교토대학의 대학원에 들어갔습니다. 둘 다 중국문학 전공이었습니다. 당시에, 나중에도 다시 이야기가 나오겠지만, 김사엽金思燁 선생님께서 교토대학에서 조선어를 가르치고 계셨습니다. 저는 우선 한국어 회화를 할 수 있어 상급반 수업에 들어갔는데, 언어학과의, 이것도 뒤에 다시 이야기가 나올 것이라 생각합니다만, 유타니 유키토시油谷幸利 선생님과 다쿠보 유키노리田窪行則 선생님이 그 수업을 들었기에 친해졌고 그때부터 종종 언어학과 연구실을 드나들게 되었습니다. 당시 언어학과의 조수는 쇼가이토 마사히로庄垣內正弘 선생님이었습니다. 다들 아시다시피 쇼가이토庄垣內 선생님은 아주 재미있는 분으로 안타깝게도 몇 년 전에 돌아가셨습니다. 그렇게 언어학과 연구실에 종종 놀러가면서 언어학과 학부생들에게 한국어를 가르치기도 했습니다. 후지모토 선생님께서도 당연히 언어학과 연구실에 오셨을 테니 아마도 그곳에서 만났을 것입니다. 처음 만났을 때의 기억은 없습니다만, 확실히 기억나는 것은 교토대 부속도서관에서 후지모토 선생님이 조선본을 보고 있었는데 마침 제가 도서관에 있으니 저에게 조선본을 보여 주면서, "김 군, 여기 이두吏讀가 있는데 ― '이두'라는 것은 조선어를 한자로 쓴 만요가나萬葉假名와 비슷한 것으로 한문 구절 뒤에 붙어 있는 것입니다 ― 어디가 이두인지 알겠나?"라고 물었던 일입니다. 그때 저는 몰랐습니다. 전부 한자였기 때문에 어디가 한문이고 어디가 이두인지 알 수가 없었습니다. 그래서 그때부터 저도 '이두'라는 것에 관심을 갖게 되었고, 이듬해인 1975년에 후지모토 선생님이 번역한 이기문李基文 선생님의 저서『한국어의 역사韓國語の歷史』大修館書店, 1975를 받아 읽었습니다. 이것은 원래 책도 명저지만 후지모토 선생님의 번역도 훌륭하였습니다. 이 책으로 한국어의 역사에 대해 공부했습니다.

미우라　정말 감사합니다. 이 좌담회 시리즈는 지금까지의 기록을 보면 소위 '직계 제자'가 나왔습니다. 그런데 오늘 주제의 경우, 당연히 후지모토 선생님의 학문의 본질에 이르기는 하지만 제자들이 그 전공과 조금 다른 분야에서 활약하고 있기 때문에, 그러한 사정에서 (직계 제자들을) 부르지 않았습니다. 그리고 말씀드리는 것이 늦었는데 저는 일단은 중국학을 공부하고 있습니다만 이전에 조선학도 함께 공부하였고 그때 후지모토 군에게 여러 가지를 배웠습니다. 조금 전에 가와하라 선생님이 '형님으로 모시고 있다'라고 이야기 했습니다만, 제 조선학 스승님은 후지모토 군이라 생각합니다. 스승님을 '군'이라고 부르는 것은 이상한 일이지만 오랜 습관이니 부디 용서해 주시기 바랍니다. (웃음)

그럼 계속해서 오늘의 주인공 후지모토 군의 인사를 부탁드립니다.

후지모토   후지모토입니다. 오늘은 이러한 기회를 주신 동방학회에 깊은 감사의 말씀을 올립니다. 저는 1993년 5월에 도가와 요시오戸川芳郎 선생님의 소개로 동방학회에 입회했습니다. 그 후 고젠 히로시興膳宏 선생님께서 이사장이던 시절인 2005년 9월에 평의원에 위촉받았고, 올해 6월 정년이 되어 평의원에서 물러났습니다.

학회로부터 생각지도 못한 좌담회 제안을 받고 처음에는, 저 같은 사람이 무슨, 이라며 거절하였습니다. 그러나 거듭 권해주셔서 오랜 벗인 미우라 군과 상의한 끝에, 지역에서 꾸준히 연구하시는 분들에게 격려도 될 수 있기에 받아들이는 것이 좋겠다는 조언을 듣고 수락하기로 하였습니다. 또한 후마 선생님, 가와하라 선생님, 김문경 선생님께 여기에 나와 주시기를 부탁 드렸는데 기쁘게도 이렇게 수락해주셔서 오늘을 맞이하게 되었습니다.

저는 평소 조선학에는 중국학의 기반이 필요하다고 생각했습니다만, 이 네 분은 모두 중국학의 권위자시고 거기에 조선학에도 종사하고 계십니다. 조선학에 있어 그야말로 감사한 분들입니다.

미우라 '권위자'라는 말씀을 저의 경우는 반납하고 싶습니다만, 그것
은 일단 접어 두고, 이제 본론으로 들어가겠습니다. 오늘의 좌
담회는 후지모토 선생님과 상의하여 1부와 2부로 나누었는데,
1부에서는 후지모토 선생님의 학문과 인간 형성이라고 할까
요, 약력에 대해서 다루고 제2부는 그의 희귀한 연구와 업적,
이렇게 나누어 진행하려 합니다.

먼저 약력에 대한 것으로, 그 중에서도 '성장'입니다. 출생부터
고등학교 졸업까지, 그러니까 1941년 5월부터 1964년 3월까
지의 이야기를 부탁드립니다.

1. 이력

1) 성장 시절

후지모토 저는 교토에서 태어나 교토에서 자랐습니다. 아버지는 시가현
滋賀縣 나가하마長濱 출신으로, 신죠尋常 소학교를 나온 것만으로
국철國鐵, 일본국유철도에 들어간 자수성가 기관수입니다. 전쟁 전
'오메시 열차お召し列車'천황 전용 열차를 운전한 일이 평생의 자랑이
었는데 그 이야기를 제대로 들어주지 못한 것이 지금에 와서
저의 가장 큰 후회입니다.

미우라 '오메시 열차'라는 것은 천황 폐하를 태운 기관차로 그것을 교
토역까지 운전하신 것이군요.

후지모토 맞습니다. 그 정도의 기술을 가진 사람이 당시 일본에서도 10~20

명 정도였기 때문에 무척 자랑스러워 하셨던 것 같습니다.

미우라   그러니까 그 아버님께서 지금 살아계시고 후지모토 선생님이 이번에 천황 폐하로부터 상을 받았다고 들었다면 굉장히 기뻐 하셨을 것입니다.

그럼 계속 부탁드립니다.

후지모토   저는 초등학교 2학년 때부터 말을 더듬었는데, 특히 파열음 그러니까 P / T / K 같은 발음이 잘 안되었습니다. 중학교 시절까지도 낫지 않아 역에서 표를 살 때도 목적지보다 먼 곳의 발음하기 쉬운 역의 표를 샀습니다. 대학 때도 여전히 낫지 않아 선생님께서 이름을 불러도 대답하지 못할 때가 있었습니다. 그렇다고 해서 특별히 괴롭힘을 당한 적은 없지만 제대로 말을 할 수 없다는 것 때문에 무시당할 수도 있습니다. 대학원 즈음에는 좀 나아졌고, 한국 유학을 마칠 무렵에는 더 이상 의식하지 않게 되었습니다.

초등학교 3학년부터 중학교 2학년까지는 학교 수업이 끝나면 야구 등으로 이웃집 아이들과 놀기만 했습니다. 그러던 중에도 학교 근처의 책대여점을 다니며 전쟁 전의 『사나다 유키무라眞田幸村』라든지 『사루토비 사스케猿飛佐助』 등[4] 한자에 후리가나가 붙어 있는 책들을 빌려 읽었습니다. '눈이 나빠진다'라고 어머니께 자주 혼났습니다. 요시가와 에이지吉川英治의 『삼국지三國志』를 재미있게 읽었는데, 그것이 중국에 관심을 갖게 된 계기가 된 것 같습니다.

---

4   사나다 유키무라(眞田幸村)는 16세기 말에 활약한 용장이며 사루토비 사스케(猿飛佐助)는 그의 부하이다.

아버지는, 그 무렵에는 라디오밖에 없어서, 나니와부시浪花節를[5] 좋아해 자주 들으셨기 때문에 저도 자연스럽게 옆에서 듣게 되었고, 나니와부시를 통해 의리를 세우는 것이나 은혜에 보답하는 중요한 일들을 배웠습니다.

미우라 후지모토 선생님은 전아한 한자어를 많이 알고 있으며 매우 적절한 사용법을 구사하는 사람이라고 항상 탄복하고 있었습니다만, 지금 이야기를 들으니 역시나 이러한 경험에서 몸으로 익힌 소양이 있군요. 나니와부시 같은 것은 우리 세대에게는 매우 그리운 것인데, 의리가 특히 강한 후지모토 선생님의 인품도 그런 것을 들었던 어린 시절부터 길러진 것이구나, 라며 제 나름대로 수긍했습니다.

후지모토 저는 고등학교 수험 공부 이외에는 특별히 공부한 적이 없습니다. 당시 제 주변은 모두 그랬습니다. 고등학교도 진학을 위한 학교가 아니라 교토시립 히요시가오카日吉ヶ丘 고등학교라는 보통 공립학교였습니다. 당시 한문 교사로 히바라 도시쿠니日原利國 선생님, 미술 과목에 린파琳派[6] 연구로 유명한 다케다 쓰네오武田恒夫 선생님 그리고 가케이 후미오筧文生 선생님이 한문 비전임 강사로 출강하셨습니다. 당시 가케이 선생님은 교토대 중문학과 박사과정 학생이었고 저를 아껴 주신 분으로, 은각사銀閣寺 앞의 하숙집에 놀러 갔는데 밤이 늦어 얼떨결에 재워주

---

5 나니와부시(浪花節)는 에도 말기 오사카에서 시작된 샤미센 반주와 함께 하는 통속문학의 하나로, 의리와 인정에 대한 이야기이다.

6 린파(琳派)는 16세기 말에 오가타 고린(尾形光琳)을 대표로 나타난 조형예술(회화·서예·공예)의 한 유파이다.

신 적도 있었습니다.

저의 집은 평범한 가정으로 학문적인 분위기는 전혀 없어, 고등학교를 나오면 회사원이 되겠다고만 생각했습니다. 대학 진학은 전혀 염두에 두지 않았습니다. 고등학교 1학년 12월 11일에 아버지께서 돌아가셨습니다. 병원 세면장에서 아버지의 찻잔을 씻고 있었는데 치요코千代子 형수님이 — 저에게 제2의 어머님 같은 분으로 오랫동안 잘 돌봐주신 분인데 — 옆으로 와서는 "너, 대학에 가도 좋잖아'라고 말씀하셨습니다.

어느 대학의 어느 학부에 가면 좋을지 전혀 생각도 못해 당황스러웠지만, 그때 가케이 선생님께서 "요시카와 고지로吉川幸次郎 선생님을 비롯한 동양학에 훌륭한 선생님들이 계시니까'라며 교토대 문학부를 추천해 주신 것을 떠올리며, 교토대 문학부에 들어가 중국학을 전공하면 좋겠구나, 라는 식으로 목표를 정했습니다.

미우라　여기까지 어린 시절의 이야기를 해 주셨습니다. 저 같은 경우는 오랜 친구입니다만 말을 더듬은 일에 대해서는 처음 들었습니다. 여러분, 여기까지 들으시고 무슨 하실 말씀이 있나요?

가와하라　그 정도로도 어떻게 대학에 잘 들어가셨네요. (웃음)

후지모토　스스로도 정말 잘 들어갔다고 생각합니다. 운이 좋았습니다.

가와하라　역시나 머리가 좋으시네요.

후지모토　그렇지 않습니다.

미우라　'큰 지혜는 어리석음과 같다大智は愚の如し'라고 하지 않습니까. 오늘의 주요한 테마인 후지모토 선생님의 평생 작업도 어떤 의미에서는 '어리석음愚'이 아니면 할 수 없는 일이지요. 그것도 '큰 어리석음大愚'이 아니면요.

2) 대학시절

미우라 그럼 다음으로 대학 시절입니다. 1960년 4월부터 1965년 3월 까지인데 부탁드립니다.

후지모토 재수를 하게 되면 집에 폐를 끼치기 때문에 수험참고서를 샀 습니다. 학원도 가본 적이 없습니다. 2년 동안 열심히 노력한 덕분에 1960년 4월 교토대학 문학부에 입학할 수 있었습니다. 전공을 중국학으로 정했기 때문에 제1외국어는 중국어, 제2외 국어는 영어로 하였습니다. 교양학부 1학년 때 오자키 유지로 尾崎雄二郎 선생님께 중국어를 배웠습니다. 대학교에 2,500명 정 도 들어 왔는데 그중 중국어 수강생은 10명 정도뿐이라 수업 은 교수님의 연구실에서 종종 이루어졌습니다. 그 시절의 동기 로 우에마쓰 다다시植松正, 고미나미 이치로小南一郎, 하기노 슈지 萩野脩二 군 등이 있습니다. 수업이 끝나면 집에 돌아오는 길인 추쇼지마中書島 주변에 마침 선생님의 공무원 숙소가 있어 자주 선생님 댁에 들려 스키야키 등을 얻어먹었습니다.

수업은 강독뿐으로 회화는 없었습니다. 한 해가 끝날 무렵 루 쉰魯迅의 『아큐정전阿Q正傳』을 텍스트로 읽었던 기억이 납니다. 그 수업 때 '이 단어는 모르겠다'고 말씀하신 적이 있어, 저 같 은 사람은 교토대학 교수라면 무엇이든 다 알고 있을 거라고 생각했던 만큼 매우 충격을 받으면서도 한편으로 그 진지함을 배웠습니다.

2학년에 올라가서는 'B코스'라는 학부 수업을 들을 수 있어,

중문과 시미즈 시게루淸水茂 선생님의 수업을 들었습니다. 시미즈 선생님의 수업은 그 후 박사과정이 끝날 때까지 계속 수강했습니다. 교양학부 시절에는 하네다 아키라羽田明 선생님이나 이케가미 데이조池上禎造 선생님, 사카쿠라 아쓰요시阪倉篤義 선생님의 수업이 기억에 잘 남아 있습니다.

입학할 때는 중국학을 생각하였습니다만, 당시 오오노 스스무大野晋 선생님의 『일본어의 계통日本語の系統』이라는 책이 나와 그것을 읽고는 언어학으로 관심이 기울어 언어학과에 진학했습니다. 그 당시 진학한 사람은 저와 야마스에 가즈오山末一夫 군 — 40대에 죽었는데 — 이렇게 둘뿐이었고, 다음 해에는 에구치 가즈히사エ口ーク 군 혼자였습니다. 현재는 매년 20명 정도 진학한다고 들었습니다. 당시 교수는 이즈이 히사노스케泉井久之助 선생님, 강사는 니시다 다쓰오西田龍雄 선생님이었습니다. 이즈이 선생님에게는 제국대학 교수로서의 풍격이 있었는데, 동서양의 여러 언어에 정통하였으며 사변적인 학풍이었습니다. 일찍부터 훔볼트Humboldt에 경도되어 당시 『훔볼트전집』을 읽은 사람은 이즈이 선생님 혼자라고 들었습니다. 젊은 시절 출판한 『훔볼트フンボルト』弘文堂書房, 1938는 가와카미 하지메河上肇 박사가 절찬하였다고 들었습니다.

전공에 들어갈 무렵 선배들에게 듣기를, 선생님께서는 대학원 수업에 라틴어 교재를 사용하시며 120분 수업에서 한 줄밖에 진행하지 않는 경우가 있다고 하여, 전공 수업이란 그런 것일까 하고 몸을 움츠렸던 기억이 납니다. 유학 후 선생님께 '조선어학과 함께 서지학도 연구하고 싶다'라고 말씀 드렸더니, 선

왼쪽부터 에구치 가즈히사와 본인(1977년 겨울 자택)

생님께서 '무엇을 해도 좋지만 본국 사람 이상의 것을 해라'고 하신 것이 지금도 귓가에 남아 있습니다.

니시다西田 선생님께서 『서하어의 연구西夏語の硏究』로 은사상과 학사원상을 받으신 일은 아시는 바와 같습니다. 학생 시절 가르침을 받았던 선생님들로부터 '제자는 스승을 능가해야 한다'라고 들었던 일이 마음에 남아 있습니다.

미우라   에구치 가즈히사エロ一ㅅ 선생님은 아프리카학으로 매우 유명한 분인데, 언젠가 후지모토 선생님이 '100년 남을 일을 합시다'라고 학창 시절 에구치 선생님과 함께 맹세했다고 말한 적이 있습니다만 그것은 언제 적 일입니까?

후지모토   그건 대학원 시절이네요. '가능한 팔지 못할 책을 내자'라고 둘이서 다짐했습니다. 에구치 선생의 책은 시간이 지날수록 빛나고 오래 남는 책이지만 좀처럼 팔리지 않는다고 들었습니다.

미우라　후지모토 선생님의 책은 살아남을 것도 물론이지만 수요도 높습니다. 『일본현존조선본연구』의 「집부」는 품절되었다고 들었습니다. 그럼 계속 말씀 부탁합니다.

후지모토　학생 시절에는 중문과의 요시가와 고지로吉川幸次郎 선생님, 독문과의 오야마 데이치大山定一 선생님, 사토 히사시佐藤長 선생님의 티벳어, 오지하라 유타카大地原豊 선생님의 산스크리트어, 그리고 아리미쓰 교이치有光敎一 선생님의 고고학 수업 등이 기억에 남아 있습니다. 오지하라 선생님은 천재라고 칭송받은 분인데 저희 학생들에게 '~씨'라 부르며 정중하게 대해주셔서 놀랐습니다. 나중에 대영도서관에서 프랑스의 산스크리트어 학자와 잠시 이야기할 기회가 있어 '나는 젊었을 때 오지하라 선생님에게 산스크리트어를 조금 배웠다'라고 말했더니 상대방의 반응이 엄청나서 놀랐습니다. 이유를 물어보니 선생님은 프랑스에서 매우 존경받는 분이기 때문이라고 하였습니다.

아리미쓰 선생님은 조선고고학 전공으로 전후 한국 측에서 고고학 관계 사무 처리에 대한 일을 부탁받고 몇 년 동안 한국에 머무셨는데, 한국에서는 매우 존경 받고 있는 분입니다. 한국 유학 시절인 1968년에 혼자 경주 여행을 했는데 경주박물관 — 여기는 조선 시대 관아로 — 그곳을 방문했을 때 당시 관장님이 이전에 아리미쓰 선생님께 배웠던 분으로 아리미쓰 선생님에 대한 열렬한 존경의 마음을 드러내었습니다. 무엇이 계기였는지는 기억에 남아 있지 않지만 학부 4학년 무렵 8월에 주 1, 2회 범문梵文 전공의 아시카가 아쓰우지足利惇氏 선생님 연구실에서 산스크리트어 중급 텍스트를 읽은 적이 있습니다. 저 혼자였습니다. 오지하라 선생님 같은 천재를 키우신 아시카가 선생님 앞에서 횡설수설하던 제 자신을 떠올리면 지금도 부끄러움이 온몸을 휘감고 고마움과 예가 아니었던 일에 그저 고개가 숙여질 뿐입니다.

4학년 때는 이마니시 슌죠今西春秋 선생님의 만주어 수업에도 들어갔습니다. 선생님은 당시 덴리天理대학에서 교토대학으로 출강하고 계셨는데, 교토제대와 경성제대 두 제국 대학의 교수이자 조선학의 거두이셨던 이마니시 류今西龍 선생님의 아드님이었습니다. 선생님은 전쟁 전 베이핑北平 대학 교수로 전후에 중국 측의 요청을 받아 베이징에 남아 있다가 간첩 혐의로 투옥되어 매우 고생하셨다고 들었습니다. 의심이 풀려 귀국 후 텐리대학 교수로 근무하고 계셨습니다. 선생님은 그 후로도 오랫동안 저를 아껴 주셨습니다.

마침 비슷한 시기에 오사카 외대로부터 출강하신 김사엽金思燁 선생님의 조선어 초급, 중급 수업에도 들어갔습니다. 선생님은 경성제국대학에서 다카하시 도루高橋亨, 오구라 신페이小倉進平, 고노 로쿠로河野六郎라는 조선학 초창기의 쟁쟁한 선생님들에게 배우셨고, 조선 시가를 전공하셨습니다. 다카하시 선생님이 애를 써서 덴리대학에 초빙되었는데, 이듬해 오사카외대에 조선어학과가 창설되자 곧장 그곳으로 옮겼습니다. 선생님은 전후 처음 일본에 오신 한국의 석학으로, 이 일은 간사이關西, 오사카와 교토 인근 지역뿐만 아니라 일본의 조선학에도 매우 감사한 일이었다고 생각합니다.

김사엽 선생님의 1년 차 수업은 10명 남짓으로 동양사라든가 고고학 학생이 많았는데 가을에는 반으로 줄었고, 2년 차 중급반은 고작 몇 명만 남았습니다. 사전이 없어 선생님께서 한국에서부터 『동아새국어사전』을 구해 주셨는데, 그 책을 펼치면 설명도 전부 조선어였기 때문에 그 설명을 읽기 위해 다시 사전을 뒤져야 하는, 계속 제자리를 맴도는 나날들이었습니다. 오사카 외대에서 했던 선생님의 강독 수업에도 일주일에 한 번씩 다녔습니다. 텍스트는 박종화 선생님의 『다정불심多情佛心』이라는 꽤 두꺼운 책이었습니다. 이 수업에서 나중에 저널리스트로 활약하는 사카모토 타카오坂本孝夫 씨를 알게 되었습니다. 필명으로는 '하기와라 료萩原遼'라든가 여러 가지가 있습니다. 그는 졸업 후 공산당 본부에 들어가 「아카하타赤旗」의 기자로 3년 동안 평양에 파견되었습니다. 하지만 결국 더 이상 견디지 못하고 귀국한 뒤 공산당에서 쫓겨났습니다. 그 후 미국으로 가서 공문서관에 보관되어 있는, 한국 전쟁 당시의 노획 자료나 전사한 북한 병사의 주머니에서 나온 것 등 15,000상자나 되는 자료들을 전부 보았다고 합니다. 그 즈음 한국이나 일본의 연구자들도 그것을 보러 갔었는데 상자에 붙은 간단한 내용 설명에 따라 대략 추측해서 찾아 볼 뿐 전체 조사는 아무도 하지 않았습니다. 사카모토 씨는 그것을 모조리 본 것입니다. 그러다가 전사한 장교로 보이는 병사의 호주머니에서 '1950년 6월 25일 오전 5시를 기해 공격하라'는 명령서가 나왔습니다. 이것을 통해 북한이 먼저 전쟁을 시작했다는 일이 처음으로 밝혀졌습니다. 최근에 세상을 떠났는데 정말 큰일을 하였습니다. 존경하는 친구입니다.

미우라 그러한 철저한 조사는 후지모토 선생님의 학풍과 비슷하네요.

후지모토 학부는 5년 만에 졸업했고, 졸업논문은『한청문감漢淸文鑑』— 이
것은 만주어와 조선어 사전인데 — 이것을 사용해 만주어의 음
운에 대해 썼습니다.

학창 시절 도서관에서 우연히『명치과거장明治過去帳』이라는 꽤
두꺼운 책을 발견하였습니다. 이것은 오우에 시로大植四郎라는
분이 30년에 걸쳐 편찬한 메이지 시대의 사망자 명부라고 할
까요, 일종의 묘지명 같은 것으로 21,306명의 이름이 사망 순
서대로 메이지 원년 1월 1일부터 메이지 천황 붕어의 날짜까
지 배열되어 있었습니다. 신문 등의 기사나 아오야마靑山 묘지
등을 돌면서 무명인의 묘비명도 전부 적어 두었다고 합니다.
그 집념에 감동받았고 이러한 기초적인 작업에 동경을 느꼈습
니다.

미우라 이러한 전체 조사도 후지모토 선생님의 학풍이네요. 그건 그렇
고 학부 시절부터 쟁쟁한 석학들의 가르침을 받았군요. 다음으
로 대학원 석사과정 이후의 이야기로 넘어가겠습니다.

3) 대학원 진학

후지모토 1965년 4월에 석사 과정에 진학 했습니다. 지도교관은 이즈이
泉井, 니시다西田 선생님과 국어학의 하마다 아쓰시濱田敦 선생님
이었습니다. 언어학 이외에 동양사와 중문학 수업에도 들어갔
습니다. 한편 간다 기이치로神田喜一郎·고지마 노리유키小島憲之·
하시모토 신키치橋本進吉·나카타 노리오中田祝夫·쓰키시마 히로
시築島裕 선생님들의 저작을 읽고 훈점어 연구에도 흥미를 갖게

되었습니다.

석사 2학년 때 이마니시 선생님께서 '하버드-옌칭 장학금으로 워싱턴 대학의 니콜라스 포페Nicholas Poppe 선생님께 유학하지 않겠느냐'고 권하셨습니다. 포페 선생님이라는 분은 몽고어의 세계적 권위자였습니다. 마침 같은 시기에 김사엽 선생님께서도 '장학금이 있으니 한국으로 유학하지 않겠느냐'는 말씀이 있었습니다. 이마니시 선생님의 추천은 조건도 좋고 감사했습니다만, 몽고어는 약간의 역사 자료가 있을 뿐 당시에는 현장 조사도 불가능한 시대였습니다. 한편 조선은 중국의 영향을 깊게 받은 문화국으로 한문 자료도 많이 남아 있다고 들었습니다. 학생 시절부터 고대어에는 관심이 있었기 때문에, 훈점어 자료 같은 것이 있으면 그것을 연구해 보자고 생각하며 한국 유학으로 정했습니다.

석사논문은 「조선 고대 지명의 연구朝鮮古代地名の研究」라고 하여 주로 『삼국사기』나 『삼국유사』를 사용했습니다.

미우라 이제부터 드디어 유학 시절의 이야기를 듣고 싶습니다. 1967년 4월부터 1970년 2월까지의 3년 동안이군요. 부탁드립니다.

4) 유학 시절

후지모토 1967년 4월 박사과정에 진학했지만 곧 휴학하고 4월 8일 오사카 항구에서 아리랑호를 타고 모지門司와 현해탄을 거쳐 10일 부산에 도착했습니다. 당시는 한창 반공 시대였기에 짐을 모두 뒤집히는 조사를 당했습니다. 세관에서 밖으로 나오자 치마저고리를 입은 아주머니가 물건을 담은 커다란 놋대야를 머

왼쪽부터 본인·민병수·김방한·이즈이 히사노스케(泉井久之助)
·우메다 히로유키·오사 세쓰코(長節子) 선생님
(1968년 12월 이즈이 선생님의 한국 방문 당시 서울대학교 동숭동캠퍼스)

리에 얹고 팔자걸음으로 유유히 걸어가는 것을 보니, 여유로운 시간의 흐름이 느껴지면서 이국에 왔구나 하는 실감이 들었습니다.

저의 한국 유학은 한글학회의 초청 형태로 이루어졌기 때문에 서울에 도착한 다음날, 회장이신 최현배 선생님께 인사드리러 갔습니다. 최현배 선생님은 전쟁 전 히로시마 고등사범학교와 교토제국대학 철학과에서 배운 분입니다. 전쟁 전 한글학회는 '조선어학회'라고 하였으며, 한글의 민간 보급·사전 편찬·한글문헌 연구 등을 추진하던 곳으로 일제강점기 일본으로부터 탄압을 받았습니다. 최현배 선생님도 북한의 함흥이라는 혹한의 땅에서 투옥되어 고문을 받으셨다고 들었습니다. 최현배 선생님은 한국어 현대어 문법의 창시자로 매우 존경을 받는 분이었습니다. 한글학회
로서 일본은 원수였
지만 김사엽 선생님
의 요청과 최현배 선
생님의 관용으로 감
사하게도 저의 유학
이 실현되었습니다.
그 다음날 서울대
학교 문리과대학
언어학과의 허웅

왼쪽부터 허웅 선생님과 본인(1992년 7월 한글학회)

선생님을 찾아 뵈었습니다. 이것도 김사엽 선생님의 소개입니
다. 허웅 선생님은 15~16세기 중기 조선어의 권위자였습니다.
그 자리에서 조교수 김방한 선생님, 조교 장병기 씨도 만났습
니다.

김방한 선생님은 알타이 어학의 권위자이신데, 그 후에도 공적
으로 사적으로 모두 대단히 신세를 졌습니다. 장병기 선생님은
프랑스 어학 전공으로 나중에 프랑스어학회 회장과 홍익대학
교 총장을 맡기도 하였으며, 지금까지도 저와 친분을 이어가고
있습니다.

그 후 허웅 선생님의 연구실에 가끔 방문했는데, 제 조선어 발
음 중 특히 경음硬音이나 농음濃音이라는, 일본에서 말하는 '촉
음促音'이 어두에 나올 때 제대로 발음되지 않는다면서, 초등학
교 교과서를 사용해 두세 달 동안 일주일에 한 번씩 고쳐 주셨
습니다. 이것도 정말 감사한 일입니다.

왼쪽부터 본인과 이숭녕 선생님(1977년 3월 평양사범학교 사은회 초빙 당시, 오사카)

제 유학 시절 서울대학교는 경성제대 시절 건물이었고, 당시 규장각은 문리과대학 2층에 있었습니다. 규장각 열람실에 자주 들렀는데 열람자는 항상 몇 명 정도였고 출납계는 야간 고등학교에 다니는 학생이었습니다. 서고 입구의 문 위에 자전거 튜브가 설치되어 있어 자동으로 열고 닫는 역할을 하였는데, 학생이 규장각의 책으로 눌러서 열고 닫고 있었습니다.

당시 국립중앙도서관은 현재의 롯데백화점 위치에 있었습니다. 자주 고서를 보러 갔기에 사서인 제홍규 선생님께 신세를 많이 졌는데 일찍 돌아가셨습니다.

서울대학교에서 우메다 히로유키梅田博之 선생님과 알게 되었습니다. 우메다 선생님은 도쿄대 언어학과 출신으로 핫토리 시로服部四郎 선생님의 제자이자 나고야 대학 언어학과 조수였는데, 하버드-옌칭의 연구비로 저보다 조금 일찍 와 있었습니다. 함께 국어학과 이숭녕 선생님이라는 중세어 전공의 거물 학자에게 수업을 듣기도 하고, 설날에는 같이 선생님의 청량리 집을 방문하기도 하며 그 후로도 계속 신세를 졌습니다. 1968년에는 조선사 전공의 오사 마사노리長正統 부부가 와서 우메다 선생님과 넷이 함께 이곳저곳을 돌아다녔습니다. 코스모스가 만발한 남한산성에 갔던 일이 기억에 선명하게 남아 있습니다. 나중에 큐슈대학교에 조선사학과가 생기자 오사 선생님이 초대 교수가 되었습니다.

미우라 몇 해 전에 돌아가신 우메다 선생님과도 오랜 교제가 있었네요. 그래서 유학생활은 순조로웠습니까?

후지모토 처음에는 하숙집이 없어, 당시 텐리대학에서 파견되어 서울대에서 연구 중이면서 한국 외대의 일본어 강사를 맡고 있던 히라키 마코토平木實 선생님의 하숙집에서 보름 정도 신세를 졌습니다. 감사하고 있습니다.

그 후 시내의 신당동에 하숙집을 얻어 매일 30분 정도 걸어서 서울대에 다녔습니다. 그때 서울대는 시내 중심부의 대학로 동숭동에 있었는데, 가는 길에 보고 듣는 것들이 모두 신기한 일이라 싸움이 나면 반드시 멈춰서 들었고, 길거리의 물건을 파는 말에도 계속 귀를 기울였지만 이해할 수는 없었습니다.

생활비가 문제였는데 김사엽 선생님의 도움으로 한국의 '학원사사장 김익달 장학회'로부터 특별한 장학금을 받았습니다. 그러나 그것만으로는 부족하여 갖고 있던 최대한의 반출금 500달러당시는 1달러=360圓, 한국 270원와 국제대학의 강사료도 사용했습니다. 그러나 1년째 여름이 끝날 무렵에는 경제적으로 어려움을 겪어 귀국까지 생각하게 되었습니다. 한국인 학생은 하숙비가 하루 세끼 포함 월 4,000원이었지만 외국인은 9,000원이었습니다. 크게 마음 먹고 그 일을 김방한 선생님과 상의했더니 바로 사촌동생인 김증한 문교부 차관에게 문의해 주셔서 국비 유학생에 빈자리가 하나 있다는 사실을 알게 되었습니다. 그 자리에서 선생님께서 즉시 신청하라고 하셔서 교토대를 통해 신청했고, 다행히 연말에 장학생으로 결정되었습니다. 그러나 실제로 돈이 나오는 것은 다음해 3월부터였기 때문에 바닥난 생활비를 어떻게든 마련해야 했습니다.

그래서 문화광보부 국장 홍경모 선생님께 상의했습니다. 선생님은 동아동문서원東亞同文書院에서 오자키 유지로尾崎雄二郎 선생님과 동기였던 분으로 오자키 선생님께 소개를 받아 때때로 사무실에 찾아 뵈었습니다. 홍경모 선생님께 사정을 말씀 드리자 조성옥 문교부 국장님을 소개해 주셔서 결국 3개월 분을 앞당겨 받을 수 있었습니다. 이렇게 해서 한 달에 24,000원을 받게 되었는데 당시에는 백 원짜리 지폐 밖에 없었기 때문에 제 안주머니는 240장의 지폐로 불룩해졌습니다. 그때 대학 졸업자 초임이 9,000원 정도였기 때문에 모두들 부러워하였습니다.

우여곡절이 있었지만 유학 2년째인 1968년 3월부터 한국 정부 초빙 유학생으로서 정식으로 서울대학교 문리과대학 언어학과 연구원이 되었습니다.

미우라　생활비 문제도 해결되고 신분도 안정됐다면, 이제부터는 조선어 마스터와 자신의 연구 주제를 찾는 일이 되겠네요.

후지모토 그렇습니다. 2년째 되던 1968년 알타이어 학자로 유명한 이기문 선생님이 미국에서 귀국하셔서 대학원 수업에 들어갔습니다. 우메다 씨를 비롯하여 5명 정도였던 것 같습니다. 그 무렵에 대학원생 정광 씨와도 알게 되었고 오늘날까지도 친분을 이어가고 있습니다. 그는 한국어 학계의 원로가 된 지금도 잇달아 저서를 내고 있습니다. 또 이 무렵 중견학자로는 중세어의 안병희, 한자음의 강신항, 알타이어학의 성백인, 한일어학 교류사의 송민, 중세어의 남풍현·김완진 선생님들이 계셔서 여러 가지 지도를 받았습니다.

또한 고명한 역사학자이자 고려대 교수인 이홍직 선생님과 사모님께서도 저를 아껴주셨습니다. 선생님은 구제舊制 우라와浦和 고교를 거쳐 도쿄제국대학 국사학과를 졸업하셨기에 조선사학자인 스에마쓰 야스카즈末松保和 선생님을 비롯하여 일본인 학자 중에 지기知己가 많았습니다. 관동대지진 때 뜬소문으로 많은 조선 사람들이 피해를 당했지만, 선생님은 일본인 집에 숨어 무사할 수 있었다고 감사하셨습니다. 사모님은 명문가 '달성 서씨' 출신이며, 전쟁 전 나라奈良여자고등사범학교현 나라여자대학교를 나오셨기 때문에 두 분 모두 일본어에 능통했습니다. 이홍직 선생님은 세계에서 가장 오래된 인쇄물이라 불리는 불국사의 무구정광대다라니경無垢淨光大陀羅尼經의 발견에 참여한 분으로, 당시 사진을 보여주시면서 자세히 설명해 주셨습니다. 또한 선생님께서 연세대학교 민영규 선생님을 소개해 주셔서 연세대학교에도 자주 방문하였습니다. 민영규 선생님은 선본善本을 많이 갖고 계셔서 지금이라면 더 많은 이야기를 나눌 수 있을 텐데, 이 점을 아쉽게 생각합니다.

그 시점에 저는 아직 서지학에 큰 관심을 갖고 있지 않았습니다. 한일 국교 회복 전에 이홍직 선생님은 문화재반환요구위원회 위원장으로서 일본 측과의 교섭을 담당했습니다. 중요한 것들이 반환되지 않았다고 당시 한국 신문에서 비판하였지만, 선생님께서는 그렇게 보여도 일본 측에 지인이 많아 자신의 체면을 세워준 결과라고 말씀하셨습니다. 스에마쓰 선생님은 이홍직 선생님을 빈손으로 돌려 보내는 일을 견딜 수 없다며, 비장의 『입학도설入學圖說』등 임진왜란 이전의 서적 3종을 서울대학교에 기증하셨습니다. 국경을 초월한 우정에 가슴이 뭉클해집니다.

미우라 이기문 선생님은 아까 김문경 선생이 언급했던, 후지모토 선생님이 번역한 명저 『한국어의 역사』의 저자이며, 이홍직 선생님은 우리들도 성함을 잘 알고 있는 한국 학계의 중진이셨던 분이네요.

후지모토 맞습니다. 대학의 선생님들 이외에도 지인들이 많이 생겼습니다. 예를 들면 제가 시간강사로 있던 국제대학 야간부 학생 중에서 초등학교 교사 설 씨와 알게 되었습니다. 제가 어느 때 설 씨의 선조이자 이두吏讀의 고안자인 신라의 대유학자 설총에 대해 관심이 있다고 말했는데, 이번 여름에 고향에 돌아가니 함께 가자고 권해 주어 전라도 담양의 설 씨 동족 마을에서 일주일 가까이 신세를 졌던 일도 좋은 추억입니다.

미우라 후지모토 선생님은 유학 3년 간 거리가 가까운데 한 번도 일본에 돌아가지 않고, 귀국할 돈과 시간이 있으면 한국 각지를 여행하며 견문을 넓히고 싶어 했다는 이야기를 전에 들은 기억이 있는데, 여행도 많이 다녔겠군요.

후지모토 여행의 추억이라면 유학 2년째 여름에 강릉·경주·부산·제주도·목포·대흥사·해남 윤 씨 종가집시조 작가 윤선도의 고택·광주·전주를 혼자서 한 달 가까이 돌아다닌 일도 즐거운 추억입니다. 강릉에서 대구까지는 기차로, 대구에서 경주까지는 버스로 비포장 흙길을 갔습니다. 창문을 닫아도 흙먼지가 차 안에 날아다녔습니다. 경주시에 들어서자 길 양쪽으로 큰 나무가 우거졌고 작은 동산이 초가집 사이로 연이어 나왔는데, 이것들이 왕릉이었습니다. 동산 사이를 이어가며 민가가 있는 느낌이었습니다. 버스에서 내려 풀이 무성한 야트막한 언덕에 올랐는데 여기저기서 저녁밥 짓는 연기가 피어 오르기에 닌토쿠 천황仁德天皇의 고사를 생각하며 멍하니 있으려니, 갓을 쓰고 흰 옷을 입은 긴 수염의 노인이 손짓을 하며 큰 소리로 외치고 있었습니다. 문득 정신이 들어 무슨 일인가 하고 내려가니 '왕릉을 범하다니 괴상하지 않느냐'라며 저를 크게 꾸짖었습니다. 잔디 같은 풀이 자라고 있었기 때문에 왕릉이라고는 생각하지 못했습니다.

경주에서는 민영규 선생님의 제자를 소개받아 그분이 경영하던 신라호텔에 일주일간 공짜로 묵을 수 있었습니다. 덕분에 고도 경주를 마음껏 돌아다니며 예전의 일본 유학승들을 떠올리기도 하였습니다.

미우라 그런 이야기를 듣고 있으니 생각납니다만, 1980년의 일인데 후지모토 선생님에게 한국 각지를 안내받은 적이 있었습니다.

그 중 가장 인상적이었던 것이 전주 향교를 방문했을 때의 일입니다. 그곳에 무려 조선 시대 그대로인 유학자 어르신이 살고 계셨는데, 그분께 자신의 학통과 학문에 대한 이야기를 들었습니다. 저로서는 살아있는 '유교'를 눈으로 직접 본 것이라 적지 않은 충격을 받았습니다.

자, 이제부터 핵심부가 되는데 이렇게 많은 초일류 선생님들과 전문가 지우들을 얻어 마침내 연구 주제를 찾았는지에 대해 알려 주시기 바랍니다.

후지모토　유학 전에는 일본의 훈점어 자료에 해당하는 조선의 고대어 연구를 하고 싶다고 생각하고 있었습니다만, 실제로 와 보니 일본과 같은 고어 자료가 거의 없다는 것을 알게 되어 기대에 어긋났습니다. 훗날 2000년에 고바야시 요시노리小林芳規 박사와 한국의 학자들이 고려 시대의 훈점 자료를 발견하였지만, 그 당시에는 아직 알려지지 않았습니다. 그래서 한자의 음과 훈을 이용한 '토吐'나 '이두'에 대한 연구를 하고 싶다고 생각하여 원자료를 찾았는데 남아있는 것이 대부분 17세기 이후의 것으로 그 이전의 자료는 극히 적었습니다.

유학 3년째 즈음, 한국의 고서적 전승 상황을 점차 알게 되었습니다. 한국에는 고선본古善本이 상대적으로 적은 반면 일본에는 한국에서 이미 사라진 선본 희귀서가 많이 남아 있다는 사실을 알게 되었고, 이것들을 전부 조사하면 조선어학에 공헌할 수 있고 조선학의 기반을 구축할 수 있지 않을까 라는 생각에 이르렀습니다. 게다가 조선본 중에는 중국본에 바탕을 둔 것이 많아, 중국의 일서佚書나 사라진 계통의 서적이 조선본으로 존

재하기도 하였으니, 처음 중국학에 뜻을 두었던 제 자신과의
접점도 찾을 수 있었습니다. 또한 조선본 특히 불경이 고대 일
본에 미친 영향은 알고 있었지만, 그 후 에도江戸시대 초기에 조
선본 복각본이 많다는 사실도 점차 알게 되면서 조선본이 동
아시아에서 차지하는 중요성 즉 동아시아 출판문화 연구의 기
반이 될 수 있음도 깨달았습니다. 조선본 연구가 조선학·중국
학·일본학에 공통의 연구 기반을 제공할 수 있지 않을까 하는
생각이 들었습니다. 여러 개별 분야에서 기반의 구축에 평생을
바친 사람이 있는데, 저 자신도 그러한 사람 중 하나가 되고 싶
다고 생각하였습니다.

이렇게 해서 저는 다소 우여곡절이 있었지만 3년에 걸친 유학
생활을 의미 있게 보내고 평생의 연구 주제에 도달하였습니다.
그것은 여러 선생님들뿐만 아니라 보통 사람들에게도 신세를
진 덕분으로 지금까지도 감사하지 않을 수 없습니다.

미우라 이러한 성공적인 유학 경험을 젊은 사람들이 앞으로 자신의
유학에 참고한다면 후지모토 선생님께서 이야기한 보람이 있
을 것입니다.

5) 대학원 복학

후지모토 한국 유학에서 돌아오니 이즈이 선생님은 이미 퇴관하셨고 니
시다 선생님 혼자 계셨는데 박사과정에 복학하였습니다. 이 시
기 3년 간은 언어학 이외에 중문학의 시미즈 시게루 선생님,
오가와 타마키小川環樹 선생님, 이리야 요시타카入矢義高 선생님,
국문학의 하마다 아쓰시濱田敦 선생님, 동양사의 사에키 토미佐

伯富 선생님, 후지에다 아키라藤枝晃 선생님, 중국 고고학의 하야시 미나오林巳奈夫 선생님의 수업을 들었습니다. 하마다 선생님 밑에 계신 야스다 아키라安田章 선생님께도 신세를 졌습니다.

하마다·야스다 두 선생님은 일본어 연구에 조선 자료를 사용한다는 새로운 방법을 개척하셨습니다. 조선에는 통역관용 일본어 교과서인 『첩해신어捷解新語』 등이 있습니다. 이 책은 무로마치室町 말기 경의 일본어를 한글로 표기하고 있었는데, 거기에서 반대로 그 시기의 일본어 음운·문법·어휘 등에 대한 정보를 얻을 수 있습니다. 이 방법은 언어학과 교수인 신무라 이즈루新村出 선생님께서 일찍이 외국어 자료 즉 대영도서관 소장의 기독교기리시탄 문헌인 『이솝우화伊曾保物語』를 이용하여 일본어를 연구했던 방법을 따라한 것입니다. 이솝우화도 무로마치 말기 경의 일본어를 로마자로 표기하고 있습니다.

또한 하마다 선생님은 조선의 일본어 관련 자료를 많이 출판하셔서 학계에 크게 공헌하셨습니다. 야스다 선생님을 통해 교토대 인문과학연구소인문연의 우메하라 가오루梅原郁 선생님으로부터 '조선어를 배우고 싶다'는 요청이 들어와서, 저는 뻔뻔하게도 그 교환 조건으로 무언가 읽어 달라고 부탁 드렸고 선생님께서는 구당서舊唐書를 주 1회씩 읽어 주셨습니다.

1970년부터 교토대 인문연에서 다나카 겐지田中謙二 선생님을 반장으로 한 『주자어류朱子語類』 연구반이 발족되었는데, 저는 중국의 속어 등에도 관심이 있어 참가를 신청하여 허락을 받았습니다. 전공이 다른 쟁쟁한 분들이 참여하고 있어 담론이 활발하였던 이 공동연구회에서 여러 가지를 배웠습니다. 당시

인문연의 조수였던 미우라 선생님과 알게 된 것도 이 연구회를 통해서입니다.

이즈음 교토산업대학에서 조선어, 도시샤同志社 대학에서 중국어 시간강사로 근무했습니다. 교토산업대학에는 무라야마 시치로村山七郎 선생님이 큐슈대학 정년 후에 오셔서 일본어의 기원을 연구하고 계셨습니다. 제가『한국어의 역사』를 번역할 수 있던 것도 무라야마 선생님께서 주선해주신 덕분입니다. 조선본 귀중서는 관동토쿄 인근 지역에 많이 소장되어 있었는데 학생이었던 저는 출장 여비를 충분히 마련할 수 없어 우선 교토대학부터 시작하기로 하고, 부속도서관 입구에 있는 전학도서全學圖書카드와 문학부 도서카드를 중심으로 조선본을 확인하였습니다. 그 후 도서관과 문학부 서고에 들어가 문헌을 직접 손에 들고 만지며 조사했습니다.

1973년에 포스트닥터가 되었는데, 이즈음에 중문학과 대학원생인 김문경 씨와 알게 되었습니다. 이 일은 잘 기억하고 있습니다만, 교토대학 정문 앞을 김문경 선생이 자전거로 지나가는데 불러 세워서 '함께 연구회를 만들까'라고 제안했던 기억이 납니다. 둘이 상의해 한 달에 한번 저희 아파트에 모여『노걸대老乞大』나『박통사언해朴通事諺解』의 독서회를 열었습니다. 참가자는 그 당시 일본에 와 있던 정광鄭光, 유타니 유키토시油谷幸利, 히구치 고이치樋口康一, 다쿠보 유키노리田窪行則, 사에구사 도시카쓰三枝壽勝 등으로 이 분들은 그 후 각각 자기 분야에서 크게 활약하셨습니다. 독서회는 제가 도야마대학에 부임할 때까지 계속되었습니다.

미우라　김문경 선생님, 이름이 나왔는데 혹시 더할 내용이 있습니까?

김문경　제 기억으로는 '상의를 했다'는 것이 아니라 후지모토 선생님께서 '이런 걸 할 테니까 너도 나와라' 이런 느낌이었던 것 같습니다만.

미우라　반쯤은 명령으로?

김문경　네, 그런.『박통사』라는 것은 고려시대에 나온 중국어 회화 교과서입니다. 게다가 조선어 번역인 '언해'가 붙어 있어 조선어뿐만 아니라 중국어에도 매우 중요한 자료였기 때문에, '그럼 저도 참가하겠습니다'라고 하였습니다. 후지모토 선생님이 오사카대학 조수로 있을 무렵, 아마도 나카다치우리中立賣였던 것 같은데, 후지모토 선생님의 아파트에 모여서 모임이 끝나면 사모님께 손수 만든 요리를 대접받았던 일은 잘 기억하고 있습니다. 후지모토 선생님이 도야마에 가신 후에는 저희 집에서 좀더 하였습니다.

시작한 것이 언제였는지는 정확히 기억나지 않지만 마지막으로 다 읽은 것은 이번에 확인해보니 '1980년 4월 27일'이고, 장소는 고노에도오리近衞通り 동쪽 편 막다른 곳에 있던 찻집 '고노에近衞'입니다. 거기서 다 읽었다고 제『박통사』마지막 페이지에 적혀 있습니다.

그래서 그해 여름 방학에 모두 도야마에 가서 합숙을 했습니다. 그냥 놀러간 것이 아니라『박통사』의 조선어 어휘 색인을 만들기 위해서였습니다. 첫날은 후지모토 선생님 댁에서 전원 10명 가까운 인원이 묵었는데, 사모님께서 참 힘드셨을 것이라고 생각됩니다만, 또 저녁 대접을 받았습니다.

미우라 　그럼, 다음의 이야기를 좀 더 부탁해도 될까요?

후지모토 　김문경 선생님은 중국어는 물론 조선어에 대해서도 매우 어학적인 센스가 좋아, 조선어 읽는 법에 대해서도 많은 것을 가르쳐 주셔서 정말 감사하게 생각합니다. 교토대, 교토부립도서관, 오사카부립도서관 가끔은 도쿄의 내각문고內閣文庫라든가 다이토큐기념문고大東急記念文庫에 소장된 조선본을 조사했는데, 그 경험을 바탕으로 독자적인 조사법이나 조사 항목을 책정한 것도 이 무렵의 일입니다. 당시 히로시마대학교廣島大學 언어학과 선배인 요시카와 마모루吉川守 선생님, 국립민속박물관의 에구치 가즈히사エロ一ス 씨와의 교류도 깊어 졌습니다.

요시카와 선생님은 수메르학의 국제적인 권위자로 저보다 10살 정도 나이가 많지만 정월 초하루부터 카드를 뽑고 계셨습니다. 그 성과의 일부는 국립민족학박물관에 『슈메리안 그로사리Sumerian Glossary』라고 공개되었습니다. 요시카와 선생님의 학문에 대한 진지한 자세에 저는 자극을 받았습니다. 에구치エロ 씨는 저와 동갑으로 그는 처음에는 베트남어를 연구하고 있었습니다. 정말 언어에 능숙해서 중국어, 프랑스어, 부인과는 — 부인은 캐나다 사람이지만 — 영어로 말했습니다. 후에는 아프리카 카메룬의 풀베Fulbe어를 전공해서 풀베족의 설화를 모아 『북부 카메룬 풀베족의 민간 설화집』5책, 松香堂書店, 1996~2000으로 정리하고 이것들을 국제음성기호로 표기했습니다. '말'이라는 것은 당연히 변해갑니다만, 백년 이백년 후의 풀베어 연구에 불멸의 업적이라 생각합니다. 두 분 모두 제가 존경하는 연구자인데 최근 타계하셨습니다.

사에키佐伯 선생님은 동양사 교수님으로 선생님의 연습 수업을 오랜 기간 청강하였습니다. 연습에서 『속자치통감장편續資治通鑑長編』이나 『옹정주비유지雍正朱批諭旨』를 읽었습니다만, 담당학생이 막히면 아무 말씀도 하지 않으셔서 그 자리를 침묵이 지배해 학생이 식은땀을 흘리는 일이 자주 있었습니다. 사에키 선생님은 학사원상과 은사상을 수상하셨는데, 그분의 저서 『중국염정사의 연구中國鹽政史の研究』를 비롯하여 많은 책을 받아 정말 영광이라 생각하고 있습니다. 어느 날 저녁 선생님의 연구실을 찾아가 문을 두드렸는데, '네'라고 대답하셔서 문을 열었더니, 4시나 5시쯤이었을까요? 아직 불은 켜지 않으시고 어슴푸레한 방 안에서 희미하게 빛나는 창문을 배경으로 등을 쭉 펴고 단정하게 앉아 자료에 붉은 점을 찍으며 읽고 계신 옆모습의 그림자를 보고 저는 숨을 삼켰습니다. 학자의 참모습을 엿본 듯해서 저도 반드시 그렇게 되고 싶다고 생각했습니다.

미우라 후마 선생님은 이즈음 대학원에 재학 중이셨나요?

후마 이 시기에 이르니 드디어 후지모토 선생님과 겹치는군요.

미우라 사에키 선생님에 대한 기억도 있습니까?

후마 사에키 선생님의 연습에서, 『속자치통감장편』이었다고 생각합니다만, 물론 후지모토 선생님이 참여하고 있었다는 사실은 알고 있었습니다. 또 하나 지금 이야기에서 놀란 점은 참 여러 가지 관련 과목에 참여하셨다는 사실입니다. 저 같은 경우는 그런 수업에 나가기는커녕 사실은 땡땡이만 치고 있었습니다. '이리야 요시타카 선생님의 수업에 들어갔다'라고 말씀하셨는데, 저도 후지모토 선생님이 참여했던 것을 기억하고 있습니다. 사실은 저 외에 나중에 문학부 교수가 된 동급생 가와이 코조川合康三 군도 수업에 들어왔는데, 이 수업은 그야말로 기묘한 수업으로, 교토대 연습 수업은 보통 자신이 제대로 조사해 온 대로 텍스트를 읽고 정확하게 해석하는 방식의 수업이지만, 이리야 선생님은 대부분 자신이 학생이라는 기분으로 차례차례 읽어 가셨습니다. 그리고 그 다음에 읽은 사람은 타이완에서 온 유학생이었던 것 같습니다. 가끔 수업 중간에 유학생과 선생님이 중국어로 이야기하기 시작합니다. 저 같은 경우는 완전히는 아니지만 중국어를 잘 모르기 때문에 멍하니 듣고 있을 수밖에 없었습니다. 그 당시 텍스트는 마합라魔合羅라는 원곡元曲이었는데, 그 연습에서 제대로 읽은 사람은 일본인 중에서 후지모토 선생님뿐이었다는 사실을 지금도 기억하고 있습니다.

후지모토 아니아니, 절대 그렇지 않습니다.

미우라 후지모토 군은 강의만이 아니라 이리야 선생님의 연습에도 들어갔다는 이야기입니까?

후마 네. 원곡『마합라』의 연습 수업에 들어왔습니다. 저 같은 건 만일 지명되었다 하더라도 그런 걸 읽지 못했던 것 같은데, 후지모토 선생님은 지명될 경우 제대로 읽었던 기억이 납니다.

후지모토 원곡『마합라』네요. 그리고『돈황변문집敦煌變文集』도 읽었습니다. 그 책에는 중국학자의 주석이 붙어 있었습니다만, 선생님께서 '이건 틀려, 저것도 틀려'라며 문자나 해석의 오류를 자주 지적하셨지요. 대단한 선생님이었죠. 이리야 선생님의 연습 중 다른 하나는『문선文選』을 읽었는데 거기에도 들어갔습니다.

후마 이리야 선생님은 대단한 학자셨어요.

미우라 후지모토 선생님은 책의 서지 정보로 매우 중요한 서문序文을 비롯하여 한자 원문을 잘 읽을 수 있는데, 이렇게 중문학이나 동양사 수업에 적극적으로 참여해 요시카와·사에키·오가와· 이리야·시미즈 선생님들에게 단련된 일이 큰 역할을 했다는 것을 잘 알았습니다. 서지학자로서 한문을 읽을 수 있다는 것 은 당연한 일이 되겠지만 사실 말하기에만 쉬운 것이죠.

자, 이번에는 「직장 경력」에 대해 이야기를 해보겠습니다.

6) 직장 경력

후지모토 1975년 4월부터 오사카대학 문학부 국어학 강좌의 조수로 채 용되었는데, 강좌주임 미야지 유타카宮地裕·다나카 유타카田中 裕·시노다 준이치信多純一·야마다 노부오山田信夫·히바라 도시 쿠니日原利國·다케다 쓰네오武田恒夫 선생님들께서 여러 가지로 잘해 주셨습니다. 이 무렵에 일본학과도 다소의 접점이 생겼습 니다.

오사카대학에서는 3년간 신세를 졌는데, 도야마대학의 나가타 히데마사永田英正 선생님께서 불러 주셔서 1978년 4월 도야마 대학에 부임했습니다. 이 해 도야마대학 문리학부는 동아시아 연구에 중점을 두는 인문학부와 이학부로 개편되어, 조선어 조 선문학과 등 새로운 전공이 개설되었습니다. 조선문학 담당교 수로 부임하신 분은 가지이 노보루梶井陟 선생님인데 도쿄에서 중학교 이과 선생님을 하셨으며 조선어는 거의 독학으로 배우 셨습니다. 저는 조선어학 담당 조교수로 부임했습니다.

창설 당시 도야마대학 인문학부는 매우 활기에 넘쳐, 동양학으로 말하자면 나가타 선생님 그리고 후마 선생, 가마다 모토 카즈鎌田元一 선생 등 정말 진지한 연구자들이 많아 자극도 많고 즐거운 나날들이었습니다. 많은 분들이 전근하였지만 저는 연구 환경이 좋은 도야마대학에서 끝까지 봉직했습니다. 도야마대학에 있을 수 있었기 때문에 호흡이 긴 작업을 할 수 있었다고 감사하고 있습니다.

미우라　후마 선생님, 이름이 나왔습니다만 뭔가 한 마디 할 이야기가 있습니까?

후마　원래 조선어학과가 있다는 것은 당시 국립대학교에서는 매우 드문 일이었다고 들었습니다.

후지모토　조선어학과는 오사카와 도쿄의 외대에 있었습니다.

미우라　오사카외대와 도쿄외대네요.

후지모토　맞아요. 그런데 조선어 조선문학과라는 것은 국립대학교에서는 도야마대학 하나였죠.

후마　맞아. 아주 드물었어. 저는 후지모토 선생님 뒤에 부임했습니다만, 말씀하신 것처럼 매우 즐거운 직장이었네요. 봄에는 반드시 근처의 구레하야마吳羽山에서 꽃놀이를 했어요. 그리고 오늘 오랜만에 전차를 타고 오면서 생각났습니다만, 모두 함께 히미氷見까지 굴을 먹으로 갔던 일도 있었죠. 후지모토 선생님은 가셨나요?

후지모토　응, 갔어.

후마　민박집에서 하룻밤 묵고 굴을 실컷 먹고 돌아오는 일을 연중행사로 했던 것이 도야마의 생활이었지요. 진짜 즐거웠습니다. 정말 여러 가지로 너무나 감사했습니다.

후지모토 아니아니, 나야말로 즐거웠어.

미우라 도야마대학이라면, 나카 수미오中純夫 선생도 한때 재적하셨지요.

후지모토 그래, 교양부에.

미우라 그건 2000년 즈음이었던가, 후지모토 군이 「조선 유림의 종합적 연구朝鮮儒林の總合的研究」라는 팀을 조직해 과학연구비한국의 '연구재단 연구지원금'에 해당를 받았을 때, 나카 선생도 유력한 멤버로 참가했던 일이 기억납니다.

후지모토 그렇지. 자네도 활약했었지. 그건 내가 기획하고 신청서도 썼지만, 그것 이외에도 과학연구비를 받고 있었기 때문에, 팀원이었던 교토부립대학 조선미술사 전공의 요시다 히로시吉田宏志 선생님이 대표가 되었죠.

미우라 나카 선생은 나중에 교토부립대학으로 옮겨서 『조선의 양명학 −초기 강화학파의 연구朝鮮の陽明學−初期江華學派の研究』汲古書院, 2013 라는 조선양명학에 관한 획기적인 연구를 발표하였는데, 저는 그분 또한 후지모토 선생님에게 가르침을 받은 사람이라고 생각합니다.

후지모토 그런 건 아니지요. 그런데 과학연구비의 시작과 나카 선생님의 전근이 동시에 일어나 행정 처리에서 크게 도움을 받았습니다.

미우라 그 외에 또 도야마 시대의 추억은?

후지모토 40세 무렵에 궤양성 대장염이 발병하여 매우 고생했습니다. 당시에는 외과 수술로 대장의 환부를 절제하는 것이 일반적인 치료 방법이라 발병할 때마다 절제를 반복했어야 했는데, 그것을 피하기 위해 도야마 의과약과대학富山醫科藥科大學 부속병원현 도야마대학 부속 병원의 화한진료과和漢診療科에 입원했습니다. 3년 간격으로 백일 동안 두 번 입원했는데, 도화탕桃花湯 처방을 받았습니다. 입원 중 교토의 휘문당彙文堂에서 장중경張仲景의 『상한론傷寒論』을 구해 읽었더니, 이미 1800년 전에 그러한 처방이 있더라고요. 그 후에는 통원하면서 제 나름대로 조심해 현재까지 증상이 완화되어 일상 생활에는 지장이 없습니다. 이것도 도야마 덕분이라고 감사하고 있습니다.

미우라   어려운 병에 걸려 지금도 고기는 생선 이외에 자제한다는 것은 알고 있었지만, 『상한론』에 보이는 처방으로 고쳤다는 이야기는 처음 듣습니다. 역시나 약의 도야마입니다. 경력에 대한 이야기를 계속 부탁드립니다.

후지모토   도야마대학 정년 후 레이타쿠麗澤대학에 초빙되어 우메다 히로유키 선생님의 후임으로서 5년 간 신세를 졌습니다. 레이타쿠대학은 연구 환경이 매우 좋았으며, 우메다 선생님과 협력하여 매년 한국학 관련 심포지엄을 개최하였던, 정말 즐거운 직장이었습니다. 그 후 도야마의 집으로 돌아와 오늘에 이르기까지 원고 작성과 입력에 종사하고 있습니다. 과학연구비 데이터베이스 조성금을 신청하여 『일본현존조선본연구』의 미간행 분 즉 「자부子部」와 「경부經部」, 여기에 「보유편」을 더하고 그 밖에 「도록편」도 붙일 계획으로 현재 노력하고 있습니다.

미우라   일단 여기까지가 후지모토 선생님의 약력입니다. 이제 잠시 차 한 잔 마시고 다시 제2부의 '연구업적편'에 들어가도록 하겠습니다.

2. 연구와 업적

1) 조선어학 방면

미우라   이제부터 서서히 후반부로 들어가려고 합니다. 후반부는 '연구
와 업적'을 중심으로 이야기를 진행하겠습니다. 후지모토 군의
학문은 '조선어학'과 '조선서지학' 두 가지로 나뉘는데, 먼저 조
선어학 방면부터 말씀해 주십시오.

후지모토   저는 한자에 관심이 있는 사람으로 한자와 관련한 연구를 하
고 있습니다. 『훈몽자회訓蒙字會』라는 책이 있는데, 이것은 중국
어 역관 최세진崔世珍이라는 사람이 3,000여 개의 한자를 분류
하고 각 글자 아래에 한글로 훈과 음 거기에 한문 주석을 덧붙
인 초학서입니다. 1527년종종 22 '을해자'라는 금속활자로 인쇄
되었고, 현재 히에이잔比叡山의 「에이잔문고叡山文庫」에 소장되
어 있습니다. 이것은 천하의 유일본으로 조선어학에서 매우 중
요한 어학서입니다. 저의 은사님이신 이기문 선생님께서 "단국
대학교에서 꼭 영인 출판을 하고 싶다"고 하셔서 사진 필름을
제공하여 영인 출판하였습니다. 이 책의 존재에 대해서는 유
학 시절 누군가에게 들었는데 잊어버렸습니다. 소개하신 분도
설마 이렇게 오래된 책이 있으리라고는 생각하지 못하고 그냥
일반적인 목판본이라고 여기셨을 텐데, 저는 이 책이 가장 오
래된 활자 인쇄본임을 확인했습니다.
다음으로 '조선변체한문'에 대한 것입니다. 조선문인들은 한
문 실력이 매우 높아 중국인들 중에도 혀를 내두르는 사람들
이 많았습니다. 일본에서는 일본식 한문을 '변체한문變體漢文'이

라 부르기도 하는데, 조선에도 이와 같은 변체한문이 있습니다. 이두吏讀를 사용한 '이두문吏讀文'—일본의 선명체宣命體(한문체로 쓴 조칙)와 비슷한 문체로, 문서를 작성할 때 명사나 동사는 한국어 어순으로 배열하고 그 사이사이에 한자의 음과 훈을 빌린 조사나 조동사 등의 문법적 요소를 집어넣습니다. 말단 관공서 현장에서 사용된 이두문은 상급 관청으로 하나씩 올라가는 과정에서 점차 정격 한문으로 고쳐지는데, 때로는 제대로 고쳐 쓰지 못해 이두 표현이 남거나 어순이 거꾸로 된 채로 있을 수 있습니다. 그것을 조선의 변체한문이라 생각합니다. 퇴계 이황이 명종 때 공조참판을 사퇴하는 상주문을 이두문으로 썼고 이것이 『퇴계선생문집』에 수록되었는데, 명종실록에는 이 글이 정격 한문으로 실려 있습니다. 이러한 종류의 문서는 이두문으로 쓰여 있지만, 일반적으로 자손들이 문집에 수록할 때 정격 한문으로 고치는 것 같습니다.

미우라 후지모토 군은 『천자문』에 대해서도 논문을 썼지요.

후지모토 『천자문』은 동아시아 공통의 초학서입니다. 조선의 『천자문』에 한글로 음과 훈을 붙인 것으로는 1583년선조 16에 명필 석봉 한호韓濩가 붓을 휘둘러 쓴 글씨가 가장 오래된 것으로 생각되었습니다. 그런데 이기문 선생님께서 그보다 오래된 것으로 도쿄대 문학부 오구라 신페이小倉進平 박사 구장의 1575년만력 3 전라도 광주 간행본 『천자문』을 발견하셔서 영인 출판되었습니다. 저는 같은 전라도 간본 중에 좀 더 오래된 『천자문』을 다이토큐大東急 기념문고에서 발견했습니다. 또 궁내청宮內廳 서릉부書陵部에도 그렇게 오래되지는 않았지만 훈이 부분적으로 다른 책이 하나 있습니다. 그것들을 검토하여 조선에는 학파에 따라 훈이 다른 천자문이 각지에 있었다는 내용으로 논문을 쓴 적이 있습니다. 오구라 선생 구장본 천자문은 돌아가신 우메다梅田 선생님으로부터 원래는 도쿄대 문학부 언어학과 5년 선배인 가마타 미쓰토鎌田光登 씨가 고서점에서 구입하여 언어학과에 기증한 것이었는데 오구라 선생의 구장본이라 잘못 알려진 것이라고 들었습니다.

일본에서는 『천자문』의 각 문자를 전통적으로 문맥에 따라 읽기 때문에 문자의 훈이 일정하게 고정되지만, 한국어에서는 문맥과 관계없이 하나하나를 독립적으로 읽기 때문에 그 훈이 다양하게 됩니다. '배背'자를 예로 들면, 천자문에 '배망면락背芒(邙面洛)'이라는 말이 있는데, 일본에서는 이것을 '망산芒山을 뒤로 하고 낙수洛水를 마주한다'라고 읽습니다. 이 경우 '背'라는 글자는 문맥상 '뒤로 하다'라고 밖에 읽을 수 없습니다. 그런데 조선에서는 문맥과 상관없이 읽기 때문에, '背'자의 경우를 보면 '등·업다·뒤·음양陰陽·동북 방향丑寅·배반하다·어긋나다·도망가다·물러나다·외우다' 중 어느 것을 취해도 되어서, 지역마다 훈이 다르게 되고 훈의 다양성이 생긴다고 논문에 쓴 적이 있습니다.

미우라 그런 이야기를 듣고 있으니 소독素讀의 문제가 있는데, 예를 들어 조선에서는 어떤 형태로 소독을 가르치고 있었는가 하는 점이 궁금해집니다만.

김문경 조선시대부터 현재까지 '현토'라고 하는, 한문을 직독하고 구절마다 조선어 조사를, 이것을 '토'라고 하는데, 넣어서 읽습니

다. 예를 들면 일본에서 '學びて時にこれを習う亦た説ばしか
らずや'라고 훈독으로 읽는 부분을 조선에서는 '학이시습지면,
불역열호야'라고 하고 지금도 이런 방식으로 읽고 있습니다.
다만, 옛날에는 조선에서도 일본과 마찬가지로 거꾸로 읽어 나
가는 방식으로 — 앞으로 그 이야기가 나오겠지만 — 훈독을
하였다는 사실이 자료가 발견되어 알려졌습니다.

미우라 그럼 다음 주제로 넘어가면, 『유합類合』에 대해서도 논문을 쓰
셨지요?

후지모토 예, 『유합』이라는 책이 있는데, 이것은 조선에서 나온 『천자문』
보다 더 간략한 글자 학습서로 15세기 후반쯤부터 보급되었던
것 같습니다. 1567년선조 9 기존의 『유합』에 문자를 늘리고 한
글로 음과 훈을 붙인 『신증유합』이 나왔고 원래의 『유합』은 지
금 알려지지 않았습니다. 저는 다이토큐기념문고에서 한자본
유합을 발견했습니다. 다이토큐기념문고 목록에서는 이것을
중국본으로 다루고 있었고, '중국 궐명中國闕名氏撰'에다 제목이
없어서 가제로 '삼자경三字經'이라 명명되었습니다.

미우라 『삼자경』은 3글자 리듬이지만, 이 책은 4글자 리듬이네요.

후지모토 예예.

미우라 이것은 오늘의 가장 중요한 주제이기도 합니다. 서지학에 대한
것으로 후지모토 군은 지금까지 중국본으로 생각된 책을 직접
손에 들고는, 이것은 조선본이라고 하나하나 해명해 왔는데,
이것도 그 하나의 사례가 되는군요.

후지모토 그렇지요

미우라 다음으로 이것도 후지모토 군의 거질의 편저인데, 『일한한문

훈독연구日韓漢文訓讀研究』勉誠出版, 2014라는 책을 편집하셨지요. 이에 대해 이야기해 주실 수 있습니까.

후지모토 저는 원래부터 훈독에 관심이 많아 신무라新村재단에서 훈독의 대가인 쓰키시마 히로시築島裕 선생님, 고바야시 요시노리小林芳規 선생님과 잘 알고 지냈습니다. 고바야시 선생님은 각필角筆을 통한 훈독 연구 전문가로, 저는 직접적인 제자는 아니지만 그 말꼬리에 붙은 사람으로서 노력해 왔습니다. 선생님은 일본뿐만 아니라 대만에 소장되어 있는 한나라 시대의 목간木簡이나 유럽의 고서에도 각필이 존재하는 것을 확인하셨습니다. 한국에서는 1973년 고려시대의 『구역인왕경舊譯仁王經』에 가에리텐返り點과 오쿠리가나送り假名로 표시된 훈독이 확인되었는데, 이 훈독 방식은 같은 시기의 몇 종에서만 발견된 것입니다.

그 후 고바야시 선생님의 제자인 오다카小高, 舊姓 : 니시무라(西村) 히로코浩子 씨가 한국을 방문했을 때, 18세기 정도의 책이었던 것으로 기억하는데, 거기에 각필이 있다는 사실을 확인하셨습니다. 이것을 이어 받아 고바야시 선생님이 고다카 씨 그리고 한국의 남풍현 선생님 등과 공동 조사하면서, 2000년 7월 7일에 국내 최대 장서가 조병순 선생님 소장의 『초조대장경初雕大藏經』에 각필 오코토텐ヲコト點이 있다는 사실을 발견하셨습니다. 이것은 조선어학사에서 획기적인 대발견입니다.

그 후 한국인 연구자들은 백년 이상의 역사가 있는 일본의 훈점어 연구 성과와 오코토에 대해 고바야시 선생님으로부터 배웠고, 현재 고려의 훈독법은 대체적으로 해독되고 있으며, 오코토텐 두 종류가 확인되었습니다. 그 후에도 훈독 자료가 발

아래 왼쪽부터 김문경·정광·고바야시 요시노리·우메다 히로유키·남풍현·쇼가이토 마사히로
위의 왼쪽부터 치바 쇼주(千葉庄壽)·이시즈카 하루미치(石塚晴通)·본인
(2011년 10월 29일 제3회 「한일 훈독 심포지엄」, 레이타쿠 대학)

견되었는데, 그렇게 많지는 않습니다. 또한 고바야시 선생님은 일본의 어느 오래된 오코토텐 한 종류가 고려의 것과 매우 유사하다고도 지적하신 바 있습니다.

이와 같이 한국의 훈독 연구가 활성화되면서 저는 2003년 7월 24~25일 양일에 걸쳐 유네스코 아시아 문화센터의 오이다케시大井剛 씨의 협력을 얻어, 한국과 일본에서 60여명 ─ 일본에서 20명, 한국에서 44명의 학자를 초청하여, 「일한 한자·한문 수용에 관한 국제 학술회의」를 도야마 대학에서 개최했습니다. 이것이 한일 훈독 연구 교류의 시작이었다고 생각합니다. 그 후 우메다 히로유키梅田博之, 카쓰무라 데츠야勝村哲也 두 분 선생님께서 중심이 되어 주시고, 한국의 국어학자 정광 씨의 협력을 얻어 「일한 과학자 회의」를 한일 양국에서 몇 차례 개최한 적이 있는데, 거기에도 어학 부문을 마련했습니다.

그 후 이러한 성과를 바탕으로 하여 사학조성금과 레이타쿠대학의 지원을 받아 2009~2011년 3년에 걸쳐 「한일 훈독 심포지엄」을 레이타쿠대학에서 개최했습니다. 그 성과에다 직전

도야마대학에서의 성과를 몇 편 더해 출판한 것이 바로『일한 한문훈독연구』입니다. 이러한 활동을 통해 조선 훈독의 실체가 일본의 국어학회나 훈점어학회에 알려지게 되었으며, 한국 구결학회와의 교류도 시작된 것은 매우 기쁜 일이었습니다.

미우라   이 책에 대해서는 김선생님도 서두에「일한의 한문훈독의 역사日韓の漢文訓讀の歷史」라는 논문을 기고하셨지요.

김문경   네, 그렇습니다.

미우라   김 선생님이 예전에 출판하신『한문과 동아시아−훈독의 문화권』岩波新書, 2010은 매우 호평을 받은 책으로,[7] 가시마 시게루鹿島茂라는 박학한 프랑스문학 연구자도 주간지의 서평란에서 '한자문화권은 있지만 한문문화권을 제창하였다는 점은 눈이 번쩍 뜨이는 가설'이라고 극찬하였습니다.

김문경   한국의 훈독 자료에 대해서 말씀드리면, 지금 말씀하신 것처럼 1973년 충청남도 서산의 문수사라는 사찰의 금동불 복장품에서 발견된 고려판『구역인왕경』에 훈점이 붙어 있습니다. 이것은 언뜻 보면 일본의 것인가 싶을 정도였는데, 일본과는 조금 다르지만 분명히 어순을 뒤바꿔서 가나假名와 매우 비슷한 한자의 약자로 조자助字 같은 것을 붙인 훈독 자료였습니다. 1975년에 한국에서 영인본과 해설이 나왔는데, 마침 저는『박통사』연구회를 하고 있을 때였기 때문에 후지모토 선생님께 그것을 받았습니다. 그 책을 읽고 정말 깜짝 놀랐습니다.

그 밖에도 예를 들면 거란이라든가 조금 전에 이름이 나온 쇼

---

7   이 책은 최근 한국어로 번역되었다. 김문경, 김용태 역,『한문과 동아시아』, 성균관대 출판부, 2023.

가이토庄垣内 씨가 '위구르어에도 훈독과 비슷한 현상이 있다'고 말한 일도 있어,「동아시아의 한문훈독현상東アジアの漢文訓讀現象」이라는 논문을 쓰고, 그 후에 이와나미신서岩波新書의 책을 쓰고, 후지모토 선생님이 주최한 레이타쿠대학 회의에도 나가게 되었습니다.

2000년에 오다카니시무라 히로코 선생님이 한국의 계명대학교 도서관에서 우연히 각필을 발견하셨고, 고바야시 선생님이 서울의 성암고서박물관에 소장된 고려판『화엄경』과『유가사지론瑜伽師地論』에서 각필의 오코토텐을 발견하셨다고 하여 굉장히 큰 뉴스가 되었습니다. 저도 서울에 갔을 때 성암고서박물관에서 조 선생님께서 그 자료를 보여주셨습니다.

그 후에도 한국 고려대학교의 장경준이라는 젊은 분이 이 자료를 전문적으로 해독하였기 때문에 장 선생님을 교토대로 불러 여러 가지 가르침을 받게 되면서, 전혀 전공이 아니었지만 저도 한문 훈독의 동아시아에서의, 특히 한반도와 일본의 연결고리에 대해 공부하게 되었습니다. 처음 그 계기를 주신 분이 바로 후지모토 선생님입니다.

미우라   다음으로 어학적인 업적으로서『용감수경(감)연구龍龕手鏡(鑑)研究』麗澤大學出版會, 2015라는 편저가 있는데, 설명을 좀 부탁드립니다.

후지모토   요遼나라 997년統和 15의 서문이 붙은 승려 행균釋行均이 지은 불서에 수록된 이체자 사전입니다. 26,000여 자의 한자를 편偏과 방旁으로 배열하고 글자는 사성 순서대로 실으면서 각 글자 아래에 음과 뜻을 붙였습니다. 경성제국대학의 영인본이 있는데 오늘날에는 그것을 입수하기 어렵고, 그 외에도 영인본이 있습

477

니다만 선명하지 않은 부분이 많기 때문에 가능한 선명히 보이도록 신경쓰면서 영인 출판했습니다. 제가 논문을 두 편, 정광 선생님이 한 편 썼습니다. 이 연구는 김문경 선생님이 대표 연구자로 받은 한국의 연구비에 따른 성과의 일부입니다. 김 선생님의 말씀에서 알 수 있듯이 김 선생님은 서지학이나 조선어학에도 조예가 깊고, 또 여러 분야에서 자리를 같이 할 기회가 종종 있어서 평소부터 학은을 깊이 입고 있었습니다.

3. 조선서지학 방면

미우라 이제까지는 후지모토 군의 조선어학 방면의 업적을 대강 살펴 있었는데, 그것과 별도로 더 큰 업적이 서지학 방면의 작업입니다. 지금부터는 그것에 대해 말씀해 주시면 좋겠습니다.

후지모토 제 평생의 주제가 된 '일본 현존 조선본의 연구日本現存朝鮮本の研究'는 한국 유학에서 귀국한 1970년부터 착수했습니다. 일본 각지의 도서관이나 문고에는 조선본 목록이 거의 없고, 일부 기관에 있다고 해도 매우 불충분하며 오류도 적지 않습니다. 또 중국본으로 오인되는 경우도 있습니다. 따라서 전국 각지의 도서관을 돌아 다니며 한 권 한 권 실제로 손에 들고 조사할 필요가 있었습니다. 본격적으로 전국 조사를 실시한 것은 1975년 오사카대학 문학부의 조교가 되고 나서부터입니다만, 1978년에 도야마대학으로 옮기고 나서는 공무 중에 시간을 내어 본격적으로 출장을 다녔습니다. 특히 여름과 겨울 방학에는 거

의 집을 비웠습니다. 조사의 여비나 촬영비 등이 상당히 부담
됩니다만, 다행스럽게도 과학연구비科研費나 민간재단으로부터
조성금을 받아 큰 도움이 되었습니다.

미우라　1970년부터 시작하였다는 것은 50년 동안 계속 교토대식 카
드를 사용하여 실제로 책을 손에 들고 조사한 것을 한 장 한 장
카드에 적어 내려갔다는 것이군요.

후지모토　네, 그렇습니다.

미우라　후지모토 군의 작업장을 본 적이 있습니다만, 십 수 미터에 이
르는, 지금까지 써 놓은 카드의 볼륨을 저는 목격했습니다. 그
이후의 상황을 들려주시기 바랍니다.

후지모토　그리고 여러 선생님들께서 편의를 도모해주셨습니다. 다가와
코조田川孝三 선생님께서는 1979년 동양문고에서의 국내 유학
을 받아주셨고, 또 고노 로쿠로河野六郎 선생님께도 큰 신세를
졌습니다. 도가와 요시오戶川芳郎 선생님께서는 도쿄대학 문학
부의 오구라문고와 부속도서관 아가와阿川문고의 조선본 조사
를 추천해 주시고, 여러 가지 편의를 봐 주셨습니다. 1984년에
는 도가와 선생님의 소개로 하치야 구니오蜂屋邦夫 선생님께서
동양문화연구소에서의 국내 유학을 받아 주시고, 조사와 연구
에 여러 가지로 배려해 주셨습니다.

2004~2010년 7년간 고젠 히로시興膳宏 선생님의 기획으로 교
토 건인시建仁寺 양족원兩足院 장서의 전수 조사가 이루어졌는데
저도 참여를 허락받았습니다. 그곳에는 선본善本이 많았습니
다. 조선본은 적었지만, 중국 고간본·오산판五山版·구필사본舊
抄本 등을 담당하여 서지학에 좋은 공부가 되었습니다. 또한 참

왼쪽부터 나가타 히데마사(永田英正) · 우메다 히로유키 · 본인 · 하치야 구니오(蜂屋邦夫)
(1999년 12월 23일 도야마대학 집중강의 당시)

가자들의 전공도 다양하여 배울 점이 아주 많았습니다. 김 선

생님도 여기에 참가 하였습니다.

시바 요시노부斯波義信 선생님은 오사카대학 조교 시절부터 알

고 지냈지만, 그 후 동양문고의 연구원으로도 추천해 주시고

지금까지도 큰 은혜를 입고 있습니다. 도호쿠東北대학 카노狩野

문고를 조사할 때는, 당시 교양학부에 있던 미우라 군의 집에

서 매년 여름 2주 정도 신세를 졌습니다. 아침에 자전거로 집

을 나와서 저녁을 먹으러 돌아가는 시간 이외에는 대출한 카

노문고 도서를 미우라 군의 연구실에서 조사하고, 또 밤 11시

경에 히로세廣瀬 강을 가로질러 돌아가는 등 생각해보면 정말

즐거운 나날들이었습니다. 여름에 미우라 군이 부재한 적이 한

번 있었는데, 그때는 문학부 조선사의 이노우에 히데오井上秀雄

선생님의 방을 빌려 조사했습니다.

미우라 저는 그저 숙소를 제공했을 뿐인데 이런 자리에서 이름을 불러 주셔서 황송하기 이를 데가 없습니다. 이노우에 선생님은 매우 도량이 큰 분으로 저도 무척 아껴 주셨습니다. 선생님께서는 만년에 일본의 조선학은 이제 어떻게 될까, 라며 무척 걱정하셨던 일을 기억하고 있습니다. 그럼 다음 이야기를 들려주십시오.

후지모토 또 조선책이 많은 오사카부립 나카노시마中之島 도서관에는 한적漢籍목록과 별도로 『한본목록韓本目錄』이 있습니다. 당시 다지히 이쿠오多治比郁夫 선생님이 계셔서 책에 대한 여러 가지 이야기도 들었습니다. 제가 조선본을 조사하러 왔다고 하니 히다 고오조三肥田晧三 선생님께서 일부러 소장하신 조선본을 부립도서관까지 가지고 오셨습니다.

또한 간다 기이치로神田喜一郎 선생님의 교토의 자택에 몇 번 방문한 적도 있으며, 그 인연으로 아드님인 간다 노부오神田信夫 선생님이 소장하신 조선판 『백씨문집白氏文集』을 본 적도 있습니다. 대마도에는 구종번舊宗藩의 「종가문고宗家文庫」가 있는데, 거기에는 17세기 경상도 간행본이 많이 있어 덕분에 경상도의 각수 이름을 많이 알게 되었습니다. 그곳에서 일본사의 관점에서 조선사를 다루고 계신 다시로 가즈이田代和生 씨를 만났습니다. 야마구치의 동춘사山口洞春寺에 모오리毛利 집안의 구장서가 있어, 다카야마 다이간高山泰巖 스님께서 편의를 봐주시고 야마구치대학의 이와키 히데오岩城秀夫 선생님께도 지도를 받았습니다. 오사카 사카이堺의 내과의원 원장 미키 사카에三木榮 선생님께서는 만년에 잘 해주셨습니다. 선생님은 독자적으로 조선의

481

학사를 연구하신 재야의 석학입니다. 『조선의학사 및 질병사朝鮮醫學史及疾病史』, 『조선의서지朝鮮醫書誌』와 같은 큰 업적을 남겼습니다.[8]

오사카 센리千里의 오오쓰카 노보루大塚鐙 선생님의 장서는 자택에 방문하여 선본들을 열람하였습니다. 규슈九州 대학에서는 나카노 미쓰토시中野三敏 선생님께서 조선본을 빌려주시고 아라키 겐고荒木見悟 선생님은 내외분이 '아오노도몬青の洞門 문고'를 안내해 주셨습니다. 그 밖에도 많은 연구자나 사서 분들에게 여러 가지로 배려를 받았습니다.

미우라   여기서 이름이 나오고 있는 나카노 미쓰토시 선생님이나 아라키 겐고 선생님은 예전 규슈대 문학부의 간판들입니다. 특히 아라키 겐고 선생이라면 송명宋明 사상을 공부하는 사람에게는 신과 같은 존재인데, 선생님 내외분으로부터 문고를 안내받았다니 저희가 보기에는 너무나 부러운 일입니다.

후지모토 군은 또 여기서 미키 선생님께서 잘해 주셨다고 하였는데, 저도 장남 미키 켄三木謙 씨가 이어받은 사카이의 의원을 방문해 장남 부부로부터 돌아가신 아버님에 대한 이야기를 들은 적이 있습니다. 그 미키 사카에 선생님을 생전에 후지모토 군이 실제로 만났다는 사실에도 너무나 부러움을 느낍니다. 미키 선생님에 대해서는 후마 선생님도 무언가 의견이 있지 않습니까?

후마   아니요, 의견이라고 할 만한 것은 아니지만, 저 또한 최근 들어

---

8   『조선의서지』는 최근 한국어로 번역되었다. 미키 사카에, 오준호 역, 『조선의서지』, 문진, 2022.

와 미키 선생님의 등사판 인쇄라고 할까요, 이런 두꺼운 것을 인문과학연구소 서고 안에서 발견하고는, 이런 책도 있구나, 라고 처음 알았습니다.

미우라　그것은 어떤 책입니까?

후마　미키 선생님의 질병사 연구입니다. 저 자신은 조선통신사와 일본의 의학자들 사이에 어떤 교류라고 할까요, 의견 차이가 있었는지, 그 즈음 일본의 이른바 '고의학古醫學'이라고 불리는 것이 어떻게 전승되었는지, 그리고 일본에서 말하는 '난학蘭學' 계열의 의학이 조선에 전해졌는지를 조사하는 과정에서, 이 미키 선생님의 저작을 만나게 되었습니다. 그런 의미에서 후지모토 씨가 직접 미키 선생님을 만났다는 사실은 정말 부러울 따름입니다.

미우라　가와하라 선생님, 과학사의 입장에서 하실 말씀이라도?

가와하라　저도 한국에 유학했을 때, 의학 관계에 대해서도 조금 공부했습니다. 우선 숙소 부근의 고서점에서 조선의학과 관련된 미키 사카에의 『조선의학사 및 질병사』를 구한 일이 있습니다. 후지모토 선생님에게 어떤 일로 질문했을 때, 자료로 보내주신 것이 바로 미키 사카에 선생님으로부터 받은 『조선의서지』의 복사본 일부였습니다. 깜짝 놀랐던 점이 이 책은 한정판 자가自家 출판물인데, 안쪽에 '한정품限定品 제1호'라고 적혀 있었습니다. 미키 사카에 선생님은 전부 '1번一番', '2번二番'이라고 번호를 직접 적고 있었는데, 제가 가진 복사본은 '178번'이었지만 후지모토 씨는 '1호'를 갖고 있었습니다. 여기서 얼마나 미키 선생님께 신뢰받고 있었는지를 알 수 있습니다.

어쨌든 '조선 의서醫書의 역사'라고 한다면 최근까지는 미키 사카에 선생님이 틀림없이 제1인자였습니다. 현재는 연구의 발전도 있어서 단순히 그렇게 단언할 수는 없을지도 모릅니다만.

미우라 　미키 선생님의 조선의학사 관계 저서로는 후지모토 군이 말했듯이 『조선의학사 및 질병사』와 『조선의서지』가 있는데, 둘 다 처음에는 임시 인쇄물로 자가출판이었습니다. 두 책 모두 곧 활자판이 나왔지만, 재야 학자의 슬픔인데, 장서를 팔아 출판 비용을 마련했다고 들었습니다. 자택에 방문했을 때 자주 한국인 연구자가 찾아와 미키 선생님을 그리워했다는 이야기도 들었습니다.

가와하라 　그러나 조선의학사 분야의 경우, 미키 선생님은 분명히 제1인자였습니다. 어쩌면 '입니다'일지도 모릅니다.

미우라 　선생님 장서의 대부분은 오사카의 다케다 과학진흥재단의 행우서옥杏雨書屋에 소장되어 있고, 시라이 준白井順 씨 등이 그 자료를 조사하여 『행우杏雨』에 보고서를 쓰기도 하였습니다.

김문경 　중국 의서를 조사할 때도 중요한 자료입니다. 저는 중국의 의서를 조사하던 중에 『조선의서지』를 알게 되었습니다.

미우라 　저는 그쪽 방면은 잘 모릅니다만, 예를 들면 중국이나 일본에서도 출판된 허준의 『동의보감東醫寶鑑』은 조선 의학의 최고봉인데, 권1의 「역대의방歷代醫方」에 참고한 의서醫書 목록이 실려 있고, 거기에 조선의 책을 포함하여 많은 중국의 의서가 인용되고 있습니다. 제가 재미있다고 생각한 것은 이 책의 '정精 · 기氣 · 신神'이라는 신체와 질병을 포착하는 도교적인 틀입니다. 뚜렷한 답을 내리고 있지는 않지만요. 그리고 미키 선생님의 작업은 지금도 평가가 높을 것이라 생각합니다.

김문경 그건 그렇습니다. 미키 선생님께서 재야의 의사라고는 전혀 생각지도 못했습니다.

미우라 미키 선생님은 규슈대학 의학부를 졸업한 후 경성제대 의학부의 내과에 입국하여 경기도립 수원의원 원장을 지낸 후, 1944년에 고향 사카이堺로 돌아가 조부로부터 내려 온 의업을 이어받았습니다. 그 업적들은 마을 의사로서의 바쁜 일과 속에서 촌음을 아껴 완성하신 것으로 알고 있습니다.

후마 얼마 전 지금 유행하는 팬데믹이라고 할까, 신종 코로나에 대한 책을 한 권 읽었는데, 역시나 미키 선생님의 연구가 제일 처음에 인용되고 있었습니다. 그런 의미에서 지금 이것을 넘을 수 있는지 어떤지, 그 부분에 대해 저는 모르겠습니다.

가와하라 일본의 의학사 연구에는 세계에 자랑할 만한 점이 있습니다. 하나가 질병과 사회와의 관계를 고찰한 것입니다. 이런 시각은, 글쎄요, 세상에 또 있을까요? 사회상의 질병은 사회가 가져온다는 발상, 이러한 발상법을 미키 선생님은 일찍부터 갖고 있었습니다. 그것은 미키 선생님이 고안한 것이 아니라 그 전의 일본 의학사 연구자가 생각해 냈고, 그것을 미키 선생님이 조선의학사에 응용하셨습니다. 그런 의미에서 말하면 미키 선생님은 연구자로서 존경할 만한 진지한 분입니다.

후지모토 『질병사』는 지금 미우라 군이 말한 것처럼 처음에는 등사판이었습니다. 그것을 활자판으로 바꿀 때 '교정을 좀 봐줄 수 있나'라고 저에게 말씀해주기도 하셨습니다.

미우라 그렇게 깊은 관계였군요. 다음으로 후지모토 군의 획기적인 서지학 연구 저서를 이야기하고 싶습니다만, 거기에 이르기까지의 선학의 조선본 연구와 서지학의 역사 같은 것을 이야기해 주시겠습니까?

후지모토 1910년 한일병합을 계기로 많은 일본인들이 조선으로 건너갔습니다. 그 중에는 초기의 통역관 마에마 교사쿠前間恭作 선생님 그리고 재야의 연구자 아유카이 후사노신鮎貝房之進 선생님이 계십니다. 마에마 선생님에게는 거질『고선책보古鮮冊譜』전3책가 있는데, 저는 이 책을 사계의 금자탑이라고 생각합니다. 이 책은 국내를 직접 답사하신 것은 아니지만 동양문고에 기증된 구장서와 그 책들에 산재한 문헌 관계 기록들을 꼼꼼히 수집하고 해박한 조선사에 대한 지식으로 뒷받침한 해제를 붙인 것입니다. 반세기가 지난 지금까지도 큰 가치를 지니고 있습니다. 마에마 선생님은 서지학뿐만 아니라 조선사학과 어학에서도 큰 업적을 남겼습니다. 전후戰後에는 다가와 고조田川孝三 선생님이 조선본에 대해 매우 잘 알고 계셨습니다만, 유감스럽게도 그 방면의 단독 저술은 남기지 않으셨습니다.

1926년 경성제국대학 법문학부가 출범하자 교수진으로 부임하신 분들이 조선책을 수집하셨습니다. 그 선구자가 이마니시 류今西龍 선생님이고, 민간에는 도쿠토미 소호德富蘇峰 씨가 계십니다. 또한 조선고서 애호가들이 1937년에 '서물동호회書物同好會'를 조직하여 정기적으로 모임을 갖고, 잡지 서물동호회회보를 간행하였습니다. 지금 다시 한 번 수집자의 존함을 말씀드리자면, 이마니시 류·마에마 교사쿠·도쿠토미 소호·아가와 주로阿川重郎·가와이 히로타미河合弘民·사토 로쿠세키佐藤六石·미키 사카에三木榮·오구라 신페이小倉進平·에다 토시오江田俊雄·오오쓰카 노보루大塚鐙·구로다 료黑田亮 등과 같은 분들로, 각각의 장서에는 각기 특색이 있습니다. 귀중서나 오늘날 한국에 없는 책도 많으며, 지금은 그럴 만한 도서관에 소중히 소장되어 있습니다.

미우라 지금 조선서지학 초창기의 역사를 말씀해 주셨는데, 여기서 말씀하신 여러 분들 중에서도 특히 저 같은 경우는 미키 사카에 선생님 외에 마에마 교사쿠 씨에 관심이 있습니다. 이 분은 한일병합 직전에 이토 히로부미伊藤博文의 통역관으로 있었습니다. 그렇게 병합 전야의 실상을 본 사람인데, 한일병합이 성립되자마자 곧장 통역관을 그만두고는 일본으로 돌아와 재야학자로서 서지학 연구에 평생을 바쳐『고선책보』를 썼습니다. 왜 명예로운 통역관을 포기했는지, 오로지 학문에만 전념하고 싶었는지 자신이 경애하는 조선이 일본의 식민지가 된 것을 견디지 못한 것인지, 그 자신은 침묵을 지키고 있어 진의를 잘 모르겠습니다. 최근에 시라이 준 씨가 규슈대학 소장의 「재산루在山樓문고」 등에 의거하여 마에마 교샤쿠에 대한 전기를 썼습니다.『前間恭作の學問と生涯』, 風響社, 2015

그리고 저는 아유카이鮎貝 씨와도 약간의 인연이 있습니다. 그 대지진 직후 게센누마氣仙沼에 갈 기회가 있어 그와 그 일족의 고택 '연운관煙雲館'을 보고 왔습니다. 훌륭한 정원과 저택이 남아 있었는데, 바로 옆까지 쓰나미津波가 왔었던 흔적이 생생하게 남아 있었습니다. 그럼 다음으로 넘어갈까요?

후지모토 한국의 서지학자로는 전쟁 전에 이인영李仁榮, 전후에는 김두

왼쪽부터 본인·조병순·심재완·임창순·가와세 가즈마·최순우·조명기
(1982년 11월 한중일 국제서지학회, 영남대학교)

종·천혜봉·손보기·심우준·정형우·윤병태·류탁일·박상국·
남권희 선생님 등 제가 신세를 겼던 분들도 많습니다만, 특히
조병순 선생님은 대수집가로 저서도 남기고 있습니다. 저뿐만
아니라 많은 일본인들이 신세를 지고 있습니다. 그 장서를 수
장한 성암고서박물관은 선본善本의 보고라고 해야 하는데 선생
님이 돌아가신 후 바로 폐관되었습니다.

저에게는 서지학에 관한 직접적인 스승은 없고, 사계의 대선학
들인 나가사와 기쿠야長澤規矩也, 가와세 가즈마川瀬一馬, 아베 류
이치阿部隆一 선생님 등의 책에서 배웠습니다. 나가사와 선생님
은 멀리서 그 모습을 보았을 뿐입니다. 가와세 선생님은 다이
토큐 기념문고에서 오카자키 히사지岡崎久司 선생님에게 소개
를 받아, 후에 한국의 영남대학교에서 열린 국제 서지 학회에
동행하기도 했습니다. 아베 선생님은 김문경 씨의 소개였다고
생각합니다만, 저녁에 게이오대학교의 사도문고斯道文庫에서 책

을 보고 선생님의 수업을 마친 후, 조교와 대학원생들과 함께 자주 식사하러 갔는데, 그때 저도 선생님의 문하생 같다는 느낌을 받았습니다.

미우라 여기까지 중에서 혹시 의견 없으십니까?

가와하라 분석한 뒤에야 알게 되었는데, 퇴계 이황은 독학이었습니다. 독학자에게는 그것을 특징짓는 독특한 분위기가 있습니다. 후지모토 선생님께서 '서지학에 관한 직접적인 스승은 없다'라고 말씀하시는 것을 듣고, 이것이 후지모토학이 독특한 이유구나, 라고 생각하게 되었고 매우 강한 인상을 받았습니다.

개인적인 생각을 말하면, 젊은 시절 학문의 영향이라는 것은 평생 계속되기 때문에 후지모토학에는 언어학의 영향이 강하지 않을까. 후지모토서지학의 근간에는 언어학이 있어서, 독특한 후지모토학·후지모토서지학이 생긴 것은 아닐까. 맞는지 모르겠지만, 외람되지만 저는 그렇게 생각했습니다.

미우라 그것은 가와하라 씨의 독특한 견해군요. 배웠습니다. 또 다른 의견이 있습니까.

김문경 아베 선생님은 제가 소개했는지요. 그렇습니까?

후지모토 네, 그런 것 같습니다.

김문경 게이오의 사도문고, 이곳은 서지학 전문 연구기관으로 일본에서 유일한 곳인데, 저는 학부 때 아베 선생님의 수업에 나갔고, 그후로도 계속 사도문고의 위탁 위원이었습니다. 좀 다른 이야기인데, 아베 선생님의 수업은 항상 마지막 5교시로, 학생들에게 직접 서적 목록을 만들도록 하였고 7시 정도까지 꽤 길게 진행되었습니다. 수업 후 근처의 미타 스낵이라는 양식당에서 항상 식사를 하였습니다.

후지모토 맞아. 돈가스 가게였어.

미우라 지금까지 후지모토 군의 이야기를 들으면서 이리야ᅩ矢 선생님께서 만년에 흔히 '배움과 사람學と人'이라고 말씀하셨던 일, 학문과 인격의 일치라고 할까, 그런 것이 생각났습니다만, 후지모토 군에게는 그야말로 '이 사람이기에 이 학문이 있다'라는 인상이 강하게 있습니다. 다만 제 인상으로는 후지모토 군의 경우, '사람'의 의미라는 것이 자기 자신을 의미하는 동시에 '사람들'로 확대되고 있다고 할까, 요컨대 한국과 일본의 많은 사람들의 지도와 지원이 있었기 때문에 자신의 학문이 있다고 하는, 이것을 '의리가 두텁다'라고 해도 좋을지 모르겠지만 그러한 면이 강하고, 자신의 저작이라는 것은 그 사람들에 대한 보답이기도 하다는 마음이 있지 않을까, 라는 생각이 들었습니다. 이 점은 굳이 본인에게 확인하지 않겠습니다. (웃음)

4. 『일본현존조선본연구』에 대하여

미우라 그래서 다음으로 후지모토 군의 일생의 작업인 『일본현존조선본연구』에 대한 이야기로 넘어가도록 하겠습니다. 이 책은 사부四部의 분류를 따르고 있으며, 『집부集部』 교토대학학술출판회, 2006 와 『사부史部』 한국 동국대학교출판부, 2018 두 책이 출판되었는데, 나머지 두 권과 부록이 아직 완성되지 않아 팔순 백발의 노인이 의연히 목하 작성하는 중입니다. 처음에 나온 『집부』가 A4판 상하 2단 구성으로 모두 1,300페이지, 그리고 최근에 나온 『사부』가 더 늘어나 1,588페이지라는 거대한 업적으로 '이것이 정말 사람이 한 일이냐'라고 말하는 사람도 있는데, 이 연구에 대해서 이야기를 듣고 싶습니다.

후지모토 제가 조사 대상으로 삼은 조선본은 원칙적으로 한일병합 1910년 이전 조선에서 나온 간행본과 필사본 중 일본에 현존하고 있는 것을 말합니다. 다만 1910년 이후에 출판된 목판과 목활자 인쇄본도 포함하였습니다. 게다가 막부 말기의 영국 외교관 어네스트 사토Sir Ernest Mason Satow, 1843~1929가 수집한 대영도서관 소장본, 1880년明治 13에 일본에 온 청나라 학자 양수경楊守敬, 1839~1915이 수집한 대만 고궁박물원 도서문헌관 소장본도 메이지 시기까지는 일본에 있었기 때문에 '일본 현존'에 준하여 다루었습니다.

미우라 후지모토 군, 대영도서관에는 몇 번이나 갔습니까?

후지모토 몇 번이나 갔습니다. 4~5회 정도일까요.

미우라 아? 4~5회나 갔습니까?

후지모토 네, 저는 과학연구비 「기반 B」를 받았는데 저쪽의 사서팀도 참여했습니다. 그래서 방문 전에 예정된 조사서를 미리 연락해 보내 놓았더니, 전부 준비되어 있어 고마웠습니다. 그리고 도야마대학에서 훈독을 연구하는 고스케가와 데이지小助川貞次 씨도 함께 런던에 가서 여러 가지로 도움을 받았습니다.

미우라 그건 인복입니다. 그래서요?

후지모토 서명·찬자撰者·간행자·간년을 결정하고 그 출판 경위와 의의를 밝히는 것이 중요합니다. 서명과 찬자는 대개 알려져 있지만 그 외의 사항은 유동적입니다. 조선본에서는 간행자·간년·간행지를 적은 간기刊記가 없는 경우가 아주 많습니다. 어떤 책이 어디서 몇 번 출판되었는지는 문화사적으로도 매우 중요하며, 그러기 위해서는 판종의 식별 즉 같은 판목으로 인쇄되었는지, 다시 말하면 동판同版과 이판異版을 식별하는 일이 매우 중요합니다.

또한 같은 판의 책에 대해서도 나가사와 선생님의 주장에 따르면, 간刊 — 즉 간년, 인印 — 그 판목으로 언제 인쇄했는지, 바로 인쇄했는지 아니면 백년 뒤에 인쇄했는지, 수修 —그에 대한 보수가 진행되었는지, 이러한 '간·인·수'의 구별이 필요하다고 하셨습니다. 저도 당연히 이를 따르고 있고요. 전책을 한 권 한 권 넘기면서 어떻게 판종을 식별해야 하는가, 그 책이 연구자의 눈앞에 방불하도록 하는 서지 기록은 어떻게 해야 하는가, 하는 문제를 계속 생각했고, 오랜 시행착오 끝에 28항목에 도달했습니다.

미우라 '눈앞에 방불'입니까. 후지모토서지학의 진면목이군요.

후지모토 연구자들은 저마다 조사 항목을 정하고 있지만, 저는 선생님이 되는 분이 없었기 때문에 선행 학자들의 방식을 따르지 않고 나름대로 항목을 정했습니다. 그 28개의 항목 중 몇 가지를 소개하겠습니다.

먼저 '판종版種'입니다. 이것을 결정하는 데는 내광內框 혹은 외광外框의 크기·행수·자수·판심의 형식·글자의 형태 등이 단서가 됩니다. 다만, 매우 교묘한 복각覆刻의 경우는 식별이 어렵습니다. 이 경우는 권수卷首를 포함하여 여러 장 때로는 열 장

이상의 사진과 대조해야 합니다. 저는 직접 촬영한 것이나 의뢰하여 촬영한 서영書影을 4만장 정도 가지고 있고, 또 별도로 복사본도 많이 갖고 있기 때문에, 그러한 것들을 항상 5~10장 정도 가지고 다니면서 이를 비교 대조하여 동판과 이판을 결정하고 있습니다.

초간본의 경우 전권의 판식이 똑같이 되어 있어야 하지만 조선본에서는 초판부터 판식이 그렇지 않은 경우가 있습니다. 특히, 지방 간본의 경우에는 판심에 가끔 흑구黑口가 섞여 있는 등 똑같지 않은 점이 있어, 그것이 반대로 동판과 이판을 결정하는 단서가 되기도 합니다.

또 지방 관아의 간본이나 사찰에서 간행된 불서에는 각수 이름이 있습니다. 특히 판심에는 각수명 즉 조각한 사람의 이름이 대부분 완전하지 않고 이름의 일부 혹은 기호 같은 것으로 새겨져 있어, 그것이 동판·이판을 결정하는 단서가 됩니다. 졸저에서는 상하의 어미 혹은 상하 흑구 속의 각수명을 몇 권 몇 장에 있다는 위치와 함께 기록하고 있어서, 그에 따라 동판과 이판을 구분할 수 있습니다. 복잡한 경우로 판심의 3곳이나 4곳에 새겨져 있기도 합니다만, 그것들도 모두 적고 있습니다. 아주 드물게 권말에 간기와 완전한 각수명이 동일한 책에 기록되어 있는 경우가 있습니다. 불서의 경우는 기본적으로 두 가지가 다 있습니다. 그에 따라 어떤 각수가 언제 어디에 있었는지를 결정할 수 있고, 그것을 기준으로 하여 간기가 없는 책의 간년을 특정할 수 있습니다. A와 B, B와 C, C와 D 책의 각수가 각각 공통적이라면, A와 D가 같은 시기, 같은 지역에서

간행되었다고 판단할 수 있습니다. 그걸 합쳐서 저는 각수망刻
手網을 만들었는데 그것이 큰 도움이 됩니다. 한국에 전하는 책
들 중에는 열 권 중 한 권 혹은 두 권밖에 남아 있지 않은 경우
도 많은데, 졸저에 수록된 각수명을 이용하면 간년과 간행지를
결정할 수도 있습니다.

구성 내용을 보면, 서序·목록·세계도世系圖·삽도·본문 등 15
종류 이상이 있습니다만, 그 중에는 누락된 것도 있습니다. 초
간할 때의 내용 구성을 아는 것이 중요하며, 이를 위해서는 같
은 판의 여러 책들을 비교, 대조하여 확인해야 합니다.

여기서 다시 판종의 문제로 돌아갑니다. 조선에서는 전체적으
로 목판본이 압도적으로 많지만 중앙정부의 출판기관인 교서
관이나 규장각에서는 금속활자로 인쇄하고 있습니다. 금속활
자는 구리·철·놋쇠 등으로 만들어졌으며 30여 종이 넘습니
다. 그 활자의 종류를 파악하는 것이 중요하며, 각 활자에는 고
유한 사용 기간이 있기 때문에 활자를 통해 인쇄 시기를 추정
할 수도 있습니다.

미우라	그럼 여기까지 질문이나 의견이 없습니까? 굉장히 스케일 크 면서도 세밀한 연구라고 생각합니다만. 아까 각수 이야기에서 각수망이 있다고 하셨는데, 그건 무슨 직업 조합 같은 게 있었 다는 이야기는 아니죠?
후지모토	직업 조합이 아니고, 같은 시기, 같은 지역에서 활동한 각수의 총체를 '각수망'이라 부른 것입니다.
미우라	그럼 후지모토서지학 강의를 계속해 주세요.
후지모토	조선에서는 중앙정부 간행본 대부분이 활자본으로, 여기서 출

판한 책을 조선 팔도로 보내면 지방관아에서는 이를 복각 즉 뒤집어 새겨서 목판으로 간행합니다. 보통 책을 간행할 때 저본의 선택과 판하版下 제작에 어려움이 있는데, 복각 방식으로 하면 중앙정부의 교정이 잘 된 균일한 텍스트를 전국에 쉽게 보급할 수 있으니 매우 뛰어나고 현명한 방법입니다.

금속활자의 예를 하나 들면 1434년에 주조한 '갑인자'라는 매우 전아한 동활자가 있는데, 이것은 글자체가 뛰어나 18세기 후반까지 같은 글자체가 여섯 번이나 주조되었습니다. 1434년 초주갑인자 첫 번째 간본으로 『대학연의大學衍義』가 나왔는데, 이 책의 크기는 세로 35cm, 가로 21cm로 중국본이나 화각본和刻本에 비하면 매우 큽니다.

지방관아에서는 그 책을 복각하기 때문에 같은 크기의 책으로 만들 수 있고, 또한 원래 활자의 글씨체를 유지하게 됩니다. 다만 지방관아 주체로 책을 출판할 때는 종이가 귀하기 때문에 아무래도 크기가 작아질 수 있습니다. 조상의 문집이나 가각본家刻本 혹은 서원에서 간행한 책들은 종이값이 들기 때문에 소형이 되기도 합니다. 그래도 중국책이나 일본책보다 큽니다. 17세기 중반 이후에는 경제적으로 풍요로워져 선조들의 문집 간행이 상당히 증가하는데, 목활자 인쇄가 목판본에 비해 저렴하기 때문에 목활자 인쇄가 증가합니다.

또 졸저에서는 서문이나 발문 중에 간행 경위와 관련된 부분은 모두 인용하고 있습니다. 중국책에서도 희구서稀覯書의 경우는 동일합니다. 조선본은 전체적으로 간기가 있는 경우가 적고, 있어도 간지干支만 있는 경우가 있어 간년과 간행지를 결정하는 일이 매우 어렵지만, 활자의 종류나 각수명 그리고 앞으로 서술할 내사본內賜本이 매우 유용하게 참고됩니다.

조선에는 내사본 혹은 선사본宣賜本이라고 하는 독특한 제도가 있습니다. 조정의 간행물을 신하들에게 나누어 주는 것은 중국이나 일본에도 있는 일이지만 제도적으로 존재하지는 않았습니다. 중앙정부 간행본은 일부 목판본도 포함되지만 대부분 금속활자 인쇄본으로 이를 신하들에게 내려줍니다. 그때 제1책 앞표지 안쪽에 책을 내린 연월일·관직·성명·서명書名을 기록하고, 마지막 행에는 책을 내린 승정원 승지의 성姓과 수결화압花押이 있습니다. 이 기록을 '내사기' 또는 '선사기'라고 하며, 그 책 자체를 '내사본'이나 '선사본'이라고 합니다. 중앙정부 간행본에는 간기가 거의 없기 때문에 이 내사기를 통해 간년을 특정할 수 있습니다.

미우라   지금 이야기를 듣고 생각이 났는데, 1970년부터 교토대 인문과학연구소에서 「주자어류연구반」 — 여기에 유학에서 돌아온 후지모토 군도 참여한 것은 앞서 언급했습니다 — 이 시작되었는데, 그때 반장 다나카 겐지田中謙二 선생님께서 눈에 띄게 좋은 텍스트로 사용한 것이 교토대 문학부 소장본인 조선 간본『주자어류朱子語類』로, 이것이 무려 송시열에게 하사된 내사본이었습니다. 송시열에 대해서는 나중에 저나 가와하라 씨가 논문을 쓰기도 했는데, 17세기 조선 정계와 유학계의 거물입니다. 조선 간행『주자어류』의 서지적 연구에 대해서는 후지모토 군에게 「조선판 '주자어류' 고朝鮮版'朱子語類'攷」라는 주도면밀한 연구가 있습니다.

후지모토　이 우암 송시열 내사본의 내사기 첫 부분에는 '순치 14년1657 7
　　　　　월 초 4일順治十四年七月初四日'이라는 날짜가 적혀 있는데, '順治
　　　　　十四年'이라는 다섯 글자는 먹으로 둥글게 칠해져 있고, 그 위
　　　　　에 '崇禎丁酉'라고 쓴 종이조각이 붙어 있습니다. 이 무렵 조선
　　　　　은 청나라의 조공국이기에 정식으로는 청나라 연호를 쓸 수밖
　　　　　에 없었지만, 효종과 북벌北伐을 도모할 정도로 숭명崇明 사상이
　　　　　강했던 우암으로서는 '순치'를 받아들이기 어려웠습니다. 여기
　　　　　서 우암의 격렬한 기상을 엿볼 수 있습니다.

미우라　귀중한 보충 설명 고맙습니다. 송시열 무리에게 명나라를 망친
　　　　　청나라는 증오할 만한 '오랑캐夷狄'였으니까요.

후지모토　장서인은 그 책의 내력을 아는 데 중요하며, 한국에서는 이미
　　　　　없어진 고명한 학자의 장서인도 있어서 이것들은 『도록편圖錄
　　　　　編』에 수록할 예정입니다.

　　　　　구소장자의 지어識語도 장서인과 함께 해당서로서의 내력을 알
　　　　　기 위해 매우 중요하기 때문에 전문을 수록하였습니다. 조선인
　　　　　의 지어는 일본이나 중국에 비하면 극히 드뭅니다. 그 이유는
　　　　　책을 더럽히지 않기 위해서라고 들은 적이 있습니다만, 그것은
　　　　　납득이 가지 않습니다. 도쿠토미 소호는 조선에서도 일본에서
　　　　　도 책을 구입하였습니다만, 그 책들에는 독서 감상 이외에 입
　　　　　수 경위나 책값, 구입처 등이 대개 적혀 있습니다. 이것은 매우
　　　　　귀중합니다.

　　　　　그리고 주기注記는 현존본의 상태, 귀중서에 대해서는 각 권의
　　　　　내용이나 장수, 각 권말이나 미제尾題의 위치, 판식의 특이점, 묵
　　　　　주墨註의 유무 등인데 전책全冊의 낙장落張도 확인하고 있습니다.

찬자撰者에 대해서는 생년월일이나 생몰지역 등에 대해 연보나 실록 또는 전기나 금석문 등을 이용하여 '전傳'을 기재하고 있습니다. 그리고 남본藍本 즉 저본인데 중국과 조선의 남본을 적었습니다.

'연핵研覈'이라는 것은 저의 핵심 부분인데요, 그 책의 성립 경위나 판종 등에 대해서 서문이나 혹은 여러 자료를 널리 참고해서 제 생각을 기술했습니다. 제 생각에는 오류가 있을 수 있으니 당연히 후학의 비평을 바라는 바입니다. 앞서 나온 책들의 해제를 참고했습니다만, 거기에는 종종 판단의 근거가 명시되지 않고 주관과 객관이 혼재되어 있었습니다. 이것은 후인을 매우 혼란스럽게 하는 것이기 때문에 졸저에서는 그 구별을 분명히 해야 한다고 생각했습니다. 그래서 객관적인 부분은 연구 기반으로서 반영구적인 가치를 가질 수 있을 것이라고 생각합니다. 조선책이 중국학과 일본학에도 공헌할 수 있는 점에 대해서는 나중에 말씀드리겠습니다.

5. 『일본현존조선본연구』의 위상

미우라 여기까지 『일본현존조선본연구』의 구체적인 방법에 대해서 상당히 자세한 설명을 들었습니다만 혹시 의견이 있습니까?

가와하라 후지모토 선생님의 연구 중에서, 연핵 이외에는 객관적인 사실을 기재한 것입니다. 객관적인 사실을 제대로 조사한다는 것은 어려운 일이고, 그것을 하신 것에 대해서는 물론이지만, 저로서 가장 감사한 것은 바로 이 연핵 부분입니다. 좀 더 자세히 말하면 서지학 전문가가 아닌 조선에 대해 조금 공부하고 싶거나 이용하고 싶은 사람에게는 이 부분이 가장 감사할 것입니다. 한 가지 구체적인 이유를 들 수 있습니다. 고려사는 '정인지 서鄭麟趾序'라고 되어 있습니다. 그러나 이 책은 정인지가 총찬관으로 한 것이 아닙니다. 실제로는 김종서가 한 것으로 봐야 합니다. 이런 건 당연히 제대로 살펴보면 알 수 있겠지만, 사실은 이것을 조사하는 일이 매우 힘든데 그렇게 기초적인 사항이 제대로 적혀 있다는 점이 하나입니다.

그리고 또 하나는 내용이 굉장히 전문적이 되면 서지를 잘 모르는 우리로서는 그 내용을 잘 모릅니다. 하지만 몇 년에 판본이 만들어졌다는 것은 매우 고마운 정보입니다. 이 기획 때문에 율곡 이이 선생님 부분을 다시 읽었는데 역시나 감동스러웠습니다. 언제쯤 만들어졌는가 하는 것이 제대로 적혀 있고, 문집본과 전집본의 차이도 적혀 있어서 역시나 편리합니다. 어쨌든 저에게는 연핵의 존재가 후지모토 서지학의 가장 고마운 점입니다. 제 느낌으로 말하면, 기존 서지학자들의 저술에는 연핵이 없습니다. 그러니까 설득력이 없어 읽어도 재미없고 '아, 그래' 이런 느낌이에요.

김문경　'서지학'이라는 것은 매우 특수한 분야로, '간刊'과 '인印'이라든가, '복각'이냐 '번각'이냐 하는 식으로 글자체의 미세한 부분을 비교하고 있기 때문에 일종의 골동품 감정 같은 곳이 있는데, 옛날 선생님, 그러니까 아베 류이치 선생님 같은 분은 이미 명인입니다. 아베 선생님이 '이건 송판!', '이건 원판!' 이라고 말씀하시면, 우리는 영문도 모르고 '그렇구나'라고 할 뿐인—이런 면이 있는 학문입니다. 또 서지의 기록이라고 하는 것은 그 책을 본 사람이 아니더라도 기록을 읽으면 제대로 알 수 있도록 규격화되어 있기 때문에, 서지학을 모르는 사람에게는 아무래도 무미건조한 것이 됩니다.

그리고 조사하는 책에 적혀 있지 않은 것은 적지 않습니다. 예를 들어 『고려사』의 저자는 정인지로 되어 있습니다. 사실은 김종서가 책임자라 하더라도 그것은 책 밖에서 알 수 있는 지식이기 때문에 서지학에서는 그러한 내용을 적지 않습니다. 그렇게 고수 같은 주관과 규격화된 객관이 섞여 있고, 거기에 내용이 전문적이기 때문에 전문가 이외 사람들로서는 알기 어려운 것이 되기 쉽습니다. 후지모토 선생님의 목록은 그러한 서지학의 기본을 제대로 바탕에 두고 기재하면서도, 또한 연핵을 통해 배경의 여러 사실들을 근거로 함께 적고 있다는 점에서, 이는 확실히 지금까지의 서지학에는 없던 것으로, 보다 넓은 의미에서 문화사의 참고서로도 유용하기 때문에 매우 감사하게 생각합니다.

미우라 후마 선생님은 하실 말씀이 없으십니까?

후마 후지모토 선생님이 하신 일은 정말로 무섭다고 밖에 말할 수 없습니다. 『사부』의 서문에서 몇 번인가 '무섭다'라는 말을 썼는데, 그만큼 무섭다는 말밖에 할 말이 없습니다.

제가 했던 작업은 일본에 현존하는 단 40종 정도의 조선연행록에 해제를 붙인 것으로 후지모토 선생님이 하신 것과는 전혀 내용이 다를 것입니다. 저의 경우는 분명한 목적이 정해져 있는 거죠. 지금까지 거의 사용되지 않았던 여행기를 앞으로 역사 연구에서 어떻게 사용해 나갈 것인가 하는 뚜렷한 목적을 위해 해제를 먼저 만들어 두자. 그 해제를 위해서는 누가 언제쯤—누구라는 것은 어떠한 인생을 겪어 오며 그렇게 말을 하게 되었는가를 아는 일에 주안점을 두고 이쪽에서 쓰는 것이지요. 그리고 그 사료에서, 이것도 주관적이지만, 나는 적어도 어떤 점이 재미있다고 생각하는가, 하는 점도 덧붙여 두는 것이 향후 연구자들에게 도움이 될지도 모른다고 생각해서 그런 점도 쓰는데, 그런 의미에서 제가 한 작업은 진정한 서지학이 아닙니다. 역사학이네요. 해제라고 하며, 정말 비슷한 작업을 하고는 있습니다만.

다만, 좀 전에 후지모토 씨가 말한 각수가 어떠한지에 대한 것입니다만, 사실은 제가 한 작업의 대부분이 손으로 쓴 문서들입니다. 거기에 무엇이 적혀 있는지, 언제쯤의 기록인지가 첫 번째 포인트였기 때문에, 누가 글씨를 쓰든 저 같은 사람에게는 전혀 문제가 없었습니다. 그런 점에서 보면 역시 후지모토 선생님은 서지학자로서, 저와 전혀 다른 관심을 갖고 책을 대하였다는 것이 저 책을 읽으면서 저는 잘 이해가 되었습니다.

미우라 후지모토 군의 연핵에 대한 것인데, 그는 객관과 주관의 혼재라고 말하고 있습니다만, 대략 보면 저 같은 경우는 중국 역사책의 서법을 떠올리게 됩니다. 중국의 역사서는 객관적인 역사 기술 부분과 그 뒤에 놓인, 예를 들면 『사기』라면 '태사공왈', 사마광司馬光의 『자치통감』이면 '신광왈臣光曰'과 같은 역사가의 주관적인 견해를 개진하는 논찬 부분으로 구분되어 있는데, 후지모토 군의 연핵은 어쩌면 그 논찬과 같은 것이 아닐까 하는 생각이 듭니다.

그럼 시간도 다 되어가고 있습니다만, 이 책을 전체적으로 어떻게 바라보면 좋을까 하는 점에 대해 계속 말씀해 주시기 바랍니다.

6. 『일본현존조선본연구』의 자기 평가

후지모토 마지막으로 졸저를 전체적으로 말씀 드리겠습니다. 졸저는 목록의 형태를 취하고 있지만, 제목에서 보여주듯이 사실은 연구서입니다. 먼저 그 분류법을 보면, 원칙은 『규장각도서한국본종합목록』— 이것은 서울대학교 문리과대학부설 동아문화연구소에서 1965년에 나온 책인데, 이를 따랐습니다. 이 목록은 한국에서 처음 나온 본격적인 목록으로, 조선간본·필사본·금석·고기록 등을 수록하고 있습니다. 그 후 개정판이 나왔으며, 고서를 많이 갖고 있는 한국 내의 도서관이나 문고에서는 모두 이를 따르고 있습니다.

후마 씨로부터는 졸저에 대해 장문의 서문을 받아 깊이 감사하고 있습니다. 다만, 거기에서 지적해 주신 것처럼 중국학 연구자들이, 예를 들어 정사正史의 서두에 『사기』가 없다는 점 등이 목록의 배열에 위화감을 느끼는 일은 당연하지만, 원래 『규장각도서한국본종합목록』이나 졸저는 중국본 목록이 아니라 조선본 목록입니다. 예를 들어 중국서의 『사기』가 졸저에 있더라도 그것은 중국간본이 아니라 조선간본입니다. 조선의 국가 제도나 문화의 형태 등은 중국을 크게 따라하고 있기 때문에, 조선에서 간행된 서적은 대체로 중국의 사부 분류에 속하는 것도 사실입니다.

이호련李顯鍊 편찬의 『한국본별집목록韓國本別集目錄』法仁文化社, 1995에 따르면 조선 문인들의 시문집은 간행서와 미간행서를 포함하여 1만 1천 종이 넘는다고 하였는데, 이는 마찬가지로 중국 문화의 영향을 받은 일본과는 크게 다른 점입니다. 사부史部의 정사正史는 중국에서는 『사기』로 시작하지만, 조선에서는 『고려사』부터 시작합니다. 그것은 '가나다라' 순으로 배열되어 있기 때문인데, 졸저는 '아이우에오アイウエオ' 순으로 배열되었기 때문에 『한서漢書』부터 시작합니다. 중국학 연구자들에게는 매우 기이한 느낌을 주겠지만, 이것은 중국서의 목록이 아니라 어디까지나 조선서의 목록임을 유념해 주셨으면 합니다. 그러한 불편은 색인에서 해소할 수 있도록 배려했습니다.

미우라 이 '분류'라는 것도 큰 주제지만 시간이 얼마 남지 않았고, 분류에 대해서는 후마 씨가 사부의 서문에서 쓰고 있기도 하니 그것을 참조하시는 것으로 하고, 다음 이야기로 넘어가도록 하겠습니다.

후지모토 다음으로 졸저의 실질적인 효용에 대해 말씀드리고 싶은데, 연구자가 어떤 책을 자료로 사용할 경우 일반적으로 가장 오래된 책이 바람직하지만, 일본에 있는 목록을 봐도 조선간본에 대해서는 '간년불기刊年不記'가 많기 때문에 새롭거나 오래되거나 한 것을 알 수 없습니다. 조선책에서는 불서를 제외하고 원래 간기가 없는 것이 많기 때문입니다.

저는 판식, 금속활자의 종류, 서발문, 각수명 등을 통해 종합적으로 간년을 특정 혹은 추정하고, 동일한 책에 대해서는 가장 오래된 판본을 제일 앞에 두었으며 연대순으로 배열하고 있기 때문에, 한눈에 가장 오래되고 가장 좋은 판본을 알 수 있습니다. 가장 오래된 동일 판본이 복수인 경우라도, 인쇄의 전후, 낙장의 유무, 파손의 정도 등을 기술하고 있어서 가장 좋은 상태의 책을 고를 수 있습니다.

그전에는 최선본最善本을 확인하기 위해 전국의 도서관을 돌아다녀야 했지만 졸저를 통해 그럴 필요가 없게 되었습니다. 제가 일찍이 느꼈던 경제적·시간적·체력적인 부담을 졸저는 전부 없앴다고 할 수 있습니다. 이것은 당초부터 의도했던 점으로, 그것이 실현된 일에 큰 기쁨을 느끼고 있습니다.

또한 저는 중국본이나 화각본도 배려하고 있습니다. 중국의 일서逸書나 끊어진 계통의 책이 조선본으로 전하고 있기 때문에, 조선본 연구는 중국학에도 공헌합니다. 일본에서는 조선문화의 영향이 고대부터 다방면에 걸쳐 있습니다. 불교는 백제에서 전해졌다고 하지만, 본국에는 고대 조선 승려의 저술이 거의 전하지 않았습니다. 그런데 일본에서는 신라시대의 저술이 면면히 필사되어 에도시대에 그 일부가 간행되고 있습니다. 에도시대 승려 종존宗存의 종존판宗存版 대장경은 고려의 재조대장경을 저본으로 하고 있습니다.

도요토미 히데요시의 조선 침략은 조선 백성들에게 말도 못할 고통을 안겨주었는데, 이때 가져온 많은 조선의 책들, 예를 들면 유학서·역사서·문학·의학·본초·산학算學 등 광범위한 책들이 복각 혹은 중간되었습니다. 또한 조선의 활자 인쇄술은 근세 일본의 고활자 인쇄를 낳았습니다. 이것들이 일본의 학문에 미친 영향은 매우 커서, 조선본의 연구는 일본학 연구에도 이바지한다고 생각합니다. 동아시아에서 조선이 최근 갑자기 주목을 받고 있는데, 조선문화를 지탱하는 큰 지주인 조선본도 동아시아 문화 안에서 다시 검토될 필요가 있습니다.

7. 『일본현존조선본연구』의 총괄

미우라 지금 저서에 대해 자세히 말씀해 주셨는데, 저로서는 연책을 포함해서 이 책의 해제를 실제로 읽어보든지 이용하든지 하다 보면 그 대단함을 잘 알 수 있다고 생각합니다만, 마지막으로 총괄적인 의견이 있으면 부탁드립니다.

가와하라 후지모토 선생님의 영향을 받은 덕분이라고는 별로 생각하고 싶지 않습니다만, 그 때문일까요, 현재 제가 생각하는 점은, 조선학을 하기 위해서 무엇이 가장 중요한가, 무엇이 가장 기초적인가 하는 것에 대해, 어쩌면 조선 서지학이 아닐까 하는 생각을 하게 되었습니다. 무슨 뜻이냐면 중국 연구에서 그 기초가 목록학에 있다는 것과 같은 의미입니다. 왜 그렇게 생각했을까요. 후지모토 선생님의 영향이겠지만, 조선본의 경우, 후인이 그 책을 편찬하게 되면 저자를 현창하기 위해 문장을 다듬는 경우가 종종 있습니다.

예를 들면 제가 가장 충격을 받은 사례인데, 이퇴계와 같은 해에 태어난 남명 조식 선생님의 문집인『남명집』을 보면, 정치적 문제로 판본마다 편집 방침이 다르고 거기에 수록된 내용도 많이 다릅니다. 북인이 편찬한 판본에는 이황을 비판하는 내용이 있습니다. 그렇지만 남인이 편찬한 책에서는 이황을 비판한 곳을 모두 삭제하고 있습니다. 그리고 남명이 역학을 수용한 곳도 삭제했습니다. 판본에 따라 놀라운 차이가 있습니다.

그렇다면 책을 아무리 정성스럽게 읽어도 책의 유래를 알아야 그 분석 결과를 믿을 수 있습니다. 이것이 조선학은 서지학의 기초 지식을 바탕으로 연구해야 한다고 생각하는 이유입니다. 하나만 더 예를 들어보겠습니다.『심경부주心經附註』라는 중국에서 유래한 책이 있습니다. 이 책은 중국에서는 거의 읽지 않았습니다. 그런데 조선에서는 이 책이 필독서입니다. 주자학의 역사에서 초보적인 이야기인데, 이것이 조선주자학과 중국주자학의 큰 분기점입니다. 이것을 알 수 있다는 점도 서지학이 얼마나 중요한지를 잘 보여줍니다.

미우라   감사합니다. 다른 분은 어떻습니까?

김문경   우선 앞으로 두 권이 더 남아 있기 때문에, 이미 다 되어 있다고 생각합니다만, 건강에 유의해서 완성해 주셨으면 하는 점과, 조금 전 대영도서관의 이야기가 나왔습니다만, 일본 현존이라고 해도 후지모토 선생님은 상당히 조사하셨다고 생각합니다만, 구미라든지, 전 세계 여러 곳에 조선본이 아직도 있습니다. 그 중 상당 부분은 일본에서 유출된 것입니다. 예를 들어, 버클리 대학교의 장서 등은 일본에서 넘어간 것이기 때문에,

부디 장수하셔서 그런 곳의 책들까지 완전히 조사해 주셨으면 하는 생각이 듭니다.

또 지금은 서지학에도 극적인 변화가 일어나고 있어서, 옛날에는, 아까 후지모토 선생님이 말씀하신 것처럼 거기에 가서 직접 봐야 했고, 본다고 해도 허가를 받는다든가 선물을 챙겨가야 한다든가 해서 꽤 힘들었습니다. 그렇지만 지금은 상당 부분이 인터넷에 공개되고 있습니다. 마찬가지로 버클리의 조선본도 인터넷에 공개되고 있습니다. 점점 더 인터넷에 서영書影이 공개되고 있는데, 어떻게 보면 이것은 실물을 보는 것보다 편리합니다. 예를 들어 자유롭게 확대해서 보고 싶은 부분을 볼 수 있습니다.

미우라 종이의 질까지 알 수 있습니까?

김문경 종이의 질에 대해서는 역시 미묘한 부분은 실물을 보지 않으면 모릅니다만, 복각인지 번각인지에 대해서는 한자 한 획의 미묘한 차이라는 것은 실물을 보는 것보다 인터넷으로 사진을 확대해서 보는 것이 알기 쉽기 때문에 반드시 가지 않아도 볼 수 있고, 직접 가서 보는 것보다 편리한 점도 있어 이것이 이제 극적인 변화입니다. 그래서 지금까지는 현지로 출장을 가며 부인은 집을 지키게 하였다고 생각합니다만, 앞으로는 꼭 가지 않아도 집에서 컴퓨터로 보면서 할 수 있는 부분이 있기 때문에 그런 방법도 함께 사용되면 좋겠습니다.

그리고 또 하나, 일본에 있는 조선책은 조선 간행본과 필사본 이외에도, 중국책 그 자체로 조선을 통해 건너온 것이 꽤 있습니다. 표지를 보면 대부분 알 수 있는데, 조선 장정으로 되어 있기도 하고 표지가 조선의 것도 꽤 있습니다. 중국책이지만 중국에서 곧장 온 것이 아니라 조선을 경유해 왔다는 점이 매우 중요합니다. 한국 학계에서 지금 전 세계에 현존하는 조선책에 대해 조사하고 있는데, '조선책을 조사하는 것도 중요하지만 조선에서 일본으로 건너온 중국책을 조사하는 것도 매우 중요하다'고 말씀드리고 싶고, 후지모토 선생님은 당연히 많이 보고 계실 테니 그쪽도 다루어 주시면 대단히 감사하겠습니다.

후지모토 저도 그 소위 '조선에서 건너온朝鮮渡り' 것에 대해서는 당초부터 관심이 많았고 중요하다고 생각합니다. 그래서 조사 중에 발견하면 적어 두었습니다. 최근 요시무라 히로미치 씨가 그 방면의 연구를 시작하셨기 때문에 제가 적어둔 자료는 전달했습니다.

미우라 후마 선생님, 하실 말씀 없으신가요?

후마 이제부터 무엇을 하는가 하는 점이죠. 이것은 정말 어려운 일이라, 그야말로 하늘에 운을 맡길 수밖에 없다고 할 수 있습니다. 하늘이 운을 주느냐 안 주느냐 하는 점이 있는데, 무엇을 먼저 하느냐고 한다면, 제가 부탁드리고 싶은 것에는 만약 할 수만 있다면『보유』를 먼저 만들어 주셨으면 좋겠습니다. 예를 들어『사부史部』도 좋고『집부』도 좋은데, 기왕에 이것들이 있다고 해도 이제 일본의『사부』혹은『집부』에 대해서는 이것으로 완벽하다고 할 수 있는 것을 먼저 내 주셨으면 좋겠습니다. 이것은 정말로 뻔뻔한 부탁입니다다만.

후지모토 지금『자부子部』를 진행하고 있습니다. 유가儒家와 도가道家는 끝났고 석가釋家를 시작했습니다.『자부』가 끝나면 다음은『경부』

입니다.『경부』는 양이 적습니다. 대략 1,000부 정도라서 여기에 「보유」를 함께 붙이려고 합니다. 1,000부 정도이기 때문에 『집부』와 『사부』, 『자부』의 「보유」를 더하면 거의 다른 책들과 같은 정도의 분량이 될 것이라 생각합니다. 「보유」의 경우는 같은 판본이 많기 때문에 그다지 시간이 걸리지 않을 것이라 생각합니다. 다음으로 『도록편圖錄編』, 거기까지 생각하고 있습니다. 이것도 역시 제 수명과 관련된 일이지요. 하늘이 이 일을 허락해 주신다면 어떻게든 그때까지는 수명을 내려 주시지 않을까, 저는 무슨 일이건 천명이 있다고 생각합니다.

미우라   후지모토 군은 앞에서 "마에마 교사쿠 선생의 『고선책보』는 사계의 금자탑이다"라고 말했지만, 큰 이야기라고 할까, 일본 동양학의 맥락에서 말하자면, 마에마 선생님의 『고선책보』가 '공전空前'이라고 한다면 후지모토 군의 『일본현존조선본연구』는 '절후絶後'라고 저는 생각합니다.

후지모토 선생님은 최근에 『서적·인쇄·서점−중국과 한국을 둘러싼 책의 문화사書物·印刷·本屋−日中韓をめぐる本の文化史』勉誠出版, 2021라는 900페이지에 가까운 거질의 편저를 출판했습니다. 마지막으로, 이 책에 대해서 조금 설명해 주실 수 있을까요?

후지모토   이것은 제가 기획한 동방학회 2017년 추계학술대회 심포지엄이 계기가 된 것입니다. 그 때는 다섯 분 — 스즈키 도시유키鈴木俊幸·오오키 야스시大木康·우에하라 규이치上原究一·한국의 이윤석 씨 그리고 저였는데, 논문 자체는 학회의 영문 학술지로 나왔습니다. 그런데 일반인들이 읽기 어렵기 때문에 이것을 일본어로 출판 했으면 좋겠다고 출판사 벤세이샤勉誠社의 요시다

유스케吉田祐輔 씨로부터 제안이 들어왔습니다. 그런데 다섯 분만으로는 한 권의 책이 되지 않는다고 해서, 여러 가지 생각한 끝에 결국 모두 35분의 협력을 얻게 되었습니다.

보통 문학이론이라든지 문학사적 위치 등이 주제가 되기 쉬운데, 이 책에서는 실제로 책의 출판과 관련된 것, 즉 조각공·인쇄공·책값·장정·세책방 등이라는 구체적인 사항들을 중심으로 하고 싶다고 기획하였습니다. 장난감 그림 — 이것은 에도 시대 후반의 어린이용 놀이 그림 — 이라든지 춘화春畫라는 것은, 이제까지 학술적인 책에는 별로 수록되지 않았던 것입니다만, 이것들도 넣었기 때문에 지금까지의 책과는 색다르게 되었다고 생각합니다.

미우라   이 책에는 김 선생님도 「명대 건양의 상업출판과 통속소설明代建陽の商業出版と通俗小説」이라는 제목의 논문을 집필하셨죠?

김문경   네.

미우라   지금 '모두 서른 몇 명'이라고 후지모토 군은 말했지만, 당연히 전체의 구성을 생각하고, 전부 읽고 책임 편집자의 역할을 제대로 완수했다는 사실도 놀랍습니다. 풍부한 인맥을 갖고 한중일에 걸쳐 넓고 깊은 학식이 없으면 할 수 없는 일이라고 생각합니다.

마지막으로 이건 외람되지만 제 감상이라고 할까요, 일본의 동양학과도 관련이 있는데, 동방학회의 최신 명단에서 조선학 방면 연구자가 몇 명이나 되는지 세어 봤습니다. 그랬더니 10명이 조금 넘는 정도로, 이것은 일본의 동방학회로서는 조금 쓸쓸한 것이 아닌가 하는 생각이 들었습니다.

물론 일본의 조선학으로는 조선학회나 조선사연구회 등의 큰 학회가 따로 있기 때문에 괜찮다고 할 수도 있을지 모르지만, 동방학회로서 좀 더 조선학이라고 할까 아니면 조선학을 포함한 동양학이라는 것을 충실히 했으면 좋겠다고 느끼는 한편, 동방학회가 이러한 조선학과 서지학에 관한 기획을 만들어 주신 것에 대해 매우 감사히 생각합니다. 잘난 척 하며 말씀 드려 죄송합니다.

그럼 마지막으로 후지모토 군에게 인사 말씀 부탁드립니다.

후지모토 저는 지금까지 그저 우직하고 성실하게 자료를 마주 대해 왔습니다. 그것을 이번에 크게 평가해 주신 것에 대해 매우 황송하고 감사하게 생각합니다. 앞으로도 노력해서 전권을 완결하고 싶습니다. 요즘 대학에 있는 분들은 잡무로 바쁜 것 같아, 앞으로는 이렇게 긴 호흡의 작업은 무리가 아닐까 걱정하고 있습니다. 연구를 시작한지 반세기가 넘었지만, 뒤를 이을 사람도 없고 아마도 저에게서 끊길지도 모른다고 생각합니다. 그렇기 때문에 더욱 완벽에 가까운 것을 남기고 싶습니다.

다행스럽게도 저는 사람들과의 만남에 큰 은혜를 입고 있어 매우 감사하고 있습니다. 많은 선생님들에게 가르침을 받았고, 이제 머지 않아 천상에서 예전 선생님들께 『일본현존조선본연구』의 완성과 이 두 가지 큰 상에 대해서 말씀 드리면, 하나같이 '진짜냐'라고 놀라시면서, 흐뭇한 미소를 띠고 '너로서는 참 열심히 했구나'라고 칭찬해 주시리라고 확신합니다.

오늘 정말 감사했습니다.

미우라 이상으로 오직 대작의 완성을 기원하며 마치도록 하겠습니다.

정말 감사합니다. (박수)

나는 왜 한국학·조선학연구자가 되었나

* 정리 : 미우라 쿠니오(三浦國雄)

2022년(令和 3) 12월 20일(월) ANA 크라운프라자(クラウンプラザ) 도야마(富山) 4층
소회의실 주로(朱鷺)
참석자 : 후지모토 유키오(藤本幸夫), 도야마대학·레이타쿠대학 명예교수, 미우라 쿠
니오(三浦國雄), 오사카시립대학 명예교수·사회, 후마 스스무(夫馬 進), 교토
대학 명예교수, 가와하라 히데키(川原秀城), 도쿄대학 명예교수, 김문경(金文
京), 교토대학 명예교수.

후지모토 유키오藤本幸夫

1941년 5월 27일생.

연구분야 : 조선서지학·조선어.

현 도야마富山대학 명예교수·레이타쿠麗澤대학 명예교수·레이타쿠대학 객원교수·일본학사원学士院 회원.

학력

1960.3.	교토시립 히요시가오카日吉ヶ丘 고등학교 졸업.
1960.4~1965.3.	교토대학 문학부 학사. (언어학 전공)
1965.4~1967.3.	교토대학 대학원 문학연구과 수사. (언어학 전공)
1967.4.	교토대학 대학원 문학연구과 박사과정(언어학 전공) 입학 후 휴학. (한국 유학)
1967.4.~1968.2.	한국 한글학회 연구원.
1968.3~1970.2.	서울대학교 문리과대학 언어학과 연구원. (한국정부초빙유학생)
1970.4.	교토대학 대학원 문학연구과 박사과정 복학.
1973.3.	교토대학 대학원 문학연구과 박사과정 단위취득 만기 퇴학. (수료)
1973.4.	교토대학 대학원 연구원. (중국어·중국문학 전공)
1974.4.	교토대학 대학원 연구원. (일본학술진흥회장려연구원. 언어학 전공)

경력

1975.4.	오사카大阪대학 문학부 조수. (국어학강좌)
1978.4.	도야마富山대학 인문학부 조교수. (조선어·조선문학코스)
1989.1.	도야마대학 인문학부 교수. (조선어·조선문학코스)
2002.4~2012.3.	조선학회 부회장.
2005.9~2021.6.	동방학회 평의원評議員.
2006.6~현재	동양문고 연구원.
2007.3.	도야마대학 정년퇴직. (명예교수)
2007.4~2012.3.	레이타쿠대학 대학원교수.
2012.4~2016.3.	교토대학 인문과학연구소 객원교수.
2013.3~2015.2.	한국 동국대학교 초빙교수.
2015.5~2021.5.	신무라이즈루新村出 기념재단 대표이사.
2016.4~2019.3.	교토대학 인문과학연구소 특임교수.
2017.3~2019.2.	한국 동국대학교 전문위원.
2021.4.	레이타쿠대학 명예교수.
2022.2.	일본학사원 회원.

수상

1981.11. (일본)	우에노사쓰키上野五月 기념 일본문화연구장려상(『가가미(かがみ)』제21·22호 논문)
1987.11. (일본)	일본번역출판문화상 (안휘준 저 『한국회화사』)
2006.11. (일본)	하시모토준橋本循 기념회 제16회 로호쿠상蘆北賞 (저서 부문 :『일본현존조선본연구－집부』)
2007.6. (한국)	서송瑞松한일학술문화상(『일본현존조선본연구－집부』)
2007.10. (한국)	보관寶冠문화훈장(『일본현존조선본연구－집부』)
2007.11. (한국)	동숭東崇학술상(공로상 :『일본현존조선본연구－집부』)
2008.5. (일본)	제1회 이와세야스케岩瀬弥助 기념서물문화상(『일본현존조선본연구－집부』)
2021.3. (일본)	은사상恩賜賞·일본학사원상(『일본현존조선본연구－사부史部』)
2022.11. (일본)	즈이호우츄쥬쇼瑞宝中綬賞 훈장

주요저작(출간순)

저서

『日本現存朝鮮本研究－集部』, 京都大学学術出版会, 2006.

『日本現存朝鮮本研究－史部』, 韓国東国大学出版部, 2018.

편저

『日韓漢文訓読研究』, 勉誠出版, 2014.

『龍龕手鏡(鑑)研究』, 麗澤大学出版会, 2015.

『書物・印刷・本屋－日中韓を巡る本の文化史』, 勉誠出版, 2021.

편서

鄭光・藤本幸夫・金文京 共編, 『燕行使と通信使』, 博文社, 2014.

번역

金思燁・趙演鉉 著, 『朝鮮文学史』(「現代文学史」 부분), 北望社, 1971.

李基文 著, 『韓国語の歴史』, 大修館, 1975. (교정 복간, 1987)

安輝濬 著, 『韓国絵画史』(翻訳 藤本/図版 吉田宏志), 吉川弘文館, 1987.

공저

「国書目録」・「漢籍目録」(後者 永田英正氏 共編), 『高樹文庫資料目録』, 富山県教育委員会, 1979.

「「中」字攷」, 『論集 日本語研究(二) 歴史編』, 明治書院, 1986.

「古代朝鮮の言語と文字文化」, 『日本の古代』, 中央公論社, 1988.

「朝鮮童蒙書漢字本類合と新増類合について」, 『アジアの諸言語と一般言語学』, 三省堂, 1990.

「朝鮮のことば遊び」, 『ことば遊びの民族誌』, 大修館, 1990.

「『北征録』について」, 『東北アジアの歴史と社会』, 名古屋大学出版会, 1991.

「韓国の訓読について」(한국어), 『国語史資料と国語学の研究』, 문학과지성사, 1993.

「印刷文化の比較史」, 『アジアのなかの日本史』VI, 東京大学出版会, 1993.

「清朝朝鮮通事小攷」, 『中国語史の資料と方法』, 京都大学人文科学研究所, 1994.

「朝鮮版白氏文集攷」, 『白居易研究講座』6, 勉誠社, 1995.

『東京大学総合図書館漢籍目録』(조선본 담당), 東京大学総合図書館, 1995.

「朝鮮のことわざ」, 『世界ことわざ大辞典』, 大修館, 1995.

「高麗大蔵経と契丹大蔵経について」, 『中国佛教石経の基礎的研究－房山雲居寺石経を中心に』, 京都大学学術出版会, 1996.

「日本刊本千字類合について」(한국어),『李基文教授停年退任記念論叢』, 韓国：서울, 新丘文化社, 1996.

「朝鮮語の史的研究」,『日本語と朝鮮語』上巻, 国立国語研究所, 1997.

「書(高麗以前)」,『世界美術大全集』東洋編10, 小学館, 1998.

「陳侃撰使琉球録解題」・「書籍を通じてみた朝鮮と琉球の交流」,『使琉球録解題及び研究』, 榕樹書林, 1999.

「朝鮮時代の書」,『世界美術大全集』東洋編11, 小学館, 1999.

「日本現存内賜本について」,『21世紀国語学の課題』, 韓国：서울, 月印, 2000.

「朝鮮本の刊行部数について」,『韓日語文学論叢』, 韓国：서울, 太学社, 2001.

「朝鮮印刷のパイオニア」,『印刷博物誌』, 凸版印刷株式会社, 2001.

『五山禅宗寺院に傳わる典籍の総合的な調査研究I−建仁寺両足院所蔵本を中心に』, 基盤研究(B)研究調査報告書(연구대표자 興膳宏), 2008.

『建仁寺両足院に所蔵される五山文学関係典籍類の調査研究−建仁寺両足院聖教目録II』, 基盤研究(B)研究調査報告書(연구대표자 赤尾栄慶), 2010.

「日本傳存朝鮮仏教書」,『新東アジア傳教史』10, 佼成出版社, 2010.

「高麗の出版文化」,『日本傳教と高麗版大蔵經』, 佛教大学, 2010.

『建仁寺両足院に所蔵される五山文学関係典籍類の調査研究−建仁寺両足院聖教目録Ⅲ』, 基盤研究(B)研究調査報告書(연구대표자 赤尾栄慶), 2011.

「蓬左文庫所蔵駿河御讓本朝鮮本の「御払」に就いて」,『武家の文物と源氏物語絵−尾張徳川家傳来品を起點として』, 翰林書房, 2012.

「朝鮮の出版文化」, 野間秀樹 編,『韓国・朝鮮の知を読む』, 株式会社クオン, 2014.

「東洋文庫所蔵牧牛子修心訣に就いて」, 藤本 編著,『日韓漢文訓読研究』, 勉誠出版, 2014.

「東洋文庫所蔵朝鮮本について」,『アジア学の宝庫, 東洋文庫−東洋学の史料と研究』, 勉誠出版, 2015.

「龍龕手鏡(鑑)攷」, 藤本 編著,『龍龕手鏡(鑑)研究』, 麗澤大学出版会, 2015.

「高麗版龍龕手鏡及朝鮮版龍龕手鑑攷」, 藤本 編著,『龍龕手鏡(鑑)研究』, 麗澤大学出版会, 2015.

「日本現存癸未字活字印本纂圖互註周禮卷一・二について」,『東アジア金属活字印刷文化の創案と科学性』1, 韓国学中央研究院, 2017.

「十七史纂古今通要卷十一・十二について」,『東アジア金属活字印刷文化の創案と科学性』2, 韓国学中央研究院, 2017.

「朝鮮の書物史」,『書物の文化史』, 丸善出版, 2018.

「日本と朝鮮の書籍交流」,『東アジア文化講座』, 文学通信, 2021.

「朝鮮坊刻本攷」, 藤本 編著, 『書物·印刷·本屋－日中韓を巡る本の文化史』, 勉誠出版, 2021.

논문

「朝鮮古語研究－地名を中心にして」, 京都大学大学院文学研究科, 1967.

「河合文書の研究－文書形式·史読·俗語を中心として」, 『朝鮮学報』 60, 朝鮮学会, 1971.

「朝鮮における朱子語類」, 『朝鮮学報』 78, 朝鮮学会, 1976.

「東京教育大学蔵朝鮮本について」, 『朝鮮学報』 81, 朝鮮学会, 1976.

「朝鮮版千字文とその地方性」, 『国語国文』 46-4, 京都大学国語国文学会, 1977.

「大東急記念文庫蔵朝鮮版について(上)」, 『かがみ』 21, 大東急記念文庫, 1977.

「大東急記念文庫蔵朝鮮版について(下)」, 『かがみ』 22, 大東急記念文庫, 1978.

「朝鮮漢文－史読文からの昇華」, 『語文』 34, 大阪大学国文学会, 1978.

「朝鮮偉国字彙について」, 영인본 『朝鮮偉国字彙』 「解題」, 雄松堂, 1979.

「朝鮮版'千字文'の系統」, 『朝鮮学報』 94, 朝鮮学会, 1980.

「李朝の文人と書籍」, 『論文叢誌』, 大阪大学文学部国文科 田中裕先生退官記念論文集刊行会, 1981.

「広島市立浅野図書館蔵朝鮮本に就いて」, 『書誌学』 復刊 新26·27合併, 日本書誌学会, 1981.

「宗家文庫蔵朝鮮本に就いて－『天和三年目録』と現存本を対照しつつ」, 『朝鮮学報』 99·100, 朝鮮学会, 1981.

「朝鮮版『朱子語類』攷」, 『富山大学人文学部紀要』 5, 富山大学人文学部, 1982.

「眉嚴過眼書録」, 『富山大学人文学部紀要』 7, 富山大学人文学部, 1983.

「Preliminary survey of the languages around the Japan Sea」, (共著)『富山大学人文学部紀要』 7, 富山大学人文学部, 1983.

「対馬島宗氏文庫所蔵韓国本と林氏について」, 『民俗文化論叢』 4, 韓国嶺南大学校民俗文化研究所, 1983.

「朝鮮童蒙書－漢字本類合攷, 附影印」, 『富山大学人文学部紀要』 11, 富山大学人文学部, 1986.

「庚午字木歴代兵要攷」, 『朝鮮学報』 119·120, 朝鮮学会, 1986.

「李朝訓読攷其一－『牧牛子修心訣』を中心にして」, 『朝鮮学報』 143, 朝鮮学会, 1992.

「朝鮮本の訂正について－『重修政和経史証類備用本草』を中心にして」, 『朝鮮文化研究』 1, 東京大学文学部, 1994.

「韓国の印刷出版文化と日本」 (한국어), 『第一回国際印刷出版文化学術会議論文』, 清州古印刷博物館, 1995.

「刻工名による朝鮮刊本の刊年・刊地決定法試論」,『青丘学術論集』8, 韓国文化研究振興財團, 1996.

「日本にある韓国本とその特徴について」(한국어),『民俗文化論叢』16, 韓国嶺南大学校民俗文化研究所, 1996.

「日本における韓国語研究状況」(한국어),『第5回 国際韓国語学術大会論集』, 1996.

「朝鮮書誌学の諸問題」,『朝鮮学報』163, 朝鮮学会, 1997.

「書籍を通じてみた朝鮮と琉球の交流」,『使琉球録解題及び研究』, 京都大学文学部東洋史研究室, 1998.

「対馬豊慶龍院蔵朝鮮傳来薬師如来坐像胎蔵朝鮮資料について」,『朝鮮学報』176・177, 朝鮮学会, 2000.

「朝鮮本の識語について」,『青丘学術論集』16, 韓国文化研究振興財團, 2000.

「日本の活字印刷」(한국어),『第三回清州国際印刷出版文化学術会議集』, 清州古印刷博物館, 2000.

「刻手名による朝鮮刊本の刊年・刊地決定について」,『東方学報』73, 京都大学人文科学研究所, 2001.

「朝鮮刊本の刊年・刊地推定について」,『朝鮮史研究会論文集』39, 朝鮮史研究会, 2001.

「朝鮮家刻本刊行経緯攷」,『平成11～平成14年度科学研究費補助金(基盤研究A)研究成果報告書』, 2003.

「日本所蔵韓国学資料の現況と研究動向」,『国学研究』2, 韓国国学振興院, 2003.

「朝鮮版唐駱賓王詩集攷」,『朝鮮学報』199・200, 朝鮮学会, 2006.

「日・韓両国における童蒙書について」, 第3回日韓人文社会科学学術会議『修交40周年記念日韓学術交流の現状と展望』, 2006.

「重山先生と小倉進平先生」,『泰山木』, 財團法人新村記念財團設立二十五周年記念文集, 2006.

「朝鮮版『千字文』について」(한국어),『国語史研究は何処まで来ているか』, 韓国 延世大学校 国学研究院, 2007.

「日本現存朝鮮古刊本の調査とその語学的・書誌学的研究」,『東アジア古典籍の整理現況と課題』, 韓国 成均館大学校 韓国古典翻訳院, 2008.

「日本現存朝鮮本古刊本の研究」,『民族文化』33, 韓国 成均館大学校 韓国古典翻訳院, 2009.

「大英圖書館所蔵朝鮮本について」, (エリザベス・マッキロプ氏 共著)『朝鮮学報』216, 朝鮮学会, 2010.

「国立ギメ東洋美術館所蔵朝鮮本について」,『朝鮮学報』218, 朝鮮学会, 2011.

「Old Korean Books Preserved in Japan」,『MEMOIRS OF THE RESERCH DEPARTMENT OF THE TOYO BUNKO』69, 東洋文庫, 2012.

「日本現存朝鮮初期活字本について」,『国際学術会議 高麗の金属活字と世界印刷史の再照明』(研究報告書), 韓国学中央研究院, 2012.

「古代日本語と朝鮮語」, 高岡市萬葉歴史館叢書24『萬葉集と環日本海』, 2012.

「日本現存癸未字活字印本十七史纂古今通要巻十一・十二について」,『東アジア金属活字印刷術の着眼と科学性』(研究報告書), 韓国学中央研究院, 2012.

「The Current State of Research on Catalogues of Old Korea Books」,『ACTA ASIATICA』106, 東方学会, 2014.

「朝鮮の出版文化」,『東洋文化研究』16, 学習院大学 東洋文化研究所, 2014.

「朝鮮朝における金属活字と印刷・出版」,『韓国清州古印刷博物館姉妹提携10周年記念 朝鮮金属活字文化の誕生展 講演録』, 凸版印刷博物館, 2014.

「朝鮮目録学の今日」,『朝鮮朝後期の社会と思想』(『アジア遊学』179), 勉誠出版, 2015.

「日本現存朝鮮本とその研究」,『日韓の書誌学と古典籍』(『アジア遊学』184), 勉誠出版, 2015.

「朝鮮本と蓬左文庫」,『日韓国交正常化50周年記念 豊かなる朝鮮王朝の文化－交流の遺産－』, 蓬左文庫, 2015.

「日本古活字本と朝鮮印刷術・西洋印刷術－アーネスト・サトウと新村出博士の所説を中心に」,『新村財團35周年記念論文集』, 2016.

「高麗版龍龕手鏡と朝鮮版龍龕手鑑について」,『佛教記録遺産アーカイブ構築事業の実効と指向』, 東国大学校 佛教学術院, 2016.

「日本京都大学所蔵金石集帖について」,『開院60周年記念国際学術大会 韓国古典学の新しい模索』, 韓国 成均館大学校 大東文化研究院, 2018.

「Commercial Publishing in Choson Korea before Bookshop Editions」,『ACTA ASIATICA』116, 東方学会, 2019.

「河合文庫概観」,『民族文化研究』83, 高麗大学校 民族文化研究院, 2019.

「朝鮮読書人と書籍入手」,『立命館白川静記念東洋文字文化研究所紀要』13, 2020.

「松ヶ岡文庫所蔵朝鮮本に就いて」,『松ヶ岡文庫研究年報』30, 松ヶ岡文庫, 2021.

그 외

「浜田敦著『朝鮮語資料による日本語研究』」(書評),『朝鮮学報』56, 朝鮮学会, 1970.

「古代朝鮮語と日本語」,『月刊 言語』, 大修館書店, 1975.

「朝鮮疑似漢文について」(研究発表),『言語研究』67, 日本言語学会, 1975.

「文字」,『月刊 言語』, 大修館書店, 1975.

「朝鮮の訓について－『千字文』を中心にしつつ」(研究発表),『言語研究』72, 日本言語学会, 1977.

「海外の言語学−韓国」,『月刊 言語』6-8, 大修館書店, 1977.

「朝鮮と漢字」,『月刊 言語』6-10, 大修館, 1977.

(번역)「高麗及び李朝初期における中国画の流入」(安輝濬),「画員金弘道について」(李東洲),『大和文華』62, 大和文華館, 1977.

「海外の言語学−韓国」,『月刊 言語』7-10, 大修館書店, 1978.

「大東急記念文庫所蔵『千字文』影印」,『朝鮮学報』93, 朝鮮学会, 1979.

「大東急記念文庫所蔵『千字文』索引」,『朝鮮学報』97, 朝鮮学会, 1980.

「朝鮮固有名詞転写」,『高麗仏画』, 朝日新聞社, 1981.

「安田章著『朝鮮資料と中世国語』」(書評),『国語学』127, 国語学会, 1981.

「宮内庁書陵部所蔵千字文影印」,『朝鮮学報』98, 朝鮮学会, 1981.

「宮内庁書陵部所蔵千字文索引」,『朝鮮学報』102, 朝鮮学会, 1982.

「李樹健著『慶北地方古文書集成』」(書評),『史林』65, 1982.

「朝鮮の印刷文化」,『民博通信』18, 国立民族学博物館, 1982.

「朝鮮の印刷文化」,『韓国文化』5-9, 韓国文化院, 1983.

「校書館推治の件−『内訓』を中心としてー」,『汲古』4, 汲古書院, 1983.

「総合図書館蔵・朝鮮本, 特に阿川文庫に就いて」,『図書館の窓』, 東京大学附属図書館, 1985.

「梶井陟先生を悼む」,『朝鮮学報』129, 朝鮮学会, 1988.

「朝鮮の漢字文化」,『しにか』創刊号, 大修館, 1990.

「語学的観点から見た朝鮮金石文」,『書道研究』7, 美術新聞社, 1990.

「朝鮮の活字印刷と日本の駿河活字」,『Museum Kyushu』40, 博物館等建設推進九州会議, 1992.

「志部昭平氏を悼む」,『朝鮮学報』146, 朝鮮学会, 1993.

「言語」,『韓国』, 新潮社, 1993.

「朝鮮版とその和刻本について」, 第2回 朝鮮研究環太平洋国際会議, 神田外国語大学, 1994.

「日本における韓国語研究現況」(한국어),『第五回国際韓国語学術大会論集』, 韓国 : 서울, 한글학会, 1996.

「李基文」,『韓国文化』203, 韓国文化院, 1996.

「世宗朝の出版文化」,『韓国文化』210, 韓国文化院, 1997.

「田川文庫蔵朝鮮本について」,『アリラン通信』14, 文化センター・アリラン, 1997.

「田川文庫蔵和刻本について(承前)」,『アリラン通信』16, 文化センター・アリラン, 1998.

『朝鮮17世紀刊本刻工名集』, 平成7〜平成9年度科学研究費補助金(基盤研究C)成果報告書, 1998.

「職人気質」(巻頭エッセイ),『月刊 しにか』9-5, 大修館, 1998.

「井上進著三重県公蔵漢籍目録」(紹介),『東方』204, 東方書店, 1998.

「関於朝鮮本」,『中国文哲研究訊』9-4, 歴史語言研究所, 台湾:台北, 1999.

『21世紀国語学の課題』(松山鄭光先生華甲記念論文集)(賀詞), 韓国:서울, 月印, 2000.

『朝鮮朝後期刊本刻手名集』, 平成11~平成14年度科学研究費補助金(基盤研究A)研究成果報告書, 2001.

「高麗の出版文化」,『韓国文化』262, 韓国文化院, 2001.

「日本所蔵韓国語資料の現状と研究動向」(한국어), 韓国学振興院 韓国学国際学術大会『国内外韓国学資料の保存実態と展望』, 韓国:安東, 2002.

「攷事撮要の冊板記録について」(招待発表), 第6回 環太平洋韓国学国際学術大会, 2002.

「朝鮮の印刷文化」,『静脩』39-2, 京都大学附属図書館, 2002.

「清渓金思燁先生の思い出」,『清渓金思燁博士追悼文集』, 清渓金思燁博士追慕記念事業会, 韓国:서울, 박이정, 2002.

「川瀬先生の思い出」,『かがみ』35, 大東急記念文庫, 2003.

「朝鮮の医書」, 日本海学推進機構 みんぱくサテライトinとやま,『韓国と日本の健康観』, 2003.

「高麗の印刷文化について」,『韓国文化』293, 韓国文化院, 2004.

「韓国の図書館紹介－古書を中心にして」,『文学』6, 岩波書店, 2005.

『朝鮮朝刊本刻手名集(第一版)』, 平成14~平成16年度科学研究費補助金(基盤研究C)成果報告書, 2006.

「文学部時代の思い出」,『京都大学文学部の百年』, 京都大学大学院文学研究科文学部, 2006.

『朝鮮朝刊本刻手名集(제2판)』, 平成17~平成18年度科学研究費補助金(基盤研究C)成果報告書, 2007.

「朝鮮の漢文文献受容」, 平成16~平成18年度科学研究費補助金(基盤研究B 研究代表者 小助川貞次)成果報告書, 2007.

『大英図書館所蔵朝鮮本目録』, 平成16~平成18年度科学研究費補助金(基盤研究B)成果報告書, 2007.

「朝鮮本の話」,『東京大学コリア・コロキュアム講演記録 2007年度』, 東京大学文学部 朝鮮文化研究室, 2007.

「朝鮮の文字文化」,『月刊言語』36-10, 大修館書店, 2007.

「日本に残る朝鮮佛教文献」,『新アジア佛教史』, 佼成出版社, 2010.

「油谷幸利氏の華甲を寿ぎて」,『朝鮮半島の言葉と社会－油谷幸利先生還暦記念論文集』, 明石書店, 2009.

「韓国出版文化と日本」,『2002－2007/環日本海講演会 記録集』, 鳥取県立図書館, 2010.

학문의 추억

「朝鮮版朱子語類考」,『思想与文献 日本学者宋明儒学研究』,華東師範大学出版社, 2010. (「朝鮮版『朱子語類』攷(중국어판)」, 富山大学人文学部紀要5, 1982)

「高麗の出版文化」,佛教大学シンポジウム,『日本仏教と高麗版大蔵経』, 2010.

『日韓言語学者会議』(シンポジウム報告書), 麗澤大学言語研究センター, 2010.

「東アジア全体を踏まえた訓読研究」(金文京,『漢文と東アジアー訓読の文化圏』서평),『東方』362, 東方書店, 2011.

「序文」,『高橋亨朝鮮儒学論集』, 知泉書館, 2011.

「麗澤大学を拝辞するに当たって」,『言語と文明』10, 麗澤大学, 2012.

『日・韓訓読シンポジウム』(シンポジウム報告書), 麗澤大学言語研究センター, 2012.

「日本現存癸未字活字印本『十七史纂古今通要』巻十一・十二について」, 韓国学中央研究院主催第二次学術大会,「東アジア金属活字印刷術の着眼と科学性」, University of California Berkeley, 2013.

「朝鮮書誌学入門第1回」,『書物学』2, 勉誠出版, 2014.

「文字資料の最前線－原本・出版・デジタル」, (藤本 외 4인)『日本語の研究』13, 日本語学会, 2017.

「朝鮮坊刻本以前」, シンポジウム「中・朝・日三国坊刻本の出現とその展開」, 東方学会秋季大会, 2017.

「第七版序」,『広辞苑』(제7판), 岩波書店, 2018.

「河合文庫概観」, 韓国古文献の世界－京大河合文庫目録刊行記念シンポジウム, 京都大学圖書館, 2019.

「梅田博之先生を哭す」,『言語研究』156, 日本言語学会, 2019.

나에게 있어서 한국·조선의 문학과 문화
하타노 세쓰코와 시라카와 유타카의 좌담회

하타노 세쓰코波田野節子, 니가타현립대학 명예교수 · **시라카와 유타카**白川豊, 규슈산업대학 명예교수

와타나베 나오키渡辺直紀, 사회, 무사시대학 교수 · **황호덕**성균관대학 교수

이태훈규슈산업대학 교수 · **류충희**柳忠熙, 좌담회 기획 및 후기, 후쿠오카대학 준교수

1. 시작에 앞서

이 글은 2023년 2월 16일 후쿠오카대학에서 대면과 온라인으로 진행한 좌담회 '나에게 있어서 한국·조선의 문학과 문화'의 전반부 기록이다. 이 좌담회에서는 하타노 세쓰코 씨와 시라카와 유타카 씨와의 삶과 한국·조선문학에 대해 듣고, 일본에서의 한국·조선문학 연구의 발자취에 대한 이야기를 나눴다. 상편에는 하타노와 시라카와의 이야기를 주로 실었다.

하타노 세쓰코는 이광수, 김동인, 홍명희를 중심으로 한국 근현대문학을 연구하고 있다. 대표적인 저서로는 『이광수─한국 근대문학의 조상과 '친일'의 낙인李光洙─韓国近代文学の祖と「親日」の烙印』주코신서(中公新書), 2015, 『한국 근대 작가들의 일본 유학韓国近代作家たちの日本留学』하쿠테이샤(白帝社), 2013, 『한국 근대문학연구─이광수·김동인·홍명희』백제사, 2013 등이 있다.

시라카와 유타카는 장혁주·염상섭을 중심으로 한국 근현대문학을 연

구하고 있다. 대표적인 저서로는 『식민지시대 조선의 작가와 일본植民地期朝鮮の作家と日本』대학교육출판사(大学教育出版), 1995, 『조선근대 지일파 작가 고투의 궤적－염상섭, 장혁주와 그 문학朝鮮近代の知日派作家 苦闘の軌跡－廉想渉, 張赫宙とその文学』벤세이출판(勉誠出版), 2008, 『장혁주 연구』동국대 출판부, 2010 등이 있다.

두 사람 모두 연구활동과 함께 한국·조선문학작품을 일본어로 번역해 왔다. 하타노의 번역서로는 한국·조선문학사에서 근대 장편소설의 효시로 평가받는 『무정無情』이광수, 헤이본샤 라이브러리(平凡社ライブラリー), 2020, 초판은 2005년을 번역했다. 근대 단편소설을 구축했다고 평가받는 김동인의 소설을 모은 『김동인 작품집金東仁作品集』김동인, 헤이본샤(平凡社), 2011 등이 있다. 시라카와의 번역서로는 리얼리즘소설의 대가로 꼽히는 염상섭이 한말부터 식민지 시대에 살았던 할아버지, 아버지, 아들 3대의 삶을 그린 『삼대三代』염상섭, 헤이본샤(平凡社), 2012, 한국전쟁1950~1953 중 서울을 배경으로 해방 후와 전쟁 중 한국인의 군상을 그린 『취우驟雨』염상섭, 쇼시칸칸보(書肆侃侃房), 2019 등이 있다.

하타노 세쓰코와 시라카와 유타카가 한국·한국어와 한국·조선 연구에 관심을 갖게 된 배경에는 식민지 조선에서의 가족생활이라는 개인사적 배경이 있다. 하타노의 아버지는 태평양전쟁 때 소집되어 중국·만주에서 생활한 경험이 있고, 어머니는 식민지 시대에 나진에서 생활한 적이 있다. 시라카와의 아버지는 식민지 조선의 대구, 정주에서 일했고, 어머니는 부산에서 태어나 자랐으며, 일제시대가 끝난 후 일본에서 생활하게 되었다. 하타노와 시라카와 모두 한국전쟁이 발발한 1950년에 태어났기 때문에 식민지 조선에서의 실제 경험은 없었지만, 가정에서는 부모 세대의 식민지 조선에서의 경험과 조선(인)에 대한 시선을 느낄 수 있었다. 시라카와는 부모의 조선(인)에 대한 태도에서 '조선에 대한 편견이나 이상한 경멸감'을 느꼈다고 한다. 부모가 말하는 조선(인)의 모습을 '언젠가 가서 확인해보자고 생각한' 것이 그의 조선 연구의 계기가 되기도 했다.

본 좌담회 서두에서 사회자 와타나베 나오키渡辺直紀가 언급했듯이, 전후 일본의 한국·조선문학 연구는 일본인과 재일코리안 연구자들이 서로 협력하면서 진행되어 왔다. 전후 일본인에 의한 초기 조선문학 연구는 오무라 마스오大村益夫, 가지이 노보루梶井陟, 조 쇼키치長璋吉 등에 의해 이루어졌고, 이들을 중심으로 '조선문학의 회朝鮮文学の会'가 결성되었다. 당시 재일코리안 연구자예: 안우식(安宇植), 윤학준(尹学準) 등도 일본인 연구자들과 함께 한국·조선문학 연구와 번역 활동을 하고 있었다. 또한 다소 늦게 연구를 시작한 사에구사 도시카쓰三枝壽勝 등도 등장했다.

이들 일본인 연구자의 다음 세대가 하타노와 시라카와이다. 하타노와 시라카와는 일본의 학부와 대학원에서 한국·조선어 교육을 받고 한국·조선문학을 전공한 것은 아니다. 전후 초기 연구자들의 수업 등을 청강하며 개인적으로 지도를 받는 한편, 시민강좌 등을 통해 한국·조선의 언어·문학·문화를 배웠다. 하타노의 이광수 연구는 이광수의 생애와 주변 인물, 당시 상황 등을 꼼꼼하게 조사한 치밀한 실증에 의한 것으로 높은 평가를 받고 있다. 하타노의 실증적인 연구 방법도 전후 초기 연구자와의 사적인 지도를 통해 쌓은 것이라고 할 수 있지만, 부동산 사업을 하면서 '세밀하게 조사하고, 철저하게 조사하고, 채권 관계의 유무'를 조사한 경험 등 학계 밖에서 익힌 것들도 많다고 한다.

두 사람의 한국·조선문학 학습과 연구에 대한 회고를 통해 1960~70년대 일본 대학에서 한국·조선학 강좌 개설 등 학문 제도가 지금과 달리 학계에서 한국·조선학은 마이너리티한 상황이었음을 짐작할 수 있다. 이러한 상황 속에서 시라카와는 한국·조선에 대한 관심을 충족시키기 위해 한국 유학을 시도했고, 또 하타노 씨는 한국 연구자들과의 연대를 강화했다고 볼 수 있다.

반세기가 지난 오늘날, 당시와 비교하면 케이팝K-POP, 케이문학K-文学 등이 사용될 정도로 한국·조선에 대한 대중적 관심이 높아지고 있다. 따라서 많은 대학에서 한국·조선어 교육이 이루어지고 있다. 그러나 여전히 한반도의 역사·문화·사회·문학 등의 전문 교육을 받을 수 있는 학부·대학원 과정은 적다고 할 수밖에 없다.1 학계에서 한국·조선 전문가를 양성하여 사회에 내보내는 것, 나아가 연구자를 양성하는 것은 어려운 상황이기도 하다. 따라서 일본에서의 한국·조선학은 일본학과 중국학 등의 지역 연구와의 연대와 학계 외부와의 연대가 중요하다는 것을 다시한번 느낀다.

좌담회에서 'Korea'는 '한국', '조선'이라는 두 가지 형태로 발화되었다. 하타노는 '한국'을 주로 사용하는 것에 반해 시라카와는 '조선'을 주로 사용하고 있다는 인상을 받는다. 이 좌담회기록에는 굳이 이를 통일하지 않고 각각의 발화를 남기고 있다. 이 명칭의 차이는 일본의 식민지였던 조선, 해방 후 한반도에 남한과 북한이라는 두 개의 국가가 성립된 역사 등

---

1   한국국제교류재단(Korea Foundation)의 「해외대 한국학 현황」(2016~2017년애 실시된 조사)에 따르면, 전 세계적으로 일본 대학에서 한국학 관련 강좌를 가장 많이 개설하고 있다. (https://www.kf.or.kr/koreanstudies/koreaStudiesList.do, 2023년 12월 5일 접속) 전체 (공통교육 개설 포함) 376곳에서 공통교육과목으로 개설되어 있으며, 학사과정은 33곳, 석사과정은 14곳, 박사과정은 9곳으로 나타났다. 전 세계 대학의 한국학 과정 개설 수는 2위가 중국, 3위가 미국으로 나타났다. 양국은 일본에 비해 교양과목보다 전문과목 및 대학원 설치가 많은 편이다. 중국은 전체 (공통교육 개설 포함) 269개, 학사과정 206개, 석사과정 36개, 박사과정 18개이다. 미국은 전체 (공통교육 개설 포함) 134개, 학사과정 94개, 석사과정 26개, 박사과정 20개이다. 중국과 미국의 상황과 비교했을 때, 일본 대학의 한국·조선학 관련 강좌는 공통교육이 대부분이며, 전문교육과정을 개설한 대학은 많지 않은 실정이다.

여러 가지 배경에서 기인한 것이다. Korea를 말할 때, 한국에 친근감이 있는 사람은 '한국'을 쓸지도 모른다. 혹은 일본 열도와 한반도의 역사나 북한을 의식하는 사람들은 '조선', '코리아' 등의 표현이 될지도 모르겠다.

[다음 편에 이어 : 류충희]

1) 전후 초기 일본인 조선문학 연구자

오무라 마스오, 조 쇼키치, 사에구사 도시카쓰

류충희   이제부터 좌담회를 시작하겠습니다. 저는 후쿠오카대학의 류충희라고 합니다. 저는 후쿠오카대학 한국학 시리즈의 국제심포지엄 진행을 맡고 있습니다만, 좌담회 진행은 무사시대학의 와타나베 나오키 선생님이 맡아 주실 것입니다. 이번 좌담회에서는 일본에서의 한국·조선문학 연구자의 성장 과정에 대해 들어보도록 하겠습니다.

하타노 선생님 그리고 시라카와 선생님의 순서로 각각 30분 정도 말씀해 주시고, 그 후에 각각의 해설자 세 분 와타나베 선생님, 황호덕 선생님, 이태훈 선생님의 코멘트를 받은 후, 두 분의 답변을 들을 예정입니다. 그럼 와타나베 선생님, 잘 부탁드립니다.

와타나베   무사시대학의 와타나베라고 합니다. 류충희 선생님께서 말씀하신 대로 진행하도록 하겠습니다. 전후 초기 일본인 한국·조선 근현대문학 연구자는 얼마 전 2023년 1월에 돌아가신 와세다대학 명예교수 오무라 마스오大村益夫 선생님이나 도쿄외대에 계셨던 사에구사 도시카쓰三枝壽勝 선생님이나 조 쇼키치長璋吉 선생님, 혹은 오무라 선생님 등이 중심이 되어 '조선문학의 회'에 모여서 연구했던 분들을 말하는 것이 아닌가 생각합니다. 오무라·사에구사·조 선생님은 오무라 마스오·조 쇼키치·사에구사 도시카쓰 편역, 『조선단편소설선』(상), (하)이와나미문고, 1984와 같이 당시 사람들이 잘 알고 있는 번역 업적도 있었습니다. 굳이 일본인이 중심이 되자고 강조한 것은 그때까지 재일조선인들에 의한 본국特히 북한의 문학 연구·소개가 방대했기 때문에 굳이 그것뿐만 아니라 일본인이 주체적으로 한국·조선 문학을 보고 주체적으로 선택해서 읽는, 그런 것을 생각한 것이 아닌가 생각합니다.

그럼 바로 오늘의 이야기를 들어보겠습니다. 프로그램 순서대로 부탁드리겠습니다. 하타노 선생님, 잘 부탁드리겠습니다.

2. 하타노 세쓰코, '내가 걸어온 길과 앞으로의 포부'

1) 성장 배경과 부모님 과거를 마주하다

그럼 '내가 걸어온 길과 앞으로의 포부'라는, 여러분이 가지고 계신 자료에 맞춰서 말씀드리겠습니다. 이것은 시라카와 선생님의 자료에 맞춰서 만든 것입니다.

먼저 '성장 과정과 부모님'입니다. 아버지는 니가타현新潟県 시오자와마치塩沢町라는 눈이 많이 쌓이는 곳 출신입니다. 아버지는 쇼와昭和 13년1938년에 소집되었는데, '쇼와 13년 소집'이라는 것은 니가타현 출신의 다나카 가쿠에이田中角栄와 같은 해에 소집되었다는 것이 아버지의 자랑이었기 때문에 (웃음) 저는 잘 기억하고 있습니다. 아버지는 제대 후 중화항공에 입사했습니다. 도대체 어떤 회사인지는 전혀 모르겠지만, 그곳에 취직해서 중국과 만주에 있었다고 합니다. 아버지와 함께 상하이에 간 적이 있는데, 상하이 출장을 갔을 때 이곳에 묵었다며 그런 이야기를 하셨고, 그 건물을 보고 왔습니다. 이것을 논문으로 쓴 적도 있습니다. 저는 이 중화항공이 좀 수상쩍다고 생각합니다. 아편 거래나 뭐 그런 걸 하지 않았나 싶어서요. (웃음) 농촌에 아편을 배달했다는 이야기나 아편을 피우는 방법 같은 것도 들은 적이 있는데, 그때는 그냥 지나쳤지만 나중에 생각해보니 만주에서 아편 재배가 성행했었고, 뭔가 수상한 것 같다는 생각이 들었는데, 아버지가 돌아가셔서 지금은 모르겠습니다.

어머니는 니가타시 출신입니다. 나중에 이야기하겠지만, 첫 남편은 만철에 근무하면서 나진에 있었는데, 패전 후 시베리아에 억류되었다가 철수할 때 미쓰코光子라는 여자아이를 잃어버렸다고 하더군요. 제가 이 사실을 알게 된 건 대학교 1학년 때였어요. 즉, 아버지가 만주에 있었다는 것은 알고 있었지만, 어머니가 재혼했다는 사실은 전혀 모르고 자랐다는 뜻입니다. 평범한 가정인 줄 알았어요. 물론 평범한 가정이었지만, 제가 프랑스어와 조선어를 하고, 여동생이 도쿄외대東京外大, 도쿄외대에서 러시아어를 하고, 다른 한 명은 게이오에서 영어를 하는 등 이렇게 국제적인 가정이었던 것은 역시 어머니와 아버지의 영향이 아닌가 하는 생각을 나중에 하게 되었습니다.

2) 대학 시절과 유학 프랑스어를 만나다

대학 시절은 1969년 1학년이었기 때문에 시라카와 선생님보다 1년 늦습니다. 시라카와 선생님은 조산아로 태어났죠? 봄에 대학에 들어갔을 때, 대학은 락아웃lockout 상태였어요. 락아웃이란 대학이 학생들에게 학교를 폐쇄하는 것을 말합니다. 그래서 놀고 있는데 어머니가 "같이 여행 좀 가지 않을래?"라고 하시며 시코쿠四国 순례 여행을 권하셨어요. 왜 시코쿠로 순례여행을 가는지 전혀 몰랐지만, 시간적 여유가 있어서 여름에 어머니와 함께 여행을 떠났습니다. 사실 어머니는 이 기회에 제게 재혼에 대해 털어놓을 생각이셨어요. 왜냐하면 옛 지인을 만나기 위해서 나에게 털어놓아야 할 필요가 있었기 때문입니다. 그래서 저는 갑자기 어머니가 재혼했다는 사실을 알게 되었습니다. 게다가 도사시미즈土佐清水에서 한 남자를 만났는데, 아침이 되자마자 짐을 싸면서 "아내에게 미안하다"는 등의 말을 하더라고요. 저는 18살이었으니까 충격이었어요. 그땐 전혀 몰랐지만, 지금 생각해보니 숨겨둔 사랑 같은 것도 있지 않았을까 싶어요. 그 후 시코쿠를 순례하면서 여기저기 다니면서 옛날에 알고 지냈던 여자를 만나기도 했어요.

그런데 집에 돌아가면 아버지가 계시기 때문에 당연히 이 이야기는 금기시되고 말았어요. 그래서 정말 신기하게도 여행에 대해서는 세세한 부분까지 다 기억하고 있는데, 그 이야기만 깨끗하게 잊어버렸어요! 기억상실증이라는 것도 여러 가지 종류가 있는 것 같아요. 머릿속으로는 알고 있지만, 전면에 드러나지 않는, 봉인되어 있는 그런 느낌이에요.

대학교 4학년 때 어머니는 뇌졸중으로 돌아가셨습니다. 그래서 이 이야기를 오랫동안 잊고 있었는데, 나이가 들면서 점점 기억이 나더라고요. 점점 그때 어머니가 말씀하셨던 게 생각나면서, 결국 어머니는 도대체 어떤 경로를 통해 인양引揚げ된 것일까 생각했습니다. 여러 가지를 종합하면서 스스로 상상해보는 거죠. 제가 이광수 연구를 끝내고 허준과 염상섭, 안회남을 연구한 것도 인양에 대해 알고 싶어서였습니다.

3) **부동산업자 시절**^{1977~1993} 한국어와 만나다

대학은 아오야마가쿠인_{青山学院} 일본문학과였지만, 고등학교_구 중학교 선배인 사카구치 안고_{坂口安吾}가 다니던 아테네 프랑세_{도쿄도 지요다구 칸다 스루가다이(神田駿河台)}에 있는 일본에서 가장 오래된 프랑스어 학교에 다니다가 졸업 후 프랑스로 유학을 갔습니다. 이듬해 가을에 귀국해서 교토대학 대학원에 다니던 고등학교 선배와 결혼하고, 언어학을 하고 싶어서 교토대학에서 청강을 하고 있었는데, 남편이 니가타_{新潟} 사람이라 니가타에 취직해서 니가타로 돌아왔어요. 저는 일이 하고 싶어서 무엇을 할 수 있을까 생각해봤는데, 아무것도 할 수가 없었어요. 프랑스어 통역 자격증을 땄지만 니가타에서는 쓸모가 없었습니다. 그래서 일단 아버지가 부동산업자였기 때문에 택지건물거래사_{宅地建物取引士} 자격증을 따서 아버지 회사에서 일했어요. 금융 쪽 일도 했어요.

도대체 어디서 연구 방법을 배웠느냐는 질문을 받은 적이 있습니다. 그때 곰곰이 생각해보니 제 연구 방법은 이 부동산업자 시절에 뿌리를 두고 있다는 걸 깨달았어요. (하하) 금융업도 했기 때문에 꽤나 힘들었어요. 세세하게 조사하고, 철저하게 조사하고, 채권 관계의 유무라든가 여러 가지를 생각해야 하죠. '그래, 이게 나의 연구 방법이다'라는 생각이 들었어요. 저는 누구에게 연구 방법을 배운 적이 없어요. 그래서 제가 하는 일은 그 부동산 시절에 뿌리를 두고 있다고 지금도 생각하고 있습니다.

그 시절 저는 성실하게 부동산 사업을 하면서 아이를 키우고 있었는데, 아이가 초등학교에 들어가기 전, 어린이집에 들어간 지 얼마 지나지 않아 갑자기 한국어를 배우고 싶다는 생각이 들었어요. 왜 그랬냐고 자주 물어봐서 그 이유를 생각하게 됐어요. 프랑스에 있을 때 스페인어, 이탈리아어 등 라틴계 사람들이 순식간에 프랑스어를 잘하는 것을 보고, 일본어에도 그런 언어가 없을까 생각하다가 한국어를 떠올렸습니다.

니가타에 한국교육원이라는 곳이 있어서 그곳에 가서 배웠습니다. 일본인 학생은 3명 정도였고, 수업료는 받지 않았어요. 재일동포들을 위한 시설로, 한국의 초등학교 선생님이 부임해서 가르쳤습니다. 그래서 월급은 한국에서 나온다고 해서 공짜로 배웠습니다. 하하.

1983년 가을에 갑자기 아는 벨기에 신부님이 편찮으시다며 니가타대학의 교양 수업을 부탁하셨습니다. 니가타에는 프랑스어를 할 줄 아는 사람이 전혀 없었기 때문에, 무엇이든 좋으니 해달라는 식으로 비상근을 시작하게 되었습니다. 이것이 대학과 인연을 맺게 된 첫 번째 계기입니다. 자격란에 택지건물거래사라고 썼는데, 이건 지워달라고 하더라고요. 하하하.

니가타대학에 다니기 시작하면서 1986년부터 같은 화요일에 인문학부의 가스야 겐이치糟谷憲ー 선생님께 조선사를 청강했습니다. 부동산 중개업은 화요일만 쉬거든요. 그리고 역사는 맞지 않는다는 것을 알았기 때문에 문학을 하고 싶어서 도쿄외대의 조 쇼키치長璋吉 선생님의 수업을 듣기로 했습니다. 그게 87년의 일입니다. 화요일과 금요일은 회사를 쉬었습니다. 아버지가 사장님이셨기 때문에 가능한 일이었죠. 이듬해 조 선생님은 간다외대神田外語大学으로 옮기셨고, 뒤늦게 사에구사 도시카쓰三枝寿勝 선생님이 서울 유학 후 규슈대학九州大学 조교를 하다가 도쿄외대로 발령받아 취임하셨기 때문에 그대로 강의를 들었습니다.

어느 날 사에구사 선생님과 논문 상담을 하고 있을 때 조 쇼키치 선생님으로부터 전화가 왔는데, 잠깐 볼일이 있어 근처까지 왔다고 하셔서 셋이 만났습니다. 그때 수다를 떨면서, 정말 지금도 신기하게 생각하는데, 문득 어머니가 북한에서 인양된 일이 생각나서 그 이야기를 조 선생님께

드렸더니 "그건 잘 들었어야 했는데!"라고 말씀하시면서 굉장히 아쉬워하셔서 '아, 이게 흔치 않은 이야기인가 보다'라고 생각했던 기억이 납니다. 그러니까 잊고 있었던 것이 아닙니다. 자기 분석이지만, 아버지가 살아 계실 때는 (입 밖에 내서는) 안 됐습니다. 입에서 나오지 않았습니다.

첫 논문이 『조선학보』에 실린 것은 1990년입니다. 도쿄외대에서 조 선생님의 수업을 청강할 때 썼습니다. 청강이라고 해도 거의 항상 둘이서만 수업하는 느낌이었어요. 그것을 '이광수의 민족주의 사상과 진화론'이라는 제목을 붙이면서 '이런 걸 잘도 썼구나' 하는 생각이 들었어요. 어쨌든 저는 그때까지 졸업논문 밖에 써본 적이 없었습니다. 졸업 논문은 미야모토 유리코宮本百合子였습니다.

4) 대학 근무 시절1993~2014 한국문학 연구자와의 만남

그 후, 간노 히로오미菅野裕臣 선생님의 소개로 니가타현립여자단기대학에 근무하게 되었습니다. 그때도 저는 운이 좋았다고 생각합니다. 4년제 대학이었다면 불가능했을 텐데, 여자 단기대학에 후보자가 아무도 없었기 때문에 전임강사가 될 수 있었어요. 그리고 또 운이 좋게도 그 대학이 니가타현립대학이라는 4년제 대학으로 승격됐습니다.

1995년쯤에 좀 지겨워져서 이광수 연구를 그만두고 오래전부터 계획했던 김동인과 홍명희를 연구하였습니다. 어느새 10년을 하고 있었네요. 그때는 한창 바쁠 때라 연구가 쉽지 않았습니다. 여러 가지 일들이 있어서 대충대충 하고 있었어요.

다행인 것은 홍명희 연구로 유명한 강영주姜玲珠 선생님이라는 분이 계셨는데, 같이 연구할 수 있겠느냐고 했더니 흔쾌히 협조해 주셨어요. 그랬더니 혼자 연구하는 것과는 전혀 능률이 달랐어요. 한국문학이잖아요.

축적된 자료가 있는데 그걸 안 쓸 수는 없다고 생각해서 열심히 (일본 문부과학성의) 과학연구비를 받아서 국제 공동연구를 몇 번 했습니다.

홍명희 연구를 하면서 좋았던 점은, 강영주 선생님과 공동연구를 하는 동안 시야를 더 넓혀야겠다, 시야를 넓혀서 이광수에 대해 다시 한번 해보면 다른 게 나오지 않을까 하는 느낌을 갖게 된 것입니다. 전에는 『무정』만을 중심으로 했는데, 그것을 좀 더 실증적으로 해보고 싶다는 생각이 들었습니다. 김윤식 선생님의 연구서 『이광수와 그의 시대』한길사, 1986는 굉장히 세밀하게 씌어 있지만 실증적인 부분이 부족하다는 생각이 들어서 그 부분을 연구해보고 싶다는 생각이 들었습니다. 그리고 동시에 이광수의 후반 인생, 특히 일본어 창작에 대해 연구해보고 싶었습니다.

이광수의 후반의 삶을 연구하면 당연히 전반의 삶도 다시 한 번 돌아보게 됩니다. 그리고 이를 계기로 이광수 평전『이광수』, 中公新書, 2015을 쓰게 되었습니다. 『이광수·『무정』의 연구』白帝社, 2009를 읽은 주오코론中央公論의 시라토 나오히토白戸直人 씨가 글을 써보지 않겠느냐고 제의해왔는데, 그는 아주 좋은 말씀을 해주셨어요. 작은 책으로 만들어서 간결하게 정리하는 것도 하나의 방법이라고요. 자세히 쓰면 저로서는 좀 무리일 것 같다고요. 그래서 막상 쓰려고 하니 대학의 일이 너무 바빠서 못 쓰겠더라고요. 그래서 2년 일찍 퇴직했습니다.

5) 앞으로의 계획

다음으로 '앞으로 어떻게 할 것인가'입니다. 퇴직 후 8년 동안 정말 즐거웠습니다. 내가 좋아하는 것을 쓰고, 내가 좋아하는 것을 연구하고, 그걸로 번역도 하고요. 오무라 선생님이 쓰러진 것은 충격이었습니다. 오무라 선생님은 마지막의 마지막까지, 정말로 최후까지 일을 하고 계셨습니다. 김학철 선생님의 소설을 번역하고 있다는 이야기를 하셨습니다. 오무라 선생님처럼 죽을 수 있으면 좋겠다는 생각이 들었습니다. 저렇게 마지막까지 일을 할 수 있도록 두뇌가 명료하면 좋겠다는 생각이 듭니다. 힘들지만, 또 한 분 생각나는 분은 미야타 세쓰코宮田節子 선생님입니다. 미야타 세쓰코 선생님은 마지막 — 아직 생존해 계시지만(미야타 세쓰코 선생님은 좌담회 이후 2023년 9월에 돌아가셨다), 마지막으로 뵈었을 때 굉장히 쓸쓸해 보이셨습니다. 기억이 점점 희미해져 가고, 자신이 하는 일에 자신감을 잃어가고 계셨습니다. 그때를 떠올리면 정말 외롭습니다. 사람은 언제 어떻게 될지 모르잖아요, 인간이란. 그래서 너무 생각하지 않고, 일을 할 수 있으면 좋겠고, 못하면 '이것도 운명이구나'하고 생각하며 할 일을 합니다. 그래서 지금은 『혈의 누』를 번역 중이고, 그 다음에는 김학철, 오무라 선생님이 하셨던 분들을 연구하고 싶다고 생각하고 있습니다.

와타나베 하타노 선생님, 감사합니다. 그럼 계속해서 시라카와 유타카 선생님의 이야기를 들어보도록 하겠습니다. 잘 부탁드리겠습니다.

3. 시라카와 유타카, '나와 한국·조선의 어문학'

여러분, 안녕하십니까? 피곤하시겠지만, 30분만 더 참아주세요. 하하하. 제가 예행연습을 해봤는데 33분이 걸렸습니다. 3분 줄이기 위해 조금 빨리 말할 수도 있습니다. 잘 부탁드리겠습니다.

방금 말씀하신 하타노 세쓰코 선생님과는 동갑입니다. 제가 일찍 태어났기 때문에 학교 입학이 (하타노 선생님보다) 1년 빨랐지만요. 선생님은 프랑스어를 하셨고, 결혼과 육아도 큰일이어서 조선문학 분야에 들어간 것은 제 쪽이 10년 빨랐지만, 금방 추월당해서 지금에 이르렀습니다. 그런 면에서 물론 상대가 안 되지만, 묘한 라이벌 관계입니다. 하하하. 자, 그럼 저의 조선어문학 관련 40, 50년 중에는 특히 젊은 분들은 처음 들어보는 이야기도 있을 것 같은데, 그런 것들을 말씀드리고자 합니다.

1) **출생과 부모** 식민지 조선에서의 생활과 인양

자, 요약문에 적혀 있는 순서대로 말씀드리겠습니다. 먼저 '출생과 부모님'입니다. 제 부모님은 각각 조선으로 건너가셨어요. 이것이 제 원점에 또한 있는 것 같습니다. 아버지는 시코쿠四国의 가가와현香川県 출신이고, 아버지의 아버지, 즉 할아버지는 군청郡役所에서 일하셨으니 공무원이셨습니다. 옛날에는 형제가 많아서 학교를 졸업하면 모두 스스로 먹고 살아야 했습니다. 우리 아버지는 상업학교를 나와서 교토京都의 한 옷가게에서 허드레꾼을 했는데, 장래에 대한 전망도 딱히 없으셨던 것 같습니다. 그런데 아버지보다 먼저 조선철도에 취직한 형이 "조선에 오면 외지 수당이 나오니 수입이 늘어날 거다"라고 했대요. 그래서 조선으로 가셨다고 합니다. 제가 듣기로는 처음엔 대구였어요. 그리고 마지막에는 북한 정주에서 역무원으로 일했다고 합니다. 역무원이라고는 하지만, 상업학교를 나와서 주판을 놓을 수 있었으니까 주로 경리 일을 했던 것 같습니다. 회계를 담당했기 때문에 조선인과 일본인의 월급이 다르다는 것을 알고 "같은 일을 하는데도 (월급이 적으니) 불쌍했다"고 말씀하셨습니다. 일본인의 경우에는 외지 수당이 나오는 경우도 있겠지만, 30~40% 정도 달랐다고 하더라고요. 아버지는 아버지 나름대로 일본인과 조선인은 다르다는 의식을 가지고 계셨던 것 같습니다.

그러던 중 1939년 정주에서 소집령이 내려졌습니다. 집 앨범에 당시 사진이 남아 있습니다. '시라카와 다마키 군 응소 환송회白川玉喜君応召歓送会'라는 사진입니다. 그리고 중국 전선에 투입되었다고 합니다. 병졸이었지만 돌격병이 아니라, 치중대輜重隊라고 해서 말을 시켜 탄약이나 식량 등을 운반하는 부대 소속이었습니다. 보통 병졸이라서 어디로 가는지 알려 주지 않습니다. 여러 가지로 상상을 하는데, 어느새 압록강을 넘어서 어디까지 가나 했는데 결국은 양쯔강揚子江 근처까지 간 것 같습니다. 군대 수첩이 있으니까 일단 일기장처럼 해서 알아낸 것은 적어 두었던 것 같습니다.

그런데 소위 종전, 즉 패전이 되어서 군대는 해산하고 돌아왔는데, 우리 아버지도 어이없으신 일이 있습니다. 한반도 쪽에 들어가자마자 조선철도에 근무할 때 입었던 유니폼을 구해 입으시고 "정말 수고 많으십니다"라고 경례하시면서 부산까지 공짜로 타고 오셨다고 합니다. 그리고 부산에서 인양선引揚船을 타고 하카타항博多港으로 왔다고 합니다. 하카타항에 상륙하기 직전에 옆에 있던 누군가가 "저기 미군이 있다"며 "군대 관련 물건을 가지고 있으면 끌려갈 것이다"라고 말했습니다. 아버지는 굉장히 고민하셨지만, 그때까지 소중히 간직하고 있던, 일기장 대신 쓰던 군대 수첩을 하카타만에 버리셨다고 합니다. 그 후로 계속 후회하셨습니다. '그게 있었으면 어디로 갔었는지 알 수 있을 텐데'라고요. 그래서 결국 상륙했지만 아무 심문도 없었다고 하네요. 하하하. 실망하고. 그런 거죠. 이게 아버지의 전반부 인생입니다. 그 후 가가와현으로 돌아와서 다시 인맥을 따라 법무국에서 등기일을 하게 되었으니, 요컨대 할아버지 대부터 공무원과 인연이 있는 집안인 셈이죠.

반면 어머니 쪽은 좀 더 조선과 관계가 깊습니다. 어머니 역시 가가와현 출신으로, (외)할아버지는 가가와현에서 농사를 지으셨는데, 농사가 잘 안되자 논과 밭을 팔고 조선에 가서 뭔가 한 번 해보겠다고 결심하셨답니다. 그래서 부산으로 가서 집을 짓고 임대업을 하셨죠, 임대료 수입으로 생활하셨던 것 같아요. 여기 부산에서 어머니가 태어났습니다. 그래서 어머니는 제1의 고향이 조선인 거죠. 지금으로 치면 고등학교, 당시 고등여학교 시절에 수학여행으로 일본^{내지}에 딱 한 번 간 적이 있다고 합니다. 그래서 21, 22세까지 조선에서 사셨습니다. 어머니는 학교 선생님이 되고 싶다는 생각을 하게 되었고, 부산여고 졸업 후 서울 경성여자사범 1년 단기 속성과정에 들어가셨습니다. 조선인 친구도 있었는데 지금도 남아 있는 사진을 보면 그 친구와 옷을 바꿔 입고 우리 어머니가 치마, 저고리를 입고, 친구는 기모노를 입고 있습니다. 어머니는 부산에서 국민학교^{소학교} 교사가 되었는데, 학생들 중에 조선인이 있어서 일주일에 한 번씩 조선어 강습이 있었다고 하더라고요. 그런데 그걸 우습게 보고 전혀 공부를 안 하셨대요. 어느 날 제가 "어머니, 조선에 그렇게 오래 계셨으면 조선어를 조금은 아실 텐데요?"라고 했더니 "아니, 기억이 안 나는데 담배를 '담배^{タンベ}'라고 하더라"고 하셨어요. 왜 '담배'만 기억에 남아 있는지 이상하지만요.

아버지와 어머니는 가가와현 출신 인양자^{引揚者}끼리 중매결혼을 하셨고 1950년에 제가 태어났습니다. 부모님은 좋든 나쁘든 조선과 매우 깊은 관계가 있었지만, 당시 아버지와 어머니는 역시 식민지 시대의 사람이었기 때문에 조선에 대한 편견이나 묘한 경멸감이 있을 수밖에 없었습니다. 부모님의 그런 조선에 대한 경험을 저는 때때로 들으면서 자라왔던 거죠. 어머니는 얼굴을 찡그리면서 "김씨라든가 한다"라며 '기^キ'를 거센

소리처럼 발음하면서 싫은 표정을 지으셨어요. 조선인은 품위가 없다는 식으로 말씀하시곤 했습니다. 친구도 있었는데 이상하다고 생각했지만, 저도 가본 적이 없으니 반박할 수 없었습니다. 언젠가 가서 확인해봐야겠다고 생각했습니다. 이게 제가 조선 관계로 일을 하게 된 가장 근본적인 계기가 된 것 같습니다.

2) 대학 입학과 조선어와의 만남

신일본문학회의 조선어 강좌와 '조선문학의 회'

그런데 저는 가가와현에서 18년 동안 살다가 1968년에 대학에 입학했는데, 고등학교를 졸업할 때까지 시코쿠를 벗어난 적이 없었습니다. 수학여행이 있었지만, 제가 다닌 고등학교는 당시에는 남녀 구분이 있었어요. '남학생은 공부만 해라, 여학생만 수학여행을 가라'는 식이었어요. 그래서 저는 도쿄에 가고 싶다는 생각이 간절했고, 운 좋게 관동지역 대학을 목표로 하여 도쿄대학에 합격해서 바로 상경했습니다. 하지만 기쁨은 순간이었습니다! 아까 하타노 선생님의 이야기와 마찬가지로 학생들의 학원 투쟁 시기였기 때문에 입학 후 2개월 후인 6월부터 무기한 파업으로 수업이 없어졌습니다. 저는 아버지가 근무하는 법무부 기숙사에 있었는데, 할 일이 없어서 낮에는 아르바이트를 하고 있었지만, 어학에 좀 흥미가 있어서 영어 이외의 외국어를 이것저것 해보기로 했습니다. 라디오 강좌는 무료로 들을 수 있으니까요. 아침부터 20분씩 러시아어 강좌, 그리고 프랑스어와 중국어까지. 뭐, 다 안 되긴 했지만요. 그렇다면 어순이 같은 조선어라면 괜찮지 않을까 했는데, 당시에는 배울 수 있는 곳이 거의 없었습니다. 그래서 매일 어학 강좌를 듣는 정도였고, 그 이후에는 아르바이트를 한 후, 기숙사에 탁구장이 있어서 탁구에 몰두하게 되었고, 파업이 끝나고 수업이 재개되어도 결석 습관을 버리지 못해서 결국 졸업하는 데 7년이 걸려, 25살까지 대학생이었습니다. 당시에는 아무리 그래도 보통은 취직이라도 하자고 생각할 텐데, 어렸기 때문에 '적당히 어떻게든 되겠지', '아르바이트로 먹고 살 수 있겠지'라는 생각으로 계속 놀고 있었습니다. 당시 아르바이트는 무엇을 하고 있었냐면, 학원에서 중학생들에게 영어와 국어를 가르치고 있었습니다. 그렇게 해서 밥을 먹을 수 있었던 거죠.

그런 생활을 하면서도 한국어를 배우고 싶다는 생각을 계속하고 있던 저에게 우연한 행운이 찾아왔습니다. 당시 저는 기숙사가 있는 나카노中野에 살고 있었는데, 나카노역 앞에서 '조선어 강좌 신규 개강'이라는 전단지를 주웠습니다. 그건 나눠준 게 아니었어요. 길가에 떨어져 있었습니다. 백지 뒷면이 위에 있었다면 발견하지 못했을 겁니다. 게다가 운이 좋았던 것은, 바로 옆 역인 히가시나카노東中野에 신일본문학회新日本文学会라는 곳이 있었는데, 거기서 시작하게 된 것입니다. 자주 착각하시는데, 현대어학숙이 아닙니다. 신일본문학회는 러시아어 강좌는 하고 있었지만, 조선어 강좌는 처음이었고 저는 1기생이었어요. 그때는 30명 모집으로 '입문' 과정부터 시작했어요. 그때 동기생으로 지금도 조선문학을 하고 있는 분이, 박태원의 『천변풍경川辺の風景』을 번역한 마키세 아키코牧瀬曉子 씨였어요. 그리고 현대문학 연구의 선구자 중 한 분인 조 쇼키치長璋吉 선생님께서 한국 유학을 마치고 돌아와서 아르바이트로 강의를 담당하고 계셨습니다. 『한국소설을 읽다韓国小説を読む』草思社, 1977 등으로 이후 유명해진 조 선생님께 초급을 배웠습니다. 행운이었습니다. 하타노 선생님은 무료로 한국어를 배웠다고 하는데, 저는 돈도 없는 주제에 매달 1,500엔 정도 내고 있었습니다. 하하하. 그래서 공부를 하지 않으면 안 되겠다

고 생각했는데, 조 선생님은 엄격하신 분이라서 입문 3개월이 끝나고 다시 한 번 담당하시게 되었는데, 초급이 끝났다고 갑자기 소설을 읽히셨습니다. 단편소설. 정말 힘들었어요. 거의 사전을 찾아가며 한 페이지 예습하는 데만 1시간 이상 걸렸습니다. 하지만 그게 좋았던 것 같아요. 대부분 1950년대 단편소설이었지만, 이를 계기로 이웃 나라 문학에도 재미있는 게 있구나 하는 걸 알게 됐습니다. 그리고 조 선생님께 3개월×두 번, 그 다음에는 나중에 도야마대富山大 교수가 되신 가지이 노보루梶井陟 선생님이 담당하셨습니다. 조선문학 연구의 제1세대 선생님인데, 원래는 도쿄에서 도립 조선인 중학교 이과 교사를 하셨던 분입니다. 성실한 선생님이라 가정 방문을 갈 때 등을 생각해서 직접 조선어를 공부하고 학습서도 써서 1971년에 산세이도三省堂에서 『알기 쉬운 조선어わかる朝鮮語』라는 책을 내셨습니다. 우리가 공부할 때는 아직 책이 나오지 않았기 때문에, 교정판을 나눠주시고 그것을 읽게 하셨던 기억이 납니다. 아직도 기억에 남는 건 '도마뱀이 있소' 같은 거요. 왜 입문서 단어에 도마뱀이 들어갔을까 하는 생각이 들었어요. 그리고 당시에는 역시 북한계의 영향이 강했던 것 같아요. 별다른 악의는 없었다고 생각되지만, 북한 관련 예문이 있었습니다. '대동강 강물이 흐르고 있습니다'라는 예문이 있었어요. 이렇게 조 선생님, 가지이 선생님으로부터 첫 가르침을 받았는데, 두 분 모두 당시 매우 드문, 조선문학 일본인 연구자가 아닙니까? 정말 운이 좋았다고 생각합니다.

그런데 저는 1970년부터 조선어 공부를 시작했는데, 중급 이상은 배울 곳이 없어서 고민이 많았어요. 그때 마침 와세다대학에서 오무라 마스오 선생님을 중심으로 일본인 조선문학 연구자들이 모여 '조선문학의 회'라는 것을 하고 있었습니다. 일본인끼리는 모르는 부분을 와세다대학 어학

교육연구소에서 조선어를 가르치시던 윤학준尹學準 선생님께 여러 가지 물어보시고 하셨던 것 같습니다. 윤 선생님은 그 후 호세이대학法政大學에 계셨는데, 이미 돌아가셨습니다. 거기서 마키세 아키코 씨가 가입할 수 있을 것 같다고 들으셨는지 저한테도 가입하지 않겠느냐고 하더라고요. 아직 학생이었던 저는 회원은 아니었지만, 다들 친절하게 '그냥 거기 앉아 있으라'는 식으로 1973년경부터 받아들여 주셨습니다. 한 달에 한 번 정도 하는 연구회였지만, 굉장히 공부가 많이 되었습니다. 이렇게 참여하게 되었지만, 그것만으로는 역시 자리를 더럽히는 것밖에 안 되니까, 시민강좌 동료인 마키세 씨 등과 함께 조선문학 단편소설이라도 읽자고 이야기했습니다. 장소가 마땅치 않아 처음에는 다방에서 했어요. 그러던 중 마키세 씨가 자기 집을 개방할 테니 일주일에 한 번 와도 좋다고 해서 매주 신오쿠보新大久保의 자택에 모였습니다. 매주 참 잘도 모였다고 생각합니다. 저는 한가했지만 다른 사람들은 직장을 다니고 있었으니까요. 하하하. 그 친구들은 처음 30명 모집했던 신일본문학회 수강생 중 중급으로 남은 5, 6명이 중심이었어요. 그런데 뭘 읽어야 할지 모르겠습니다. 어쩔 수 없으니까 결국 윤학준 선생님을 가끔 찾아가서 모르는 부분을 물어보거나 다음에 읽어야 할 단편을 소개해 달라고 해서 3, 40편 정도 읽은 것 같습니다. 그래서 나중에 동인지를 내기로 결정했을 때, 무엇을 읽었는지에 일람표를 올렸습니다. 참 많이 읽었구나 싶을 정도로 많이 읽었지만서도요. 그래서 독해력은 어느 정도 생겼는데, 그 이상은 안 되는 거죠. 말하기는 당연히 못하죠. 그래서 생각했습니다. 당시 조 쇼키치 선생님의 자택이 긴시초錦糸町 긴시공원錦糸公園 뒤에 있었고, 사모님이 한국분이셨기 때문에 회화를 배우러 갔습니다. 그런데 언제까지나 잘 안 되니까 "시라카와 씨, 왜 그래요? 전혀 못 하잖아요"라는 말을 들었던 기억이 납니다.

하하하. 일주일에 한 번 정도 해서는 전혀 소용없었습니다. 한국어를 말할 기회가 전혀 없었으니까요. 중도에 그만두는 것은 싫어서, 결국 유학을 갈 수밖에 없었어요.

3) 한국 유학 1979.3~1985.2 장혁주 연구의 시작과 한국 문인 방문

그래서 1979년에 드디어 유학을 가게 되었는데, 물론 국비 유학이 아니라 자비 유학이었습니다. 밤낮으로 아르바이트를 해서 돈을 모았습니다. 밤에는 가정교사를 하고 낮에는 건물 지하나 옥상 등의 수조 공사를 했습니다. 그 두 가지로 돈을 모아 30만 엔을 가지고 한국으로 갔는데, 이 돈은 1년 만에 금방 없어졌어요. 처음에는 서울대 어학연구소의 한국어 강좌에 들어갔습니다. 여기는 정말 조그마한 곳이었어요. 대학원생들이 아르바이트로 가르치러 온 것 같은 느낌이었습니다. 반이 나뉘어져 있었는데, 저는 일단 10년 가까이 한국어를 했기 때문에 처음부터 '상급반'이 되어버렸어요. 상급반에 들어가면 3개월 만에 쫓겨나는 거죠. 일단 유학이라는 명목으로 1년 비자가 나왔지만, 나머지 9개월만 더 있으면 귀국해야 하는 상황이었어요. 그런데 생각해보니 회화라는 것은 수업 같은 것보다는 오히려 길거리에서 여러 가지 말을 하는 것이 훨씬 더 잘하게 되는 거죠. 그렇다면 역시 한국에 좀 더 있어야겠다는 생각이 들었어요. 그러던 중 또 신기하게도 우연한 만남이 있었어요. 서울대에서 함께 공부하던 친구들은 저 말고는 한국어를 못해서 배우러 온 소위 교포들이었어요. 수업 외의 시간에는 항상 일본어로 수다를 떨었습니다. 서울대의 한 카페에서 일본어로 떠들고 있는데, 나중에 호쿠세이가쿠엔대학北星学園大学 교수가 된 고전문학 전공의 다카시마 요시로高島淑郎라는 유학생이 일본어로 떠드는 우리에게 "일본에서 왔어요?"라고 말을 건넸어요. 그것이 또 하나의 큰 전환점이었습니다. "제가 재학 중인 동국대 대학원에 입학하면 어떻겠습니까?"라고 하길래 "저는 대학원은 무리입니다"라고 했더니, 대학 졸업장과 면접만 통과하면 입학할 수 있다고 하더군요. 당시에는 외국인 유학생을 원하는 지도 교수님들이 많았던 것 같아요. 하하하. 하지만 저는 모처럼 서울대 어학연구소에 갔으니 서울대 국문과에 들어갈 수 있지 않을까 해서 김윤식 선생님께 인사를 드리고 알아봤더니 국비 유학생이 아니면 안 된다고 하더라고요. 그때 다카시마 씨를 만난 것은 행운이었습니다. 게다가 수업료가 유학생은 국내 학생의 반값이었습니다. 성균관대와 동국대뿐이었어요. 이 두 학교만 유학생 반값이었어요. 그것도 큰 도움이 되었습니다.

동국대에서 면접을 봐주신 분은 다카시마 씨가 소개해 주신 김장호金長好 선생님이라는, 시인으로는 유명한 분인데 저는 당시에는 몰랐어요. 그런데 강의 담당 명단을 보니 유명한 평론가이자 저도 이름을 알고 있던 조연현趙演鉉 선생님의 이름이 있더라고요. 조연현 선생님은 당시에 한양대 전임교수셨는데 동국대에도 오셨어요. 대학원 수업만 동국대에 출강하고 계셨던 거죠. 그런데 어떻게 지도교수가 될 수 있었는지 지금도 궁금해요. 동국대 전임도 아닌데 지도교수라니요. 그래서 제가 바로 조연현 선생님을 선택했습니다. 보통은 인사드린 김장호 선생님께서 화를 내시겠죠. "나한테 인사까지 해 놓고 왜 안 오냐?"고요. 하지만 선생님의 대단한 점은 바로 이 부분입니다. 그냥 눈감아 주셨습니다.

자, 이제 대학원에 입학한 이상 2년 뒤에는 석사논문을 써야 합니다. 우선 일본에 유학했던, 훗날의 한국 주요 문인 몇 분을 조사해서 정리한 정도였지만 (이런 내용으로) 석사논문을 써서 승인 도장을 받으려고 하는데, 조연현 선생님께서 11월에 대만에 갔다가 도쿄에 들렀을 때 호텔에서 돌아가셨습니다. 조 선생님은 『현대문학』지의 주간도 맡고 계셨는데, 호가 석재石齋이고, 「석재일기」를 쓰고 계셨습니다. 『현대문학』에 이 일기가 사후에 연재되었는데, 일기 마지막 날짜에 제 이름이 나옵니다. "시라카와 군이 온다, 논문 때문에"라고 적혀 있습니다. 왠지 눈물이 나네요. 1982년 11월호입니다. 기회가 되면 보시기 바랍니다. 그건 그렇고, 지도 교수를 바꾸지 않으면 안 됩니다. 김장호 선생님께서 노여워하시려나, 겁을 먹고 찾아갔습니다. 김 선생님, 친절한 분이세요. 뭐라 하셨냐면, "드디어 왔군"이라는 한 마디였습니다. "뭐하고 있었나!"라고 하실 줄 알았는데, 그렇지 않아서 정말 감사했습니다.

그렇게 무사히 박사과정에 입학하게 되었는데, 박사 논문 주제를 빨리 정해야겠다고 고민하던 중, 이것도 우연이긴 하지만 인사동仁寺洞에 있는 영창서관永昌書館이라는 헌책방에서 우연히 장혁주의 『아, 조선嗚呼朝鮮』이라는 책을 발견했습니다. 일본어로 쓰인 책을요. 헌책방 책들은 더러운 책이 많았는데, 깨끗한 책이었어요. 게다가 1952년 작품이 왜 서울에 있는지 궁금해서 샀어요. 그래서 산 그날 저녁에 읽었는데 엄청나게 재미있었어요. 그러고 보니 일본어로 쓰여 있어서 더 반갑기도 했죠. 하하하. 하룻밤에 다 읽고 나서 이거다 싶어서 다른 연구가 없나 싶어서 찾아봤더니 별로 없었습니다. 원래 '친일작가'니까 그런 작가는 안 된다는 식으로 되어있었으니까요. 작품도 다 알려지지 않았습니다. 그럼 한번 해볼 가치가 있지 않을까 해서 지도 교수님께 상담했습니다. 김장호 선생님이 "박사 논문, 무엇으로 쓸 거냐?"고 물으셨습니다. "장혁주로 할 생각입니다. 연구가 별로 없으니까요"라고 대답했더니 엄청 걱정하셨습니다. "너, 친일작가를 해도 괜찮겠어?" "게다가 너는 일본인이잖아"라고요. 일본인이 그런 연구를 하면 재미없을 거라고 굉장히 걱정하셨어요. 아니, 그건 그렇지만, 별로 친일파를 비판하는 게 아니라 "작품을 다 모아서 분석하고 싶을 뿐입니다"라고 했어요. 그랬더니 김 선생님은 역시나 친절한 분이셨습니다. "그럼 됐으니 해 봐라." 이렇게 허락해주셔서 논문도 쓸 수 있었습니다.

그렇게 해서 6년이나 한국에 머물게 되었습니다. 그동안 대학원 발표나 논문 집필 외에도 이것저것 했는데, 그 중 하나가 문인 방문입니다. 아시는 분도 계시겠지만, 고노 에이지鴻農映二라는 분인데, 현재도 기타큐슈에 거주하며 번역, 평론, 창작 등 폭넓게 활약하고 있습니다. 이 고노 씨가 먼저 같은 동국대학교에 유학하고 계셨습니다. 전공이 똑같이 현대문학이었습니다. 고노 씨가 "원로 문인들을 찾아가 인터뷰하면 재미있지 않겠나?"라고 제안했습니다. 한국 사람들도 별로 안 하는 것 같으니 한번 해보자고 둘이 의논해서 박종화朴鍾和 선생님이라든지, 백철白鐵 선생님이라든지 연세가 많으신 분부터 차례대로 방문하게 되었습니다. 나중에 유학 선배인 세리카와 데쓰요芹川哲世 선생님(이미 수도여자사범대(이후 세종대)에서 조교수등도 합류해 3, 4명이 함께 갔지만, 모든 일에 참여한 것은 저와 고노 씨뿐이었습니다. 그런데 어떤 사람들인지도 모르는 일본인 학생들이 어떻게 잘 방문했네 하는 생각이 들 정도였어요. 사실 이것도 역시 동국대 선생님들 덕분입니다. 정말 많이 알선해 주셨습니다. 조연현 선생님이 아직 건강하실 때라 소개장을 써 주셨어요. 이게 또 한국어로 재미있어요. "학생이 갑니다, 선도善導를 부탁합니다"라는 식으로 '선도'를 해 달라고. 뭐, 그런 소개장을 써 주셨어요. 그리고 동국대에 출강하고 계셨던 시인 서정주徐廷柱 선생님. 서 선생님의 수업을 매주 듣고 있었기 때문에 말씀을 드렸더니 "내가 전화해 주지"라고 하시더라고요. 서정주 선생님이 전화하면 당연히 응하겠지요. '이상한 놈들이 아니야' 하고요. 정말 큰 도움이 되었습니다. 물론 사전 연락은 철저히 했지만, 그런 것 때문에 의심받지 않고 다양한 분들을 만날 수 있었어요. 합하면 1980부터 81년 사이에 무려 20명 정도 방문했는데, 그 중 절반 정도는 지금까지 활자화된 것이 있습니다. 활자화되지 않은 문인들의 인터뷰도 있기 때문에, 이것은 이번에 실은 규슈대의 한국연구센터 연보에 나머지 11명에 대해 에세이 형태지만 쓰기로 했습니다. 방문자 명단도 일람표로 만들었습니다. 4월이면 나올 것 같습니다.『연보』 23호, 한국연구센터, 2023 여러 가지 인터뷰한 내용을 최소한으로 남겨두었는데, 이것을 어떻게든 정리하는 것이 앞으로의 과제입니다.

4) 규슈대학 조선사연구실 시대^{1985.4~1989.3}

규슈에서 조선어를 가르치기 시작하다

시간이 별로 없으니 그 이후의 이야기를 하겠습니다. 한국 유학 시절까지 말씀드렸는데, 다음은 귀국 이후의 '취업활동' 관련 이야기가 될 것입니다. 유학 시절에 문인 방문 등으로 알게 된 지금의 아내와 결혼을 했습니다. 30세가 넘은 나이에 아직 학생이었기 때문에 그녀의 집에 인사하러 가서 장인어른께 엄청나게 혼이 났습니다. "아직 학생인 거냐? 일이나 해라"고 하시더라고요. 어쩔 수 없이 서울 교외에 있는 한양대 일문과에서 2년 동안 일본어를 가르치면서 일본에서 할 수 있는 일이 없을까 찾아보았습니다. 마침 규슈대 조교 자리가 비어 있었어요. 만약 홋카이도였다면 홋카이도에 갔을 겁니다. 규슈라서 다행이었습니다. 한국이 가까워서 자주 오갈 수 있으니까요. 정말 감사하고 있습니다.

앞에서 언급하지 않았지만, 1972~1973년경 대학에서 한국어를 배울 때 수강했던 우메다 히로유키梅田博之라는 최근에 돌아가신, 도쿄외대 선

생님께 들은 정보였습니다. 당시 도쿄대에 드디어 '조선어' 강좌가 개설되었습니다. 제3외국어로 취급되기 때문에 굳이 수강하지 않아도 되지만, 그 유명한 우메다 선생님이 가르치신다면 당연히 수강해야 한다고 생각했습니다. 우메다 선생님은 그 후 1984년에 시작된 NHK TV 〈한글강좌〉에서 초대 강사로 활동하신 분입니다. 초급부터 시작하면서 학점도 취득할 수 있으니 일석이조였습니다. 하지만 무엇보다 선생님께 매주 질문할 수 있다는 점이 즐거웠습니다. 저도 짓궂은 면이 있어서, 이렇게 훌륭한 선생님이야말로 괴롭혀야겠다는 생각에 선생님도 모르실 것 같은 질문을 해보자 하고 생각하기도 했어요. 선생님께 "'대단히', '꼭', '굉장히' 등이 있는데 어떻게 다른가요?"라고 물어봤어요. 선생님은 당황하시면서 "그건 일본어에도 大変대단히, とても매우, 非常に아주라는 말이 있잖아요. 그것과 비슷한 거예요"라고 말씀하셨어요. 뭐, 그런 식으로 매주 선생님을 곤란하게 했어요. 그래도 학점도 받았어요. 재미있어서 다음 학기에도 갔더니 "너, 더 이상 안 와도 돼'"라고 하셨지만, 억지로 듣겠다고 해서 허락해 주셨습니다. 우메다 선생님은 정말 재밌는 분이십니다. "학점이 필요하면 리포트를 내라"고 수강생들에게 말씀하시죠. 그런데 그 리포트가 아직도 잊히지 않아요. 칠판에 갑자기 조선어 한 문장을 한 줄만 쓰시고 "이걸 번역해서 엽서로 보내라"고. 엽서는 당시 7엔이었어요. 지금은 63엔이지만, 당시에는 5엔에서 7엔으로 막 인상된 때였어요. 저는 그 7엔이 아까워서 수업시간에 몰래 하고 수업이 끝나자마자 제출해서 7엔을 벌었습니다. 우메다 선생님이 규슈대 조선사 조교 자리가 비어 있다고 하셔서 규슈에 올 수 있었습니다.

이 강좌의 주임교수는 오사 마사노리長正統라는 분이었습니다. 규슈대학의 조선사 연구실, 아시는 분들도 많겠지만 정식 명칭은 조선사학강좌입니다. 역사학입니다. 그런데 교수님 한 분과 조교 한 분밖에 없는 강좌였습니다. 오사 선생님이 위대한 점은 선생님의 방침을 보면 알 수 있습니다. 이 강좌에서는 조선학을 폭넓게 하고 싶으니 조교는 역사학 이외의 사람을 뽑겠다는 것이었습니다. 그래서 초대 조교가 조선어학으로 훗날 도쿄외대 교수가 되신 간노 히로오미菅野裕臣 선생님이었습니다. 제2대 이후에도 대부분 역사학이 아닌 사람이었습니다. 문학의 사에구사 도시카쓰 선생님이 제3대 조교였어요. 그런 식으로 폭넓게 해주셔서 좋았지만, 아무리 그래도 제가 역사를 잘 몰랐기 때문에 굉장히 긴장했어요. 학생들이 바보 취급을 하는 건 아닐까. 역사도 모르는데 역사학과 조교라니! "무엇을 하면 좋을까요?"라고 물었더니 "적당히 잡일과 조선어만 가르쳐 주면 된다"고 해서 다행이었습니다. 지금은 없지만 당시에는 롯폰마쓰六本松, _{규슈대학 롯폰마쓰캠퍼스}에 교양부가 있었는데, 거기서 제3외국어 취급조차 못받은 '특수언어' 과목에 '조선어'가 있었어요. 거기서 역대 조교들이 가르쳤기 때문에 저도 거기서 가르치게 되었습니다. 그때 제자들도 모두 출세해서 한국연구센터 부센터장을 하고 있는 분도 있습니다. 보람이 있었습니다. 그리고 이곳에서의 4년 동안 드디어 박사 논문을 제출할 수 있었습니다.

5) 규슈국제대학九州国際大学 시절1989.4~1994.3 코리아 코스의 교원이 되다

하지만 조교는 4년이라는 연한이 있어서 그 이상은 있을 수 없었습니다. 다음에 이 자리를 기다리고 있는 후배가 있으니까요. 또 취직 활동을 하던 중 오사 마사노리 선생님이 병으로 돌아가셨습니다. 하지만 부인 오사 세쓰코長節子 선생님도 역시 조선사 전문가셔서 여러 군데를 소개해 주셨습니다. 기타규슈北九州 야하타대학八幡大学이 규슈국제대학으로 이름이 바뀌고 국제상학부가 생겼는데 여기에 코리아코스가 생길 것 같다고 알려주셨습니다. 1989년 봄에 부임해서 보람도 있었지만, 부담스러웠던 것은 여름 한 달 동안 학생을 인솔하고 부산으로 연수를 가야 한다는 것이었습니다. 동아대학교에서요. 학생이 서너 명이면 좋았을 텐데, 40명이었습니다. 한 코스에. 당시에는 케이팝K-POP이 유행하기 전이었기 때문에 대부분 남학생들이었어요. 이상한 이야기지만, 여학생이 왜 없냐고 물었더니 기타큐슈 부근에는 여학생이 조선학 같은 걸 하면 시집 못 간다고 했다고 하더라고요. 그런 시대였습니다. 남학생들만 데리고 가서 동아대에 폐를 끼치는 일이 있어서는 안 되니까 조를 편성하고 10시 통금시간으로 정하고 점호를 했습니다. 반장들은 모두 "이상 없음"이라고 했어요. 그러나 혹시나 해서 확인해보니 안 돌아온 녀석이 있더라고요. 여름방학에는 공부를 해야 하는데, 매년 인솔로 인해 한 달을 망가뜨리니 좀 곤란했던 것입니다.

6) 규슈산업대학九州産業大学 시절1994.4~2020.3 조선문학을 가르치다

그래서 또 몰래 '취업활동'을 하고 있었는데, 역시 오사 세쓰코 선생님께서 후쿠오카福岡의 규슈산업대학에 국제문화학부가 새로 생길 테니 오지 않겠느냐고 권유해 주셨습니다. 저는 새로 생기는 곳만 찾아다녔던 거거든요. 하하하. 그래서 학부 1학년 학생을 가르치게 되었습니다. 처음에는 한국·조선 관련 코스가 없었는데, 제가 처음으로 '조선문학개론'을 맡게 되었습니다. 그때까지 담당 과목은 어학과 문화론뿐이었습니다. 다행히 정년까지 26년 동안 근무할 수 있었습니다.

그런데 제가 그만두기 몇 년 전부터 대학 당국에서 "더 이상 아시아는 필요 없다"는 말이 나오기 시작했어요. 1994년 국제문화학부를 만들 때

대외적으로 21세기는 아시아의 시대이니 아시아를 중심으로 국제문화학부를 만들겠다고 했죠. 그런데 2015, 2016년이 되니까 대학 당국에서 "아니, 이제부터는 영어의 시대니까"라는 식으로 말하더라고요. 그런 말을 새삼 하면서……. "영어를 하는 학교는 얼마든지 있으니 굳이 우리 대학에서 할 필요가 없다"고, 저도 학부장을 할 때였기 때문에 굉장히 반대를 했습니다. 하지만 결국 밀어붙여서 겨우 만들었던 '아시아 문화 코스'도 없어지고 말았습니다. 여기 계신 이태훈 선생님도 굉장히 고생하셨죠. 조선의 역사 수업 과목이 없어졌으니 "한국인 선생님은 한국어를 가르치면 된다"는 말을 들었다고 하더라고요. 정말 끔찍한 이야기입니다. 저는 마침 직접적인 피해를 입기 전에 은퇴를 맞이했습니다. 이것도 정말 행운이었습니다.

7) 장혁주와 염상섭 연구

이렇게 제가 무슨 일을 했는지에 대한, 문학 외적인 이야기만 늘어놓았는데요, 문학연구 관련으로는 결국 장혁주 그리고 염상섭이라는 두 명의 문호들이 중심이었습니다.

마지막으로 그 부분만 잠깐 말씀드리겠습니다. 장혁주 연구가 어느 정도 끝났으니까, 역시 본격적으로 한국 작가를 해보고 싶다는 생각이 들었습니다. 읽으면서 가장 재미있었던 작가가 염상섭이었어요. 그래서 아마 1997년에 도야마대富山大에서 조선학회가 있었던 것 같은데, 그때 염상섭의 1930년대 장편소설에 대해 발표했는데, 사회를 맡아주신 분이 오무라 마스오 선생님이셨습니다. 오무라 선생님이 "발표자 소개를 간단히 하겠습니다. 시라카와 씨는 조선문학 연구, 아니 조선문학 주변을 연구하는 분입니다"라고 말씀하셨다. 하하하. 아니, 장혁주를 한 것은 사실이지만,

이번에는 염상섭을 하는데 왜 주변이라고 하시는지. 그래서 실망한 끝에, 그럼 염상섭 연구를 계속 해야겠다고 생각했습니다. 오무라 선생님께 어떤 의미에서 감사합니다. 아니, 선생님께 악의는 없습니다. 장혁주를 했다는 말씀을 하시고 싶으셨던 거겠죠. 그래서 제가 그 이후에도 계속 염상섭을 하게 된 것일지도 모릅니다.

8) 지금까지의 삶을 돌아보면

뭐, 좀 어수선하고, 말도 안 되는 이야기만 했지만, 일관된 것은 우연이 굉장히 많았다는 점입니다. 우연이 아주 잘 작용한 거죠. 인생이란 게 그런 건지 모르겠지만, 우연이 많잖아요? 태어난 것 자체가 우연이니까요. 그건 선택할 수 없는 거고요. 그걸 어떻게 활용하느냐가 중요하죠. 그래서 갑자기 뜻밖의 일이 일어났을 때 그 가치를 순간적으로 판단하고, 그런 것은 더 이상 의미가 없으니 버릴 것인지, 잡을 것인지, 그게 굉장히 중요하다고 생각했습니다. 중요하다고 생각되는 것은 우연이라도 좋으니 일단 잡고, 그것을 기반으로 확장해 나가는 것. 그것이 인생에서 가장 중요한 일이라는 것을 새삼 느꼈습니다.

결국 시간을 넘겨 버렸지만, 경청해 주셔서 감사합니다!

* 　출전 : 『후쿠오카대학인문논총(福岡大学人文論叢)』 제55권 제4호, 2024. 3, 1161~1187쪽.

4. 다음 시작에 앞서

다음은 2023년 2월 16일 후쿠오카대학에서 대면과 온라인으로 진행한 좌담회 '나에게 있어 한국·조선의 문학과 문화'의 후반부 기록이다. 이 좌담회에서는 하타노 세쓰코 씨와 시라카와 유타카 씨의 삶과 한국·조선문학에 대한 이야기를 들으며 일본에서의 한국·조선문학 연구의 발자취에 대해 이야기를 나눴다.

하편은 해설자 와타나베 나오키, 황호덕, 이태훈의 코멘트와 질문, 그리고 하타노 씨와 시라카와 씨의 답변을 정리한 것이다. 이 세 분께 코멘트를 부탁한 이유는 한국·조선학을 전문으로 하고 있지만, 각자가 가진 전문 분야와 입장이 다르기 때문이었다.

와타나베 나오키 씨는 하타노와 시라카와의 뒤를 잇는 일본인 한국·조선문학 연구자이다. 와타나베 씨는 시라카와 씨와 마찬가지로 한국의 동국대학교에 유학하여 임화를 중심으로 식민지 조선의 프롤레타리아문학을 전공했다. 한국의 고려대학교에서 교편을 잡은 후 일본의 대학에서 한국·조선의 문학·문화 연구를 하고 있다. 와타나베 씨가 주최하는 인문평론연구회는 한일 간 연구자 교류의 장이자 세계 한국·조선학 연구자들과 연구 네트워크를 구성하는 역할도 하고 있다.

황호덕 씨는 한국에서 자국의 근현대문학을 연구하는 한국인 연구자이다. 전근대의 언어 공간과 근현대 비평 등에 주목하여 연구를 수행하고 있다. 황호덕의 연구는 근대 동아시아의 언어 공간에서 한국문학과 한국어가 단일하고 순수한 형태가 아니라 다양한 역사와 문화의 교차에 의해 만들어진 것임을 시사한다.

이태훈 씨는 일본에서 한일 중세 및 근세 관계사를 연구하는 한국인

연구자이다. 그는 시라카와 씨가 근무했던 일본 규슈산업대학에서 유학했고, 동 대학원에서 한일관계사를 전공했다. 한국인이지만 일본 학계에서 역사학 훈련을 받은 그는 전근대, 특히 조선시대의 규슈 북부와 한반도의 교류를 주제로 연구하고 있다. 다른 두 명의 해설자와는 다른 학문적 배경을 가지고 있다.

3명의 해설자의 코멘트와 질문을 들으며 하타노 세쓰코 씨와 시라카와 유타카 씨, 일본인 연구자의 한국·조선문학 연구의 의의에 대해 생각해 보았다.

와타나베 씨의 코멘트는 조 쇼키치 씨와 다카시마 요시로 씨와의 에피소드나 한국의 동국대 유학 등은 자신의 경험을 바탕으로 한 것으로, 일본인으로서 한국·조선문학을 연구하는 의미를 생각하게 하는 내용이었다. 와타나베 씨의 이야기 중, 시라카와 씨 등 일본 유학생들의 문인 방문이 화제가 되었다. 시라카와 씨의 유학 시절에 이루어진 문인 방문은 식민지 시대 조선 지식인에 대한 이해와 연결해서 생각해 볼 수 있다. 이 문인 방문은 당시 한국인 연구자들이 진행했던 인터뷰와는 또 다른 의미가 있었을 것으로 보인다. 이태훈 씨는 식민지시기 이광수의 활동과 그 사상에 대한 평가에 대해 질문하였다. 인터뷰를 할 당시에는 이광수를 비롯한 식민지 시대 조선 지식인의 '친일' 행위라는 한국의 '민족주의'에 입각한 관점이 강하게 작용하던 시기이기도 하다. 일본인 유학생들에게 자신의 문학자으로서의 인생을 이야기하는 것은 인터뷰 대상인 문인들에게도 일종의 긴장감을 느끼게 하는 일이었을 것이다. 시라카와 씨의 답변 중 장혁주와의 교류에 관한 에피소드가 나온다. 처음에 장혁주가 시라카와 씨의 면담 요청을 경계했던 것도 식민지 시대를 살았던 조선인 문학자들이 '민족주의'에 의한 비판으로부터 거리를 두고 싶었기 때문이었을 것이다. 황호덕 씨는 하타노 씨에게 이광수라는 인물에 대한 소감을 물었다. 이에 대해 하타노 씨는 자신이 이광수를 평가하는 것이 조심스럽고, 실제로 이광수에 대해서는 "모르는 것이 많다"며 "평가하기 위해 평전을 쓴 것이 아니다"라고 답한다. 평가나 판단을 내리기보다는 "이광수는 자연스럽게 이런 것을 지향했던 것 아닐까"하는 그 모습을 전하면 되지 않겠느냐는 것이 하타노 씨의 생각이다. 문인 인터뷰에 응한 한국 문인들에게 시라카와 씨 등 일본인 유학생을 만나는 자리는 그동안 한국인에게 말하지 못했던 무언가를 전하는 자리였을지도 모른다. 하타노, 시라카와 두 사람이 가진 한국·조선문학인을 바라보는 시선에는 식민지 조선을 살았던 문인들의 다양한 목소리를 들으려는 태도가 느껴진다.

세 해설자의 공통된 질문의 핵심은 왜 하타노 씨와 시라카와 씨가 한국·조선 근대문학 작가와 작품에 관심을 가지게 되었는가 하는 것이었다. 이태훈 씨가 언급했듯이, 식민지 시대의 문학작품을 원어로 읽는 것은 한국인에게 있어서도 상당히 난해한 일이다. 두 사람은 외국어한국어 작품을 읽고 이해하고, 또 일본어로 번역을 해왔다. 필자도 그것을 가능하게 한 것이 무엇인지 항상 궁금했다. 하타노 씨는 이광수의 글에 대해 "물 흐르듯 술술 써내려간" 글이라고 평했다. 이 이야기에는 이광수의 글, 나아가 작품에 대한 하타노 씨의 호감을 엿볼 수 있다. 시라카와 씨는 장혁주, 염상섭의 작품을 읽고 "역시 재미있어서" 연구하게 되었다고 한다. 번역할 작품을 선정할 때도 마찬가지로 작품의 '재미'가 무엇보다 중요하다고 답한다. 시라카와 씨는 번역을 할 때 반드시 작품의 줄거리를 해설 등으로 쓴다고 한다. 외국문학을 읽는 독자들에게 그 작품의 재미를 전달하기 위해서라고 한다. 연구가 됐든 번역이 됐든 독자에게 어떤 호감과 재미를 전달할 수 있는 무언가, 그것이 한국·조선의 근대문학에는 존재한다는 것이다. 이 두 분의 마음이야말로 지금까지, 그리고 앞으로도 두 분이 한국·조선문학을 대하는 이유이자 원동력이 되지 않을까 싶다.

마지막으로 하타노 세쓰코 씨와 시라카와 유타카 씨와의 추억을 조금 적고 싶다. 아래는 사적인 추억인 만큼 존칭을 사용하기로 한다.

하타노 세쓰코 선생님을 처음 만난 것은 일본에 유학 와서 석사과정을 마치고 박사과정에 들어갔을 때였다. 그 계기가 된 것은 해설가 와타나베 나오키 선생님이 주최하는 인문평론 연구회에 참가한 것이었다. 하타노 선생님은 매달 이 연구회를 위해 니가타에서 도쿄로 오셨다. 연구회 후에는 언제나 친목회가 열렸는데, 어느 날 하타노 선생님이 이광수를 연구 대상으로 삼은 것처럼 내가 윤치호를 연구 대상으로 삼은 것은 좋은 선택이었다고 내게 말씀하신 적이 있다. 그 이유는 한 인물을 연구 대상으로 삼을 때는 그 인물에 관한 자료가 풍부해야 한다는 것이었다. 그리고 식민지 시대를 살았던 이광수와 윤치호에 대한 평가를 다양한 자료들을 통해 생각해봐야 하지 않겠느냐고 말씀하셨다. 자료를 통해 연구 대상 인물과 그 사람이 살았던 시대를 이해하려는 하타노 선생님의 학문적 자세를 배웠고, 나도 윤치호의 일기뿐만 아니라 그가 쓴 수많은 저술과 자료를 찾아 이해하려고 노력했다. 그 결과 윤치호의 삶과 사상, 그리고 그가 살았던 시대의 일부를 나름대로 보여줄 수 있었다.

시라카와 선생님을 처음 만난 것도 박사과정에 들어가서였다. 박사과정 1년 차 때 규슈산업대학교에서 열린 학회에서 선생님을 만났다. 첫 학회 발표였고, 석사논문에서 다룬 윤치호의 해외 체험과 국문일기 작성에 관한 내용이었다. 발표회장에 오신 시라카와 선생님은 와타나베 선생님이 좌담회 코멘트에서 말씀하신 기노시타 다카오木下隆男 선생님의 윤치호 관련 연재글과 내 발표문의 일본어 표현 등에 대해 지적해 주셨다. 그 인연으로 나중에 시라카와 선생님께 석사논문을 드렸더니 며칠도 지나지 않아 여러 가지 수정할 부분과 조언을 써서 보내주셨다. 그 후, 출판된 논문 등을 보내드릴 때마다 꼭 의견을 말씀해 주셨다. 연구자로서 미숙한 나는 자료를 읽거나 글을 쓸 때 간과하는 부분이 많다. 시라카와 선생님은 그런 나에게 내가 미처 깨닫지 못한 부분을 항상 세심하게 알려주셨다. 자료와 자신의 원고와 같은 모든 텍스트를 어떻게 대면해야 하는지, 그것을 시라카와 선생님의 연구자로서의 자세에서 배웠다.

　이번 좌담회를 기획한 당초의 이유는 코로나 사태로 인해 시라카와 선생님의 퇴임 관련 행사를 할 수 없게 되었기 때문이다. 또한 하타노 선생님이 퇴임하셨을 때, 내가 할 수 있는 것이 아무것도 없었다는 것을 후회하고 있었다. 이 아쉬움에 보답하지 못했다는 의미도 있지만, 한 시대를 살았던 한국·조선문학 연구자의 삶과 그 기억이 세상에서 사라지는 것에 대한 안타까움이 가장 컸다. 이 좌담회 기록을 통해 하타노 세쓰코 선생님과 시라카와 유타카 선생님이 한국·조선문학과 마주해 온 그 기억이 조금이라도 세상에 남아 전해지길 바란다. (류충희)

1. 와타나베 나오키 씨의 코멘트

와타나베　네, 감사합니다. 그럼 지금 두 분의 이야기에 대해 질문자분들의 질문을 받도록 하겠습니다. 프로그램에도 나와 있듯이, 저 와타나베에 이어 한국 성균관대학교의 황호덕 씨, 그리고 마지막으로 규슈산업대의 이태훈 씨에게 부탁드리겠습니다.

1) 조 쇼키치 선생님과 현대어학숙現代語學塾에 대한 생각

먼저 제가 말씀드리겠습니다. 하타노 선생님의 이야기에서 1988년 조 쇼키치 선생님이 도쿄외대에서 간다외대로 옮기셨을 때의 이야기를 해주셨습니다. 그 전후에 하타노 선생님이 조 선생님께 자신의 어머니가 만주에서 인양된 사람이라고 말했을 때 조 선생님이 놀란 표정을 지으셨다는 이야기도 인상 깊었습니다. 그 무렵 저는 대학을 갓 졸업하고 퇴근길에 한국어를 배울 곳을 찾던 중, 당시 요요기代々木, 오다큐선 미나미신주쿠역(小田急線·南新宿駅) 옆에 있던 현대어학숙에서 조 선생님의 문학강독 수업을 견학하였습니다. 당시 저는 견학만 하고 결국 어떤 사정으로 매주 수업에 참석하지 못했는데, 그해 가을에 장 선생님이 뇌병변으로 돌아가셨습니다. 돌아가신 것도 그렇고, 몇 달이라도 수업에 참석하지 못한 것이 너무 후회스러웠습니다. 수업에 가면 선생님 같은 분들이 모두 원탁에 둘러앉아 여러 가지 이야기를 하고 계셔서 인사를 드렸더니, 조 선생님은 본인이 아니라 저쪽이라며 방 한쪽에서 담배를 피우시는 분을 가리키셨습니다. 아주 그늘진 인상이었지만, 그때도 뭔가 말씀하실 때마다 고개를 숙이고 일본어가 나오지 않는다고 말씀하셨기 때문에 지금 생각해보면 이미 병세가 진행 중이셨던 것 같기도 합니다.

그래서 처음에 제가 선생님으로 착각한, 수염을 기른 중후한 체격의 분이 기노시타 다카오木下隆男 씨였는데, 당시에는 도립고등학교의 영어 교사로 일하면서 조 선생님의 반을 오랫동안 돌보시며 다니시던 분이었습니다. 기노시타 씨는 그 후 고등학교를 정년퇴직한 후, 새롭게 결심하고 한국의 대학원에 유학, 숭실대에서 윤치호 연구로 박사논문을 쓴 후, 일본으로 돌아와 그 박사논문 등을 바탕으로 『평전 윤치호 - '친일' 기독교인의 조선 근대 60년 일기』明石書店, 2017라는 대저大著를 펴내셨습니다. 또한 최근에는 헤이본샤平凡社의 도요분고東洋文庫에서 『윤치호 일기』의 일본어 번역본을 출간 중입니다. 총 10권 예정으로 현재 1, 2, 3권이 나왔습니다.

다시 돌아와서, 키노시타 씨가 현대어학숙의 학원보 『구루판クルパン』 조 선생님 추모호에서 선생님을 아는 다른 분들이 옛 추억을 쓰고 있는 가운데, 그는 오랫동안 조 선생님의 수업을 담당했던 입장에서 조 선생님이 현대어학숙에서 수강생들과 함께 어떤 작품을 읽었는지 상세한 일지 같은 글을 발표했습니다. 또 조 선생님이 대학에서 수업하는 것보다 어학원에서 소설을 읽는 것이 더 재미있다고 털어놓은 내용도 적혀 있는데, 당시 그 글을 읽은 저도 어학원이 학습 환경으로서 우수하다는 것을 실감하고 있었기 때문에 묘하게 기분이 좋아졌던 기억도 있습니다.

어쨌든 조 선생님은 47세의 젊은 나이에 돌아가셨으나, 당시 그가 일각에서는 전문가들이 좋아하는 한국문학 에세이 등을 여기저기서 발표하고대표적으로 조 쇼키치 『한국소설을 읽다(韓国小説を読む)』(草思社, 1977) 등, 그것이 의외

로 많은 독자를 가지고 있었기 때문에, — 나중에 들으니 문학평론가이자 호세대法政大에 계셨던 가와무라 미나토川村湊 씨 등도 조 쇼키치 에세이의 열렬한 팬이었다고 합니다 — 그가 조금 더 오래 살아서 도쿄외대 등에서 제자를 만들었더라면 세상은 달라졌을 텐데 하는 아쉬움이 지금도 많이 남습니다. 다만, 먼 친척이긴 하지만 하타노 선생님이 그 제자라고 한다면 그렇게 말할 수도 있지 않을까 하고, 이번 이야기를 듣고 생각했습니다. 물론 하타노 선생님의 스승님 계보에 해당하는 분들이 많이 계시고, 그것이 하타노 선생님의 연구의 폭을 넓혀주고 있는 것이지만 말입니다.

죄송합니다. 하타노 선생님에 대한 것은 질문이 아니라 코멘트였습니다. 하지만, 혹시라도 답변이 있으시면 부탁드립니다.

2) 동국대 유학파

다음은 시라카와 선생님의 이야기에 대한 코멘트입니다. 사실 저는 시라카와 선생님의 후배입니다. 하하하. 한국에서 유학한 학교가 동국대라는 불교계 대학이고, 그 대학원에서 한국문학을 공부했습니다. 일본에서는 그다지 힘이 없는 학파이지만, 일단 이름을 붙이자면 '동국대 유학파'라고 할 수 있을 것 같습니다. 시라카와 선생님의 이야기에도 나오는 다카시마 요시로高島淑郎라는 분은 1970년대에 한국에 유학하고 (당시의 깊은 경험은 정말 다양하게 들었습니다), 동국대 학부와 대학원 석사1980를 졸업하고 1980년대에는 도쿄의 각 대학에서 어학 비상근으로 일하면서 '가사사기샤かささぎ舎'라는 한국어 통신교육을 하셨고, 『가사사기통신かささぎ通信』이라는 손글씨 회보를 발행하고 있었습니다. 이후 규슈국제대학을 거쳐 홋카이도北海道의 호쿠세이가쿠엔대학北星学園大学으로 자리를 옮기시고 몇 년 전에 정년을 맞이하셨습니다. 시라카와 선생님과 같이 저도 결국

그의 권유로 동국대학교에 진학하게 되었습니다. 시라카와 선생님은 다카시마 씨로부터 외국인 학생에 대한 장학금이 있다는 말을 듣고 진학처를 결정한 것 같은데, 저도 비슷한 이야기를 듣고 진학했지만, 그런 것은 없다는 말을 들었으나 (그가 유학한 지 이미 10년이 넘었고), 다른 대학과 달리 선생님도, 학생도, 직원도 외국인 학생에게 익숙하지 않았다는 점이 마음에 들어 동국대에 진학하게 되었습니다. 아까 현대어학숙의 이야기를 했는데, 결국 조 선생님이 돌아가신 후 다시 견학을 갔더니 다카시마 선생님이『일동장유가』라는 조선통신사 서기가 흘려 쓴 한글 일기를 읽고 계셨는데, 이것이 재미있을 것 같아서 어학원의 다카시마 클래스에 다니게 되었습니다. 그 학습회의 성과는 다카시마 씨가 감역한『일동장유가』平凡社, 1999로 출간되기도 했습니다.

3) 시라카와 유타카 씨의 장혁주 연구와 문인 방문

동국대에서 시라카와 선생님은「장혁주 연구」1990라는 훌륭한 박사논문을 발표했고, 이를 바탕으로 일본에서도 장혁주 관련 논문과 작품집 간행 등 수많은 업적을 남겼습니다. 시라카와 선생은 석사 논문은 식민지 시대의 대표적인 한국 작가 몇 명의 일본으로부터의 영향을 조연현 선생님의 지도로, 그리고 박사논문은 대량의 일본어 창작으로 유명한 장혁주 문학에 대한 연구를 김장호 선생님의 지도로 제출하신 것 같습니다.

그 후, 시라카와 선생님은 한국 체류 중 같은 동국대 대학원생이었던 고노 에이지鴻農映二 씨와 부인 하루코春子 선생, 그리고 한국에서 서울대에서 학위를 받고 수도여자사범대현 세종대와 인하대에서 교편을 잡은 후, 일본에서는 니쇼가쿠샤대二松学舎大에서 오랫동안 가르친 세리카와 데쓰요芹川哲世 선생님 등과 식민지 시대에 활동 경력이 있는 문인들을 방문하여 인터뷰 등을 상당한 규모로 하셨습니다. 이번 이야기에서도 관련 내용을 언급하셨는데, 더 말씀해 주시고 싶은 것이 있으면 말씀해 주셨으면 합니다.

또한 선생님의 장혁주 연구로부터 정말 많은 것을 배웠고, 그런 가르침은 이미 제 한국 유학 시절부터 시작되었습니다. 그래서 저도 학위 논문 주제로 장혁주나 혹은 친일문학 연구 등도 그 후보로 항상 머리 한구석을 차지하고 있었습니다.

저는 한국 유학 시절, 대학원에서 석사도 박사도 홍기삼 선생님의 지도를 받았습니다. 『임꺽정전』을 쓴 벽초 홍명희의 후손으로 연좌제 시대에도, 그 이후 민주화운동 시대에도 여러 가지 고생을 하셨고, 마지막에는 대학 총장까지 지내신 분인데, 학위 논문 주제를 상의했을 때 친일문학 연구에 대해서는 먼저 거절하셨습니다. "그것은 일본인인 자네가 장점을 살릴 수 있는 분야이지만, 그것은 자네가 연구자로서 자립한 후에 얼마든지 해도 좋다. 학위논문이라는 것은 지극히 집중적인 연구가 필요하고, 제출한 후에도 몇 번이고 되새기며 생각해야 하는 대상이기 때문에, 이미 많은 연구가 나온 작가라도 한국어로 많은 작품을 써서 평가받고 있는 중심 문학가에 대해 써라"라고 말씀하셨습니다. 그 가르침은 지금도 틀린 말이 아니었다고 생각합니다. 저는 결국 임화라는 식민지 시대에 프롤레타리아문학 시인이자 평론가로 활약하다가 해방 후 북한에서 숙청당하는 인물에 대해 학위논문을 쓰게 되었습니다. 박사학위 논문은 꽤 시간이 걸렸지만, 그래도 2016년도 2학기에 심사를 받고, 연말에 받은 학위논문을 바탕으로 한국에서 『임화문학 비평－프롤레타리아문학과 식민지적 주체』소명출판, 2018라는 책도 출간하게 되었습니다.

뭔가 시라카와 선생님의 이야기를 하려고 동국대 유학 시절 이야기를 하다 보니 제 이야기만 하게 되었습니다. 아까도 말씀드렸지만, 문학인 인터뷰 작업은 이후 선생님의 연구로 여러 가지로 가지를 뻗어 나갔던 것 같습니다. 시라카와 선생님은 시인 서정주 선생님의 작품을 공동으로 일본어로 번역하기도 했습니다. 또한 박사학위 논문 지도교수이신 김장호 선생님도 문학연구와 무관한 산에 관한 책 등을 내실 정도로 등산 애호가이기도 했지만, 이미 해방 직후 한국의 잡지에 이름이 실릴 정도로 글을 쓰거나 문학에 대해 논하거나 하는 데 있어서는 매우 오랜기간 동안 활동하신 분입니다. 관련 이야기를 좀 더 해주셨으면 좋겠습니다. 제 코멘트는 여기까지입니다.

2. 황호덕 씨의 코멘트

성균관대학교에서 한국문학과 비평을 가르치고 있는 황호덕입니다. 하타노 선생님과 시라카와 선생님의 이런 기념비적인 강연에 질문자로 서게 된 것을 매우 영광스럽게 생각합니다.

발표에서는 자세히 말씀해 주시지 않았지만, 먼저 식민지와 제국의 반도에서 태어나 일본으로 돌아온 가족의 역사, 그리고 그러한 유산과 책임을 받아들이면서 진정한 아시아인으로 살아오신 두 분의 연구와 삶의 방식에 대해 매우 감명 깊게 들었습니다. 두 선생님은 1950년대에 태어나 한일기본조약1965을 청년기에 보았고, 또 전공투全共鬪 시기에 성년기를 경험하고, 이후 한국문학 연구자로서 반세기를 살아오신 분이라고 생각됩니다. 전후에 태어난 1세대 한국문학 연구자이며, 아까 와타나베 선생님께서도 말씀하셨지만, 일본인으로서 한국문학 연구자로서는 2세대라고 할 수 있을 것 같습니다.

이 시기에 한국문학을 연구한다는 것은 번역을 포함하여 텍스트 자체를 생산하고, 또 아직 만들어지지 않은 제도를 만들어 가는 매우 고된 교육적 투쟁이었다고 생각합니다. 또한 한국이나 다른 나라와는 다른 연구 관점을 제시해야 하고, 더 나아가 한국 연구에 대해 자료적으로나 학문적으로 자극을 주어야 하는, 매우 어려운 과제들이 많았던 것 같습니다. 그런 의미에서 두 분의 업적은 그 모든 것을 성취한 기념비적인 성과, 혹은 성공적인 연구의 모범이라고 할 수 있을 것 같습니다. 저는 도쿄 유학 시절에도 많은 도움을 받기도 했으므로, 존경의 마음을 담아 두 분께 몇 가지 질문을 드리고 싶습니다.

1) 시라카와 유타카 선생님께서 장혁주張赫宙와 염상섭廉想涉을 연구 주제로 삼은 이유

먼저 시라카와 선생님께 두 가지 정도 여쭤보겠습니다. 아까 선생님께서 장혁주와의 인연에 대해 흥미롭게 말씀해 주셨습니다. 선생님께서 다루신 작가가 매우 다양하고 최근에는 황순원의 『나무들 비탈에 서다』書肆侃侃房, 2022를 번역하셨다고 하셨는데, 가장 중요한 업적은 역시 장혁주와 해방 후 염상섭에 관한 것이 아닐까 싶습니다. 찾아보니 (2023년 2월 현재) 선생님께서는 공저 등을 포함해 11권의 단행본과 38편의 논문이 성과로 있는데, 모든 업적에서 장혁주, 염상섭의 이름을 찾아볼 수 있습니다. 어떤 의미에서 이 두 작가는 이념적으로도 작품적으로도 상당히 다른데, 제가 아는 한 이 두 작가를 함께 다룬 연구자는 시라카와 선생님 외에는 없다고 생각합니다. 이 두 작가가 선생님께 어떤 의미인지, 두 작가가 한 연구자의 평생 연구 주제나 대상이 되었다는 것은 도대체 어떤 것인지에 대해 좀 더 말씀해 주셨으면 좋겠다는 것이 첫 번째 질문입니다.

2) 한국·조선문학의 일본어 번역

그리고 두 번째로 번역의 문제입니다. 저는 하타노 선생님과 시라카와 유타카 선생님 두 분이 번역 출판한 이광수의 장편소설 『무정』하타노 세쓰코 역, 『무정』, 平凡社ライブラリー, 2020(초판은 2005)과 염상섭의 중편소설 「만세전」(시라카와 유타카 역, 『만세전』, 勉誠出版, 2003)을 지금 근무하고 있는 한국 대학에서 '번역으로 보는 한국문학과 동아시아문학'이라는 과목으로 가르치고 있습니다. 이 번역을 보면서 항상 놀라는 것은 작품의 처음부터 끝까지, 번역이라는 것은 언외言外의 지식도 함께 있어야 한다는 점입니다. 한 작품을 번역할 때 문면文面에 보이지 않는 부분까지 모두 확인해야 하는데, 이른바 클로즈 리딩close reading이란 이런 것이구나 하는 생각을 하게 됩니다. 그런 의미에서 작가도 작품도 잘 봐야 하는 작업이라고 생각합니다. 지금까지 시라카와 선생님은 11건의 번역서 등을 내셨는데요, 선생님께서 한국어로 읽은 작품을 다시 일본으로 번역하면서 느낀 점이 많았을 것 같은데, 번역가로서 느낀 선생님만의 번역론이라고 할까, 다른 외국이나 혹은 한국 본국에서 번역이라는 것에 대해 연구나 작업을 하고 있는 분들에게 하고 싶은 말씀이 있으시다면, 꼭 듣고 싶습니다.

3) 하타노 세쓰코 선생님의 이광수 연구와 시각

다음은 하타노 세쓰코 선생님께 드리는 질문입니다. 하타노 선생님의 이광수론은 한국이나 다른 나라에서 이광수를 연구하는 연구자라면 누구나 꼭 봐야 하는 필독서가 되었습니다. 또한 한국에서 이광수의 전집이나 선집이라고 하면 대표적인 소설 작품만 모아놓은 것이 대부분인데, 최주한崔珠漢 선생님과 함께 작업하고 있는, 소설이 아닌 평론이나 에세이 등 그의 산문을 모아 편집한 것도 이광수 연구의 필수 문헌, 아니 정전이 되었다고 생각합니다.『이광수 초기 문장집 I·II(李光洙初期文章集I·II)』(소나무, 2015),『이광수 후기 문장집 I·II·III(李光洙後期文章集I·II·III)』(소나무, 2017~2019) 그런 의미에서 한국에서 이광수에 대해 누구보다 많이 연구했다고 평가받는 김윤식 선생님의『이 광수와 그의 시대』한길사, 1986에 필적할 만한 연구로는 세계적으로도 하타 노 선생님의 작업을 꼽을 수밖에 없을 것 같습니다. 이후 선생님의 이광 수 평전도 그렇고『이광수 – 한국 근대문학의 조상과 '친일'의 낙인(李光洙 – 韓国近代文学の祖と 「親日」の烙印)』, 中公新書, 2015, 선생님께서 쓰신 논문을 보면 현미경으로 들여 다보듯 치밀하고 실증적으로 분석이 되어 있고, 이광수에 대한 평가 문제 에 있어서도 민족주의 관점에서, 혹은 친일행위의 관점에서 제대로 평가 되고 있습니다. 그런 의미에서 분석과 평가가 균형 있게 정리되어 있다고 생각합니다.

제가 묻고 싶은 것은 두 가지입니다. 첫째, 선생님의 이광수에 대한 생 각입니다. 한국에서도 이광수에 대해 연구하는 사람은 많지만, 이광수의 생애에 걸친 작품과 사상을 연구하고 평전까지 쓰신 분은 아까 말씀드린 김윤식 선생님을 제외하고는 그리 많지 않습니다. 선생님도 이미 수십 년 동안 이광수 연구에 매진하여 현재에 이르렀는데, 이광수라는 인물에 대 한 개인적인 감정이나 생각, 애정 같은 것에 대해 말씀해 주십시오. 선생 님께서는 이광수 외에도 홍명희, 김동인에 대해서도 연구하고 계시는데, 다른 문인들과 비교해도 좋으니 이광수라는 문인에 대해 어떤 생각을 가 지고 계신지 꼭 여쭤보고 싶습니다.

4) 이광수와 세계문학

그리고 두 번째로, 선생님은 세계문학, 프랑스문학을 공부하셨고, 또 대학에서 프랑스어를 가르치기도 하셨습니다. 모국어가 아닌 프랑스어와 한국어를 모두 가르친 적이 있는 사람은 전 세계적으로 선생님밖에 없을 것 같습니다. 그런 의미에서 선생님은 세계문학을 의식하면서 번역도 하시고 연구도 하셨다고 생각합니다. 이광수 자신도 그렇습니다. 외국 문학작품을 번역하기도 하고, 또 세계문학 속에서 자신의 작업을 생각하기도 하고, 조선문학을 생각하기도 했습니다. 그래서 제가 여쭤보고 싶은 것은 이광수라는 인물이 세계문학 속에서 어떤 인물인가 하는 점입니다. 선생님은 평전에서 이광수와 조선문학은 일본문학 또 일본을 생각하는 창이라고 말씀하셨는데, 선생님 생각에 이광수라는 문학가는 세계문학에서 전형적인 인물인지, 예외적인 인물인지, 어떤 이미지로 생각하십니까? 그 점을 여쭙고 싶습니다.

시라카와 선생님과 하타노 선생님의 작업과 노고에 대해 생각하면서 오늘 좋았던 것은 앞으로의 작업에 대한 포부 부분이 매우 흥미롭고 의미가 있다고 생각했던 점이었습니다. 앞으로도 계속해 나가실 연구에 대해 큰 존경과 깊은 기대를 표하고 싶습니다. 감사합니다.

3. 이태훈 씨의 코멘트

규슈산업대학의 이태훈입니다. 먼저 오늘 전후戰後 일본에서 근대 조선 문학 연구를 이끌어 오신 시라카와 유타카 선생님과 하타노 세쓰코 선생님의 대담을 직접 들을 수 있어서 매우 기쁩니다. 또한 해설자로 참여할 수 있는 기회를 주신 무사시대학의 와타나베 나오키 선생님과 후쿠오카 대학의 류충희 선생님께도 감사드립니다. 시라카와, 하타노 두 선생님의 이야기를 동시에 들을 수 있는 귀중한 기회이기 때문에, 전문 분야가 아닌 제 이야기는 최대한 짧게 하겠습니다. 선생님들께는 사전에 질문서를 보내드렸습니다만, 이에 덧붙여 오늘 두 선생님의 대담에서 느낀 점을 말씀드리겠습니다.

1) 규슈산업대학에서의 시라카와 유타카 선생님과의 추억

먼저 시라카와 선생님부터 말씀해 주셨으면 합니다만, 저는 선생님이 규슈산업대학 국제문화학부에 부임하신 지 5년째 되는 1998년 4월에 입학했습니다. 그 후 대학 4년, 대학원 5년, 총 9년 동안 재학했고, 그 중 대략 7, 8년 정도는 선생님의 수업을 들었습니다. 당시에는 한 학기의 수업 횟수가 13회였고, 다른 선생님들은 보통 1~2회 정도 교무나 학회 출장 등으로 휴강을 하셨는데, 시라카와 선생님은 제가 수업을 듣는 동안 단 한 번도 휴강을 하지 않으셨습니다. 하하하. 가끔은 쉬고 싶다는 생각이 들긴 했지만요. 하하. 그리고 선생님은 차임벨이 울리면 바로 교실에 들어오셔서 차임벨이 울릴 때까지 설명하시면서 판서하셨습니다. 큰 칠판이었는데, 왼쪽에서 오른쪽으로 전면을 다 사용해서 칠판에 적고, 그걸 적당히 지우고 다시 한 번 더 쓰셨습니다. 선생님의 글씨를 아시는 분들은 공감하실 수 있겠지만, 저는 유학생이었기 때문에 그 글씨를 해독하는 것이 굉장히 힘들었습니다. 본교에서는 매 학기마다 수업 설문조사를 하는데, 항상 선생님께는 칠판을 좀 더 정갈하게 써달라는 의견이 있었다고 합니다. 다른 학생들도 같은 생각을 하고 있는 것 같아서 조금 안심이 되었습니다. 아마도 선생님은 학생들에게 관련 지식을 빨리 전달하고 싶어서 설명 속도에 맞춰 판서를 했기 때문에 그렇게 된 것이 아닌가 생각됩니다. 제가 드디어 선생님의 글씨를 해독할 수 있게 된 것은 학부 졸업이 가까워졌을 때였습니다.

또한 선생님은 조선문학 관련 수업에서 우리들에게 조선문학을 공부하면 일본에서 당장 톱텐top ten, 상위 10위 이내 연구자가 될 수 있을 거라고 때때로 말씀하셨습니다. 우리의 학습 의욕을 끌어내기 위해 연구자가 적다는 점을 들어 열심히 공부하면 연구자가 될 수 있는 기회가 있다는 점을 강조하셨던 것입니다. 그런데 선생님께서 나눠주신 자료를 보면, 양적인 문제는 차치하고서라도 처음 접하는 근대소설이라 그런지 한국어 자체가 어렵게 느껴졌습니다. 예를 들어 염상섭의 「전화」1925라는 소설이었던 것 같은데, 그 어법이 한국인이 보기에도 난해해서 연구해볼 용기가 좀처럼 나지 않았습니다.

또 선생님께서 번역서를 내도 잘 팔리지 않는다고 하셨는데, 왜 안 팔리냐 하면, 선생님은 번역서를 간행하시면 바로 아는 연구자들에게 책을 나눠주십니다. 조선문학 연구자가 적은 상황에서 서점에 진열되기 전에 가까운 사람에게 증정하시니 정작 책을 사야 할 사람이 사지 않게 되는 것입니다. 하하하.

아무튼, 재직 당시 건강이나 스케줄 관리를 잘 해주신 덕분에 다른 곳에서는 좀처럼 배울 수 없는 근대 조선문학을 비롯해 조선인 작가의 일본 유학 생활, 작가 인터뷰 등 흥미로운 것들을 배울 수 있었습니다. 학문에 대한 열정적인 선생님의 자세를 직접 느끼며 배울 수 있어서 매우 감사하게 생각합니다.

한 가지 에피소드를 더 소개하자면, 저는 오사 세쓰코長節子라는 선생님 밑에서 중세 한일관계사를 공부하고 있었는데, 학부생 시절에는 왠지 선생님이 무서워서 편하게 상담할 수 없었습니다. 그러던 중, 3학년 세미나 시간에 선생님과 우리 세미나생들은 한일관계에 관한 논문과 『해동제국기海東諸國紀』라는 한문 사료를 읽고 있었는데, 과제로 그 한문을 일본어 어순으로 고치고 현대어 번역문을 작성해 오라고 하셨습니다. 과제를 어떻게 해야 할지 잘 몰랐고, 지도교수님에게 직접 물어볼 수도 없었습니다. 그래서 조금 고민하다가 시라카와 선생님을 찾아가 과제에 대해 상담했더니, 역주譯註 본이 출판되어 있으니 참고하라고 알려주셔서 그럭저럭 과제를 발표할 수 있었습니다. 이렇게 대학에 가면 항상 무엇이든 상담할 수 있는 시라카와 선생님이 계셔서 정말 큰 도움이 되었습니다.

저는 2007년 3월에 규슈산업대학 대학원 박사과정을 수료하고, 그 후 5년간 비상근 강사로 일하다가 2012년 4월에 전임강사로 국제문화학부에 부임하게 되었습니다. 부임하고 나니 연구실도 시라카와 선생님과 5미터 거리, 가까운 곳에 스승님이 계셔서 든든했습니다. 그런 선생님께서 정년퇴직을 하셔서 한동안 그리웠는데, 이렇게 다시 뵙게 되어 매우 기쁘게 생각합니다.

2) 시라카와 유타카 선생님과 조선문학

이제 질문을 드리겠습니다. 아까 말씀드린 오사 세쓰코 선생님은 1938년생이신데, 선생님께 일본의 대학 분쟁 당시의 상황을 들은 적이 있습니다. 당시 선생님이 규슈대학에서 비상근 강사로 조선사를 가르치고 있을 때 시위대가 교실에 난입해서 왜 조선사를 가르치느냐, 조선사를 가르쳐서 또 무엇을 하려고 하느냐 하고 항의를 받았다고 합니다. 당시 젊은이들에게는 일찍이 일본의 식민지였던 조선에 대해 배우는 것은 다시 대륙 침략의 야망을 실현하기 위한 것이 아닌가 하는 우려가 있었던 것일까요?

어쨌든 그런 시대에 시라카와 선생님은 조선문학을 연구하셨을 텐데, 조선학을 공부하는 데에 어려움은 없으셨나요? 그런 일이 있었다면 어떻게 극복하셨는지 말씀해 주셨으면 합니다.

또 하나는 사전 질문서에 있는 내용입니다. 학부생 때 선생님 수업을 들으면서 궁금했던 것이 있습니다. 한국인에게도 난해한 표현이 적지 않은 근대문학을 왜 연구하시는지 궁금했습니다. 조선의 근대문학이 일본 학생이나 일반인들에게 얼마나 통할까 하는 생각도 해본 적이 있습니다. 하지만 중세와 근세의 한일관계를 중심으로 역사를 공부하면서 근대문학과 문학사의 중요성을 이해할 수 있었습니다. 문학작품을 통해 다양한 사상과 시대상이 더욱 선명하게 부각되기 때문에 덕분에 근대소설을 읽는 즐거움을 알게 되었습니다. 그런데 아시다시피 조선문학뿐만 아니라 조선학 연구자들도 점점 줄어들고 있고, 책을 읽지 않는 학생들도 늘어나고 있습니다. 앞으로 교육에 종사하는 교원들이 어떻게 하면 조선학과 문학의 즐거움을 알릴 수 있을까요? 조언 부탁드립니다.

3) 하타노 세쓰코 선생님께서 생각하시는 이광수의 인생

다음은 하타노 선생님께 부탁드리고 싶은데, 작년 말에 류충희 선생님으로부터 이번 해설자 의뢰를 받고 선생님에 대해 거의 백지상태였기 때문에 어떻게 준비해야 좋을지 조금 고민했습니다. 바로 인터넷에서 전자책, 선생님의 이광수 평전과 번역서인 이광수 소설『무정』을 구해서 읽었습니다. 저는 책을 읽기 전에 항상 요지나 서문을 먼저 읽고 재미있을 것 같으면 본문을 읽는데, 하타노 선생님과 시라카와 선생님의 논설과 번역서의 서문은 독자를 끌어당기는 힘이 있고, 평이한 문장이어서 읽기 쉽다는 공통점이 있다고 생각합니다. 아마 학창시절부터의 남다른 독서량이

나에게 있어서 한국·조선의 문학과 문화

알기 쉬운 글을 쓸 수 있는 밑거름이 되지 않았을까 생각됩니다. 근대 조선소설에 관심이 있는 분들은 두 선생님의 논설과 해설을 한번 읽어보시면 소설 본문도 금방 읽고 싶어질 것입니다.

그래서 선생님의 이광수 평전을 읽으면서 그는 과연 무엇을 지향하고 있었는가에 대해 생각해보게 되었습니다. 이광수는 어린 시절의 아픈 경험으로 인해 자신과 같이 아무것도 가진 것 없는 조선민족이 살아남기 위해서는 '힘'을 길러야 한다는 신념을 가지게 된 것은 아닐까요? 그는 13살 때 그 재능을 인정받아 일본 유학생으로 선발되어 도쿄에 가는데, 경제적으로 그리 넉넉한 생활은 아니었습니다. 처음에는 그 가난한 생활에서 벗어나기 위해 현대한국의 기준으로 보면 이른바 '친일협력자'가 되지 않았을까 생각합니다. 생계를 위해 일본에 협력하면서 자신이 생각하는 '힘'을 조선민족에 부여하기 위해 계몽활동을 전개했다고 생각됩니다. 아마도 이광수는 향후 일본의 조선지배에 변화가 없다는 것을 전제로 조선민족의 명맥을 이어가기 위해서는 조선인을 일본인보다도 더 '충성스러운 일본인'으로 만들어야 하며, 그것이 결과적으로는 민족을 위한 것이라고 생각한 것이 아닐까요? 이러한 이해에 대해 선생님의 생각을 듣고 싶습니다.

다음으로는 2017년 1월에 선생님이 한국의 『신동아』와 인터뷰 하신 것이 그해 2월호에 실렸는데, 이광수 평전을 집필하기 위해 재직 중인 니가타현립대학을 조기 퇴직하셨다고 되어 있었습니다. 이광수 연구에 대한 선생님의 열정과 신념을 엿볼 수 있는 대목입니다. 인터뷰에서는 대학 1학년 때 어머니로부터 처음 들은 조선에 대한 충격적인 체험도 적혀 있었습니다. 시험기간에도 불구하고 소설을 탐독하던 문학을 좋아하는 소녀가 나중에 이광수 연구에 몰두하게 된 것은 어머니와 동시대를 조선과 일본에서 살았던 이광수의 문학세계를 통해 무언가를 발견하기 위함이 아니었을까 하는 생각이 들었습니다. 식민지 시대, 조선인은 말할 것도 없고 일본인 중에서도 힘든 경험을 한 사람이 있다는 것을 다시 한번 인식하게 되었습니다. 심신에 깊은 상처를 입고 아직 충분한 치유를 받지 못한 채 돌아가시는 분들이 적지 않다고 생각합니다. 현대를 살아가는 우리가 해야 할 일에 대해 말씀해 주시면 감사하겠습니다. 잘 부탁드리겠습니다.

4. 참가자의 코멘트

와타나베 네, 감사합니다. 이제 시간이 얼마 남지 않았기 때문에, 시간도 없으니 먼저 관중석에서 질문하실 분이 있으시면 짧게 말씀해 주시면 감사하겠습니다. 온라인으로 참여하시는 분들도 메모를 남겨달라고 사전에 말씀드렸는데, 아직 안 들어온 것 같습니다. 관중석에 계신 분들 중 혹시 질문이 있으시면. 네, 그럼 부탁드리겠습니다.

1) 문인 방문 인터뷰에 대하여

반재영참가자　　　두 분의 이야기, 재미있게 들었습니다. 감사합니다. 시라카와 선생님께 한 가지 여쭤보고 싶은 것이 있습니다. 문인 인터뷰를 하신 이 목록, 대단한 분들이라고 생각하는데, 이 인터뷰를 정리한 자료와 그 내용에 대해 출판될 예정이 있는지 여쭤보고 싶습니다. 그리고 김송金松이라는 작가가 리스트에 있는데, 인문평론연구회에서 『백민白民』이라는 잡지를 함께 읽으면서 이 사람은 어떤 사람일까 라는 이야기를 자주 했었습니다. 김송의 인터뷰 장소가 '뉴서울호텔'로 되어 있고, 다른 문인들은 모두 문인 자택에서 인터뷰를 했고, 모윤숙은 펜클럽이라서 어쨌든 연결고리가 있잖습니까? 뉴서울호텔은 전혀 상관없는 장소가 되어버렸으니까요. 하하하. 아무튼, 김송을 인터뷰할 때 남았던 인상이나 이미지 등이 있다면 말씀해 주세요. 부탁합니다.

와타나베 다른 건 어떠신가요? 괜찮으십니까? 네, 그럼 두 분의 질문을 포함해 지금까지의 이야기에 대한 답변을 역시 발표 순서대로 하타노 선생님, 시라카와 선생님 순으로 듣고 마무리하도록 하겠습니다. 잘 부탁드리겠습니다.

5. 하타노 세쓰코 선생님의 답변

하타노 질문 감사합니다. 최대한 짧게 말씀드리도록 하겠습니다. 연구에 접근하면서도 평가에 있어서는 신중한 편이라는 말을 많이 듣습니다. 다들 그렇게 느끼시는 것 같은데, 평가에 있어서는 신중하다는 것은 반대로 저는 잘 모르겠습니다. 뭐랄까, 평가하기 위해 평전을 쓰는 게 아니잖아요. 자연스럽게 그 사람에 대해 쓰면 자연스럽게 연결되는 것을 지향한다고 해야 하나, 제가 평가한다는 건 너무 주제넘은 것 같아요. 제가 평가할 수 있는 사람도 아니고요. 그런 의미에서 아까 말씀하신, 자연스럽게 이광수는 이런 것을 지향한 게 아니냐는 말씀. 저도 그 말이 맞다고 생각해요. 그게 전달되면 그것으로 저는 충분하다고 생각해요. 그래서 한국 사람들은 왜 그렇게 성급하게 평가를 하는 걸까 라는 생각이 들었어요. 오히려 제가 생각하기에는 그런 느낌이 듭니다.

그리고 이광수와 세계문학. 이건 잘 모르겠어요. 일본의 창. 확실히 제가 이광수가 일본의 창이라고 한 것은, 그러니까 이광수를 통해서 일본의 모습을 볼 수 있다는 의미입니다. 그가 왜 좋은가 하면, 글이 정말 좋아요. 그의 글이라는 것은 물 흐르듯이 술술 써서 그것도 좋고, 그리고 무엇보다도 미안하다는 느낌이 들어요. 제가 평가 따위를 할 수 있을까, 반대로요. 그런 느낌이 들어서. 가장 큰 피해자가 아니었을까 그런 생각이 듭니다.

그리고 『신동아』의 인터뷰인데요. 저거 실패했구나 생각했습니다. 술을 너무 많이 마셔서요. 하하. 그리고 처음 보는 사람이라서 그런지 좀 이렇게 느슨하게 대했죠. 그래서 그대로 활자화될 거라고는 생각도 안 했어요. 아마 그렇게 많이 읽히지 않았을 거라고 생각되지만. 뭐, 제 실수지만, 한 가지 좋았던 점은 말할 기회가 거의 없었어요. 그런 것에 대해. 그걸 이야기함으로써 스스로가 이렇게 해방되었다고나 할까. 그런 면에서는 좋았어요. 요컨대 저는 상당히 무의식에 지배당하는 사람이 아닌가 싶어요. 왜 이런 행동을 하는지 잘 모르겠더라고요. 이번에 이 글을 쓰면서 어, 내가 그랬었구나 생각이 들었어요. 결국 아까 잠깐 언급했지만, 아버지가 살아 계실 때는 잘 안 되었던 것 같기도 하고요. 그런 것에 의해 내가 움직여지는 존재라는 것을 이 나이가 되어서야 알았다는 것도 좀 한심한 이야기지만, 아직 모르는 부분이 많이 있습니다.

6. 시라카와 유타카 선생님의 답변

시라카와 그럼 질문의 순서에 따라 부족하지만 답변하겠습니다. 첫 번째 와타나베 선생님의 질문은 두 가지가 있는데, 그 중 하나는 한국 유학 중 문인 방문에 대한 질문입니다. 문인 방문 목록은 보여드렸습니다만, 이것은 데이터만 보여드린 것이기 때문에 내용을 말씀드려야 하는데, 길어질 것이기 때문에 20명분의 이야기를 여기서 할 수도 없겠습니다. 사실 구체적인 인터뷰 기록 관련 에세이를 3월 말에 나오는 규슈대·한국연구센터의 『넨포年報』『年報』 23호, 韓国研究センター, 2023.3에 실을 예정이니 참고해 주시기 바랍니다. 이와 관련해서 반재영 선생님이 질문하신 김송에 대한 내용도 거기에 나와 있으니 참고하시기 바랍니다. 한 가지만 말씀드리자면, 김송 선생님은 잘 지내시는 듯이 행동하셨지만, 소설가로서 좀 더 평가받고 싶어 하는 마음이 있으셨던 것 같습니다. 그리고 면회 장소를 호텔로 지정한 것은 방문자를 집에 들이고 싶지 않아 하셨던 것이 아닐까 합니다. 그 정도밖에 생각할 수 없네요. 이것이 문인 방문 관계 답변, 죄송합니다, 여기서는 자세히 말씀드릴 수 없으니, 꼭 4월 이후에 나오는 규슈대의 『넨포』를 읽어보시기 바랍니다.

그리고 또 하나, 와타나베 선생님의 질문으로 장혁주 관련 질문이군요. 에피소드가 더 있지 않느냐. 물론 많이 있습니다. 이 이야기를 하기 전에 해방 후의 작품에 대해서 말씀드리자면, 저도 조금 언급을 했습니다만, 포괄적으로 검토하고 정리할 만큼 여력이 없습니다. 이건 이미 젊은 선생님들이 요즘 많이 관심을 가지고 연구하고 계십니다. 규슈대에서 박사논문을 제출한 장윤향 씨도 그렇고, 사이타마대埼玉大에서 박사논문을 낸 양희숙 씨, 미국에 있는 권나영 씨 등 여러분들이 꽤 관심을 갖고 계시기 때문에 이 분들에게 기대가 됩니다. 영문소설에 대해서는 인도에서 한국의 경북대학교에 유학하여 이미 박사학위를 취득한 아프잘 칸이라는 분이 연구할 예정이라고 합니다. 영문소설에 대해서는 애초에 영어로 어떻게 그렇게 많이 쓸 수 있는지 궁금해서 이 작가의 차남에게 물어본 적이 있습니다. 장혁주 작가 자신도 역시 영어에 절대적인 자신감이 없어서 매주 다니던 교회의 미국인 목사님에게 원고를 보여주며 고쳐 달라고 부탁했다고 합니다.

이런 에피소드의 일부를 소개하자면, 먼저 저는 장혁주 작가를 1986년에 딱 한 번 만났는데, 자택을 방문하고 싶다고 했더니 엄청나게 경계하셨습니다. "내 흉을 찾으러 오는 거 아니냐"라며 꼭 그렇게 말씀하셨습니다. 전화를 드려도 "신문기자 같은 짓 따위 하지 말아라"라고 하셨는데, "친일이 어쩌고 저쩌고 하는 게 아니라 선생님의 작품이 재미있어서 궁금한 점을 물어보고 싶어서입니다"라고 끈질기게 설득하고 편지도 여러 번 주고받으며 겨우 사이타마埼玉 자택에서 뵈었습니다. 만나서 일단은 어느 정도 신뢰가 쌓였다고 생각합니다. 방문 후, 못 들은 이야기 등을 당시에는 이메일도 없었기 때문에 편지를 보내면 꼭 답장을 보내주셨습니다. 편지도 수십 통이 남아있는데, 그중 대부분은 장윤향 씨가 규슈대 박사학위 논문을 쓸 때 부속자료로 첨부했습니다. 그 CD-ROM에 들어있으니 헛되지 않았다고 생각합니다.

또 다른 에피소드인데, 서울에서 롯데그룹 계열사 사장을 하고 계셨던 분이 장혁주 전 부인의 차남입니다. 나중에는 일본인 후처와 일본에서 살았는데, 그 전에는 한국에 전처가 계셨습니다. 사실 현재까지도 두 가족이 사이좋게 교류하고 있어요. 전처의 자녀가 사이타마에 있는 자택으로 보낸 편지가 후처의 눈에 띄었는데 싸움 없이 교류가 시작되었다고 하는 것 같습니다. 롯데 계열사 사장을 하셨던 분을 직접 만나서 자료와 사진을 받은 것도 있지만, 이걸 잘 소개하기가 쉽지 않아 새롭게 연구하시는 분이 있으면 언제든지 제공하려고 합니다.

이 정도가 장혁주 관련 답변입니다. 왜 연구했는가 하면, 제대로 된 연구가 적다는 느낌을 받은 적이 있는데, 역시 재미있어서 했습니다. "어떻게 이렇게까지 쓸 수 있는가?" 하고요. 재미없으면 안 합니다. 아까도 말씀드렸지만, 저로서는 일본어로 읽을 수 있다는 게 감사할 따름입니다. 재미있어서 연구를 시작한 것은 염상섭도 마찬가지입니다. 와타나베 선생님의 질문에는 이 정도입니다.

그리고 다음으로 황호덕 선생님의 질문에 관해서요. 이것도 좀 전부 대답하기는 어렵지만, 제가 장혁주 문학에 대해 지금도 신경 쓰는 이유는 역시 아직 전모가 확실히 밝혀졌다고 생각하지 않기 때문입니다. 제가 가장 궁금한 것은 장혁주는 조선어 작품도 썼는데, 왜 그것을 본격적으로 논의하지 않는가 하는 점입니다. 작년에 『장혁주 일본어 문학선집張赫宙日本語文学選集』作品社, 2022을 남부진南富鎭 선생님과 공편으로 냈을 때 책 말미에 조선어 작품에 대해 조금 썼는데, 이걸 읽은 것을 계기로라도 연구해 주셨으면 좋겠다고 생각합니다. 1930년대 전반에 동아일보사의 소위 브·나로드운동과 관련해서 농촌문학이 활발하던 시기에, 장혁주 역시 이에 관심을 가졌는지 조선어 장편을 3편이나 썼습니다. 게다가 그것들은 모두 『동아일보』에 연재되었으니 모국에서 그렇게 싫어했던 것도 아니었죠. 확실히 작품은 진지한 농촌 계몽의 이야기라기보다는 시골 마을이나 촌락 등의 어수선한 모습을 다소 통속적으로 다루었을 뿐이라는 느낌도 있지만, 다른 작가들에게도 그런 경향이 보이기 때문에 대등하게 다루고 분석하면 되지 않겠느냐고 생각합니다. 일본어 작품만 논하지 말고 조선어 작품도 포함해서 좀 더 종합적으로 분석하는 것을 후배들에게도 꼭 권합니다.

그러면 염상섭과 전혀 다르다고 느낄 수도 있겠지만, 대조한다는 의미에서 또 다른 흥미가 생기는 거죠. 일본어 작품을 쓴 작가와 그렇지 않은 작가, 그런 대비가 있습니다. 그리고 또 하나, 식민지기의 가장 중요한 시기인 1930년대 후반에 두 사람 모두 한반도에서 탈출한 거잖아요. 한 사람은 일본으로, 한 사람은 '만주滿洲'로 갔고요. 그런 대조적인 공통점도 있기 때문에 그런 부분은 역시 시대를 좀 거슬러 올라가서 살펴봐야 할 것 같아요. 이런 점들을 연구하는 것이 특히 식민지 후기 조선문학의 특성을 해명하는 데 일정한 의의가 있지 않을까 생각합니다.

그리고 번역의 문제에 관해서는요, 번역 작품으로 무엇을 선택할 것인가는 역시 자신이 흥미롭다고 생각하지 않으면 의욕이 생기지 않습니다. 그리고 번역 작품이라는 것은 작품의 배경을 모르는 외국인이 읽는 것이잖아요. 제 경우는 일본어 독자를 대상으로 한 것이지만, 역사도 문화도 거의 모르는 사람들도 읽어야 하죠. 지명이나 인명 따위는 모르는 것이 많겠지요. 게다가 어떤 점이 재미있는지, 최소한의 주석은 필요하다고 생각합니다. 그래서 저는 책 말미나 본문 뒤에라도 '해설'을 쓰고 있습니다. 그리고 반드시 줄거리를 쓰고 있습니다. 줄거리를 읽고 재미있다고 생각하면 본문도 읽어주겠지요. 줄거리가 없으면 재미있을지 재미없을지도 모르는데, 외국문학 작품을 첫 페이지부터 읽는 것도 힘들잖아요? 그래서 스토리의 개요를 쓰는 것입니다. 그리고 또 하나는, 가능하면 쓰고자 하는 것인데, 번역본을 읽으면 이런 느낌인데, 원문으로 읽으면 어떤 인상이었나, 이런 것들 말이에요. 이런 것들은 역시 한 마디라도 쓰는 것이 좋지 않나 하는 생각이 듭니다. 뭐, 그게 쉽지는 않지만요. 번역본으로 읽는 것은 원어 본문과 100% 같지 않기 때문입니다. 그 점을 조금 말씀드리고 싶습니다.

다음은 이태훈 선생님의 질문입니다. 이태훈 선생님은 제 전 직장 동료였기 때문에 조금 과대평가하신 부분이 있는 것 같아요. 그렇게 훌륭한 교사가 아니었다는 것은 이 자리에 전 동묘었던 하세가와 유키코長谷川由起子 선생님도 오셨으니 물어보시면 아실 수 있을 것이라고 생각합니다.

그건 그렇고, 저는 1세대 연구자는 아니지만, 아직 번역도 별로 없던 시절에 어떻게 연구를 했는지, 그 어려움은 무엇이냐는 질문이 있었습니다만, 이건 어쩔 수 없었습니다. 당시에는 문학은커녕 조선어 자체도 대부분의 대학에서 거의 가르치지 않았기 때문에 어쩔 수 없이 돈을 내고 시민강좌를 들었던 그런 물리적 어려움은 있었습니다. 하지만 반대로, 그렇다면 남들이 하지 않는 것을 하면 뭔가 수확이 있지 않을까, 그런 야심 같은 것은 있었습니다. 저는 이미 영어 같은 건 무리였지만 어순이 거의 같은 조선어라면 어떻게든 할 수 있지 않을까, 어려움은 동시에 기회이기도 하다는 생각을 했던 것이죠.

그리고 또 하나 이태훈 선생님께서 교육 관련 질문을 하셨는데요, 한 마디로 수업이라고 해도 다양한 과목이 있기 때문에 각각 생각해봐야 할 것 같습니다.

문화론적인 일반 강의의 경우에는 역시 지금 유행하는 케이팝이든 뭐든 상관없어요. 영화도 좋고요. 먼저 보여주고 관심을 갖게 한 다음, 일본과 어떤 점이 다른지, 인상 등을 이야기하게 하는 것부터 시작하면 좋을 것 같습니다. 그러다 보면 배경 역사나 문화를 이야기하지 않을 수 없으니, 자연스럽게 그쪽으로 끌어들이는 수업을 할 필요가 있다고 생각합니다. 한편, 세미나 같은 경우에는 학생들이 지망해서 온 것이기 때문에 학생들이 어느 정도 관심이나 지식이 있을 거라고 생각해요. 하지만 무리하지 않는 것이 좋습니다. 특히 초일류 대학이 아닌

곳에서는 말이죠. 발표를 시키는 경우에는 그저 케이팝으로 충분합니다. 저도 여러 번 경험해 봤지만, "발표하라"고 하면 대부분의 학생들이 케이팝을 발표하는 경우가 많아요. 무엇을 하느냐 하면, 여자아이돌 그룹의 무언가를 가지고 "귀엽죠?", "춤을 잘 추죠?"라든가 그런 '발표'를 하는 거죠. 그건 그렇지만서도, 음악의 특성이나 춤의 특징, 일본팝과 어떻게 다른지, 그런 게 없으면 발표가 되지 않는다고 코멘트한 적이 있습니다. 이 발표자에게 2학기가 되어서 "1학기에는 이미 여자아이돌 그룹을 했으니까 좀 다른 주제로 발표해 봐"라고 하면, 이번에는 남자아이돌 그룹을 발표합니다. 하하하. "멋있죠?"라고 하면서 멤버들의 키와 몸무게 등을 나열하고. 그건 좋지만, "역시 특징은 무엇인가?", "일본의 제이팝J-POP과 어떻게 다른가?"라고 하면, 그건 말 못합니다. 알고 있어도 언어화하지 못하면 대학생의 발표라고 할 수 없습니다. 그냥 데이터 발표로 끝나버리는 것이니까요.

그리고 더 나아가 만약 문학 관련 수업이 가능하다면, 번역으로 해도 좋으니 먼저 읽게 하는 것이 좋겠습니다. 소감을 말하게 하고 교사가 코멘트를 하는 형식으로. 교사 자신이 읽고 재미있다고 생각한 작품을 읽게 하면 좋겠죠. 그렇지 않으면 열정을 가지고 이야기할 수 없으니까요. 무리하게 명작이라거나 대표작이라고 억지로 강요하지 않는 것이 좋습니다. 문학사 연구를 위한 수업이 아니니까요. 그런 것에서 출발해서 더 의욕적인 학생을 한 명이라도 더 늘릴 수 있다면 수업의 의미는 충분하다고 생각합니다. 요즘은 한국 사정을 잘 아는 학생들이 많이 늘어났기 때문에 예전보다는 훨씬 수월하지 않을까요? 뭐, 이 정도입니다.

와타나베 감사합니다. 그 외에도 관련 질문이 많으실 것 같지만, 이 세션은 이쯤에서 마무리하도록 하겠습니다. 강연해주신 하타노 선생님, 시라카와 선생님, 그리고 토론해주신 황호덕 선생님, 이태훈 선생님, 감사합니다.

* 본 좌담회 원고 작업은 과연비(기초B) 20H01252의 지원을 받아 진행되었습니다. 당일 좌담회를 녹음한 내용을 글로 옮겨주신 다카하시 아즈사(高橋梓)(니가타현립대학 강사, 한국·조선근현대문학) 씨에게 감사의 말씀을 드립니다.
** 출전:『후쿠오카대학인문논총(福岡大学人文論叢)』제56권 제1호, 2024.6, 383~410쪽.